El
Kukulican

El Regreso de
Kukulcán

Autores
Ricardo Arambarri y Nathalie Morales

PLAZA
EDITORIAL

El Regreso de Kukulcán

Publicaciones: Plaza Editorial, Inc.
ISBN-13: 978-1484947920
ISBN-10: 1454947924
Ilustraciones y diseño de la cubierta: Nathalie Morales
Impreso en Estados Unidos de América.2013

Esta obra NO pretende ser una colección de datos históricos, mitológicos
ni científicos con precisión académica. El Regreso de Kukulcán se basa tanto
en hechos reales como ficticios. Cualquier similitud con la vida real es
pura coincidencia.

*Este libro está dedicado
a nuestros padres por su amor
y apoyo incondicional,
y por inculcarnos el orgullo
de nuestras raíces;
a nuestros hijos Lorea y Jon,
por recordarnos todos los días,
lo increíble y sorprendente
que es la vida.*

"Será entonces el retorno de la sabiduría maya. Chichén Itzá será su asiento. Llegarán del Este y del Oeste, volverán los plumajes y los quetzales. Regresará Kukulcán y con él la palabra sabia de los itzáes".

Chilam Balam de Maní

0
Homestead, Florida, Estados Unidos de América

El sol ardía en un cielo despejado, levantando un calor sofocante. La intensa reverberación hacía lagrimear el ojo amoratado de Albert. De pie, con las manos en los bolsillos del pantalón sucio y rasgado, el adolescente de dieciocho años observó el caos que se desataba a su alrededor. Escudriñó con su ojo sano a los estudiantes que se lanzaban a la calle, eufóricos de abandonar la escuela. Eran las dos y media de la tarde, la hora de salida para los alumnos del Homestead Senior High.

El aire húmedo traía consigo la algarabía y las palabras ininteligibles de los jóvenes. Los autobuses escolares, que se apiñaban al costado de la institución esperando a sus pasajeros, cerraron las puertas apresurados por irse. Albert divisó a un chico moreno correr hacia ellos, esquivando a los despreocupados que conversaban sentados en la acera; a pesar del esfuerzo, no llegó a tiempo. «Otro más con mala suerte», se dijo Albert en su mente mientras el autobús se alejaba. Luego, vio a las amigas de Camila cruzar la calle sin prestar mucha atención a los automóviles que transitaban. Una de ellas hablaba por su celular, mientras la otra sonreía escuchando la conversación.

—Ya les di algo nuevo de qué hablar —suspiró Albert, con el ceño fruncido.

Una punzada aguda en el ojo le hizo recordar sus heridas. Clavó la mirada en el suelo y se pasó el dedo índice sobre el labio inferior inflamado. La rodilla izquierda le ardía. Inmóvil, intentó asimilar lo ocurrido. Todavía no podía creer que Matusalén estuviera en la enfermería por su culpa. Alzó la mirada nuevamente para observar su entorno. Oficiales de la Policía, sentados en sus vehículos, se mantenían impasibles en la cercanía, vigilando que no fuera a surgir un problema entre los alumnos. Como muchas otras escuelas de curso superior en Estados Unidos, la de Homestead ocupaba una edificación maciza a la que asistían unos dos mil quinientos estudiantes, entre los catorce y los dieciocho años, con el fin de educarse. Pero a diario los maestros se enfrentaban con aulas superpobladas y adolescentes impacientes. Alumnos blancos, negros e hispanos, se encontraban para medirse y juzgarse los unos a los otros. «Juntos, pero no revueltos», pensaba Albert al observar las diferencias raciales y culturales que coexistían en la institución. No era necesario ser un genio para notar que cada grupo étnico se mantenía aparte de los demás. Incluso, los hispanos distinguían entre los que se sentían *American* y los *refs*, que a duras penas hablaban inglés.

En esta escuela en particular, la mayoría era de raza negra; había algunos haitianos, pero la mayoría eran afroamericanos. También predominaban chicos como Albert, hispanos bilingües de origen mexicano, en gran parte hijos de trabajadores agrícolas. A pesar de los esfuerzos de la dirección, prevalecía en el plantel un ambiente hostil; peleas, burlas, amenazas e insultos, rivalidades entre pandillas, celos de parejas o riñas por dinero, eran el pan de cada día. Albert cursaba el último año escolar y le faltaba poco para graduarse. A estas alturas, había aprendido a protegerse las espaldas y evitar problemas.

Para él, y para sus dos mejores amigos, Ferni y Nic, esquivar a los buscapleitos resultaba relativamente fácil, ya que por regla general se sentía invisible. Pero en esa calurosa tarde de octubre, todas las miradas se volvían hacia él. Y allí estaba, a merced de los chismes. Sus ojos se deslizaron, glaciales, sobre la multitud uniformada, enfrentándola en forma desafiante.

–¿Dónde se metieron esos dos? –murmuró el adolescente, hablando para sí. Todavía le latían las sienes del enojo. El estómago le rugió de hambre.

Reparó en Camila al otro lado de la calle. Platicaba animadamente con un grupo de chicas. El simple hecho de tenerla a la vista provocó que sus manos sudaran y su cuerpo se tensara. Se sentía como un estúpido. Verla agudizó su disgusto. Le hacía recordar la humillación de la que había sido protagonista no hacía ni una hora. Ella le lanzó un vistazo de refilón y él desvió la mirada.

–*Dude*, ya supimos que te enredaste a puños –oyó decir a sus espaldas.

Albert se volteó para responder:

—Carnal, ese tipo se metió con mi familia.

Nic, con su mochila al hombro, lo miraba con una mezcla de incredulidad y admiración. Era un chico alto y delgado, de tez pálida, pelo negro y el aspecto enfermizo del adolescente que ha crecido mucho en poco tiempo. Parado junto a él se encontraba Ferni, un peruano de talla promedio y sonrisa carismática. Ambos recorrieron con miradas indiscretas el cuerpo de Albert, en busca de evidencias de lo que había ocurrido.

—¿Qué fue lo que pasó? —preguntó Nic, impaciente.

—No tengo ganas de hablar de eso —masculló Albert, entre dientes. No le agradaba explicar sus acciones, sobre todo si respondían a cuestiones personales. Inadvertidamente, lanzó un corto vistazo a Camila, quien seguía envuelta en pláticas con sus amigas.

—*Don't tell me* que fue *because of that chic* —exclamó Ferni con una sonrisa pícara y en su mejor *spanglish*. Le encantaba hablar destrozando ambos idiomas, por lo que sus padres y maestros se enojaban, cosa que no solo le tenía sin cuidado, sino que le agradaba.

Albert no respondió.

—¿Te suspendieron? —quiso saber Nic.

—No, el maestro de Física, Mr. Prokovitz, vio lo que ocurrió y vino a rescatarme.

—*Dude, you are so fucking lucky*! —exclamó Ferni.

—*Lucky*? —replicó Albert, que irritado y con voz dura agregó—: Tengo detención.

—*Is not so bad* —argumentó Ferni.

—Estoy de acuerdo con Ferni, tienes suerte —dijo Nic—. El director hubiera podido llamar a la Policía.

—Y Matusalén, *what did he get*? —preguntó Ferni.

—A ese idiota lo suspendieron por una semana por ser su tercera pelea en lo que va de año.

—*Dude, I saw him*. Tiene la cara toda *messed up*. Le diste duro, *man* —comentó Ferni con una risotada.

—Matusalén es miembro de los Nigsta-090. Ese nos cae encima en cualquier momento —agregó Nic, visiblemente preocupado.

Albert escuchó en silencio.

—¿Sabías que *the name* viene de la combinación de *nigger* y gánster? —aclaró Ferni.

—He oído de ellos —asintió Albert, fingiendo indiferencia.

—¿Y qué significa el 090? —preguntó Nic.

−*The last* números del código postal del *hood* donde viven. Hay un *nasty gang at Opa Locka, the* Nigsta-055.

−Matusalén es probablemente nuevo en su pandilla −expuso Albert−. Busca pleitos con tipos como nosotros, pero no se mete con los pandilleros duros. Es un pendejo. No le tengo miedo.

−En otras palabras, es un *wannabe* −afirmó Ferni, soltando otra de sus carcajadas.

A Nic aquello no le hacía ninguna gracia y con voz entrecortada preguntó:

−¿No creen que debemos tomar precauciones?

Albert, quien conocía bien a su amigo y sus inseguridades, le advirtió:

−No la vayas a regar trayendo una navaja para protegerte, porque si te la descubren en la escuela, vas a parar a *Juvi*. Eso fue lo que le pasó a José.

−¿A cuál José? −preguntó Nic.

−Al hondureño que vendía mariguana −respondió Albert−, lo metieron en la cárcel juvenil.

Nic se quedó callado.

−La *neta*, no creo que ese tipo se meta contigo. La cosa es conmigo −aclaró Albert, con el rostro tenso.

−*Dude*, ¿qué le hiciste a ese *asshole* para que esté *so upset*?

−Carnal, hablemos de otra cosa −sugirió Albert con cara larga.

−*Whatever* −replicó Ferni, encogiendo los hombros.

−Seguimos sin encontrar un baterista para nuestra banda −dijo Albert, aliviado de poder cambiar el tema.

−¿Y dónde rayos vamos a conseguir un buen baterista en este pueblo? −preguntó Nic.

−Deberíamos organizar audiciones −propuso Albert, tratando de no dejarse desmoralizar por el negativismo de su amigo. Respiró hondo mientras hacía un esfuerzo por enfocarse en la conversación y no seguir pensando en la pelea, ni en Camila.

−*Dude*, sin batería va a ser un poco *difficult* hacer audiciones −intervino Ferni y, de inmediato, bajando la cabeza e inclinándose ligeramente hacia el frente en un burdo intento por ser discreto, advirtió−: *Camila* está mirando *this way*.

Hubo un silencio. De reojo, Albert divisó a la chica despidiéndose de sus amigas. En cuestión de segundos, se abrió paso entre los estudiantes, cruzó la calle y se plantó frente a ellos.

—*Hi, what's...* —empezó a decir Ferni, antes de que ella lo interrumpiera.

Albert se encontró mirando con fijeza las diminutas luces de colores que brillaban alrededor de Camila.

—Albert, ¿qué haces esta tarde?

—¿Mande? —respondió él, atónito.

—¿Qué haces esta tarde? —repitió Camila. Sus ojos de color miel reflejaban un espíritu ágil.

—Trabajo en una taquería de cuatro a siete —se apresuró a responder mientras se frotaba los ojos con la mano para descansar la vista.

—¿Cuál taquería?

Por un segundo, Albert creyó que no podría recordar el nombre. Pensó que se le había olvidado hasta respirar.

—Don Pepe, a unas cuantas cuadras de aquí, en la calle Washington —contestó, intentando transmitir seguridad en la voz.

—¿Al frente de la panadería La Patrona? —preguntó ella, ladeando la cabeza.

—Ahí mismo.

—¿Y qué haces allí?

—Soy mesero.

—¿Camarero?

—Eso mismo.

—Muy bien. ¿Te molesta si paso a las seis para hablar? Me gustó tu idea.

—¡No hay problema! —balbuceó Albert.

—Tienes el labio inflamado. ¿Te duele? —inquirió ella con desenvoltura.

—Un poco —admitió él, incómodo.

Se miraron el uno al otro sin sonreír. Albert contuvo el aliento.

—Entonces nos vemos a las seis —confirmó Camila antes de marcharse.

Los tres muchachos la contemplaron alejarse. En su silueta delgada y deportiva resaltaban unas curvas muy femeninas, y el leve bamboleo de sus caderas al caminar dejaba mucho espacio a la imaginación. A Albert la calle le pareció diferente, más larga y desprovista de ruidos. Sus preocupaciones se desvanecieron como capturadas por el pelo sedoso con reflejos de charol de la joven.

—*Dude, play* la lotería, que hoy es tu *lucky day.*

—Todo depende cómo definas tener suerte —replicó Albert, pasándose los dedos sobre el labio roto, que empezaba a latirle.

—*¿How come* le dijiste que eras camarero? —interrogó Ferni, frunciendo el ceño.

—Porque lo soy.

—Eres el dueño, *not another* «mesoni»... o como se diga —argumentó Ferni.

—La dueña es Nana, no yo.

—Tú o tu abuela, ¿qué diferencia hay? *And what did she mean by*..., me gustó tu idea?

—Güey, que mucho preguntas —gruñó Albert, acomodándose la mochila sobre el hombro.

—Te apuesto a que «esa idea» es *the reason for the fight* con Matusalén.

Albert no respondió.

—*Come on, man,* ¿qué fue lo que pasó? —insistió Ferni.

—Ya te dije, se metió con mi familia —la voz de Albert sonó cortante.

—¿Con doña Nana? —se extrañó Nic.

—No —aclaró Albert con expresión crispada.

—¿Con quién entonces? —insistió Nic, sin entender, pues su amigo no tenía más familia.

Nic y Ferni no le quitaban los ojos de encima, y Albert sintió un retortijón en el estómago cuando se dio cuenta de que no tendría paz hasta que aclarara los hechos.

—Está bien, güey. Todo este lío empezó cuando míster Robinson asignó grupos de a dos para trabajar en una presentación. Me tocó trabajar con Camila.

—¡Como dije, *your lucky day*! —exclamó Ferni, con un brillo pícaro en los ojos.

—Míster Robinson, ¿el maestro de Historia Mundial? —preguntó Nic.

—Sí, carnal, ese mismo. El tipo pidió que escogiéramos la historia de un imperio para hacer una presentación en un par de semanas, como proyecto especial. Explicó que la tarea consistía en analizar sus logros y las causas de su caída. Camila me preguntó si tenía alguna sugerencia. Me tomó desprevenido. Le propuse que estudiáramos un imperio precolombino. Fue lo que se me ocurrió en ese momento. A ella le pareció bien. Recién saliendo de clase, estábamos en el pasillo, intercambiando números de celulares y platicando sobre los aztecas, cuando el muy imbécil de Matusalén se entrometió en la conversación.

—*And*? —inquirió Ferni.

—¡Me preguntó si iba a traer a la presentación el taparrabos de mi padre!

Albert sintió que la última palabra se le atascaba en la garganta. Sus ojos oscuros se hicieron más intensos y los rasgos de su rostro se acentuaron. Con un breve cabezazo despejó de la frente el mechón que le colgaba sobre los ojos. Luego se pasó la mano por la lustrosa cabellera negra, que le llegaba hasta los hombros; era un gesto automático que hacía cuando se ponía nervioso. Respiró hondo, tratando de apaciguar la cólera.

—Hice un esfuerzo para controlarme, pero no pude evitarlo; le menté la madre —confesó Albert—. Para entonces Camila se había ido molesta y yo me aleje de él. No quería líos. El tipo me siguió, gritándome que era un cobarde e invitándome a pelear a la salida de la escuela. En todo ese tiempo lo ignoré, hasta que me preguntó dónde había dejado mis plumas con el arco y las flechas; ahí ya no pude más. Me viré y le metí un puño en la cara. Nos entramos a golpes. Los guardias nos separaron y nos llevaron a la oficina del director —su voz sonaba como si confesara un humillante suceso.

—*My friend* Gaby vio la pelea y me dijo que fue *really rough* —le contó Ferni a Nic.

Albert no prestó atención. No experimentaba orgullo alguno, sino más bien una frustración que se tornaba, por momentos, intensa rabia.

—No necesito justo ahora tener líos con una pandilla. Lo único que quiero es graduarme e irme a estudiar Astrofísica a MIT —concluyó Albert, disgustado.

—Por supuesto, sabemos que no solo estás interesado en estudiar *the Big Bang* sino también en *banging* Camila antes de *going to* MIT —añadió Ferni, dándole un codazo en las costillas a Nic, para que observara la reacción de Albert.

—Eres un idiota —dijo Albert dirigiéndole una mirada asesina.

Ferni se carcajeó. Todo lo tomaba a broma.

Albert se frotó las sienes en un intento por desterrar el intenso dolor de cabeza que lo afligía. Además, la expectativa de la visita de Camila a la taquería le provocaba una sensación de vacío en el estómago. «Me estoy muriendo de hambre», se dijo a sí mismo, tratando de excusar el extraño malestar. Le echó un vistazo al reloj de su celular. «Son las tres, y ella dijo a las seis», recordó, con un suspiro; presintió que las tres horas de espera se le harían interminables.

—Te acompañamos a la taquería —dijo Nic en un tono de voz peculiar.

—Carnal, si lo dices por Matusalén, ni te preocupes, que ese está todavía en la clínica de la escuela. Llamaron a su madre, el director quiere hablar con ella. Y va a estar un buen rato, pues parece que esa vieja no se preocupa por él y probablemente ni se va a aparecer por allí. Así que despreocúpate, que hoy no habrá más peleas.

—*Are you sure*? —insistió Ferni.

Albert asintió. Con su actitud tranquila consiguió que Ferni y Nic dejaran de inquietarse. Luego de despedirse, entrechocando los puños, Albert se encaminó hacia la taquería. Iba cojeando. Le dolía la rodilla. Durante el corto trayecto se mantuvo vigilante de los autos que se le acercaban, no fuera a ser que algún miembro de la pandilla viniera a atacarlo a modo de revancha, sin esperar por Matusalén, cosa que le parecía improbable, pero no imposible.

De pronto, se acordó de las palabras que le gritó su contrincante al ser arrastrado lejos de él por los guardias de seguridad. «¡Maldito indio, regresa a tu selva!». No fue fácil controlar al afroamericano, de un metro noventa de estatura, cubierto de tatuajes. Su cuerpo era puro músculo, y pegaba duro. Antes del altercado, como anticipando lo que vendría, se había retirado el *grill*, la parrilla de oro que decoraba sus dientes. Usaba los pantalones amarrados debajo de las nalgas, lo cual le restringió mucho la movilidad durante el enfrentamiento. Albert también golpeaba duro. Era un poco más delgado y pequeño, pero ágil, y sus patadas eran feroces.

El mexicano sintió el resentimiento correr por sus venas. Odiaba la discriminación que existía hacia los inmigrantes hispanos entre cierta gente del pueblo. Y de alguna manera estaba consciente de que la pelea había sido una válvula de escape mediante la cual descargó todas las frustraciones que llevaba consigo.

En su afán por calmarse, decidió enfocar sus pensamientos en Camila. El recuerdo de su mirada, sumado al ronroneo mecánico de los autos circulando por la calle y al calor húmedo que se extendía en todas direcciones, tuvo un efecto letárgico. Con cada paso que lo acercaba a la taquería, disminuía su enfado. Finalmente, llegó frente a Don Pepe, un modesto local que llamaba la atención por sus toldos verdes, blancos y rojos, y por el enorme y despintado mural exterior que representaba un jaguar.

En el instante en que Albert entró, Luis salía de la cocina, encorvado bajo el peso de una bandeja recargada de platillos suculentos. El mesero era un hombre cincuentón, delgado, con la cara marcada de cicatrices formadas por un virulento acné juvenil. Su grueso bigote enmarcaba una boca carnosa que, según él, le daba una apariencia de macho de los buenos. Una gorra le cubría el cabello negro y grasiento. Iba apresurado, los ojos fijos en el papelito donde tenía apuntadas las órdenes.

–Hola chavo, doña Nana estaba justo preguntando por ti –dijo, sin fijarse en el rostro del adolescente.

Albert miró a hurtadillas la sala donde comían los clientes, y soltó su mochila tras el mostrador. «No hay mucha gente hoy», pensó mientras le devolvía el saludo a Luis. Después, cojeó discretamente en dirección a la cocina. Conocía el restaurante como la palma de su mano. Aquel lugar donde flotaba en el aire un rico olor a condimentos y carne guisada era su segundo hogar. De pequeño jugaba tras el mostrador, bajo la supervisión de los empleados. A partir de los catorce años había comenzado a trabajar todas las tardes. Orgulloso, no aceptaba que su abuela le diera ni un centavo de mesada. Y fue con el dinero ahorrado de las propinas que logró comprar equipos de sonido, y la guitarra eléctrica con la que soñaba: una Fender Estratocaster Lone Star.

–Hola, Paquita –saludó Albert, dirigiéndose a la mujer que cocinaba–. ¿Has visto a Nana?

–Hola mi muchachito –respondió ella sin alzar la mirada, demasiado ocupada ajustando el fuego de las hornillas–. Creo que tu abuela está en la bodeguita.

Después de reducir las llamas bajo la cacerola de los frijoles, Paquita se volteó para conversar, pero ya el adolescente se había marchado rumbo a la despensa. Se extrañó, pues sabía que Albert detestaba meterse en aquella habitación pequeña, oscura y estrecha, que se hallaba detrás de la cocina, y que todos en la taquería llamaban «la bodeguita».

La abuela de Albert era conocida en el pueblo como doña Josefina Ceh del Valle, viuda de Pepe. Solo su nieto, y Paquita, su mejor amiga, la llamaban por su apodo *Nana*, diminutivo derivado de las dos últimas letras de su nombre. Los amigos íntimos de la familia y de Albert se dirigían a ella con un respetuoso «doña Nana». Esa tarde, la mujer de arrugas profundas y pelo gris recogido en una trenza larga, se había dedicado a hacer un inventario, convencida de que así su mente no le haría jugarretas. Sentada en un taburete, bajo la luz de un bombillo que colgaba del techo, contaba minuciosamente las latas de comida y las bolsas de harinas y de arroz. Tras hacer apuntes en una libretita, volvía a calcular para asegurarse de la validez de sus números. Luego verificaba las fechas en que caducaban los productos y hacía más anotaciones. Tan solo ella podía entender lo que escribía, ya que su escritura parecía más bien una serie de garabatos producidos por una niña de primer grado.

Albert la saludó con un beso fugaz sobre la cabeza y se ofreció a ayudarla. Pensó que a pesar de odiar encontrarse aprisionado entre esas cuatro paredes tétricas, al menos en aquel lugar nadie le estaría lanzando miradas curiosas por su cara golpeada, ni haciendo preguntas indiscretas. Además, sospechaba que se le haría insoportable servir en el salón, viendo las manecillas del reloj del restaurante avanzar con lentitud, y sobresaltándose cada vez que entrara un cliente, sin poder pensar en otra cosa que en la visita de Camila.

Nana se sorprendió de verlo allí. Al notar sus heridas se puso en pie y preguntó sobrecogida:

—¿Qué te pasó, mi'jito? ¿Peleaste?

—No es nada.

—¿Ya te pusiste hielo?

—Sí —mintió el adolescente.

—Hacía tiempo que no te peleabas. ¿Qué ocurrió?

Albert no sabía qué decir, cuando Luis se asomó por la puerta.

—Chavo, necesito que me hagas unos mandados. Hablé con don Roberto. Me aseguró que tiene todo listo —y a continuación, lanzó la pregunta que Albert quería evitar—: ¿Qué te pasó en la cara muchacho? ¿Peleaste de nuevo?

—¿Tú qué crees? —respondió él con una pizca de sarcasmo en la voz.

—Ah, pues espero que el otro haya quedado peor que tú.

—Luis, ¿qué tonterías dices? —protestó Nana— ¿Cuántas veces les tengo que decir que la vi…

—¿Qué es lo que quieres que haga? —interrumpió Albert, para no escuchar la larguísima explicación de Nana sobre cómo la violencia engendra más violencia.

–Necesito que vayas a recoger unas cajas de mercancía a la granja de don Roberto –concluyó Luis, tendiéndole las llaves de la vieja camioneta *pick-up*, que colgaban de un aro junto a una pequeña pata de lagarto embalsamada y una navaja suiza, formando un llavero que haría sentirse orgulloso a cualquier explorador.

La oportunidad de charlar con el cubano jocoso era tentadora. «Tengo tiempo, son apenas las cuatro», reflexionó Albert, tras revisar la pantalla de su celular. Estaba seguro de que conducir lo ayudaría a disipar el nerviosismo que sentía en el estómago. Le agradaba manejar por las afueras del pueblo. Homestead se encontraba a menos de treinta millas al sur de Miami. Esta región en el estado de Florida estaba poblada, mayormente, por una comunidad agrícola con un sosegado estilo de vida muy diferente al de la disparatada urbe. La finca de don Roberto se hallaba a unos diez minutos de la taquería, manejando por una carretera de tierra bordeada de labrantíos de tomates, calabazas, fresas y plantas tropicales. Y como si fuera su hermano gemelo, un canal de agua dulce que forma parte del sistema fluvial de los Everglades, acompañaba inseparablemente el camino. Aunque Albert había vivido la mayor parte de su vida en ese lugar, los surcos de agua atiborrados de aves y lagartos no dejaban de fascinarlo.

–Ya que vas para allá, pídele a don Roberto un cuarto de libra de almendras peladas. Quiero preparar unos tamales de Cambray –añadió Nana antes de que el joven se marchara apresurado.

Irónicamente, Albert tenía tiempo «para matar» pero no tenía tiempo «que perder». Manejar tuvo el efecto relajante que esperaba, pero aun así no logró dejar de consultar la hora a cada momento. Llegó a la granja levantando polvo y aparcó en un estacionamiento pedregoso, frente al colmadito donde despachaban la mercancía. El pequeño negocio, localizado a la entrada de la propiedad, consistía en una simple casucha de madera, con una terraza de cemento. Pese a la modesta apariencia, la estructura llamaba la atención desde la carretera, debido a que don Roberto había decorado las rejas que bordeaban el establecimiento con vibrantes pinturas de frutas y vegetales. Un letrero escrito a mano, que cruzaba de un lado a otro el techado de hojas de palma, hacía alarde del nombre El Balserito. Racimos de bananas colgaban de las vigas que sostenían el techo, y gran variedad de vegetales y frutas se amontonaban en cajas dispuestas desordenadamente sobre el suelo y los estantes. Unos rótulos de madera, con números medio borrados, anunciaban los económicos precios de las mercancías. La desorganización no impedía que siempre hubiera todo tipo de clientes, los que compraban al por mayor, al detalle, o los que solo deseaban tomarse fotos entre las frutas tropicales u observar la satisfacción de don Roberto al propinarle machetazos a los cocos fríos que vendía, cuestión de complacer a los turistas. Primero le practicaba a la fruta un agujero para introducirle una pajilla. Después que el cliente bebía el líquido dulce, partía el coco por la mitad, y así podían extraerle la deliciosa masa blanca.

—Albertico, necesito hablar contigo —vociferó el cubano con su marcado acento, apenas vio llegar al joven.

—¿Qué tal, don Roberto? —saludó Albert, sosteniendo el celular en su mano.

El muchacho lo estimaba por ser una persona honesta, jovial y con un gran sentido del honor. Más de una vez el comerciante regordete que merodeaba los cincuenta años de edad, había hecho el papel de padre para él.

Don Roberto se acercó con paso firme. Su barriga protuberante, la cual definía con gran orgullo como «una buena inversión», lo obligaba a andar ligeramente arqueado hacia atrás. Cuando estuvo frente a Albert, le clavó sus ojitos azules.

—Vaya chiquitico, ya veo que te rompieron la cara. Alguien se me adelantó.

Albert no dijo nada. El comentario lo tomó por sorpresa. Pensó que tal vez no había entendido bien.

—Ven acá, quiero hablar contigo muy seriamente acerca de ese trabajito que te conseguí los domingos en la reserva de los indios miccosukees. ¡Vaya! Resulta que tú ibas a ayudar a limpiar los tanques de los animales. Yo no te mandé pa'llá pa' que te pusieras a payasear frente a los turistas con un lagartijón de esos —reclamó airado el cubano, en un tono que dejó perplejo a Albert.

—¿A payasear? ¡Don Roberto, la lucha con lagartos es un desafío! Además, los turistas me dan buenas propinas y no es tan peligroso como parece cuando uno sabe lo que hace.

—¡Esos animales son criaturas del diablo! Se les ve en los ojos —don Roberto gesticulaba exageradamente, apuntando el índice a la cara del muchacho—. Un error y te quedas sin brazo, y entonces, ¿qué se supone que le diga yo a tu abuela?

–Don Roberto, eso no va a suceder.

–¿Se lo has dicho a doña Nana?

–Todavía no –respondió Albert, evitando la mirada de su interlocutor.

–Pues oye bien lo que te voy a decir, o dejas ese jueguito o voy personalmente allí a romperte la cara –contestó el guajiro, molesto–. Es más, te mereces que te la rompa aquí mismo, más de lo que la tienes ya.

Albert no sabía qué hacer ni qué decir. Era la primera vez que veía a don Roberto de tan mal humor. «Hoy no es mi día», se lamentó para sus adentros.

–Tú procura que yo no vuelva a oír que estás de postalita con esos reptiles brutos.

–Don Roberto, ya me comprometí para hacerlo durante todo este mes. Soy una persona de palabra.

–¡Pues descomprométete! Y ya que te gustan los desafíos, recoge tu pedido en el depósito. Está empacado, pero no lo he traido aún a la tienda.

–¿En el depósito...? –se lamentó Albert en voz baja, consultando de nuevo el reloj.

Calculó que tenía menos de una hora para llegar a tiempo a su cita. Transportar, sin ayuda, los cartones repletos de tomates y frutas desde el depósito hasta el vehículo lo iba a retrasar considerablemente.

–Son unas veinte cajas. Guarda ese aparato en tu bolsillo y ponte a trabajar –ordenó don Roberto, dando la conversación por terminada.

Con un tono de voz seco, Albert solicitó las almendras peladas que había pedido Nana y se apresuró a ejecutar la tarea. En el ajetreo, se le olvidó que le dolía la rodilla. Sentía las gotas de sudor correrle por la espalda, la frente y sobre el ojo amoratado. Estaba claro que se trataba de uno de esos días en los que, no importaba lo que hiciera, nada salía bien.

El celular marcaba cinco para las seis cuando Albert se puso el cinturón de seguridad, prendió la radio, arrancó el motor, accionó la palanca de cambio de marchas y pisó el acelerador. La camioneta rugió y salió dando bandazos, levantando una gran polvareda a su paso. Las cajas rodaron de un lado a otro en la parte de atrás. El incesante sol de Florida había caldeado el interior de la *pick-up*; Albert cerró las ventanas y encendió el destartalado aire acondicionado que apenas enfriaba. Sin quitar los ojos de la carretera, se inclinó hacia la salida del aire acondicionado con la esperanza de detener la transpiración que le chorreaba por todo el cuerpo. El soplo era leve, pero menos cálido y húmedo que el aire de la calle. Con el apuro, conducía más rápido que de costumbre mientras la música *rock*, a todo volumen, lo mantenía vigilante. Se miró en el retrovisor. Su aspecto era deplorable; estaba golpeado, sudado, despeinado y cubierto de polvo. Hubiera preferido que su encuentro con Camila fuera de otro modo.

Recordó las innumerables conversaciones con Nic y Ferni sobre las chicas con las que se querían acostar, y las veces que imaginó desnudas a las muchachas que caminaban por los pasillos de la escuela. Sonrió, rememorando sus experimentos sexuales a los quince, con una vecina que vivía dos casas más abajo, Latisha, una ninfómana cinco años mayor que él. Una leve risa escapó de sus labios al recordar, con un poco de vergüenza, la incómoda conversación que sostuvo con Nana acerca de la revista de mujeres desnudas que la anciana encontró en su habitación, y con la que él se masturbaba en noches de insomnio. De pronto, todas esas chicas perdieron su atractivo cuando vio a Camila por primera vez en la cafetería. La chica de piel canela y ojos centellantes lo había embrujado.

En esos pensamientos estaba cuando divisó, con el rabillo del ojo, un auto que salía a toda velocidad de un camino aledaño y se colocaba detrás de su vehículo. Por el espejo retrovisor se percató de que Matusalén era el conductor. Un destello plateado brillaba en su mano, y al verlo, Albert se sobresaltó, presa del pánico, y en voz alta exclamó:

—¡El hijo de puta tiene una pistola!

El corazón le latía tan fuerte que parecía estar a punto de salírsele por la boca. Pisó con fuerza el pedal del acelerador, pero la decrépita camioneta no daba más. El auto lo alcanzó y se colocó a su costado. Matusalén bajó la ventanilla y apuntó el arma en dirección a Albert. Este agachó la cabeza, y escuchó un estallido ensordecedor al tiempo que ambos carros rebotaron en un bache. La explosión abrió un boquete en una de las cajas de víveres. Instintivamente, Albert pegó un frenazo. Luego se oyó otro disparo. La *pick-up* patinó fuera de control y se salió de la carretera. Una ligera inclinación del terreno causó que se volcara y rodara hasta el canal, donde fue a parar con las ruedas apuntando al cielo.

Con la sangre retumbándole en las sienes y las mejillas

ardiendo, Albert se sacudió, sin acabar de darse cuenta de que se hallaba boca arriba. El agua entraba por los bordes de las puertas y por el agujero ocasionado por la segunda bala. Trató de zafar el cinturón de seguridad, pero no pudo, la hebilla de la correa estaba trabada. El nivel del agua seguía subiendo a una velocidad alarmante. Atrapado en aquel constreñido espacio, el muchacho sintió que el pánico se le echaba encima. Imágenes traumáticas de cuando tenía cinco años, atrapado en un camión, le asaltaron la mente con violencia. Respiró hondo, intentando enfocar sus pensamientos en el presente. No podía creer lo que ocurría. De pronto, se acordó de la navaja suiza. Sacó la llave del encendido y abrió la herramienta con manos temblorosas. Entre la poca claridad que había en el interior de la camioneta y su ojo lastimado, apenas veía lo que hacía. Le tomó todas sus fuerzas y toda su determinación cortar la gruesa banda que lo sujetaba al asiento.

Una vez liberado, se dio cuenta de que su cabeza estaba apoyada contra el techo interior de la cabina. Intentó abrir la puerta, pero la presión del agua no lo permitía. Entonces se propuso bajar una ventanilla. No había forma, ambas estaban atascadas. Como último recurso, Albert empuñó la cuchilla suiza, y con todas sus fuerzas golpeó el vidrio hasta que se resquebrajó con el impacto. Al constatar que el agua que entraba por la ventana no lo dejaba salir, tomó una profunda bocanada de aire y aguantó la respiración. El terror comenzaba a apoderarse de él cuando sintió una sacudida: el vehículo había llegado al fondo del canal. Simultáneamente, la presión del chorro mermó al llenarse de agua. Tanteando, Albert se abrió paso sin reparar en los cortes que sufría en las manos. Pero al salir de la camioneta se enfrentó de repente a un mundo de oscuridad: la caída del vehículo había revuelto el sedimento del canal y enturbiado el agua. Desorientado y con los pulmones a punto de explotar, abrió los ojos y soltó un hilo de aire. Las burbujas lo dirigieron hacia la superficie. «Con tal que no me tropiece con un lagarto», fue lo último que pensó antes de sentir un violento jalón en el brazo.

1
Homestead, Florida

Nana se encontraba en la cocina de la taquería preparándose un cafecito cubano de los que había aprendido a hacer con su difunto marido, cuando escuchó la voz ronca de Paquita.

—¡Albert, tienes visita! —vociferó la mujer desde el mostrador, sin fijarse en que el joven se había marchado a recoger la mercancía para los especiales del fin de semana.

Nana asumió que el recién llegado sería Nicolás, a quien todos, excepto ella, llamaban por su diminutivo. «Qué mala costumbre tienen estos gringos de acortar los nombres de las personas. Tan bonitos que son los nombres largos», solía decir.

Nic tenía por hábito visitarles, y de paso zamparse gratis algunos tacos. Sus preferidos eran los tacos al pastor, que se le hacían aire en las manos. La manera atropellada con que tragaba la comida abrumaba a Nana, que estaba convencida de que no lo alimentaban bien en su casa. Los padres de Nic trabajaban en una empresa de limpieza de oficinas hasta muy tarde en la noche. Sin supervisión, y con muy poco apoyo familiar, casi se podía decir que el adolescente vivía en casa de Nana como un nieto adoptivo. Su aspecto enfermizo y desnutrido inquietaba a la anciana. No había más que verlo, flaco, largo y desencajado, con su pelo en greñas descuidadas, y siempre vestido de negro. Además, la lentitud con que caminaba y hablaba le advertían a Nana acerca de cierta apatía muy poco saludable.

«A esa edad se supone que los muchachos desborden de energía», pensaba ella cada vez que lo veía desplazarse. En realidad, para Nic su propia actitud se resumía en una cuestión, tal vez no del todo consciente, de identidad. Le complacía aparentar ser un roquero malo. Se identificaba con la cultura gótica tan de moda entre los adolescentes. Nana, que lo conocía desde que era un chiquillo, intuía que su lúgubre apariencia encubría una timidez y una sensibilidad especiales.

Con gesto automático, se limpió las manos en el delantal y se levantó del taburete.

—Le dije a la muchachita que Albert no se encuentra en este momento —le explicaba Luis a Paquita cuando Nana salió de la cocina.

Al verla, ambos le dedicaron una inesperada sonrisa de complicidad. Haciendo un movimiento de cabeza, Paquita señaló hacia la puerta que daba a la terraza.

El restaurante tenía en la parte de atrás un pequeño estacionamiento y un área cementada con mesitas rústicas de madera. Rara vez un cliente almorzaba allí en aquella época del año. Durante el día, el calor resultaba demasiado húmedo e intenso, y en la tarde la situación no mejoraba hasta caer el sol. Por regla general, los comensales preferían disfrutar del aire acondicionado en el interior del local, rodeados de un ambiente recargado de motivos mexicanos.

Nana no estaba segura del significado del gesto de Paquita. Confundida, se alejó unos pasos del mostrador para mirar a través de las amplias ventanas. Había una sola persona sentada en una de las mesas de la terraza, y se trataba de una chica, vestida todavía con el uniforme escolar. De repente, la anciana comprendió la inusual nerviosidad de Albert, y no pudo evitar sonreírse. Afuera, la intensidad del calor había atenuado. La luz del sol teñía el horizonte de un naranja dócil. Inmersa en un libro que había colocado frente a ella, Camila disfrutaba de la brisa delicada que se enredaba en su pelo oscuro, mientras las nubes adquirían los reflejos rojizos de la tarde. Nana se detuvo a observarla; era la primera vez que tenía noticia de que Albert se citara con una chica. Reflexionó un instante y concluyó que lo más adecuado era ir a hablar con ella.

—Buenas tardes, señorita. ¿Busca a alguien?

—Sí, a Albert Pek. Me dijo que trabaja aquí —explicó Camila alzando sus ojos hechiceros hacia Nana.

—Alberto fue a hacer unas diligencias.

Nana era la única persona que lo seguía llamando por su verdadero nombre, Alberto.

—Traté de comunicarme con su celular, pero no contesta —agregó la chica, esbozando una sonrisa incompleta.

—No tardará en regresar —aseguró Nana—. ¿Cómo te llamas?

—Camila Estrada.

—Camila, ¿por qué no te tomas un agua de piña mientras lo

esperas? –sugirió la anciana.

La chica asintió con un movimiento de cabeza. La mujer entró al restaurante y minutos después reapareció:

–¿Qué lees? –curioseó, colocando el vaso sobre la mesa

–Un libro sobre los aztecas –respondió Camila, sorprendida por el tono familiar de la pregunta.

–¿Te interesas en las civilizaciones precolombinas?

–Es un proyecto que nos asignaron a Albert y a mí para la clase de Historia.

–Qué pena que no sea sobre los mayas. Le vendría bien a mi muchachito aprender algo acerca de sus raíces –comentó Nana con gravedad.

Se produjo un silencio incómodo. Camila no supo qué decir. Nana continuó con sus reflexiones en voz alta.

–Nunca me he metido en los asuntos de Alberto. No he tenido necesidad. Siempre ha sido un muchacho responsable, sensato y trabajador. Lo quiero con toda mi alma y sé que, si sus padres estuviesen vivos, estarían muy orgullosos de él.

Camila seguía tratando de disimular su estupefacción ante las inesperadas explicaciones de aquella señora desconocida.

–Hay varias cosas que no consigo entender –suspiró Nana–. Por ejemplo, las pocas ganas que tiene de ir a México a conocer al resto de la familia. Tampoco entiendo la falta de interés por sus raíces. Ni siquiera le gusta la música mexicana, insiste en tocar esa música tan ruidosa. Ya sabes… *rock*. –Y sin transición, preguntó–: ¿Te gustan las baladas románticas?

–Depende –respondió Camila, confundida.

–¿De dónde eres, mi'jita?

–Nací en Nueva York, pero mis padres son puertorriqueños.

–Puertorriqueña, me encantan los zurullitos, tengo que aprender a cocinarlos. ¿Conoces la receta? –indagó la anciana con los ojos brillantes de entusiasmo. De repente, hizo una pausa para hablarse a sí misma–: Espero que Alberto no se olvide de traerme las almendras peladas.

Camila estaba atónita por el extraño curso que tomaba la conversación.

–¿Es usted familia de Albert? –preguntó con una sonrisa afectuosa.

–Sí –replicó Nana sin más explicación.

La adolescente no pudo evitar echarle un vistazo discreto al reloj de la pantalla de su celular. «Las seis y cuarto», gruñó en su mente, contrariada por la demora. Cuando volvió a levantar la vista, la mujer se inclinó sobre ella y le dijo en un murmullo:

—Mi abuelo decía que no debíamos olvidarnos de nuestra historia. Pero Alberto no quiere saber nada de su pasado.

Los ojos oscuros de Nana, en los cuales apenas se podían discernir las pupilas, expresaban una recóndita melancolía. Durante una breve pausa, exhaló un suspiro y se aseguró de que nadie a su alrededor la escuchara:

—Alberto sufrió mucho de pequeño, y ahora no quiere oír que nuestra familia desciende, por línea directa, del rey Pakal el Grande, de Palenque. ¿Has oído hablar de él?

La muchacha negó con la cabeza. A pesar de que la estupefacción la dejó sin habla, nunca hubiera podido imaginar lo que vendría a continuación.

—Mi muchachito Es el Gran Jaguar que cambiará el destino de la humanidad. Gracias a él, Kukulcán podrá regresar y la Era de la Conciencia empezará —dijo Nana con orgullo.

El efecto de esta conversación fue indescriptible. Camila se preguntó si la persona que le hablaba estaba en sus cabales. Era obvio que semejantes comentarios podrían haber sido embarazosos para Albert en caso de haber estado allí. Entonces, notó la mirada extenuada de la anciana, y el vuelo delirante de sus palabras desequilibradas, unido a la expresión doliente de aquella mujer canosa de manos curtidas, consiguieron conmoverla. Un sentimiento de ternura invadió a la adolescente, que se mantenía inmóvil en su asiento.

—Discúlpeme, ¿cómo me dijo que se llamaba?

—Josefina, pero los amigos de Albert me dicen doña Nana.

—No se preocupe, doña Nana, yo lo convenceré para que hagamos la presentación sobre los mayas, y no le mencionaré nada sobre nuestra conversación —prometió Camila.

—Pequeña, me has hecho muy feliz —dijo agradecida. Una sonrisa chispeante y llena de complicidad se extendió por su rostro. Sus dientes contrastaban con el color carmelita de su piel.

Hubo un corto silencio.

—Te voy a traer, para que pruebes, unos chilaquiles verdes con pollo que preparé —agregó Nana entusiasmada.

Camila no deseaba comer, pero no tuvo tiempo de responderle a la anciana que ya se había marchado rumbo a la cocina. Confundida, repasó en su mente los elementos de la extraña conversación: «¿La Era de la Conciencia?, ¿el Gran Jaguar?, ¿Kukulcán?, ¿si los padres de Albert vivieran?,

¿Albert toca *rock*?, ¿quién es Pakal el Grande?». Para salir de dudas, conectó su celular a Internet y tecleó Pakal. Segundos después, imágenes e información detallada acerca del antiguo monarca mesoamericano aparecieron en la pantalla. El nombre aborigen de Pakal el Grande era K'inich J'anaab Pakal. Había vivido entre los años 603 y 683 d.C.; gobernó el reino maya de B'aakal, cuya capital era la ciudad de Palenque, en el actual estado de Chiapas, al sur de México.

Camila no comprendía cómo la mujer podía asegurar que tenía parentesco con un hombre que había vivido hacía más de mil trescientos años. «¿Cuántas generaciones habían pasado? ¿Cómo crear un árbol genealógico con tanta información perdida durante el transcurso de la historia?», reflexionó. De inmediato, dedujo que la posibilidad de un vínculo entre Albert y Pakal era bastante improbable.

Nana regresó de la cocina con dos platos humeantes y un libro bajo el brazo. Un olor delicioso envolvió a Camila. Los chilaquiles verdes de Nana poseían el poder de hacerle la boca agua hasta al más quisquilloso de los expertos en arte culinario; se sentó a cenar frente a Camila, pues parecía tener mucho interés en hablar con ella.

—Te traje un libro que tenía guardado en la bodeguita. Es sobre mitología maya. Te puede servir.

Desde el interior de la taquería, Luis y Paquita observaban la escena, pasmados.

—¿Cómo viste a doña Nana hoy? —le preguntó Luis a Paquita.

—Bien —respondió ella, encogiéndose de hombros.

El teléfono sonó. Paquita contestó con su habitual tono cordial.

—La señora Josefina Ceh, por favor —oyó decir a un hombre.

—¿De parte?

—Oficial Esquivel, de la Policía de Homestead. Es muy importante que hable con ella.

—¿Qué le ha pasado a Albert? —preguntó Paquita con voz entrecortada. Su instinto adivinó que se trataba de su ahijado.

—¿Quién me habla?

—Soy Paquita Ruiz, la madrina de Albert ¿Qué le ha pasado?

—Estuvo involucrado en un accidente.

—¡En un accidente!

—No se alarme, señora, la condición del chico es estable. Está algo desorientado y tiene un ojo amoratado. La ambulancia se lo acaba de llevar al hospital, para ser atendido.

—¿Cómo ocurrió el accidente?

—La camioneta que conducía cayó en un canal. Por fortuna, el muchacho logró salir del vehículo. Unas personas vieron lo sucedido y lo halaron hacia la orilla. Estaba algo desorientado, pidiendo que ayudaran a su papá.

—¿A quién?

—A su papá —repitió el oficial.

—¿Hay más heridos? —se interesó Paquita.

—No, pero estamos verificando que el papá del mucha...

—No, no... el padre de Albert murió hace años —intervino Paquita.

—¿Sabe si había algún pasajero con el chico?

—No creo. Él fue solo a hacer un mandado.

—Permítame un segundo —dijo el hombre antes de vociferar a sus colegas—: ¡Paren la búsqueda, no hay pasajero!

Ella suspiró con alivio.

—El chico debe haber recibido algún golpe en la cabeza. En cuanto al vehículo, es pérdida total. Necesitamos que la señora Ceh acuda a Emergencias. El detective Roderick Maurer estará allí y desea hablar con ella, ya que esto parece ser un caso de intento de homicidio.

—¿Intento de homicidio?

—Es todo lo que le puedo decir por teléfono.

—Saldremos para allá de inmediato —confirmó Paquita, mirando a Luis con ojos desorbitados.

A pasos urgidos, Paquita se dirigió a la terraza en busca de Nana. Se detuvo a unos pasos de la mesa, sorprendida de verla enfrascada en una animada conversación con Camila. Tratando de conservar la calma, interrumpió:

—Nana, necesito platicar contigo.

Camila se volteó a mirarla.

—Dame unos minutos, Paquita.

—Es acerca de Albert, sufrió un accidente. Está en el hospital. Su condición es estable, aunque parece estar desorientado.

Las palabras estremecieron a la anciana que prácticamente se levantó de un salto.

—¿Qué dices?

—Luis se queda a cerrar la taquería y yo te acompaño —expuso Paquita.

—¿Cómo puedo ayudarla? —preguntó Camila, contrariada por la noticia.

—No, mi'jita, pero muchas gracias —contestó Paquita.

Luego de ver a las dos mujeres alejarse con expresiones acongojadas, la adolescente se quedó sentada unos minutos. Ahora entendía la razón del retraso de Albert. Preocupada, dio un breve vistazo al libro de Nana, con el fin de calmar su mente. De entre las páginas cayó una foto que logró recoger al vuelo. En ella aparecía lo que a simple vista aparentaba ser una caja de madera con glifos mayas grabados, entre los que se incluía una serpiente de ojo rojo. Sin prestarle demasiada atención a la imagen, volvió a colocar la foto dentro del libro, guardó todo en su mochila y se marchó, intranquila.

2
Homestead, Florida

Cuando Nana y Paquita llegaron a la sala de Emergencias se encontraron con un Albert exhausto, recostado en una camilla. Junto a él, un hombre alto, fornido, de cara alargada, hablaba por su celular. Nana se lanzó hacia el muchacho:

—¡Alberto, qué susto nos has dado! Gracias a Dios que estás bien.

—¿Te ha visto el médico? —preguntó Paquita.

Albert se incorporó sobre los codos e hizo un esfuerzo para sosegarse y saludar. Fingió estar tranquilo, aunque le resultaba difícil olvidar la sensación de hallarse atrapado, hundiéndose en las aguas del canal.

—Todavía no —respondió, pasándose la mano por su despeinado cabello.

El detective Maurer guardó el celular y saludó a las recién llegadas. Sus ojos azules llamaban la atención por ser saltones y severos. Merodeando los sesenta años, a punto de retirarse, el hombre estaba convencido de haberlo visto todo y sabérselas todas. El adolescente entornó los ojos hacia él sin decir nada. Percibió la sombra grisácea que envolvía al detective; era como una nube de polvo que se agitaba cada vez que el agente miraba a alguien. Lo cierto era que, desde los cinco años, Albert podía ver sombras y luces que los demás no podían ver. Estaba tan acostumbrado a esto, que la mayoría de las veces ni siquiera le prestaba atención.

—¿Cuál de las dos es la señora Ceh? —inquirió Maurer.

Paquita señaló a Nana.

—Soy el detective Maurer. Necesito hablar en privado con usted —explicó, tras hacerle un gesto a la anciana para que lo acompañara a una esquina de la sala.

—Que Dios lo bendiga por haberse ocupado de mi niño —

agradeció Nana, con una sonrisa afable.

El detective no habló de inmediato. Esperó estar alejado de oídos indiscretos para formular su primera pregunta:

—¿Sabe si Albert tiene algún enemigo?

—¿Enemigo? —repitió Nana, perdiendo la expresión cordial. Los ojos claros del hombre se clavaron en los de ella.

—No, no —aseguró la anciana.

—¿De qué pandilla es miembro Albert? —cuestionó el policía sin rodeos.

—De ninguna —refutó Nana con firmeza.

—Según los testigos que ayudaron a rescatarlo, un individuo que iba en un vehículo le disparó antes de darse a la fuga —resopló Maurer con impaciencia—. El auto, que era robado, lo encontramos a varias millas de allí. Además, mi colega me acaba de confirmar que la camioneta que manejaba su nieto tiene un agujero de bala en un costado.

—No sé de qué me está hablando —se apresuró a decir Nana, desconcertada.

—El joven no ha querido declarar nada al respecto, pero estoy seguro que sabe muy bien quién fue su agresor.

—Debe haber un error. Alberto es un buen muchacho.

—Eso dicen los familiares de todos los encarcelados. No sé en qué lío esté metido su nieto, pero con las gangas no se bromea, señora. Por lo tanto, si Albert les debe dinero o ha vendido drogas en su territorio, podría estar en peligro.

—Aquí está mi tarjeta —continuó él, dirigiéndole una mirada implacable—. Me puede dar una llamada en caso de que decida cooperar.

Nana no entendía por qué el hombre no le creía. Estaba tan molesta que su voz adquirió un tono agudo:

—Que le quede bien claro que mi muchachito no es un pandillero. En las venas de Alberto corre la sangre noble de un jaguar, por ser descendiente de Pakal el Grande.

El detective Maurer se rió sin vergüenza. «¡Sangre de jaguar! —se burló internamente—, más bien la de un sucio gato callejero».

Paquita se acercó a ellos.

—Disculpe, señor, pero el médico quiere hablar con la abuela del niño.

«¡El niño! Estas dos viejas están chifladas», pensó. Conocía demasiado bien ese tipo de adolescente rebelde, inmigrante mal adaptado que odia a la humanidad, y sobre todo las leyes. Había crecido al margen de ellos en Texas, y no le agradaban para nada las aspiraciones de estos recién llegados, a tener los mismos derechos que la gente legal. «Si no les gusta aquí, que se vayan para su casa», opinaba abiertamente cuando sus colegas le acusaban de esquemático. A lo largo de sus treinta y cinco años de carrera en las fuerzas policíacas, el detective se había aferrado a una frase que le parecía ingeniosa: «Si hablan "mexicano" hay que sospechar», era un cliché que usaba siempre a modo de chiste cuando se disponía a iniciar una investigación, y este caso no tenía por qué ser una excepción.

Después de un incidente traumático en Dallas, el detective había solicitado trabajo en el estado de Florida. Su nueva resolución era disfrutar más de la vida. Deseaba residir cerca del mar y salir de pesca en lancha por los paradisíacos cayos del sur de la península. Al recibir la propuesta de trabajo en Homestead, aceptó encantado, pensando que las responsabilidades de su nueva posición serían mínimas. Pero sus esperanzas se esfumaron el primer día de trabajo, al descubrir que Homestead, a pesar de ser un área agrícola, sufría los mismos problemas que las grandes urbes. Lo que más lo sorprendió fue el gran número de cultivos hidropónicos de mariguana en el interior de las casas. La existencia de propiedades aisladas, con costos relativamente bajos para la región, tentaba a algunos agricultores sin escrúpulos a arriesgarse sembrando el cannabis bajo la luz de lámparas especiales. Sin duda alguna, es un negocio lucrativo debido a la proximidad de la ciudad de Miami. Pero la distribución y venta de la hierba, por su naturaleza ilícita, engendraba pandillas, robos y *vendettas*.

Además, se había extrañado al enterarse de que el tráfico humano era también un grave problema en la Florida. La mayoría de los casos en los que el detective se había visto involucrado eran de mujeres jóvenes o niñas, traídas a Estados Unidos de países pobres, forzadas a realizar trabajos de sirvientas, trabajadoras agrícolas o prostitutas. Los casos más espeluznantes que había investigado habían ocurrido en años recientes, pues las repugnantes formas de esclavitud aumentaban al sur del estado; así, pueden mencionarse el de una mexicana forzada a vivir y trabajar por largas horas y poco salario bajo condiciones insalubres, en un vivero de plantas; o el de una adolescente peruana de 14 años, obligada a prostituirse en un bar de mala muerte.

«Piensa mal y acertarás», reflexionó el desconfiado agente, observando a las dos mexicanas alejarse. La víctima se hallaba lejos de causarle lástima, persuadido, como estaba, de que le había mentido y era un pandillero más. Se le había metido entre ceja y ceja que iba a descubrir en qué negocio ilícito andaba involucrado el mexicanito.

Con el rabillo del ojo, Albert vio al policía salir de la sala de Emergencias. Hasta hacía unos segundos reinaba a su alrededor un ambiente tenso y pesimista, que se desvaneció en cuanto el hombre se marchó. Albert había aprendido a asociar las sombras y las motas de luz que veía emanar de algunas personas, con estos sucesos. Era algo muy extraño que había preferido mantener en secreto por miedo a ser mal juzgado. No se lo había contado ni siquiera a Nana, para no preocuparla. Lo que sí le quedaba claro era que el detective Maurer iba a causarle problemas.

3
Maní, Yucatán
13 de junio de 1562

Fray Diego de Landa dio un vistazo a su alrededor para asegurarse de que no lo veían. Se despojó de la sotana maloliente que había vestido durante los últimos diez días, dejándola caer como un trapo viejo sobre la tierra enlodada. Dudoso, volvió a lanzar un vistazo, y luego deslizó sobre sus pálidas y lampiñas piernas los calzones que, tras innumerables lavadas con grasa animal y ceniza de madera, habían adquirido una tonalidad gris. Desde su llegada a la Nueva España, el fraile franciscano se veía obligado a bañarse cada dos semanas, ya que la humedad del clima tropical lo incomodaba. Claro está que estos chapuzones en el río no se podían comparar de manera alguna al baño anual que tomaba en su congregación, allá en la madre patria. El lavado con agua caliente y un buen jabón de Castilla, elaborado con aceite vegetal y soda cáustica, era considerado una esplendidez tal que solo nobles y religiosos de cierto rango, como él, podían disfrutar.

Las numerosas ronchas rojas que salpicaban su cuerpo eran clara evidencia de que los mosquitos gustaban de su sangre. Desnudo junto al río, el fraile se pasó la mano por la cara: estaba barbudo. Una leve sonrisa se asomó en sus labios al recordar la conversación que había tenido con un niño indígena de la aldea vecina, quien le explicó que la barba era un rasgo feo en los hombres. Se rió solo, rememorando la expresión de asombro del niño al tocarla y sentir los vellos duros que brotaban de su rostro.

Relajado, fray Diego disfrutó de la brisa refrescante, la cual, tras rozar el agua del río, venía a acariciarle la piel. Respiró profundo y su espalda huesuda se tensó. A pesar de llevar años viajando y conviviendo con los indios, los atardeceres tropicales no dejaban de impresionarlo por el color rojizo del cielo, de una intensidad tal como nunca había visto en su pueblo natal de Cifuentes, en España. La puesta del sol, junto al placer de la piel expuesta a la intemperie, le causó un profundo y erótico bienestar. De inmediato, sintió la agradable sensación de su miembro al tensarse, y supo que el diablo lo estaba provocando de nuevo.

La brillante carrera eclesiástica de fray Diego lo había llevado a la posición de Provincial de Yucatán, pero su estadía en el Nuevo Mundo no había sido fácil. A diario libraba un tozudo combate contra la imaginación y el deseo. Para él, todo se reducía a una cuestión de fe y al orgullo de ser quien era, un honesto religioso de gran visión. Pero su misión no resultaba simple. Se le dificultaba controlar la exaltación que sentía al ver a las jóvenes indígenas. Tras gran insistencia de los misioneros, las mujeres habían aceptado recubrir sus cuerpos con ligeras túnicas, pero a diferencia de las señoras elegantes de España, no usaban corsé. La tarea de moler el maíz para confeccionar tortillas hacía que se les sacudieran los senos de forma ostensible. Al religioso no le era difícil imaginar los montículos y las curvas que se insinuaban debajo de la ropa de las adolescentes, a quienes la juventud y libertad de sus cuerpos proporcionaban un caminar ondulante y grácil. Diego las juzgaba mejor formadas que las españolas por ser más bajas y delicadas, y sentía una especie de magia alrededor de ellas, como si se tratara de un aura maligna. El embrujo de aquellas criaturas lo dejaba perplejo, con una punzada en el vientre, y esto lo mortificaba de tal manera que se retiraba a rezar al convento. El diablo vivía en ellas. Más que nunca, el religioso estaba convencido de que Dios lo había llevado a esos lados del mundo para probar su fe. Su reputación de hombre virtuoso y prudente estaba puesta a prueba cada segundo del día, y en todos lados.

Con pasos cautelosos, fray Diego se encaminó hacia el río, evadiendo las piedras y observando dónde colocaba los pies, mientras con la mano derecha disimulaba el pene erecto apretándolo contra su barriga. Al llegar al agua, se sumergió hasta el cuello, y allí, a escondidas de la vista de Dios, manipuló su sexo y descargó una cuantiosa cantidad de semen tras lanzar un gemido suave y prolongado. Por un maravilloso rato el religioso continuó disfrutando de los deliciosos espasmos que se propagaban desde su miembro hasta el abdomen y los muslos. Luego recuperó el aliento y abrió los ojos para ver las nubes en lo alto del cielo. Su cuerpo se relajó, y sintiéndose avergonzado consigo mismo y con el Creador, quedó flotando afligido. Recordó cómo, de adolescente, les advertían en el internado que esos manipuleos vergonzantes podían volverlos ciegos, locos, además de sumirles las almas en el fuego eterno. La realidad era que, a nivel de eyaculación, nunca había logrado resistirle al diablo más de tres semanas consecutivas, y desde que cohabitaba con los indígenas su fuerza de voluntad había disminuido aún más. El pecaminoso incidente ocurría varias veces al mes, y últimamente con más frecuencia. Otra prueba de que aquellas tierras estaban bajo el dominio de Satanás.

Fray Diego flotaba en el agua meditando sobre la debilidad carnal, cuando escuchó voces provenientes de la maleza que lo sacaron de sus reflexiones. Preocupado por ocultar su cuerpo desnudo, se apresuró a esconderse tras unas piedras. Momentos después vio pasar, entre los árboles, a un grupo de indios cargando en brazos a dos infantes y un perro. A pesar de la distancia, creyó reconocer a Francisco Couoh, un joven que vivía en el albergue para niños indígenas que los frailes habían establecido cerca del convento. Al cacique del área no solo se le había pedido ayuda para construir el hospedaje, el convento y la iglesia, sino también debió procurar que los niños de familias importantes fueran a vivir allí. A cambio de algunas tareas cotidianas, los jóvenes recibían educación religiosa.

Francisco era buen cristiano. Había aprendido a persignarse, a orar el *Pater Nostre*, el Ave María, el Credo y el Salve Regina. No fue difícil adoctrinarlo y hacer de él un fiel intermediario ante sus hermanos de raza y lengua. El mismo fray Diego le explicó que había sido elegido por el verdadero y único Dios para difundir su palabra. Como los otros jóvenes que vivían en el albergue, Francisco parecía estar firme en sus creencias y listo para recibir el agua bautismal.

A fray Diego le llamó la atención que el grupo de indígenas se adentrara tan tarde en el bosque tropical. El sol estaba a punto de desaparecer en el horizonte y quedaban solamente unos veinte minutos de luz. Tuvo la certeza de que presenciaba algo malévolo. Esperó que se alejaran y se apresuró a vestirse con la sotana enfangada. Las pisadas recién hechas le indicaron el camino a seguir. Mantuvo una distancia segura para no ser visto, y después de recorrer un corto trayecto entre los árboles, las huellas lo llevaron a una cueva. Desde la misma entrada escuchó voces y el sonido de un tambor. El fraile hubiera deseado saber más sobre la misteriosa reunión, pero se acobardó, seguro de que se trataba de una ceremonia satánica. Se persignó mientras buscaba en su mente un pretexto para evitar enfrentarse a los servidores del diablo. Desafiar la selva en la oscuridad lo atemorizaba aún más que enfrentarse al ritual diabólico. Decidió retornar al pueblo. Se alejó sigilosamente con zancadas largas, no sin antes prometerle a Dios que retornaría al lugar para combatir las fuerzas del mal.

Al día siguiente, temprano en la mañana, armado de agua bendita y una cruz de madera, el religioso volvió al río. Tras rondar desorientado por un buen rato, finalmente encontró la pequeña entrada de la cueva. Con precaución asomó la cabeza, y vio que unos metros más adelante había un corredor de techo bajo que conducía a una bóveda iluminada. Se agachó y entró vacilante, mostrando el crucifijo y repitiendo en la mente su proverbio «La Cruz por delante».

Avanzaba cauteloso hacia la luz, cuando creyó escuchar en la lejanía el ruido de un torrente. «Debe haber algún río subterráneo no muy lejos», pensó. Un inmundo olor desconocido le asaltó las narices y le provocó náuseas. El fraile se contuvo. Al llegar al fondo de la gruta encontró a una mujer acuclillada en el suelo junto a una fogata. No muy lejos de ella, vio un altar de piedra, tallado con un jeroglífico en forma de serpiente y recubierto de sangre. La india se encontraba sola, ensimismada en sus oraciones al ídolo. Al verla, fray Diego se enfureció y la insultó:

—¡Pecadora, bruja maldita, veneradora del demonio! –gritó, enrojecido por la rabia. La mujer se sobresaltó ante los gritos del fraile y se marchó corriendo.

El religioso notó una intrincada serie de símbolos de matiz rojo pintados sobre las paredes de la gruta. Perplejo, escudriñó con la mirada aquel sitio húmedo y tenebroso. Luego, avanzó hacia la fogata, y justo detrás de la piedra tallada, observó un enorme agujero. De allí provenía el ruido del agua corriendo entre las rocas. Sus ojos tardaron varios segundos en adaptarse a la penumbra del hoyo. A pesar de su corta vista, vio en el fondo del caudal subterráneo los cuerpos inanimados de un perro y un venado, pero no logró distinguir las otras figuras que se hallaban bajo estos cadáveres. Sintió que su corazón dejaba de latir por un breve instante. Asqueado, dio dos pasos hacia atrás. Fue entonces que se dio cuenta de que el lodazal bajo sus pies estaba oscurecido con sangre. Enfurecido, el padre se volteó hacia la deidad maya, la tomó y, con ímpetu, la lanzó contra la pared valiéndose de todas sus fuerzas, para hacerla añicos. Luego, santiguándose, sacó del bolsillo de la sotana la botella de agua bendita y derramó parte del líquido sagrado sobre las llamas. Tras arrojar otras gotas sobre los glifos, abandonó la cueva, jadeando. Si algo tenía claro en su mente era que alguien iba a pagar caro el acto sacrílego.

Tan pronto regresó al convento, fray Diego de Landa convocó al alcalde mayor de Yucatán, don Diego Quijada, a la localidad de Maní, para poner orden, confiscar el altar de la cueva y castigar a los responsables. No iba a dejar que el demonio arruinara la conversión de los indígenas y la salvación de sus almas. Su misión estaba más clara que nunca, iba a acabar de una vez por todas con la devoción a la serpiente.

4
Homestead, Florida

¿Esa soy yo? Uy, no lo puedo creer –murmuró Nana, la mirada fija en el espejo, como si no se hubiera visto desde hace mucho.

La imagen que contemplaba era la de una mujer cansada, de ojos apagados. Nada que ver con ella, siempre tan dinámica y llena de vida. No pudo menos que sorprenderse por no haberse reconocido. Con un gesto mecánico, tomó el cepillo y distraídamente comenzó a peinarse. El cabello largo y gris, casi blanco, contrastaba con su tez cobriza. A pesar de la penumbra de la habitación, podía ver con detalle cada arruga e imperfección de su piel. Mientras sus pensamientos divagaban, su brazo seguía dócilmente la caída del pelo, larguísimo, en su curso desigual hasta las caderas.

–Te ves vieja –le dijo la mujer al espejo–. Dicen que el tiempo trae sabiduría. ¿Dónde está la mía?

Nana no era pesimista, pero hacía meses que tenía el presentimiento de que algo malo iba a suceder.

–¿Qué me pasa? –le reclamó al rostro reflejado ante ella.

La mañana comenzaba a empujar delicados haces de luz a través de las persianas de la habitación, anunciando que el amanecer era inminente. Nana veía las partículas de polvo revolverse en los rayos del sol, y por un momento hubo silencio en su mente. Luego regresó la mirada a su reflejo, el cepillo a su faena y la mente a sus reflexiones. Un resplandor exiguo y delicado se posó sobre su faz. Se vio obligada a pestañear un par de veces, y cuando sus ojos volvieron al rostro no pudo creer lo que veía. Hoy el espejo había amanecido cargado de sorpresas. Hizo un esfuerzo con la vista, pero en lugar de la anciana arrugada de antes, veía ahora a una jovencita de sonrisa tímida. La imagen era tan real que se sobresaltó; el cepillo escapó de su mano, y dio contra el suelo. De inmediato reconoció aquel rostro lozano y las dos largas, lustrosas trenzas negras: era ella misma a los doce años de edad.

Nana se sintió sobrecogida. Por un instante, se cuestionó incluso si no estaría soñando. La invadió una urgencia imperiosa de tocarse el cutis. La suave sensación de su piel, vencida y dócil por la edad, la obligó a mirar con más detenimiento al espejo. Su cuerpo permaneció inmóvil mientras intentaba comprender lo que ocurría.

De súbito, el aroma de *cempazúchitl* penetró en la habitación, desempolvando memorias de su niñez que la llevaban de vuelta a las calles de Zinacantán, calles hechas de polvo y sol. Recordó la ceiba del patio, los cuentos quiméricos de su abuelo Papá Juan, las tortillas de su madre, el musgo en el muro del cementerio y la risa encantadora de su hermana.

Le vinieron a la mente recuerdos de júbilo y dolor. Cuando su abuelo murió, Nana se dio con obcecación al cultivo de margaritas, rosas y *cempazúchitles*, que tan pronto florecían llevaba a la tumba, frente a la capilla, en el cementerio de San Juan Chamula. La mujer suspiró y sintió una lágrima cálida rodar por su mejilla. Ella misma era ahora más anciana de lo que Papá Juan había sido, y sin embargo podía sentir la pérdida de su abuelo como si todavía fuera una niña.

La idea de que quizás estaba soñando volvió a pasarle por la mente, pero no le pareció una explicación posible ante la experiencia tan vívida del aroma de las flores.

–¿Me estaré volviendo loca? –se preguntó–. La semana pasada cumplí sesenta y cinco. ¿Me estaré poniendo senil? ¡Qué regalo de cumpleaños!

Por largo rato admiró ávidamente a la niña, evitando pestañear por miedo a perder la imagen. La habitación parecía hacer un esfuerzo por perpetuar la paz de la mañana, el silencio que trae el fresco de las primeras horas. Sin embargo, dentro de Nana, los sentimientos y las memorias se amalgamaban, librando una lucha intensa, ensordecedora. De súbito, un campaneo estridente perforó sus oídos, interrumpiendo sus pensamientos. La chillona alarma del despertador la hizo volver a la realidad y el rostro de la anciana agotada reapareció en el espejo.

Nana aparentaba tener más años que los vividos. Las arrugas que recorrían su frente, irradiaban de sus labios y confluían alrededor de sus ojos; eran los vestigios de una vida de esfuerzo. Formaban parte de su dignidad y carácter. Nunca había sido demasiado vanidosa, ni había prestado mucha atención a su apariencia física. No hubiera podido, de todos modos, y habría padecido más que disfrutado de haber tenido devoción por los artículos de belleza, cremas hidratantes, lápices labiales o el tinte de pelo, capaces de sustraerle diez años de encima. La imagen de su pelo blanco con la cara marchita en el espejo había sido parte de su rutina por un sinnúmero de años. Sin ellos, no se reconocería. En cambio, aquella mañana Nana se comportaba como si, después de mucho tiempo, se estuviera viendo por primera vez.

Entristecida, cerró los ojos lentamente, tratando de recobrar la imagen de la niña, esta vez sin suerte. No solo desapareció la jovencita, sino también el olor dócil y afable del *cempazúchitl*. La alarma del reloj despertador continuaba sonando. Irritada, se dio vuelta y pudo divisarlo, vibrando sobre la mesita de noche. Recogió el cepillo del suelo y lo lanzó con toda su fuerza. La puntería le falló y únicamente consiguió alcanzar la lámpara junto al reloj, que cayó con estrépito.

Nana observó las sábanas apenas desechas. Llevaba días sin poder dormir. Para colmo, el insomnio se había confabulado con la falta de apetito. Y todos estos recuerdos emboscados detrás de cualquier motivo, le traían a la mente eventos sin fechas, caras sin nombres, imágenes mudas, dolores que no obedecían a ninguna herida aparente.

Crispada, recogió la lámpara del suelo,la volvió a colocar sobre la mesita y apagó el despertador de un manotazo. Se puso una bata y trenzó su pelo. Salió de la habitación y se encaminó con paso incierto hasta la puerta del dormitorio próximo al suyo y la tamborileó con la punta de los dedos.

—Alberto, son las seis pasadas —susurró con voz ronca.

Esperó unos segundos, pero no hubo respuesta. Esta vez tocó la puerta con los nudillos y subió ligeramente el tono de voz.

—Alberto, ¿estás despierto?

—Sí, Nana —respondió una voz apenas audible.

«Seguro se acostó tarde anoche» pensó, mientras caminaba hacia la cocina. «Voy a preparar el desayuno, a ver si logro despojarme de esta neblina que tengo en la cabeza».

Recorrió el resto del angosto corredor que conectaba los dormitorios con la pequeña sala-comedor y la cocina. Como una autómata en su humilde casa, Nana entreabrió las persianas y miró hacia afuera. Un pequeño terreno rodeaba la vivienda, distanciándola de las demás que conformaban el barrio, todas vetustas, similares, con pequeñas parcelas alrededor. Aun así, la de ella era diferente, pues había aprovechado cada centímetro cuadrado de tierra para cultivar algo, lo que fuera, con tal de no desperdiciar el espacio. Abrió la puerta de la cocina y se dirigió, pensativa, hacia la huerta en busca de orégano. Al regresar, advirtió que no se escuchaba ningún ruido en la habitación de Albert.

—¡Alberto, se te va a hacer tarde! —voceó esta vez.

Segundos después, el adolescente, cabizbajo, medio dormido y con el ojo amoratado, emergió somnoliento de la habitación. Un par de viejos, aunque al parecer cómodos pantalones cortos, caminaban perezosamente pegados a su piel, al tiempo que se pasaba indistintamente las manos por el pelo o se frotaba los ojos. Se detuvo frente a la puerta del baño y sacudió la cabeza estirando ambos brazos mientras dejaba escapar un enorme y prolongado bostezo.

—Odio las mañanas —dijo a modo de saludo a la imagen en el espejo.

Cuando acabó de cepillarse los dientes, abrió el botiquín y sacó una hojilla de afeitar. Examinó con cuidado su rostro. Su ojo seguía color púrpura. Con la punta de los dedos peinó los pocos vellos que emergían sobre el labio superior y el mentón, como si con esto consiguiera hacerlos crecer más rápido. Nana insistía en que debía rasurarse, que se veía descuidado, pero ella no iba a entender que afeitado ninguna chavita creería que tenía dieciocho años. Sin pensarlo más, puso la hojilla de vuelta en el botiquín y se metió en la ducha.

El ruido incesante del agua apenas le permitió escuchar a Nana, que lo llamaba de nuevo desde la cocina. Fue el olor de los nopales con huevo, la idea de un desayuno caliente, lo que hizo que por fin el muchacho se diera prisa. Llevaba semanas desayunando cereal con leche o pan con mantequilla de maní. Por esos días Nana había andado cansada, inapetente, sin ganas de cocinar.

Con el pelo todavía húmedo y un bolso andrajoso al hombro, Albert entró a la cocina. Nana estaba frente a la hornilla. Se acercó a ella y le haló la trenza cariñosamente. Ella, que era mucho más bajita, se dio vuelta despacio y alzó la cabeza para mirarlo a los ojos. Albert pudo ver en el rostro laso, las ojeras causadas por las noches en vela.

—¿Te sientes bien? —preguntó preocupado.

—Sí, sí —respondió Nana—. Estoy algo cansada, anoche no pude dormir. Eso es todo. Voy a llamar a la taquería para decirles que hoy llegaré algo tarde a trabajar. ¿Y tú, cómo estás?

—Excelente, por mí no te preocupes —respondió rápidamente Albert.

—Bueno, pues siéntate y desayuna —dijo Nana.

Albert obedeció, no sin antes preguntar:

—¿Por qué no podías dormir? ¿Te pasa algo?

Nana no quiso mencionarle que las palabras del detective Maurer revolotearon en su mente gran parte de la noche.

—Tuve pesadillas, debí comer algo que me cayó mal. Ya sabes, con la edad se me ha ablandado el estómago. Con lo que me gusta el chile.

—Pero anoche no comiste nada en el hospital, ni llegando a casa —le recordó Albert.

—Pues es muy probable que eso mismo fuera lo que me hizo daño —contestó Nana. Luego añadió—: Suelta tu bolso y come antes de que se enfríe.

Albert se acomodó en la rústica mesa de madera que ocupaba casi todo el espacio de la cocina. La anciana le sirvió un enorme plato de nopales con huevo.

—No llevas tu uniforme. ¿Qué, no piensas ir a la escuela hoy? —preguntó con el ceño fruncido.

—¿Cómo crees? El oficial Esquivel me aconsejó que no fuera. Hoy van a hablar con el director y hacer una pequeña investigación.

—¿Qué buscan?

—Perder el tiempo —dijo Albert encogiendo los hombros.

—¿Entonces, a dónde vas?

—A la aldea de los miccosukees, para cambiar de ambiente —explicó Albert.

—¿Te gusta trabajar allí?

—Sí, me la paso chido con ellos. ¿No vas a comer?

—Luego, mi'jito, luego —respondió Nana, volviendo hacia la hornilla con paso más lento de lo normal.

El adolescente comenzó a devorar con entusiasmo el desayuno. Nana solo se sirvió un café, se sentó frente a él y le clavó sus ojos cansados.

—Veo que hoy tampoco te rasuraste —comentó.

Albert levantó la vista hacia su abuela, pero no pudo contestar porque tenía la boca llena.

—Con esos vaqueros desgastados, la camisa demasiado larga

y sin afeitar, tienes aspecto de vagabundo. ¿Qué van a pensar los turistas que te ven? —y sin esperar respuesta, agregó—: ¿Quieres un vaso de leche, mi'jito?

El joven terminó de masticar y le respondió.

—Sí, quiero un poco de leche, y no, no creo que a los turistas les importe mucho mi ropa. Además, abuela, es la moda, todo el mundo se viste así —se levantó y tomó el vaso que la anciana le alcanzaba.

Albert observó a nana con detenimiento. Este asunto de que estuviera tan cambiada en los últimos tiempos ya no parecía algo pasajero.

—Regresando al tema de tu insomnio, viejita linda, estoy comenzando a preocuparme en serio por tu salud.

El comentario fue hecho con tanta ternura que Albert consiguió que se dibujara una sonrisa en los labios de Nana.

—Te quiero tanto —dijo Nana, pasándole la mano por el cabello. Luego agregó con voz firme—: No hay necesidad de alarmarse. Ando cansada, eso es todo.

Albert no estaba muy convencido; era la primera vez que la veía tan mustia y decaída.

—Nana, ¿fuiste al médico, como te dijo Paquita que hicieras?

—Paquita solo quiere demostrar que puede manejar la taquería sin mí, que no me necesita. Pero, para contestar tu pregunta, sí fui.

—¿Y qué te dijo?

—Nada mi'jito, me hizo unos exámenes y me encontró muy bien. Bueno, con algo de colesterol. Dice que le gustaría hacerme unas pruebas suplementarias para verificar que no tenga un principio de alzhéimer.

—¿Que no tengas qué? —cuestionó el joven, confundido.

—Ese médico lo que quiere es que siga regresando a su consultorio. Mi opinión es que debería tomarse un cursito de capacitación con algún *ah-men* de mi pueblo —respondió Nana, molesta.

—¿Con un *ah-men*? —repitió Albert, atónito.

Durante todos estos años viviendo en Estados Unidos junto a ella, nunca la había oído mencionar la palabra maya para curandero, ni expresarse así de su médico de años o de su socia Paquita. Nana procuró cambiar la conversación.

—Apuesto que anoche te fuiste otra vez tarde a la cama. ¿Qué estabas haciendo? ¿Componiendo canciones?

—No. Andaba repasando para un examen de Física que

tengo la semana que viene y que me tiene preocupado.

De niña, Nana había asistido a la escuela por poco tiempo. En los años cincuenta, una región tan apartada como lo era el pueblo de Zinacantán, en Chiapas, no ofrecía enseñanza escolar avanzada a una indígena. Pero Nana era una persona inteligente, e incluso desde niña había tenido esa ventajosa cualidad de preguntar sin vergüenza lo que no sabía.

—¿De Física? ¿Qué repasabas?

—Memorizaba lo básico sobre la teoría de la relatividad de Einstein.

—¿De qué trata esa teoría? —preguntó ella, sin pensar.

—Del paso del tiempo —respondió el muchacho, mientras se levantaba de la mesa y volvía a colocarse el bolso al hombro.

—¿Cómo es eso? —inquirió Nana, súbitamente curiosa.

—Einstein era un genio —explicó Albert— y revolucionó el campo de la física alegando que el paso de tiempo no era siempre igual en todas partes.

—Pero eso lo sabe todo el mundo —comentó Nana, encogiendo los hombros.

—¡Todo el mundo lo sabe! —repitió Albert sorprendido—. Muy poca gente logra captar el concepto de que la medida del tiempo es relativa, no absoluta, y depende del punto de referencia de los observadores. Cuando un observador viaja a velocidades próximas a la de la luz, el tiempo transcurre de forma diferente al de una persona que se queda en la Tierra.

—¿Cómo es eso?

Nana, confundida, lo observaba orgullosa. Albert prosiguió con su línea de pensamientos.

—Esta manera diferente de transcurrir se denomina aceleración o contracción del tiempo.

—En mi opinión, no hay necesidad de viajar para que el tiempo pase de manera diferente —replicó Nana, pensativa.

Albert esbozó una sonrisa.

—¿Te gusta la física? —preguntó la anciana sin poder disimular un tono de satisfacción.

—Tanto como la música… sobre todo la astrofísica.

—¿La astrofísica?

—El estudio de la física del universo. Es una ciencia que me parece intrigante. Es algo así como observar el mundo desde una perspectiva diferente.

Nana encogió los hombros. Por un instante, las palabras de Albert le trajeron a la memoria las conversaciones enigmáticas de su abuelo.

—Me recuerdas a Papá Juan que en la noche observaba las estrellas y decía cosas muy complicadas para mí.

—Nana, me tengo que ir —le recordó Albert—. No quiero llegar tarde.

—Bueno, aquí están las llaves de la troca de Luis —dijo ella, tendiéndole un llavero—. Me las dejó Paquita anoche para que la usaras hoy. Ya sabes lo mucho que te quieren.

—Cuidaré bien la troca —afirmó Albert, tomando las llaves.

—Si me necesitas, estaré en la taquería más tarde. Que Dios te bendiga, mi'jo.

Albert partió a trabajar al poblado de los indios. La realidad era que durante la semana no había mucho ambiente en la región. Lo más común entre sus habitantes era ir a trabajar o estudiar y luego dedicarse a ver la televisión o ir de compras. Los hábitos se alteraban sobre todo los domingos con la asistencia a misa. Nana no insistía en que su nieto la acompañara a la iglesia. No creía en imponerle la fe a nadie. Bastante tormento habían causado las religiones entre su gente, allá en Chiapas.

Para Albert, pasar el día con los indios miccosukees rompía la monotonía. La aldea indígena, en pleno Everglades National Park, es la parte de la reservación que el mundo exterior conoce, una ventana al pasado donde los visitantes deambulan entre chozas de paja, senderos de tierra y vegetación exuberante. Los turistas pasan el día probando comidas típicas, contemplando artesanías y observando exhibiciones de destreza en el forcejeo con feroces lagartos. Otro atractivo son las excursiones a bordo de hidrodeslizadores propulsados por aspas gigantes. Estas embarcaciones, características de las zonas pantanosas, se deslizan sobre un río de hierbas, cuyas aguas fluyen lánguidamente a través de un paraíso subtropical de más de seis mil kilómetros cuadrados. Los visitantes son conducidos a través del imponente llano de juncias, que se extiende hasta donde se pierde la vista.

A pesar del excepcional entorno, el trabajo de Albert estaba lejos de ser excitante. La limpieza del foso de cemento en el centro de la aldea constituía su mayor responsabilidad. Tenía que vaciar el agua del pozo donde vivían dos enormes largartos de once y diez pies de largo y un gran número de tortugas de diferentes especies. Empuñando una manguera con agua a alta presión y jabón especial, limpiaba las paredes. Luego, armado con una escoba enorme, empujaba el agua sucia y verdosa de algas hacia el desagüe. Para terminar, volvía a llenar el foso con agua fresca del río. Los animales ni se inmutaban con la higienización semanal. Los escobazos sobre las paredes y el ruido de la máquina de presión les eran familiares.

Tras asear el estanque, debía ayudar en el puesto de comida. Vendía hamburguesas, perros calientes y croquetas de cola de aligátor. Apreciaba poder ganarse unos dólares trabajando al aire libre, atendiendo a personas de todas partes del mundo. No obstante, la verdadera razón por la cual había tomado el trabajo radicaba en la esperanza que tenía de aprender a forcejear con los peligrosos animales.

Los indios miccosukees se habían asentado en Florida a finales de los años 1700, tras las guerras de los colonizadores contra las tribus seminoles. Forzados constantemente a dispersarse en diferentes áreas del río para pescar y cazar, habían aprendido a forcejear con los reptiles con el fin de doblegarlos. Esta especie de lucha libre entre humanos y bestias era la mejor manera de inmovilizar a los aligátores, con el propósito de llevarlos vivos hasta la aldea. Para evitar que la carne se dañara con el calor, los mantenían con vida hasta que decidían comérselos. Fue a principios del siglo pasado que los miccosukees recibieron sus primeros ingresos, a través de las propinas proporcionadas por viajeros impresionados al verlos luchar con estos animales. Mucho tiempo después se abrieron granjas de crianza de reptiles para atraer el turismo.

En realidad, resulta un tanto aburrido observar los lagartos encerrados en un foso de arena. Sin embargo, mucha gente se queda mirándolos, con la absurda esperanza de que quizás, cuando por fin se muevan, hagan algo digno de una foto.

Después de prestar atención por varias semanas a las técnicas de forcejeo, Albert le pidió a su supervisor que lo iniciara en la tradición. Al principio la petición le fue negada, pero a fuerza de perseverar, su jefe accedió. Le dijo que hablara con Kenny Billy, un veterano a quien le faltaban dos dedos por un error cometido con un lagarto llamado Burbujita.

Albert tenía a su favor el hecho de que la aldea estaba corta de personal. La mayoría de los jóvenes de la tribu ya no se interesaban en trabajar allí; preferían tomar empleos en la ciudad o en el casino de la reserva indígena, donde las propinas eran más jugosas y los salarios más tentadores. La tradición no podía competir con el majestuoso complejo hotelero construido en tierras de los miccosukees, ni con el poderoso concepto de entretenimiento del casino y sus máquinas tragamonedas, mesas de póquer, ruletas y recintos para el bingo.

Albert llevaba tres meses entrenando. El hecho de que no fuera muy corpulento no parecía constituir un problema. Para forcejear con aquellos reptiles no se requería fuerza bruta, sino más bien adquirir la medida justa de destreza y técnica.

Esa mañana, el aire de octubre caldeaba la aldea. A Albert, los muros altos, de madera oscura, que reguardaban el poblado de las miradas de los curiosos que pretendían ver sin pagar, le parecieron más imponentes que de costumbre. Al aparcar la camioneta, advirtió cuatro autobuses detenidos frente a la *boutique* donde vendían recuerdos del lugar. De inmediato dedujo que iban a tener una jornada bastante movida, presumiblemente con japoneses o europeos. Cruzó la tienda que hacía las veces de entrada principal, en dirección a los fosos, desplazándose con agilidad entre los estantes que exhibían, para la venta, cabezas de lagartos, llaveros y recuerdos hechos con las patas embalsamadas de estos animales, así como tarjetas postales, camisetas con el logotipo de la aldea, libros sobre la historia de los nativos americanos, panfletos sobre la fauna local, y por supuesto, botellas de agua a precios exorbitantes.

Se puso su ropa de trabajo y pasó la mañana desinfectando el recinto de las tortugas. A eso de las once el jefe de la aldea se le acercó. Después de saludarlo con un leve movimiento de cabeza, le dijo:

—¿Quieres hacer una demostración?

—Por supuesto —respondió Albert.

—Kenny Billy te está esperando en el foso de exhibición.

Albert abrió la puerta del cercado, donde una docena de lagartos de distintas edades y tamaños parecían dormitar. Kenny Billy se encontraba ya dentro, halando los animales por la cola para cansarlos un poco y colocarlos en la posición adecuada para la exhibición. Albert lo imitó. Minutos más tarde, los altoparlantes anunciaban el comienzo del acto. Hombres, mujeres y niños se amontonaron alrededor de las rejas, cámaras en mano. Con una seña de Kenny Billy, Albert saltó sobre la espalda de una bestia de ochocientas libras llamado Mandíbulas. El animal se revolcó y comenzó el forcejeo. El lagarto también parecía saber cuál era el papel que tenía que jugar.

El adolescente apenas parecía nervioso. Kenny Billy se

mantuvo próximo a la lucha, demostrando estar más ansioso que su alumno. El público reaccionó con cada movimiento inesperado del animal y aplaudió la destreza de Albert. La exhibición duró unos veinte minutos, y consistió en diferentes manipulaciones de forcejeo.

Hasta aquel momento, Albert había mostrado seguridad y precisión, a pesar de ser un novato. En un instante en el que se apartó de su contrincante, vio los rostros anhelantes de los espectadores. Dio un último vistazo al reptil de más de tres metros, antes de anunciar:

–*And now, The Florida Smile* –enseguida tradujo al español–, y ahora, La Sonrisa de Florida.

Cuando el animal abrió la boca y mostró sus ochenta peligrosos dientes, Albert notó que tenía a los turistas cautivados. Desde el público llegaban gemidos de espanto y comentarios de asombro. Había quienes se tapaban la boca o los ojos. Algunos sonreían, pero muchos, sobre todo los que nunca en su vida habían visto de cerca un animal como aquel, no podían evitar pensar con horror cómo sería quedar atrapado entre sus fauces.

–*And now... The Face Off*, ¡El Arranca Cara! –anunció Albert.

Esta maniobra era el gran final de la exhibición. Consiste en mantener cerrada la boca del animal haciendo presión con la barbilla, mientras la persona que forcejea con él extiende los brazos hacia los lados. Albert sostuvo la posición por un minuto, que le pareció larguísimo, para darle a la audiencia la oportunidad de tomar fotos. En tanto forzaba una sonrisa dirigida al público, recordó a Nana y a don Roberto. «¿Qué hubieran dicho si me ven en esta situación?» pensó. Sabía que el cubano no bromeaba y era solo cuestión de tiempo para que Nana se enterara de lo que estaba haciendo. Aquello le molestaba, pero no tanto como intuir que también era cuestión de tiempo que Matusalén volviera a meterse con él. «¡Chingada madre!», se dijo, sin poder ignorar un ambiguo sentimiento en el estómago. El simple hecho de pensar en la bronca con Matusalén lo encolerizaba.

Los aplausos llegaron y Albert abandonó la comprometida posición. Hubo aún más aplausos y las propinas comenzaron a llover, pero él no disfrutó del momento, como esperaba. De alguna manera, el no haber mencionado el asunto de Matusalén a la Policía, lo mortificaba. Pero las consecuencias de acusar al pandillero podrían resultar funestas. Era obvio que había subestimado el peligro que presentaban los Nigsta-090. «Soy un idiota», concluyó

En ese instante se percató de que la rabia lo estaba consumiendo, y por lo tanto, arruinándole la satisfacción que normalmente sentía al luchar con los lagartos. Las sombras siniestras que solo él veía lo rodearon y por primera vez creyó escucharlas murmurar palabras incomprensibles. Recordó sus clases sobre la manera productiva de manejar la cólera. A continuación, respiró hondo y contó hasta diez para reflexionar mejor sobre el dilema de qué hacer. «No soy un idiota y tampoco voy a dejar que me controle estas sombras o ese hijo de puta. Debe haber una solución», rectificó, tratando de calmarse y tomar las riendas de sus pensamientos.

Mientras se alistaba para continuar con la limpieza de la fosa, Albert se sintió lo bastante apaciguado como para analizar sus opciones. Transcurrió más de una hora durante la cual trabajó caviloso. El sudor se deslizaba sobre su rostro. Las gotas comenzaban a manar en la cabeza y luego parecían acelerar. Las más rápidas viajaban hasta su frente y algunas recorrían el perfil de la nariz para precipitarse al vacío. Con un leve cabezazo apartó el mechón de pelo húmedo que le caía sobre los ojos. En su mente retorció varias ideas y finalmente tomó una decisión. «¡Ese tipo no me va a joder!», musitó, resuelto. Sacó de su bolsillo un celular prestado y marcó un número telefónico que sabía de memoria. Después de secarse la oreja sobre el hombro de la camisa, puso el auricular junto al oído. Tras repicar un par de veces, se dejó escuchar la voz de su caprichosa vecina.

–*Hello*.

–Latisha, ¿cómo estás? Es Albert.

–¡Albert, *hi baby*! Hacía tiempo que no escuchaba de ti.

–Lo sé. Te he extrañado –dijo Albert.

–Lo que extrañas son mis clasecitas –respondió Latisha, riéndose picaramente.

–En realidad te llamo porque necesito pedirte un favor.

–*Baby*, no tengo dinero.

–No, no es eso.

–¿Qué quieres entonces?

–¿No es tu hermano uno de los mero-meros de Nigsta-090?

–Todavía no me has dicho lo que quieres.

–Tengo un grave pedo con Matusalén.

—Ya me enteré de la pelea. Él dice que te metiste con su hembra.

—No me metí con nadie. Camila no es su chava.

—Albert, esos son problemas de testosterona que no me interesan —respondió Latisha con la típica actitud segura y locuaz de las mujeres afroamericanas.

—Matusalén me atacó a tiros ayer —soltó Albert con sequedad.

Hubo un breve silencio. La voz de su amiga se suavizó.

—¿Estás bien?

—Sí, me escapé por un pelo, pero tengo a la Policía en el trasero. Quieren saber quién es el responsable de los disparos que me hicieron ir a parar con la troca en el canal. Por poco me ahogo, y la camioneta fue pérdida total.

—*Sweety*, lo que hace Matusalén no me incumbe.

—¿Segura? Yo creo que Matusalén nos incumbe a todos. El cabrón estaba en un carro robado cuando vino por mí. Además, tengo entendido que los Nigsta-090 se dedican a robar autos para desmantelarlos, no para cometer homicidios. La Policía está haciendo muchas preguntas.

—De nuevo, Albert, ¿qué quieres?

—Necesito quitarme a la Policía y a ese tarado de encima. Dile a tu hermano que controle a Matusalén. No quiero líos. No voy a decirle nada a la Policía, pero a ese tipo le falta un tornillo y está fuera de control.

—Dame diez minutos y te devuelvo la llamada —aseguró Latisha antes de colgar.

Albert suspiró profundamente con el fin de relajarse mientras esperaba la respuesta. Contaba con el sentido común del hermanastro de Latisha. Conocía bien a Michael. Ambos habían cursado juntos el décimo grado. La Geometría y la Química fastidiaban a tal punto a Michael que lo único que hizo durante ese año escolar fue irse de pinta. Incapaz de concentrarse o de mantenerse sentado en su pupitre, aquel moreno alto, de constitución gruesa y sonrisa triste, se dio por vencido y abandonó los estudios para unirse a una pandilla. No le tomó mucho tiempo convertirse en el líder y manejar con eficacia los negocios ilícitos del grupo. Bajo su dirección, los miembros de Nigsta-090 se habían mantenido al margen del narcotráfico, prefiriendo hacer dinero con la venta de piezas de autos robados, que suministraban a unos tipos que movían la carga rumbo a Suramérica.

Albert no tuvo que esperar mucho. La voz de Latisha le llegó nítida por el auricular.

—Dice Michael que te ocupes de lo tuyo, que él se va ocupar de lo suyo.

—¿Puedo contar con él?

—Te da su palabra de honor.

Para Albert el mensaje estaba claro; si él se mantenía callado, Michael controlaría a los miembros de su pandilla. Respiró lentamente, con alivio. Aquella respuesta sonó como música en sus oídos, pese a estar claro de que la palabra de un pandillero es válida solo hasta que deja de serlo. Caviló que Latisha, sin dar detalles, le había asegurado a su medio hermano que Albert no era bocón. La prueba era que se había acostado con ella por meses sin tener necesitad de contárselo a nadie.

—Gracias Latisha, *I owe you one*.

—No te preocupes, *baby*, que ya vendrá el día en que te pida que me devuelvas el favorcito —dijo ella riéndose.

Albert sabía que se la estaba jugando, ya que no existían garantías de que Matusalén fuera controlable, pero prefería vérselas con Michael antes que andar de soplón y tener a todos los pandilleros en su contra. Más, en el fondo, estaba consciente de que la verdadera razón por la cual no confiaba en las autoridades se debía al poco esfuerzo que habían hecho para encontrar a los responsables de la muerte de sus padres.

5
Homestead, Florida

Don Roberto y Luis descargaban cajas de un camión estacionado en la parte trasera de la taquería cuando llegó Albert en la *pick-up*. Tras detenerse cerca de la puerta de servicio, el adolescente se apresuró a bajar de la camioneta para ayudarles. Don Roberto le dio unas palmadas en la espalda, contento de verlo sano.

–Óyeme chiquitico, ya me contaron de tu accidente. ¡Vaya! ¿Cómo te las arreglaste para botar la mercancía en el canal?

–Su consideración por mi bienestar es conmovedora –bromeó Albert levantando una pesada caja.

Fue en ese momento cuando divisó a Camila, vestida aún con el uniforme escolar, que salía a la terraza y le hacía señas. Una leve luz plateada parecía envolverla. Sorprendido, dejó la carga en el suelo y fue a su encuentro, sintiendo como se le encendían las orejas. No se hacía ilusiones con respecto a su apariencia; sabía que se hallaba en un estado lastimoso.

–Supe de tu accidente y vine a ver cómo estabas –dijo Camila con una de sus sonrisas encantadoras.

–No me puedo quejar, sigo siendo parte de este mundo –sonrió Albert.

Ambos se observaron mutuamente durante unos segundos.

–Déjame terminar de descargar el camión y estoy contigo en cinco minutos, ¿te parece?

–Ok –respondió la chica, sentándose a la misma mesa del día anterior.

Albert hizo caso omiso de la mirada indiscreta de don Roberto y la gran sonrisa de Luis. Desde la sombra de la terraza, Camila lo observaba trabajar. Era la primera vez que lo veía sin uniforme escolar. Los vaqueros anchos y desteñidos que le caían desde las caderas acentuaban su silueta delgada y atlética, y la fina camiseta de algodón con el logotipo de la taquería definía la amplitud de sus hombros. Hasta ese momento no había encontrado a Albert particularmente atractivo, pero verlo desde este nuevo punto de vista la sorprendió de manera agradable. Sin darse cuenta, se encontró siguiendo sus movimientos, reparando en la agilidad de sus piernas, en la fuerza de su espalda y en la seriedad de su mirada, atributos que hasta entonces había pasado por alto.

Albert terminó su labor recubierto de sudor. Se acercó a su amiga; seguía algo nervioso, pero contento de hallarse finalmente de pie frente a ella.

—Estuve leyendo un poco sobre la historia de los imperios mesoamericanos y concluí que me agradaría hacer el proyecto sobre los mayas. Quería tener tu opinión —soltó Camila, sin preámbulos.

—Me parece bien —dijo él con toda naturalidad.

—Perfecto.

—¿Puedo hacerte una pregunta personal? —inquirió Albert algo incómodo.

Ella asintió con un ligero movimiento de cabeza, tras esbozar un gesto de curiosidad y sorpresa.

—¿Saliste alguna vez con Matusalén?

—No. ¿Por qué preguntas?

—Él piensa que eres su chava.

—Ni loca. Me ha pedido mi número varias veces pero no he querido dárselo.

Hubo un silencio incómodo. De pronto, Camila comprendió la causa de la pelea entre Albert y Matusalén. Apartó la mirada sin saber qué decir. A través de la ventana que daba al comedor Albert pudo ver a Ferni entrar al restaurante.

—Es difícil concentrarse aquí. Preferiría que nos encontráramos en la biblioteca, después de clase —propuso, con un aplomo inusual.

—Me parece una buena idea —contestó Camila, sin admitir que ella estaba pensando lo mismo.

—¿Qué tal el lunes?

Apenas había tenido tiempo de terminar de formular la pregunta cuando Ferni se detuvo junto a la mesa. Llevaba una gorrita de lana negra, convencido de que lo hacía verse *cool*, aunque en realidad la usaba para disimular su pelo rebelde.

—*Hi*, Cami —saludó con soltura.

«¿Cami?», repitió Albert en su mente, envidiando la facilidad con que su amigo se desenvolvía delante de las chicas.

Solo de mirarlo, supo instintivamente que algo le preocupaba.

—¿Qué traes?

—*Dude, what's going on?*

—Carnal, ¿de qué hablas?

—Denunciaste a Matusalén, *or what?*

—No, ¿qué te hace pensar eso?

—*Leaving school, the principal* me llamó a su *office. There was this guy*, un detective que me hizo *a bunch of questions* acerca de ti *and* Matusalén. *The principal* le habló de la pelea.

—¿Interrogaron a Matusalén?

—No, *man*, recuerda que lo suspendieron por una semana. Si no lo denunciaste, *why is the Police* haciendo preguntas?

—Debe ser una formalidad de la escuela —opinó Camila.

—¿Y tu *accident? Everybody* está hablando de eso. You are *famous!*

—Se me explotó una goma y caí al canal —dijo Albert.

—*Dude, you were right*, qué mala suerte la de ayer.

—No, más bien qué buena suerte que no se ahogó —contradijo Camila.

—¡Eh...! hablando de *good luck*, tengo buenas noticias.

—¿Buenas noticias? —repitió Albert.

—*Yehhh, I managed* que mi vecino me vendiera su Tama Superstar SX por trescientos dólares. Deja que la veas, *it's a beauty* —se vanaglorió Ferni. Y luego, volteándose hacia Camila, aclaró—: *I am talking about* una batería.

—¡Chido! —exclamó Albert. En un instante se había esfumado su irritación para con Ferni. Los dos chicos chocaron en alto las palmas de las manos—. ¿Y por qué tan barata, güey?

—Creo que ese tipo está metido en drogas *or something like that*. Todo lo que sus padres le compran, lo vende. Además, *he doesn't even play*. El tipo necesita *the dough* para mañana. Hablé con Nic, que me confirmó que tiene la plata. Te estuve llamando por el celular. *So, here I am*. Me imaginé que andabas muy atareado pues ¡nooooo contestabas! —La última frase la pronunció en tono jocoso, mirando de reojo a Camila, quien prefirió no darse por aludida.

—No mames güey. Mi celular se mojó en el accidente.

—Oh, claro. *I didn't think of that. Anyway* necesito confirmar *that you have the cash* para hacer esto.

—No hay problema. A cien dólares por cabeza no está nada mal. Al fin podremos hacer las audiciones para conseguir un baterista.

Ferni describió el instrumento con lujo de detalles. Parecía un niño con juguete nuevo.

–¿Qué tocan? –preguntó ella.

–*Rock* –respondió Albert.

–*We compose too!* –alardeó Ferni.

–Conozco a un excelente baterista. Buenísimo en rock y jazz, pero no toca con todo el mundo. Puedo ver si le interesa escucharlos.

–*What do you mean?* ¿Si le interesa escucharnos? *Who is the guy,* John Bonham, Terry Bozzio *or* Randy Castillo? –aventuró Ferni en tono mordaz.

–¡Yaaaaaa, carnal! –lo reprimió Albert, haciéndole entender con la mirada que el chiste podía caer mal.

Camila no le prestó atención:

–¿Dónde piensan ensayar?

El aire sarcástico de Ferni desapareció de inmediato.

–*That's another problem. My parents* me prohibieron traer a casa el «instrumento de ruido». Así lo llaman. No quieren a nadie allá. Nic vive en un *small apartment and his neighbors* se quejan por todo. Y en tu casa Albert, *there is no garage.*

–Toquemos aquí –respondió Albert sin vacilar.

–¿Aquí, *where*?

–Aquí, en la terraza, a las siete, después de cerrar. Hay algo de espacio en la bodeguita para guardar la batería. Y siendo un área comercial, no creo que a esa hora haya nadie para quejarse. Hablaré con Nana, no pienso que tengamos problemas.

–Hablando de tu abuela, por ahí viene –señaló Camila.

Albert se volteó y la vio avanzar con determinación hacia él. Traía el rostro desencajado. El muchacho contuvo el aliento.

–Acabo de hablar con don Roberto –dijo ella, indignada–. Me contó que hoy estuviste luchando con cocodrilos. Considera que es muy peligroso, y si te pasa algo no quiere ser responsable.

A Albert se le secó la boca. Nana lo estaba sermoneando frente a sus amigos como si fuera un mocoso. Aparte, nunca había tomado muy en serio las amenazas del cubano en cuanto a delatarlo. Encima de la amonestación, se sintió traicionado.

–¿Es verdad eso? –lo confrontó Nana.

Albert se encogió de hombros mientras buscaba con urgencia en su mente las palabras adecuadas para apaciguarla. Por fortuna, Paquita acababa de salir en busca de su amiga, que continuaba impertérrita, esperando una respuesta. Albert optó por responder afirmativamente con la esperanza de calmarla.

—Sí, es verdad, pero don Roberto es un metiche. Te aseguro que no es peligroso.

Ferni no podía dar crédito a sus oídos. Pese a que no quería agravar la situación, le era difícil controlar las ganas de reírse. La anciana, en cambio, estaba lejos de encontrar aquello divertido.

—Nana, ¿podrías ayudarme? Hay mucho que hacer en la cocina —intervino Paquita, tratando de alejarla de la mesa.

—Es evidente que no sabes nada sobre cocodrilos —continuó diciendo Nana.

Albert estuvo a punto de esclarecer la diferencia entre aligátores y cocodrilos, pero prefirió callar.

—No quiero que regreses a la aldea de esa gente. Te están pervirtiendo. Esos animales son sagrados. Lo que estás haciendo es una falta de respeto al Gran Cocodrilo.

Albert creyó haber escuchado mal. Intercambió miradas con Paquita y Ferni. Nana percibió la expresión incrédula en los ojos del adolescente y siguió con más convicción aún.

—¿No sabes que la Tierra descansa sobre el dorso de un gran cocodrilo? Sobre él se eleva el cielo, compuesto por trece capas horizontales, y debajo se encuentra el Inframundo, el reino de Xilbalbá con sus nueve capas. Eres muy irrespetuoso. Pronto llegará el día en que tengas que aventurarte en ese sitio a conocer a los Bolontiku y tendrás que disculparte por tu insolencia.

«¡Cristo misericordioso!», pensó Paquita.

Siguió un incómodo silencio, durante el cual Albert se limitó a bajar la cabeza para evitar las miradas desconcertadas de Ferni y de Camila.

Paquita tomó a Nana por los hombros, con dulzura, y le avisó:

—Vamos a cerrar. Necesitamos que vengas a supervisar.

Al cabo de unos segundos, la anciana exhaló un suspiro y se calmó. Los muchachos la vieron alejarse hacia el interior del local. Visiblemente entristecido y avergonzado, Albert se mantuvo un rato inmóvil, con la mirada clavada en el suelo.

—Bolontiku, ¿qué eso? —preguntó Camila.

—La *neta* que no tengo ni la menor idea —aseguró Albert.

—*Dude, ¿what's happening* con doña Nana? Nunca la había visto así de enojada.

—No lo sé —confesó Albert—. Lleva más de un mes comportándose de forma extraña. Le da por momentos. Se encuentra bien, y cuando menos te lo esperas empieza a hablar incoherencias sobre mitología maya. No es muy frecuente que le pase, pero estamos todos bastante preocupados.

Hubo un largo silencio, después del cual Camila se levantó de su silla:

–Me tengo que ir, se está haciendo tarde. Te espero en la biblioteca, como quedamos.

–El lunes –confirmó Albert con una sonrisa.

En cuanto ella se volteó para irse, Albert notó que, según caminaba, diminutas luces plateadas brillaban en la melena de la chica. Nunca había visto nada igual y dudó de lo que aquello podía significar.

6
Maní, Yucatán
1 de julio de 1562

Durante las investigaciones, fray Diego de Landa mandó detener a Francisco Couoh. Deseaba darles un escarmiento a los herejes y traidores indígenas que lo engañaban haciéndole creer que eran fieles seguidores de Jesús. El joven de rostro grave no admitió nada y se limitó a negar los hechos o a mantenerse callado. Pero el fraile no iba a permitir que aquel «mocoso» se burlara de él y menos de Dios, por lo tanto lo puso en manos del alguacil Bartolomé de Bohorques para que lo torturara. Este había sido nombrado por Quijada con la tarea de asistir a Landa, ejecutar sus órdenes, aprehender a los indios y cumplir sus autos y sentencias. Landa requirió a Bohorques, bajo pena de excomunión, que aceptara el cargo de alguacil mayor de la Inquisición ordinaria. En su afán por querer ser un buen católico y un leal súbdito de la madre patria, el honorable funcionario no puso en tela de juicio las órdenes recibidas.

Couoh fue colgado de los brazos. Le dieron azotes hasta que corrió la sangre por su espalda y piernas, y se desparramó por el suelo. Bajo el intenso dolor, el indio confesó que Lorenzo Cocom, jefe del pueblo de Sotuta, era un *halach uinic*, es decir, un hombre noble maya al cual debía obedecer. Él le había ordenado ir a una aldea vecina y comprar dos niños pobres para sacrificarlos. En la ceremonia, sus corazones fueron arrancados con un cuchillo de obsidiana, y sus cuerpos lanzados al río de la cueva como ofrendas a los dioses. Ante el intenso suplicio, Couoh también admitió haber presenciado, meses atrás, presidido por el *ah-men* Francisco Uicab, el sacrificio de dos jovencitas, en la propia capilla del convento. Primero las crucificaron sobre unos encuentros de madera que trajeron para la ocasión, y luego las llevaron moribundas a la cueva.

Allí la ceremonia concluyó como las otras, arrancándoles el corazón y tirándolas con todo y cruces al agua.

Fray Diego de Landa se encolerizó al escuchar el relato. A pesar de saber que bajo tortura la gente confiesa lo que sus verdugos desean escuchar, el religioso no logró controlar su furia. Estaba harto de aquellos crueles salvajes y sus mujeres embrujadoras. Le hastiaba ver cómo el diablo se burlaba de sus esfuerzos y deshacía el fruto del trabajo de los misioneros. Semejantes confesiones merecían castigo. Después de convertirse al cristianismo, regresar a las malas costumbres, renegando de la fe a través de pactos con el demonio, no tenía perdón.

De inmediato, decidió acabar con la idolatría y constituyó un tribunal religioso que abriría juicio contra los culpables. Con prontitud, despachó frailes a los pueblos de la región. La misión era indagar la extensión que había alcanzado el paganismo, castigar sobre el terreno a los transgresores menores, y remitir a Maní a los que hallara culpables de crímenes importantes. Durante los días siguientes, caciques, gobernantes y principales de los pueblos indígenas de la provincia de Maní fueron aprehendidos y enviados a prisión, donde recibieron escarmientos.

—Lo tenéis bien merecido —aseguró fray Diego de Landa— pues no solo no nos habéis ayudado en la salvación de los naturales, sino que habéis sido instigadores.

El castigo resultó tan cruel que, a partir de ese momento, cuando los gobernantes, nobles y religiosos mayas veían llegar a los frailes a sus aldeas, huían despavoridos. Algunos se ahorcaron en los bosques, tratando de evitar la confesión bajo el rigor de la tortura, así como la localización de los ídolos y manuscritos que protegían.

La Inquisición de Landa, efectuada con determinación por Bartolomé de Bohorques, se convirtió en una guerra de guerrillas, encaminada a luchar con pequeños grupos para someterlos a interrogatorios y decomisar sus imágenes y códices. Para el mes de julio, las represalias se habían extendido a las provincias de Sotuta y Hocabá, pero los indígenas se mostraban renuentes a entregar sus objetos sagrados y constantemente les tendían emboscadas a sus perseguidores, en la selva. Simplemente, reinaba un ambiente de rebelión.

Amparado por las bulas papales, fray Diego de Landa decretó que se realizaría un auto de fe el 12 de julio.

−Los castigos deberán ser rigurosos, penosos y dignos de ser notados a fin de evitar mayores daños, como que los naturales pierdan del todo sus cristiandades y se rebelen, no solo contra Dios, sino también contra Su Majestad −ordenó el fraile.

La organización de los preparativos del Santo Oficio estuvo a cargo de varios franciscanos y del alguacil. El acto incluyó a los vivos, al igual que a los muertos. Fray Diego de Landa mandó desenterrar los restos de los difuntos que habían participado en los sacrificios para que fueran quemados en la hoguera.

La fachada del convento San Miguel Arcángel, adornada con tapices de damasco carmesí bordados por las indias del albergue, anunciaba el evento. Junto a los altos funcionarios, había sido invitada la población indígena y civil de Maní. Poco a poco, los franciscanos lograron reunir frente a la iglesia, cinco mil ídolos de diferentes formas y dimensiones, trece grandes altares, veintidós piedras pequeñas labradas, veintisiete rollos con inscripciones, y doscientas vasijas. La estatua del arcángel san Miguel que decoraba la austera fachada contemplaba la montaña de objetos extraídos de las aldeas. Más de dos docenas de hombres estaban encargados de custodiar el lugar y vigilar a los reos. Una enorme cantidad de leña fue acumulándose alrededor de la pira.

La ceremonia tuvo lugar tal como se había previsto. Los cautivos fueron conducidos de madrugada desde la prisión hasta la capilla. Comenzaron con la procesión de la Cruz Verde, emblema de la Inquisición, que cubrieron con un trozo de velo negro. Encabezando la comitiva iba el fiscal del Tribunal, que a falta de caballo, andaba a pie. Tras él, con el pelo cortado al ras, venían los indios condenados que marchaban al son del salmo *Miserere mei Deus* y portaban cirios encendidos en señal de contrición. Estos eran los indígenas reconciliados a los cuales se les había perdonado la vida. A continuación, ataviados con el hábito penitencial, seguían los frailes franciscanos precediendo a Lorenzo Cocom y Francisco Uicab, los condenados a muerte.

Una vez iniciada la misa, fray Diego de Landa sermoneó a los presentes, describiendo los horrores y tormentos del infierno a los cuales los profanos iban a ser sometidos. Después de la predicación en la capilla, se hizo la lectura de las causas y las sentencias de los actos paganos. La absolución fue otorgada a los convictos que ya habían sido copiosamente azotados en los días anteriores.

−¡Oh, dichosos vosotros que habéis sido perdonados!

Humillaos e inclinaos, llorad con tristeza y orad por el perdón de nuestro Señor —vociferó fray Diego de Landa.

En cambio, Cocom y Uicab fueron sentenciados a la horca, como medida ejemplarizante, no sin que antes presenciaran la inmensa hoguera que les tenían destinada. Las llamas se levantaron altas frente a los frailes y la amplia audiencia. Fray Diego de Landa se hincó de rodillas, besó la *Biblia* que llevaba en las manos, y bendijo el fuego. Para muchos indígenas, tener que contemplar el espectáculo inaudito de la destrucción de sus preciados objetos religiosos resultó ser más doloroso que cualquier tortura. Luego, el inquisidor se puso en pie y permaneció impasible mientras las flamas devoraban los preciosos testimonios espirituales de una antigua y rica cultura. Alzó los hombros diciendo:

—Ese fuego no contiene nada más que las mentiras del diablo.

Tarde en la noche, los condenados fueron ahorcados por los hombres de Quijada, mientras que aproximadamente a diez kilómetros de allí, Ah Kin Palon Cab, el adivino de Chumayel, emergió sobresaltado de su meditación, la frente perlada en sudor. Pese a que estaba pálido por la premonición que había vislumbrado, se levantó de su camastro y extendió el brazo para tomar un bolso que yacía junto a él. Con extremo cuidado sacó una caja que tenía tallada la figura de una serpiente de ojo rojo. Sujetó el hermoso objeto y lo acarició con las yemas de sus dedos. «Debo poner el *Kan Vuh* en un lugar seguro. La serpiente de ojo rojo es la salvación de nuestro pueblo», se dijo, nervioso.

7
Homestead, Florida

Después de fregar los trastos del desayuno, Nana se sentó a la mesa de la cocina con una taza en la mano y recapituló los acontecimientos de la semana anterior. Volvió a la imagen del espejo, al olor del café, al accidente, al hospital, al detective y a los nopales que había preparado llevada por la fuerza de la costumbre. Recordó que el lunes Albert tendría su examen de Física. Intentó reflexionar acerca de la explicación que él le había dado sobre la teoría del señor ese, Einstein, de la cual solo pudo sacar en claro que era una forma demasiado enrevesada de explicar el misterio del tiempo.

Además, ella tenía sus propias reflexiones y experiencias, y podía, con todo respeto por el señor Einstein, estar de acuerdo en que los segundos, minutos y horas, en ocasiones parecen contraerse y otras veces dilatarse. Qué mejor ejemplo que esa sensación de inquietud que deja la percepción de que cada década que vivimos se va más rápido que la anterior. Nana se atrevía a asegurar que los años sufren aceleraciones según van transcurriendo, y que nos vemos convertidos en ancianos cuando el paso de los días empieza a ser impredecible e indómito. Entre sorbo y sorbo de café, fue sopesando las etapas de su propia vida. Recordaba en particular aquella semana eterna, esperando escuchar acerca de la madre de Albert, y que acabó en una terrible noticia. Los días más difíciles de su existencia resonaban en su memoria como interminables, aun cuando pasaban uno tras otro a una velocidad angustiosa, hasta que finalmente se encontró a sí misma inmersa en la vejez, mientras el tiempo se había convertido en un sujeto irrespetuoso, que solo se detenía para recordarle que ya no le quedaba mucho más.

Nana sintió ganas de un café con leche. Se incorporó y sacó del refrigerador un contenedor de un galón, lleno a medias. Lo destapó y lo acercó a su tarro. Miró a través de la ventana de la cocina. Le asustaba darse cuenta de que a su alrededor todo empezaba a comportase de un modo extraño, y en ocasiones incoherente. En los últimos meses se sentía saturada, como si comenzara a hartarse de ver al tiempo detenerse, acelerar, volver a detenerse, saltar al pasado, regresar al presente, acelerar una vez más y de nuevo parar. «Debe ser la edad», pensó. Pero, sin dudas, el correr de las horas se había vuelto más errático. Los recuerdos se mezclaban con el presente. Su memoria se embrollaba y Nana se sentía, aun sin tiempo para darse cuenta, que justo como la leche de su tarro, había comenzado a desbordarse. Café y leche, mezclados, se derramaban por la mesa de la cocina del mismo modo que su propia mente, incapaz de contener tantas realidades y memorias, las dejaba escapar.

Había tratado de explicarle el problema a su médico. Le describió las sensaciones que experimentaba, sobre todo en las noches, cuando el tiempo parecía comportarse de una forma más rebelde. Él habló de hacerle unas pruebas para verificar que no sufriera de alzhéimer. Mientras lo escuchaba, Nana se iba dando cuenta de que, fuera lo que fuera lo que la aquejara, estaba más allá de los recursos de la medicina. Para empezar, el médico no la entendía, y ella no se sentía con ánimo de seguir discutiendo las causas de su insomnio, cansancio y desorientación.

–No se preocupe doctor, que ya regresaré en otra ocasión para que me haga las pruebas de alzhéimer –le había asegurado al despedirse.

Después de limpiar el café con leche derramado, volvió a su silla de madera. Bebió un sorbo y devolvió la taza a la mesa. El silencio se había hecho más denso en la casa desde la salida de Albert, y Nana sintió pena de no poder aprovecharlo para descansar. De súbito, tuvo una gran urgencia de responder a la sombra translúcida que se formaba frente a ella, como si la apremiara a explicarse.

«El médico piensa que el problemita que tengo con la irregularidad del tiempo podría ser alzhéimer. Estoy lejos de ser tan estudiada e inteligente como usted o mi médico, pero estoy convencida de que esa enfermedad no se limita a la gente entrada en años».

Miró hacia la silla frente a ella, donde un rato antes se había sentado su nieto, mientras desayunaba, y que ahora ocupaba un anciano desconocido de mirada inteligente, abundante pelo blanco y bigote.

—Yo padezco de esto desde que era muy joven. Me viene y me va —explicó. Hizo una pausa intentando recordar—. Debo admitir que hacía ya algún tiempo que no me ocurría. Hace alrededor de... —Nana intentó calcular la última vez que las horas se habían detenido, y estaba a punto de volver a hablar cuando su interlocutor se le adelantó. Sin siquiera extrañarse, preguntó—: ¿Cómo dice?

Hubo un instante de silencio en el cual ella tomó otro sorbo de café con leche.

—Está amargo, necesita un poco más de azúcar —comentó, esbozando una mueca, y sin más demora continuó diciendo—: Hace aproximadamente cincuenta y cinco años que los días y los meses vuelan sin detenerse. Desde que llegué a este país. No fue fácil, no fue nada fácil. Pero eso ya es otro cuento.

Suspiró y se detuvo de nuevo para examinar el aspecto descuidado del oyente que había aparecido frente a ella. Jamás lo había visto en su vida, pero agradecía que se tomara el tiempo de escucharla. Luego siguió con su monólogo:

—Verá, señor, era yo tan solo una niña de doce años cuando por primera vez advertí que tenía un problema con el tiempo. Toda la familia se encontraba reunida en casa de unos compadres para festejar los cuarenta de papá. Él era un hombre robusto y muy trabajador. Se llamaba Ignacio. Lo quería mucho, y aunque solo tengo una hermana mayor llamada Teresa, crecí en una familia numerosa en tíos y primos. Todos vivíamos en Zinacantán, un poblado cercano a San Cristóbal de las Casas. Nuestras reuniones no eran muy diferentes a las de las otras familias del lugar. Generalmente, las fiestas acababan dividiéndose en tres grupos. El primer grupo era el de las mujeres reunidas en la cocina, donde preparaban la comida y comentaban los últimos eventos del pueblo, ya sabe, los chismecitos que entretienen. El segundo grupo era el de los hombres, que se sentaban bajo la ceiba del patio y se servían tequila o cerveza en buenas cantidades; cualquier chiste rojo los hacía reír con gran entusiasmo. Y para finalizar, el tercer grupo era el de los jóvenes, muchos adolescentes huraños y antipáticos, que se sentían forzados a pasar un domingo en familia, escuchando las conversaciones aburridas de los adultos.

El teléfono comenzó a sonar. Nana vio al señor que la

acompañaba mirar en dirección a la pequeña mesa desde la cual provenía el sonido. Ella volteó también pero decidió, hastiada, que no atendería la llamada. Cuando por fin dejó de repicar, retomó la historia:

–Teresa y yo éramos de las más jóvenes del grupo. Con una diferencia de edad de por lo menos cinco años en relación con el resto de nuestros primos, se podrá imaginar que apenas nos dirigían la palabra, a no ser que fuera para darnos órdenes. Pensábamos que no teníamos mucho en común con ellos, excepto ser parte de la misma familia complicada. Sí, dije complicada, pues pienso que toda familia donde los hombres beben para pasar el tiempo, acaba por ser complicada y frustrante. Y en la mía los hombres le daban bien a la botella.

Nana descubrió en el suelo unas manchas de leche que había pasado por alto. Se levantó para limpiarlas y después regresó a su asiento. Entonces se dio cuenta de que había olvidado por completo la presencia del señor que tan amablemente le hacía compañía. Le tomó un par de segundos volver a ubicarse en el relato.

–Verá usted, no existía reunión que no acabara con malos entendidos o peleas. La mayoría de las discordias se debían a desacuerdos de política o comentarios de algún negocio mal manejado por alguno de mis tíos o primos. En casos así, las mujeres se limitaban a levantar los ojos al cielo y mirarse entre sí. En cambio, cuando alguno de mis tíos, ya borracho, soltaba la lengua sobre alguna mujer del pueblo, de inmediato las otras se inmiscuían y la fiesta degeneraba rápidamente en disputas hirientes. En Zinacantán y en San Cristóbal de las Casas todo se sabía. La mayoría de los hombres, en algún momento de sus vidas, tenían una mujer fuera del matrimonio y por lo tanto muchos de ellos alimentaban hijos ilegítimos. Las esposas asumían eso como si fuera una enfermedad sin antídoto, contra la cual solo queda rezar para que sea pasajera, sin gravedad y sin secuelas.

Nana suspiró hondo. Su café con leche se había enfriado.

–En esta fiesta en particular, mis tías y mi madre, que se llamaba Esperanza, prepararon una enorme torta de cumpleaños y le pusieron cuarenta velas. Salieron de la cocina en procesión, cantando *Las mañanitas*, con un tono solemne y al mismo tiempo divertido. El número de velas impresionó a mi padre. Los adultos se reían de verle la sonrisa apretada. Yo me había parado a su lado y pude sentir su inmovilidad.

Le acercaron la torta para que soplara las velas. Con una buena cantidad de alcohol en el cuerpo, le tomó ocho soplidos apagarlas todas. Tras el esfuerzo, mareado, se volteó hacia mí y en voz baja me preguntó «¿Cuánto tiempo me quedará?». Fui quizás, la única en escuchar su pregunta. No contesté, pues no estaba segura de lo que deseaba saber. Y a esto es a lo que quería llegar. En aquel momento la pregunta me pareció ridícula. A mí el tiempo me sobraba, aquella fiesta me parecía eterna. Fue entonces que observé por primera vez cómo el tiempo se detenía. Me pareció de repente que mi vida era una larga espera. Esperaba que se acabara la fastidiosa reunión familiar, esperaba ser adolescente para poder participar en las conversaciones de mis primos, esperaba el día en que ocurriese algún evento en mi existencia que rompiera la monotonía del diario vivir, esperaba ansiosamente saber que sería de mí.

El señor, amablemente, le preguntó a Nana por su abuelo.

—Creo que él era el único que me entendía, mi abuelo Papá Juan —respondió ella y se quedó callada, pensando. Aquel hombre dulce, caballeroso y callado, había vivido también su existencia en espera. En la familia se decía que el abuelo solo aguardaba el momento en que por fin lo llamara la muerte. Nana se sacudió las memorias y levantó la vista.

—En mi opinión, él simplemente esperaba que le dirigieran la palabra para hablar. En una ocasión le pregunté sobre el tiempo. Su sonrisa fue amplia, y su interés, genuino. Recuerdo que me dijo «Mi niña, en la vida todo es cuestión de tiempo, y a pesar de que es lo más preciado que tenemos, lo malgastamos».

Nana recordó la admiración que sentía por la sabiduría de su abuelo, aunque en ocasiones no consiguiera entenderlo. El tiempo, el pasado y el olvido eran temas acerca de los cuales le gustaba charlar.

—Tengo la impresión de que a usted le hubiera agradado conocer a mi abuelo. Yo no tengo su conocimiento. Él, por ejemplo, sabía calcular eventos en el calendario maya de cuenta larga. Decía que el universo estaba sincronizado a la perfección, y por lo tanto, los eventos se podían predecir. Muy pocos saben usar el calendario apropiadamente, el cual anticipa nuestro propósito en la vida. Sin embargo sigo sin entender sus presagios.

De momento, Nana se preguntó si el abuelo, al igual que ella, tendría esa desagradable sensación de no haber cumplido el propósito de su existencia. Hoy, ya no esperaba, recordaba.

Pero el sentimiento de que algo faltaba por hacer seguía agobiando su pecho.

—Mi médico llamará a eso alzhéimer. Yo lo llamo «destino» —comentó, bostezando sin reparo.

Nana cerró los ojos, el sueño por fin encontraba una brecha. Cabeceó sentada frente a su café con leche. Vio, por entre la lobreguez de la mañana, una vieja camioneta *pick-up* color crema que se detenía frente a una casa de barro. No podía distinguir si era la bruma de aquella mañana que se empeñaba en esconder la forma ovalada de la vivienda, el techo alto de paja, la ausencia total de ventanas y hasta la modesta puerta de entrada, o si se trataba de la niebla de una memoria largo tiempo sepultada.

—¡Papá! —gritó el conductor de la camioneta, un hombre robusto y oscuro, después de tocar la bocina varias veces.

En la parte trasera y descubierta del vehículo, entre cajas de cartón, se encontraban sentados dos adolescentes indígenas cubiertos de polvo. Uno de ellos silbó tan fuerte con los dedos metidos en la boca, que el otro, sorprendido, se sobresaltó y le metió un codazo en las costillas.

La puerta de madera se abrió. Papá Juan salió de la casa caminado lentamente, ayudado por su hija Esperanza. Se dirigieron hacia la camioneta y tomaron asiento junto al conductor, el tío Sayab. Tras ellos venían dos jovencitas, Teresa y Nana, cargando varias bolsas pesadas de tela. Con la ayuda de los dos varones, acomodaron las bolsas y se subieron en la parte posterior de la camioneta.

—Hola, primos —saludó Nana con entusiasmo.

No hubo respuesta, solo un gesto discreto con la cabeza. El vehículo se puso en marcha levantando el tierrero del áspero camino. Las muchachas vieron a sus primos inclinar los sombreros de paja sobre sus rostros para protegerse del polvo. Teresa cubrió su cara con un chal, sin embargo, Nana iba con la cabeza en alto, apenas protegiéndose los ojos con la mano, mientras trataba de divisar entre las montañas los diversos matices rojos de los tejados coloniales de San Cristóbal de las Casas.

—Vamos atrasados —recalcó Papá Juan dirigiéndose a Esperanza—. Ojalá que puedas obtener un buen puesto en la plaza, mi'jita.

Toda la familia de Nana era originaria de Zinacantán, un pequeño pueblo ubicado en las montañas de Chiapas. El nombre, de origen náhuatl, había sido dado por los aztecas y significa «tierra de murciélagos». En cambio, los habitantes autóctonos de origen tzotzil preferían llamar a su tierra Sots'leb, que tiene igual significado.

Todos los sábados, el mercado público de la avenida General Utrilla se agitaba en la ciudad de San Cristóbal de las Casas. Aquel era el punto de reunión de centenares de indígenas provenientes de San Juan Chamula, Tenejapa, Zinacantán y otros pueblos de los alrededores. Vendían alimentos, artesanías, flores o hierbas medicinales.

La camioneta cruzó por las cementadas calles principales, que simulaban estar adoquinadas. La ciudad conmovía con su aire nostálgico, evocador, testigo de un pasado cruel que vio enfrentarse a las culturas autóctonas y europeas. A lo largo del trayecto, los colores deslumbrantes de las fachadas barrocas, neoclásicas y mudéjares, de negocios y viviendas, llamaban la atención de Nana, que devoraba el paisaje con los ojos. Los tejados y los balcones floridos resaltaban, fascinantes, bajo el sol tenaz de la mañana. Hombres y mujeres caminaban despreocupadamente por las aceras decoradas con curiosos farolitos y bancos de madera. Se podían distinguir los diversos grupos de indígenas por sus vestimentas. Los chamula vestían los *chucks*, unas túnicas blancas de algodón grueso, ajustadas a la cintura por un cinto coloreado. En cambio, los de Zinacantán lucían sombreros de paja y preferían usar pantalones y camisas largas.

Ninguna de las calles del centro era llana: todas subían y bajaban. La camioneta se estacionó en Doctor Navarro, una callejuela de escalinatas que iba a dar a la avenida General Utrilla, al otro lado del convento dominico. En esa esquina se encontraba el bar Tabos. Durante la época de juventud de Papá Juan, se decía que allí terminaba la ruta maya de la vida nocturna. En la puerta de entrada colgaba un letrero con una advertencia que siempre hacía reír a los que transitaban frente al local: «En vista de que las autoridades no hacen nada, nos veremos en la necesidad de romperle la madre al que sorprendamos orinándose o tirando basura en esta calle».

De un salto, los jóvenes bajaron de la camioneta y comenzaron a descargar las cajas y bolsas, mientras Esperanza ayudaba a su padre a salir del vehículo. Teresa y Nana se apresuraron a ir a la plaza, en tanto Papá Juan se dirigía al bar Tabos por un vaso de *tascalate*, bebida hecha de chocolate y piñones con achiote y vainilla, que había sido su acompañante matutino por muchos años.

La familia de Nana se dedicaba a bordar y vender huipiles, piezas rectangulares de algodón, adornadas con coloridos bordados en hilo montado alrededor del escote y en la orilla del vestido. A muy temprana edad ella aprendió a usar técnicas artesanales ancestrales de bordado. Su madre era una tejedora excelente, capaz de crear verdaderas obras de arte en sus telares de cintura. Bordar era una tradición familiar que se transmitía por vía femenina de generación en generación. Le destinaban gran parte de su tiempo libre, y era el renglón más importante de la economía familiar. Los huipiles se decoraban con estilizados diseños cargados de simbolismo. Nana sabía que cada puntada en punto de cruz y encajes era parte de una historia, un pasado, una leyenda con un significado profundo que representaba la forma de vida de su pueblo. Además de los huipiles, la familia bordaba tapices, blusas, mantas, chales, abrigos y sobrecamas.

La chiquilla siempre acompañaba a su madre y al abuelo al mercado, donde vendían los textiles. Sus primos, en cambio, venían a vender productos fabricados en la capital: camisetas, bolsos y gorras bordados industrialmente con insignias mayas. Ser pobres los condenaba a carecer incluso de un puesto fijo en el mercado municipal, por lo cual Esperanza se contentaba con ir a la feria artesanal de la plaza de la iglesia de Santo Domingo. Allí, por quinientos pesos al año, compraba el derecho a colocar sus productos sobre una amplia sábana que extendía en el suelo. Para resguardarse del sol, desplegaba sobre su cabeza otra sábana que sujetaba con varillas de madera. Junto a ella, otros comerciantes vendían cerámicas, labores de cestería, tallados en madera y hamacas.

Cuando se hallaba en la plaza, a Nana le fascinaba observar la magnífica fachada rosácea del templo. Cada sábado descubría detalles nuevos: las águilas bicéfalas a los costados del nicho con la escultura de santo Domingo, el remate con el escudo de la orden religiosa, angelitos indígenas, sirenas, así como anagramas y grecas vegetales que jamás aprendería a llamar por sus nombres.

El mercado municipal se encontraba a lo largo de las tres cuadras que conectaban la Plaza de la Catedral con la de Santo Domingo. Esperanza aprovechaba para mandar a su hija, acompañada por Papá Juan, a hacer unos cuantos mandados.

—Nana, en cuanto vuelva tu abuelo del bar Tabos, necesito que vayas a comprarme media libra de pasta de mole y treinta almendras peladas. Me hacen falta para los tamales de Cambray que tu padre pidió para la cena.

Aquella mañana Papá Juan no tardó en regresar. Nana le tomó la mano y se marcharon contentos al mercado. Era el lugar predilecto de ambos. Los puestos testimoniaban que los bienes más valiosos de los hombres y mujeres de aquella región eran sus costumbres. Para la niña, aquel sitio donde abundaban las sorpresas era mágico. Sus sentidos apenas podían contener la amalgama de sensaciones. Encontraba estímulos detrás de cada olor, de cada color, de cada sonido. Las frutas, legumbres, condimentos, chile, el tabaco, el cacao y el henequén, expuestos al calor sobre tablas de madera, emanaban un perfume exquisito.

Los estantes de los comerciantes, pegados los unos a los otros, hervían de personas. La niña, vestida con su huipil habitual, bordado de flores, era una más en el montón. Avanzaba lentamente entre los gritos de los vendedores y las risas y conversaciones de la gente. Se escuchaba hablar en castellano, en *tzotzil, y de vez en cuando en inglés, francés o alemán.* La algarabía del pueblo era música para los oídos de Nana.

Por su parte, Papá Juan saludaba a los mercaderes, viejos conocidos tras largos años conviviendo en la región. Nana aprovechaba el paseo para visitar el estante de un vendedor de joyería artesanal. Se divertía observando su rostro reflejado sobre la superficie bruñida de un espejo colgado junto a la mercadería. Aparte del espejo retrovisor de la camioneta, era la única ocasión que tenía para estudiar sus facciones y comprobar que crecía.

Después de recorrer el mercado y comprar la pasta de mole y las semillas, nieta y abuelo se sentaron en los escalones frente a la catedral. De repente, Papá Juan divisó al curandero del pueblo, conocido como el *ah-men* Chahom. Caminaba en silencio por la plaza con enérgicas zancadas, la espalda erguida, el pelo largo revoloteando con la brisa, e irradiando seguridad. A pesar de su juventud, era considerado un hombre de sabiduría. El anciano le hizo señas. Al verlo, Chahom se dirigió de inmediato hacia él.

Tras saludarse, el joven se sentó junto al abuelo. Papá Juan sacó del bolsillo unos granos de maíz y se los entregó a Nana.

—Ve a darle de comer a las palomas.

Mientras pronunciaba esas palabras miró a su alrededor para asegurarse de que se encontraban lejos de oídos indiscretos. La niña sonrió perpleja: «malgastar maíz», pensó. Era obvio que el abuelo no deseaba que escuchara la conversación. Se situó no muy lejos de las gradas y de reojo observó a los dos hombres platicar. No le gustó el modo en que su abuelo fruncía el ceño. Nana lanzaba al piso los granos, uno por uno, sin prestarles atención a las palomas. Poco a poco fue acercándoseles. Era difícil escuchar, pues los hombres hablaban en voz baja. Entre los murmullos, logró captar las palabras «entrada de Xibalbá». Después de lanzar los últimos granos, la niña corrió hacia su abuelo y preguntó:

—¿Tienes más maíz?

Ambos hombres, inmersos en la plática, ignoraron su presencia. Así logró Nana escuchar la última parte del diálogo.

—He perdido la confianza. Puede ser que haya uno de ellos entre nosotros.

—No me asustan —dijo el *ah-men*.

—Debemos actuar con cautela —le recordó Papá Juan, poniéndose en pie con cierta dificultad. Nana lo ayudó a que no perdiera el balance.

—¿Vendrás a la reunión?

—Por supuesto.

—Necesitamos organizarnos para empezar la búsqueda. Pronto llegará el período de oscuridad —dijo Chahom, lanzándole a la niña una mirada de desaprobación.

—Por el momento no hay nada que puedas hacer; es el destino del kantún trece. Toma las cosas con calma.

Hubo un silencio incómodo.

—¿Te atendió el párroco de nuestra iglesia, el padre Paz? —inquirió Papá Juan.

El *ah-men* se levantó a su vez, aclaró la voz y respondió:

—Sí, fue muy amable conmigo. Me dijo que te apreciaba mucho, Juan.

—El padre Paz es un buen hombre. ¿Te dejó inspeccionar los archivos?

—Sí.

—Ser *ah-men* es una gran responsabilidad. Tu padre te pasó el título antes de morir, pero debes recordar que el aprendizaje nunca acaba. ¿Y cómo te fue en los archivos?

—Muy bien, tuve la oportunidad de leer la carta que le

escribió fray Pedro Lorenzo de Nada a fray Diego de Landa en 1559, al romper con los dominicos.

Papá Juan arqueó las cejas, mostrando interés. Nana se mantuvo callada e inmóvil a su costado.

—¿Qué decía la carta?

—Fray Pedro expresó su indignación ante el hecho de que sus hermanos de orden bendijeran las armas de los soldados españoles que iban a reprimir a los lacandones.

—¿Sabes la razón de la intervención militar?

—Fue una represalia debido a que los lacandones mataron a varios frailes.

Papá Juan sonrió, pero sus ojos reflejaban dureza.

—La cuestión es: ¿por qué asesinaron a esos religiosos?

Chahom, confundido, encogió los hombros.

—Fray Pedro Lorenzo de Nada también fue por esos rumbos con la misión de convertir a los lacandones, y a él no lo asesinaron —añadió Papá Juan sin quitarle los ojos de encima al joven *ah-men*.

—Los religiosos asesinados fueron enviados por fray Diego de Landa.

—Efectivamente. Landa había escuchado rumores de que los hombres de la selva lacandona eran súbditos y protectores de la piedra de Xibalbá. Según los misioneros, no parecían querer educación, ni ser gobernados por leyes sensatas. En cambio, fray Pedro nunca consideró que las creencias de los lacandones fueran diabólicas. No solo respetó las escrituras que tuvo en sus manos, sino que las protegió.

—¿El fraile tuvo en sus manos el *Kan Vuh*? —inquirió Chahom.

—Fray Pedro era un buen hombre, valiente, modesto y con huevos.

Nana retuvo la respiración: nunca había escuchado a su abuelo expresarse en esos términos.

—¿Sabes cómo el misionero obtuvo ese nombre? —le preguntó Papá Juan al *ah-men*.

—No lo sé —admitió *él*.

—El fraile excomulgó al gobernador de Tabasco por sus prácticas de esclavitud, explotación laboral y abuso sexual contra nuestras mujeres. Luego, tuvo la osadía de colocar el texto de excomunión en la ermita, precisamente el día en que el mandatario criminal visitaba el pueblo. Cuando el gobernador leyó el decreto, preguntó enfurecido quién había sido el fraile

«Cosa de nada» que se atrevía a excomulgarlo. Fue así que fray Pedro tomó la expresión despectiva y completó su nombre, fray Pedro Lorenzo de Nada −explicó Papá Juan.

Nana bajó la cabeza para disimular su sonrisa.

−¿Qué escuchó fray De Landa sobre los lacandones? −preguntó el *ah-men*.

−Según los relatos ancestrales, un anciano sabio chole llamado Nacom, asentado en el pueblo de Tula y renegador de la religión católica, confesó a los misioneros, bajo tortura, que existía una leyenda que relataba la existencia de una misteriosa fuerza omnipotente localizada en Xibalbá. Esta fuerza, usada de forma errónea, tenía el poder de causar sequías, cambiar el vuelo de las aves, desorientar a los peces y provocar guerras entre los hombres. En cambio, manejada apropiadamente, resultaba la clave del despertar de la humanidad. Según el mito, los hombres de Lacan-Tún protegen la fuerza −dijo el anciano con ojos inexpresivos.

−El despertar de la humanidad... −repitió el *ah-men*, exhalando un suspiro de frustración.

−Desafortunadamente, ni tú ni yo viviremos para verlo −comentó el anciano.

−¿Existe alguna correspondencia de fray Pedro que se refiera al *Kan Vuh*?

−Eso se lo debes preguntar al padre Paz −dijo Papá Juan−. Pero creo que tienes mucho que aprender de los hombres de Lacan-Tún.

El *ah-men* se sorprendió al ver la actitud despreocupada del anciano. De nuevo se prolongó el silencio. Papá Juan parecía reflexionar.

−Tomemos las cosas con calma −aconsejó el anciano antes de despedirse. Luego, respiró hondo varias veces disfrutando de la brisa cálida que corría esa mañana.

Nana, intrigada, intentó sonreír con naturalidad.

−Regresemos con Esperanza −le dijo−. Conociéndola, debe estar inquieta al no vernos regresar −agregó el abuelo. Tomó la pequeña mano de la niña, y lentamente cruzaron la plaza. Al cabo de un momento, la tímida voz de Nana se hizo escuchar.

−¿Cómo es Xibalbá?

−¿Xibalbá? −se extrañó el anciano−. Ya veo que no te perdiste ni una palabra de nuestra conversación. ¿Por qué quieres saber?

−He oído a menudo a los mayores hablar de Xibalbá, y no

estoy segura de cómo es —explicó Nana.

—Bueno, las historias sagradas explican que en Xibalbá existen nueve mundos subterráneos en los cuales habitan dioses peligrosos y malignos, llamados Bolontiku, los nueves señores del tiempo.

—¿Los nueve señores del tiempo?

—Sí, ellos gobiernan el tiempo. El Sol, cada noche, viaja a través de Xibalbá en forma de jaguar. En el trayecto, tiene lugar una lucha entre las fuerzas de la luz y las de la oscuridad, que concluye con el regreso del Sol a su punto de partida, al amanecer. Eso asegura que perdure el balance entre el día y la noche, y por lo tanto, entre el Bien y el Mal.

—¡Los Bolontiku gobiernan el tiempo! —exclamó Nana, sorprendida—. ¿Cómo es eso?

—El tiempo es una serie de ciclos con principio y con fin, marcados por cataclismos o catástrofes, que significan el retorno al gran caos. Las catástrofes son creadas por los Bolontiku para regenerar el mundo.

—No entiendo, abuelo... ¿las catástrofes regeneran el mundo? —repitió Nana.

—El universo es como un reloj, Nana. Medimos el tiempo basados en sus movimientos; así calculamos los días, las semanas, los meses y los años, usando, sobre todo, el ir y venir del sol y de la luna. El que entiende el tiempo, sabe cuándo sembrar y cuándo cosechar, cuándo trabajar y cuándo descansar, cuándo celebrar y cuándo ir a la guerra. Nuestro pueblo comprendió, hace cientos de años, que todo en el universo es cíclico, con un nacimiento y una muerte. Los dioses de Xibalbá controlan la muerte, ellos son los que se encargan de cerrar los ciclos del mundo.

—¿Los ciclos del mundo? —Nana parecía incapaz de comprender.

—Sí, el mundo ha pasado por cuatro ciclos de nacimiento y muerte, y vivimos en el quinto. Estos ciclos o eras se conocen como los Cinco Soles.

—¿Cuándo se va acabar el Quinto Sol? —preguntó Nana, atónita.

—Todavía hay tiempo —aseguró el anciano, con una sonrisa serena—. Nuestra realidad, es decir la materia, el espacio y el tiempo es una proyección que emana de Xibalba. El Gran Jaguar es el que debe garantizar que nada, ni nadie, interfiera con esa realidad y detenga el tiempo.

—¿Qué pasaría si el tiempo se detiene? —inquirió Nana,

confundida.

–El tiempo y el espacio son dos en uno. Es decir uno no existe sin el otro. Si el tiempo se detiene, Kukulcán, el dios serpiente, no podría regresar como lo prometió y la nueva Era de la Conciencia no llegaría, lo que provocaría guerras, hambre y miseria.

–¿Qué es eso, la Era de la Conciencia?

–Pues sí que eres curiosa –comentó el abuelo embozando una sonrisa–. La Era de la Conciencia es cuando la humanidad entienda que nuestros pensamientos afectan la energía que materializa nuestra realidad.

La niña seguía sin poder dar sentido a la explicación de su abuelo. Le pareció que todo se deshacía y comenzaba a esfumarse en una resonancia terca y destemplada que invadía su mente y no le permitía reflexionar. El sonido se fue definiendo poco a poco, hasta que al fin pudo identificarlo. Era el timbre del teléfono. Abrió los ojos. La taza de café con leche estaba fría. Recorrió con la vista la cocina y tuvo la sensación de echar de menos algo.

El teléfono enmudeció de súbito. Nana se colocó la mano sobre el pecho y sintió que su corazón palpitaba aceleradamente. El teléfono volvió a sonar. Esta vez, Nana se levantó y descolgó.

–¡Aló!

–¿Nana?

–Sí.

–Es Paquita. Son las once y estamos preocupados por ti aquí, en la taquería.

–¿La taquería? ¡Oh, sí! –respondió Nana, turbada.

–¿Te sientes bien?

–Sí, sí, discúlpame, estoy de camino para allá. Se me hizo tarde; esta mañana fui a comprar pasta de mole al mercado –respondió Nana, comenzando a sentirse mejor.

–¿A cuál mercado? –preguntó Paquita, sorprendida.

–Al mercado municipal de San Cristóbal de las Casas –contestó Nana con toda naturalidad.

–Voy para tu casa ahora mismo –le anunció Paquita, inquieta.

–Para qué, mi'jia, si llegaré a la taquería en media hora. Ya veo que no pueden estar sin mí, después de todo –concluyó Nana, con una carcajada, antes de colgar.

Minutos más tarde, mientras cerraba la puerta de su casa, la anciana se dio cuenta por fin de lo qué había estado echando de menos, y sintió un poco de vergüenza. Pensó en lo descortés que había sido al quedarse dormida frente al señor que con tanta amabilidad la había escuchado. Ni siquiera le había preguntado su nombre. Estuvo tentada de regresar, pero consideró que si no lo había encontrado cuando despertó, seguramente se habría marchado. Cuando Albert regresara, le preguntaría si conocía a un señor de rostro afable y pelo blanco muy desarreglado. Desde su abuelo Papá Juan, y exceptuando a Albert, no había conocido a ninguna persona que mostrara verdadero interés en hablar acerca del paso del tiempo.

Nana vestía una falda gris y una camiseta blanca con el logotipo de la taquería en la espalda. Llevaba una diminuta cartera negra bajo el brazo y una bolsa de supermercado llena de trozos de pan seco. Se alejó con paso firme, no sin antes echarle una última mirada a la casa. Pintada de amarillo, con el tejado, las ventanas y las puertas de color rojo vino, era objeto de comentarios chistosos en el vecindario. A ella no le importaba; aquellos eran los mismos colores de la catedral de San Cristóbal de las Casas. Además, le parecía que el colorido resaltaba la vetusta arquitectura de la vivienda. Había sido de las primeras construidas en el pueblo, y Nana se había enamorado de su humilde pero pintoresca estructura hecha con bloques de coral. Como estaba en pésimas condiciones, pudo comprarla por un precio módico. La fue reparando poco a poco, y la casita pasó a convertirse en el símbolo de su sueño americano.

Sin detenerse, saludó a su vecina, una anciana obesa, afroamericana. Todos los días la mujer se sentaba en una mecedora en el pórtico de su casa, y durante horas se dedicaba a observar a la gente y los vehículos recorrer la calle. Solo se saludaban, pues Nana, a pesar de haber vivido más de cincuenta años en Estados Unidos, no hablaba bien el inglés. Entendía el idioma pero se expresaba mal, y se sentía incómoda y ridícula cuando lo intentaba. En Homestead había una gran cantidad de inmigrantes hispanos, ya fueran cubanos, mexicanos o nicaragüenses. Por lo tanto, no había tenido verdadera necesidad de aprender inglés. El centro del pueblo consistía en unas cinco calles donde la mayoría de los comercios eran nicaragüenses o mexicanos. Homestead era muy diferente a los pueblos de México que ella conocía, construidos durante la colonia. No contaba con una iglesia en el centro de una plaza rodeada de comercios; ni siquiera tenía una plaza principal.

A Nana le agradaba caminar de su casa a la taquería. Le tomaba alrededor de veinte minutos completar el recorrido. Disfrutaba su paseo cotidiano sobre las anchas aceras de ladrillo. Los farolitos a lo largo de las calles, de alguna manera, le recordaban Chiapas. Para ella, Homestead poseía cierto encanto, a pesar de que el pueblo estaba lejos de tener la magia de San Cristóbal de las Casas, con sus iglesias viejas, adoquines, fachadas de colores, altos puntales y techos de tejas.

Aun así, le agradaba caminar por la calle North Krome. En este paseo comercial se encontraba el modesto museo del pueblo, innumerables oficinas de abogados de inmigración, la tienda de discos México Lindo, una zapatería cuyas vidrieras exhibían botas rancheras, la farmacia Managua y un establecimiento pequeño de envío de dinero a México. Al final de la calle se levantaba el teatro Seminole, que parecía no tener nada que ver con el entorno. Su estilo Art Déco, común en todo el sur de Florida durante los años treinta, producía una sensación de curiosa anomalía. Este teatro, que debía su nombre a una de las tribus indígenas de la región, había sido renovado recientemente para devolverlo a su antiguo esplendor. Era una muestra del esfuerzo que hacían los habitantes por conservar intacto su modesto patrimonio. Otra prueba de este esfuerzo era el parquecito florido que bordeaba el teatro, donde se encontraba un diminuto anfiteatro de cemento pintado de amarillo y rosa. Nana solía sentarse unos minutos en uno de los bancos a tomar un respiro y mirar las flores. Aprovechaba aquel momento para echarles migajas de pan a las palomas y admirar el reloj de metal de cuatro caras, uno de los emblemas del pueblo. A fuerza de verla, las palomas habían dejado de temerle y ahora le caminaban sobre los pies, se posaban en el banco y revoloteaban a su alrededor. A Nana esto le causaba gracia. Ensimismada, no percibió que una mujer rolliza y de baja estatura cruzaba apresuradamente la calle en dirección a ella.

−¿Nana, qué haces? Te estamos esperando en la taquería −dijo Paquita con inquietud.

La proximidad y la voz de la mujer espantaron las aves, y Nana se asombró al ver frente a ella la cara redonda de Paquita. Ambas eran más o menos de la misma edad, pero la otra, con su pelo corto teñido de castaño oscuro y sus pantalones vaqueros, lucía mucho más joven.

−¡Paquita! ¿Qué haces aquí? Te dije que no te preocuparas. Estoy de camino a la taquería −exclamó Nana, desconcertada.

−¡Eso fue hace más de una hora!

−¿Pero qué hora es? −preguntó Nana, mirando el reloj de la plaza, que indicaba las 12:30 p.m.−. ¡Santísimo Dios, el tiempo voló en un abrir y cerrar de ojos!

−La taquería está llena de gente pero no te preocupes, allá dejé a Luis a cargo −dijo Paquita, a quien la desorientación de su amiga la preocupaba. En los últimos tiempos no era la misma. Se sentó a su lado y le pasó el brazo por los hombros. Nana, confundida, se mantuvo en silencio.

−Últimamente te siento distraída. ¿Te encuentras bien? ¿Fuiste al médico?

−Sí, sí, estoy bien y ya fui al doctor −confirmó Nana, fastidiada por tener que responder la misma pregunta tantas veces−, pero el problema no soy yo. El problema es el tiempo, que ha decidido hacerme jugarretas. Te aseguro que salí de casa hace apenas unos minutos, después de hablar contigo.

−Nana, ya te dije que hablamos hace más de una hora −insistió Paquita−. ¿Y lo del mercado, esta mañana?

−Nada serio, un breve paseo por el pasado −respondió como si fuera lo más natural del mundo.

−¿Adónde?

−Ándale, que nos debemos apurar. Pobre Luis, solo, en plena hora pico −dijo Nana levantándose del banco.

Paquita asintió con una sonrisa forzada, y ambas mujeres echaron a andar. Atravesaron la calle sin dirigirse la palabra. Cinco minutos después ya podían divisar el restaurante. Cuando atravesaron la puerta de entrada, Luis, de pie tras el mostrador, las saludó con expresión de alivio.

−¡Qué placer verla, Nana! Nos tenía preocupados.

−Órale, mi'jito, ya veo que tienes todo bajo control −comentó con una sonrisa, después de mirar a su alrededor.

−Llamé a mi hija Anita, que me dio una manita con los clientes −explicó Luis, señalando hacia las mesas, donde una muchacha tomaba la orden−. Es muy trabajadora y está buscando chamba.

−Pues ya la encontró −dijo Nana, suspirando con satisfacción−. Bueno, si no me necesitan aquí, me voy a la cocina a ver qué puedo hacer.

Luis y Paquita la observaron alejarse. Cuando desapareció

tras la puerta, Luis se volvió hacia su esposa.

—¿Cómo la ves?

—Mal —respondió ella con voz quebrada—; según va pasando el tiempo, empeora. ¿Qué vamos a hacer?

8
Ciudad de Guatemala, Guatemala

Mamá, quiero volver a casa –dijo Juan Danilo.
–Esta es tu casa –replicó la madre, preocupada, sin entender de qué le estaba hablando su hijo.

–No, mamá, quiero volver a Petén –respondió el joven indígena con voz respetuosa, aunque determinada.

Petén, que ocupa casi un tercio del territorio del país, es uno de los departamentos más despoblados de Guatemala. Marcelina no creía que allí hubiera buenas oportunidades de empleo.

–Pero mi'jo, aquí está tu futuro, aquí está el progreso –dijo ella, casi desconsolada.

–Sí, el futuro de otros. El mío está con mi gente –exclamó el joven–. Además, mamá, ahora hay muchas inversiones extranjeras, mucho crecimiento en esa zona, –y suavizando el tono, la abrazó–. Perdóname, yo sé que es duro. No te quiero defraudar, pero debo irme para ayudar a nuestra gente.

La mujer entendía la pasión de su hijo; peor aún, era lo que más temía. El duro golpe la hizo preguntarse a sí misma qué le había hecho a Dios para merecer este dolor.

–Tienes que tener cuidado –le recordó en un tono suave, pero a la vez alarmado.

La pobre Marcelina no había aprendido a leer, pero a través de sus hijas se mantenía al corriente de lo que Juan Danilo escribía en los artículos de las revistas universitarias, aquellas cartas abiertas que demandaban derechos para las comunidades indígenas. Reclamos que, por lo regular, eran leídos por ojos ciegos y escuchados por oídos sordos; aunque no siempre. Existía un movimiento en la universidad que no solo exigía cambios y se quejaba a los gobernantes, sino que estaba en contacto con organizaciones internacionales, buscando que estas ejercieran presión sobre el país.

Por toda respuesta, el joven levantó la vista hacia ella y enarcó las cejas dándole a entender que no había motivos de preocupación.

Aquellos ojos negros, llenos de vida y curiosidad, llevaron a Marcelina a los días en que iba camino a la capital y su hijo, con apenas seis años, la miraba impaciente. Había llegado con él y sus dos hijas, sin saber a dónde ir o qué hacer. Pero todos esos malos recuerdos estaban lejos, en el pasado.

En tanto abrazaba angustiada a Juan Danilo, recordó las veces que le había recomendado que no se metiera en política, que no hiciera reclamos a los dueños del país. Solía decirle que tuviera cuidado y que no perdiera de vista a sus amigos, y menos a sus enemigos.

–Mamá, esto es muy difícil para mí también. Sé que tengo una deuda increíble contigo.

Pensaba en la vida que su madre había llevado mientras intentaba sacarlos adelante. Contrariamente a otros padres que explotaban a sus hijos poniéndolos a mendigar o a trabajar, ella había sacrificado su juventud en múltiples trabajos, para asegurarse de que sus tres hijos tuvieran un futuro menos incierto.

La familia creció en un humilde sector en las afueras de Ciudad Guatemala. Las hembras quedaron embarazadas a temprana edad, con lo que arruinaron los planes de la dedicada madre. No obstante, en lugar de doblegarse ante esta contrariedad, Marcelina, con su precaria mentalidad empresarial y unos escasos ahorros, logró abrir, para cada una de ellas, un modesto puesto de venta de pupusas.

Juan Danilo cursó estudios en la escuela secundaria y más tarde ingresó en la Universidad de San Carlos de Guatemala. Rápidamente, el vivaz joven mostró dotes de líder. Mientras obtenía la licenciatura en Arqueología en la Escuela de Historia, dirigió el periódico universitario. Para completar su formación, prosiguió con una maestría en Derecho Constitucional en la Facultad de Ciencias Jurídicas y Sociales. Sabía que su madre estaba muy orgullosa de él. También sabía que ella se acercaba a una edad en la que merecía que sus hijos la cuidaran. Por eso la respuesta de Marcelina no pudo menos que sorprenderlo:

–Por mí y por tus hermanas no te tienes que preocupar, mi'jo. Pero tengo miedo de que te metas en problemas y te vaya a pasar algo –reveló entre lágrimas y apretándolo contra su pecho.

El joven intuía que su madre estaba haciendo un esfuerzo sobrehumano para comprender sus intenciones. Ella también había sufrido la falta de derechos, la miseria y el menosprecio que padecían los de su raza y, aunque quizás no pudiera expresarlo con las palabras que Juan Danilo empleaba en los artículos, una corazonada milenaria o, a lo mejor, su instinto maternal le decía que debía dejarlo partir en busca de su destino.

En una típica mañana del país de la primavera eterna, el universitario se subió a un autobús ruinoso y desvencijado que lo llevaría a Flores. Llevaba consigo apenas un morral y una vieja maleta que solo contenía libros y un poco de ropa. Se acordaba muy bien de la maleta. Era la misma con la que, en un atardecer de hacía casi dos décadas, su madre, sus hermanas y él arribaron a Ciudad Guatemala por primera vez. Rememoró a las mujeres de su familia, sentadas en la parte de atrás de una camioneta, rodeadas por un cargamento de frutas, y la misma maleta junto a los pies de su madre.

Ahora Juan Danilo iba a dejar la ciudad donde había luchado y había hecho el amor por primera vez. La ciudad que, a fuerza de ponerle obstáculos, había acabado de curtirlo como hombre. No la odiaba. Después de todo, y a pesar de las dificultades que enfrentan los indígenas en cualquier centro urbano, la capital había sido buena con su familia. Recordó con una sonrisa cómo quedó boquiabierto la primera vez que escuchó su antiguo nombre: Ciudad de los Caballeros de Santiago de Guatemala, ahora reconstruida tras un terremoto, y conocida oficialmente como La Nueva Guatemala de la Asunción.

El bus arrancó y él no se volteó a mirar; no quería despedirse, aun cuando no tenía idea de si regresaría. Se aseguró de tener en su mochila la dirección del notario público a donde iría a pedir trabajo. Santa Elena, con la isla de Flores como atractivo turístico, era una pequeña ciudad que tal vez no necesitara un abogado con maestría en Derecho Constitucional. Pese a eso, era el núcleo urbano más cercano a la comunidad indígena donde había nacido, y Juan Danilo estaba convencido de que su poder de convicción le abriría puertas, aunque fuera con un escuálido salario.

En el bus, sus pensamientos oscilaban entre la posibilidad de encontrar empleo, de estar más cerca de su pueblo, y la imagen del rostro abatido de su madre, que había quedado indeleble en su memoria. Sin embargo, las horas de viaje y el amasijo de emociones lo rindieron al fin. Y cuando comenzó a llover, el ruido de las gotas sobre el latón del autobús actuó como un somnífero. Juan Danilo se sumió en sus sueños por el resto del camino.

Los primeros pasos en Santa Elena no resultaron complicados. Durmió en casa de los familiares de un amigo de la universidad, y por una módica suma se comprometieron incluso a darle de comer. Sin perder tiempo fue a ver al notario.

—Lo siento, no puedo emplearlo —le soltó sin preámbulos el hombre—.No hay suficiente trabajo en el pueblo para justificar un aumento de personal.

Aun así, ante sus excelentes credenciales, no dudó en recomendarlo.

—Mira, Juan... No le importa que lo tutee, ¿no?

—Por supuesto que no —respondió rápidamente el joven.

—Hay una empresa extranjera que recién abrió una oficina en el pueblo. Es una compañía financiera canadiense que está realizando inversiones en el departamento de Petén. Estuve ayudándolos con unas formalidades legales y sé que están buscando a alguien con cierto nivel de preparación. Obviamente, no es un empleo en el que estarás utilizando todos tus conocimientos. Se trata más bien de una posición administrativa.

—No importa señor Urbina. Necesito empezar con algo — dijo Juan Danilo, agradecido.

—Bueno, pues aquí tienes la dirección. Están ahí en el lago, en la isla de Flores. Don David habla bastante bien el español, así que no tendrás problemas de comunicación.

—Muchas gracias, señor Urbina.

David Appleton lo dejó un tanto sorprendido. Aunque lo había imaginado alto y fornido, era de corta estatura, mofletudo, de pelo rojizo y tez pecosa. Tampoco se lo había imaginado tan seco y malhumorado. Parecía gruñir cada vez que hablaba.

—¿Puedes empezar ahora mismo? —inquirió el estadounidense, luego de lanzarle un corto vistazo a su hoja de vida.

—Por supuesto.

El trabajo resultó sencillo, simple papeleo de oficina, pero Juan Danilo tuvo que admitir que la fachada desgastada del edificio lo había engañado. El interior se hallaba repleto de equipos de alta tecnología. Y todos los aparatos estaban conectados a un sofisticado sistema inalámbrico. Desde las azoteas, una serie de antenas recibía y transmitía información. El intercambio satelital con las oficinas corporativas de Nueva York y Montreal era inmediato. Con entusiasmo, el joven maya, se lanzó a la tarea de complacer a su jefe.

Después de un par de semanas, sin embargo, se había desvanecido el hipnotismo que le produjo el equipo ultramoderno de la oficina. De hecho, no pasó mucho tiempo antes de que se sintiera aburrido por la rutina. Pensando en su madre, decidió utilizar el salario de la primera quincena para comprar un celular inteligente de manera que ella lo pudiera llamar cuando quisiera.

El viernes al mediodía, cuando regresaba de almorzar, tropezó sin querer con el maletín del jefe. Aparentemente, Appleton había salido apresurado y lo había dejado junto a la puerta. El joven agarró la valija con la intención de salir corriendo tras él, pero al levantarla, se abrió y derramó su contenido. Nervioso, Juan Danilo comenzó a recoger de prisa los documentos, cuando encontró un portafolio que llamó su atención. Sabía que no era correcto andar husmeando en las pertenencias de otros, pero la curiosidad lo venció. Fue el título de la carpeta lo que le hizo abrirlo: *El Dorado International, Las Tres Cruces Petroleum Operation.*

Le picó la curiosidad, porque Alberta Financing Corporation, la empresa para la cual trabajaba, no tenía nada que ver con petroleras. Al ojear los folios, quedó boquiabierto. La empresa había comenzado sus actividades hacía menos de un año, y el mapa que encontró entre los papeles señalaba que Las Tres Cruces estaba situada al norte del lago Petén Itzá, justo en el territorio de sus antepasados.

Entre los documentos encontró pruebas de que los permisos y concesiones de exploración y explotación petrolera habían sido ilegalmente adquiridos a través de sobornos a funcionarios del Gobierno. Después de echar un vistazo, no le fue difícil concluir que, pese a las recomendaciones técnicas y científicas de los expertos acerca de la inviabilidad ambiental del proyecto, la compañía había recibido los permisos para operar en un sitio de gran importancia hídrica, lo que podría causar severos daños al medioambiente de la biosfera maya.

Junto a los papeles encontró fotos de un altar esculpido con la imagen de una enorme serpiente de ojo rojo y una larga inscripción en perfecto estado. Por su licenciatura en Arqueología, Juan Danilo sabía que se trataba de Kukulcán, el dios serpiente de los antiguos mayas. Además de las fotos, había copias de correos electrónicos que confirmaban el descubrimiento arqueológico en el interior de una cueva localizada en los terrenos asignados a la petrolera.

El joven recordó que la forma en la cual estaba tallada la serpiente era un elemento particularmente común en las piezas provenientes del sitio Q. El enigmático lugar había constituido una obsesión para los estudiosos desde la década de los setenta.. Fue entonces que empezaron a aparecer en galerías y museos de Europa y Estados Unidos, exquisitas piezas de arte maya del período comprendido entre los años 600 y 900 d.C. Estas piezas de origen desconocido poseían un estilo artístico único.

Juan Danilo conocía la historia del misterioso sitio Q. No fue hasta el 1996, se había descubierto La Corona, una ciudad maya localizada en el parque El Tigre, cerca de San Andrés, en Petén. Varios investigadores internacionales concluyeron que esta ciudad era el sitio Q, pero otros arqueólogos pensaban que el sitio Q no era una ciudad aislada, sino probablemente una serie de emplazamientos que compartían historia y tradiciones.

La copia impresa de un correo electrónico que el joven sostenía en sus manos, corroboraba que el preciado altar había sido destruido, ya que, según se afirmaba en el documento, podía «causar problemas» al proyecto petrolero, entre ellos, la revisión de la autenticidad de los permisos de explotación, y su consecuente revocación, con el objeto de dar prioridad a excavaciones arqueológicas.

Juan Danilo no estaba seguro de cuál había sido el papel que la Alberta Financing Corporation jugaba en la destrucción del valioso altar. Lo que sí le quedó claro es que no iba a seguir trabajando en una compañía que encubría negocios ilícitos. No permitiría que su nombre se viera involucrado en un escándalo, de producirse una investigación. Sin pensarlo dos veces, el joven sacó su celular y fotografió los documentos, colocó de nuevo el folio en el maletín de su jefe, y se marchó de la oficina para no volver.

Sin embargo, decidió no quejarse a las autoridades. Los permisos de exploración y explotación habían sido otorgados sin el consentimiento de los habitantes de la región, violando sus derechos constitucionales. Si algo estaba muy claro en su mente era que las autoridades habían sido sobornadas. El argumento clásico consistía en que, a pesar de estar en una biosfera protegida, el subsuelo podía ser explotado comercialmente. Pensó apresuradamente y llamó a Angélica, su amiga y ex-amante de la universidad. Nadie respondió y prefirió no dejar mensaje en el contestador automático. Acto seguido, tomó un taxi acuático hasta la ribera norte del lago, y luego, a pie, se encaminó hacia las montañas.

Llevaba más de una hora caminando cuando sintió que un vehículo se aproximaba a sus espaldas, disminuyendo la velocidad.

—Hola, ¿qué tal? —saludó nerviosamente al conductor de la camioneta que acababa de detenerse en la carretera junto a él.

Juan Danilo bajó la guardia al reparar en la señora embarazada que ocupaba el asiento de pasajeros.

—¿Van pa' Paso de Caballos? —preguntó con cortesía..

—Sí, pasamos por ahí. Móntese —respondió el hombre tras el volante.

Sin dudar un instante, Juan Danilo se subió a la parte posterior del vehículo, y se sentó sobre unos materiales de construcción. Iba con la espalda apoyada sobre la parte posterior de la cabina y a través de una ventanilla corrediza estableció una pequeña conversación con los ocupantes de la camioneta mientras su cuerpo bailaba al compás de los baches de la carretera. Les contó que su familia provenía de una comunidad ubicada al norte de Paso de Caballos, pero no quiso revelar muchos detalles. Se limitó a decirles que hacía años que no visitaba a sus familiares.

Cuando arribaron a Paso de Caballos, el joven saltó del vehículo con agilidad. Después de agradecer al conductor y a su acompañante, continuó el camino en solitario. No necesitaba guía: sus botas estaban pisando la misma tierra por la que caminaran los pies descalzos de su infancia para traer víveres a la aldea en la que había nacido.

Llovía, y el ruido era continuo, casi ensordecedor. Después de tantos años viviendo en centros urbanos, se había olvidado del estruendo que producen las gotas de lluvia al chocar contra la vegetación. No encontró a nadie en la vereda, que por más que estuviera siendo utilizada por animales y humanos, apenas era visible bajo el chaparrón. Ahora todos parecían estar en sus casas guareciéndose del intenso aguacero. Se hallaban en plena época de lluvias y la caminata por el sendero no resultaba fácil. A cada paso, sus botas resbalaban, y varias veces estuvo a punto de aterrizar estrepitosamente con el trasero en el fango.

La lluvia se detuvo poco antes de que arribara al hogar de sus antepasados. Empezó a escuchar risas y voces infantiles, y luego divisó entre la maleza los techos de paja de las chozas. Al acercase, vio a unos niños jugando. Uno de ellos alzó la cabeza y salió corriendo. La voz de alarma circuló rápidamente entre los pobladores, y al cabo de un momento, se vio rodeado de una treintena de personas.

—¿Qué quieres? —le preguntó una mujer que parecía ser la que llevaba las riendas de la comunidad.

—Mi nombre es Juan Danilo Lux Díaz —respondió él en tono firme y respetuoso—. Mi madre es Marcelina y mi abuelo era Coyoc.

Una sonrisa se dibujó en el rostro de la señora al escuchar los nombres. Atziri era también descendiente de Coyoc, y el joven de pelo corto y dientes bien blancos que se hallaba frente a ella era su sobrino, el hijo de su hermana. Lo abrazó y comenzó a tocarle la cabeza. Juan Danilo no entendía lo que la señora estaba haciendo, hasta que sintió cómo los dedos de Atziri encontraron y recorrieron una cicatriz que tenía desde niño. Parecía que decir quién era uno, no era suficiente. Entre la gente de su pueblo, la confianza en los desconocidos estaba al borde de la extinción. Tal vez otros los habían engañado, pretendiendo ser quienes no eran. Lo cierto es que Juan Danilo ya apenas recordaba la cicatriz en forma de ele que tenía en la parte posterior del cráneo, resultado de una caída, no muy lejos del lugar donde ahora se hallaba.

Atziri le señaló una choza. El joven se dirigió hacia ella, pero se detuvo en el marco de la puerta. La mujer le hizo señas para que esperara y fue a anunciar su llegada.

—Entra —oyó decir a una voz frágil desde el interior.

Era su tío Petrocinio, hermano mayor de su madre. Juan Danilo lo recordaba como un hombre fuerte, líder de la comunidad, pero el tiempo no había transcurrido en balde, y ahora, enfermo y cansado, su tío pasaba los días acostado.

Después de saludarlo, Petrocinio y él compartieron una cerveza tibia y algo de comida. Y pese a que el tío se veía físicamente deteriorado, Juan Danilo pudo comprobar que su mente seguía siendo tan hábil como en el pasado. Al hombre le intrigaba que el joven hubiera regresado. Por lo común, los que se iban nunca volvían, ya que el poblado dependía aun de la industria chiclera, y las familias apenas lograban subsistir. Los escasos empleos eran generados por unas pocas compañías internacionales que producían goma de mascar orgánica a partir de la savia obtenida de los árboles de chicozapote.

Juan Danilo le hizo un breve recuento de su vida. Habló un poco de sus hermanas y de su madre, pero la verdad era que no podía esperar más para contarle lo que había descubierto en los documentos de la cartera de su jefe.

Para el antiguo líder indígena aquello no fue una sorpresa; hacía rato que sospechaba que habían descubierto un yacimiento de petróleo. De los datos que aportó Petrocinio, Juan Danilo sacó en claro que numerosos camiones con equipos pesados habían comenzado a llegar a la zona durante los últimos meses. Ahora, guardias de seguridad armados patrullaban las inmediaciones de la explotación.

El joven abogado detectó cierta preocupación en las palabras de su tío. Los indígenas estaban conscientes de que las perforaciones de pozos contaminaban las tierras y las aguas de los ríos, lo que causaba grandes problemas en los cultivos y en los bosques de la zona, incluyendo los árboles *Manilkara zapota*, con los que se ganaban la vida. Pero se sentían impotentes ante la burocracia y la corrupción gubernamental. Tenían miedo de la destrucción que se estaba gestando, mas no sabían qué hacer o a dónde ir a reclamar.

Determinado a ayudar a su gente, Juan Danilo le anunció al tío sus intenciones de convivir con ellos por un tiempo y orientarlos acerca de sus derechos legales. Con la misma seriedad que ponía en todas sus acciones, había decidido darse a la tarea de defender a los suyos y remediar el problema.

A continuación, le enseñó, en la pantalla de su celular, la foto del altar y le informó que la petrolera ya lo había destruido. La reacción de su tío lo tomó por sorpresa. Abrió mucho los ojos y empalideció. Parecía faltarle el aire y su quijada se tensó.

−¿Se siente bien?

−Es Gucumatz −dijo Petrocinio con la voz entrecortada.

−Lo sé −asintió Juan Danilo−, Gucumatz, en quiché y conocido como Kukulcán por los yucatecos. Es un hombre blanco hecho dios que, según la leyenda, llegó desde el oeste y luego se fue hacia las planicies de México, prometiendo regresar.

—Así es, prometió regresar pero todavía no lo ha hecho. Seguimos esperándolo. Y ahora con uno de sus altares destruidos, será aún más difícil su retorno. Debemos avi... – empezó a decir Petrocinio, pero de repente se calló. Miró a su sobrino con tristeza y mortificación. Luego, intentando mostrar indiferencia, esbozó una sonrisa forzada.

Juan Danilo tuvo el extraño presentimiento de que la noticia del altar demolido había preocupado al anciano más que la batalla que estaba por iniciarse con las autoridades.

9
Homestead, Florida

Era media tarde cuando Albert entró un tanto nervioso a la biblioteca de la escuela y recorrió con la mirada la sala principal. Solo había un puñado de estudiantes ojeando revistas y libros en las mesas de estudio. Otro grupo se hallaba tras los cubículos que albergaban las computadoras. Al no ver a Camila, optó por dirigirse hacia la sección de Historia. Efectivamente, la encontró allí, entre dos libreros, revisando títulos.

—¡Hey! —dijo Albert, a modo de saludo.

—¿Cómo se encuentra doña Nana?

—Mejor.

La chica sonrió y siguió examinando los volúmenes, pero casi de inmediato y con gesto seguro, retiró del estante varios libros y afirmó satisfecha:

—Creo que tengo lo que necesitamos —giró sobre los talones y se dirigió al área de lectura más cercana.

Albert la siguió. Ella colocó las obras elegidas sobre la mesa y luego de sentarse, hurgó en su mochila y sacó el libro de Nana.

—Lo estuve leyendo.

—¡Nana te lo prestó! ¡Qué sorpresa!

Albert dio un vistazo rápido al material escogido por Camila: había textos de Astronomía, Arquitectura, Historia y Mitología.

—¿Cómo quieres dividir el trabajo? —preguntó ella.

—Me da igual —respondió Albert, encogiendo los hombros.

—En ese caso, tomaré la mitología y el calendario maya. ¿Te interesa investigar sobre sus escrituras y su...

—Astronomía —la interrumpió Albert.

—Ok —consintió ella con mucha parsimonia, y en segundos se sumergió en la lectura.

Habían transcurrido unos quince minutos cuando, aburrido de leer sin poder concentrarse, Albert trató de entablar conversación, pero solo obtuvo monosílabos como respuesta. Renunció a la idea y de nuevo trató de enfocarse en la lectura. Sin duda alguna, le costó un gran esfuerzo ahondar en un tema que, aunque lo había perseguido durante toda su vida, él había optado por rechazar. Sin embargo, observó de reojo cómo Camila tomaba notas en su cuaderno, y le dio la impresión de que a ella verdaderamente le agradaba el proyecto.

–¿Cómo te va? –preguntó, por fin, la muchacha.

Albert tuvo la sensación de que lo estaba midiendo.

–Pues, la verdad es que no sé –contestó, pasando las páginas del libro.

Camila frunció el ceño:

–Tengo entendido que la de los mayas era una civilización con una amplia cultura escrita.

–Bueno, según lo que leí, se calcula que existieron miles de manuscritos en el mundo maya, pero ahora solo quedan cuatro –explicó el joven, tratando de causar un buen efecto.

–¿Cuatro? –repitió sorprendida la chica.

A Albert le agradaba cuando ella lo miraba directamente a los ojos.

–Cuatro –confirmó él.

–¿Estás seguro? ¿Cómo puede ser que queden solo cuatro manuscritos?

–El hecho de que hayan sobrevivido tan pocos se lo debemos a los misioneros españoles.

–No entiendo.

–Los misioneros hicieron con los manuscritos lo mismo que con las imágenes y algunos templos: destruyeron «la obra del diablo» –le explicó Albert, con sarcasmo en la voz.

Los ojos de la adolescente se agrandaron, intrigados. No sabía si Albert estaba tomándole el pelo, o inventando un cuento. Encantado de haber captado su atención, el joven prosiguió con el relato.

–Mira, los misioneros pensaban que los códices eran obras satánicas.

–¿Códices?

–A los manuscritos mayas se les conoce como códices. Se confeccionaban con corteza de higuera y, para protegerlos, los colocaban en cajas de madera.

–Hablando de cajas, en el libro que me prestó tu abuela encontré la foto de una caja de madera tallada. ¿Qué es?

–Un recuerdo de su infancia.

—¿Es original?

—No creo, seguro que como esa hay miles en México. Son imitaciones confeccionadas para los turistas. Las originales acabaron en la hoguera.

—¡Ay bendito, qué triste!

Hubo una breve pausa.

—¿Cómo sabes todo eso?

—He leído que había un cura en particular, un tal fray Diego de Landa, de la orden franciscana, que se dedicó a destruir todo lo que consideraba obra del demonio. El tipo inició una Inquisición sangrienta que duró tres meses;.

—¡No te creo, ¿un religioso?!

Albert se sorprendió ante la ingenuidad de su compañera y le aseguró que era la purísima verdad.

—El cura ese era cruel, Camila. Fray Diego de Landa llegó a Yucatán determinado a acabar con las prácticas herejes de los pueblos aborígenes. A pesar de las campañas de conversión al catolicismo, la antigua religión de los mayas no había desaparecido. Se sabía que los habitantes de la zona incorporaban sus creencias a los ritos de la nueva religión para evitar ser castigados. Cuando Landa llegó a Maní constituyó un tribunal religioso que se convirtió en Inquisición.

—Como las que hacían en España en aquella época —añadió Camila con una expresión algo perturbada.

—Ya sabes, torturó a muchos indios para que revelaran la localización de las imágenes y los códices que ellos protegían. Encarceló a todos los que consideró herejes y se dedicó a quemar miles de manuscritos, ídolos e imágenes de dioses, en especial las figuras de serpientes, argumentado que eran representaciones del Mal. Al menos, eso es lo que dice aquí —le mostró Albert, hojeando las páginas del libro que estaba revisando.

Camila escuchó atenta. Su expresión evocaba la de una chiquilla cautivada por un cuento de horror. No había duda de que Albert se sentía cada vez más atraído hacia ella. Usando un tono de voz casual, a sabiendas de que su frase era una provocación, declaró:

—Seamos honestos, ¿no crees que fray De Landa tenía razón?

—¡Albert! —protestó Camila.

—Francamente, no me vas a decir que las prácticas religiosas de los mayas no te parecen extrañas y crueles. Sus sacerdotes hacían sacrificios humanos mientras el pueblo danzaba.

Corazones arrancados del pecho, gente ahogada en estanques sagrados y víctimas sentenciadas a morir perforadas por flechas o decapitadas. Y sus costumbres eran igual de atroces.

–¿Qué dices? –preguntó Camila.

–El sacrificio era común. Se extraía sangre de las orejas, de los labios, de la lengua y del pene, como ofrendas. ¡Eh!, en vez de poner una velita a un santo, ellos se hacían una incisión en el pene –dijo Albert, con una mirada socarrona.

–¿En el pene?

–Así hacían. De cierta forma, la mayoría de las religiones han sido crueles –concluyó el joven.

El cuchicheo de los dos llegó a oídos de la bibliotecaria.

–¡Silencio! –bramó la mujer, que tenía reputación de ser tan simpática como una hoja de afeitar.

La reprimenda fue hecha de forma general, pues desde su escritorio la bibliotecaria no discernía quién conversaba. Camila inhaló profundamente, retuvo el aliento y logró así contener la risa frente a la mirada burlona de su amigo.

–Sí, sacrificios de sangre extraída del pene –reafirmó él con una voz casi inaudible y una mueca de dolor.

Ambos intercambiaron miradas pícaras. Hubo una breve pausa. La imagen se concretó en sus mentes y sin previo aviso les invadió un ataque de risa. Camila se puso la mano sobre la boca; tenía dificultad para ahogar las carcajadas. Albert disfrutaba viéndola reírse, cuando oyó unos pasos cercanos. Volteó la cabeza de un lado a otro, preocupado de que la bibliotecaria estuviese a sus espaldas. Sin embargo, fue un alivio constatar que solo se trataba de Nic y Ferni.

–Hola –murmuró Nic con timidez, sosteniendo un libro en las manos.

Camila respondió levantando las cejas, pues todavía se tapaba la boca intentando retener la risa.

–*I remembered que* iban a venir a estudiar a la librería – dijo Ferni.

–La librería es donde se venden libros, en español es la biblioteca –le rectificó Albert.

–*You know* lo que quiero decir –argumentó Ferni, guiñándole un ojo a la chica.

–Ferni me contó que luchaste con aligátores; ¿por qué no nos avisaste? –le preguntó Nic a Albert.

–*Yeah man!* Nos hubiera gustado *to see you* –declaró Ferni.

–Güey, luego hablamos de eso –atajó el chico–. Más bien

cuéntame cómo te va con la batería.

—*It's at home.*

—¡Que chido! —soltó Albert, súbitamente entusiasmado.

—Podemos montarla esta misma noche, si tienes tiempo —sugirió Nic.

—Más bien mañana. Hoy Nana tiene cita con el médico.

—¡Shuush! —les recordó Camila con el índice sobre los labios mientras echaba una mirada en dirección a la bibliotecaria.

—*Let's get out* —propuso Ferni—. Ya he tenido líos *before with that witch.*

—Los alcanzo —dijo Nic, mostrando lo que llevaba en las manos—. Necesito sacar este libro.

—¿Qué es? —preguntó Camila

—El libro de Freud sobre la interpretación de los sueños.

—¿Estas tomando la clase de Psicología?

—Sí, es una de mis clases electivas.

—La tomé el año pasado y me encantó. El maestro es muy bueno.

Albert dio un vistazo al reloj de su celular y dijo:

—Debo marcharme pronto, se me va a hacer tarde para llevar a Nana a su cita.

Curiosa por saber más acerca de la batería, Camila decidió terminar la lectura y unirse a ellos.

—Salgo con ustedes —anunció, mientras se apresuraba a ordenar sus notas.

Minutos más tarde, todos, excepto Nic, se hallaban sentados en los escalones de la entrada a la biblioteca. Al costado, unas pocas palmeras con las hojas deshilachadas por el viento se erigían en el cielo azul salpicado de nubes.

—¡Qué calor! *I hate this* humedad —exclamó Ferni, quitándose la gorra de lana que lo caracterizaba. El remolino de pelo negro que quedó al descubierto le daba un aire simpático. A Camila le provocó sonreírse y, con entusiasmo, preguntó:

—¿Cuándo empiezan a ensayar?

—Tan pronto montemos la batería —dijo Albert, observando a Nic acercarse a ellos con pasos desganados.

—¿Cuándo conoceremos a tu *super star drummer*? —indagó Ferni.

—Cuando estén listos —respondió la chica.

—¿Han visto a Matusalén? —inquirió Nic, guardando el libro en su mochila.

—¿Sigues preocupado por ese tipo? —cuestionó Albert.

–*He is at Opa Locka*, en casa de su primo –aclaró Ferni–. La madre lo *kicked out* de la casa.

–¿Cómo lo sabes? –inquirió Nic.

–*Dudes*, ¿qué les pasa, no tienen oídos *or what*? *People talk* en la escuela.

–Dicen que el primo es el líder de una ganga de motorizados allá en Opa Locka –comentó Camila.

–Eso es *bad news*.

–Ese idiota me tiene sin cuidado –soltó Albert, y consultó de nuevo el reloj. Acto seguido, se puso en pie con agilidad y su cuerpo atlético destacó sobre sus compañeros sentados–. Nos vemos.

–Te acompaño –dijo Nic, levantándose de las gradas con su lentitud habitual.

–Ferni... a las siete, mañana, en la taquería, con la batería –recalcó Albert.

Se estaba colocando la mochila sobre la espalda cuando Camila se levantó y le dio un beso de despedida en la mejilla. Había algo en la forma como lo hizo que resultaba natural, pero afectivo. A pesar de que Albert no se lo esperaba, actuó relajado frente al espontáneo gesto.

–Llámame esta noche, para saber cómo les fue en el médico.

–Ok, a eso de las nueve –le confirmó Albert antes de alejarse.

Ferni permaneció sentado sobre el escalón, observando boquiabierto la escena. Por primera vez se encontraba corto de palabras.

Albert caminaba apresurado por la acera. Estaba a menos de una milla de la taquería cuando vio llegar de frente un Cadillac rosado. El auto redujo su velocidad y se detuvo junto a él. La ventanilla oscura se abrió de manera automática para revelar a Latisha tras el volante.

–Hola *baby* –saludo ella.

–Bonito carro –respondió Albert con el corazón encogido.

–Michael te manda un mensaje.

–Dime.

–Dice que ya no te puede garantizar nada.

–Ya supe –se apresuró a decir el muchacho.

–Cuídate las espaldas. Según escuché, el tipo quiere revancha.

Albert no le prestó atención a la sombra rojiza que se agitaba alrededor de Latisha. Le agradeció y no hizo ningún comentario, pero su corazón volvió a latir de prisa.

10
Paso de Caballos, Petén

Juan Danilo se adaptó con prontitud a su nueva vida. En poco tiempo volvió a manejar a la perfección el lenguaje de su infancia. Gracias a los dones de liderazgo, carisma y simpatía que poseía, no le fue difícil ganarse la confianza de los ancianos y el respeto de la gente. Entendía los valores de su pueblo. Expresaba con elocuencia y convicción sus ideales y su opinión contra de los abusos del Gobierno. Trabajaba en la recolecta de látex, junto con los demás chicleros. En su tiempo libre explicaba, en términos comprensibles y a quien lo quisiera escuchar, las leyes gubernamentales y las violaciones contra los derechos constitucionales de la comunidad.

Fue así cómo logró convencer a los dirigentes del pueblo para llevar a cabo una manifestación frente a las instalaciones petroleras. Quería llamar la atención de algunos medios de comunicación y de los gobernantes de la región. Pero estaba consciente de que no podía luchar solo. Necesitaba apoyo. Se le ocurrió llamar a Angélica. No sabía muy bien cómo iba a reaccionar ella, porque la despedida entre ambos no había sido muy efusiva. Sentía reparo en llamarla. No era que no quisiera hablar con ella. Más bien no quería darle la impresión de que estaba contactándola solo porque la necesitaba. Con la mirada indecisa observó su celular. Lo utilizaba exclusivamente para comunicarse con su madre cuando se acercaba al área urbana de Flores, ya que en la aldea indígena no había señal ni manera de recargar la batería. Se decidió a encenderlo para consultar la hora.

«Las ocho de la noche, buena hora para llamarla», pensó.

Finalmente, venció sus dudas y pulsó el número telefónico de Angélica. En cuanto ella oyó la voz de su examante, reaccionó con naturalidad y cariño. Para su alivio, Juan Danilo pudo comprobar que el vínculo que había entre ellos no estaba roto. Platicaron a gusto y él tuvo que admitir lo mucho que la extrañaba.

Angélica y él se habían conocido hacía casi tres años. No habían sido novios, sino amantes ocasionales, porque en realidad no tenían tiempo para un noviazgo convencional. Ambos poseían un espíritu demasiado independiente y unas vidas muy ocupadas.

Al igual que él, Angélica había redactado artículos para el *Correo Universitario*. El diario se publicaba por Internet, y una vez a la semana, en papel; como consecuencia de los escasos recursos, su circulación era bastante limitada. Pero no era el volumen sino la calidad de sus artículos lo que lo hacía un medio respetado por unos, y repudiado por otros. A diferencia de él, ella todavía se mantenía en contacto con los directores de la publicación y las asociaciones humanitarias internacionales que la apoyaban.

Cuando Juan Danilo estaba con Angélica sentía que entre ellos existía una complicidad silenciosa y muy especial. Con solo mirarse podían adivinarse los pensamientos. Pero había un lado oscuro en la vida de ella, algo que él no entendía. Y cada vez que trataba de indagar se encontraba con una especie de pared. Sabía que tenía un empleo, pero por mucho que le preguntara, ella se rehusaba a dar detalles; se limitaba a decir que laboraba para un consorcio europeo con intereses en Centroamérica. A pesar de eso, confiaba en ella ciegamente. Cuando le contó lo que estaba pasando con su comunidad, Angélica le recalcó que debía ser prudente. Para apoyarlo, le prometió publicar artículos sobre sus dificultades con las autoridades y la injusticia social con la que se enfrentaban. Su voz era suave, pero había una entonación de inquietud en ella. En su afán por mantenerla en línea, Juan Danilo le platicó acerca del altar maya tallado con una serpiente de ojo rojo y de las fotos tomadas en las cercanías de los pozos petroleros.

—El altar fue destruido —le dijo a modo de conclusión.

Por un instante creyó que se había caído la llamada, y solo al cabo de unos segundos volvió a escuchar la voz de la muchacha, que ahora sonaba diferente, porque aunque mantenía el tono calmado, parecía de acero.

—¿Dices tener fotos de la pieza arqueológica?

—Así es. Tengo poca carga, ¿pero quieres que te mande una?

Segundos más tarde, Juan Danilo había transmitido la imagen al celular de Angélica.

—¿Quién más está al tanto del altar o de estas fotos? —preguntó ella.

—Solo mi tío. Debo admitir que el pobre hombre tuvo una reacción rara al saber que el altar había sido destruido.

—Llegaré mañana a Flores. A eso de media tarde —anunció súbitamente la chica.

—¡Me parece estupendo! —exclamó Juan Danilo, sorprendido por la noticia.

—Ven a buscarme a la estación del bus y, por favor, no le cuentes a nadie sobre el altar.

—¿Qué no le cuente a nadie sobre el altar? —repitió Juan Danilo, extrañado por la recomendación.

—Porfa, confía en lo que te digo.

El joven no sabía qué pensar, pero no cuestionó las recomendaciones de Angélica, demasiado contento con la perspectiva de volver a verla.

11
Homestead, Florida

Nana se acostó a dormir. Los años le pesaban; se sentía agotada y sobre todo preocupada. A pesar del cansancio, no lograba conciliar el sueño. De pronto, escuchó un ruido que le resultó agradablemente familiar. Sus pensamientos fueron interrumpidos por las notas musicales entrecortadas que emanaban de la habitación contigua. Era Albert, que tampoco dormía. Tocaba su guitarra eléctrica a un volumen apenas audible.

La anciana no interfería, ni opinaba sobre la música alborotosa que le gustaba al adolescente. Habitualmente, lograba dormirse a pesar del *rock* que le resonaba en los oídos. Estaba claro que se había acostumbrado al ruido, pues para ella esa música era simplemente una serie de sonidos sin sentido. Además de ser poco melodiosas, las canciones estaban en inglés; incomprensibles para ella. Sin duda, prefería las baladas románticas en español, capaces de extraerle una lagrimita repleta de sentimientos. Pero la melodía que emergía esa noche de la guitarra era suave y melancólica. Se dejó acunar por las notas apacibles. «Mi hermana Teresa me dijo que el padre de Albert tocaba muy bonito», recordó nostálgica. No lo había conocido, ni tampoco a la madre de Albert, ni siquiera en fotos, pero sabía prácticamente todo sobre ellos. Cerró los ojos intentando imaginárselos. Le apenaba no haber conocido a su sobrina. «Según Teresa, su hija Gloria se parecía mucho a mí. ¿Diosito, por qué te los llevaste tan jóvenes?». Esa pregunta se la había hecho a Dios en los últimos doce años cada vez que los acontecimientos del día reavivaban los malos recuerdos.

Nana empezó a sentirse medio somnolienta. Minutos más tarde, el sueño la invadió, trayendo con él su penumbra. Entre las sombras vislumbró la figura de Papá Juan acostado, moribundo en la cama. Como les sucede a menudo a los ancianos, se encontraba bien y, de momento, sin motivo aparente, se había enfermado. Su salud decayó en cuestión de días. Hirviendo de fiebre, reposaba en una vieja colchoneta de lana.

Rememoró la angustia profunda de ese momento vivido hacía ya tanto tiempo. En su sueño lo veía todo con claridad. Especialmente, los ojos de su abuelo, que la conmovían por la mezcla de viveza y dulzura que irradiaban. Por instantes, creía percibir en ellos un sentimiento de miedo, que en ocasiones se tornaba desesperación o resignación. El enfermo no había sido atendido por un médico ni llevado al hospital; esa opción ni siquiera se había considerado. Los ancianos vivían junto a sus hijos y nietos, cuidados por las mujeres de la familia. Chahom visitaba a las familias con enfermos, y a través de sus rezos, practicaba la curandería y la adivinación.

En innumerables ocasiones, el devoto e incansable hombre visitó al abuelo. Para él, era un padre, un gran árbol, un hombre que había luchado por conservar la dignidad y el pasado de su gente. Fue con profunda tristeza que pronunció el presagio, anunciando que le quedaba muy poco tiempo a Papá Juan. A partir de ese momento, el curandero visitó con mayor frecuencia a la familia.

Nana recordó las horas que pasó sentada junto a su abuelo, rezando, mientras le tomaba la mano y le acariciaba el brazo. En sus plegarias, pedía a la Virgencita que le otorgara un poco más de tiempo. Sabía que actuaba con egoísmo, pues presentía que Papá Juan, doblegado por las dolencias de la vejez, encontraba paz en su adormecimiento. Ella constató que el anciano abría cada vez menos los ojos, y su respiración se iba haciendo más superficial e irregular. Su torso, todavía fuerte, contrastaba con sus brazos y piernas débiles, atrofiados por la escasa movilidad.

La niña sintió la imperativa necesidad de romper el silencio, convencida de que el moribundo la podía escuchar, y le confesó, vencida su timidez, que tenía miedo de estar sin él. Para no preocupar demasiado a su abuelo, no le dijo que se sentía incapaz de superar el pánico a la soledad. Solo reconoció que sus días resultaban lentos y monótonos cuando no lo escuchaba relatar sus fabulosas leyendas mayas. También admitió que creía en todas esas historias míticas que le había narrado, y se dispuso a recordárselas, repitiendo cuanto le había escuchado. Mientras hacía un esfuerzo por evitar que su voz reflejara la angustia que experimentaba, Nana hablaba despacio, con un tono de voz invariable. Era casi un murmullo, un rezo, una plegaria. La leyenda de los soles era su favorita. La relataba sin omitir ningún detalle, de la misma forma en que la había aprendido de él.

–Los dioses deseaban crear al hombre para que los alabaran. En el primer intento, los hombres resultaron pequeñitos, incapaces de hacer nada. No podían construir templos ni ofrecer sacrificios. Enojados, los dioses decidieron acabar con estos seres inútiles y llenaron el mundo de agua. Los hombrecillos se convirtieron en peces. De esa manera terminó el Primer Sol y la primera vida en la Tierra.

Papá Juan arrojó un sutil gemido y Nana, recordando la predicción del *ah-men*, casi pierde la poca compostura que le quedaba. Le acarició el rostro. La calentura se mantenía intransigente. Sobre la frente del moribundo un paño húmedo enfrentaba la fiebre. La niña respiró hondo y tragó saliva, buscando fuerzas para proseguir el relato.

–En el segundo intento, los dioses moldearon con barro a un hombre, pero se fueron al otro extremo. Esta vez los hombres fueron tan grandes que resultaron torpes y flojos, por lo que los dioses, de nuevo descontentos, mandaron a los jaguares a comerse a los gigantes. Y así acabó el Segundo Sol.

Nana hizo una pausa. Se levantó y remojó el paño en una vasija con agua colocada junto a la colchoneta del abuelo. Sus manitas, robustas para su edad, escurrieron con fuerza la tela, que volvió a colocar con delicadeza sobre la frente del anciano. Sin dilación, se sentó, rígida, al borde del lecho, y le tomó de nuevo la mano para continuar la narración:

–En su tercer intento, los dioses decidieron crear a los hombres con maíz, un alimento sagrado. Les quedaron tan perfectos que durante todo el día no hacían más que mirarse en un espejo, y no trabajaban ni edificaban templos; tampoco ofrecían sacrificios. Los dioses se volvieron a enojar y ordenaron a los vientos que terminaran con el Tercer Sol.

Nana suspiró, cambió de posición, y continuó:

–Los dioses no se dieron por vencidos. Volvieron a moldear al hombre con maíz, pero esta vez le añadieron un corazón. Sin embargo, el problema ahora era el tamaño de este, porque era muy grande y tomó mucho esfuerzo lograr que le encajara en el pecho. Estos nuevos hombres eran buenos, pero invertían todo su tiempo hablando, sin ser productivos. El fuego terminó con el Cuarto Sol.

La niña se quedó muda por un instante, y acercó su oído a la boca del abuelo. Tenía la impresión de que el anciano había dejado de respirar, mas al percatarse de sus leves exhalaciones, la opresión en su pecho se alivió. Entonces, escudriñó su rostro. Se adivinaba en él la fealdad de la resignación: el semblante agotado, los pómulos pronunciados y la piel pálida con reflejos cobrizos. Hizo un esfuerzo para continuar.

—Los dioses, cansados, no quisieron intentarlo más, excepto Kukulcán, quien decidió ensayar por última vez. Para ello, bajó al Inframundo y volvió a emerger. Después de morir y resucitar, logró crear a la humanidad. Es por eso que vivimos en la Era del Quinto Sol y somos los hijos del maíz y también los hijos de Kukulcán. Por desgracia, hemos olvidado sus enseñanzas, pero en el Sexto Sol, él regresará para guiarnos hacia la nueva Era de la Conciencia —concluyó Nana, satisfecha.

Por fin, Papá Juan entreabrió los ojos y sonrió sin fuerzas. El instante fue devastador para la niña, que pasó las horas siguientes con la mirada cargada de lágrimas, rezando en voz baja. En medio de un solloza ahogado, prometió con humildad a la Virgencita todo tipo de ofrendas y cambios en su conducta.

—No me molestaré con mi madre cuando me pida a mí, y no a Teresa, que la ayude con las tortillas. Rezaré todas las noches diez Avemarías. Llevaré flores a la iglesia este domingo...

La lista de promesas fue interrumpida por Esperanza, que no tenía paciencia para las desgracias y menos para el lloriqueo de su hija.

—Nana, ven a ayudar —voceó la mujer que, sentada a la entrada de la choza e inclinada frente a un metate de piedra, molía con fuerza el maíz.

La niña se persignó y acató la orden. Cabizbaja, se acercó a su madre y esperó en silencio que ella agregara un poco de agua a la masa que se encontraba sobre una tabla de madera.

—Prepara los testales —mandó la mujer, alzando los ojos hacia su hija.

Nana se sentó, sin ganas, a alistar las bolitas de masa. Una por una, se las fue entregando a su madre, que les imprimía el grosor deseado con un rodillo de madera. Pero a la niña le costaba aceptar que debía preparar tortillas mientras su abuelo se moría. Para distraerse, buscó en el rostro marchito de Esperanza, inclinado tan cerca del suyo, una semejanza con el de Papá Juan, pero no pudo encontrarla.

La madre notó la angustia que dominaba los pensamientos

de su hija. Le acarició la cabeza y le recordó:

—Debes tener fe y aceptar la voluntad de Dios.

A pesar de la serenidad que había en su voz, Nana no logró consolarse. Después de cenar, le llevó a Papá Juan un tazón de caldo de pollo. Con paciencia, trató de hacerle ingerir el líquido tibio, pero el anciano se rehusó rotundamente a comer. Estaba débil e inapetente. Nana se tendió con timidez y torpeza en la angosta colchoneta y rodeó con los brazos a su abuelo. Procuró mantenerse inmóvil para no molestarlo. Se quedó así, junto a él, respirando en la más completa calma, hasta que se quedó dormida.

Poco después, Esperanza la sacudió, y la ayudó a ponerse en pie. Nana no estaba segura de cuánto tiempo había transcurrido. Caminó adormecida hacia el viejo colchón que compartía todas las noches con su hermana, no muy lejos del abuelo, y se desplomó en él. Unos paños de tela vieja que colgaban del techo hacían la función de paredes entre los colchones de los miembros de la familia.

Al día siguiente, muy temprano, Nana se despertó con el suculento olor a tamales de Cambray que invadía el modesto hogar. De repente, su cuerpo se tensó al pensar en Papá Juan. Con un poco de temor, su mano movió el pedazo de tela que los separaba y asomó con timidez la cabeza para saludar al enfermo. Grande fue su asombro al darse cuenta de que el moribundo de ayer se hallaba ahora recostado contra la pared, mientras comía cómodamente en su cama. La niña observó que tenía un plato grande sobre sus muslos, una vieja almohada en la espalda y un vaso de *tascalate* en las manos. Aparentemente, había amanecido transformado en un león hambriento.

Nana sintió obrarse la magia del milagro. Papá Juan alzó la mirada y ella disfrutó de esa sonrisa cálida que había extrañado tanto. Los ojos del viejo resplandecieron de nuevo con una chispa de complicidad. Paralizada, la niña rebosaba felicidad, pero sentía temor de moverse, no fuera a ser que se tratara tan solo de un espejismo.

—Acércate pequeña —exclamó con ternura el abuelo—. Disfruté mucho los relatos que me contaste ayer. Tienes muy buena memoria.

Vacilante, dio varios pasos hacia adelante, sin poder quitarle la vista a la sonrisa del anciano.

—Ven —insistió él, haciéndole señas para que se aproximara aún más.

Nana, obedeció. Se acercó, y se inclinó para darle un beso en la mejilla. Comprobó, con satisfacción, que la calentura se había atenuado. El abuelo la abrazó con emoción y luego le tendió una llave que tenía en la mano.

—Toma, esta llave abre el baúl donde guardo mis pertenencias. Cuídala bien —susurró, colocándola en la palma de la mano de su nieta—. Mañana la usarás para buscar entre mis cosas una caja de madera que tengo para ti. Contiene la herencia de tu hijo.

A pesar de estar escuchando con claridad, Nana no entendió. Perturbada, preguntó:

—¿Qué herencia y qué hijo?

—¡Tu hijo, Nana, tu hijo! —insistió él.

—Papá Juan, solo tengo doce años. No tengo ningún hijo.

Por unos segundos, la niña creyó que su abuelo perdía la mente y la estaba confundiendo con alguien más. Miró a su alrededor y comprobó que estaban solos. «Muy probablemente, mamá y Teresa se habrán ido en busca del *ah-men* Chahom», concluyó Nana.

—Papá Juan, soy yo, Nana, tu nieta —aclaró la pequeña.

El anciano le acarició la cara con su mano curtida.

—Claro que eres mi Nana querida. No te confundiría con nadie en el mundo.

—¿De qué herencia me hablas? Somos pobres.

—Te estoy hablando de la herencia de tus ancestros, las instrucciones para tu hijo. Ayer, mientras me hablabas, tuve una visión. El *Kan Vuh* anuncia que el Gran Jaguar, Pakal, reencarnado en uno de sus descendientes, regresará de su viaje por Xibalbá para encaminarnos en el nuevo gran círculo.

—¿Viaje por Xibalbá? ¿Kukulcán?

—Xibalbá es parte del hoyo negro cósmico que proyecta el tiempo, espacio y la materia. El Gran Jaguar debe asegurarse que los Bolontiku no pierdan sus poderes y que nadie, exepto Kukulcán, se apodere de la fuerza.

Nana, confundida, se removió incómoda. Intuía que el abuelo no estaba bien por completo. La historia era muy extraña.

—Creo que tu hijo será el Jaguar —dijo el abuelo, exaltado.

Un silencio pesado se instaló entre ellos. La niña intentó cambiar de tema, pero el anciano no la dejó.

—Ayer te escuché; eres la única en la familia que no cree que estoy senil, que repito historias antiguas sin sentido. Es tu responsabilidad seguir buscando las respuestas que definirán el futuro de nuestro pueblo. Tu hijo será la clave.

Habló con una autoridad que impresionó a la pequeña.

—¿Recuerdas mi conversación en la plaza con el *ah-men* Chahom? —preguntó el anciano.

—¿Sobre Xibalbá?

—Sobre los religiosos asesinados.

—Sí.

—Me faltó decir que cuando los misioneros trataron de destruir todas nuestras escrituras, el adivino Ah Kin Palon Cab quiso poner el *Kan Vuh* a salvo y lo envió a uno de los descendientes de Pakal, que residía cerca de Otolum. Ese era mi ancestro. Su nombre cristiano era igual que el mío, Juan.

—¿El *Kan V*...?

—El manuscrito de *Kan* contiene la profecía sobre el viaje del Gran Jaguar por Xibalbá. La caja de madera es la clave.

—¿La clave de qué?

—De cómo entrar a Xibalbá, sobrevivir al viaje y salir vencedor. Prométeme que la cuidarás con tu vida. No la abrirás hasta que el Jaguar te lo pida y en presencia de un *ah-men* para que lo aconseje. Durante siglos, los *nahuales* han tratado de apoderarse de la caja; debes tener cuidado.

—¿Los *nahuales*?

—Con el tiempo entenderás.

Nana hizo la promesa para no ofender a su abuelo. La conversación sobre su supuesto hijo jaguar y los *nahuales* le resultaba desorientadora. Optó por cambiar el tema, contándole sobre las visitas de Chahom. Claro está, no le mencionó el pronóstico de una muerte pronta.

Esperanza y Teresa regresaron a la choza, acompañadas del *ah-men*. El resto de la mañana, ambos hombres rememoraron anécdotas sobre eventos del pasado, miembros de la familia y gente del pueblo. Nana no mencionó el oscuro asunto del Jaguar y de su herencia. Alrededor del mediodía, Esperanza sirvió sopa de tortilla y pollo al *ah-men* y al enfermo. Papá Juan comió con apetito. La mirada de la niña seguía el vaivén de la cuchara entre el plato de barro y la boca del abuelo. Observó cada movimiento como un péndulo medidor del tiempo, el cual retomaba su curso regular. Esperó pacientemente que los dos hombres acabaran de comer para retirarles los tazones vacíos.

Al despedirse del *ah-men*, Esperanza lo acompañó fuera de la choza para poder conversar a solas. Papá Juan se sintió cansado y quiso acomodarse para dormir una siesta. Nana le quitó la almohada de la espalda y lo ayudó a recostarse. Luego se quedó sentada al borde de la colchoneta, su mano en la de él. Papá Juan le apretó levemente sus deditos y le lanzó un fugaz guiño antes de cerrar los ojos.

—No te olvides, Nana —dijo el anciano en un murmullo que solo ella entendió.

—Prometido —respondió la niña con una sonrisa afectuosa y la seguridad que le daba la larga complicidad con su abuelo.

En segundos, el anciano quedó dormido con la boca entreabierta. Su respiración era profunda y lenta. De vez en cuando soltaba un ronquido. Esperanza regresó a la choza con aire consternado y le pidió a Nana que dejara descansar al abuelo. Nana sospechaba que el *ah-men* le había dejado claro a su madre que sus predicciones siempre se cumplían.

—Una siestita le vendrá bien. Ve a tejer un rato —dispuso Esperanza.

Nana acató con complacencia; obedecer era parte de su promesa. «El *ah-men* no sabe que la Virgencita me concedió mi deseo», pensó, satisfecha.

Papá Juan murió durante la siesta. Lo encontró dos horas más tarde en la misma posición en que lo había dejado. Había cesado de roncar, de respirar. Su rostro reflejaba paz. Esperanza se acercó acongojada y no le sorprendió ver a su padre muerto. Se arrodilló junto a la cama, tomó la mano del anciano y comenzó a rezar.

La voz corrió rápida por el pueblo. Una hora más tarde, vino un médico para verificar la muerte y llenar un acta de defunción. Paradas en la entrada de la humilde vivienda, Teresa y Nana escucharon la conversación entre el desconocido y su madre; según explicó, el abuelo había experimentado lo que en medicina se conoce como una mejoría pre mórtem.

—Se ha visto que muchos pacientes, al borde de la muerte, exhiben una mejoría espontánea y corta, justo antes de morir, la que les permite despedirse de sus seres queridos —explicó el médico—. El anciano fue bendecido con este privilegio, y otros más, como el de morir en su sueño de un paro cardíaco. Murió sin sufrir.

—Gracias, Diosito —dijo Esperanza mientras se persignaba, sin dudar por un segundo que así había sucedido en efecto.

A pesar de estar desecha, Nana no derramó una sola lágrima, ni dijo una palabra. Se sentía traicionada por Dios y la Virgen.

«Ese no fue el milagro que pedí», razonó enfurecida. Sabía que la religión le exigía sumisión frente a la voluntad divina, pero no podía impedir sentirse ofendida por la mezquindad de Dios, que le había hecho creer en la recuperación del anciano. Por primera vez, Nana tuvo dudas sobre su fe. Y allí, en aquel instante, se le secó el corazón, imaginándose la monótona vida que le esperaba sin las fantasías del fallecido. A partir de ese momento su carácter se volvió taciturno y cohibido. No fue hasta el día en que logró adoptar a Albert, que recuperó la confianza en Dios, y también su sonrisa.

Durante el transcurso de la mañana siguiente, amigos y familiares acudieron a la choza a dar sus condolencias. Tras preparar el cadáver de Papá Juan, Esperanza y Teresa se dedicaron a recibir a la gente del pueblo. Nana se mantuvo prudentemente alejada, sentada inmóvil frente a la choza. Su madre no la culpó por no ayudar; sabía que estaba afligida.

Nana no sabría decir cuánto tiempo pasó en aquel estado de sopor, con el agujero que se le había formado en las entrañas. Los ojos, fijos en el horizonte, tenían un tono indeterminado: podían parecer negros, grises o castaños, según iba pasando la mañana y la luz dorada del sol se iba extendiendo sobre el poblado. Cuando por fin el astro se alzó por encima de la montaña, se llevaron el cadáver al cementerio de San Juan Chamula.

La niña se negó rotundamente a ir. Odiaba ese lugar. Su padre había sido enterrado allí, tras morir dos días después de cumpleaños número cuarenta. El trágico accidente laboral ocurrió en una hacienda dedicada al cultivo del cacao. Por supuesto, la familia no recibió ningún tipo de explicación por lo sucedido, y menos aún una compensación por la pérdida. En muchas ocasiones, la niña había ido con su madre a llevarle flores al difunto. El aspecto melancólico del sitio y la brisa fría que azotaba constantemente la colina, la hacían estremecer. En ocasiones, también tuvo que esperar de pie durante horas interminables, mientras Esperanza participaba en rituales de curación que Chahom celebraba en un altar situado entre las piedras de la capilla en ruinas.

Las tumbas que rodeaban la derrumbada estructura eran sencillos montículos de tierra cubiertos con agujas de pino, hojas y flores silvestres. Los difuntos, identificados por cruces de madera de diversos tamaños y colores, verde turquesa o azul para los adultos, negras para los ancianos y blancas para los niños, eran enterrados a los costados de la capilla. El cementerio hubiera podido pasar por cualquier otro cementerio cristiano, solo que en este las cruces eran símbolos mayas, representativos del Árbol de la Vida.

Los mismos conquistadores habían quedado estupefactos cuando descubrieron que los indígenas ya tenían cruces. Pero, para los mayas, la cruz era emblema de la centralidad cosmológica. Los cuatro brazos representan los puntos cardinales del universo, y acaban en círculos. En ellos, se inscribía el nombre del fallecido junto a una única fecha, la de defunción, inicio de su viaje al Inframundo.

Cuando todos se marcharon al cementerio, Nana cerró los ojos, igual que los cerraría para no ver la extirpación del corazón en una ceremonia de sacrifico humano. De repente, recordó la conversación con el abuelo. Durante toda la mañana, había llevado consigo, oculta en un bolsillo, la llave que Papá Juan le había entregado. Aprovechó que se encontraba sola en la humilde morada para abrir e inspeccionar el rústico baúl. Solo encontró en él unas cuantas camisas y pantalones usados, junto a unas gorras y un viejo poncho. Introdujo la mano y desplazó las vestiduras hacia un lado. Entonces notó que en el fondo yacía un objeto bastante particular: una caja rectangular de madera oscura, casi negra, liviana. El estuche estaba tallado con una elaborada insignia que representaba el perfil de una serpiente, embellecida por un ojo rojo intenso. Nunca había visto algo igual.

El corazón de Nana palpitó apresuradamente; el abuelo, aún después de muerto, lograba estimular su imaginación y hacerle olvidar el tétrico funeral. Exaltada por la hermosura de la caja, exploró con sus dedos la textura del antiguo jeroglífico y la protuberancia del ojo rojo. «Prometí que no abriría la caja» recordó, cuando de repente todo a su alrededor se convirtió en un vacío oscuro. Las tinieblas la rodearon, provocándole un fuerte sentimiento de confusión. Trató de avanzar, pero apenas logró percibir su brazo izquierdo extendido frente a ella. En el derecho sujetaba con fuerza la caja del abuelo. A continuación, se topó con lo que le parecieron las raíces de un árbol. De alguna forma, Nana supo que se encontraba en el Inframundo de las historias de Papá Juan. Presa del pánico, sintió la urgencia de echarse a correr, pero sus pies, atrapados en el fango de un río subterráneo, no la dejaban moverse. Estaba pillada, y las raíces del árbol parecían cerrarse sobre ella. El único sonido que se escuchaba era el del monótono caer de los chorros de agua que se precipitaban en la oscuridad para juntarse al cuerpo del río de donde emanaba el árbol. Nana buscaba desesperadamente una escapatoria, cuando oyó un ruido que nada tenía que ver con el movimiento del agua. Alzó los ojos, un foco de luz le cegó la visión. Buscó con dificultad su origen. En él vio, flotando como un fantasma, la figura del *ah-men* Chahom que le tendía la mano. Estiró el brazo y se sujetó con fuerza. De un solo jalón el hombre la arrancó de entre las raíces. En un instante, el ensordecedor estruendo del río cesó y la neblina empezó a disiparse. Se sintió aliviada de su terror cuando vio al *ah-men* sonreírse burlonamente, convirtiéndose en Pukuh, dios de la muerte, antes de arrancarle la caja y soltarla. Entonces comenzó a caer al vacío. No había salvación.

Un viento cálido soplaba a través de las rejas y las ventanas abiertas de la habitación de Nana. La anciana se sobresaltó y gimió aterrorizada. Le tomó unos segundos regresar a la realidad y entender que se encontraba en su cama. Todo había sido un sueño melancólico convertido en pesadilla. En el silencio de la noche, Nana oscilaba entre la modorra, el espanto y las náuseas que le causaba ese ronco dolor que se había instalado en su vientre. Respiró con intensidad, intentando recobrar la calma y la cordura. No lo logró; por primera vez en su existencia se sentía desesperanzada. Se echó a llorar, tapándose la cara con la frazada para ahogar el sonido de sus sollozos.

Albert, quien normalmente dormía insensible a los ruidos, apenas había pegado el ojo en toda la noche. Los problemas de salud de Nana y la situación con Matusalén, le impedían conciliar el sueño. Para distraer su insomnio compuso una canción, evitando así torturarse con especulaciones. En la quietud de la madrugada creyó oír lamentos apenas perceptibles. Alarmado, se levantó y se dirigió hacia la habitación contigua. Entreabrió la puerta con discreción.

—¿Qué tienes, vieja? —preguntó, preocupado.

Encogida en el borde de la cama, Nana no respondió. Se defendía contra las imágenes que todavía le asaltaban la mente. Albert se decidió a entrar a la habitación y apartó la cobija con la que la anciana se cubría el rostro. Con los ojos lagrimosos, balbuceó:

—Alberto, creo que me estoy volviendo loca, mi'jito.

El adolescente, alarmado, le colocó la mano sobre la frente para asegurarse de que la fiebre no se hubiera apoderado de ella. No había calentura, solo los restos de la tibieza de la cama. Entonces, se sentó junto a ella y le secó las lágrimas. Tenía la ternura torpe del que no acostumbra a expresar sus sentimientos. A pesar de sus atenciones, Nana parecía no tener consuelo. El joven no encontró qué decir, por lo tanto, se limitó a abrazarla con afecto. Finalmente, aliviada por las muestras de cariño, Nana murmuró:

–Me estoy convirtiendo en una persona senil.

–No digas eso. Estás bien, algo cansada, eso es todo.

–Tuve una pesadilla. Vi el *sak ik* del *ah-men* de mi pueblo.

–¿Qué viste?

–El espíritu, el viento blanco que sale del cuerpo de la gente a través de los orificios de la nariz, como una serpiente –explicó entre lágrimas–. Creo que el espíritu anda molesto conmigo.

–Nana, fue solo una pesadilla.

–El *ah-men* Chahom se convirtió en Pukuh.

–¿En qué?

–Pukuh, el dios de la muerte. No sé si el *ah-men* Chahom vive aún, pero ¡fue horrendo! –recalcó Nana.

Albert prefirió no inquirir más sobre el tema.

–Alberto, prométeme que dejarás ese trabajo que ofende al Cocodrilo Sagrado.

–Te lo prometo –le aseguró, con un hilo de voz.

Nana le sonrió, y él siguió meciéndola como a una pequeñuela hasta que, agotada, se sumergió en un sueño sereno. Después de acostarla, el joven hizo ademán de retirarse, pero se quedó parado en el umbral de la puerta, observando a su abuela por largos minutos. Luego, regresó a su habitación.

Eran las seis de la mañana y Albert estaba exhausto. Miró a su alrededor. El suelo estaba cubierto de partituras musicales que había garabateado durante la noche. Se dobló a recoger algunas, las leyó y tarareó las melodías; hizo una mueca y las volvió a tirar al piso. Buscaba la última versión de su recién compuesta canción. «¿Donde habré dejado el pinche papel?», se preguntó, justo antes de fijarse que estaba pisándolo. Se agachó a recogerlo. Tarareó la melodía escrita. «Todavía me da nota. Está chida», pensó, sorprendido. Lo usual era que después de componer una canción durante la noche, al volver a escucharla al día siguiente ya no le agradaba.

Abrió una de las gavetas del escritorio y guardó la

composición. Cansado se pasó sus largos dedos por el cabello. Se volvió para echarle otra ojeada a la habitación, donde reinaba un desorden monumental: la cama sin hacer, zapatos y ropa por el piso, la guitarra sobre el escritorio, latas de refresco vacías, libros y papeles por doquier. Recogió lo único que le interesaba en ese momento, la nueva canción... y bostezó sin reservas. Decidió no ir a la escuela. No deseaba dejar a Nana sola. Había una cosa de la cual estaba seguro, y era que la Providencia no lo había tratado con blandura. Para Albert, perder sus padres a los cinco años había definido, de forma clara y tajante, no solo su personalidad juiciosa, sino también sus prioridades y responsabilidades.

Finalmente, se tumbó en la cama, tratando de dormir a pesar de tener cien cosas en la mente. La aprensión lo atenazaba cada vez que se preguntaba qué sería de Nana. Durante toda su infancia, ella lo había exhortado a estudiar para ser el primero en su familia en graduarse de la universidad. «El sueño de tus padres», decía ella. Pero si los médicos determinaban que Nana tenía la enfermedad de Alzheimer, todo cambiaba. No solo sus anhelos de cursar estudios en MIT se esfumaban; también sería casi imposible estudiar, trabajar y ocuparse correctamente de ella. La idea de poner a su viejita en un hogar de ancianos le resultaba tan terrible que no se atrevía a expresarla en voz alta. En la taquería veía a menudo a Paquita y a Luis susurrando y mirándola discretamente, con expresión de tristeza. Convencido de que no lograría conciliar el sueño, Albert cerró los ojos y pensó en Camila. De pronto se encontró hecho un ovillo debajo de las sábanas.

Al mediodía, despertó de golpe con los llamados de Nana.

—¡Ven a comer Albertoooo!... ¡Albertoooo!

El adolescente se quedó un instante tumbado. Sufría del mismo intenso dolor de cabeza con el cual se había acostado. Inmóvil, apenas logró recordar que día era.

—¡Albertoooo!

Los llamados de Nana volvían a resonar por toda la casa. Con su jaqueca, era incapaz de soportar tales ruidos. Saltó de la cama, recogió los pantalones vaqueros tirados en el piso, y se los puso con prontitud. La habitación parecía aún más desordenada que la noche anterior. Titubeando, se dirigió hacia la cocina y allí se encontró a Nana llena de energía, vestida y lista para irse a trabajar. Albert, sorprendido, no la saludó.

—Se nos hizo bien tarde hoy, mi'jito. No sé lo que me pasó,

me quedé dormida otra vez. Ahí te dejo tu desayuno, huevos rancheros. Me voy, que Paquita me necesita.

Durante una fracción de segundo, Albert estuvo a punto de contarle lo ocurrido, pero el impulso se desvaneció. «¿De qué serviría?» concluyó, en silencio, antes de exhalar un largo suspiro.

12
Paso de Caballos, Petén

Juan Danilo se hallaba en la estación de autobuses preguntándose todavía por qué Angélica le había hablado de un modo tan extraño. Estuvo esperando, pero no la vio. De hecho, no vio a nadie que se pareciera a ella bajarse de ningún autobús. No sabía cómo reaccionar. Lo abrumó la incertidumbre. De pronto, vio una moto dirigirse hacia él. Era un modelo viejo, tipo enduro. Inesperadamente, el motorista se detuvo a su lado.

–Súbete –escuchó decir a Angélica.

No la había reconocido. Llevaba un casco que le ocultaba el rostro y una chaqueta que disimulaba su figura femenina. Juan Danilo no tenía la menor idea de que ella manejaba motos.

–Indícame el camino –le dijo la muchacha con determinación.

–Date vuelta, y al final de la calle dobla en la carretera, a la derecha –explicó él, que no salía de su asombro.

Era casi de noche cuando llegaron al poblado. Decidieron dejar la moto oculta antes de internarse por el sendero..

–¿Estás segura? –le preguntó Juan Danilo mientras juntaban ramas para camuflar el vehículo.

–Sí, es mejor dejarla aquí –respondió ella, sin más explicaciones. Luego, se puso el morral a cuestas, miró a su amigo y añadió:

–Quizás te parezca un poco extraño todo esto, pero tengo mis motivos para mantener cierta reserva.

Hubo un breve silencio.

–¿Cómo estás? –preguntó Angélica, en un tono más dulce–. Me siento muy contenta de volver a verte.

El súbito cambio sorprendió a Juan Danilo. Casi tímidamente, él abrió sus brazos para rodearla con ellos. No estaba muy seguro de que su oferta sería aceptada, pero sus dudas se esfumaron de inmediato, cuando ella se pegó contra su pecho. Las manos de Juan Danilo tocaron, sin proponérselo, el morral que llevaba a la espalda; parecía muy pesado. Permanecieron abrazados, disfrutando del momento por un tiempo que pareció dilatarse. Por fin, cuando comenzó a resonar el familiar repique de la lluvia sobre las hojas de los árboles, se separaron. Angélica sacó rápidamente una chaqueta impermeable y cubrió el morral con ella. La lluvia les sirvió de pretexto para apresurar la caminata.

Los días que siguieron, quedaron grabados para siempre en la memoria de Angélica.

Antes de amanecer, Juan Danilo se incorporó a la protesta. Atziri y sus dos hijos habían tendido una sábana entre dos palos y el tronco de un árbol muerto que yacía sobre la tierra húmeda, víctima de los tractores que habían abierto paso en la selva, devorándolo todo para construir la carretera. Los palos, con sus bases semienterradas e inclinados en ángulo opuesto al árbol, semejaban sendos centinelas.

—Dame un cigarrillo Yumil —le pidió Kante a su hermano.

—¡No fumen más! —replicó Atziri, cansada.

La carretera había sido bloqueada hacía exactamente veinticuatro horas. Cientos de indígenas permanecían acampados, turnándose para tumbarse sobre el camino salpicado de charcos, a fin de impedir el paso a los camiones. Juan Danilo acababa de llegar al lugar de la protesta para relevar a Kante. Durante las últimas diez horas, este había permanecido acostado sobre la vía. Un centenar de cuerpos atravesados sobre la tierra dura bloqueaba el paso de una caravana de suministros que desde la noche anterior aguardaba impaciente.

Los manifestantes estaban a escasos metros del lugar donde terminaba el tramo público de la carretera. Más adelante, una imponente cerca reforzada con alambre de púas prohibía la entrada a los no invitados. Un rótulo enorme, flanqueado por un par de guardias privados, con armas largas, anunciaba con grandes letras Las Tres Cruces. Unos cien metros de distancia separaban a los guardias de los camiones cargados de herramientas y equipos de excavación.

En el medio se encontraban los indígenas. Había mujeres y ancianos, y muchos trajeron a sus niños: no eran más que familias angustiadas ante la incertidumbre de cuánto duraría esta atrevida odisea. Hasta hacía muy poco ninguno de ellos hubiera osado retar a las autoridades. Ahora las cosas parecían estar cambiando. Juan Danilo había explicado a los responsables de la caravana de camiones que no buscaban enfrentamientos, simplemente demandaban sus derechos. Tradicionalmente, cuando los indígenas los exigían, acababan siendo comprados por los poderosos y corruptos. Pero no más, algunos de los jóvenes se habían educado fuera del círculo tribal, y habían aprendido que tenían voz y derecho a reclamar, y también que tendrían que hacer un sacrificio.

Angélica, entretanto, tomaba fotos de la protesta y por ello se había adentrado en la selva con su morral. Unos niños del poblado se rieron tímidamente al observarla subirse a un árbol. Con la excusa de que se estaba ejercitando, colocó varias antenas en lo alto de aquel tupido techo vegetal. Todas apuntaban en dirección nordeste. Alimentados por celdas solares, los pequeños retransmisores recibieron la señal de su teléfono móvil, la amplificaron y la enviaron a un satélite. Angélica mandó varios mensajes de texto y documentos.

Juan Danilo, ajeno a las actividades de su compañera, se reunió con ella poco antes del almuerzo. Platicaron acerca de sus planes, de cómo podrían enfrentarse a las autoridades de forma pacífica.

–Juan Da, ya escribí un artículo sobre el bloqueo de la caravana y lo publicarán la semana que viene en el *Correo Universitario*. Un periodista de *Siglo Veintiuno*, y otro de *La Hora*, han estado en contacto conmigo pero, hasta el momento, no han confirmado que publicarán la historia. No sé si están bajo presión de algún tipo. Hay que esperar –le dijo ella.

–¡Esperar…! –repitió él, soltando toda su frustración en un suspiro.

Aparte de aquel momento de frustración, el resto del día transcurrió para ambos como si se encontraran en un paraíso. Juan Danilo la besó en repetidas ocasiones ignorando los ojos curiosos de Atziri. Otras veces fue Angélica la que tomó la iniciativa, y con su sonrisa seductora lo atraía hacia ella para abrazarlo y murmurarle al oído, dejando sorprendidas a las mujeres de la comuna. Juan Danilo se deleitó mirándola caminar entre los manifestantes con su mochila de cuero, de la cual no se separó. Ella disfrutó tomándole fotos, vestido con su ropa de campesino, acostado en el suelo. Esa noche, luego de debatir sus pensamientos con efusión, sostuvieron un encuentro apasionado.

En la mañana siguiente, húmeda y calurosa, antes de ir a la manifestación, Angélica le pidió a Juan Danilo que le enseñara el resto de las fotos del altar destruido. De inmediato, él sacó su celular y le mostró las imágenes.

—Es una pieza arqueológica hermosa.

—Era —corrigió Juan Danilo, con amargura en la voz.

—La serpiente tallada es Kukulcán, ¿no es así?

—Sí.

—Entre tantos dioses mayas, ¿por qué Kukulcán es tan famoso?

—Probablemente por las ceremonias que hacen en Chichén Itzá para los turistas durante los equinoccios —replicó con picardía.

—He estado allí —dijo Angélica, sonriéndose—. Debo admitir que es impresionante ver los triángulos de luz y sombra que simulan el descenso de la serpiente por la escalera de la pirámide de Kukulcán.

—Lo impresionante es pensar que los antiguos astrónomos conocían tan bien el movimiento del sol que pudieron construir la pirámide con la orientación exacta para crear la ilusión del regreso de Kukulcán.

—¿Y por qué es el regreso de Kukulcán tan esperado y venerado?

—La Era del Sexto Sol, que empezó en 2012, está asociada con el regreso de Kukulcán como nuevo Mesías, parecido a lo que esperan hoy en muchas otras religiones.

—¿Crees en Dios?

—Sí, pero mi fe no es de las buenas.

—¿Por qué dices eso? —le preguntó Angélica.

—Dudo, dudo mucho de la existencia de un ser divino. Me pregunto dónde está Dios cuando ocurren las injusticias —hizo una pausa—. Debo irme. Me están esperando en la manifestación.

—Te acompaño —repuso ella muy decidida.

Juan Danilo se encontraba acostado en el camino, junto a los demás lugareños que bloqueaban el paso de la caravana. Angélica se acercó a él y en un tono de broma le dijo:

—Dame tu celular, que te voy a tomar un video para la posteridad.

Juan Danilo soltó una carcajada y le entregó el teléfono.

—Y no te preocupes —siguió diciendo ella— que te tendré en primer plano todo el tiempo, para que luego puedas torturar a tu madre con tus hazañas.

El joven abogado se incorporó sobre un codo e hizo el signo de la victoria con los dedos.

En el camión de cabecera el silencio de la tarde fue súbitamente interrumpido por el sonido de una radio de banda militar.

—Sargento Espinosa, sargento Espinosa, cambio.

Desprevenido, en medio de la modorra de sus pensamientos, el sargento Fabricio Espinosa se abalanzó sobresaltado sobre la radio, casi perdiendo el equilibrio.

—Adelante, mi capitán, cambio.

—Estamos a punto de llegar. Unos diez minutos no más, cambio —dijo, crispado, el capitán Raúl Pérez Márquez, cansado tras varias horas de carretera—. ¡Enciendan los motores! —ordenó con rabia.

—Sí, mi capitán, cambio —replicó el sargento Espinosa, ya más despabilado.

—Dile a los conductores que cierren las ventanillas y aguarden instrucciones, cambio y fuera —finalizó el capitán con firmeza.

El asiento duro e incómodo del camión de transporte militar lo había puesto aún de peor humor. Hacía dos días que había enviado a Espinosa para que advirtiera a los dirigentes campesinos que desalojaran la carretera; de lo contrario, tendrían que vérselas con él.

Ahora el corazón del capitán parecía latir más rápidamente. Sus sentidos estaban alertas. Medía con anticipación el enfrentamiento y el castigo que infligiría a aquellos que, por su testarudez, lo habían obligado a salir del confort de la base y hacer todo aquel viaje.

—¡Acelera, Pedro! —le dijo casi gritando al chofer—. Preparen sus armas —ordenó, volteándose hacia la veintena de soldados que, bamboleándose en la parte posterior del vehículo militar, parecían estar más irritados que él.

Los ocupantes de los otros tres camiones que seguían al del capitán comenzaron también a alistar sus equipos. La orden provenía de la cúpula mayor. Alguien, en el ámbito del Gobierno, estaba realmente enfurecido por la actitud necia de los campesinos. Sin embargo, Pérez Márquez sospechaba que había, además, otro tipo de intereses de por medio: gran cantidad de dinero, gente poderosa...

Las diferencias con los indígenas de los pueblos mayas venían de mucho tiempo atrás. Pero esta vez las órdenes no eran dispersarlos, como en otras ocasiones, sino darles un escarmiento, una merecida lección.

En medio de sus reflexiones, el capitán no podía dejar de pensar en la finca que recién adquiriera uno de sus superiores, el general Batista; una extensa propiedad con gran número de cabezas de ganado, adonde ocasionalmente invitaba al gobernador del departamento, Guillermo Cuevas, y al ministro de Energía y Subsuelos, el honorable Pietro Jiménez Cárdenas, a pasear a caballo o a cazar.

Pérez Márquez se olía que había mucho capital involucrado en la Operación Correctivo. Era así como el general había denominado el operativo la noche anterior. Y las instrucciones fueron precisas:

—¡Eliminen a los cabecillas y denle una lección a la población! —vociferó Batista dando rienda suelta a su furia.

Angélica se había subido a un árbol para fotografiar desde allí la manifestación. Alternaba la grabación entre su cámara profesional y el celular de su amante. «Qué diferente es ella de las otras mujeres que he conocido», pensaba Juan Danilo, cuando el retumbar de las macanas contra los escudos del pelotón antimotines lo hizo sobresaltar y volver a la realidad. Alzó la mirada para ver acercarse a los soldados por los costados de la caravana de camiones.

Primero, llegó el grupo que traía los escudos. Detrás de ellos se posicionaron varios militares con escopetas lanzagranadas e indumentaria antimotines. El último grupo solo portaba armas largas.

Los indígenas comenzaron a ponerse nerviosos, no habían podido anticipar semejante despliegue. Todos miraban a su líder, esperando instrucciones. Juan Danilo le hizo un gesto fugaz a Angélica. De inmediato, ella entendió lo que él deseaba que hiciera. Se escudó tras las ramas del árbol para poder filmar.

Al mando del operativo estaba el capitán Pérez Márquez. Juan Danilo no lo conocía. Solo había conversado con el sargento Espinosa durante los últimos tres días. Sabía que estaba provocando al Ejército y a las autoridades locales. Ese era su objetivo. Quería crear controversia para llamar la atención. Pero esto no era lo que esperaba.

El joven tragó saliva y observó al capitán, quien no se veía tan amigable como el sargento. Tenía un bigote tupido y lentes oscuros. Su rostro, duro como piedra, sin expresión, fue lo que más lo preocupó.

Todo comenzó de la manera más inesperada. Juan Danilo estaba poniéndose en pie para ir a hablar con el capitán, cuando escuchó la orden:

—¡Fuego!

Y media docena de fusiles rompieron el silencio de la selva: escupían granadas lacrimógenas. Los manifestantes comenzaron a gritar y a correr despavoridos, tratando de huir hacia la jungla. Más explosiones siguieron a las primeras, pero estas traían un timbre diferente: los rifles habían entrado en acción.

El cuerpo de Yumil se desplomó y el cigarrillo que fumaba quedó ardiendo sobre su pecho, hasta apagarse con la sangre que caía de su rostro desfigurado. Juan Danilo no alcanzó a dar ni dos pasos. Un proyectil le atravesó el estómago. Apenas se percató del dolor. Sintió que a sus pulmones les faltaba el aire húmedo de Petén. Cayó de rodillas, sus manos cubriendo la herida del vientre, mientras se le escurría entre los dedos un líquido pastoso. En su rostro se dibujaron expresiones de pánico y orgullo, a la vez que su mente se poblaba de imágenes y recuerdos y se le secaba la boca. Vio los rostros de su madre y hermanas que le sonreían desde la penumbra.

Al escuchar las detonaciones, muchos manifestantes lograron escurrirse entre la maleza. Otros se quedaron petrificados, de rodillas, al borde de la carretera. Los soldados castigaban a los que ofrecieron algo de resistencia y a los que todavía no se habían apartado del camino.

Angélica, alarmada por el estado de Juan Danilo, intentó bajarse del árbol cuando observó que varios militares lo rodeaban. Sin perder un segundo, volvió a ocultarse y retomó la filmación con el cuerpo temblando de angustia y rabia. Concentró sus pensamientos en mantener firme el pulso. Lo peor estaba por ocurrir. El capitán Pérez Márquez se aproximó al sargento Espinosa y le preguntó, mientras señalaba a Juan Danilo:

—¿Este es el cabecilla?

Pálido como un papel, el sargento asintió y apartó la mirada. Entonces el capitán se acercó lentamente al herido, que al sentir su presencia, alzó la vista. Su rostro, desencajado por la pérdida de sangre, todavía se mostraba desafiante.

—Así te quería ver, hijo de puta, de rodillas –rugió el capitán.

Juan Danilo le escupió en los pies su saliva mezclada con sangre, y trató de erguirse.

«¡No lo hagas!» gritó Angélica en su mente, frenética, mientras continuaba grabando. «¡No te levantes!». Sin inmutarse, el capitán desenfundó lentamente su pistola y puso el cañón en la frente del líder indígena. Esperó unos segundos. Juan Danilo le sostuvo la mirada. Tenía el puño cerrado, como si estuviera dispuesto a golpear a su agresor, cuando el primer disparo le voló los sesos.

—¡Campesino idiota! –gruñó el capitán, antes de vaciar el arma sobre el cuerpo sin vida.

Angélica respiró hondo un par de veces, dándose tiempo para no desmayarse. No quería perder de vista al asesino a través de la pantalla de la cámara. El silencio entre los militares era denso. A pesar de estar acostumbrados a la violencia, la ejecución del cabecilla de los campesinos les había parecido una bestialidad. Los soldados pudieron escuchar el roce de los pantalones del capitán cuando se volvió para dar por terminado el asunto.

—¡En marcha! –ordenó, sin remordimientos.

Acto seguido hizo señas a los guardias de Las Tres Cruces para que abrieran el portón. Los soldados recogieron los cadáveres y los echaron sobre uno de los camiones militares, y la caravana de suministros entró a las instalaciones petroleras, escoltada por el Ejército.

Un silencio trágico invadió lo que unos instantes atrás había sido el campo de batalla. Después que los guardias cerraron el portón, se escucharon los sollozos de los manifestantes, que se alejaban derrotados y traumatizados entre la maleza.

Estremecida, Angélica seguía oculta en la copa del árbol. La impotencia la inmovilizaba, al tiempo que se sentía invadida por un vacío y un dolor indescriptibles, y una necesidad de venganza que jamás había experimentado. El sufrimiento y la cólera se retorcían en su cuerpo.

—Juan Danilo, te lo juro por Dios, ese cabrón lo va a pagar muy caro –afirmó entre dientes mientras apretaba la cámara en la mano.

13
Homestead, Florida

En la taquería, Nic trataba de comer un taco sin que su contenido le chorreara por el mentón. Albert se dirigió a la cocina y gritó:

—¿La orden de la mesa tres y la cinco también?

—Aquí están —dijo la abuela, volteándose hacia él. Tomó dos platos repletos y se los entregó con una sonrisa que reconfortó al muchacho.

«Nana parece estar bien hoy», musitó él antes de salir apresurado hacia el comedor. Para su gran sorpresa, encontró sentado al detective Maurer, ojeando el menú. Albert consideró pedirle a Luis que lo atendiera. La idea no tardó en resultarle ridícula. Sacó del bolsillo su libreta para apuntar las órdenes, y con la determinación de no dejarse intimidar, se acercó a la mesa.

—¿Qué va a comer, detective?

—¿Qué sugieres?

—Depende de lo que le guste.

—En realidad no estoy aquí para comer. La comida mexicana me cae mal.

—Entonces, ¿a qué vino? —replicó Albert con sequedad. Hizo un esfuerzo para ignorar el malestar que le causaba las sombras grises que rodeaban al hombre.

—Quería informarte que Matusalén fue arrestado en Opa Locka.

—Ese tipo me tiene sin cuidado.

—Tiene cargos por posesión de mariguana e intento de venta. Tras una orden de cateo, descubrimos varias matas de cannabis en el patio de la casa de su primo.

—¿Y qué tiene que ver eso conmigo?

—Dice que eres tú quien le vende su mercancía aquí en Homestead y que le debes dinero.

—Le va costar probarlo, pues no es cierto —contestó Albert, respirando hondo para no perder la calma.

—Tu camioneta accidentada fue inspeccionada. Tiene dos tiros de bala. ¿Cómo explicas eso?

—No tengo nada que explicar.

—Me temo que vas a tener que acompañarme a la jefatura —dijo el detective, mostrando sus dientes amarillos en una sonrisa de satisfacción.

—Me parece que... —Albert se interrumpió y tragó saliva. Estaba dejando que el detective lo atormentara. Al fin y al cabo las especulaciones del agente no eran más que eso, especulaciones.

Nic no podía escuchar la conversación. Pero, por el rostro serio de su amigo, se podía dar cuenta de que algo andaba mal. Se acercó y preguntó:

—¿Qué pasa, *bro*?

—Güey, avisa a Ferni que no traiga la batería. No estaré aquí. Haremos eso mañana.

—¿Por qué?

—Voy a perder mi tiempo en el cuartel de la Policía —declaró Albert, irritado.

—¿Es un chiste?

—La *neta* que no es broma —aseguró el chico antes de dar media vuelta y dirigirse hacia la cocina.

—¿Adónde crees que vas? —interrogó Maurer.

—Voy a avisarle a Nana —soltó el joven con voz irritada.

—Tienes cinco minutos —gruñó el policía.

Albert pasó frente a Paquita sin comentarle nada y se dirigió a la bodeguita. Allí encontró a Nana hablando sola. La siguió con la vista mientras ella iba y venía entre la puerta y la pared, mostrando una profunda tristeza. De forma casi imperceptible, una nube de color plomizo con manchas violetas rodeó la silueta de la anciana. En medio de la rumia que se traía, el adolescente escuchó el nombre de Papá Juan. Nana parecía estar espiritualmente entregada a plegarias de disculpa dirigidas a su abuelo, por haber dejado de creer en sus historias. Según rogaba, los destellos de luz morada cambiaban de tamaño e intensidad.

—Perdóname, te he defraudado —dijo ella, dirigiéndose al techo.

Albert sospechó que sufría algún tipo de alucinación. Con voz enternecida, la interpeló. La mujer se volteó y sacudió la cabeza en un intento de disipar su confusión. Era como si al escuchar la voz del joven, su cabeza hubiera emergido de un pozo oscuro. Permaneció quieta, mirándolo con ojos atemorizados.

—No encuentro mi libro —dijo, finalmente.

—Se lo prestaste a Camila —le recordó Albert.

—¡Ah!, verdad.

Se acercó a su abuela y la abrazó. La anciana se dejó reconfortar por los fuertes brazos del joven.

—Es importante que vayas al médi... —empezó a decir él.

Nana lo interrumpió:

—¿Sabías que, a días de nacer, tu madre mandó a traer al *ah-men* del pueblo, para confirmar tu *onen*?

—No, no sabía —respondió Albert de forma automática, sin prestar atención. Pensaba en las mentiras de Matusalén y en el detective que lo esperaba.

—Resulta que cada ser humano tiene el espíritu de un animal que lo protege durante su vida. Son veinte los *onenes* y se sacan según la fecha de nacimiento. Mi *onen* es *cheh ma'ax*, es decir, un mono araña. El tuyo resultó ser un jaguar. El *ah-men* Chahom lo confirmó con las cenizas.

—Nana, luego me lo cuentas —dijo Albert con un suspiro, pero ella prosiguió su relato sin importarle la falta de interés del adolescente:

—Mi hermana me contó que, horas después de tu nacimiento, el *ah-men* colocó cenizas alrededor de la choza donde vivías con tus padres. Al día siguiente examinó las huellas de los animales que se habían acercado durante la noche. Un jaguar enorme merodeó aquella madrugada por la milpa. Imagínate lo feliz que estaba tu madre.

—¿Lo feliz que estaba mi madre? —repitió Albert, con una expresión confusa en el rostro.

—Claro, mi'jito, aquel animal era tu espíritu y ¿qué madre no estaría feliz al enterarse de que su hijo tiene las cualidades de un jaguar? Cuando supe esto, le escribí contándole sobre la predicción de Papá Juan y le hablé la caja que aún tenía Teresa en la choza. Esa fue la razón por la cual tu madre cargó con ella cruzando el desierto —resumió, con tristeza.

Hubo un corto silencio. Albert no deseaba hablar de aquel trágico momento. En ese instante tenía demasiados tormentos en la mente como para recordar aquello, y sin rodeos anunció:

—El detective ha venido a exigirme que lo acompañe a la

jefatura.

La noticia sorprendió a Nana.

—Los jaguares no mienten, Alberto. Confío en que me digas la verdad. ¿Estás metido en algún problema?

—Por supuesto que no. El único lío es que no tengo dónde ensayar con la banda de música que estamos montando. Eso es todo.

—Eso no es un problema. Si quieres, pueden practicar aquí, después de que cerremos el local —sugirió Nana.

—Gracias, viejita linda.

—No dejes esperando a ese señor policía. Muéstrale que eres un muchacho bueno y con mejores modales que él.

Albert salió de la bodeguita y se dirigió hacia el comedor. Allí vio al detective interrogar a Paquita. Se quedó mirándolos un momento; luego resopló, y se acercó a ellos.

—No sé nada de ese asunto —decía la mujer.

Maurer dirigió su severa mirada hacia el joven, inquiriendo:

—¿Por qué demonios te tardaste?

Albert apretó los labios para evitar ser insolente.

—¿Cuánto tiempo va estar el chavo en la jefatura?

—El tiempo que necesite —repuso el detective, esbozando una mueca de agrado.

La expresión en el rostro del hombre le recordó a Albert, la sonrisa repugnante de una hiena.

14
Paso de Caballos, Petén

Dos horas más tarde, Angélica seguía oculta en el árbol, vigilando la entrada de Las Tres Cruces. Con mucho cuidado, como si se tratara de un objeto frágil y precioso, guardó en la mochila el celular de Juan Danilo. Luego sacó su teléfono satelital e hizo una llamada internacional a la oficina de su jefe. Sabía que con la diferencia de hora, no lo encontraría en su despacho. Prefirió que fuera así, porque no tenía ganas de hablar con él ni con nadie, pero necesitaba hacerle saber que se encontraba bien.

–*Monsieur Girard, il y a eu un massacre* (Señor Girard, ocurrió una masacre.) –dijo secamente–. *J'ai filmé l'exécution du dirigeant de la manifestation, il y a eu quatre morts. J'ai aussi les photos de documents compromettants. Je vais vous envoyer les images ainsi qu'un résumé dés événements des que je serai à l'abri de la pluie. Pour l'instant je continue sur place en surveillance.* (Filmé la ejecución del líder de la manifestación; hubo cuatro muertos. Tengo también fotos de documentos comprometedores. Le enviaré las imágenes y un resumen de los eventos en cuanto esté en un sitio seguro. Por el momento, sigo la vigilancia.)

Minutos más tarde vio cómo los camiones militares se retiraban de las instalaciones de la petrolera, encabezados por dos camionetas de la compañía. Angélica grabó las imágenes. Estaba utilizando el acercamiento visual cuando el pasajero del primer vehículo llamó su atención. Era el capitán Raúl Pérez Márquez, quien sostenía un cigarrillo entre los dedos de la mano derecha y hablaba con ademanes ampulosos y aire de satisfacción. Sentado junto a él se hallaba un hombre vestido con ropa de civil, que parecía estar tan a gusto como el capitán.

Angélica sospechó que se trataba del director de la explotación petrolera. El hombre volteó la cabeza en dirección opuesta al lente, de modo que la última imagen que ella pudo captar, antes de quedarse sin batería, fue la del rostro del capitán expulsando una bocanada de humo. En el momento en que el avance del camión la situó en el ángulo de visión del oficial, Angélica tuvo la sensación de que el militar la miraba con un rictus canallesco en los labios. Le tomó toda su fuerza de voluntad contener el impulso de sacar el revólver que llevaba en su mochila y dispararle. Había sido entrenada para mantener la sangre fría aun en situaciones peligrosas.

El silencio nuevamente invadió la selva, pero no pasó mucho tiempo antes que la lluvia empezara a golpear la maleza con ímpetu indómito. Parecía como si aquella tierra también se rebelara. El cielo cerrado, apenas visible más allá de los árboles, enviaba, en señal de protesta, aquel ruido ensordecedor. Sin embargo para Angélica, el súbito galimatías del chaparrón resultó ser una mezcla de protección y exorcismo. El polvo de la carretera se convertía rápidamente en barro y ella observó, atormentada, cómo el agua diluía en la tierra la sangre coagulada. Se agachó un momento junto a las huellas de la masacre recién ocurrida. Sus lágrimas se mezclaron con la lluvia mientras sus dedos tocaban el fango oscurecido por la sangre.

Una hora más tarde, aún bajo el aguacero, la joven comenzó a buscar el sendero casi imperceptible que la llevaría de vuelta a la aldea. La tarde se apresuró a convertirse en noche, mientras ella avanzaba con cautela por entre la misma vegetación tropical que una vez Juan Danilo había apartado gentilmente para abrirle camino. Sumergida en sus recuerdos, mantuvo la vista en el suelo para no perder el rastro del estrecho lodazal que la conducía de regreso. La mochila en la espalda y la ropa empapada pegada a la piel, le dificultaban la marcha. A su alrededor, la selva se extendía semejante a un muro impenetrable. El corazón le latía con fuerza por el miedo de encontrarse con algún animal peligroso. En realidad, no temía tanto por su vida, más bien le asustaba no poder lograr que las imágenes de la masacre fueran divulgadas. Por eso llevaba su pistola al alcance, en el bolsillo del pantalón, y un largo cuchillo de monte en la mano derecha, con el cual se abría paso entre la maleza. Angélica dedicó todos sus esfuerzos a controlar el miedo y medir cada paso para no pisar alguna serpiente coral o una barba amarilla, las más peligrosas de aquella región. De repente, sintió que algo se desplazaba entre la vegetación, acercándose a ella. Paralizada, aguzó el oído. Escuchó una voz lejana.

—¿Señorita Angélica? ¿Señorita Angélica, dónde está? —era Atziri.

Con su huipil empapado y una gruesa manta que le cubría la cabeza y le caía sobre los costados, Atziri parecía una aparición diabólica. Fue la presencia de su hijo Kante, que la acompañaba inspeccionando con cuidado los matorrales a orillas del sendero, lo que le dio un aspecto humano a la imagen. Angélica respiró hondo, agradecida al ver que la buscaban.

—Aquí estoy —anunció, casi gritando, para hacerse escuchar sobre el estruendo del aguacero.

Al fin, ambas mujeres, empapadas y agotadas, se encontraron. A Atziri se le aceleró la respiración cuando vio a la muchacha aterrada, temblando de frío y con el rostro transfigurado por la perturbación.

—Gracias, Diosito —dijo dirigiendo una mirada fugaz al cielo.

—Siento mu... mucho lo que le ocurrió a... Yumil —dijo Angélica, la voz entrecortada, mientras clavaba su mirada en los ojos de Atziri.

La mujer hizo un gesto apresurado y firme para despejarse las lágrimas que se mezclaban con las gotas de la lluvia, y preguntó—: ¿Está herida?

—No, me encuentro bien —respondió Angélica.

—Estaba preocupada por usted —admitió Atziri, rodeándola con sus brazos.

Angélica sintió que a pesar del alivio de no estar sola para enfrentar la impenetrabilidad avasalladora de la selva, estaba a punto de derrumbarse. Las palabras que acababa de pronunciar, «me encuentro bien», la torturaban. «Si solo Juan-Da pudiera decir lo mismo», se lamentó en silencio. Luchó para apartar de su mente el recuerdo del cuerpo del joven en el suelo, con la cabeza destrozada, pero no pudo evitar un sollozo quebrado y apenas audible.

—Señorita Angélica, tiene que ser valiente. Hágalo por Juan Danilo y por mi'jo. Ellos precisan que se les haga justicia —dijo Atziri, abrazándola más fuerte.

Después de lo que le pareció una marcha interminable, el grupo llegó a la aldea con el aspecto lamentable de los damnificados. Los recibió un escenario de casas abandonadas. Por miedo a las represalias de los militares, los habitantes habían buscado refugio en unas grutas cercanas. Angélica insistió en ir directamente a la choza de Juan Danilo. Atziri la siguió sin oponerse, después de enviar a Kante a su vivienda en busca de víveres y ropa seca. La robusta mujer, con sus ademanes rústicos y su boca desdentada, estaba acostumbrada a tomar decisiones. Antes de que Petrocinio partiera a reunirse con los otros en las grutas, ella le había prometió que mantendría a Angélica a salvo. Habían acordado pasar varios días alejados de la aldea para evitar más conflictos.

Al entrar al modesto aposento, Angélica intentó no prestar mucha atención a los detalles, para evitar que sus sentimientos le impidieran actuar. Se apresuró a abrir la mochila e inspeccionar el equipo electrónico. Comenzó por examinar el celular de Juan Danilo; parecía estar intacto, el agua no había penetrado en el saco. Luego, revisó lo que había grabado. A pesar de que por momentos las imágenes saltaban demasiado, se podían apreciar claramente los sucesos. La ejecución resultaba impactante. Ella hizo un gran esfuerzo para volver a verla sin perder la serenidad. Conectó de inmediato el celular y la cámara a su iPad y transfirió las imágenes del altar y de los documentos, junto con los videos. Le tomó apenas unos minutos transmitirlo todo a Lyon, Francia.

En los cuarteles generales de la Interpol, Raymond Girard observó con detenimiento las imágenes que estaban llegando de Centroamérica. El primer mensaje de Angélica había interrumpido su sueño. Tras una ducha, y una buena dosis de café Carte Noire, llegó a su despacho y se dispuso a esperar más información. Las imágenes que atravesaron medio mundo para llegar hasta él, le provocaron una contradictoria mezcla de ira y satisfacción.

Bajo la supervisión de Raymond Girard, Angélica había sido contratada como agente de Interpol para colaborar con la división de Patrimonio Cultural de los Servicios Guatemaltecos de Investigación Criminal. Girard confiaba en la capacidad investigadora de la chica y estaba seguro de que le aguardaba un futuro brillante. Sin pensarlo dos veces, le envió un mensaje de texto: «*Excellent travail, retourne a la capital et attend tes nouvelles ordres. Evite tout contact qui puise être compromettant*». (Excelente trabajo, regresa a la capital y espera tus nuevas órdenes. Evita cualquier contacto que pueda ser comprometedor.)

Atziri había entrado a la vivienda de Juan Danilo y observaba intrigada a Angélica. Se acercó a ella y le tomó la mano:

—Señorita, debe regresar a la capital y contarle a mi hermana lo que pasó a nuestros hijos. Ella debe saber.

La joven tuvo la impresión de que, más que un pedido, era una orden, y repuso:

—No sé si tenga tiempo para eso.

—¿A qué se refiere con que no tiene tiempo? —preguntó la anciana, sorprendida.

—Debo regresar a trabajar —contestó Angélica, dándose cuenta de que sus frases sonaban terriblemente frías e insensibles. Pero pensar que debía anunciar la muerte de Juan Danilo a su madre le producía un enorme nudo en el estómago.

Atziri no salía de su estupor. Vaciló por unos instantes y al fin le soltó la mano con brusquedad.

—Señorita Angélica, con todo respeto, permítame decirle que no creo que Juan Danilo merezca que su madre sea informada de su muerte a través de una llamada telefónica desde Flores. Dele usted la noticia en persona. Debe contarle lo sucedido y decirle lo valientes que fueron nuestros hijos.

No supo qué decirle. Le resultaba imposible explicarle sus verdaderos motivos, o cómo se proponía hacer rodar la cabeza del capitán.

—No sé si tenga fuerzas para encarar a doña Marcelina —optó por comentar.

—La vida no es fácil. Pero no se preocupe, que Dios la puso en este camino y no la va a desamparar. Tenga fe —le aseguró Atziri desde la puerta.

Angélica se preguntó de dónde aquella mujer sacaba tanto convencimiento para hablar de fe. La vio atravesar el umbral y salir en busca de Kante. Se tomó un tiempo antes de comenzar a recoger los equipos. Cuando al fin reunió fuerzas para incorporarse, pudo ver y escuchar a través de la puerta como Atziri, parada en medio de la plaza impartía órdenes:

—Kante, cuando salga el sol, lleva a caballo a la señorita a la estación de bus de Flores.

La joven no quería herir los sentimientos de Atziri, pero no tenía intención de aceptar órdenes que no vinieran de Francia. Una vez que cambió la batería del comunicador, pudo detectar con el GPS el lugar donde había escondido la moto el día de su llegada a la aldea. Solo le hacía falta llegar hasta allá. Entonces se dijo que tal vez la idea del caballo no era mala. Podría usarlo para llegar hasta la moto.

Había tenido el día más intenso de su existencia. En un par de horas amanecería. Todo su cuerpo le pedía descanso, sin embargo, se le hacía difícil conciliar el sueño en la hamaca que le ofreció Atziri. Pensaba sin parar en los argumentos que le presentaría a su jefe, y también en la estrategia que debería seguir para permanecer en la misión. Le preocupaba la idea de que su relación con Juan Danilo sirviera de excusa para asignar otro agente al caso. Era una misión que podía significar un gran paso de avance en la carrera de muchos de sus colegas, y si ella no jugaba sus cartas con habilidad, se vería desplazada. Además, estaba segura que nadie trabajaría en el caso con la misma obstinación que ella para obtener justicia.

15
Manhattan, Nueva York

Eran solo las seis y treinta de la mañana. Bajo la medrosa luz del alba, la ciudad se agitaba como de costumbre, a pesar de la lluvia tenaz. En las aceras, bajo sus paraguas, los peatones circulaban con la prisa de las grandes urbes, habituados al clima implacable. Las nubes, oscuras y lánguidas, se movían sincronizadas, reflejándose en el encristalado de los rascacielos. Los detalles de la ciudad se difuminaban tras un velo de llovizna. Solo se distinguía con claridad el color amarillento de los taxis en medio de una jungla de matices grisáceos. El agua sucia, concentrada en las alcantarillas anegadas, no parecía tener ningún efecto de desaceleración en las precipitadas carreras de gentes y vehículos.

En su suntuoso apartamento de Park Avenue, Richard Barry corría sobre la cinta caminadora, mientras miraba la pantalla del televisor que tenía frente a él. El hombre, ágil y atlético, de figura esbelta y ojos oscuros, alternaba canales, vigilando el contenido de los principales noticieros del país y los programas de información financiera. Por la forma en que cambiaba de emisora, sin detenerse demasiado tiempo en ninguna, se podía medir el grado de irritación que lo invadía. Se había visto forzado a trabajar toda la noche por culpa de aquellos incompetentes en Guatemala. No se sentía cansado; la adrenalina que la cólera le generaba lo mantenía activo. Con el ejercicio, intentaba relajarse y concentrarse para recapitular los hechos. La situación era complicada, y cualquier detalle podía convertirse en el detonante de un escándalo para su compañía. Había que centrarse en minimizar el impacto de la desastrosa noticia relacionada con la explotación petrolera recién inaugurada en Petén. Paul Meunier, el director de la misma, le había contado por teléfono los eventos, narrando con lujo de detalles el exceso de violencia desplegado por los militares justo en la entrada principal de las instalaciones. Le confirmó que murieron cuatro personas, pero no estaba seguro del número de heridos.

Por la noche, Richard había llamado a Tony Moreno, el director de Relaciones Públicas. Juntos desarrollaron un plan de acción para enfrentar a la prensa si fuera necesario. Temían que la información se difundiera en los medios de comunicación estadounidenses, y que como consecuencia de ello, los inversionistas reaccionaran adversamente.

A las cinco de la mañana, después de llegar a un acuerdo con Tony, Richard había regresado a su apartamento para hacer ejercicio, ducharse y cambiar de ropa. La noticia no tardaría en aparecer en la prensa local de Guatemala. Anticipando eso, pautaron declaraciones, reuniones y una rueda de prensa. Necesitaba estar preparado lo mejor posible para encarar lo inesperado. Como vicepresidente y director de Exploración y Desarrollo de El Dorado International Inc., Richard sabía que los errores que le causaban pérdidas a cualquier corporación se pagaban muy caros, y esta problemática imprevista en Guatemala podía fácilmente costarle su sustancioso bono de fin de año y hasta malograr sus aspiraciones de formar parte del directorio ejecutivo. Sabía que se le haría difícil negar su relación con el Ejército guatemalteco porque, para empezar, la caravana de suministros iba escoltada por militares. Lo que había sucedido representaba un verdadero desastre, no solo para la imagen de la compañía, sino también para las negociaciones de adquisiciones futuras.

A Richard le quedaba claro que la memoria de sus jefes funcionaba a corto plazo. Por ende, se les hacía más fácil recordar deflaciones y reajustes en los márgenes de ingresos, que los exitosos negocios que él había cerrado en el pasado, o las ganancias que estos habían significado para El Dorado International. Parte de sus responsabilidades era analizar y sugerir la puesta en marcha o el abandono de un proyecto, así como la posibilidad de estudiar otras zonas. Sus recomendaciones e implementaciones habían generado a la compañía dividendos anuales de más de setecientos millones de dólares. Durante la última década, el hombre de cincuenta y tres años había explorado más de quince posibles yacimientos, y explotado cinco de ellos: uno en el estado de Texas, Estados Unidos; dos en Arabia Saudita y dos en Guatemala; el más reciente era Las Tres Cruces. Además de presionar a los gobiernos locales para que autorizaran estas explotaciones, alegando que constituían fuentes de trabajo en zonas marginales, Richard también había conseguido que las autoridades locales se hicieran de la vista gorda y no le exigieran la implementación de infraestructuras básicas de sanidad y de seguridad, aun en contra de los reclamos de la población local. Ahora, mientras corría sobre la cinta de la caminadora, se repetía una y otra vez que más de la tercera parte de la humanidad estaba conformada por idiotas irresponsables e incompetentes.

Sonó el teléfono, y el ejecutivo decidió dar por terminada su sesión de ejercicio. Después de todo, no había dormido y le esperaba un largo día de trabajo. Se bajó de la máquina de un salto diestro. Secándose la frente, se dirigió hacia el teléfono y reconoció en la pequeña pantalla de cristal líquido el número de su ex-esposa. Decidió no contestar.

Hacía unos diez años que se había casado con aquella hermosa mujer, pero la relación duró apenas tres, el tiempo justo para procrear dos hijos y preparar los términos de la separación. Richard trataba a su familia como activos de inversión a largo plazo. La compensación económica que entregaba a la madre de sus hijos era considerablemente generosa, pero venía amarrada a una serie de cláusulas condicionales, sobre todo para ella. La madre de sus hijos perdería su fastuosa pensión si se volvía a casar o si vivía con un amante. Richard no quería cerca de sus hijos a otro hombre que pudiese adoptar el rol de padre. Para los chicos también había requisitos específicos, bajo los cuales quedaba dictaminado el rumbo de sus vidas. Todo estaba calculado, las escuelas a las que debían asistir y los clubes a los que debían pertenecer, los deportes que debían practicar e, incluso, por cuántas horas. Richard Barry pretendía tener bajo control todo lo concerniente a su familia. Veía a sus hijos cuando lo estimaba conveniente, lo cual no ocurría con frecuencia.

Después de obtener una Licenciatura en Geología, había seguido cursando estudios para graduarse simultáneamente con una maestría en Ingeniería de Yacimientos y otra en Administración de Empresas. Su experiencia incluía más de treinta años viajando a través de Latinoamérica y el Medio Oriente. En la actualidad, a pesar de su alta posición ejecutiva, procuraba mantenerse activo, trasladándose a los remotos enclaves en los que la compañía tenía proyectos, para evaluar personalmente las explotaciones. Le gustaba poder dejar atrás por unos días el ambiente de la oficina, viciado por la monotonía, las corbatas y los trajes de marca. Por otra parte, encontraba a las mujeres latinas muy de su gusto.

A las siete en punto su limusina ya lo estaba esperando frente a la amplia puerta de cristal del edificio. Richard abordó el vehículo mientras hablaba con el director de la explotación petrolera de Guatemala. Su celular poseía, como medida de seguridad, un dispositivo de datos cifrados que prevenía que las llamadas fueran rastreadas, escuchadas o grabadas.

—Paul, leí su reporte. Necesito que aclare unos cuantos puntos. Más tarde mi asistente le enviará la lista de los detalles a los que me refiero. Le recuerdo que debe evitar a la prensa. No haga ningún comentario ni declaración sin antes consultar conmigo. Por el momento, lo que quiero saber es si finalmente envió la piedra roja que extrajo del altar a Alberta Financing Corporation.

Hizo una pausa para escuchar la explicación de su subalterno. Casi de inmediato lo interrumpió:

—Ya sé que usted hubiera preferido conservar el altar, pero eso no fue lo que le pregunté. ¿Envió, sí o no, ese pedazo de cristal a la dirección que le dije? —inquirió con voz tajante, mientras se decía que aquel hombre era un total cretino.

—Sí, hice como ordenó. Disculpe que me haya olvidado de su petición pero ya sabe lo ocupado que he estado —oyó decir al otro extremo del teléfono.

—Es la última vez que escucho sus excusas tontas. Considérese despedido si vuelve a ocurrir —gruñó antes de colgar.

Hacía unos meses, Richard había recibido del director de Las Tres Cruces una serie de fotos de un altar hallado en una cueva ubicada en los terrenos de la compañía. Al examinar las imágenes, observó la talla de una hermosa serpiente con una cristal rojo incrustado en el ojo. Meunier no pudo identificar con certeza de qué mineral estaba hecho: lo describió como un imán de un rojo intenso, explicación que le parecido ridícula. Richard exigió la destrucción de la antigüedad, exceptuando la piedra rojiza; el manejo de la explotación petrolera ya era difícil, no necesitaba echarse encima más problemas. Meunier personalmente se encargó de pulverizar la reliquia. En caso de que las autoridades llevasen a cabo cualquier tipo de pesquisa en el área, no encontrarían nada comprometedor.

Richard había ordenado que enviaran la piedra a Panamá,

a través de Alberta Financing Corporation, pero Meunier la había extraviado en su oficina. El ejecutivo no se interesaba en arqueología, y menos aún en las culturas precolombinas, pero insistió en averiguar más acerca del ornamento. Deseaba aclarar su procedencia geológica. El estudio era una formalidad que se proponía cubrir para salvar la ineficiencia del director de la petrolera.

Su vasta experiencia de trabajo en países en vías de desarrollo, le había enseñado que era posible acortar cualquier tortuoso proceso burocrático a través de lo que gustaba llamar con ironía «negociaciones peculiares». No siempre quedaba claro a quiénes involucraban sus asesores legales en Guatemala o cómo eran distribuidas lo que él llamaba donaciones; no obstante, estaba consciente de haber pagado varios cientos de miles de dólares en más de una ocasión, para conseguir el apoyo de políticos y líderes comunitarios. Los sobornos estaban destinados a acallar las preocupaciones de los agricultores sobre la distribución y contaminación de los recursos ambientales, como era el caso del agua. De la misma manera, grandes sumas habían sido invertidas para «optimizar» tanto los resultados de ciertas investigaciones acerca de lo que él consideraba «supuestas» secuelas sobre el medio ambiente, como para acelerar el proceso legal sobre la concesión y los permisos de explotación de determinadas zonas.

Entre sus más devotos cómplices se contaba el honorable licenciado Pietro Jiménez Cárdenas, ministro de Energía y Subsuelos, quien actuaba como director de orquesta, coordinando los servicios requeridos para mantener una armonía laboral entre el poderoso conglomerado internacional y el Gobierno de Guatemala. Según decía el propio licenciado, su interés primordial al firmar contratos y concesiones era desarrollar fuentes de trabajo para mejorar el nivel de vida de sus conciudadanos. De más está decir que cuidaba mucho que no salieran a la luz pública sus intereses como socio pasivo de ciertas entidades privadas panameñas, las cuales recibían de El Dorado International, millones de dólares por concepto de consultoría sobre bienes raíces, financiamiento y negocios. Por otra parte, su hermano era uno de los dueños de una compañía llamada Grupo Misión, la cual brindaba servicios de asesoramiento a la industria petrolera. Richard recibía regularmente de ellos facturaciones por estudios de factibilidad, conceptualización de los proyectos en las áreas técnica y logística, así como asesoría durante la construcción. Ninguno de estos servicios había sido realmente ejecutado, ya que no eran más que una fachada para justificar los fondos usados en los sobornos. Las transacciones y pagos a cuentas bancarias en Panamá se llevaban a cabo habilidosamente a través de Alberta Financing Corporation. David Appleton, amigo de infancia de Richard, era el propietario.

Aparte de la amistad de tantos años, a David y Richard los unía una relación simbiótica. David se estaba haciendo rico mientras vigilaba los intereses de Richard. Aquellas transacciones eran sumamente comprometedoras, pero él confiaba en que su amigo se asegurase de que los procedimientos de pagos a funcionarios corruptos se llevaran a cabo sin llamar la atención de las autoridades, y sobre todo sin dejar rastro alguno de su participación.

Durante el trayecto a su oficina, hizo una segunda llamada, esta vez a Pietro Jiménez Cárdenas.

—Hola Pietro. ¿Ya encontró al responsable de la orden militar? —interrogó, haciendo gala de su reputación de ir siempre al grano.

La respuesta le desagradó. Frunció el ceño y sus ojos se entrecerraron. Las palabras de Pietro lo hicieron estallar en una cólera descomedida, inusual en él.

—¿Cómo que eso no nos concierne? ¡Un grupo de idiotas asesina a otro grupo de idiotas en la entrada de nuestras instalaciones, y usted piensa que no es un problema que nos atañe! Sin dudas estará de acuerdo conmigo en que esta situación nos puede perjudicar si no se maneja debidamente.

Le resultaba ridículo tener que aclarar algo tan lógico. Hubo otra larga pausa mientras escuchaba las aclaraciones del ministro, que estaban poniendo a prueba su paciencia. La actitud optimista de Pietro lo crispaba. Richard Barry no había forjado su prestigio, ni alcanzado su posición ejecutiva, dejando cabos sueltos. Estaba acostumbrado a estudiar las opciones y calcular sus movidas.

—¿Cómo que, de momento, no tiene importancia? —volvió a estallar—. Una pequeña advertencia, Pietro: tal vez a usted esta situación le parezca intrascendente, pero hay demasiado dinero en juego como para tomarlo a la ligera. Necesitamos un chivo expiatorio, por si acaso la situación amenazara con escapársenos de las manos. Ese capitán del que me habló, Pérez Márquez, ¿sabe si actuó bajo órdenes, o no?

El ministro siguió justificándose, pero Richard no estaba de humor para escuchar lo que consideraba necedades.

–Tal vez esto sea problema del Departamento de Defensa, y esperemos que tenga razón cuando dice que todo acabará siendo apenas unas cuantas líneas en los periódicos, pero debemos estar preparados en caso de que aparezca alguna complicación. Necesitamos un culpable por si esto explota en la prensa. Permítame hacerle una sugerencia –Richard hizo una pausa breve, estudiada, y luego agregó–: no caiga en la trampa del exceso de confianza.

Sin dar tiempo a una respuesta, dio por terminada la conversación. Miró hacia la calle, recapitulando su desempeño en la primera media hora de la mañana. Sintió la necesidad de revisar en su computadora portátil las fotos del altar. Le pareció inverosímil que su director no pudiera identificar un mineral. «El mundo está lleno de ineptos», pensó.

La limusina doblaba la esquina de la calle 51 con Park Avenue. Richard sonrió por primera vez en las últimas veinticuatro horas, con la sutileza de los que no lo hacen con mucha frecuencia. La expresión de su rostro delataba la amena satisfacción de haberle hablado a un ministro como si fuera un empleado más.

Richard entró a su despacho y se sentó tras un imponente escritorio de titanio. La decoración sobria y a la vez deslumbrante, de la oficina, reflejaba la personalidad rígida y sofisticada de su ocupante. Hacia el lado izquierdo, unos ventanales de vidrio polarizado ofrecían a la vista la opulenta perspectiva de los rascacielos de Madison Avenue, cual gigantes custodiando el incesante bullicio de los estresados neoyorquinos. A su espalda, contrastando con el ímpetu de la urbe, una fuente de agua producía un sonido sutil, casi hipnótico. A Richard le agradaba observar el líquido deslizarse a lo largo de la pared de mármol gris, pero al mismo tiempo era insensible al inquietante carácter majestuoso y absurdo de la vista que se admiraba por las ventanas.

El piso, también de mármol, pero de un gris oscuro en placas de amplias dimensiones, reforzaba el aspecto lujoso de la oficina. Tres pantallas planas de televisión, que se hallaban engarzadas en la pared frente al monumental escritorio, mostraban imágenes de los más importantes noticieros internacionales. Con frecuencia, Richard solía seguir el desenvolvimiento de las operaciones de extracción de hidrocarburos a través de estos monitores, o de otros que pertenecían a un circuito cerrado. Conocía las explotaciones mejor que a sus propios hijos. El complejo trabajo de extracción era tan preciso como el funcionamiento de un reloj suizo. Cada etapa de este proceso había sido diseñada e implementada bajo su estricta supervisión.

La noticia del choque con la manifestación indígena frente a Las Tres Cruces estaba siendo manejada en Guatemala por Pietro Jiménez Cárdenas y sus contactos. Tal y como lo había prometido el ministro, el comunicado de prensa distribuido a los medios noticiosos del país consistía en una vaga, breve y perspicazmente tergiversada descripción de los hechos. Como resultado, el enfrentamiento había sido referido por la prensa local como un pequeño altercado entre un puñado de chicleros y las autoridades. No se hablaba de muertos, solo se mencionaba que algunos manifestantes resultaron levemente heridos. Se decía que el líder y unos cuantos de sus secuaces habían escapado de las autoridades, y no habían podido ser interrogados sobre los actos de sabotaje cometidos contra una caravana de camiones de suministro.

Todo parecía indicar que la noticia no llegaría muy lejos. Al conocer sus disposiciones, Richard dedujo, incluso, que se había excedido en su preocupación. A media tarde se canceló el plan de acción a nivel de Relaciones Públicas; después de todo, no haría falta ofrecer declaraciones a los medios en Nueva York.

De súbito, las cavilaciones de Richard fueron interrumpidos por el sonido de una guitarra; era el comienzo de *I can't get no satisfaction*, la canción de los Rolling Stones que había seleccionado como tono para su teléfono móvil. Lo llamaba David Appleton. Frunció el ceño y respondió con aprensión.

—¿Qué tal, cómo estás? —dijeron del otro lado.

—Bien —respondió el ejecutivo con sequedad.

Los largos años de amistad habían enseñado a David a no darle importancia a aquel rudo tono de voz, y prosiguió—: Sé que andas ocupado, pero leí en el periódico local que el cabecilla de las manifestaciones frente a Las Tres Cruces era un tal Juan Danilo Lux Díaz.

—¿Y?

—Quería comentarte que el joven trabajó en mi despacho

por unas cuantas semanas y un buen día se esfumó sin avisar, sin dejar rastro.

Hubo una breve pausa, y después Richard cuestionó:

—¿Tuvo acceso a información confidencial?

—No, en ningún momento.

—¿Qué tipo de persona era?

—Tengo que admitir que, para ser un indiecito, era extremadamente inteligente —dijo David sin reservas. Con Richard no tenía necesidad de disimular sus prejuicios.

El ejecutivo no hizo comentarios, y el otro añadió:

—Te tengo otra noticia.

—¿Sobre la piedra?

—Llegaron los análisis del laboratorio de Panamá. Nunca habían visto un mineral con semejante composición.

—¿Cómo?

—Creen que es un tipo de cristal biomagnético.

—¿Cristal biomagnético? ¿Utilizaste el laboratorio con el que siempre trabajamos? —interrogó Richard, escéptico.

—Por supuesto, ellos mismos están atónitos. Hicieron los análisis tres veces para confirmar los resultados. Te envié el reporte a tu dirección electrónica. La roca, a primera vista, parecía un cuarzo. Según lo que entendí, es cristal de magnetita.

—La magnetita es un mineral muy común, hierro y oxígeno —aclaró Richard, encogiéndose de hombros.

—Estamos de acuerdo. Pero lo interesante, según el laboratorio, es que, por algún motivo, esta magnetita tuvo que haber recibido una descarga eléctrica extremadamente violenta.

Richard se mantuvo callado, tratando de entender hacia dónde se encaminaba la explicación.

—Según los expertos, esta no es una piedra magnética natural cualquiera, debido a que tiene dos características extraordinarias —explicó David—. La primera, que es cien veces más potente que un electroimán. La segunda, que el cristal contiene residuos de unas extrañas bacterias magnetotácticas.

«Cien veces más potente que un electroimán, y con bacterias magnetotácticas», repitió Richard en su mente, y luego de un corto silencio, inquirió:

—No me digas que son las bacterias las que formaron el cristal.

—Eso fue lo que el director del laboratorio me aseguró, bastante impresionado, debo decir. Dice que el proceso de biomineralización y formación de los magnetosomas es asombroso.

—Mineralización inducida biológicamente, también conocida como M.I.B. —explicó Richard, para dejar claro que entendía de lo que estaban hablando.

—Así mismo. El experto en Panamá me explicó que normalmente las partículas de tipo M.I.B. surgen de forma extracelular y están mal cristalizadas, no tienen una morfología definida y suelen presentar impurezas por inclusión de otras moléculas. Pero este no es el caso de tu cristal, puesto que no solo parece ser producto de una cristalización abundante, sino que además tiene un alto grado de pureza.

—¡Qué extraño! —comentó Richard—. Normalmente, en el proceso M.I.B. las bacterias forman los cristales en su cuerpo, en el citoplasma envuelto en una membrana biológica.

—Sí, pero en este caso los cristales fueron expulsados del interior de las bacterias.

—Me estás diciendo que esta roca rojiza es el resultado de la fusión de las partículas cristalinas generadas por estos organismos.

—Así es. El experto cree que la pureza del cristal se debe a una mutación que se produjo en la bacteria, debido a la alta carga magnética en la magnetita de origen, además de otros factores ambientales que desconocemos.

Richard no salía de su estupefacción.

—Dame unos segundos —dijo, mientras leía con brevedad el reporte en su correo electrónico—. He oído hablar del proceso pero no conozco bien los detalles —siguió diciendo.

Gracias a su experiencia profesional, no le tomó mucho tiempo entender que las bacterias responsables de ese material rojizo habían ejercido un control cristalográfico excepcional sobre la enucleación y el crecimiento de las partículas minerales. Estaba claro que la piedra resultaba increíblemente valiosa, no sólo por sus características excepcionales, sino también por su origen desconocido. «Sería interesante saber si el cristal y los organismos que lo produjeron podrían tener algún uso en aplicaciones biotecnológicas, en campos como la ingeniería o la biomedicina», reflexionó Richard.

—De acuerdo con lo que me explicaron, estamos hablando de bacterias que crean minerales —añadió David, retomando el último comentario de Richard.

—Eso no es nuevo. En la actualidad se conocen más de

cincuenta minerales cuya producción está controlada por células vivas. La calcita, por no ir más lejos.

—Claro, pero si comprendo bien, el laboratorio no conoce nada parecido a esto. ¿Crees que la piedra pueda ser sintética?

—Las bacterias magnetotácticas resultan difíciles de mantener en cultivo axénico; por lo tanto, son difíciles de reproducir en laboratorio.

—¿Y dónde fue que encontraste ese cristal? —inquirió David, convencido de que no habría respuesta.

Efectivamente, no la hubo.

—¿Quieres que te lo envíe? —habló David por fin.

—No, iré personalmente a recogerlo en cuanto pueda. Por el momento, necesito que contrates a un arqueólogo especializado en civilizaciones mesoamericanas, para que descifre unos jeroglíficos. Alguien cuya confidencialidad se pueda negociar —especificó Richard.

—¿Arqueólogos? —semejante interés sorprendió a David. Luego de buscar en su memoria, expuso—: Ahora mismo se me ocurren un par de nombres, pero creo que quien te conviene es Sylvia Blanchard. Vive en Nueva York.

—¿Qué tiene esa que no tienen los demás?

—La conocí hace unos años, cuando arqueólogos de todas partes del mundo vinieron a investigar el sitio Q. Es una mujer ambiciosa y algo excéntrica. Las malas lenguas cuentan que gasta más de lo que gana como profesora en la Universidad de Columbia y que frecuentemente se encuentra en aprietos económicos. También he escuchado que algunas de las piezas del sitio Q, adquiridas por entidades privadas, fueron sacadas ilegalmente del país con su ayuda. Pero no se han podido presentar pruebas que la involucren en el tráfico de antigüedades.

—¿Está calificada para interpretar jeroglíficos?

—Dicen que es de las mejores. Y en los últimos años se ha interesado particularmente en estudiar las razones de la caída del imperio maya.

—Contáctala y avísame en cuanto te hayas comunicado con ella. La quiero entrevistar personalmente —concluyó Richard.

—Como quieras —dijo David antes de colgar.

Para refrescar la memoria y ampliar sus conocimientos sobre el tema, Richard buscó información en Internet. Mientras leía recordó que el hábitat de estas bacterias magnetotácticas estaba constituido por estanques de oxidación de aguas residuales, como pantanos, marismas y ciénagas. Asimismo, aprendió que estos organismos se implantaban en zonas con baja tensión de oxígeno, lo que indicaba que se habían desarrollado durante el tiempo geológico, entre tres mil novecientos y tres mil quinientos millones de años atrás, en la época en que el contenido atmosférico de oxígeno en la Tierra era bastante inferior al actual.

«Zonas de baja tensión, aguas residuales, un desarrollo de millones de años y una violenta descarga eléctrica», reflexionó el ejecutivo, realmente intrigado. «Parece que en algún sitio de Guatemala se combinaron los elementos apropiados para producir una piedra biomineral magnética con una morfología cristalina. Ahora la cuestión es descubrir dónde».

No había transcurrido ni media hora cuando David volvió a llamar.

—En la universidad me informaron que la arqueóloga de la que te hablé estará de regreso en tres días. Se encuentra dando unas charlas en el Museo de Antropología de Ciudad de México. No me quisieron dar su número de celular y solo aceptaron un mensaje. Te avisaré en cuanto se ponga en contacto conmigo.

Las palabras «te avisaré» crisparon a Richard, acostumbrado a obtener con prontitud lo que solicitaba.

—Olvídate de la arqueóloga. Yo me ocuparé de ella. Gracias, David.

Sin más explicación colgó y se puso al habla con su asistente, para ordenarle que averiguara el horario de las charlas de la doctora Blanchard en la capital mexicana.

Unos minutos después, tenía en su poder la información. La conferencia más inmediata estaba pautada para las diez de la mañana del domingo.

—Inscríbame en la conferencia y haga los preparativos para viajar esta misma noche. No utilizaré el avión de la compañía —Richard no quería tener que rendir cuentas acerca del uso del jet privado para este viaje en específico—. Y no se olvide de cancelar mis reuniones. Organice una viaje de ida y vuelta relámpago para este fin de semana —concluyó, secamente.

Tres horas más tarde se dirigía al aeropuerto John F. Kennedy, de camino hacia México. Richard no era un hombre impulsivo, pero la serpiente de ojo rojo tallada en el altar no se le borraba de la mente.

16
Homestead, Florida

D*ude, it's awesome*! –exclamó Ferni, admirando el despampanante rojo metálico de la batería. La había armado con la ayuda de Nic en la terraza de la taquería, mientras Albert terminaba de limpiar el comedor. Paquita y Luis se habían marchado exhaustos, dejándolo a cargo del cierre.

El adolescente no había mencionado ni una palabra de lo ocurrido en la jefatura el día anterior. Al ser cuestionado por Nic y Ferni, se había negado rotundamente a hablar del tema. El interrogatorio a manos del detective resultó ser una pesadilla llena de palabras agresivas con tono acusatorio. Durante varias horas, fue tratado como un criminal y bombardeado con preguntas insólitas. Regresó a la casa con los nervios crispados y un intenso dolor de cabeza. Pero esta noche se anunciaba cálida, con el cielo despejado y acompañada de una leve brisa que invitaba a estar en la terraza. La tan ansiada batería descansaba sobre un viejo retazo de alfombra.

–Con eso evitamos que te muevas de posición –le explicó Nic al artefacto, golpeando levemente las baquetas contra uno de los platillos.

El suelo se hallaba cubierto por una verdadera telaraña de extensiones y cables conectados a las dos guitarras eléctricas, el bajo, el micrófono y los cuatro pequeños amplificadores que complementaban el equipo del grupo.

–¿Dónde están Camila y el baterista que viene con ella? –preguntó Ferni, un poco irritado, mientras afinaba la guitarra.

–Van en camino –lo tranquilizó Albert, disimulando su propia impaciencia.

–Ensayemos un poco antes de que lleguen –sugirió Nic, que tenía el bajo colgado del cuello.

Ferni dejó la guitarra a un lado, se sentó tras los tambores, y golpeó los platillos y el bombo. De inmediato, los sonidos parecieron cambiar su humor.

–*Dude*, *it's soooo cool*, *just for now* tocaré hasta que aparezca un baterista decente –avisó el muchacho, fascinado.

Ferni era un excelente guitarrista, pero no se podía decir lo mismo de sus habilidades como percusionista. En numerosas ocasiones descargaba su temperamento eléctrico sobre los tambores, acelerando el tempo. Y sus dificultades con el ritmo entorpecían la ejecución de los instrumentos acompañantes. Tocaba con los codos alzados, haciendo grandes gestos, y en los momentos de mayor concentración, de manera inconsciente, hacía muecas y sacaba la lengua. Sin embargo, en la guitarra era lo opuesto; con ella Ferni se relajaba, y lograba interpretar canciones de gran dificultad técnica con una armoniosa fluidez que rebosaba creatividad, sensibilidad y oído. Había desarrollado su talento de forma autodidacta, acostumbrándose a tocar lo que quería y como quería. Su falta de disciplina se reflejaba en las canciones excéntricas que componía, las cuales muchas veces duraban hasta quince minutos, con dos o tres puentes musicales. Por su naturaleza curiosa, experimentaba con todo tipo de sonido, *punk*, *rock*, *ska*, clásico, y jazz.

–¿Qué tocamos? –preguntó Nic, impaciente.

–Empecemos con *Runaway* –sugirió Albert.

–*Cool* –comentó Ferni, ya que esta era su canción preferida.

Runaway había sido compuesta por Nic en un momento de pesimismo, cuando su único anhelo había sido largarse y dejar atrás la fastidiosa rutina estudiantil. A su corta edad, tenía muy claras sus aspiraciones: iba a ser músico, costara lo que costara: la escuela no le interesaba. Estaba lejos de ser brillante académicamente; las Matemáticas y las Ciencias lo torturaban, aprobaba los exámenes a duras penas y con tremendo esfuerzo. En cambio, se interesaba en Psicología y Literatura. Disfrutaba mucho escribiendo poemas y letras de canciones en papelitos sueltos, que luego mostraba completamente arrugados a sus dos amigos. Detestaba la música comercial y se esforzaba en componer piezas enigmáticas, llenas de símbolos y metáforas, algunas de las cuales eran francamente surrealistas.

Los gustos de Nic y Ferni, en lo tocante a música, eran similares. En cuanto a Albert, pese a que apreciaba la originalidad de la letra y los arreglos musicales de sus amigos, optaba por componer canciones menos oscuras y más directas, lo que de vez en cuando daba origen a ligeros desacuerdos entre ellos.

Llevaban ensayando alrededor de veinte minutos cuando vieron aparcar un auto blanco en el estacionamiento de la taquería. Era un BMW del año, lujoso a los ojos de los tres adolescentes. Era imposible distinguir a sus ocupantes detrás de las ventanillas de vidrio oscuro. Los chicos asumieron que sería Camila con el baterista, pero por una cuestión de orgullo, disimularon el interés que tenían en conocerlo, y continuaron tocando.

Una de las ventanas del vehículo bajó unos centímetros; era obvio que los estaban escuchando y juzgando. Finalmente, las puertas del BMW se abrieron, y Camila descendió acompañada de dos amigas, Eileen y Laura. Esta vez la música paró en seco, debido al desconcierto de los muchachos. De las recién llegadas, la única que saludó fue Camila; las otras depositaron carteras y celulares sobre una mesa y tomaron asiento en silencio. Para los chicos, las acompañantes de Camila eran la personificación de lo que más detestaban, niñas engreídas con egos de muñecas Barbie. Albert notó que las tres chicas juntas irradiaban unas luces tenues y cambiantes en su tonalidad. Aquello le pareció apacible y hasta hermoso. Era la primera vez que resentía esa sensación.

Ferni evitó la mirada de Eileen. La conocía bien de la escuela. Se había fijado en ella por ser atractiva, con sus ojos grandes y hermosos, y su piel blanca de bebé. Resaltaba donde fuese por su impresionante melena rubia y su modo llamativo de vestirse; usaba extravagantes camisas, carteras enormes, gafas de marca y pantalones desgastados. Nunca se habían dirigido la palabra en los pasillos. Era como si se consideraran de castas diferentes. Él se refería a ella como una CAP (Cuban American Princess). Sabía que toda la energía de la chica se dirigía a ser el centro de atención; vivía pendiente del qué dirán y se sonrojaba fácilmente. Tanto en la escuela como en su casa, todos sus deseos eran acatados. El BMW blanco en el que llegó fue un regalo de sus padres, por el simple hecho de obtener la licencia de conducir.

—¿Dónde está *the drummer*? —le preguntó Ferni a Camila, intrigado.

—No te preocupes, que está por llegar —contestó ella en tono ligero mientras saludaba a cada uno con un beso en la mejilla.

Un tanto confundido, Albert la miró discretamente, buscando una explicación, pero ella hizo además de no darse cuenta.

Mientras tanto, Nic, refugiado tras el largo mechón de pelo que le tapaba el rostro, pretendía afinar el bajo para no tener que levantar la vista y exponer su decepción.

—¡Qué bonita la batería! —exclamó Camila, intentando suavizar el encuentro.

—Una Tama Superstar SX *in perfect condition* —detalló Ferni, altivamente.

A continuación, se produjo un largo e incómodo mutismo.

—La batería está desafinada —dijo finalmente Laura, rompiendo el silencio. Sacó una llave de afinar de su bolso y la mostró—. ¿Me permites? —preguntó dirigiéndose a Ferni.

Los chicos la miraron de arriba abajo. La adolescente, también de origen cubano, era la beneficiaria de un cuerpo voluptuoso. A la atención que generaba su cintura estrecha y generosas caderas, se sumaba una cara atractiva, enmarcada por un cabello negro azabache, largo y sedoso. Su sensualidad involuntaria la incomodaba. Se había acostumbrado a tratar al sexo opuesto de forma altanera, para evitar cualquier tipo de confianza que fuera a generar un comentario inoportuno, y de ahí venía su reputación de creída.

—*Don't tell me* que eres el baterista —gruñó Ferni, con una mirada de enojo.

Su actitud no desalentó a Laura, que se acuclilló frente al instrumento y comenzó a golpear los bombos. Mientras alteraba la presión de las tuercas, explicó con toda naturalidad:

—Cambiar el tono de uno de los parches afecta el tono del parche opuesto. Para agudizar, aprietas el parche de abajo más que el de arriba, y para tonos graves es al revés. Y si aprietas el parche de arriba, tienes que apretar el de abajo en la misma proporción.

Nic intercambió una mirada de asombro con Albert. Laura siguió con el proceso hasta declarar, con satisfacción, unos segundos más tarde:

—Trata ahora.

Ferni dio unos cuantos golpes sin mucho ánimo, y en efecto, los bombos producían un sonido cálido con un tono más profundo.

—¿Vas a tocar? —le preguntó Albert a Laura.

—Me gustaría —dijo ella sin inmutarse.

Ferni, estupefacto por el curso que estaban tomando los eventos, se apresuró a conectar la guitarra al amplificador.

Laura se acomodó tras la batería:

—¿Qué van a tocar?

—*I can't get no satisfaction* —sugirió Ferni—. *It's a classic* que todo el mundo conoce.

—¿Quién canta en el grupo? —inquirió la chica.

—Yo —soltó Ferni a la defensiva, mientras encendía y ajustaba el micrófono a su estatura—. *Test, test, one, two, three,* uno, dos, tres —dijo, acomodando el nivel del amplificador—. *Ready*?

Laura asintió, contó hasta tres y arrancó. Las guitarras la siguieron de inmediato. Nic, perplejo, empezó segundos más tarde. Su tempo era impecable, y a pesar de ser creativa en la ejecución, mantenía el ritmo con precisión. Verla tocar era todo un espectáculo; no solo pegaba con ardor, sino que además se levantaba del asiento y sacudía de forma rítmica su larga melena.

Camila creyó vislumbrar una leve sonrisa en el rostro de Albert, quien esta vez era el guitarrista principal. Ferni cantó las primeras estrofas; su voz ronca estaba lejos de ser prodigiosa, pero tenía cierto embrujo. Poco antes de llegar a la parte del coro, Eileen se levantó de la silla y se le acercó con tanta parsimonia que sus movimientos parecían una estudiada declaración de hastío. Ni siquiera se dignó mirar a Ferni al plantarse ante el pedestal del micrófono, y allí se quedó. Los nervios del cantante se encresparon, pero llegados a este punto de la canción, los demás no estaban dispuestos a detenerse por culpa de ella. Con un discreto gesto de la cabeza, Albert dio a entender a su amigo que no le prestara atención. Y en el momento en que tocaba hacer coro, Eileen se unió a la voz de Ferni; cantaron juntos por unos segundos, hasta que él optó por callarse y retroceder, con el fin de observarla y, sobre todo, para escucharla mejor. La voz sensual de la chica lo había tomado por sorpresa. Inclinada hacia el micrófono, Eileen se notaba tensa, le costaba ocultar su nerviosismo, y su interpretación era tímida. Ferni la dejó cantar por su cuenta el resto de la pieza, y por fin se unió a ella en el último coro. El contraste de las dos voces daba un extraño pero armonioso relieve a la melodía. Intercambiaron miradas y ella finalmente le sonrió con una genuina expresión de felicidad. Ferni sintió que se le encogía el estómago y no pudo evitar hacerse el interesante frente a la muchacha. Tomó el micrófono en la mano, y lanzándose al piso, cantó la última estrofa de la canción. La chica se rió con el encanto de una niña pequeña. De un brinco, Ferni se incorporó sobre sus piernas y le entregó el micrófono para que interpretara el último coro. La timidez de Eileen dio paso a su personalidad burbujeante, y en las notas finales, sacudió su espectacular cabellera sin recato alguno.

Para finalizar, Laura improvisó un relleno en la batería, seguido por un grito agudo de Nic que sorprendió a Eileen y provocó que la canción terminara entre carcajadas, mientras Camila aplaudía con desbordante entusiasmo. Fue uno de esos singulares momentos mágicos donde todo se sincroniza para crear un instante perfecto.

—¿Cómo se van a llamar? —preguntó Camila, que apenas podía contener la euforia.

Sus palabras quedaron suspendidas en un súbito silencio. Era obvio que no se le había ocurrido considerar que los chicos no desearan tener a dos *prima donnas* en el grupo; o que a sus amigas les pudiera parecer poco adecuado para su imagen de niñas perfectas, ser vistas con aquellos tipos raros y mal vestidos. Al no recibir respuesta, trató de aparentar desenvoltura y sugirió:

—Piénselo y nos reunimos mañana a la misma hora.

Esta vez Eileen y Laura se despidieron con un apretón de manos y esbozando sonrisas de satisfacción. Luego que el BMW se alejara, Ferni miró a Albert con expresión acusadora y protestó:

—*No way*! ¿Eileen en la banda? Una cosa es *to play for fun* y otra es que nos convirtamos en un *chicks' band*.

—Carnal, las chavas son unas pro —argumentó Albert.

—Estas pensando *with your dick*! —soltó Ferni.

—¡Pendejo, ¿cuándo vas a aprender a respetar?

—*Or what*? —replicó el otro adolescente lanzando una mirada de desafío.

—Vete a la chingada —soltó Albert, empujando a Ferni.

Nic de inmediato se interpuso entre ellos para evitar una pelea.

Albert se percató de que una sombra oscura lo estaba envolviendo. No hacía ni un año, le hubiera soltado un puño a su amigo sin pensarlo dos veces; todo cuestión de no lidear con aquellas sombras inquietantes. Esta vez, respiró profundo y logró ignorar las turbadoras motas grises. En su mente le mentó la madre a Ferni, giró sobre sus talones y entró a la taquería. Quería estar solo.

17
Ciudad de México D.F., México

Una vez en el Museo de Antropología, Richard decidió evitar ir directamente a la conferencia de Sylvia Blanchard. Cruzó el patio central, donde dedicó unos segundos a contemplar la famosa fuente en forma de paraguas, con su colosal columna central esculpida en bronce. Alrededor de la sorprendente estructura se deslizaba una cascada sobre motivos modernos y prehispánicos. Al entrar al edificio, le resultó agradable su sobria arquitectura, pero no estaba interesado en visitar las veintitrés salas permanentes. No tenia planes de recorrer los cuarenta y cuatro mil metros cuadrados techados, dedicados a las culturas que florecieron en el territorio mexicano durante tres mil años. Su intención era encontrar alguna muestra museográfica que fuera, al menos, vagamente afín con el altar que había ordenado destruir, y que pudiese proveer información valiosa para su investigación.

La sala maya era gloriosa; su altura e iluminación hacían destacar la belleza de las máscaras de cerámica, las columnas de piedra tallada y los coloridos murales. Richard atravesó el lugar, deteniéndose por algunos instantes frente a la *Estela de Izapa.* Contempló las figuras de las deidades, sacerdotes y dioses celestes *del dintel de Yaxchilán,* y observó detenidamente el enorme tablero de Palenque, representación del *templo de la Cruz del dios celeste.* Frente a la fachada, una imponente y moderna puerta de vidrio daba entrada a uno de los jardines, donde se hallaba una reconstrucción de *Chenes, el* templo de Campeche, el cual los mayas aseguraban ser la entrada a la boca de las deidades. Richard paseó la mirada, buscando piedras incrustadas en los ornamentos tallados, pero no tuvo suerte. Se dirigió al nivel subterráneo. Allí pasó de largo por delante de un *Chac-mool,* y luego admiró por segundos la lápida laboriosamente labrada del sarcófago del rey Pakal, de Palenque. Empotrada en la pared, *la imagen de un dios* hacía alegoría a un sacrificio de decapitación. Richard terminó de recorrer las salas en veinte minutos, sin encontrar nada remotamente parecido a su serpiente de ojo rojo.

Hacía media hora que Sylvia Blanchard había comenzado su presentación cuando el ejecutivo entró a la sala de conferencias. La arqueóloga resultó ser una mujer atractiva, cercana a los cuarenta, delgada, con el pelo castaño cortado a la altura de los hombros. Sus ojos verdes chispeaban en tonos amarillos, y sus diminutas pupilas le daban una mirada fija y glacial, como la de un perro husky siberiano. Vestía de forma sencilla y elegante, con pantalones de pinzas, de franela gris, pulóver negro y zapatos planos tipo *ballerina*.

Erguida tras el pedestal, sus movimientos se limitaban a unas cuantas oscilaciones de cabeza y algún breve ademán en dirección a la pantalla que se hallaba a sus espaldas. Su postura revelaba fibra y una personalidad resuelta.

Richard rara vez llegaba tarde a algún lugar, pero en este caso lo hizo a propósito; quería asegurarse de que la arqueóloga notara su presencia. Se sentó en la primera fila y le clavó una mirada provocadora. Impasible, la arqueóloga paseó los ojos sobre su figura, evaluándolo. Notó que vestía un traje oscuro, camisa blanca sin corbata, y calzaba zapatos negros y relucientes. «Mandíbula pronunciada y nariz fina, un tipo con clase», concluyó para sí.

La voz de Sylvia resultaba delicada y agradable, pero a Richard le pareció que en sus palabras no se detectaba pasión por la arqueología. Casi podía asegurar que le fastidiaba dar conferencias. Y estaba en lo cierto. En aquel instante Sylvia se estaba repitiendo mentalmente cuánto odiaba tener que ofrecer la misma información, una y otra vez. Como parte inalienable de su trabajo, estaba sujeta a participar en intercambios que la universidad organizaba con servicios educativos, centros de estudios o culturales. Y aunque trataba de variar sus charlas, tenía que regresar a los mismos temas requeridos por las instituciones con las que colaboraba.

En esta ocasión, el Museo había organizado una exhibición de calendarios mayas con piezas de colecciones privadas procedentes de todas partes del mundo. Las imágenes proyectadas desde su computadora a la pantalla, mostraban planos ampliados con detalles relevantes de estas antigüedades. En el momento en que Richard entró, Sylvia se hallaba platicando sobre los diferentes usos de los calendarios mayas y sus particularidades.

—Los mayas descubrieron que el cosmos funciona de forma cíclica. Calcularon con precisión el tiempo de rotación de la Tierra y el de su órbita alrededor del Sol. También calcularon el movimiento de Venus y el de la Luna. Aún más admirable es que los astrónomos mayas lograran computar el movimiento cíclico de nuestro sistema solar en la galaxia. Conectaron el tiempo con el movimiento del universo y sus conocimientos fueron más allá. Consideraban que el tiempo se repite y que la historia es cíclica.

Richard sacó su celular y se aseguró de que estuviese en posición de vibración. Mientras escuchaba distraídamente a la arqueóloga, revisó su correo electrónico. En realidad, los calendarios mayas lo tenían sin cuidado.

Sylvia lo observó de reojo, sin interrumpir su línea de pensamiento.

—De acuerdo con la cosmología maya, los humanos somos parte de estos ciclos, y por lo tanto, nos vemos afectados por ellos. El pueblo actuaba según los cómputos astrológicos; el tiempo era medido meticulosamente por los sacerdotes, quienes inculcaban a la comunidad la necesidad de seguir patrones de vida regidos por los dioses a través de los calendarios. La astrología, la mitología y el tiempo estaban entrelazados de una forma única.

La escasa audiencia estaba conformada por unos pocos mujeres y hombres retirados y varios jóvenes estudiantes. Sylvia concluyó que su charla no había sido promocionada adecuadamente. Disimuló su irritación con una voz monótona y desganada.

El aspecto impecable de Richard la intrigó por contrastar notablemente con la vestimenta relajada del resto de los asistentes. Con un toque leve al teclado de su computadora, la conferencista cambió la imagen que se proyectaba a sus espaldas.

—El calendario tzolkin era el más usado. Se componía de 13 meses con 20 días cada uno, para un total de 260. Lo empleaban para regir los ciclos agrícolas y las ceremonias religiosas, para pronosticar la llegada y duración del período de lluvias, los tiempos de cacería y pesca, y las costumbres familiares. La vida del hombre maya estaba predeterminada por el tzolkin. Los sacerdotes hacían a cada individuo una predicción de su vida futura, basándose en la fecha de nacimiento.

—¡Los mayas inventaron el horóscopo! —comentó un estudiante, tratando de animar la latosa charla.

—Los horóscopos que publican las revistas con fines comerciales nada tienen que ver con la astronomía y la astrología mayas —respondió tajantemente la arqueóloga—. Desde el principio de los tiempos, el hombre se ha interesado por su presente, al igual que ha grabado y estudiado su pasado. Pero si hay algo que aún lo desvela es el futuro. Predecir el porvenir ha sido motivo de preocupación y ocupación de muchas civilizaciones, tanto antiguas como modernas.

—¿De qué época data el tzolkin? —preguntó otro estudiante.

—Algunos investigadores sugieren que este calendario tiene su origen en el centro preclásico de Izapa, en el estado de Chiapas —explicó Sylvia.

El celular de Richard vibró. «Todo tranquilo en la prensa», decía el mensaje de texto que Tony Moreno acababa de enviarle. La figura de Pietro Jiménez Cárdenas volvía a crecer en su estima. «El ministro tenía razón, tal vez me estaba preocupando demasiado», admitió.

Levantó la mirada para seguir detallando a la conferencista, cruzó las piernas y en su rostro apareció una sonrisa. «El contrabando de arte debe ser sin duda más atractivo que estar hablándole a estos inútiles», reflexionó.

—El *haab* era el calendario utilizado por la casta dirigente. Se utilizaba en la astronomía. Este calendario mide el año solar y está dividido en 18 meses de 20 días cada uno. Los últimos 5 días del año, llamados *uayeb*, no tienen nombre, se consideraban nefastos, vacacionales y excluidos de los registros cronológicos, pese a estar fechados. El *haab* permitía conocer la ubicación de la Tierra en su órbita alrededor del Sol. Su precisión es tal, que resulta más exacto que el calendario gregoriano, empleado en Occidente desde 1582 hasta el presente. La gran exactitud del calendario maya se debe a los grandes conocimientos matemáticos y astronómicos que estos pueblos poseían —explicó Sylvia.

—Conocimientos tan exactos que a pesar de haber anunciado el fin del mundo aún seguimos aquí —comentó Richard en voz alta.

—Los antiguos mayas profetizaron el alineamiento del Sol y la Tierra con el centro de la galaxia. Para ellos, esto solo marcaba el fin del Quinto Sol y el principio de una nueva era

—explicó Sylvia, indignada.

—¿Cuál nueva era? —cuestionó un estudiante, que parecía haberse despertado súbitamente de una siesta.

—El Sexto Sol, la Era de la Conciencia, la era en que regresará Kukulcán… mucho se ha escrito acerca de esto.

—Kukulcán vendrá a darnos un nuevo nivel de conciencia que encarnará en muchos de nosotros. ¡Tengan fe, nuestro Mesías regresará y la sabiduría ancestral predominará! —voceó un hombre canoso desde su asiento.

«Otro fanático religioso», pensó la arqueóloga sin prestarle atención.

Richard concluyó que no tenía tiempo para escuchar tonterías y se levantó. Con paso determinado, se acercó al podio y tendió con desenvoltura su tarjeta de presentación. La expresión irritada de la mujer le hizo gracia. En voz baja y muy clara le explicó:

—No tengo todo el tiempo del mundo y es importante que hable con usted. Voy a estar en el café del Museo. Espero verla en diez minutos.

Sylvia miró la tarjeta. Frunció el ceño, y aunque se le ocurrieron un montón de réplicas para ponerlo en su lugar, prefirió guardar silencio. Richard se volteó como si nada hubiera pasado y se encaminó hacia la salida. Antes de proseguir con su charla, la arqueóloga pensó con disgusto en la prepotencia de aquel personaje.

—Al entrelazar en una rueda grande los dos calendarios, los 260 días del *tzolkin* con los 365 días del *haab*, obtenemos una combinación de 18,980 días, conocido como rueda calendárica. Esta cuenta larga del tiempo era usada para registrar hechos históricos importantes y para profetizar el futuro distante.

Un estudiante bostezó sin disimulo. Sylvia no pudo concentrarse y aprovechó la oportunidad para anunciar a la audiencia sus intenciones de hacer una pausa. Retomarían el tema en quince minutos. La idea fue acogida con gusto por los presentes.

El restaurante estaba ubicado en la planta baja del Museo. Al igual que las estancias del resto del edificio, esta consistía en una sala vasta, de ventanales amplios y muebles de estilo minimalista. Con una taza de café delante, y su chaqueta en el espaldar de la silla, Richard hojeaba distraídamente un folleto cuando sintió la presencia de Sylvia. Elevó la mirada para encontrarse con los ojos de la arqueóloga.

—Soy un gran admirador de las mujeres inteligentes y determinadas —dijo él, sin más preámbulos.

—Espero que la grosera interrupción a mi presentación no haya sido solo para decirme eso —reclamó ella.

—No quise privar a sus estudiantes de una charla tan interesante —dijo Richard en tono sarcástico, mientras se levantaba para retirarle una silla—. Vengo desde Nueva York para hablarle de un tema apremiante y estoy dispuesto a apostar que nuestra conversación le resultará del mayor interés.

Ambos se sentaron. A continuación, él sacó del bolsillo interior de su traje la foto del altar y se la mostró:

—Necesito confirmar la autenticidad de esta pieza.

La arqueóloga examinó la imagen sin mucho interés y no pudo evitar esbozar una mueca de desilusión.

—Conozco la pieza. ¿A qué dirección debo enviarle mi factura?

—Le pagaré aquí mismo al final de su dictamen —anunció Richard.

—¿Siempre actúa así?

—¿Actuar cómo?

Sylvia no se molestó en responder. Conocía demasiado la ambición y la corrupción como para temerlas, y estaba acostumbrada a negociar con traficantes de arte. A pesar de su exquisita apariencia, Richard le daba la impresión de ser uno más.

—Cinco mil dólares por quince minutos —dejó claro la mujer.

Su falta de cortedad divirtió a Richard.

—Me parece bien —dijo él, antes de hurgar en el bolsillo de su traje por la chequera.

De haberlo conocido, Sylvia habría sabido que el ejecutivo no regateaba. Tenía reputación de aceptar o negar contratos sustanciales sin negociar ni explicar. Lo observó abrir la chequera y escribir la cifra.

—Soy todo oído —dijo, entregándole el cheque.

Ella guardó su pago sin mostrar turbación y se lanzó a la explicación.

—La pieza es legítima y, por lo que aparenta en la foto, se halla en muy buen estado. Es un altar ceremonial de piedra del siglo VIII, erigido por Taj Chan Ahk Ah Kalompte, un rey legendario de la ciudad de Cancuén o Lugar de Serpientes, junto al río Pasión, en el territorio del Petén, en Guatemala. Con frecuencia esta pieza ha sido confundida con las de la

Corona, por tener una cabeza de serpiente repujada. No sé cómo obtuvo la foto, pero no le recomiendo que la compre. Los Servicios de Investigación Criminal, versión guatemalteca del FBI, están tras la pista por haber sido ofrecida anteriormente en el mercado negro.

—¿Ofrecida en el mercado negro? —repitió Richard, lleno de curiosidad.

—La historia de esta pieza parece extraída de una película de aventuras. En el año 2000, los arqueólogos descubrieron las ruinas del palacio de Taj Chan Ahk, uno de los más suntuosos del mundo maya que haya llegado hasta nosotros, con más de 170 habitaciones. El altar en cuestión fue erigido en el año 796 por el Señor de Cancuén y se emplazó en la cancha del juego de pelota. La pieza tenía la función de marcador.

Sylvia explicó a Richard que, al ser la ciudad de Cancuén abandonada a principios del siglo IX, el altar había quedado cubierto por un manto de selva. Los arqueólogos que descubrieron el sitio pautaron la excavación del campo de juego para 2002, pero las impetuosas lluvias típicas de la región sacaron a la luz el altar en noviembre de 2001. Una pandilla de saqueadores locales se apoderó de la pieza y la transportó hasta un escondite. Después la fotografiaron e hicieron circular su imagen en busca de un comprador. Un grupo de narcotraficantes se interesó en el negocio y ofreció cuatro mil dólares por ella, pero los ladrones no aceptaron, esperando por un mejor postor. Llegados a este punto, los narcotraficantes optaron por apoderarse de ella a la fuerza y ambos bandos se enfrentaron a tiros.

Richard la escuchaba con atención. Sylvia hizo una pausa para ordenar un café y prosiguió el relato:

—Estos enfrentamientos fueron el detonante que puso en marcha un operativo para la búsqueda del altar, que involucró desde campesinos del área y arqueólogos, hasta la división de Patrimonio Cultural de los Servicios de Investigación Criminal de Guatemala. En marzo de 2003, el jefe de los traficantes fue asesinado por un rival y estalló una pugna entre las bandas criminales en la zona. El líder de los ladrones fue detenido, pero ya el altar había sido ocultado nuevamente en la selva. Luego se supo que en Flores una mujer había sido apaleada de manera atroz por un grupo de enmascarados armados con metralletas, que andaban tras la pista del altar. Se sospecha que ella era la única cómplice que conocía la ubicación de la pieza. Por desgracia, no sobrevivió a la paliza y se perdió la pista del objeto, que no ha podido ser recuperado. Todavía circulan fotos, y es muy probable que estén tratando de inmiscuirlo a usted en un fraude. Por eso, mi recomendación es que avise a las autoridades y no se involucre en esto –concluyó Sylvia.

Richard estaba impresionado por la precisión del relato y el modo ardiente en que la mujer lo había contado. Basándose en los datos que David le había proporcionado, sospechó que, tratándose de información acerca de contrabando de arte precolombino, Sylvia probablemente supiera mucho más de lo que había demostrado. El relato había acabado de convencerlo de que la destrucción del altar había sido una acertada decisión de su parte. Lo que menos necesitaba en estos momentos era tener a los Servicios Guatemaltecos de Investigación Criminal husmeando en sus instalaciones.

–No me interesa el altar. Solo quiero descifrar los glifos esculpidos en él –explicó, volviendo a sonreír.

–Señor... Barry... –comenzó la arqueóloga, consultando la tarjeta de presentación, que conservaba en la mano–, es muy trabajoso descifrar jeroglíficos, sobre todo si pretende hacerlo a partir de una foto.

–¿Quién habló de usar una sola foto? –respondió Richard, mientras sacaba del bolsillo de su traje otras cinco y las alineaba sobre la mesa.

Intentando mantener de lado su estupefacción, la arqueóloga se recostó en el espaldar del asiento. El ejecutivo la miró con detenimiento.

–¿Puede o no puede descifrar estos glifos?

Ella titubeó.

–¿Por qué quiere descifrar estos en particular?

–Eso no le concierne. Solo le aseguro que si me ayuda y mantiene esta información en la más estricta confidencialidad, podrá trabajar para mí como consultora y mejorar su situación financiera.

Sylvia comprendió de inmediato que el hombre sentado frente a ella, salido de la nada, estaba al tanto de sus descontroladas finanzas. Le lanzó una mirada impetuosa y preguntó:

–¿Dónde está el altar?

–No lo sé –mintió Richard–. Ya le expliqué que el altar en sí no me interesa.

La arqueóloga consultó su reloj y se inclinó de nuevo sobre

las fotos. Luego de examinar en detalle las imágenes, alzó la mirada hacia Richard y explicó:

—Las inscripciones jeroglíficas talladas en las cuatro caras del altar se refieren a un texto religioso. Describen tres eventos mitológicos muy antiguos en los que se llevan a cabo sacrificios humanos por decapitación —explicó, señalando las fotos.

—Tres eventos —repitió Richard, mostrando interés.

—El estilo y la complejidad de las ilustraciones de los jeroglíficos mayas son diferentes a las de cualquier otro sistema de escritura, señor Barry. Las palabras se forman a partir de combinaciones de cerca de ochocientos signos, y cada signo representa, no una letra, sino una sílaba. En el caso del altar, los glifos revelan combinaciones idénticamente estructuradas. Está claro que las primeras líneas representan, cada una, una fecha. Los glifos que aparecen a continuación componen el verbo *ch'ak-b'aah*, que significa «decapitar». Junto a esta palabra, aquí, usted puede ver el nombre de una deidad, seguido por números ordinales. Por último, observe que cada estructura termina con la palabra *ahil*, que puede significar «despertar» o, de manera más figurativa, «creación».

Richard escuchó la explicación intrigado, preguntándose a qué conclusión llegaría la arqueóloga.

—Si analizamos con atención los glifos empleados para decapitar —siguió diciendo ella—, vemos que el signo *ch'ak*, «hacha de mano», viene unido a un elemento que parece un peine, conocido como *ka*, que nos da la terminación fonética de la palabra «seccionar o cortar». También se puede observar el signo con cabeza de animal, *b'aah*, que significa «persona, cabeza, ser»; juntos expresan, en todas las inscripciones, el término común para «decapitación».

—¿Y qué significado tienen estas decapitaciones?

—Las inscripciones muestran una clara conexión entre el sacrificio y la noción de «despertar» y de «creación». La idea de que la muerte conduce a la formación de un nuevo orden es fundamental en la religión y cosmovisión maya.

Richard miró a su alrededor mientras se reclinaba en la silla. Sylvia pudo percibir que aquello no era lo que el ejecutivo había estado esperando escuchar. No obstante, decidió continuar sin dar muestras de haber advertido la frustración de su interlocutor.

—Tengo la impresión de que los tres fragmentos se interpretan así: el primer suceso fue en 7 *chuen*, 14 *kaya*, con la decapitación de nueve prisioneros de guerra, en honor al dios de la lluvia. El segundo evento ocurrió en 8 *ahau*, 13 *muan*, durante la decapitación de otros nueve guerreros enemigos, en honor al dios Sol. Y por último, el tercer acontecimiento habría ocurrido después del 4 *ahau*, 3 *kankin*, con el sacrificio de una mujer virgen y otros nueve guerreros, esta vez a los dioses Bolontiku. Encendido será el fuego en honor de *Bahlam*, es decir el Gran *Jaguar*. Estas tres «creaciones» juntas son parte del Gran Renacer.

−¿El Gran Renacer?

−El inicio de la Nueva Era, que ocurrió el 21 de diciembre de 2012.

−¿Me está hablando del supuesto fin del mundo que nunca llegó? −preguntó Richard, con una expresión en la que se confundían la incredulidad y el sarcasmo.

−La prensa amarillista y los ignorantes mal informaron al público. Pero ese es otro tema que, si le interesa, discutiremos en otra oportunidad −puntualizó Sylvia con frialdad−. Por ahora, digamos que los glifos parecen referirse a la Nueva Era del Sexto Sol. La inscripción principal, tallada en la parte frontal, del altar lo confirma: «El renacer surgirá del lugar del hoyo negro».

Por fin Richard escuchaba algo que despertaba su interés. «El lugar del hoyo negro», murmuró pensativo, tratando de establecer alguna conexión entre la explicación de la arqueóloga y su piedra biomineral. Sylvia observaba extrañada los cambios en la fisonomía del señor Barry, sin acabar de explicarse su interés por el tema. Podía advertir, no obstante, que esta vez había tocado una fibra sensible. Él le pidió que abundara acerca del hoyo negro.

−Es un término del maya clásico para nombrar el Inframundo, el cual venía más bien a representar lo opuesto al mundo celestial.

−O sea, que se trata del cielo y el infierno.

−Para nada. El Inframundo no era un lugar particularmente maléfico. Además de ser un sitio de oscuridad y de muerte, habitado por los espíritus de los muertos, también era un lugar de vida y renacer, de donde brotaban el agua y las siembras, la fertilidad. Al mismo tiempo, los mayas no concebían el cielo como algo paradisíaco. El cielo era el lugar de la lluvia y del sol, pero también del rayo y la sequía.

−Si no es el infierno, entonces ¿qué es el hoyo negro?

—Es la entrada al Inframundo, una cueva o cenote. Los cenotes eran considerados los escondites de los dioses, en los cuales el hombre solo debía entrar después de haber ejecutado un rito de purificación.

Richard conocía el término «cenote», empleado para nombrar cualquier espacio subterráneo con agua, con la condición de que cuente con una abertura hacia la superficie. En cambio, no podía creer que se hubiese prestado a escuchar tanta fantasía. Aun así, tenía la corazonada de que el hoyo negro podría ser un primer indicio para determinar el origen de su piedra. Recordó que las bacterias magnetotácticas pueden ser halladas en hábitats acuáticos. Resultaba una interesante coincidencia que la arqueóloga aludiera a la creencia de los antiguos mayas acerca de que las cuevas donde corrían ríos subterráneos, eran sagradas.

—¿A qué dios en particular veneraban en los cenotes?

—A Chaac, el dios de la lluvia, que alimenta los ríos que corren por las cavernas subterráneas. Se le dedicaron templos, y en algunas ciudades hay esculturas suyas por todas partes. Cuando creían que estaba de malas, le ofrecían sacrificios humanos.

Richard recordó los monótonos minutos de charla sobre calendarios mayas que había padecido en el salón de conferencias. Ahora, cara a cara, aquella mujer lo sorprendía con una expresividad y un interés inesperados. Casi podía decir que parecía apasionada. Se percató de que disfrutaba la conversación a pesar de que él, acostumbrado a ser objetivo y analítico, no concibiera que nadie pudiera estudiar, y mucho menos vivir, de contar esas historias. No quería mostrar preocupación, pero no veía muy bien cómo podría descifrarse el origen de la roca magnética entre tanto cuento fantasioso.

El camarero depositó el café de Sylvia sobre la mesa. Ella agradeció con una sonrisa obligada, y se llevó la taza a los labios. Luego volvió a consultar el reloj. Fue entonces que se percató de la grave expresión de su oyente y se dio el gusto de decir:

—¿No cree, señor Barry, que es una pretensión absurda tratar de entender la idiosincrasia maya y el significado de los glifos en media hora?

El ejecutivo tuvo que reconocer en su fuero interno que le agradaba esta mujer que se expresaba sin rodeos.

—Debo advertirle que no me queda otra alternativa que

contratarla cuando esté de regreso en Nueva York, para seguir con mi iniciación en la cultura maya.

—Hablemos con franqueza, señor Barry. ¿Qué es lo que usted desea saber exactamente? —preguntó ella con sequedad.

A Richard, de súbito, su propuesta le pareció descabellada. Supuso que debía existir otro modo de dar con la procedencia de la roca roja sin tener que recurrir a aquellas leyendas que no tenían pies ni cabeza. Todavía no se había decidido a responder, cuando volvió a escuchar la voz de Sylvia.

—Parece muy interesado en el hoyo negro.

El rostro imperturbable de la arqueóloga y sus palabras desprovistas de medias tintas, actuaron como remedio a sus confusos pensamientos. Era imposible ponerla al corriente del asunto de la piedra biomineral. Aun así, trató de responderle lo más sinceramente posible.

—No sé exactamente qué estoy buscando.

Sylvia hizo una mueca de impaciencia. La irritaba aquel juego de vacilaciones y el empeño por mantener el «gato encerrado», más aún cuando ya se había percatado de que Richard no era nada indeciso.

—Digamos que de momento quiero saber más detalles sobre el significado del hoyo negro y los glifos esculpidos sobre el altar.

«¿Qué se traerá entre manos», se cuestionó ella. A continuación, señaló con el índice un detalle en la foto y empleando un tono de voz profesional se apuró a acortar la conversación:

—Como puede ver en estos glifos, en el centro de la composición hay dos hombres, uno frente al otro, separados por una pelota.

Richard se inclinó hacia el frente y asintió.

—El juego de pelota ilustrado aquí, aparece en el mito de la creación del mundo; es el lugar y momento del enfrentamiento entre el Inframundo y el mundo celeste, entre las fuerzas de la oscuridad y las de la luz. El sacrificio y el renacimiento ocurren directamente en la cancha. Por lo tanto, el juego de pelota es una parte esencial en todas las ceremonias de sacrificio.

—¿Y qué significa esta serpiente? —inquirió Richard, apuntando al impresionante tallado donde se hallaba incrustada la piedra roja.

—Kukulcán, divinidad cuyo culto es uno de los más relevantes en Mesoamérica.

—¿Se fijó qué el único elemento de color que existe en el altar es el ojo rojo de la serpiente? ¿Qué cree que significa eso?

Estas preguntas sorprendieron a Sylvia. Su expresión cambió drásticamente. A Richard le pareció que la arqueóloga le devolvía la mirada con incredulidad.

—La realidad es que no sé qué pensar sobre el ojo rojo de la serpiente. Es la primera vez que veo ese tipo de motivo. Incluso, por un momento me pregunté si el altar sería genuino.

—¿Y qué pasaría si no lo fuese?

—Sería una pena, pues los eventos descritos en los glifos resultan ser excepcionales.

—¿A qué se refiere?

—A que el altar podría ofrecer valiosa información sobre el colapso de la civilización maya. Las primeras dos fechas registradas parecen referirse a eventos trascendentes durante los períodos preclásico y clásico, fechas en las cuales los mayas abandonaron sus ciudades.

—El colapso de la civilización, Inframundo, dioses, juegos, cuevas sagradas, ¿cómo logra discernir entre hechos reales y tanta fantasía?

—El colapso de la civilización maya no es una fantasía, señor Barry; se trata de un acontecimiento histórico bien documentado. Y el misterio perdura. No se sabe con certeza qué causó que esta gente se marchara de sus ciudades.

Richard se encogió de hombros.

—¿De qué misterio me habla? Se fueron porque se habrán cansado de las guerras, los sacrificios y las demás atrocidades. Es seguro que pasaban hambre en sus ciudades. La historia siempre se repite. Judíos, cristianos, protestantes, éxodos de gente miserable buscando una mejor vida.

—Es probable, pero personalmente estoy convencida de que en el caso de los mayas debió haber un factor decisivo que funcionó como detonante. En cuanto al altar, pienso que debe haber una correlación entre estas tres fechas —concluyó, pensativa.

Richard no quiso profundizar en lo que él consideraba un hecho irrelevante, así que decidió regresar a la traducción de los glifos.

—¿Qué dicen los símbolos que hay debajo de los jugadores?

—Parecen describir un rito, *nahwaj yahil k'uhul ix Bahlam ajaw kalomte ak'bal*.

—¿Qué significa?

–*Nahwaj*, decorar, coronar, establecer; *ahil*, el despertar o creación del *k'uhul*, sagrado o divino; *ajaw*, señor o rey; *ix Bahlam*, Gran Jaguar; *kalomte*, expuesto; *al' ak'bal*, la oscuridad –tradujo Sylvia, cavilosa.

Hubo una corta pausa.

–Coronar el despertar sagrado con el rey jaguar expuesto a la oscuridad –resumió Richard, con una mezcla de ironía y escepticismo.

La arqueóloga seguía absorta en la foto y no percibió el matiz sarcástico en la voz del otro. Un glifo cerca del tocado le llamó la atención. «Cielo partido», pensó, pero no mencionó nada.

–¿Qué se supone que signifique esa frase? –inquirió el ejecutivo.

–El glifo de oscuridad también puede referirse a una gruta. Creo que la frase describe el relato de una coronación en las cuevas sagradas.

–¿Qué cuevas de la región son consideradas sagradas? –preguntó Richard, quien cada vez que hablaban de grutas y subterráneos, tenía la sensación de que la conversación tomaba un rumbo más prometedor para sus propósitos.

–*Hay muchos tzonot o cenotes sagrados.* En la mayoría de las ciudades mayas existía un cenote del cual extraían agua para la supervivencia de la comunidad, y al que a la vez se veneraba.

–¿Alguno en particular?

–Sí, hay uno en particular que me viene a la mente –dijo la arqueóloga, desviando la vista hacia su reloj.

–Sí, me queda poco tiempo –comentó Richard, esperando su respuesta.

Sabiendo que los minutos estaban de su lado, ella lo miró fijamente, contando cada segundo para que, cuando hablara, sus palabras causaran el efecto que deseaba. Entonces preguntó secamente:

–¿Cuál es su interés con las cuevas?

–Simple curiosidad –respondió él sin inmutarse.

Sylvia sabía que mentía. Suspiró para mantener la calma, y volvió a consultar la hora.

–Una charla sobre los cenotes sagrados no es algo que pueda hacerse en los cinco minutos que nos quedan –alegó ella con voz gélida.

–Muy bien. En el tiempo restante quiero que me diga cuál fue la cueva sagrada que le vino a la mente.

–Las siete cuevas en Tulán Zuiva.

—¿Dónde están localizadas?

—Es otro misterio por resolver —respondió Sylvia, encogiendo ligeramente los hombros y volviendo a sacar a Richard del paso—. Lo único que puedo decir al respecto es que estas cuevas están mencionadas en el libro sagrado de los mayas, el *Popol Vuh*.

—¿En el Popol qué? —suspiró Richard, e hizo un gesto con las manos, como diciendo «soy todo oídos».

—El *Popol Vuh*, que significa «el libro del pueblo» —aclaró ella con paciencia—. El dios Xmucané creó a los primeros cuatro hombres usando para ello maíz amarillo y maíz blanco. El libro cuenta que poseían gran sabiduría y eran dignos de admiración. Entonces los dioses se preocuparon de que estos hombres tan perfectos desearan ser dioses, por lo tanto decidieron disminuirles su sabiduría y, para contentarlos, crearon mujeres. Los cuatro hombres con sus mujeres procrearon y fueron los fundadores de las diferentes tribus maya-quiché. Cada una de ellas fue asignada a la protección de una deidad, y los cuatro hombres tuvieron que ir a un lejano lugar llamado Tulán Zuiva, Siete Cuevas, Siete Barrancos, a recibir a sus dioses.

—¡A un lejano lugar llamado Siete Cuevas, menuda referencia! —exclamó Richard.

Sylvia no pudo evitar ironizar:

—Bueno, señor Barry, los parámetros de su proyecto ya están de por sí vagamente definidos. Para mí estamos en la búsqueda de las peras del olmo, con una pequeña dosis de la Atlántida o cualquier otro disparate por el estilo.

Richard enarcó las cejas y aparentó docilidad.

—Tiene razón. Por favor, prosiga.

—Tulán significa «ciudad». La ciudad de Zuiva, con siete cuevas y siete barrancos, ha sido tema de especulación de muchos académicos.

—Ya veo. ¿Y cuál es el consenso general?

—Hay quienes piensan que las cuevas sagradas son las cuevas de las Candelarias.

—Las conozco. Unas cuevas turísticas, cerca de Raxrujá, en las montañas de Cuchumatán.

—Exacto. Entre el pueblo de Candelaria Camposantos y San Antonio de las Flores. En un recorrido de trece kilómetros, el río de La Candelaria aparece y desaparece seis veces formando siete cavernas enormes. Algunas tienen hasta treinta metros de altura. La cámara principal, conocida como el Tzul Tacca, tiene doscientos metros de largo. Los reyes de Cancuén la usaban para ritos y sacrificios.

—¿Qué piensa usted de ellas?

—Creo que esas cavernas son muy hermosas —comentó Sylvia, encogiendo un hombro.

Richard no pudo creer lo que escuchaba e intentando mantenerse ecuánime alegó:

—¿Pero, dónde se encuentra la ciudad en la cual se reunieron los cuatro primeros hombres?

—La ciudad de Zuiva… Sí, bueno, en el *Popol Vuh*, Zuiva fue descrita como una urbe populosa. La realidad es que las cuevas de La Candelaria fueron declaradas las cuevas del *Popol Vuh* por un francés que las trasformó en un lugar turístico.

Richard no estaba acostumbrado a que le hablaran de esta manera. Decidió responder con energía, para volver a poner las cosas en su sitio.

—Ahora hágame el favor de responder a mi pregunta. ¿Dónde le parece a usted que está la ciudad?

—Los que toman en serio el tema de la mitología maya piensan más bien que las cuevas sagradas están hacia el norte.

—O sea, en México.

—En efecto —contestó Sylvia, mirando discretamente su reloj. Richard se percató del gesto sutil. Ella contó—: Algunos arqueólogos creen que podrían estar en Chiapas o en Yucatán.

—Tan solo en Yucatán se calcula que hay más de tres mil cenotes —dijo Richard, que conocía la geología de la región gracias a su trabajo—. ¿El *Popol Vuh* no da más indicios sobre este lugar sagrado?

—En realidad, no.

—¿Existe en ese manuscrito algún glifo semejante a la serpiente de ojo rojo de este altar?

—Señor Barry, el *Popol Vuh* no contiene glifos —soltó Sylvia.

Hubo una pausa.

—¡El libro sagrado maya no contiene glifos! —exclamó Richard, sorprendido.

—Ni uno solo —confirmó Sylvia.

Richard frunció el ceño.

—Ningún *Popol Vuh* original sobrevivió a la evangelización —explicó la arqueóloga—. Se ha especulado mucho acerca de la naturaleza de estos libros. Es probable que hayan sido manuscritos gráficos, similares a los que se conocen como códices. De estos, solo sobrevivieron cuatro de ellos. Los demás fueron quemados en nombre del cristianismo.

—Entonces, ¿de dónde fueron recogidos los cuentos sagrados mayas?

—Irónicamente, al ser destruidos los códices, un fraile dominico llamado Francisco Ximénez pidió a unos sabios mayas de la época que transcribieran sus conocimientos del *Popol Vuh* a la lengua quiché, utilizando el alfabeto latino. Por desgracia, este original también desapareció. Luego, el fraile tradujo el texto al español. Presentó el manuscrito en columnas dobles, una en quiché y otra en castellano. Tituló la obra *Empiezan las Historias del Origen de los Indios de esta Provincia de Guatemala*.

—¿Ha tenido acceso al manuscrito? —preguntó Richard.

—Por supuesto. Se encuentra en la colección Ayer de la biblioteca Newberry, de Chicago. Se puede acceder hasta por Internet, en caso de que desee leerlo.

Con un gesto, Richard le hizo entender a la arqueóloga que no debía preocuparse por lo que él pudiera desear. Por su parte, ella comenzó a sentir que había tenido más que suficiente del señor Barry por un día. La mención del texto quiché le hizo recordar su reciente visita a El Mirador y los frisos descubiertos allí, que representaban a los héroes del *Popol Vuh*. Estuvo a punto de hablar sobre la antigua acrópolis, pero optó por callarse. Sospechaba que la simple evocación de la ciudad del mítico reino de la serpiente, Kan, provocaría otra avalancha de preguntas.

—Sus cinco minutos han concluido, señor Barry. En cambio, tengo una presentación por terminar. Le he traducido los glifos, como habíamos convenido, y creo que mi papel acaba aquí.

—Usted y yo somos muy parecidos —dijo Richard antes de que ella se levantara de la silla—. Nos gusta viajar a sitios remotos, explorar y descubrir. Usted descifra el pasado y yo busco posibilidades para el futuro. La simple sospecha de un descubrimiento nos llena las noches de insomnio. El trabajar en paz, en un lugar ignoto, nos revuelve la mente y el cuerpo. ¿Me equivoco? —Sylvia no respondió y él continuó—: Pero también nos gusta la buena vida. Nos sofocamos cuando estamos en ciudades impersonales, rodeados de mediocridad. Necesitamos lujos para sentirnos vivos y para enfrentar el aburrido diario vivir, entre jefes incompetentes, la falta de visión y la burocracia.

Para Sylvia era como si le estuvieran leyendo la mente. Bajó la vista. Richard sabía que había dado en el clavo y se atrevió a ser honesto.

—No le puedo decir por el momento lo que busco. No le mentí cuando le dije que no estoy seguro. Tengo simplemente una corazonada que todavía no puedo revelar. ¿Cómo describírselo? Es algo parecido a su intuición.

—¿A mi intuición?

—A su intuición de que hay un misterio manifiesto, aunque oculto, en el colapso de la civilización maya —dijo Richard, quien, cuando se lo proponía, podía ser una persona muy carismática.

Sylvia asintió lentamente, sorprendida de sentir que las palabras de aquel hombre eran genuinas. Con sus ojos verdes clavados en los de él, preguntó:

—¿Y qué quiere de mí, exactamente?

—Quiero que me ayude, respondiendo a mis preguntas aunque le parezcan ridículas. Quiero contratarla como consultora. La recompensaré bien, no se preocupe.

—¿Y el altar?

—El altar es solo una pequeña pieza de este rompecabezas —respondió él, impasible.

—Debo admitir que me agradan los misterios y usted está ciertamente presentándome uno muy interesante.

Richard sonrió. Se recostó en la silla y cruzó las piernas.

—Me gustan las negociaciones por escrito —enfatizó la arqueologa.

—Recibirá un contrato, con los términos de mi propuesta, de una de nuestras compañías asociadas. Cualquier cambio u objeción me lo comunica. Lo próximo que voy a necesitar es un informe sobre las diferentes teorías propuestas por expertos arqueólogos acerca de la posible ubicación de Zuiva y las cuevas sagradas. ¿Quién sabe? A lo mejor me entusiasmo y proveo el financiamiento para una expedición. Reunámonos en cuanto regrese a Nueva York.

—Necesitaré por lo menos una semana.

—Muy bien, una semana. Y de ahora en adelante la tutearé —dispuso Richard—. Estoy seguro de que nos entenderemos.

Se despidieron con un simple apretón de manos. Sylvia se alejó con paso apresurado. Satisfecho, Richard recogió la chaqueta que descansaba en el espaldar de la silla, y se alistó para marcharse. Guardó las fotos y sacó el celular de su bolsillo. Era apenas medio día. Faltaban varias horas para tomar el avión. Estaba llamando a su asistente para ordenarle que adelantara su vuelo de regreso, cuando notó que durante su conversación con Sylvia, Tony Moreno había tratado de contactarse con él en repetidas ocasiones. Había varios mensajes. «Llámame, es urgente». En ese instante supo que sus conjeturas sobre los acontecimientos en Guatemala se estaban materializando.

Camino al aeropuerto, la limusina se abría paso con dificultad en el tráfico congestionado de la avenida Reforma. Por el espejo retrovisor, el chofer vio a su cliente abrir el compartimiento de hielo para servirse un *whisky*. Una mampara de vidrio lo separaba del pasajero, pero aun así estaba convencido de que el hombre del asiento posterior no estaba muy a gusto; los rasgos de su rostro se endurecían a medida que hablaba por el celular.

Los mensajes de Tony eran responsables de la tirantez que Richard sentía en el cuello y los hombros. Una simple llamada a Nueva York bastó para confirmar que, indudablemente, había tenido motivos para preocuparse. El director de Relaciones Públicas corroboró que un reportero del programa de televisión *Primer Impacto*, de la cadena Univisión, lo había estado contactando para conocer la postura de la empresa en relación con el asesinato de un líder campesino a la entrada de las instalaciones de Las Tres Cruces. Lo increíble del caso era que habían obtenido un video con imágenes extremadamente violentas y, a su juicio, bastante comprometedoras, donde se veían con claridad los hechos que tuvieron lugar en la selva guatemalteca.

—El reportaje será televisado como historia exclusiva del programa a las cinco de esta tarde —dijo Tony con voz de preocupación—. Y a lo largo del día han estado mostrando algunas imágenes en los breves de noticias.

—¿Dijiste que tienen un video? —inquirió Richard, dudoso de haber entendido correctamente.

—Sí, el reportero en cuestión me mandó un segmento del mismo y está esperando una declaración de nuestra parte. En realidad, no sé qué pensar. El video es comprometedor. Te lo envié a tu celular.

—Déjame echarle un vistazo —dijo Richard con voz correosa.

—La situación es seria. Nuestro plan de relaciones públicas debe ser reelaborado por completo. Las circunstancias son mucho más graves de lo previsto.

Instantes después, Richard observaba el video en la pantalla de su celular. La grabación estaba por momentos movida y mal encuadrada, pero aun así se podían apreciar bien los sucesos. La toma mostraba a un militar ejecutando a sangre fría a un moribundo. El hecho de que las puertas de Las Tres Cruces se abriesen, tras una señal del capitán, para dejar pasar los camiones, y que el logotipo de la compañía se distinguiera sobre esas puertas, resultaba devastador para El Dorado Internacional, porque sugería un contubernio con los militares. Richard no conseguía dar crédito a sus ojos. «¿De dónde rayos ha salido esta grabación?», gruñó mentalmente. Mirando al capitán del escuadrón, apenas podía concebir cómo era posible que alguien llegara a ser tan estúpido.

—Esto es desastroso para nuestra imagen —recalcó Tony—. Para serte franco, no sé ni qué pensar. Espero que no tengamos nada que ver con esto. Es así, Richard, ¿verdad?

—¿A qué te refieres?

Tony percibió que aquella pregunta escondía una amenaza que no deseaba escuchar. Decidió eludir la respuesta con un silencio dócil. Después de todo, Richard era su superior.

—Te sugiero que empieces asesorándote con el departamento legal. Estaré allí en unas cuantas horas —concluyó el ejecutivo.

El aeropuerto de Ciudad de México era un enjambre de actividad. Un sinnúmero de pequeños tumultos se sumaban en una especie de caos, que para cualquier observador desde un punto elevado, o simplemente bajando por una escalera rodante, formaba un panorama de irremediable desorganización.

Richard abordó su vuelo. Apagó su celular siguiendo las indicaciones de la línea aérea, y en unos pocos segundos la quietud placentera de la cabina de primera clase lo ayudó a relajarse. Cerró los ojos para reflexionar; necesitaba replantearse la situación. En realidad la violencia de la ejecución del joven indígena le había resultado indiferente. A fin de cuentas, temas similares eran el pan de cada día en los medios informativos. En cambio, le enfurecía la ineficacia, la falta de tacto con que había sido ejecutada su disposición de deshacerse del cabecilla. El asunto se había complicado de improviso, pero Richard estaba lejos de sentirse perdido. Aquel era su terreno, e incluso hasta podía decirse que la situación le daba ánimos. De alguna forma, le agradaba saber que, después de todo, había tenido razón, lo cual volvía a confirmar su capacidad analítica, muy por encima de la de Tony, Pietro Jiménez Cárdenas y toda la gente de su compañía. Dejó vagar sus pensamientos, sopesando diferentes estrategias para manipular la situación a su favor.

De nuevo le vino a la mente la piedra cristalina biomagnética. El avión comenzaba por fin a ganar velocidad y acercarse al punto de despegue, cuando se percató de la magnitud de su hallazgo. A pesar de no tener todas las piezas del rompecabezas, presentía que aquella roca podría ayudarlo a hacer girar el mundo en su dirección. Abrió los ojos, sonriendo, sintiendo que su descubrimiento lo iba a convertir en un auténtico elegido.

El avión aterrizó en el aeropuerto John F. Kennedy a las siete de la tarde. Casi de inmediato Richard recibió un mensaje confirmando que su limusina se encontraba a la salida de la aduana. Para su asombro e irritación, Tony lo esperaba en el vehículo.

Esta vez, el director de Relaciones Públicas le mostró en su iPad el reportaje exclusivo, transmitido por la cadena de televisión hispana. Para evitar que las imágenes resultaran demasiado gráficas y morbosas, el noticiero había cubierto los disparos al rostro de la víctima con un efecto que nublaba la imagen. El logotipo de la compañía petrolera aparecía varias veces en la toma.

–Según el departamento legal. no hay nada que se pueda hacer para impedir la retransmisión del video –cada vez que Tony veía la crueldad con la que el joven indígena había sido ejecutado, experimentaba el mismo malestar, como si lo hubieran pateado en el estómago–. No tardará en aparecer en todos los noticieros de las cadenas americanas e internacionales. Para mañana la ejecución le habrá dado la vuelta al mundo – expuso, con el rostro desecho por la incertidumbre.

Richard no hizo ningún comentario. Contuvo el aliento y no disimuló su fastidio por la actitud derrotista de su subalterno.

18
Homestead, Florida

Tenemos que encontrar un nombre que los identifique. No va a ser fácil, porque los cinco tienen personalidades muy distintas —afirmó Camila, sentada en una mesa, en la taquería. A su lado, sus dos amigas observaban a Nic retorcerse, incómodo, sobre la silla. Ferni, evitando fijar sus ojos en Eileen, optó por mirarse los pies.

Albert trajo un jarro de agua de Jamaica y se sentó con ellos. Sonrió al recordar cómo la noche anterior Nic había detenido la pelea echándole encima un cubo de agua fría que había ido a buscar a la cocina. Luego de numerosos argumentos, disculpas mutuas entre dientes, algunos comentarios cómicos y un gran esfuerzo de persuasión, Albert, mojado de pies a cabeza, había logrado convencer a sus amigos de aceptar a las chicas en el grupo. Tenía la certeza de que la calidad de la voz de Eileen impulsaría al grupo a un nivel mucho más profesional. Además, era obvio que Laura poseía una personalidad artística, llena de espontaneidad y precisión que le venía muy bien a la banda. Tras la batería, se sentía libre. Parecía usar la música como válvula de escape y descargaba una energía contagiosa.

En el fondo, todos contemplaron con exaltación la posibilidad de, finalmente, formar una banda de *rock*, y no cualquier banda, sino una con excelentes perspectivas. En definitiva, ya contaban con los elementos necesarios para destacarse. Tenían talento, técnica, excentricidad y creatividad. Ahora faltaba comprobar si habría colaboración y dedicación dentro del grupo.

Albert presentía que no iba a ser fácil moldear a un grupo tan heterogéneo. Las ideas, los enfoques y los gustos de cada uno podían integrarse en una interesantísima combinación, o en un caos sin igual. El reto era, sin duda alguna, seductor.

—Bien, ¿cuándo empezamos? —preguntó de pronto Nic,

mostrando su interés.

Albert y Ferni se quedaron mirándolo, sorprendidos de verlo tomar las riendas.

–¿Qué les parece si ensayamos los martes y miércoles por la noche, dos horas, de siete y media a nueve y media? Y los sábados, de ocho a diez de la noche –propuso Albert.

–Los martes tomo clases de Canto y no creo que pueda cambiar mi horario. Prefiero los lunes –intervino Eileen, con una vocecita llena de pesadumbre.

Hubo un silencio acompañado de un intercambio de miradas entre los chicos.

–Muy bien, empezamos el lunes –asintió Albert.

–Voy a traer mi micrófono inalámbrico –añadió ella, con entusiasmo.

Fue entonces que Camila se animó a proponer lo que tenía en mente.

–Quiero ser la mánager.

–¿Mánager? –repitió Albert, persuadido de que la chica hablaba en serio.

–Sí... mánager, publicista, agente, como lo quieran llamar –replicó ella, sin preámbulos–. Quiero promocionarlos.

–*What do you mean*? –intervino Ferni.

–Me gusta la publicidad, es lo que voy a estudiar. Y quisiera desarrollarles su imagen. Ya saben... hacerles fotos, grabarlos en video, diseñarles un logo y una página Web, buscarles dónde tocar.

–*Oh*! Conseguir *gigs*!

–Si, en fiestas, en clubes y en los festivales de Miami.

–¿Miami? La música que tocan allí en los festivales es música latina –objetó Nic.

–¿Y por qué no componemos unas cuantas canciones en español? –propuso entonces Camila.

–*Rock* en *Spanish*... *Dude, that's so cool*! –declaró Ferni.

–¿Han escuchado al grupo La Panza de Sancho? –indagó Albert.

–*Oh, yeah*, son unos españolitos súper locos, *with amazing music* –confirmó Ferni.

–Podríamos tratar, a ver qué pasa...

–¿Entonces...? –insistió Camila.

–¡Me parece *awesome* que seas *our manager*! –declaró Ferni.

–¿Tienes alguna sugerencia para el nombre del grupo? –le

preguntó Albert.

—¿Qué les parece si buscamos una palabra que se pronuncie igual, tanto en inglés como en español?

—¿Cómo cuál? —inquirió Nic.

—Enigma, Nirvana o Maná —sugirió Camila.

—Esos son grupos del siglo pasado —se opuso el chico, chasqueando la lengua.

—¿Qué piensan de Tabú? —intervino Laura, ansiosa por iniciar la búsqueda.

—Me parece *too* cliché —alegó Ferni—. *¿What about* Dogma?

—¿No te suena feo dog-ma? —comentó Laura.

—Ya existe un grupo con ese nombre —aclaró Nic.

—Eclipse —sugirió Eileen.

—Demasiado fresa —objetó Nic—, prefiero Cremación.

—¿No te parece mórbido? A mí ese nombre me da depresión —dijo Eileen.

—*So...* llamémonos *Depression* —se rió Ferni.

—En ese caso, preferiría Depilación —propuso Eileen siguiéndole la broma.

Todos soltaron la carcajada.

—Fuera de broma, ¿qué otras palabras se les ocurren? —intervino Albert.

—Factor 5 —dijo Camila.

—¡No...! Fuera de moda —afirmó Eileen, frunciendo el ceño.

—Coyotes —dijo Nic.

—Promociona estereotipos —se negó Albert.

—Zoom —siguió Laura, sin mucha convicción.

—Demasiado infantil —declaró Eileen.

Hubo una pausa, porque ya no se les ocurrían más nombres.

—Creo que sería mejor si tan solo tuviéramos un símbolo, como lo hizo un cantante de los años ochentas. Cada vez que las personas veían su insignia sabían de quién se trataba —dijo Camila.

—¿Te refieres a *Prince*?

Camila asintió con un movimiento de cabeza y, de repente, se le iluminaron los ojos.

—¡Insignia! ¡Insignia se pronuncia igual en ambos idiomas! —dijo con entusiasmo.

—Insignia —repitió Ferni frunciendo el ceño.

Camila se puso en pie, hurgó en su mochila y sacó el libro de Nana. Con voz exaltada, explicó:

—Podrían llamarse Insignia, y así crearíamos un logotipo

compuesto por cinco símbolos mayas, específicamente los que representan el temperamento de los miembros del grupo.

—¿Un logotipo compuesto por símbolos mayas? —se extrañó Nic.

Camila pasó rápidamente las hojas del libro y les mostró dos páginas repletas de jeroglíficos traducidos al español.

—Para ti, Laura, creo que este símbolo te representa bien —el dedo de Camila apuntó al glifo del fuego, conocido como *Kak*.

—¡Oooh, ya te entendí! —exclamó Nic.

—Me gusta —afirmó Laura.

—*That's so* fierce —agregó Ferni, y sin perder tiempo declaró—: Quiero ser *Ik'*, el símbolo del viento. Libre *like the air*.

Nic pasó su mirada por los símbolos, y con un movimiento desganado apuntó al símbolo del agua, *Naab*.

Para Eileen la elección fue trabajosa; dudó durante un rato, y por fin admitió—: No sé cuál elegir.

Laura, que vino en su ayuda, le sugirió:

—Venus, ¿qué otro?

—*Chak-ek*. No… no me gusta.

—¿Cuál piensas escoger? —le preguntó Camila a Albert.

El adolescente miró los glifos; le costaba aceptar que su identidad de músico iba a ser relacionada con una insignia maya.

—¿Qué crees de este, *Bahlam*? –le sugirió Camila, señalando un glifo.

—¿El jaguar?
—¿Por qué no?
—*The jaguar. Cool, man!* –exclamó Ferni, alzando el puño para entrechocarlo con el de Albert.
—Ok –contestó sin mucha convicción.
—Y esta es el mío, *Imix* –dijo finalmente Eileen, señalando el símbolo que representa la flor de nenúfar.

—¿Y vas a poder integrar los símbolos en uno? –le preguntó Albert a Camila.
—Que no te quepa ninguna duda. Camila es increíble diseñando –se apresuró en afirmar Laura.
—Además, en nuestra página Web, quiero usar como elemento gráfico la foto que encontré en este libro –dijo la joven, buscando la imagen de la caja de Papá Juan.
—¿Qué es? –curioseó Eileen, contemplando la foto de la antigua pieza maya.
—El perfil de una serpiente con un ojo rojo.

—¡Me gusta! –afirmó Nic.

En una cueva cercana al pueblo de Chumayel, vivía un *Chilam Balam*, sacerdote jaguar adivino conocido como Ah Kin Palon Cab. El anciano gozaba de gran renombre en la región por su sabiduría y lo acertado de sus oráculos. La reputación de este sacerdote como «elegido de los dioses» había comenzado en su infancia, por ser la única persona en su aldea que sobrevivió la plaga de la viruela. Tenía la piel cubierta de pequeños cráteres, testigo mudo de la saña con que aquella ponzoña lo había atacado.

La enfermedad, iniciada por un guipuzcoano infectado que había llegado en un navío a la costa norte de Yucatán, se había propagado violentamente y cobrado la vida de miles de indios. En la aldea de Ah Kin Palon Cab, la gente sucumbió no solo a causa de la enfermedad, sino también porque, al estar todos infectados, no había quien atendiera a los enfermos. Ante la magnitud de la tragedia y el mal olor que emanaba del poblado, en vez de sepultar a los muertos, los europeos recién llegados optaron por derribar las chozas encima de las familias fallecidas.

Escapado milagrosamente de ese infierno, Ah Kin Palon Cab fue acogido por el *Chilam Balam* de la región. Con el tiempo, se convirtió en un sabio de gran fama.

Los hombres y las mujeres le traían víveres y lo consultaban. Se decía que era el guardián del *Kan Vuh*, el libro ancestral proveniente directamente de los antiguos sacerdotes del imperio Kan, donde se relataba el origen del universo y del pueblo maya; la profecía del Sexto Sol, que indicaba el camino de Xibalbá, y la travesía del Gran Jaguar por el Inframundo. El triunfo del Jaguar dependería de sus conocimientos del pasado, su lealtad a las tradiciones ancestrales y su visión sobre el futuro de la humanidad.

Ahora, su vida corría peligro nuevamente. El adivino vivía oculto y protegido por su gente, pero sabía que era cuestión de días antes que vinieran a detenerlo. Su fama en la comarca no pasaría inadvertida a los hombres blancos.

Ah Kin Palon Cab recibió en la cueva la visita de Francisco Couoh, quien todavía tenía la espalda cubierta de ronchas y verdugones. El joven se sentó frente a la fogata, y mirando al sabio fijamente, le dijo:

—Toda mi vida los frailes me han repetido que la religión de mis padres es cruel debido a los sacrificios humanos que realizan en las ceremonias. Me enseñaron que matar para honrar a los dioses y nutrir la tierra, son cultos perversos; pero en el último mes he visto hombres torturados, excomulgados y asesinados en el nombre del verdadero Dios. ¿No es eso igualmente cruel, si no más?

—¿Excomulgados? ¿Qué es eso? —preguntó Ah Kin Palon Cab.

—Los sacerdotes católicos son más poderosos que los nuestros. Ellos pueden infligir castigo en este mundo y también en el mundo del más allá. Te pueden condenar a tormentos eternos en el infierno.

—¿Los sacerdotes católicos tienen un pacto con los señores de Xibalbá?

Couoh asintió con la cabeza y añadió:

—Todo el mundo tiene miedo de ser excomulgado.

Después de describirle a Ah Kin Palon Cab la quema del acto de fe, Couoh se marchó, no sin antes hacerse aconsejar sobre su destino.

Aquella misma tarde, una indígena conocida por todos como Itzamatul (Rocío que cae del cielo), vino a consultar al sabio sobre su embarazo. La mujer, de piel curtida y mirada dócil, tenía casi cuarenta años de edad. Estaba preocupada porque no sentía a la criatura moverse en su vientre.

—Tu niña nacerá en tres meses y vivirá una corta existencia. Debes estar tranquila, los dioses la agasajarán en su mundo. En cambio, tus dos hijos están predestinados a ser recordados entre los sabios —dijo Ah Kin Palon Cab.

—¿Mis hijos? —se extrañó la mujer.

—Tus dos hijos mayores, Chacte y Aaj Beh —aclaró el *Chilam Balam*— son los elegidos para poner a salvo las escrituras de Kan.

—¡El *Kan Vuh*! —exclamó Itzamatul, abriendo mucho los ojos.

—Tus hijos son fuertes, astutos, buenos guerreros, con liderazgo y limpios de corazón. Deben prepararse para viajar lejos de aquí mañana mismo.

—¿Mañana?

—Sí, mañana temprano. Los hombres blancos vendrán pronto, el *Kan Vuh* debe ser resguardado. Manda también al hijo de tu hermana.

—¿Nacom? Ese muchacho no es guerrero, su salud es frágil. No puede viajar.

—Lo sé, pero es persona de buena memoria, que retiene y sabe relatar. Dile que es importante que hable con él. Su destino es transmitir verbalmente nuestro legado.

—¿Adónde piensa mandar a Chacte y Aaj Beh?

—Mujer, no preguntes tanto. Ve por tus hijos para darles mi encomienda.

Al día siguiente, el caballo de Bartolomé de Bohórques cayó de bruces y lo hizo volar por los aires. Con un grito de guerra, dos enardecidos indios guerreros, los hijos de Itzamatul, saltaron sobre el alguacil. Uno de ellos alzó la lanza que perdió el español al caer, e iba a usarla para traspasarle el pecho, pero no logró completar el movimiento. Se escuchó el disparo de un mosquete, y el indio se desplomó mirando al cielo, aún sosteniendo la lanza. Simultáneamente, un charco de sangre se extendió con rapidez alrededor del alguacil. El otro indio, armado con arcos y flechas, y cargando en su espalda un bolso de piel de jaguar, se alejó corriendo entre la maleza. Bartolomé se levantó con rabia, y trató de alcanzarlo, pero no pudo: se había torcido el pie derecho al caer, y cada vez que lo apoyaba, un agudo dolor le recorría el cuerpo entero. Con la espada desenvainada se arrastró hacia Alazán; su fiel compañero de batallas, que yacía en el suelo, agonizando. Una de las rústicas armas de piedra de los indígenas le había cercenado una arteria en el cuello y ahora la sangre oscura del animal corría brillante sobre su pecho. La rabia le invadió una vez más. ¡La vida de su corcel valía más que la de mil indios!

A los primeros españoles, el inicio de la conquista del país les había resultado relativamente más fácil que erradicar las creencias diabólicas de sus habitantes originales. Bohórques se sentía orgulloso, porque entre él, fray Diego de Landa y don Diego Quijada, habían sometido a esos salvajes de un modo que ni los primeros conquistadores pudieron. Pero el costo había sido enorme. En aquella emboscada, los dos soldados que encabezaban el pelotón habían sido abatidos por las armas lanzadas por indígenas cobardemente protegidos por la vegetación. «Maldición», gruñó Bartolomé, enfurecido por la muerte de un par de hombres de sangre española. Y ahora, Alazán se iba también de este mundo.

Bartolomé sabía que había cometido un error y que estaba vivo de milagro. Tras la emboscada de los indígenas, tenía que haber organizado el contraataque con el resto de los soldados. Pero su impulso, luego de ver correr sangre española, había sido perseguirlos, sin pensar siquiera que le estaban tendiendo una trampa.

El silencio de la selva se vio interrumpido por el sonido unos pasos. Al voltearse, Bartolomé vio a cuatro soldados avanzando hacia él. Caminaban con los arcabuces listos para disparar y muy atentos a los movimientos en la maleza. Uno de ellos se acercó al indio muerto y lo pateó con rabia.

—¡Qué puntería tienes, José María!

—Me honra haber matado a ese bastardo —respondió el autor del disparo.

Bartolomé, con el orgullo hecho trizas, echó mano a su disciplina de guerrero, y ordenó a uno de los arcabuceros que pusiese fin al sufrimiento de Alazán. Con un certero disparo en la frente, el caballo fue sacrificado. Para vengarse por la muerte del animal, el alguacil ordenó a sus hombres que prendieran fuego a las chozas de paja cercanas y destrozaran todo a su paso.

Mientras tanto, Aaj Beh, el hijo sobreviviente de Itzamatul, se adentró en la selva en dirección de Otolum, portando en el bolso de piel de jaguar la caja que contenía el *Kan Vuh*. Cumplía así con la promesa hecha a su madre. Las palabras pronunciadas por la voz grave de Ah Kin Palon Cab aún resonaban en su mente: «El destino de los hombres del Sexto Sol depende de que la caja y el *Kan Vuh* estén a salvo».

20
Homestead, Florida

Eran alrededor de las doce de la noche cuando Albert regresó a la casa acompañado por Nic, quien planeaba dormir en el sofá de la sala, algo que ya había hecho en numerosas ocasiones. Entraron, evitando hacer ruido, y cargando en hombros la guitarra y el bajo. Depositaron los instrumentos al costado de la puerta, y cruzaron la sala en dirección a la cocina, donde flotaba un delicioso olor a carne guisada. Nana estaba distraída, cocinando mientras veía en la televisión imágenes en blanco y negro de un clásico de la comedia, Cantinflas.

—Nana, ¿qué haces preparando la comida a esta hora?

La mujer se sobresaltó con la voz. No los había escuchado entrar. Después de recobrar el aliento, respondió:

—No podía dormir.

—Hola, doña Nana —saludó Nic.

Al verlo parado en el umbral de la puerta, la anciana no pudo reprimir el habitual sentimiento de lástima que le provocaba aquel adolescente flaco y paliducho.

—Llegas a tiempo para probar mis famosos chiles rellenos. Necesitas poner algo de carne sobre esos huesos, mi'jito.

—Huele delicioso —afirmó Nic, inhalando profundamente.

—¿Tienes hambre?

—Doña Nana, usted me conoce, ¡siempre tengo hambre!

—¡Carnal, no te creo! —exclamó Albert.

—Déjalo —ordenó ella con jovialidad—. Ven que te sirvo, Nicolás.

No hubo que repetírselo dos veces: Nic se sentó a disfrutar de una deliciosa comida.

—Pues yo me voy a dormir —dijo Albert, agotado.

Después de cenar, Nic fue a la habitación de Albert en busca de una sábana y una almohada. Encontró la puerta entreabierta, golpeó suavemente y entró sin esperar respuesta. En el desordenado dormitorio, sentado en el borde de la cama, Albert tocaba su Fender Estratocaster Lone Star a un volumen apenas audible. Nic se derrumbó sobre el colchón, y aguantándose la panza comentó:

—¡Qué rico cocina doña Nana!

—¿Por qué no traes los cojines del sofá y duermes aquí, en el piso? —sugirió Albert.

—*Dude*, no puedo dormir con esa mala costumbre que tienes de dejar la lámpara encendida toda la noche —objetó el joven—. Peleas con lagartos, te enredas a puño limpio con Matusalén, pero te asusta la oscuridad. ¡No lo entiendo!

—No mames, que no hay nada que entender.

A Nic le dolía un poco esa actitud reservada y algo agresiva de Albert cuando se mencionaba su pánico a la oscuridad, o los sitios cerrados.

—A ver qué te parece lo que compuse en estos días —dijo Albert, tendiéndole una partitura.

El adolescente tomó el papel. Tenía por título *Rasberry Kiss*. Durante los diez minutos siguientes repasó minuciosamente la composición, y murmuró la melodía marcando el ritmo con ligeros cabeceos.

—¿Qué te parece? —volvió a preguntar Albert, impaciente.

—Las estrofas me gustan —dijo, por fin, Nic —pero a los coros les falta energía.

—Es una balada.

—Sí, lo sé. ¿Pero por qué no intentas acelerar el tempo del coro y cambiar al acorde E?

Albert aceptó probar los consejos, y tocó la canción con los cambios sugeridos. No tardó mucho en comprobar que su amigo estaba en lo cierto. Las modificaciones añadían elementos inesperados a la pieza, tornándola más dramática.

—*Cool!* ¿No te parece? —le preguntó Nic, contento de sí mismo.

—¡Güey, quedó chido!

—Todavía no lo puedo creer. Tenemos finalmente la banda montada.

—Sí, las chavitas parecen ser más buena onda de lo que pensamos —comentó Albert, preguntándose cuánto tiempo duraría el entusiasmo.

—Me gustó la idea de usar la serpiente de la caja en el…

—Esa caja me trae malos recuerdos —atajó Albert.

Nic captó la aprensión en la voz de su amigo.

—¿Qué malos recuerdos?

—Crucé la frontera cargando con la pinche caja.

El joven se sorprendió por el comentario. Albert nunca había mencionado nada al respecto.

—¿Cruzaste la frontera? —preguntó estupefacto.

—Sí, crucé el Río Grande a los cinco años.

—*Dude*, yo pensé que tú habías nacido aquí.

—No güey. Vine con mis padres.

—¿En serio? —dijo Nic, sorprendido. Deseaba escuchar los detalles de la llegada ilegal, pero tenía miedo de parecer muy fisgón. Hubo unos segundos de silencio y finalmente la curiosidad lo venció:

—¿Y cómo fue eso?

Albert retiró la guitarra de sus rodillas y se pasó la mano por la cabellera. Sintió por primera vez la necesidad de abandonarse a sus recuerdos y hablar del pasado, que se mantenía encerrado en lo más profundo de su memoria. A continuación, se sentó frente al escritorio, echó hacia atrás la cabeza para apoyarla en el espaldar de la silla y le contó:

—Si no fuera por Nana, que reclamó mi custodia temporal a las autoridades y luego me adoptó, ¿quién sabe lo que me hubiera ocu...

—¿Nana no es tu abuela? —interrumpió Nic, confundido. Las sorpresas seguían surgiendo.

Albert siempre había evitado conversar sobre las circunstancias que lo llevaron a vivir junto a Nana, a quien todos asumían como su abuela, y Nic nunca se había interesado en preguntar sobre el tema.

—No. Es mi tía abuela.

—¿Tu tía abuela?

—Nana es la hermana de mi abuela Teresa, es decir la tía de mi mamá – explicó, un tanto exasperado.

—¿Y por qué vives con tu tía abuela? ¿Dónde están tus padres?

Albert vaciló unos segundos antes de decir:

—Murieron en el cruce.

—¿Qué les pasó? —preguntó Nic, en un tono de voz neutro, para no proyectar lástima.

—Es una historia larga.

—*Dude*, cuéntame.

—Mis padres querían venir a trabajar con Nana en la

taquería.

—O sea que… ¿Nana vino mucho antes?

—Carnal, Nana cruzó la frontera en los sesenta.

—Ah… —se limitó a responder, confundido.

Albert reunió el valor necesario para ordenar sus pensamientos. Hizo caso omiso del malestar que sentía en la boca del estómago y decidió ponerse a prueba. Quería saber hasta qué punto el tiempo había adormecido su aflicción.

—Para que entiendas, tengo que explicarte primero acerca de Nana —dijo él, disponiéndose a narrar los sucesos tal y como los recordaba.

—Ok.

—El primo de Nana trabajaba transportando mercancía en camiones. Un día, escuchó decir que el camión que cargaban iba hasta San Diego. Para entonces, Nana tenía dieciocho años y se las arregló para subirse en el camión antes de que partiera. Era tan delgadita que logró esconderse tras unas cajas.

Nic arqueó las cejas sin decir nada. Le costaba trabajo imaginarse a doña Nana joven, delgada e impulsiva. Albert relató en pocas palabras cómo ella había actuado en contra de la voluntad de su familia, alentada por el deseo de ver mundo y mejorar la calidad de vida de su madre.

—El viaje como polizón fue largo y caluroso, pero transcurrió sin problemas. Tuvo suerte —opinó Albert—. Al llegar a su destino la encontraron agotada y deshidratada, acuclillada entre dos cajas. Su bienvenida a Estados Unidos fueron los insultos del chofer gringo, en español mal pronunciado. Paquita, quien trabajaba en aquella época limpiando oficinas, escuchó los chillidos en el hangar de los camiones y fue a ver de qué se trataba.

—¡Oh, así fue como se conocieron! ¿Y cómo acabaron ambas en Homestead? —preguntó Nic.

—Paquita se llevó a Nana a su casa, cuestión de ayudarla, y también para ponerse de buenas con su jefe. No tardaron en volverse amiguísimas —explicó Albert—. Un día, la «migra» vino al lugar de trabajo de Paquita y se llevó a todos los empleados indocumentados. Paquita se salvó porque andaba con Nana, limpiándole la casa a la esposa del jefe.

—¡Qué suerte! —exclamó Nic.

—Para esa época, Nana se enteró de que necesitaban trabajadores agrícolas en Homestead. Y el hecho de que la «migra» fuera menos hija de puta en Florida que en

California, acabó por decidir a ambas a venir para acá. Al llegar, consiguieron trabajo en los campos de tomate. Con el tiempo, Paquita se casó con Luis y Nana consiguió trabajó en la taquería como camarera, cuando el negocio era aún una cafetería cubana, y don Pepe su dueño.

Hubo un silencio.

−Bueno, ¿y qué más?

Albert prosiguió contando cómo Nana trató de reanudar la correspondencia con su familia en Chiapas, pero ellos nunca la perdonaron. Su madre ni siquiera aceptó los dólares que le enviaba. En cambio, su hermana Teresa escribía a menudo, manteniéndola al tanto de la familia.

−Todo cambió al nacer mi mamá, Gloria, la primera de los siete hijos que tuvo mi abuela.

−Yo también tengo muchos tíos en Santo Domingo −agregó Nic, por decir algo.

−Nana se dedicó a enviarle dinero a su hermana −continuó Albert−. Mi abuela Teresa aceptó contenta la contribución mensual, ya que contaba con poco para mantener a su madre, muy envejecida, y a sus hijos. Aunque trabajaba duro, lo que ganaba apenas le alcanzaba. Según escuché decir a Nana, esos años fueron extremadamente difíciles para mi abuela. Su última hija, Carmen, murió a los dos años de una pulmonía.

−¿Y tu abuelo?

−Parece que mi abuela estaba casada con un sujeto llamado Federico que resultó ser un inservible, borracho y mujeriego.

Albert volvió a respirar hondo y al cabo de un breve instante reanudó su relato. Contó cómo, de alguna forma, Teresa se las había arreglado para mantener en secreto que recibía dinero de su hermana. Todos los meses apartaba una pequeña suma que escondía en el huerto de la casa, donde su esposo nunca ponía los pies.

−¿Cómo sabes todo eso? −preguntó Nic.

−Abuela Teresa me lo contó en una carta que me escribió hace unos años.

Albert recordó, para sí, cómo ella le había hablado de su viudez, que sus hijos habían crecido saludables, y que los ahorros enterrados también habían crecido. Asimismo le relató que mencionaba a Nana con frecuencia, sin importarle las restricciones impuestas por su tío y primos. Describía con orgullo los logros de su hermana en Estados Unidos. «Nana gana bien en su trabajo. Nana compró casa. Nana tiene teléfono. Nana es dueña de una camioneta. Nana tiene tele. Nana mandó regalitos para todos». A lo cual la familia respondía con frialdad, «Esa señora no tiene hijos y abandonó sus raíces». Teresa se limitaba a escuchar sin opinar.

El joven omitió narrar a su amigo lo recordado, y prosiguió:

−Nana, con las ganas de progresar, y siempre trabajando, se quedó soltera. Pero, al cumplir los cuarenta, aceptó casarse con su jefe, don Pepe. La diferencia de edad entre ambos era muy grande. Don Pepe era casi veinte años mayor que ella, y las malas lenguas del pueblo se divirtieron criticando. Según Nana, a ella no le importó, porque tenía la conciencia limpia.

Hubo una pausa. Albert recordó que Paquita le había contado cómo don Pepe llevaba años de divorciado, y sus hijos adultos apenas lo visitaban. Mataba el tiempo trabajando y nunca cerraba la vieja cafetería, ni siquiera los domingos, por temor a encontrarse solo. El cubano de Cienfuegos decidió casarse con Nana, cuyo ímpetu, honestidad, inteligencia e iniciativa, había admirado por años. Día tras día, la mexicana trabajaba duro a su lado, siempre de buen humor, siempre atenta con él.

−Nana, sé que no soy un príncipe azul, pero te juro que te voy a tratar como a una reina. Cásate conmigo, mujer −le repetía don Pepe, siempre en tono jocoso.

−No diga tonterías, don Pepe −se contentaba en responder Nana, encogiendo los hombros.

En ocasiones, el cubano le recordaba:

−Chica, es que te conviene, ¡vaya! Vas a conseguir la ciudadanía americana, y así no tienes que estar escondiéndote de la «migra», y cuando me muera, heredarás la cafetería. ¿Qué más quieres? ¡…Ño, qué cosa tan grande! No sabía que las mexicanas fueran tan complicadas.

Hasta que un domingo Nana aceptó. Paquita admitió que no sabía qué la había hecho cambiar de opinión.

Don Pepe cumplió su promesa, y cuando se fue al otro mundo, ella heredó el negocio. De cualquier forma, a ninguno de sus hijos le interesaba aquella cafetería decrépita. No pasó mucho tiempo antes de que la cafetería cubana se transformara en una taquería. Y de nuevo Nana dio mucho de qué hablar a las chismosas del barrio. Pero la intuición no le falló; con la renovación logró triplicar las ventas.

−*Dude*… ¿y qué más?

−Le dejó el mismo nombre a la taquería en memoria de su marido −añadió Albert, saliendo de su recuerdos.

–¿Tú lo conociste?

–No, eso fue antes de que viniera a vivir con ella.

–Bueno, pero... ¿y qué fue lo que pasó con tus padres?

–Mamá veía a Nana como el héroe de la familia, y quería seguirle los pasos, ser como ella. Parece que ambas eran muy parecidas en el carácter.

–¿Y?

–Nana fue la razón por la que mamá quiso venir a Estados Unidos. Cuando cumplí los cinco años, se le metió en la cabeza que quería un mejor futuro para mí. En México no ganaba mucho. Ella bordaba y vendía su trabajo en el mercado. Ahí fue donde conoció a mi papá. Su nombre era Porfirio, pero los amigos le decían Piolín. Se enamoraron, y se casaron a los diecisiete. Luego nací yo.

Nic asintió lentamente, en silencio. Nunca había visto a su amigo tan ensimismado en un relato.

–Parece ser que mamá convenció a papá de que debían cruzar la frontera y venir a trabajar con su tía en la taquería. Nana estaba encantada con la idea –contó Albert–. Trató de conseguirles visas, pero se las negaron. Entonces abuela les platicó acerca del dinero que había juntado gracias a los envíos de Nana, y les entregó una buena cantidad, la cual fue suficiente para los pasajes de nosotros tres, en camión, hasta Ciudad Juárez, y para pagarle a uno de los mejores coyotes. No le contaron nada a Nana para que no se preocupara.

–¿Y también vinieron en camión? –preguntó Nic, incrédulo.

–¡No mames, güey! Camión de troca no... ¡En bus!

Albert calló por un momento; no podía dejar de pensar en cómo se debió haber sentido su abuela en aquella despedida.

–Yo no tenía más que cinco años cuando crucé la frontera, pero todavía está clarita en mi mente la imagen del coyote que papá contrató. Cuando pienso que ese desgraciado hijo de puta dejó a mis padres abandonados en el desierto, me entra una rabia... –dijo Albert. Las palabras brotaron de su boca con amargura.

Hubo un incómodo silencio. Nic, finalmente, comprendió la razón por la cual su amigo parecía estar siempre luchando por reprimir la cólera latente en él.

Para Albert, su infancia consistía en una serie de recuerdos borrosos, pero los eventos de aquella noche permanecían claros en su mente; dada su corta edad, había grabado las palabras y los sucesos como piezas de un rompecabezas sin sentido. Con el paso de tiempo fue que logró unir las piezas y desarrollar su propia interpretación de lo que había sucedido.

—Éramos parte de un grupo pequeño. Salimos de noche, muy tarde. Habíamos llegado a Ciudad Juárez el día antes, después de atravesar México, de sur a norte, en un autobús. Estábamos cansadísimos. De inmediato, mi padre se dio a la tarea de ponerse en contacto con el coyote. No fue fácil dar con Gregorio; al contrario de los otros polleros, que simplemente estacionan sus carros cerca de la frontera y esperan a que vayas a platicarles, Gregorio solo trabajaba con referencias. Los que lo llamaban lo hacían porque tenían su número de teléfono y alguien les había dicho que era un traficante profesional. Papá pagó caro por sus servicios pensando que era un poco más seguro que los demás. Decía que si iba a arriesgar a su familia, lo haría con un pollero de buena reputación. Pero las cosas no salieron bien —dijo Albert con voz entrecortada—. Al otro día salimos hacia El Porvenir, un pueblito que está como a cincuenta millas en dirección sureste. Casi llegando se nos reventó un neumático.

Con los ojos fijos en la pared, el muchacho rememoró la imagen del coyote apeándose del vehículo e insultando al chofer. «¡Maldita sea!», vociferó, alzando la mirada a un cielo desprovisto de luna y estrellas. «¡Eres un estúpido, ya te había advertido que las llantas no estaban en buenas condiciones!». Recordó a su padre comentando entre dientes a un hombre del grupo que el dibujo de tracción había desaparecido completamente de las llantas.

Albert hizo una pausa. Nic se mantuvo paciente y callado. Al cabo de unos segundos, con un nudo en la garganta, prosiguió el relato:

—Se nos hizo tarde y perdimos el momento ideal para cruzar la frontera. La oscuridad resultó ser un problema a la hora de cambiar el neumático, mas no se usaron linternas, por miedo a ser descubiertos. El cambio se hizo prácticamente a tientas; para colmo, como la llanta de repuesto estaba baja de aire, fue necesario avanzar muy lentamente. Yo iba sentado en las rodillas de mamá, compartiendo la cabina de la camioneta, entre Gregorio y el chofer. Papá iba en la parte de atrás, con otro señor. Después de pasar por el pueblo de El Porvenir, entramos a una carretera de terracería. Cuando llegamos al punto designado, no nos estaban esperando. El coyote empezó a gritarle al chofer, con rabia. Nadie parecía entender lo que estaba pasando. Lo cierto es que entre el cambio de la llanta y el lento transitar, nos retrasamos mucho. Entonces Gregorio gritó: «¡No perdamos más tiempo, vayamos al segundo punto de encuentro!».

Albert dejó de hablar, ensimismado en sus remembranzas.

—¿Qué fue lo que ocurrió? —preguntó Nic para sacarlo de sus cavilaciones.

—Llegamos a un rancho. Era un bar. El pollero bajó de la troca y papá saltó de la parte de atrás. Aprovechó para estirar un poco las piernas y se acercó a un tipo que se hallaba cerca de la entrada del bar, fumando. Ese pinche güey tenía pinta de maleante y estaba cubierto de tatuajes. «¿Me regalas uno, por favor?» le preguntó papá. El tipo le dio un cigarrillo sin pronunciar palabra alguna, y después entró al bar. Mamá se persignó y me dijo: «Debe ser un narcotraficante. Júrame que nunca te involucrarás en drogas. Quiero que seas el primero en la familia en cursar estudios en la universidad. Júrame por la Virgencita que lo harás».

Albert se pasó la mano por el cabello, volteó la mirada hacia Nic y continuó:

—Juré, en ese momento, sin entender bien de qué hablaba mamá. Luego entramos al bar buscando el baño. Adentro vi a Gregorio con un hombre bajito y relleno, ambos sentados a la barra. Estaba hablando y agitando los brazos. Al salir del baño los escuché decir: «¡Órale güey, dejémonos de discutir y vámonos ya!». Todos salimos del bar y el coyote ordenó que nos subiéramos a la otra camioneta. Papá y mamá trasladaron rápidamente nuestro equipaje. «¡Muévanse, nacos, ya estamos bastante retrasados!», les gritaba el coyote con cólera.

—¿Adónde fueron? —preguntó Nic.

—No sé. La camioneta avanzó a saltos durante un trayecto que me pareció interminable, no solo a mí, sino también a mi madre, quien se la pasó murmurando plegarias para mantener la calma mientras me sujetaba con fuerza. Nadie hablaba.

Recordó cómo se escuchaba silbar el aire del desierto recargado de polvo, al introducirse por las ventanillas entreabiertas de la camioneta. En la parte trasera, su padre y otros hombres se sostenían entre ellos, como podían. El chofer, concentrado en el escabroso camino, soltaba groserías cada vez que el vehículo rebotaba sobre la inexistente suspensión. Era obvio que conducía a mayor velocidad que la acostumbrada. Urgía aprovechar la oscuridad de la noche.

—Oí decir al coyote que disponían tan solo de unas cuantas horas antes de que el intenso calor se volviera a apoderar del desierto; ese es definitivamente, el peor enemigo de los que se aventuran a cruzarlo. Las plegarias de mamá se aceleraron. Finalmente, la camioneta se detuvo. Allí nos bajamos y nos pusimos en camino. Escuché a papá decirle a mamá: «Otras cinco millas». Mi padre cargaba una bolsa grande sobre su espalda, con algo de comida, una botella grande de agua, un poco de dinero y algo de ropa. En cambio, mamá llevaba, colgado al hombro, el saco que contenía la pinche caja de Papá Juan.

—¿Y por qué tu mamá cargó con eso? —indagó Nic, intrigado.

—Decía que era muy importante que yo nunca me separara de la caja.

Albert visualizó en su mente la larga y tortuosa caminata por el desierto. La única luz que tenían era la de unos relámpagos que anunciaban lluvia en la lejanía. La frescura de la noche dio paso a un amanecer cálido, de intenso color naranja. Su madre avanzaba penosamente tras su marido, sin quitarle los ojos de encima a él, que iba a ratos sentado sobre los hombros del padre. Al frente del grupo, Gregorio se movía con agilidad entre las piedras, acostumbrado a transitar por aquella región.

—Llevábamos varias horas caminando, y ya estábamos agotados, así que mamá se sentó sobre una roca para descansar. Dejó el saco con la caja junto a ella. Unos minutos después se levantó. Al inclinarse a coger su bolso, la escuché gritar. Una serpiente color arena le había mordido la mano. A pesar de las precauciones que habíamos tomado, caminando entre los peñascos, nadie se dio cuenta de que el animal estaba escondido tras una roca. Mi padre le aplastó la cabeza con el primer pedrusco que encontró, pero era demasiado tarde.

La mirada de espanto de su madre había quedado grabada para siempre en las pesadillas de Albert. Por años, revivió la escena cada noche, sintiéndose impotente y miserable frente a lo acontecido.

—Después de eso —continuó, con voz entrecortada—, la pobre no tuvo fuerzas para seguir. Se le enrojeció la piel alrededor de la mordedura y se le inflamó. Empezó a quejarse de no poder ver bien, le dieron mareos y se le dificultó la respiración. Simplemente, no lograba caminar. El coyote se desesperó, porque estábamos atrasando al grupo —el adolescente suspiró—. Recuerdo haber escuchado que el socio gringo de Gregorio era quien nos iba a recoger al otro lado de la frontera, a las siete de la mañana. Era obvio que los planes no se darían como habían anticipado. Mientras más tarde llegáramos al punto de encuentro, más riesgoso sería para el gringo.

Nic, aprovechando una pausa en la narración, preguntó:

—¿Y qué ocurrió?

—Al principio, los otros hombres del grupo trataron de ayudarnos cargando a mamá, pero eran pocos y estaban agotados. El calor comenzó a intensificarse, y Gregorio se impacientó. Entonces tomó la decisión de dejarla atrás. Papá se negó rotundamente a abandonarla —muy pálido, Albert narraba la historia con la mirada perdida frente a él—. Papá me confió a otro hombre que iba en el grupo, y me puso en el bolsillo del pantalón la dirección de Nana y algo de dinero, asegurándome que me alcanzaría en cuanto mamá se sintiese mejor, y yo le creí. Me despedí de ellos sin llorar; quería demostrarles que era fuerte y que sabría cuidarme hasta que me alcanzaran.

Nic se sentía confuso: tantos años junto a su amigo, y no tenía la menor idea de las terribles circunstancias por las que había pasado.

—Entonces, mamá se desprendió el bolso del hombro, y tras decirme lo orgullosa que estaba de mí, me lo entregó, excusándose por estar muy débil para cargarlo.

Las últimas palabras de sus padres le vinieron a la mente: «Pase lo que pase, no olvides lo que me juraste», le dijo ella; luego, su padre pronunció una frase que le había escuchado muchas veces: «Vienes de un linaje de mucha valía, que nunca se da por vencido». Albert sintió encogerse su corazón al recordar cómo lo abrazaron y besaron, y cómo creyó haber entrevisto unas lágrimas en los ojos de su madre, pero no había tenido tiempo de verificarlo, pues ella volteó el rostro enseguida.

—Me marché con el grupo de desconocidos. No pude evitar mirar varias veces hacia atrás al alejarme, jalado del brazo por Gregorio. Vi a papá pasarle la mano por el pelo a mamá, reconfortándola —su voz se quebró y sus ojos se cerraron—; no sé ni cuánto tiempo pasó hasta que llegamos al borde del río, bajo un espantoso sol.

Nic no lograba entender cómo por tantos años su amigo había podido conservar tan dolorosos recuerdos en secreto.

—El coyote tenía una cuerda larga y gruesa escondida bajo unas rocas —siguió explicando Albert—. La amarró a una piedra y nos ordenó que cruzáramos el torrente sosteniéndonos de ella con todas nuestras fuerzas. Yo no sabía nadar y tenía miedo a que me fueran a abandonar allí.

—¿Cómo hiciste?

—Carnal, el coyote me subió sobre sus hombros y fuimos los primeros en atravesar. La corriente era fuerte, y el nivel del agua le llegaba al pecho a Gregorio. Me agarré de aquel hombre con todas mis fuerzas. Yo estaba tan asustado que ni me fijé en la troca que nos estaba esperando.

—¿Una camioneta?

—Sí, güey, una *pick-up* muy grande, con gomas anchas.

—¿De quién era, del gringo?

—Gregorio nos explicó que su socio nos iba a llevar en la camioneta a un sitio que se hallaba a unas cuantas millas, para que no nos pillara la «migra». Estábamos empapados, y al llegar a la camioneta, el pinche gringo dijo que nos subiéramos y nos acostáramos en la parte de atrás. Todos se montaron y se taparon con una lona, menos yo, que, desesperado, buscaba en el horizonte alguna señal de mis padres.

—*Get on*, me gritó aquel cabrón antes de darme un coscorrón y arrojarme sobre los demás, como si fuera un saco —rememoró, tenso, el adolescente, con las mejillas encendidas.

Nic observó cómo la respiración de Albert se aceleraba, y unas gotas de sudor aparecían sobre su frente.

—Nos movimos por un rato y llegamos a un sitio donde había muchos tractocamiones. Ahí Gregorio nos dijo que subiéramos a un contenedor. Ya había otras personas dentro y se vio que estaban sudando cuando abrieron la puerta. Escuché que los que habían pagado unos quinientos dólares más, iban a ser llevados a una ciudad grande. Yo creo que era Houston, porque decían que tardaríamos como once horas en llegar. Salí corriendo, traté de escaparme para buscar a mis padres, pero de nada me sirvió. El gringo me agarró por el pelo y me dio otro zape antes de arrojarme dentro del contenedor. Nos encerraron. El camión echó a andar. Sentado en la oscuridad, lo único que me venía a la mente eran mis padres. ¿Cómo me iban a encontrar? Al cabo de unos veinte minutos nos detuvimos. Entonces pudimos oír unos gritos que venían de afuera. Todos nos mantuvimos callados, asustados de que fuera la «migra». De repente, escuchamos unos disparos. Nadie entendía lo que pasaba.

—¿Disparos?

Albert ignoró la pregunta.

—Días más tarde, cuando llegó la Policía, me enteré de que estábamos en una carretera de tierra, no muy lejos de Socorro, un pueblito cerca de El Paso. Para entonces, el olor era insoportable. Dos hombres de los que estaban encerrados habían muerto por deshidratación. La peste de los cuerpos en descomposición, el intenso calor mezclado con el olor de nuestros excrementos, y la falta de oxígeno, nos comprimían los pulmones. Las paredes de metal del contenedor te quemaban la mano cuando las tocabas, la temperatura en el interior era insoportable. Tomábamos turnos para ayudarnos a respirar por un hueco que había en la parte superior. Así pasaron tres días y dos noches, hasta que alguien, aparentemente, escuchó los gritos de la mujer que iba en el grupo, y que gritaba cada vez que le tocaba respirar por el huequito.

—*Dude*, ¡no puede ser! —exclamó Nic, sacudiendo los hombros en un intento de hacer desaparecer el escalofrío que le recorría la espalda.

—Cuando abrieron la puerta, todo transcurrió como en una película en cámara lenta. Al principio, no veía nada. Luego, en lo alto, vi la Luna llena y el cielo estrellado. ¡Me pareció tan hermoso! Luego, traté de caminar hacia los policías, y me desmayé.

No se le hizo difícil a Nic entender por qué Albert odiaba la oscuridad y no soportaba el encierro. Asumió que su interés por la astronomía también podría venir de aquella noche espantosa.

—¿Y qué pasó con el gringo? —le preguntó.

Los ojos negros del muchacho se volvieron a enfocar en los de él y, con rabia contenida, explicó:

—Probablemente ese hijo de puta estaba involucrado en algún lío, un asunto de drogas, le debía dinero a alguien, o algo así. La cuestión es que lo encontraron no muy lejos de allí, con dos balazos en la cabeza.

Hubo un silencio. Albert necesitaba controlar su rencor, a fin de acabar su relato.

—*Dude*, ¡todo este tiempo y… —empezó a decir Nic, pasmado.

—Me desperté en el hospital. Junto a mi cama, sobre una mesita, estaba la caja. Mientras me recuperaba pensé mucho en mis padres. Creí que iban a venir a buscarme, pero no vinieron. Después llegó una señora con el rostro descompuesto. Al ver la caja, me abrazó con mucha fuerza y se echó a llorar. Era Nana.

Me contó que las autoridades habían encontrado en mi bolsillo un papelito con su dirección, y la habían llamado. Cuando me sentí mejor, me confesó que habían descubierto el cuerpo de mamá semienterrado en el desierto, y que papá había muerto ahogado tratando de cruzar solo el río –Albert tragó saliva y, con la voz entrecortada, agregó–: Para rematar, la Policía no hizo nada. Nunca capturaron al coyote, ni al que asesinó, al gringo hijo de puta que, de paso, tenía un expediente criminal más largo que mi brazo. No investigaron, no hicieron nada. Se contentaron con repatriar a toda esa pobre gente. Yo me quedé en una institución a cargo de una trabajadora social, hasta que Nana obtuvo mi custodia.

–¿De quién heredaste lo de músico? –inquirió Nic, tratando de sacar a su amigo de sus dolorosas memorias.

La pregunta tomó a Albert por sorpresa y lo devolvió al presente.

–De mi padre, supongo –contestó, con voz triste–. Dicen que le gustaba tocar rancheras y baladas. Yo no recuerdo nada de eso.

–*Dude*, me pregunto lo que pensaría tu viejo si pudiera oírte tocando *rock*.

–No te rías, güey, pero una vez Nana me aseguró que, según contaba mamá, con una buena guitarra eléctrica como la mía, papá hubiera sido mejor que Carlos Santana.

El recuerdo del comentario lo hizo sonreír y se sintió más tranquilo. Hubo una corta pausa.

–¿Y qué fue de la caja?

–Nana la guardó como una reliquia.

–¿Qué tenía adentro?

–No lo sé, ni me importa.

Luego, Albert se quedó mirando el techo con aire pensativo. Recordó como, por años, soñó con su madre. Eran siempre las mismas imágenes, al principio, estaba jugaba feliz con ella, y de pronto, la atacaba una serpiente inmensa. La boca del reptil se abría grande, había mucha sangre y su madre gritaba «¡Haz algo!». Albert se despertaba sobresaltado, cubierto de sudor y nada a su alrededor le parecía real. Con los años, la pesadilla se había hecho menos frecuente, hasta que cesó del todo.

–Estás a punto de lograr lo que le prometiste a tu madre –comentó Nic, tratando de subirle el estado de ánimo.

–¡Ser el primero en la familia en estudiar en la universidad!

21
Homestead, Florida

Camila y Albert se encaminaron al aula. Con solo cinco minutos para llegar a tiempo, avanzaban con zancadas largas y firmes, concentrados en esquivar a los cientos de estudiantes que circulaban apurados y distraídos en todas direcciones. Los anchos corredores se transformaban en ríos de adolescentes, de donde brotaban torrentes de conversaciones. Para asegurar la marcha, Albert tomó la mano de Camila y se abrió paso entre la marejada de gente. Ella se dejó guiar sin decir una palabra. Ambos disfrutaron del simple hecho de estar tomados de la mano, sin importarles que las miradas se desviaran hacia ellos. A pocos pasos de la puerta del aula, Albert la soltó, con pesar. Quedaban apenas segundos para que cerrasen la puerta y empezara la clase. Sus ojos se encontraron con los de Camila y ella murmuró:

–Te preocupas demasiado.

El joven esbozó una sonrisa indecisa, y luego su rostro se volvió a tornar serio. Camila se apresuró a tomar asiento mientras él, con su mochila en la espalda, permaneció parado y descompuesto. «Odio estas presentaciones», gruñó para sí, teniendo la impresión de que Camila, al hablar, le daba un doble significado a sus palabras.

–¿Piensa pasarse la clase de pie? –le preguntó Robinson con su voz resonante. Y, sin esperar respuesta, procedió a escribir en la pizarra los títulos de las ponencias pautadas para la clase.

Albert dejó caer la mochila al suelo de forma irrespetuosa y se sentó en silencio. Volvió a sentir los ojos de los otros estudiantes sobre él. Indiscutiblemente, prefería pasar inadvertido. Con gesto impasible, sacó el libro de Historia y el cuaderno con las notas para la presentación. Los colocó sobre el pupitre, fingiendo indiferencia ante las explicaciones del maestro cuando anunciaba el orden de las intervenciones.

La suya con Camila resultó ser la última de las tres. Sabía que la espera le resultaría interminable. Hubiera preferido salir de eso lo más rápido posible.

Conocía el asunto de memoria, pero odiaba tener que hablar frente a sus compañeros de clase. Pocos sabían de su relación personal con el tema, y aun así se sentía en una posición vulnerable. Dos de los amigos de Matusalén y miembros de Nigsta-090, estaban sentados en la parte de atrás del aula. Albert no quería problemas con ellos. Sabía que sería fácil que se pasaran de la raya. Al mostrar las fotografías de los indígenas, se los podía imaginar diciendo desdeñosos: «¿Cuál de esas es tu mamacíta?». Cualquier comentario despectivo lo sacaría del paso y podría dar lugar a una respuesta sin tacto y a otra pelea, a la salida de la clase.

Pensativo, el adolescente miró a Camila. Le pareció percibir una mirada fugaz de la joven, como si estuviera rehuyendo la suya. Para organizar sus ideas, ahora más confusas que nunca, bajó la cabeza y se enfocó en las notas. No sabía qué pensar. Le resultaba difícil discernir si la forma en que ella lo miraba era simplemente fruto de su imaginación. Consideró que tal vez estaba interpretando los hechos fuera de contexto. Por último, llegó a la conclusión de que el interés de ella se debía, simplemente, a su participación en la banda.

Le desconcertaba admitir que ella monopolizaba su mente. Se sentía ridículo. No podía permitirle tener ese grado de influencia sobre él. Para desahogarse, empezó a escribir palabras sueltas, de forma distraída, en su cuaderno. El maestro llamó a los estudiantes responsables de la primera presentación. Albert no prestó atención: el Imperio Romano lo tenía sin cuidado. «¿Cuántas veces debo escuchar lo mismo?», se dijo, a modo de excusa. Prefirió invertir su tiempo en componer una canción. Las notas y letras fluían con soltura en su cabeza. La mano izquierda, crispada en un puño, descansaba tensa sobre el muslo, mientras que con las yemas de los dedos de la mano derecha daba golpecitos ligeros y discretos sobre el pupitre contando las notas. Escribió tres versos describiendo aquella turbadora sensación de sentirse embrujado. Estaba componiendo el coro, cuando escuchó al maestro pronunciar su nombre. Un escalofrío le recorrió la espalda. «Acabemos con esto de una vez por todas», pensó, levantándose rápido de la silla. Camila lo miró con curiosidad; aquel toque de frustración en los ojos de Albert le era desconocido.

Fue un alivio ver cómo la joven acaparaba la mayor parte de la presentación. En la introducción, ella explicó con entusiasmo cuán amplio había sido el imperio maya en su mejor época, y nombró brevemente algunas de las ciudades famosas por su incomparable arquitectura. La clase escuchaba en silencio, pero sin gran interés. Luego, Albert disertó unos minutos sobre el comercio, las rutas de intercambios, y de cómo esta civilización había desarrollado un lenguaje complejo, evidente en los jeroglíficos. Sin dar detalles, por falta de tiempo, expuso que la mayoría de los documentos de la época habían sido destruidos.

La presentación duró unos quince minutos, sin sucesos dignos de mención. A manera de conclusión, Camila indicó que los antiguos mayas fueron astrónomos excepcionales y que habían desarrollado un calendario asombroso por su precisión.

—El calendario acabó el 21 de diciembre de 2012 y, contrariamente a lo que sugirieron algunas películas, no resultó en un apocalipsis mundial —cerró Camila.

Fue con esta última frase que sobrevino un aguacero de preguntas. Los estudiantes habían escuchado mencionar el tema en los medios de comunicación.

—Tanta conmoción y no ocurrió nada —dijo un estudiante de forma burlona.

—Con eso de que el final del mundo venía, mi hermano mayor no estudió, se la paso de fiesta en fiesta y no se graduó —comentó Andrew, el jugador de fútbol más valioso de la escuela.

Una inmensa carcajada explotó en la clase.

—¿Qué decía exactamente la profecía? —preguntó otra estudiante, sentada en la primera fila.

—En mi casa aún quedan latas de comida que mi madre compró, por si acaso —comentó una estudiante.

—¡Ah! O sea, que tu vieja creyó que apocalipsis era el nombre de un huracán —se mofó uno de los pandilleros.

—¡Huracán era el nombre del dios del viento! —expuso Camila.

La clase se convirtió en un gallinero de risas y comentarios ridículos. Robinson tuvo que intervenir con voz atronadora:

—¡La presentación no ha terminado!

El vozarrón del profesor tuvo el efecto deseado, y un repentino silencio se adueñó del aula.

—Para concluir, ¿nos podrían resumir qué causó la caída del imperio? —preguntó el maestro a Camila y Albert.

—La caída del imperio maya es uno de los grandes misterios del mundo antiguo —respondió ella—. Hay muchas hipótesis. La gran mayoría de los expertos consideran que pudo haberse debido a una sobreexplotación del medio ambiente y que un cambio climático redujo sus fuentes de alimentación. La población se vio forzada entonces a abandonar las ciudades para buscar alimentos en la selva.

—Muy buena presenta... —comenzó a decir el maestro, cuando fue interrumpido por la joven alumna.

—¿Me permite aclarar lo del final del calendario?

Robinson examinó su reloj y aceptó:

—Tienes dos minutos.

Camila se plantó frente a la clase, y con mucha seriedad, expuso:

—El 21 de diciembre de 2012 fue cuando por primera vez, en veintiséis mil años, el Sol se alineó con el centro de la intersección de la Vía Láctea y el plano de la elíptica. Para los mayas, esta cruz cósmica era la materialización del Árbol Sagrado, también conocido como Árbol de la Vida.

—¿Para qué tantas ceremonias? —preguntó una alumna.

—Algunos sacerdotes mayas creen que este alineamiento abrió el hoyo negro super masivo que se encuentra en el corazón de nuestra galaxia y formó un canal para que cierto tipo de energía cósmica fluyera hacia la Tierra. Parece ser que determinado tipo de personas pueden alcanzar niveles de conocimiento, gracias a ella.

—¿Energía cósmica? —se escuchó decir entre murmureos y risitas de los estudiantes.

—No entiendo. ¿No era que iba a cambiar la polaridad magnética de la Tierra? —lanzó otro alumno.

—Sí, mi hermano pensó que los pingüinos se iban a mudar para acá —dijo Andrew, burlón.

Hubo un estallido de carcajadas. De nuevo, el profesor tuvo que poner orden en la clase y luego, con voz severa, aclaró:

—Se ha comprobado que el cambio en la polaridad magnética de la Tierra es un hecho que ha ocurrido en el pasado, pero toma cientos de años para que se repita.

—Entonces, en el futuro los pingüinos se mudan a Florida —bromeó Andrew.

Hubo más risas. Camila no pareció tomar los comentarios de manera personal y conservó la compostura. Se disponía a intervenir con otra explicación, cuando el timbre sonó. Albert suspiró aliviado. De inmediato, los estudiantes, aún riéndose, se levantaron para salir. Con los escasos cinco minutos entre clase y clase, no había tiempo que perder.

Robinson se acercó a ambos jóvenes y le entregó a Camila las cinco páginas de la disertación, ya corregidas. Por encima del hombro de la chica, Albert divisó, en tinta roja, las anotaciones realizadas, seguidas por una excelente calificación. Vio la letra «A» y lo único que le vino a la mente fue lo delicioso que olía el cabello de su compañera.

A continuación, ella, orgullosa, lo abrazó, rodeándole el cuello con sus brazos, y lo miró fijamente, empleando todo el poder de sus chispeantes ojos dorados. Albert apenas tuvo tiempo de recuperar el aliento, cuando Camila lo soltó y con expresión radiante, le dijo:

—Necesito hablar contigo, es importante.

—¿Qué es im...

—Te lo cuento con calma en el ensayo.

Albert, intrigado, asintió con un breve movimiento de cabeza y el rostro grave. Luego, se quedó inmóvil, observándola alejarse. De la nada apareció una sutil luz azul que envolvió la silueta de la chica. Albert se estrujó los ojos con la yema de los dedos y volvió a mirarla, pero ya había desaparecido.

—¿Por cuánto tiempo piensa quedarse pasmado ahí? —preguntó Robinson, con sarcasmo. Le desagradaba el estudiante por el poco interés que generalmente mostraba en su asignatura.

Albert giró sobre sus talones, listo para encararlo, pero el maestro ya estaba frente al pizarrón, escribiendo las instrucciones de trabajo para la próxima clase. La siguiente tanda de estudiantes empezó a entrar. El adolescente ocultó su mortificación y salió disparado, sumándose al grupo que se apresuraba a cambiar de aula.

22
Homestead, Florida

En la taquería, Albert luchaba por apartar a Camila de sus pensamientos y concentrarse en atender de manera adecuada a los clientes. Pese a su esfuerzo, no pudo evitar darle vistazos al reloj suspendido en la pared de la cocina, cada vez que iba a buscar una orden. Cuando Insignia tenía programado un ensayo, la espera se le hacía larga. Las manecillas del reloj avanzaban lentamente, recordándole el primer día en que había quedado en reunirse con Camila, allí mismo. No pudo evitar ponerse más y más impaciente conforme pasaba el tiempo. En el comedor, un niño irrumpió en llanto, irritándolo aún más. Entró unos minutos a la cocina para tomarse un refresco y tratar de relajarse. Sus nervios a flor de piel no le permitían quedarse quieto en un solo lugar. Cuando volvió a salir, Paquita y Nana intercambiaron una mirada de preocupación:

–Parece preocupado.

Pese a que la anciana estaba ocupada en la preparación de unos filetes de cerdo, estilo Poc Chuc, sazonados con mucho achiote y cilantro, había notado la impaciencia de Albert.

–Creo que mi muchachito está enamorado.

Paquita no había pensado en esa posibilidad, pero le pareció razonable:

–Si es eso, no hay mucho que se pueda hacer –concluyó, juzgándose libre de contin   uar con su labor sin preocuparse demasiado.

Albert regresó a la cocina en busca de tortillas. Al entrar, casi tropezó con Nana que, sobre la punta de los pies, intentaba encender un pequeño televisor colocado sobre una tablilla muy alta para su pequeña estatura.

–No sé dónde dejé el control remoto –gruñó la anciana.

De un solo gesto, el joven prendió el aparato.

–Sobre la repisa –le indicó Paquita.

–Ya son las seis y media, me estoy perdiendo las noticias.

El noticiero nacional de la cadena Univisión había comenzado.

–Necesito la orden de la mesa cuatro –pidió Albert.

–¡Shhhh!, que no puedo escuchar –la acalló Nana, tomando el control remoto del televisor para alzar el volumen, sin prestar atención al ir y venir del restaurante.

El presentador de noticias abría el segundo segmento del programa diciendo: «…Y en Guatemala, en respuesta a la muerte de un líder indígena, miles de estudiantes, campesinos y ecologistas se han lanzado a las calles para protestar contra la manera en que la situación ha sido manejada por las autoridades militares, así como también contra el uso indiscriminado de la explotación petrolera por parte de entidades extranjeras. Nuestro corresponsal nos amplía, desde la capital guatemalteca».

En la pantalla apareció un periodista, micrófono en mano. Detrás de él, una muchedumbre protestaba frente a un edificio administrativo de la ciudad.

–De acuerdo con las cifras oficiales, más de treinta y siete mil indígenas, de todas partes del país, han llegado a la capital para participar en la manifestación organizada por los estudiantes de la Universidad de San Carlos de Guatemala. La protesta ha paralizado la ciudad, que se ha convertido en escenario de graves enfrentamientos entre los manifestantes y las fuerzas de seguridad. Hace una hora, la marcha se concentró aquí –el reportero señaló el edificio administrativo–. Encabezando la protesta se encuentra doña Marcelina Díaz Ch'ok, madre del líder activista Juan Danilo Lux Díaz, asesinado en Petén hace apenas unos días. Y junto a ella marcha el conocido abogado defensor de los dirigentes indígenas, el licenciado Mario Calvache Quiñónez.

El reportaje cortó a imágenes pregrabadas de Marcelina, que caminaba al frente de los manifestantes vestida con un huipil rojo adornado con flores. Tras ella iban sus dos hijas, portando una enorme foto de Juan Danilo. Gritaban: «¡Queremos justicia!». A continuación, mostraron una entrevista exclusiva concedida por la señora.

–¿Qué buscan con la protesta? –preguntó el reportero.

–Las compañías como El Dorado Internacional saquean nuestras tierras para extraer nuestro petróleo. **Se** llevan las riquezas del país y nos dejan en total pobreza.

—Doña Marcelina, ¿cómo está relacionado eso con la muerte de su hijo?

—Juan Danilo quiso poner al descubierto la corrupción y fue asesinado sin escrúpulos por las autoridades. Exigimos justicia —concluyó Marcelina.

—Queremos que la Procuraduría de los Derechos Humanos realice una investigación sobre las condiciones laborales y sanitarias de la empresa petrolera donde mataron a su hijo —dijo el abogado que se hallaba junto a la madre de Juan Danilo—. Además, pedimos que les retiren los permisos de explotación. Aquí se han violado normas constitucionales y vamos a ir al Tribunal de lo Contencioso y Administrativo a pedir un recurso de amparo para que el juez revise la licencia ambiental —afirmó el licenciado Calvache Quiñónez.

Tras la breve entrevista, la transmisión regresó de nuevo a imágenes en vivo de la manifestación, y el reportero prosiguió con sus comentarios en directo.

—Como pueden ver, la señora Marcelina Díaz Ch'ok está firme en la lucha para que la muerte de su hijo no sea en vano. Por otro lado, en una rueda de prensa emitida ayer en Nueva York, la compañía matriz de Las Tres Cruces, El Dorado Internacional, se desligó de cualquier responsabilidad. Y temprano esta mañana, portavoces de las autoridades militares alegaron no ser responsables de los asesinatos en Petén.

Nana se mantenía atenta al televisor, sin decir una palabra. El video cortó a declaraciones del general Batista a los medios de comunicación.

—En estos momentos se está investigando el caso. Creemos que hubo delincuentes que utilizaron vehículos e uniformes militares robados y perpetraron el crimen con el fin de inculpar al Ejército, para con ello lograr que nuestros efectivos abandonen el área.

A continuación, el reportero añadió:

—Ante tales circunstancias, representantes de la Asociación Defensora de los Derechos Indígenas, conocida como Ajchmol, expresaron su preocupación acerca de que las investigaciones por parte de la Procuraduría General de Justicia del Ejército no sean exhaustivas e independientes, y que el asesinato pueda quedar impune. Este incidente ha generado un descontento generalizado entre las poblaciones indígenas y se teme que pueda resultar en enfrentamientos violentos con las autoridades –concluyó el corresponsal.

–¿Se creen que somos idiotas? –exclamó de repente Nana, enojada. Entre insultos dirigidos a los gobernantes de Guatemala y comentarios lanzados al aire, regresó a sus quehaceres.

En ese instante Albert entró a la cocina en busca de dos vasos de agua de piña. Al oírla rezongar, se acercó a ella, preocupado. Nunca la había escuchado expresarse de tal manera.

–¿Estás bien?

–¿Alberto, viste las noticias? –preguntó la anciana, agitada–. ¿Qué piensas hacer al respecto?

–¿Al respecto de qué?

–¿Cuándo vas a empezar a comportarte como el Gran Jaguar que eres? –reclamó, molesta.

Albert no supo qué contestar. Por una parte, no entendía de qué le estaba hablando, y por la otra, resentía su tono agresivo. No la reconocía. Ella nunca antes le había alzado la voz, ni siquiera de niño, cuando había protagonizado mil y una diabluras. Paquita, que no le había quitado los ojos de encima a su amiga en toda la tarde, atenta a sus lapsos de memoria e irritabilidad, le hizo señas de que no le prestara atención.

–Voy a la bodeguita –declaró Nana, aún enojada.

Lleno de consternación, el joven se acercó a Paquita.

–No entiendo. Por momentos parece estar bien, y de repente, sin previo aviso, dice esas cosas que no tienen sentido. Y, además, se enoja.

Paquita miró al muchacho con ojos llenos de conmiseración. La consulta con el médico no había llegado a una conclusión definitiva sobre el diagnóstico de Nana. Según le había explicado, síntomas como la pérdida de memoria, la desorientación y los arranques de ira, son característicos del mal de Alzheimer. Recomendó llevarla a un neurólogo.

–Pedí cita con un médico especialista para la semana que viene. Nana ya me dijo que no quiere ir –le informó Paquita al adolescente. Le tomaba mucho esfuerzo guardar la compostura frente a él, porque no quería transmitirle el pánico que sentía–. Háblale a tu abuela. Trata de convencerla de que coopere. Puede ser que te escuche a ti más que a mí.

En la frente de Albert se formó un pliegue de inquietud.

–Tus clientes te están esperando –le recordó Luis, entrando a la cocina.

El joven suspiró, haciendo un esfuerzo para recuperar su

habitual estado de calma. Entendía que debía ser paciente y pragmático.

—No te preocupes por Nana, pase lo que pase, nos ocuparemos de ella —le aseguró Paquita, dándole una palmada en el hombro.

Albert se alegró al ver llegar a Nic, hambriento, como de costumbre. Siguiendo la rutina, luego de un breve intercambio de palabras, el flaco adolescente se dirigió a la cocina y retornó premiado con tres de sus tacos favoritos. Sin esperar a sentarse a una mesa, dio el primer mordisco a uno de los tacos humeantes y comentó, con la boca llena:

—*Dude*, Camila dice que tiene algo importante que contarnos.

—Güey, espero que sean buenas noticias —atajó Albert antes de irse a atender a unos clientes que le hacían señas desde una mesa.

Nic se sentó y masticó de prisa. Entre bocado y bocado, sacó unos papeles de su mochila andrajosa y se dedicó a hacer apuntes. Parecía cantar, pero su voz apenas sobrepasaba un susurro.

Eileen y Laura arribaron puntuales, seguidas por Ferni, quien sorprendió a todos al aparecerse con cuatro amigos.

—Nos quieren escuchar —explicó, encogiéndose de hombros.

Nic y Laura se metieron en el depósito para sacar la alfombra y montar la batería en la terraza. Todos se alistaron para ensayar. Albert consultó el reloj de su celular. Camila no llegaba. Pese a hallarse impaciente por verla, se mostró impasible frente a sus compañeros.

—Ensayemos, hay que aprovechar el tiempo.

La banda tocó con bastante fluidez. Los amigos de Ferni sacudían las cabezas y se retorcían sobre sus sillas, disfrutando del sonido. Gracias al vértigo de la música, Albert pudo dejar de pensar en Camila por unos instantes. Se sumergió en las notas, que fluían a la perfección. Eileen y Ferni interpretaron los temas con un ímpetu arrasador. Las preocupaciones de Albert se disiparon con el ritmo del *rock*. Le provocó dar brincos, mover la guitarra de arriba y abajo y arrodillarse para interpretar sus solos con los ojos cerrados. Respiraba intensamente el aire cálido, pesado y pegajoso de Homestead, y en la séptima canción notó cómo el sudor le chorreaba por la espalda, mojando la camiseta. No fue hasta acabar de tocar que se fijó en que Camila estaba parada a un costado de la terraza, ensimismada, filmando el ensayo. No muy lejos de ella estaba

Nana sonriendo. La energía del grupo era tan contagiosa que al finalizar el ensayo ambas aplaudieron con exaltación.

Ferni alzó la mano para palmear la de Nic. Su entusiasmo hizo reír a Eileen y a Laura. Nana distinguió un resplandor inusual en los ojos de Albert al mirar a Camila. Reconoció la perseverancia que lo caracterizaba y se le humedecieron los ojos de orgullo.

—Estuvieron geniales —dijo radiante la joven mánager, mientras guardaba la cámara en su bolso.

Nana se sintió con ánimo de celebrar y se dirigió a la cocina en busca de nachos para todos.

—¿De qué querías platicar? —le preguntó Albert.

—Les tengo una buena noticia —declaró ella con una sonrisa gloriosa.

—*What is it*? —preguntó Ferni.

—¿Conocen Indiantown, en Florida?

Con un ligero movimiento de cabeza, todos negaron haber estado allí.

—Hemos sido invitados a participar en el festival que celebran anualmente, a finales de octubre —anunció Camila con entusiasmo.

—*Really*?; no te creo, *dude*.

—¿Mande? —dijo Albert.

—Sí, es un festival para bendecir y vender las cosechas recolectadas.

—¿Cómo es eso? —preguntó Eileen, algo confundida.

—Al enterarme por Internet que la temática de este festival era en honor a la comunidad quiché de Indiantown, pensé que podía ser una buena experiencia. Me puse en contacto con los productores del festival. Alegué que teníamos vínculos cercanos con la comunidad maya y les mandé un MP3 con uno de nuestros ensayos —contó Camila.

—*And*? —preguntó Ferni con avidez.

—La señora Bencie, la productora general, escuchó la música. Luego fue a nuestra página Web y me dijo que le encantó.

—*How much* vamos a ganar?

—Nada. Es promoción para la banda. Nos pagan nuestros gastos de viaje y el hotel. Además, es una excelente oportunidad, pues su compañía Wow Promotional Events está encargada de varios eventos locales en la región.

—No sabía que hubiera una comunidad maya en Florida —comentó Albert, imperturbable.

–La señora Bencie me explicó que son alrededor de veinte mil refugiados, en su mayoría guatemaltecos de San Miguel Acatán. Se establecieron allí y trabajan en los campos de cítricos –explicó Camila.

–¿Cuándo es la presentación? –indagó Laura.

–El sábado.

–*Wow, you are good.* ¡Eres muy buena mánager! –exclamó Ferni.

–*Dude*, finalmente vamos a tener público –apuntó Nic, entusiasmado.

Albert vio a Camila esbozar una exquisita expresión de satisfacción.

Nana regresó con los nachos, los colocó sobre una mesa y anunció:

–Voy por algunos refrescos.

–Déjeme ayudarla –le dijo Camila, acompañándola a la cocina y aprovechando la ocasión para entablar conversación–. ¿Qué cree del grupo, doña Nana?

–Mi Alberto se ve feliz –respondió ella con voz alegre.

–¿Piensa ir al festival?

–Los escuché hablar de eso. Me parece muy buena experiencia para Alberto.

–¿Va a venir con nosotros? –insistió en preguntar la muchacha.

–Eso es para jóvenes –alegó Nana, contando los refrescos que sacaba de la nevera.

–El festival es para todas las edades. Estoy segura de que le agradaría. Habrá muchas personas de ascendencia maya –argumentó Camila, colocando los refrescos sobre una bandeja.

–Me encantaría acompañarlos, pero el doctor me recomendó reposo.

–Entiendo, doña Nana. Qué pena. Creo que le hubiera gustado conocer al *ah-men* que viene de Guatemala.

El corazón de Nana saltó al escuchar esas palabras. Sus ojos negros se afincaron en los de Camila y con expresión de asombro interrogó:

–¿Un *ah-men*?

–Sí, leí en la página Web del festival que van a traer a un *ah-men* para que la gente pueda consultarlo. Creo recordar que es un discípulo de otro muy famoso.

Nana bajó la mirada y frunció el ceño. «¿Un *ah-men* famoso?», se preguntó, intrigada.

—Doña Nana, ¿dónde están los sorbetos para los refrescos?

—¡Ah! Los popotes están en aquella repisa —respondió la mujer, apuntando en dirección a la estantería.

A la chica le tomó varios segundos encontrar la caja y servirse.

—Doña Nana, quisiera hacerle una pregunta, si no le molesta —dijo la adolescente, con la determinación típica de quien ha roto la barrera de la timidez y ahora la desafía.

—Dime, mi'jita.

—Es sobre la caja.

—¿La caja...? ¿De qué caja me hablas?

—De la caja de su abuelo —continuó Camila, con una voz apenas audible.

Nana detuvo en seco lo que hacía.

—¿Qué quieres saber?

—¿Qué es lo que contiene?

—No lo sé.

—¿Por qué no la ha abierto?

—No debe ser abierta. Eso es todo —atajó Nana con una mueca.

—Supongo que lo que contiene solo debe ser visto por el descendiente de Pakal —añadió Camila con seguridad.

La anciana ahogó un gemido de desconcierto y preguntó:

—¿Cómo sabes eso?

—Es una corazonada, basada en la conversación que tuvimos el día en que nos conocimos —explicó la muchacha, con cauta expresión.

Nana se encogió de hombros.

—¿No recuerda que me dijo que Albert es descendiente de Pakal?.

—No —admitió la anciana, con expresión triste.

—¿Por qué Albert no ha abierto la caja?

—No quiere saber nada, dice que le trae malos recuerdos.

—Precisamente, pensé que podría ser interesante mostrarle la caja al *ah-men* que va a estar en el festival. ¿Y, quién sabe?, a lo mejor Albert decide abrirla. O, tal vez, el *ah-men* nos pueda decir qué significan las insignias talladas en la tapa de la caja —explicó Camila, animada, esperando poder contagiarle a Nana su entusiasmo.

La mujer la miró detenidamente y encontró los ojos de la joven más cálidos de lo usual.

—Dime, mi'jita, ¿por qué te interesas tanto en la caja?

Camila misma no sabía.

—Simple curiosidad —respondió, encogiendo los hombros.

De repente, a Nana le pareció que la temperatura de la cocina había aumentado varios grados. Le vino a la mente el recuerdo de Papá Juan. «¿Qué diría él de todo esto?». La cabeza le daba vueltas. Inspiró hondo y soltó el aire de a poquito. Al fin, pudo serenarse, y acto seguido, con palabras que sonaron casi incomprensibles, anunció:

—Tienes razón pequeña, creo que los acompañaré al festival, e iremos a conocer a ese *ah-men*.

23
Manhattan, Nueva York

Los teléfonos en las oficinas de El Dorado International parecían haber enloquecido. Los empleados tomaban mensajes cortos tratando de contener el desconcierto de timbres y tonos. Aunque nadie en la compañía pensó que Richard tuviese algo que ver con la ejecución de Juan Danilo, al poderoso ejecutivo el evento le resultó humillante. De alguna manera, percibió el suceso como una mancha en su brillante carrera. Para empeorar la situación, por primera vez en su trayectoria profesional, su capacidad de liderazgo había sido cuestionada en la reunión a la que acababa de ser convocado junto con varios de sus superiores, Tony Moreno, e incluso Frank Chardon, el director general.

El reporte rendido por Paul Meunier fue desglosado palabra por palabra sin encontrar nada inapropiado. El director de Las Tres Cruces había seguido al pie de la letra los procedimientos establecidos por la compañía. Declaraba no haber sido partícipe de los eventos, ni haber estado al tanto de que los militares tuvieran intenciones de usar la fuerza. No obstante, el video ponía en duda sus declaraciones.

Richard fue cuestionado sobre el uso de militares para escoltar las caravanas de la compañía. Aunque odiaba dar explicaciones no tuvo otro remedio que someterse al denigrante interrogatorio. Se encontró entonces recordándoles a los presentes que no podían ser legalmente atacados.

—De acuerdo con el convenio 169, la consulta sobre la explotación petrolera y las negociaciones con el pueblo son potestad del Estado y no de la empresa privada. Por lo tanto, cualquier disputa debe ser presentada y solucionada a través del Ministerio de Energía y Subsuelos, lo cual significa que la manifestación encabezada por el dirigente campesino cae bajo tal premisa. Además —les recordó el ejecutivo—, no tenemos nada de qué preocuparnos. El Gobierno nos ha asegurado que no renegociarán el contrato de explotación, pues eso significaría enviar una señal negativa a los inversionistas nacionales y extranjeros.

–¿De quién fue la decisión de involucrar a los militares en el transporte de suministros? –interrogó Chardon.

–Las autoridades están investigando a la compañía local que subcontratamos para la perforación de los pozos y la supervisión de la entrega de materiales necesarios para la explotación. Según tengo entendido, la escolta militar fue un acuerdo entre ambas partes, la empresa local y el Gobierno, para evitar cualquier tipo de vandalismo o altercado con los manifestantes. Las prácticas brutales de los militares en las inmediaciones de las instalaciones, por más repugnantes que sean, no nos comprometen legalmente –recalcó Richard.

Frank Chardon conocía a su subalterno desde hacía años. Lo consideraba un hombre eficiente, de pocas palabras y con puntos de vista demasiado pragmáticos para su gusto. Presentía que Richard veía el mundo y a los seres que lo poblaban como utilidades, y no se sentía capaz de compartir su insensible objetividad.

–Puede que el asesinato de un pobre hombre a manos de unos militares salvajes no nos incumba, pero las prácticas insensatas de una compañía contratada por nosotros no nos exonera de responsabilidad –apuntó Chardon, mirando a Richard con frialdad–. Por lo tanto, es necesario emprender una investigación interna para dilucidar dónde estuvo el fallo y hasta qué punto nos implica. Las repercusiones de esta polémica podrían ser nefastas para la imagen de la compañía y para nuestros accionistas. No queremos que la publicidad negativa desestabilice nuestras negociaciones en cuanto a futuras adquisiciones –y tras una breve pausa ordenó–: Richard, necesito que viajes a Guatemala lo más pronto posible y conduzcas una investigación.

El ejecutivo iba a protestar, pero la objetividad hizo acto de presencia. Dedujo que nadie era imprescindible o indispensable en una corporación. Pese a su alto cargo, sus años de experiencia y logros, él era un empleado, y como cualquier asalariado, estaba sujeto a ser reprendido, apartado o despedido, si fuese necesario. Durante ese denigrante momento, las bacterias capaces de crear cristales puros le volvieron a la mente, y tuvo la certeza de que aquel descubrimiento podría hacer de él un hombre extremadamente poderoso.

–Me parece bien. Haré los arreglos para volar mañana mismo.

Para Richard, la jornada de trabajo no acabó al llegar a su apartamento. En cuanto entró, se despojó de la ropa y, rompiendo sus propias reglas, la arrojó al suelo como si estuviera infectada. Se envolvió en una bata de seda de color índigo mientras resolvía varios asuntos pendientes a través de su inseparable celular; hubiera sido más simple usar un auricular, pero los odiaba, le parecían un injerto mecánico.

–¡Que delincuentes con vehículos y prendas militares perpetraron el crimen! Pero, ¡qué imbecilidad! ¿En qué cabeza cabe que los medios, o cualquier persona cuerda, pueda creer semejante disparate? –le dijo a Pietri, refiriéndose a las declaraciones que el general Batista hiciera a la prensa el día anterior–. Necesito que actúe lo más rápido posible. Siga mis recomendaciones acerca de hacer justicia prontamente.

–Richard, debe tener paciencia. Nueve mujeres embarazadas de un mes no hacen un bebé. Todo esto conlleva un proceso que toma su tiempo –contestó Pietri, con ironía.

Tras un breve silencio, el ejecutivo respondió severamente:

–Mientras más tiempo pase, más difícil será controlar el problema. La madre del indiecito ese está en todos los noticieros, exigiendo justicia.

–Usted no se preocupe, que solucionaremos el problemita –le aseguró el Ministro con mucha calma–. Admito que la vieja resultó demasiado lista y elocuente. Y créame que entiendo su preocupación, pero le puedo asegurar que estamos haciendo lo necesario. Solo dele tiempo al tiempo.

–¡Darle tiempo al tiempo! –exclamó Richard, enojado–. ¿De qué tontería me habla? Esto es sencillo: busque al idiota responsable de la masacre y haga justicia, antes de que ese tipo abra la boca y nos comprometa a todos. Le puedo asegurar que no habrá más pagos hasta el «nacimiento del bebé» –aclaró, con cinismo.

Hubo varios segundos de silencio en la línea; Pietri necesitaba domar su cólera.

–Muy bien, señor Barry. Déjeme ver qué puedo hacer para «acelerar el parto» –respondió, moderando el tono de voz.

Después de cortar la comunicación, Richard no pudo evitar

que una leve sonrisa de complacencia se delineara en su rostro. Sabía que suprimir los fondos del Ministro de Energía y Subsuelos tendría su recompensa. La vida del capitán no valía tanto como un recorte de ingresos de tal envergadura en el bolsillo del funcionario. Se sirvió un *scotch* a la roca y encendió su computadora portátil. Partía al día siguiente para Guatemala en el avión privado de la compañía. El próximo paso sería verificar si David había hecho los arreglos necesarios. Deseaba aprovechar el viaje para recoger la piedra y hablar con el señor Manuel Luis Matos, microbiólogo del Instituto de Investigaciones Geológicas e Hidrológicas, un experto en la ecología microbiana de los cenotes de la región.

Al revisar su correspondencia electrónica, no solo confirmó su encuentro con el científico, sino también recibió una propuesta para participar en la próxima excursión del Instituto, en compañía del profesor. La idea de explorar un cenote de virgen, en Izabal, en plena selva, lo entusiasmó. Pero la invitación no resultaba una total sorpresa, sabía que sus credenciales como geólogo, sumadas a una cuantiosa donación hecha al Instituto, habían facilitado la aprobación de su solicitud. No tenía idea de lo que descubriría, pero presentía que los cenotes eran la clave. En realidad, contaba con muy poca información, y le resultaba imprescindible encontrar algún dato que aclarara, o por lo menos diera una pista, acerca del ambiente en el que se reproducían las extrañas bacterias magnetotácticas.

Richard verificó la hora: las seis y veinte. Lo único que deseaba en ese instante era relajarse bajo una ducha caliente. En menos de dos horas se encontraría con Sylvia, quien lo había contactado antes de lo previsto, para cenar. Y a pesar de que no esperaba la invitación, la aceptó gustoso.

En cuanto abandonó su cuerpo al chorro de agua caliente, se lanzó a desgranar mentalmente el informe recibido del laboratorio de Panamá. Necesitaba tener claro el proceso de biomineralización de la misteriosa roca. El laboratorio solo había podido identificar sus componentes minerales. La información describía, simplemente, que estas bacterias contenían ciertos órganos llamados magnetosomas, los cuales generaban estructuras intracelulares compuestas por cristales puros de un mineral magnético que contenía residuos de magnetita.

De repente, la curiosidad lo asaltó. «¿Tendrían las bacterias capacidad para generar electricidad? ¿Y ese cristal, sería un buen semiconductor?». Recordó haber asistido a una conferencia sobre el desarrollo de pilas biológicas bacterianas. Sabía que, por el momento, las investigaciones en estos campos se orientaban hacia dos áreas: las bacterias que producen electricidad y las que conducen electricidad; y recordó también que el conferencista había especificado que ambas eran importantes para el futuro. De su memoria comenzó a brotar información que creía olvidada:

«El primer tipo de estudios –había dicho uno de los investigadores dirigiéndose al público– pretende aliviar o eliminar nuestra dependencia del petróleo. Científicos como yo, buscamos desarrollar un microorganismo de la familia de las geobacterias, que pueda extraer electricidad en gran escala de materiales orgánicos. Aspiramos a obtener una nueva fuente de energía que se lleve bien con el medio ambiente. Desafortunadamente, se conoce muy poco sobre los mecanismos moleculares que favorecen este proceso».

Richard se mantuvo impasible, dejando los recuerdos fluir mientras disfrutaba del chorro caliente que le golpeaba el cuello y corría por sus hombros. Recordó con claridad al investigador:

«El segundo tipo de investigación busca reemplazar el silicón en los circuitos integrados. Cada dieciocho meses, el poder de las computadoras se duplica debido a la miniaturización de los transistores y al aumento los circuitos integrados. A esto se le llama la ley de Moore. Pero, por desgracia, según algunos expertos los avances llegarán a su tope en menos de diez años si no se obtiene otro material que permita romper los límites que presentan los semiconductores de silicio».

Richard rememoró cómo el profesor había recalcado: «Los científicos investigan ciertas bacterias con la esperanza de que se conviertan en la gran promesa de la industria electrónica y computacional. De no lograrlo, el estancamiento de la tecnología traerá consecuencias graves para la economía mundial». Luego expuso que las bacterias magnetotácticas, con la cuales habían logrado crear las primeras pilas biológicas, resultaban difíciles de mantener en cultivo artificial, exceptuando las que se componían de magnetita.

El dato era prometedor, pero Richard sabía que era imposible crear un cultivo de esta índole sin conocer los contaminantes orgánicos, así como el material proteínico, las algas, bacterias y ácidos húmicos involucrados en el proceso de biomineralización. Era fundamental descubrir dónde se reproducían estas bacterias.

El ejecutivo tenía la certeza de que la respuesta se hallaba en algún cenote sagrado. Siendo un hombre tan analítico, le molestaba fundar la búsqueda en corazonadas, pero, lamentablemente, no veía por el momento otra opción que tratar de descifrar las pistas insinuadas por los antiguos mayas a partir de la piedra sagrada y el hoyo negro; cuentos que consideraba producto de ignorantes. «Qué fastidio –se dijo–, pero bueno, por lo menos la arqueóloga no está nada mal». Aquel último pensamiento lo hizo sonreír.

Antes de salir al encuentro con Sylvia, envió un mensaje electrónico a David diciéndole que solicitara al laboratorio que conservaba la muestra de bacterias magnetotáticas, la verificación de su capacidad para generar y conducir energía eléctrica.

24
Manhattan, Nueva York

Eran las ocho en punto cuando el taxi que transportaba a Richard se detuvo frente a L'Arlequin, un exclusivo restaurante francés en la esquina de la calle Once y la avenida Nueve. Esta área de la ciudad, conocida como West Village, era frecuentada por estudiantes y artistas, y al ejecutivo le agradó el hecho de que Sylvia lo hubiese citado a cenar en un lugar al que sus colegas o amistades no acostumbraban concurrir, por considerar la zona demasiado bohemia para su gusto.

L'Arlequin tenía renombre por su excelente menú e impecable servicio. Desafortunadamente, era difícil conseguir una reservación, debido a que el pequeño local albergaba un número limitado de mesas. Por ello, Sylvia solía reservar con mucha antelación, cada mes, una mesa para dos, pese a que en raras ocasiones acudía acompañada, cosa que no le importaba, ya que disfrutaba estar sola para degustar mejor las especialidades del chef. Una noche gastronómica la relajaba y la ponía de buen humor.

Richard entró al restaurante. Su mirada severa recorrió la sala. No le agradó la decoración, recargada con muebles antiguos y gruesas cortinas aterciopeladas color granada, lo opuesto a la apariencia de su austero despacho. El *maître* se acercó a él y lo saludó.

—Buenas noches, ¿tiene reservación?

—Creo que la reservación está a nombre de la señora Blanchard.

—Doctora Blanchard —corrigió el *maître*—. Muy bien, venga por aquí, por favor.

Segundos más tarde, Richard se encontraba sentado en una mesita junto a una de las ventanas. Sobre ella, una vela que hacía juego con las cortinas se consumía lentamente. El ejecutivo se sintió complacido. La arqueóloga le agradaba, tanto por sus atributos físicos como por su temperamento indomable.

Sylvia no tardó en llegar. Vestía un trajecito de cóctel gris, y Richard no pudo dejar de admirar sus piernas, largas y esbeltas.

El *maître* se aproximó a ella, obsequioso.

—*Bonsoir*, *Docteur* Blanchard, la están esperando. Sígame, por favor.

Al verla acercase, su invitado se puso en pie y le tendió la mano.

—Me alegro de volverte a ver —dijo, con genuina satisfacción.

Sylvia sonrió.

Con discreción, el ejecutivo examinó la apariencia de su acompañante; le agradó confirmar que el recuerdo placentero que tenía de la arqueóloga se correspondía con la realidad. Sylvia se veía deslumbrante con aquel vestido que moldeaba sensualmente su busto y fino talle. Era imposible no dejar de admirar el cuello esbelto, las altas cejas, y la regularidad de las facciones. La luz tenue de la vela hacía más intenso el verde de sus ojos.

El *maître* les entregó el menú. Sylvia propuso abrir una botella del mejor champán de la casa.

—Me parece bien —confirmó Richard.

El dependiente se alejó y se impuso un corto silencio.

—Te veo muy relajado para ser alguien cuya empresa está involucrada en un escándalo en Guatemala —dijo Sylvia, usando el mismo tono casual de su empleador.

Richard se deleitó con el comentario. «Era de esperarse, viniendo de una mujer como ella», pensó. Y es que no estaba acostumbrado a que le hablaran con franqueza. En su entorno profesional, sus colegas se refugiaban tras palabras cordiales y diplomáticas. Amigos, tenía pocos, y su relación con ellos era similar a la que sostenía con David Appleton, distante y respetuosa. Su exesposa prefería no dirigirle la palabra a menos que se tratara de dinero. Y sus hijos apenas lo conocían, por lo que cuando estaban juntos, los dos niños optaban por callar.

—¿Qué te hace pensar que tenemos un escándalo entre manos?

—No creo que los militares en Guatemala hayan actuado sin intereses predeterminados en el caso del asesinato del líder indígena.

—Pues quiero que sepas que no estamos involucrados. El

abuso militar no es infrecuente en esa región del mundo.

–Estoy de acuerdo. Pero es una lamentable casualidad que el asesinato haya ocurrido justo frente a la petrolera Las Tres Cruces.

–Casualidades no son pruebas.

El *maître* se acercó con dos copas flauta y la botella de champán, la cual mostró a Sylvia antes de quitarle la cubierta de metal. Con sumo cuidado, soltó el alambre que sujetaba el corcho y, manteniéndolo con firmeza en su mano, lo giró con lentitud hacia fuera, ayudado por la presión. Un sonido seco anunció que la botella estaba abierta.

–Abrir una botella de champán sin que el corcho vuele, le quita la gracia –declaró Sylvia sonriendo, mientras observaba cómo les servían el champán.

–El rey de los vinos –dijo Richard alzando su copa–. No te preocupes Sylvia, habrá muchas otras ocasiones para celebrar con champán y haremos estallar el corcho. Por los mayas y sus misterios –brindó, con una sonrisa que a la arqueóloga le resultó insondable.

–Por los directores de explotación petrolera y sus misterios –respondió ella, bebiendo un sorbo del burbujeante líquido.

–No esperaba verte tan pronto –comentó él, depositando su copa sobre la mesa.

–Yo tampoco, pero la semana que viene estaré extremadamente ocupada.

–Estarás... ¿quiere decir que viajarás fuera del país?

–No –atajó Sylvia, dándole un vistazo al menú. Los ojos inquisitivos de Richard, fijos en ella, tenían la virtud de hacerle mantener reserva acerca de sus asuntos.

El *maître* regresó para tomar la orden. Sylvia pidió un *magret de canard aux fruits rouges*. Apreciaba los sabores agridulces. En cambio, Richard ordenó *escalopes de foie gras sur velour de corail*. Este manjar, elaborado con hígado hipertrofiado de ganso sobrealimentado, era el plato más exquisito de la casa. El *maître* sugirió el vino que consideraba más adecuado para la cena y ambos aceptaron sin argumentos.

–Hay rumores en Ciudad Flores de que apareció un comprador para tu altar –lanzó Sylvia, cuando se quedaron solos.

–¿Mi altar? –repitió Richard, tras una breve carcajada–. ¿Y cuánto ofrecen?

–Diez mil dólares. ¿No te parece interesante?

—Para serte franco, no.

—No hablo del dinero —argumentó ella—. Me refiero a que ese altar ha estado olvidado por años, y de repente, surge interés en él. Una oferta de diez mil dólares es considerable para el mercado negro de Guatemala.

Richard bebió otro sorbo de champán. A quien estuviera buscando el altar, no le sería fácil acceder al área, y si lo lograba, solo encontraría una cueva vacía.

—Como te dije anteriormente, el altar no me importa. Me interesan los cenotes sagrados. ¿Qué tienes para mí, Sylvia?

La arqueóloga extrajo de su cartera un sobre cerrado y se lo alargó:

—Aquí tienes mi informe sobre el tema.

Richard lo guardó en el bolsillo interior de su saco sin molestarse en abrirlo.

—Te escucho —dijo, apoyando los codos sobre la mesa, mientras clavaba la mirada en los ojos de ella.

—En vista de tu interés por el hoyo negro y la ciudad de Tulán Zuiva, enfoqué mi reporte en El Mirador, al norte de Petén.

—¿Crees que Tulán Zuiva es El Mirador? —infirió él, intrigado.

—No, creo que Tulán Zuiva está en la cuenca de El Mirador —le corrigió—. Somos varios los expertos que pensamos de esa manera. Por supuesto, por el momento no hay forma de probarlo.

—¿Y en qué se basan tus especulaciones?

—Según el *Popol Vuh*, la cuna de la civilización maya fue Tulán Zuiva, una poderosa metrópoli de mucho esplendor. El Mirador es una ciudad de la época preclásica. Algunos arqueólogos aseguran que se trata de la primera gran ciudad maya. Fue construida entre el año 150 a.C. y el 150 d.C. No solo es mil años más antigua que Tikal, sino también cuatro veces más grandiosa, con dos pirámides enormes que hacen lucir pequeños al resto de los monumentos mesoamericanos. Pero en la cuenca de El Mirador hay otras veintiséis ciudades cubiertas por la selva, erigidas entre 1500 a.C. y 300 d.C., incluyendo Tintal, Nakbé, Waknab, Wiknal, Xulnal, Chan Kan, Pa...

—Entiendo —atajó el ejecutivo.

—La realidad es que podría ser cualquiera de esas. A mi parecer, visto que ese territorio fuc la scdc dcl primer estado político que conocemos en el continente americano, Tulán Zuiva debió ser parte de él. Los arqueólogos lo nombran el

Reino Kan, es decir el Reino de la Serpiente.

Sylvia tomó un sorbo de su champán y sonrió, satisfecha por su explicación.

—¿No me dijiste que muchos arqueólogos creían que Zuiva estaba en el norte?

—Richard, el *Popol Vuh* registra dos viajes de los jefes k'iche a Tulán Zuiva. En el primero les fueron dados los dioses patronos. Salieron de allí protegidos por Tojil, la poderosa deidad del relámpago y el trueno. Luego emprendieron batallas para invadir la región de altas montañas cercanas al lago de Atitlán, en Guatemala, y convirtieron a los nativos en tributarios.

—Uhm... —rumió Richard, atento, mientras movía levemente la cabeza.

—Antes de morir, los primeros jefes hicieron varias recomendaciones al pueblo. Entre ellas, no olvidar nunca a los ancestros y visitar el lugar de origen, Tulán Zuiva. Por lo tanto —prosiguió ella—, los jefes k'iche regresaron una segunda vez al lugar. *El Popol Vuh* relata el viaje.

—Y basándote en las descripciones del relato del segundo viaje, llegas a la conclusión de que Tulán Zuiva es El Mirador.

—¡Así es! Estos hombres tuvieron que cruzar por agua hacia el este. Muchos expertos especulan que viajaron por mar hasta las costas de Campeche. La metrópoli más cercana y que concuerda con la del relato es Chichén Itzá, de la época clásica. Otros pensamos que cruzaron el lago de Atitlán para llegar al norte de Petén.

—Muy bien. Asumamos que El Mirador es Tulán Zuiva. ¿Dónde sugieres que se encuentran entonces las siete cuevas y los siete barrancos?

—Bueno, se conocen algunas cavernas en la región.

«Esa área es pantanosa, no hay cenotes», pensó Richard. No conseguía conectar toda aquella información con la piedra roja de su interés.

—¿Podría la serpiente tallada en el altar tener alguna relación con el Reino Kan? —inquirió él.

—No lo sé. He estado pensando en esa serpiente de ojo rojo. Supongo que ya sabes, la serpiente es un símbolo muy utilizado en la cultura maya. Pero no tengo la menor duda de que la imagen y los glifos tallados sobre el altar se refieren al regreso de Kukulcán durante el renacer que surgirá del hoyo negro es decir de Xibalbá.

–¿Y? –inquirió él: sus ojos exigían una explicación más concreta.

–Richard, Kukulcán forma parte de las profecías del libro de *Chilam Balam* de Chumayel, que advierte que el dios serpiente regresará para mostrar a los elegidos la sabiduría cósmica, la cual incluye el entendimiento de los nueve niveles del inframundo y las trece dimensiones celestiales Los sacerdotes mayas modernos describen esto como un cambio de conciencia.

Para el ejecutivo, las explicaciones de la arqueóloga eran como un juego de adivinanzas al que le costaba integrarse. Confundido, preguntó:

–¿Qué es el *Chilam Balam*?

–*Chilam Balam* puede traducirse como sacerdote jaguar. Durante los siglos XVII y XVIII, estos hombres, que alegaban tener percepción extrasensorial, escribían profecías sobre los *katunes*. El más completo de estos libros sagrados y proféticos es el *Chilam Balam*, de Chumayel.

–¡Ya veo! –suspiró Richard, que empezaba a estar harto de las explicaciones incongruentes. Iba a continuar hablando, pero fue interrumpido por la llegada de la cena.

El maître se acercó a la mesa. Con mucho protocolo, presentó a la arqueóloga la botella de vino para verificar que se trataba del correcto. Después, la destapó frente a ella y colocó el corcho sobre el mantel. Sin apoyar la botella en el borde de la copa, vertió una cantidad pequeña y esperó. Sylvia, tras agitar el líquido, oler y saborear el vino, aprobó la selección. Entonces, el maître procedió a servirlo a ambos comensales.

El mesero atendió primero a la mujer, por el costado izquierdo, como lo requiere la etiqueta francesa. La pomposidad del rito en la mesa divertía a la arqueóloga, consciente de que participaba en una tradición que venera el esfuerzo y la creatividad que conlleva la preparación de los alimentos. Una vez degustado el vino, probó el pato; la salsa roja que lo acompañaba era un deleite al paladar. En cambio, a Richard le tenía sin cuidado el contenido de su manjar. Recordó lo que Sylvia le había explicado en el primer encuentro, y expuso:

–Si entiendo bien, el altar muestra la necesidad de hacer sacrificios humanos al dios serpiente para asegurar el renacer a través del hoyo negro y poder encaminarnos, durante el Sexto Sol, en una nueva sabiduría, un cambio de conciencia.

–Así es –confirmó la arqueóloga sin mirarlo; toda su atención estaba enfocada en cortar un pedazo de carne.

–¿Crees en esas profecías? –interrogó Richard.

–¡Por supuesto que no! –respondió ella, sorprendida por la pregunta. Tras unos segundos de refexión añadió– aunque tengo un amigo que es profesor de física cuántica en la universidad y admito que me dejó un poco en la duda. Él, parece creer que hay algo de cierto en la cosmovisión maya. Me explicó sobre teorías científicas de universos paralelos y dimesiones que no vemos pero que sí podrían existir.

–Bueno, por el momento pongamos las profecías y los universos invisibles de lado –dijo Richard algo exasperado–. En realidad, lo que me interesa es saber más sobre las cuevas de Tulán Zuiva. Pienso que las cuevas sagradas podrían ser cenotes, y Xibalbá, una red de pasadizos subterráneos que los conecta.

–Interesante deducción.

–El Mirador del cual me hablas está localizado en una de las áreas más remotas de las tierras bajas mayas. Su intensa temporada seca y la falta de fuentes permanentes de agua, hacen improbable que haya cenotes en esa región.

–Ya veo que conoces la geología de la zona. Sin embargo, el área estuvo densamente poblada durante el período preclásico –alegó Sylvia–. Por alguna razón, ocurrieron cambios ambientales que, probablemente, destruyeron los valiosos cenotes de agua; por eso se produjo el abandono de las ciudades. Aún existen cuevas cuyas condiciones apoyan este hecho.

Richard frunció el ceño y miró con desgano el foie gras. Toda aquella charla le parecía una pérdida monumental de tiempo. A ella no se le escapó su estado de ánimo, y se apresuró a sugerir:

–Deberías ponerte en contacto con Randolfo Poot Cocom para consultarle acerca de los cenotes sagrados de Petén.

–¿Quién es ese señor?

–Un renombrado *ah-men* de Yucatán. Preside la organización del Consejo de Sacerdotes Mayas.

–¿Cómo podría ayudarme?

–Es alguien que practica ritos ancestrales en los cenotes sagrados.

–¿De dónde lo conoces?

–No lo he tratado personalmente, pero he oído hablar mucho de él. En la actualidad es el epicentro de una controversia. Varias agencias gubernamentales le han prohibido efectuar ceremonias a orillas de los cenotes, argumentando que eso crea problemas ambientales. Y el señor Poot Cocom afirma que está defendiendo el derecho de los indígenas a recuperar y proteger las tradiciones orales y la herencia viva del pueblo. En los últimos meses ha estado residiendo en Guatemala, en el pueblo de Chichicastenango, donde ha revivido y celebrado ceremonias de petición junto con otros líderes espirituales del área. También tengo entendido que los instruye sobre el ritual del nuevo fuego, que se celebra en cenotes sagrados para promover el cambio de conciencia.

—¿Qué se supone que sea el cambio de conciencia? ¿Vamos a poder leernos las mentes, predecir el futuro o qué?

Sylvia ignoró el tono sarcástico de la pegunta y explicó:

—El señor Poot Cocom cree que el destino del Sexto Sol puede manifestarse de dos formas. La primera, que los humanos nos encaminemos hacia una nueva era espiritual y de entendimiento, o la segunda, que ignoremos las enseñanzas del pasado y causemos la destrucción de nuestro planeta y, por ende, de nosotros mismos.

—¿Las enseñanzas del pasado se refieren también a los supuestos colapsos misteriosos de la civilización maya? —preguntó Richard, con sarcasmo.

Sylvia no respondió con palabras, pero su mirada gélida hablaba por sí sola.

—No lo tomes a mal, pero todas estas especulaciones proféticas me aturden, por no decir que me aburren.

—No pienses que el señor Poot Cocom es un *ah-men* loco, sin rumbo. Este hombre es uno de los líderes más respetados, por su sabiduría ancestral. Como te dije, ha celebrado ceremonias en numerosos cenotes considerados sagrados.

Hubo un corto silencio.

—Sylvia ¿cuánto me costarían tus servicios para que nos encontremos la semana que viene en Guatemala? —La idea se le había ocurrido súbitamente.

—¿Perdón?

—Vayamos a conocer a Randolfo Poot Cocom —sugirió el ejecutivo. En otras circunstancias, no habría mostrado interés alguno en recurrir a tales prácticas, pero si el caso era conseguir información sobre los cenotes, no le importaba la fuente.

—¿Cuándo?

—Estaré toda la semana en Flores, por razones de negocios. La semana que viene, ¿qué te parece? —inquirió Richard, tentándola.

–Ya te dije que estaré muy ocupada en esas fechas –hubo una corta pausa– y la verdad es que no sé qué pensar acerca de todo esto. Tu interés por un altar desaparecido, el hoyo negro del *Popol Vuh* y los cenotes sagrados, nada de eso tiene mucha lógica para mí. Y ahora quieres que te acompañe a Guatemala.

–Me parece que sería interesante, eso es todo –mintió Richard.

–Para serte honesta, me tiene sin cuidado lo que te parezca interesante. La civilización maya es muy compleja y podríamos estar especulando por años si no tengo una idea más clara de lo que andas buscando y para qué necesitas mis servicios.

–Veo que la paciencia no es una de tus virtudes.

Sylvia guardó silencio y lanzó una mirada desaprobadora. No existía ningún tipo de coquetería en sus gestos, pero había elegancia en las posturas que tomaba, especialmente cuando se enojaba.

–Los mayas llamaban al chocolate «la bebida de los dioses». Era obvio que no conocían el vino –comentó Richard, volviéndole a llenar la copa.

–Si estás dispuesto a pagarme treinta mil dólares, voy –dijo ella, convencida que él no acceptaría.

–Trato hecho.

Sylvia sorprendida agregó:

–Además, quiero garantías de que estaré de regreso el jueves.

–A tiempo para dictar tu curso «Sociedades e Imperios en América del Sur» –aseguró Richard.

Los ojos claros de la arqueóloga chispearon.

–Ya veo que también conoces mi itinerario de clases en la universidad.

–Es información pública.

Sylvia se mordió ligeramente el labio inferior, para controlar la exasperación que le causaba, por momentos, la actitud condescendiente de Richard. Pero la suma de dinero acordada, junto a la posibilidad de conocer al ilustre *ah-men*, la instaban a ser tolerante.

–Muy bien. ¿Cómo hacemos?

–Recibirás una llamada de un tal David, con los arreglos de tu viaje.

25
Ciudad de Guatemala

Sentada en el piso de su modesta habitación, con las piernas cruzadas, los ojos cerrados y la cabeza muy ligeramente inclinada hacia delante, Angélica intentaba, infructuosamente, vaciar su mente de todo pensamiento, y meditar. Inhalaba y exhalaba rítmicamente, tratando de buscar alivio al dolor que le oprimía el pecho, pero las imágenes del asesinato se resistían a marcharse. En cuanto desocupaba la mente, la acechaba una mezcla de nostalgia y culpa. Por mucho que quisiera dejar atrás lo sucedido, sus emociones le negaban semejante favor. Ver el video retransmitido en la televisión fue como un bálsamo temporal para su herida. Sin embargo, sabía que aquello no era suficiente. A todas horas recordaba a la madre de Juan Danilo. La desdichada Marcelina había sido notificada de la muerte de su hijo a través de la Policía de la ciudad, y Angélica, bajo estrictas órdenes, evitó todo contacto con ella. Era una medida de precaución: la agencia no deseaba levantar sospechas sobre la autoría del video. El haber entregado las imágenes a un reportero de Univisión no respondía al simple capricho del jefe de Angélica. Raymond Girard confiaba en la integridad del periodista a quien le había proporcionado la exclusiva, convencido de que, bajo ninguna circunstancia, revelaría su fuente.

La joven deseaba, ante todo, ver a los culpables tras las rejas, y estaba convencida de que en el caso de Juan Danilo, la justicia no vendría a través de su departamento. Por ello, había solicitado ser transferida al Grupo de Expertos en Materia de Corrupción de la Interpol (GEIC). Debido a que este tipo de actividad criminal se había convertido en un fenómeno multifacético e internacional, en 1998 la agencia creó el grupo, con el propósito de investigar a funcionarios corruptos, multinacionales que desfalcaban divisas, y gobiernos abusivos que violaban los derechos humanos.

La respuesta había sido clara: «No». Esa simple palabra de dos letras resultó igual de dolorosa que una daga clavada en el vientre. Girard le explicó: «Hemos acordado mantenerte en el caso a pesar de tu relación personal con la víctima. Deberás enfocarte exclusivamente en la investigación del altar».

Angélica había reaccionado con incredulidad ante las palabras de su superior. No sabía si sentirse afortunada u ofendida. Su jefe decidió ser franco con ella: «Mi experiencia me ha enseñado que los criminales, bajo presión, a veces cometen errores, y son descubiertos gracias a evidencias que los comprometen de forma indirecta».

Ella era parte de un método de colaboración recién implementado entre ciertas agencias policíacas y la Interpol. El objetivo era contar con agentes de diversas entidades, y ponerlos bajo el mando directo de Interpol, con el propósito de evitar sobornos en las investigaciones. El tráfico ilícito de objetos precolombinos se veía fomentado por la demanda del mercado del arte, la mayor apertura de fronteras, las mejoras del transporte y la inestabilidad política y económica de los países expoliados. Trabajar en este campo había sido su pasión y una fuente de gran orgullo. Sin embargo, desde la muerte de Juan Danilo, solo aspiraba a colaborar con las investigaciones de corrupción gubernamental relacionadas con su asesinato. Para ella, el argumento de su jefe no era un consuelo, pero presentía que debía proceder con cuidado. No estaba segura de lo que tenía que hacer. El ajetreo diario en la oficina apaciguaba por momentos el vacío que sentía. Con frecuencia, estaba cansada, sin ánimo y melancólica. Había notado que se irritaba con facilidad y se le hacía difícil enfocar sus ideas. «Ya se me pasará», se dijo, renuente a consultar un médico.

Afuera, la lluvia y una persistente brisa se unieron para golpear rítmicamente la ventana de la habitación. Angélica volvió a respirar profundamente. Meditar por las noches la ayudaba a combatir el insomnio. Inclinó el cuerpo hacia delante. Imágenes de santos le asaltaban la mente. En días pasados le habían asignado nuevas investigaciones de robos de arte sacro. Entre los últimos casos, se encontraban una preciosa estatua de madera policromada del siglo XVII, que representaba al apóstol Juan, y una pintura del siglo XVIII donde aparecía el niño Jesús junto a María y José, con la inscripción en quiché: *Qayuka'len nok Mariy Enkarnasyon, ju'wutz, ju'mun*t (Salga entonces María Encarnación a la terminación del cerro, a la terminación del mundo). Ambas piezas habían sido robadas de una iglesia en Quetzaltenango. Lo que más le molestaba era pensar que, con las nuevas asignaciones, el caso del altar perdería prioridad en la agencia. Enfocó sus reflexiones en las fotos grabadas en el celular de Juan Danilo. «¿Cómo seguir con la investigación?».

En su intento por mantener el caso vigente, Angélica había contactado con el holandés Joost Van der Boom. El antropólogo, arqueólogo, extraficante de arte e informante secreto de la Interpol, se codeaba con otros comerciantes del mercado negro. Calvo, cincuentón, alto y robusto, el hombre tenía un aire bonachón, pero bajo su aspecto apacible, se escondía la mente vivaz de un ávido cazador de traficantes de arte. En el pasado, recuperar aquel altar había sido uno de sus afanes. Estaba convencido de que la pieza tenía un gran valor histórico debido a sus jeroglíficos, y fundamentalmente, por la imagen de la serpiente de ojo rojo, situada al frente de la pieza. Nunca había visto nada parecido, e incluso, en otras circunstancias, habría dudado de su autenticidad. Haber participado en la expedición que sustrajera el altar una década atrás, en tiempos peligrosos, cuando aún se mantenía al margen de la ley, le confirmaba su valor. En el momento de la disputa a tiros por su posesión, se encontraba en Nueva York, buscándole comprador. Luego, la reliquia precolombina desapareció, y los únicos que conocían su escondite estaban muertos.

Hacía apenas unos días, como parte de su colaboración con la investigación de Angélica, el holandés había ofrecido diez mil dólares por la pieza, alegando tener un coleccionista extranjero sumamente interesado en adquirirla. Esperaba conseguir algún dato sobre su paradero, pero el plan no dio resultado. En realidad, nadie estaba seguro de cuál había sido su destino, y corría el rumor de que el altar traía mala suerte a los que deseaban apropiarse de él.

Angélica sabía que al igual que sucede con los carteles de la droga, el tráfico ilícito de piezas arqueológicas estaba controlado por individuos puntuales. Leonardo Gustavo Jefferson era el más poderoso de ellos. Se trataba de un afro-caribeño de cincuenta y cinco años, nacido en Costa Rica y naturalizado estadounidense, que ostentaba un extenso y variado historial delictivo que iba desde Estados Unidos hasta Europa y Japón, donde había coleccionistas privados ávidos de invertir en la compra de antigüedades: pinturas, esculturas, retablos, materiales de orfebrería y textiles. Jefferson había hecho su fortuna saqueando impunemente el patrimonio arqueológico mexicano y guatemalteco. Las autoridades sospechaban que, en los últimos años, estaba involucrado no solo en el tráfico de arte, sino que había añadido a sus actividades ilegales la trata de mujeres y de menores.

A pesar de que su departamento no investigaba estos crímenes, a Angélica le era difícil ignorar que el tráfico humano se había concretado en el sexo femenino. Debido a la pobreza rampante en Centroamérica, miles de mujeres convertidas en proveedoras del hogar, optaban por emigrar hacia la frontera norte y cruzar México, en busca de mejores condiciones de vida en Estados Unidos. A diferencia de muchos hombres, que cuando emigran abandonan a sus familias, ellas mantenían contacto con sus hijos y buscaban obtener ingresos para mantenerlos.

En la última década, las autoridades habían advertido cambios; muchas de las mujeres desaparecían sin dejar rastro. También se incrementaban las desapariciones de niños y niñas. Los cuerpos policiales de México habían detectado, por lo menos, cuarenta y siete bandas bien organizadas dedicadas al tráfico humano. Los informantes de Van der Boom alegaban que Jefferson colaboraba con una establecida en Chiapas y conocida como Las Divas.

Para Angélica era obvio que, en el pasado, Jefferson había sobornado a funcionarios para saquear sitios arqueológicos y transportar las piezas en helicópteros del Ejército. Deducía que ahora estaba haciendo lo mismo con el tráfico humano. La impunidad de que gozaba implicaba la corrupción de personas en todos los niveles del Gobierno. Interpol, junto con la Comisión Interinstitucional para Prevenir y Sancionar el Tráfico y Trata de Personas, investigaba los hechos.

Inmersa en la quietud de su habitación, alzó los brazos hacia el techo, hasta sentir tensión en su columna vertebral. Tras inhalar profundamente, volvió a enfocarse en los crímenes intelectuales. «Está claro que para sacar adelante sus proyectos de legitimar las piezas, Jefferson ha tenido que contar con la colaboración de arqueólogos y políticos», razonó, disfrutando la pose. Sabía que para un arqueólogo no constituía una acción criminal el examinar y escribir un reporte sobre piezas arqueológicas de proveniencia desconocida. «La práctica no será ética, pero no es ilegal», concluyó. Lánguidamente, se levantó de la posición de meditación y estiró los brazos hacia los lados. Con un movimiento pausado inclinó el torso hacia delante, hasta sujetarse los tobillos y colocar la cabeza sobre sus rodillas. Mantuvo la posición por un instante y luego se enderezó con lentitud. La secuencia de movimientos y la respiración rítmica, le aliviaron la angustia, al menos momentáneamente. Echó un vistazo a su alrededor en busca del celular que siempre mantenía a mano, a pesar de que lo apagaba durante la hora de meditación. Con una maniobra automática, lo activó y marcó el número de Joost Van der Boom.

—Aló.

—¿Joost? Es Angélica.

—¡Angélica! Estaba por llamarte. Antes de que me digas nada, quiero que veas una página Web que encontré sobre una banda de *rock* –dijo el holandés, con fogosidad.

—¿Perdón?

—Escuchaste bien. Ve a www.insigniarocks.com, y después me vuelves a llamar.

—Insigniarocks.com –repitió ella, sorprendida–, muy bien. Te llamo en quince minutos.

De inmediato, accedió a la red cibernética en su computadora portátil. Frente a ella se desplegó una página que la dejó estupefacta. Un grupo de *rock* llamado Insignia usaba en su logotipo una figura de serpiente idéntica a la del inusual glifo del altar desaparecido. Lo más ingenioso del diseño era la forma en que habían modificado la letra «s» del nombre, integrándole la serpiente como elemento gráfico. El único punto de color que resaltaba en la imagen gris, era el ojo rojo del reptil. Cinco insignias mayas que aparecían colocadas una encima de la otra, en línea vertical, formaban la «i». En otras páginas se apreciaba la abreviación del logo.

w

Insignias

La página incluía, además, fotos de los integrantes de la banda. Angélica leyó las biografías y observó el video de los ensayos. En la sección de eventos se anunciaba su participación en un festival en Indiantown.

Con prontitud, la joven volvió a contactar con Van der Boom.

—No entiendo qué tienen que ver unos roqueros de Estados Unidos con el altar maya —le dijo, sin preámbulos.

—Yo tampoco. Me topé con ellos al teclear «serpiente de ojo rojo» en una búsqueda de información en Internet. Entre las fotos de la víbora *Cryptelytrops rubeus*, me encontré con una página Web de esta banda.

—¿Pero, de dónde diablos sacaron el logo? Que yo sepa, la única foto disponible de la serpiente del altar es la que circuló en el mercado negro.

—Acabo de tener correspondencia electrónica con la

mánager del grupo, una tal Camila.

—¿Y?

—Me presenté como Michael Zimmerman, un productor musical interesado en conocerlos. Halagué la música del grupo y luego le pregunté dónde había obtenido la serpiente utilizada en el logo; me contestó que se habían inspirado en una caja.

—¿En una caja?

—Según ella, la caja pertenece a uno de los guitarristas, que es de descendencia maya.

—Hum… Está raro todo eso. ¿Tienes idea de qué tipo de caja se trata?

—No. Te he contado todo cuanto sé por el momento —admitió el holandés, pensativo, y después de una breve pausa, anunció—: Voy a ir al festival.

—Sabes que al señor Girard se disgusta cuando te inmiscuyes en las investigaciones. Recuerda que eres…

—…un informante, no un agente —finalizó la frase.

—Es la política de la agencia.

—Angélica, solo quiero charlar con esos jóvenes y tratar de ganarme la confianza de la mánager, o del guitarrista, para que me muestren la caja. Eso es todo. Además, no puedo informar sin investigar un poco. No sé qué relación pueda tener todo esto con el altar. ¿Quién sabe? Por el momento, no tengo ninguna otra pista.

—Creo que tienes razón. Y hablando de pistas, voy a investigar a arqueólogos de reputación dudosa. ¿Tienes alguna sugerencia de por dónde empezar?

—La primera persona que me viene a la mente es la doctora Sylvia Blanchard. Ha sido investigada en numerosas ocasiones, pero nunca se le ha podido probar nada. La conozco personalmente. En el pasado trafiqué un sinnúmero de objetos, sacándolos vía Panamá, con certificados de autenticidad firmados por ella.

—¿Sabes si ha trabajado para Jefferson?

—Es muy probable, pero, como te dije antes, no hay pruebas que la impliquen en algo ilegal.

—¿Crees que esté involucrada en el tráfico humano que él conduce?

—Lo dudo. No he oído nada al respecto.

—Voy a empezar mi investigación con ella —decidió Angélica.

—Ojalá tengas mejor suerte —la alentó Van der Boom.

—En todo caso, digo como tú: no tengo ninguna otra pista.

26
Indiantown, Florida

Los integrantes de Insignia salieron de Homestead a las siete de la mañana. Un sol de rayos gráciles despuntaba entre el entramado de nubes, desafiando la grisácea cobertura. La luz se extendía por el paisaje como un baño de plata, cubriendo todo a su alrededor con reflejos cromados. El pavimento gris de la autopista dejaba atrás los sembradíos de Homestead, y seguía hacia el norte, bordeando canales y planicies de hierbas. En el cielo, las aves retomaban su vuelo matinal y se perdían en el horizonte.

Albert manejaba la camioneta de Luis con precaución. Con excepción del monótono ronronear de las ruedas sobre el asfalto, reinaba el silencio; la radio no funcionaba. De reojo, se fijó que Nana sostenía firmemente un bolso de tela sobre su regazo.

—¿Qué traes ahí? —le preguntó.

—Unas golosinas —respondió ella, sin mucho ánimo.

Perdida en sus pensamientos, la anciana observaba por la ventanilla el paisaje que desfilaba frente a sus ojos. Las amplias extensiones de tierra cubierta de arbustos, pasto y cipreses, la aturdían con su uniformidad. De vez en cuando, algunas vacas o un caballo resaltaban en el panorama como manchas sobre un lienzo de colores homogéneos.

—Llevo viviendo en Florida casi cincuenta años, y todavía no me acostumbro a no ver montañas —suspiró, pensativa—. Son horas y más horas de autopista prácticamente recta, todo plano; sin duda alguna, no se compara a los paseos por las montañas de Chiapas.

Un vago ronquido la volvió a la realidad. Sentado entre ella y Albert venía Nic, profundamente dormido, con la cabeza echada hacia atrás y la boca entreabierta. Su respiración sonora hizo que Albert también notara cómo el cansancio de la semana se iba apoderando de él. Se esforzaba en no quitar la vista de la monótona carretera. Tras él venía un Corvette descapotable rojo, de los años noventa, que se conservaba en excelentes condiciones. El vehículo pertenecía a Gabriel Goish, un amigo de Ferni. Por el espejo retrovisor, Albert podía verlos riéndose; Gabriel iba al volante y Ferni de pasajero, sacudiendo la cabeza con energía. Era obvio que estaban escuchando música a todo volumen.

La pequeña caravana de vehículos la lideraba el Ford gris en el que viajaban las chicas. La madre de Laura, Elsy Morales, conducía en silencio, escuchando la conversación de las adolescentes. Le complacía que su hija hablara libremente, sin incomodarse por su presencia.

—Camila, ¿has notado cómo te mira Albert? —preguntó Laura.

—Les tengo una sorpresa —anunció ella, con afán de desviar el tema de la plática. Hurgó en su cartera y retiró de una bolsa de plástico seis cordones de cuero. De cada uno colgaba una chapa redonda de arcilla, ornamentada con una insignia maya tallada en relieve.

—Son collares. ¡Están geniales! —exclamó Laura.

—Qué creativa eres —agregó Eileen, examinando su insignia.

—Me hice uno para mí, con la insignia de la serpiente. ¿Crees que les guste a los chicos?

—Por supuesto —aseguró Eileen.

—¿Por qué viene Ferni con Gabriel Goish? —curioseó Laura.

—Son buenos amigos —aclaró Camila—. Además, Gaby escribe canciones y quiere ser ingeniero de sonido.

—Me gustan su aire de surfista y su auto —dijo Eileen.

El padre de Gabriel había adquirido aquel viejo Corvette a un precio módico. Durante cuatro meses, él y su hijo pasaron cada fin de semana restaurándolo, hasta que el potente vehículo de dos plazas recobró su aspecto original. Y cuando apareció en la escuela con el automóvil deportivo, ahora de aspecto impecable, la popularidad del chico aumentó durante unas cuantas semanas, y luego se desvaneció, cuando todos confirmaron que no iba a permitir que se subieran en él. Por cuestiones de seguridad, el padre le había hecho prometer que no llevaría en el auto a ningún amigo «hasta que te familiarices bien con el vehículo y la carretera. Los amigos son una distracción. Un momento de descuido y puedes tener un accidente», le repetía a menudo.

Lo cierto es que a Gabriel le había tomado medio año ganarse la confianza de su padre. Y Ferni había sido el primero en obtener el privilegio de subirse al Corvette.

–*Dude*, todavía no lo puedo creer que voy a pasar un *weekend with* Laura *and* Eileen –gritó Ferni, para hacerse escuchar por encima de la música.

Gabriel bajó el volumen de la radio y comentó:

–Lo que no logro creer es que haya un productor de disquera interesado en el grupo. ¡Llevan tan poco tiempo!

–*I know*. Dice Camila que viene *to see us* tocar –añadió Ferni, y volvió a alzar el volumen de la música–. *Bro, I love* esta canción.

Después de viajar un par de horas sin reposo, la caravana de autos abandonó la autopista para enfilar hacia el oeste, por una carretera rodeada de interminables hectáreas de naranjos. El sol, alto en el cielo, caldeaba el interior de la camioneta. Nana abrió la ventanilla para refrescar la cabina. Su mirada resplandecía, cautivada por las interminables hileras de cítricos. El viento que se colaba en el vehículo despertó a Nic: abrió los ojos, bostezó sin moderación y se pasó la mano por el cabello revuelto, de la misma manera que lo hacía al dejar la cama.

–¿Dónde estamos? –inquirió, aún medio dormido, mientras escudriñaba el paisaje.

–Estamos por llegar a Indiantown –le informó Albert.

–¿Pero, qué hora es?

–¡Casi las diez de la mañana, güey!

–¡Las diez! –repitió el joven, sorprendido.

–El tiempo pasa rápido cuando uno duerme –comentó Albert.

Luego de pasar el letrero de bienvenida a Indiantown, la caravana cruzó frente a un conjunto de casas modernas que se erguían entre los naranjos, y se dirigió al hotel Seminole Country, localizado en pleno centro de la comunidad. A primera vista, a Eileen el pueblo le pareció aún más pequeño y despoblado que Homestead. Excepto por unos cuantos vehículos que transitaban por la calle principal, apenas se veían señales de vida. Recorrieron otras dos millas, hasta llegar al parque Timer Powers.

El festival ya había comenzado. La gente se apelotonaba en los puestos de comida, en las carpas donde se desarrollaban las competencias y se exhibían frutos y vegetales, y en los tenderetes de artesanía indígena producida por la comunidad maya local. Numerosos comerciantes distribuían publicidad y regalos promocionales entre el público, mientras los niños se divertían con los juegos de azar y los payasos que les pintaban las caras. Utilizaron un pase recibido de los organizadores del festival para atravesar unas calles cerradas al público y aparcar en un lugar asignado al talento, no muy lejos del anfiteatro. Albert salió de la camioneta, contento de estirar las piernas; el resto de la banda no tardó en reunírsele en medio de un contagioso entusiasmo.

—Tengo hambre —comentó Nic.

—No te preocupes, Nicolás, que traje unos... —empezó a decir Nana.

—Primero bajemos los instrumentos —la interrumpió Albert.

Al verlos, una mujer joven, regordeta, de pelo castaño y rostro redondo, vino hacia ellos. En los brazos sostenía una carpeta y un *walkie-talkie*:

—Soy Marlene Valens, la asistente de producción de la señora Bencie.

—Hola, somos el grupo Insignia —dijo Camila, lista a tender la mano y a hacer las presentaciones correspondientes, cuando la mujer arrancó a hablar.

—La batería que pidió ya está armada y afinada. Se encuentra en la carpa blanca que la producción llama *green room*, justo detrás del anfiteatro. No olviden revisarla con tiempo y asegurarse de que todo está bien.

—¡Hay mucha gente! —exclamó Eileen, sorprendida.

—El festival ha recibido mucho apoyo de las comunidades cercanas y de las emisoras locales de radio. Tenemos una concurrencia de varios miles de personas —explicó la asistente de producción, y sin concederle una pausa, agregó—: Deben esperar en la carpa a que los llamen. Una vez en el escenario, únicamente disponen de diez minutos para hacer una prueba de sonido. ¿Alguna pregunta?

—Sí, ¿quién es el ingeniero de sonido?

—Jess Farinas. Cualquier duda o problema, señorita Camila, me puede localizar por mi celular —concluyó Marlene antes de marcharse.

Todos se encaminaron al *green room*. Minutos más tarde, Laura estaba inspeccionando la batería y haciéndole algunos ajustes. Nic y Ferni, algo nerviosos, se dedicaron a afinar meticulosamente sus instrumentos. Eileen se arregló el pelo y se retocó el maquillaje mientras calentaba las cuerdas vocales. Por otro lado, Albert y Gabriel se desprendieron del grupo para ir a conocer al ingeniero de audio, que se encontraba en una pequeña carpa azul, frente al escenario. Jess estaba sentado ante una consola de veinticuatro canales, y los recibió como si los conociera de toda la vida.

–Escuché el demo de su música; me parece excelente. Espero que suenen igual en vivo –saludó, desenvuelto.

Un momento después, Albert reapareció en el *green room*.

–¿Y Gaby? –le preguntó Camila.

–Se quedó con el ingeniero.

–*Poor man* –bromeó Ferni–. *Knowing* Gaby, le va a atrofiar los oídos con preguntas.

Camila aprovechó para entregar a los chicos sus collares. A pesar de no mostrar el mismo entusiasmo que Laura y Eileen, aceptaron ponérselos. De repente, un hombre de piel canela irrumpió en la carpa. Su mirada fría recorrió, desafiante, los rostros de los jóvenes, hasta detenerse en el de Nana. La anciana sintió que un escalofrío le recorría la espalda. Su cuerpo se tensó, y la desconfianza dibujó una línea de inquietud encima de sus turbados ojos negros.

Nana estudió al recién llegado de arriba abajo, examinando su vestimenta; los pantalones vaqueros que llevaba eran nuevos, al igual que la camisa de algodón blanca con las mangas recogidas hasta los codos; varios collares de semillas y plumas colgaban de su cuello, y una cinta amarilla le cruzaba la frente. Nana sintió que el pulso le atronaba en los oídos. Volteó la mirada hacia Albert, buscando apoyo, cuando Camila se plantó frente al hombre. Para ella, no cabían dudas acerca de la identidad del individuo, y con marcado interés preguntó:

–¿Es usted el señor Wakatel Utiw?

–Busco a la señora Bencie –fue todo lo que dijo el desconocido.

–No la hemos visto –respondió Laura.

–¿Es usted el sacerdote maya? –insistió Camila.

–¿Son ustedes el grupo Insignia? –interrogó el *ah-men*.

La joven enarcó las cejas, sorprendida. Albert no apartaba los ojos del individuo.

–¡Ah! Entonces, usted es uno de nuestros fanáticos –aventuró Camila en tono de broma.

Esperaba que el hombre sonriera pero más bien contestó con sequedad.

—Vi su logo en la promoción del festival, y me gustaría conversar sobre la insignia que usan.

—A mí también me agradaría hablarle de eso —dijo ella sin, inmutarse por el rostro de piedra del individuo.

—Cuando tenga tiempo, pase por mi carpa —indicó él.

—Doña Nana y yo teníamos intenciones de hacerle una consulta después de la presentación de la banda —explicó la adolescente, dedicándole una sonrisa a la anciana.

—Las espero —agregó Wakatel Utiw, mientras le dirigía una mirada helada a Albert.

Nana experimentó alivio al ver al hombre marcharse.

—Espero que no hayas hablado en serio cuando dijiste que irías a ver a ese tipo —le dijo Albert a Camila.

—¿A qué te refieres? —repuso ella, sorprendida por la reacción del joven.

—No lo conoces. No tienes nada que hacer en su carpa.

—¿Qué tiene eso de malo? —preguntó la chica, tratando de disimular su desagrado.

Albert se dio cuenta de que se había expresado con demasiada brusquedad, pero no encontró las palabras apropiadas para explicarse. Nunca había visto una sombra tan oscura rodear a una persona. Pese a ello, controló de inmediato su reacción malhumorada y optó por no continuar argumentando. Lo último que deseaba era enojarse con Camila. Por su parte, Laura y Eileen observaban a su amiga con el rabillo del ojo, sin entender qué la motivaba a hablar con aquel extraño sujeto.

—Doña Nana, ¿no deseaba consultar al *ah-men*? —inquirió Camila, con la sonrisa habitual que empleaba al hablarle a la anciana.

—Consultar al *ah-men*, ¿acerca de qué? —interrogó la anciana, confundida.

—¿No se acuerda, doña Nana? Íbamos a preguntarle acerca de la caja.

—¿Preguntarle sobre la caja? No, no recuerdo —farfulló Nana, con expresión desorientada—. ¿Por qué mejor no vamos a la taquería y le preguntas a Paquita?

Camila perdió la sonrisa. Consciente de lo que estaba pasando, Albert se acercó a Nana, la abrazó y, armándose de paciencia, inquirió:

—¿Trajiste esa caja, cierto Nana?

La mujer seguía sentada, apretando con fuerza el bolso contra su cuerpo.

—Alberto, ese hombre me asusta —replicó con voz temblorosa.

—Es verdad que ese tipo proyecta mala vibra —le comentó Laura a Eileen.

—*Forget that creepy guy and* concentrémonos en el *show* —intervino Ferni, quizá con un poco más de intensidad que la requerida.

Camila tomó asiento, levantó las piernas, abrazó sus rodillas y dijo:

—Tienes razón, concentrémonos en la presentación.

Albert retomó la afinación de su guitarra, incómodo con lo sucedido. Trascurrieron unos minutos, y Camila no conseguía dejar de pensar en el sacerdote maya. Se sentía frustrada por el súbito lapsus de memoria de Nana. No comprendía exactamente qué era lo que la impulsaba a querer saber más acerca de aquella caja pero, sin duda, se trataba de algo que trascendía la simple curiosidad. Finalmente, decidió que sería mejor acudir sola a la carpa del *ah-men*.

—*What about the producer*? *The guy* que venía a vernos —indagó Ferni.

—Recibí un mensaje de texto de él —le aclaró la joven mánager—. Estará aquí en una hora, para cuando salgan a tocar.

—*Cool*!

«Si quiero ir a visitar la carpa del *ah-men*, debo hacerlo ahora», pensó Camila. Notó que Albert la observaba de reojo, preocupado. Se preguntó si le habría leído el pensamiento. Reparó en que el resto de los chicos, a pesar de hallarse algo nerviosos, estaban optimistas. Laura no hacía más que hablar del productor que venía a verlos.

Al cabo de un rato, Camila se levantó, y con voz firme anunció:

—Voy a ver cómo le va a Gaby.

En cuanto salió del *green room*, abrió su cartera para verificar que llevaba la foto de la caja, después trató de orientarse en la feria. No muy lejos, frente a la tarima que se encontraba entre las bancas de madera destinadas al público, distinguió una pequeña carpa azul; en ella, Gabriel y el ingeniero platicaban a gusto tras las consolas de sonido. A continuación, cambió de rumbo con determinación y se abrió paso entre la gente. «Estaré de regreso en poco tiempo, mucho antes de que empiecen a tocar», supuso, en tanto se alejaba a paso acelerado.

Al detenerse frente a la carpa del *ah-men*, la joven se alarmó al ver que la fila para consultarlo era larguísima.

—¡Maldita sea! —se le escapó en voz alta.

—¿Se encuentra bien, señorita? —oyó decir a sus espaldas.

La voz pertenecía a César Jefferson, que le sonreía con amabilidad. Camila lo examinó de arriba abajo, sin reparos. Al sobrino del señor Leonardo Jefferson le divirtió el aire seguro de la chica.

—¿Es usted la señorita Camila?

La joven, sorprendida, asintió con un leve movimiento de cabeza.

—El *ah-men* Wakatel Utiw la está esperando. Sígame, por favor.

El individuo la condujo al frente de la fila.

—Espere aquí, va a ser la próxima en pasar —le susurró al oído.

Camila se sintió aliviada. «No resultó tan complicado, después de todo». Fue en ese instante que su celular vibró con un mensaje de texto de Laura:

—¿Dónde estás?

Se disponía a responder, cuando una pareja salió de la carpa y César le hizo señas para que lo siguiera.

Wakatel Utiw la recibió sentado sobre una manta tejida extendida sobre el piso de tierra. César se mantuvo de pie, junto a la entrada. La luz era tenue. Unos retazos de tela colgaban en las paredes de lino, bloqueando toda luminosidad. La llama de una vela alumbraba indirectamente el rostro del hombre, que aparentaba tranquilidad y devoción. El fuerte olor a copal incomodó a Camila. Wakatel Utiw la acogió con un gesto suave, indicándole que se acercara. Ella se sentó frente al *ah-men*, sin poder resistir la tentación de pasear la mirada sobre los collares y las plumas con los cuales el hechicero se adornaba.

—¿Qué te trae frente a mí? —preguntó él, con voz apagada.

Camila no sabía cuál podría ser la fórmula apropiada para dirigirse a un hombre espiritual de esa índole, por lo que optó por hablarle como si estuviera dirigiéndose al sacerdote de su parroquia.

—Padre, vengo a consultarlo acerca de un amigo que tengo. Su familia es originaria de Chiapas, y su abuelita anda preocupada.

—¿Me estás hablando de la señora que vi en la carpa, y del joven de la guitarra?

—Así es —confirmó la muchacha, asombrada.

—Siento que el chico te tiene cariño y tú también a él.

Camila se sonrojó en silencio.

—¿Por qué no han venido ellos contigo? —inquirió el *ah-men*.

—No sé... La cuestión es que doña Nana dice estar convencida de que su nieto es descendiente directo del rey Pakal. Y todo el mundo piensa que está senil, así que no la creen.

Wakatel Utiw escrudiñó, sin miramientos, la insignia que colgaba del cuello de la chica.

—¿Qué crees tú?

—A veces supongo, como los demás, que doña Nana está perdiendo la cabeza, pero en otras ocasiones la escucho contar de forma tan vívida sus historias, que me parece que algo de cierto debe haber en ellas.

—Muchos alegan ser descendientes directos de Pakal, ¿pero cómo probarlo?

—¿Qué importancia tiene ser descendiente de ese rey?

—La profecía del Gran Jaguar dice que Pakal, reencarnado en uno de sus descendientes y junto a su alma gemela, viajará por Xibalbá. Si logra superar los peligros del Inframundo, Kukulcán regresará para cambiar el destino del Sexto Sol.

—¿Viajar por Xibalbá?

—El infierno de los mayas —aclaró César.

Camila no recordaba que doña Nana le hubiera hablado de ninguna profecía acerca del infierno, ni tampoco sobre el alma gemela de Pakal.

—El símbolo en forma de serpiente que llevas en tu collar ¿dónde lo viste? —indagó Wakatel Utiw.

—En una foto.

El *ah-men* pareció decepcionado por el comentario. Entonces Camila extrajo la foto de su cartera y se la mostró. Súbitamente, el sacerdote maya perdió el aliento.

—¿Quién tomó esta foto?

—Albert.

—¿Tu amigo?

—Sí.

—¿Es él quien tiene la caja?

Algo en la voz del hombre asustó a la muchacha. «¿Qué me pasa?», pensó, molesta consigo misma. Respiró hondo antes de responder:

—No, la tiene su abuela.

—¿Sabes si la caja ha sido abierta alguna vez? —continuó el hombre.

—No se.

El *ah-men* alzó una mirada radiante hacia la joven y rió entre dientes.

—¿Cómo te llamas?

—Camila.

—Verás, Camila, tu amigo es propietario de una caja muy valiosa.

—¿Muy valiosa? ¿A qué se refiere?

—Si no me equivoco, es una antigüedad de gran valor que fue robada de la iglesia de San Cristóbal de las Casas.

—¿Robada?

—Probablemente por la familia de tu amigo. ¿Por qué crees que no vinieron a mostrármela personalmente?

—No creo que en la familia de Albert haya ladrones –protestó la joven, preocupada por haberlos implicado en un problema, al exponer la foto.

El *ah-men* comprendió su inquietud y le aseguró:

—No te angusties, nada del pasado importa. En cambio, sé de alguien dispuesto a comprar esa caja a muy buen precio.

La adolescente no podía creer lo que estaba escuchando y, con aplomo, aventuró:

—Conociendo a doña Nana, no creo que la quiera vender.

—Ya veo –respondió el hombre, ensimismado, sin apartar los ojos de la foto.

—Me tengo que marchar, me están esperando –alegó Camila.

—Por supuesto, el espectáculo de la banda no tardará en empezar –dijo el *ah-men*. Su voz sonaba severa.

—La foto, por favor –reclamó la joven, tendiéndole la mano.

Él la devolvió con una sonrisa cínica.

—Pienso que tu amigo no es el Jaguar tan esperado. Su abuela simplemente está perdiendo la cabeza. En cambio, no sería mala idea que fueras unos segundos con César para que te dé nuestros datos. ¿Quién sabe? A lo mejor tu amigo, en un futuro, necesite el dinero para el cuidado de la salud de su abuela, y decida vender la reliquia.

Camila asintió, sin pensarlo mucho pero con el ceño fruncido, Lo único que deseaba en ese momento era marcharse de allí. Al ponerse en pie, recordó el comentario de Laura: «Ese tipo me da mala vibra».

—Nuestros caminos se volverán a cruzar –aseguró el siniestro *ah-men*.

De repente, el rostro del hombre le recordó la cabeza de una serpiente y, por un breve instante, habría podido jurar que sus ojos de ofidio brillaban con un reflejo rojo. Wakatel Utiw sopló en el caracol que colgaba de uno de sus collares anunciando asi el final de la consulta. De inmediato César se acercó. «Ni loca regreso a ver a este tipo», se dijo Camila mientras cruzaba la puerta de la carpa, seguida de cerca por César. Su celular vibró con un nuevo mensaje de Laura: «¿Dónde estás?». «Entre la audiencia», mintió, para evitar comentarios.

Nathalie Bencie entró a la carpa donde se encontraba la banda, para notificarles que subirían al escenario en menos de quince minutos. Dos de los asistentes de producción se apoderaron de la batería y se la llevaron rápidamente.

—¿Y Camila? —preguntó Albert.

—Me «texteó» que estaba en la audiencia —dijo Laura—. A lo mejor se encontró con el productor y están platicando. Ya sabes cómo es ella.

Albert sintió que su mal humor regresaba.

—No te alejes de Elsy —le recomendó a Nana de mala gana antes de salir al escenario.

De alguna manera, sabía que Camila le había mentido a Laura. Notó que le sudaban las palmas de las manos.

—Sé positivo —le dijo la muchacha—. Todo va a salir bien.

A Joost Van der Boom le estaba costando trabajo conseguir espacio para estacionar su vehículo. «Debe ser que no hay nada más que hacer por aquí», dedujo, perplejo, ante el número de automóviles que colmaban el parque. Consultó su reloj mientras abandonaba el auto; había llegado más tarde de lo previsto. A continuación, se dispuso a cruzar el espacio donde se celebraba el festival en busca del anfiteatro, tarea nada fácil, porque además de tener que abrirse paso entre el gentío, no estaba seguro hacia dónde debía dirigirse. Se detuvo y miró a su alrededor; el parque se hallaba bordeado por un ancho canal de agua, provisto de un modesto desembarcadero. Varios botes amarrados a los muelles indicaban que la navegación era uno de los pasatiempos favoritos de la localidad. Joost decidió rodear la rampa cementada. Una lujosa lancha de pesca deportiva, amarrada al costado de uno de los atracaderos, llamó su atención. «La salida al mar debe estar a un par de horas de aquí», pensaba, cuando vio surgir del interior de la nave a un joven moreno de buen físico, ataviado con ropa deportiva; una gruesa cadena de oro colgaba de su cuello. «¿De dónde conozco a ese tipo?», se preguntó el holandés mientras se ocultaba instintivamente. Un estante de ventas, repleto de blusas bordadas, le proveyó refugio. Desde allí pudo observar al individuo bajarse con agilidad de la lancha y alejarse. Le seguía los pasos un hombre corpulento de pelo rubio y largo, vestido con una colorida camisa hawaiana.

Van der Boom se lanzó en pos de ellos, los vio acercarse a una carpa, esquivar la fila de personas que esperaban turno para consultar a un *ah-men* y, por último, introducirse en ella sin más ceremonia. «¿Dónde he visto antes a ese tipo?», se repitió con impaciencia.

Ambos individuos no tardaron en emerger por la parte de atrás de la carpa; esta vez cargaban una hielera portátil tipo iglú de 156 litros de capacidad, especialmente concebida para la pesca. Sin prisa ni dificultad, embarcaron la caja termoaislante, y la introdujeron en la cabina del bote. Al cabo de unos segundos, el moreno volvió a aparecer en la popa, con una cerveza en la mano y expresión de satisfacción.

Resignado y disgustado por el bache de su memoria, el holandés se dedicó a buscar nuevamente la tarima. Consultó el reloj. Era la hora de la presentación de Insignia. Escuchó de lejos arrancar la música. «Sin duda son ellos». Aceleró la marcha, ya que llevaba en su mente una serie de preguntas cuyas respuestas ardía por conocer.

Al acercarse al anfiteatro, advirtió que la música había atraído a un buen número de jóvenes, que ahora se apiñaban alrededor de la tarima. «Los cabrones tocan bien», se dijo, observando el espectáculo. Insignia interpretaba una canción escrita y compuesta por Laura, que se titulaba *¿Eres tú real?* El tempo acelerado de la música hacía imposible no contagiarse con su energía. Unas jovencitas gritaban, pidiendo a voz en cuello que las subieran al escenario. Al principio Ferni las ignoró, enfocado como estaba en su guitarra, pero al finalizar la canción, optó por tender la mano hacia una de ellas y la izó a la plataforma; la chica le dio un beso y corrió hacia el bajista para hacer lo mismo. Elsy y Nana, que se mantenían discretamente a un costado del escenario, rieron al ver la cara de asombro de Nic.

Mientras tanto, los ojos de Albert buscaban a Camila entre el público. Desde su sitio, podía ver a Gabriel haciéndoles señas con el pulgar erguido, indicando que sonaban muy bien.

Pero Camila no estaba por ninguna parte. Los cuarenta y cinco minutos del espectáculo transcurrieron en un santiamén.

Van der Boom no conseguía imaginar qué vínculo podía unir a estos jóvenes con el altar robado. Le envió varios mensajes de texto a Camila, notificándole su presencia, pero no obtuvo respuesta. Sus pensamientos fueron interrumpidos por los aplausos del público. Eileen presentó a los miembros del grupo. Extrañado, Van der Boom miró a su alrededor. Advirtió el signo de victoria que Gabriel le hacía a Ferni. Entonces se acercó al muchacho y le preguntó:

—¿Eres parte de la banda?

—Sí —dijo el joven, para evitar dar explicaciones.

—Busco a Camila, la mánager, pero no logro ponerme en contacto con ella.

—Debe estar tras bastidores. ¿Es usted el productor?

—Así es —sonrió, contento de poder colar una oportuna mentira.

—Encantado, me llamo Gaby —dijo el adolescente, estrechándole la mano—. Sígame, para que conozca a Camila y al resto de la banda.

El ingeniero de sonido se despidió de Gabriel con un *high five*. Al llegar a la carpa, Van der Boom encontró a los adolescentes abrazándose efusivamente y riéndose, contentos por el resultado de su actuación. Nana y Elsy disfrutaban la exaltación de los chicos, mientras que la señora Bencie iba de uno en uno, felicitándolos.

—¡*Dude*, fue *awesome*! —exclamó Ferni, al ver a Gabriel.

—Les presento al productor de la disquera —anunció este último, en voz bien alta, para hacerse escuchar.

—Hola, ¿qué le pareció nuestra presentación? —preguntó Laura con impaciencia.

—¿Camila? —inquirió Van der Boom.

—No, soy Laura. Pensé que Camila estaba con usted —dijo ella, con una súbita expresión de inquietud en el rostro.

—No, llevo más de media hora tratando de comunicarme con ella por el celular, y no he podido.

Albert tomó su celular e intentó contactarla, también sin resultados.

—¿Qué le habrá podido ocurrir? —inquirió Elsy, confundida.

—Se la llevó ese maldito *nahual* —anunció Nana con el rostro desencajado.

—¿Cuál *nahual*? —preguntó el holandés, sorprendido por la

inesperada salida de la anciana.

—El que vino aquí diciendo que era un *ah-men* —respondió ella.

—¿Crees que fue a verlo? —le preguntó Laura a Albert.

—Voy a chequear —dijo él, con la determinación que lo caracterizaba.

—Debe estar distraída paseándose por el festival —intervino la señora Bencie, sin comprender la razón de tanta alarma—. ¡Ya aparecerá!

—Camila no se hubiera perdido nuestra presentación por nada del mundo —explicó Laura—. Además, ella sabía que el productor...

—Creo que deberían apurarse en ir a buscarla —la interrumpió Van der Boom.

—Te acompaño —le dijo Nic a Albert.

—Gaby y yo *are going with you, guys* —agregó Ferni.

Y los cuatro salieron de la carpa con precipitación.

Van der Boom volvió a acordarse del individuo que había visto en la lancha, e hizo un esfuerzo por identificar aquel rostro familiar.

—Su próxima salida a escena será en dos horas —anunció la señora Bencie, y se marchó sin prestar mayor atención al nerviosismo de los adolescentes. En definitiva, Indiantown no era un lugar peligroso y no entendía el porqué de tanta preocupación.

—Vamos a darnos una vuelta por el festival a ver si la encontramos —le sugirió Eileen a Laura, para tranquilizarla.

Fue en ese momento que encajaron las piezas sueltas que giraban en la memoria del extraficante, dando forma a la identidad del individuo que salía de la lancha. «¡Es César!, el sobrino de Jefferson». La última vez que lo había visto, en Guatemala, apenas era un adolescente. «Parece que no soy el único interesado en la caja».

—¿Y el productor? —murmuró Laura al oído de Eileen.

Van der Boom, sospechando lo que susurraban las chicas, les dijo:

—No se preocupen por mí, esperaré aquí con las señoras.

—Vámonos —dijo Eileen con firmeza, tomando a Laura por la mano y conduciéndola fuera de la carpa.

Al encontrase a solas con Nana y Elsy, el holandés se acercó a ellas.

—¿Qué cree que busca ese *nahual*? —le preguntó a Nana.

La anciana, que conservaba los ojos clavados en el suelo, no respondió.

—No vaya a entregarle la caja si quiere volver a ver a Camila viva —dijo él.

—Lo sé —respondió Nana, mirando al desconocido.

—La quiero ayudar —dijo Van der Boom.

—Lo sé —volvió a decir Nana.

—¿Dónde está la caja?

—A salvo —respondió ella, sin entrar en detalles; su confianza en el recién conocido no era suficiente como para admitir que tenía la caja en el bolso.

—¿De qué están hablando? —preguntó Elsy, nerviosa.

—Señora, no pierda más tiempo y llame a la Policía —ordenó Van der Boom. De repente, saltó de su asiento—. Necesito verificar algo.

El holandés salió corriendo de la carpa, en dirección a atracadero. Al llegar a la rampa, confirmó que la embarcación había zarpado. Para él no cabían dudas: «La secuestraron».

27
Indiantown, Florida

Gaby y Ferni se dirigieron hacia Jess, con la esperanza de que hubiera visto a Camila. Albert prefirió no perder tiempo y se encaminó directamente hacia la carpa del *ah-men*, con la seguridad de que allí encontraría respuestas a sus preguntas. Nic lo siguió sin decir una palabra. Al llegar, constataron que la espera para consultar al líder religioso era larga. Aun así, la gente aguardaba su turno con paciencia.

—Voy a hablar con ese tipo. Mientras tanto, pregunta si alguien la ha visto. Describe la ropa que llevaba —le dijo Albert a su amigo, para luego escurrirse entre la gente y entrar a la carpa sin reparos.

La penumbra lo tomó por sorpresa. Sintió que su estómago se contraía y le comenzaban a sudar las palmas de las manos. Sus ojos tardaron varios segundos en adaptarse a la oscuridad. Una pareja de ancianos, acuclillada frente a una modesta lumbre, volteó en su dirección, buscando al que interrumpía la sesión. Sentado frente a ellos estaba Wakatel Utiw, inmóvil. Una sonrisa cínica se dibujó en su rostro al ver a Albert y, sin miramientos, finalizó la consulta.

Los ancianos salieron de la carpa, lanzando una mirada de desaprobación al adolescente irrespetuoso.

—Tu espíritu de jaguar te ha traído frente a mí con prontitud —exclamó Wakatel Utiw, triunfante.

—¿Qué ha hecho con Camila? —tronó Albert, impaciente.

—Camila está a salvo, por el momento. Pero su vida depende de ti.

—¿De mí?

—Xibalbá te espera.

—¿Xibalbá?

—Es toda la información que tengo del fuego sagrado.

—¡Hijo de la chingada! No me venga con esas mamadas.

—Ya veo que has perdido el respeto por las tradiciones –repuso Wakatel Utiw.

—¿Dónde está Camila? –repitió Albert, controlando la cólera, cuando sintió su celular vibrar en el bolsillo del pantalón. Le echó un vistazo al mensaje: se sobresaltó al confirmar que provenía del móvil de Camila. Retuvo la respiración al leer el texto: «La caja por la chica».

—¿La caja? –exclamó Albert, estremeciéndose.

—La muchacha confirmó que eres dueño de la caja de Kan.

Albert necesitaba tiempo para reflexionar y no dejarse dominar por el miedo que crecía en él.

—No tengo la pinche caja aquí conmigo –replicó con aplomo. La firmeza de su voz fue convincente.

—¿Dónde está? –preguntó el *ah-men* con frialdad.

—En Homestead –mintió Albert.

—¿Homestead?

—Debe estar en la taquería o en mi casa. Dios sabe dónde la guardó Nana.

—Muy bien, irás de inmediato por ella si quieres volver a ver a tu noviecita.

—Camila no es mi novia –aclaró el adolescente, molesto.

La sonrisa desagradable de Wakatel Utiw se ensanchó al preguntar:

—¿Es Camila virgen?

La mirada de Albert se clavó con furia en la del hombre y su desprecio debió ser obvio.

—Irás por la caja y esperarás por nuevas instrucciones que serán enviadas a tu celular –ordenó el *ah-men*–. O si no, virgen o no virgen, tu novia podría acabar siendo sacrificada. Un bonito regalo para los dioses.

A Albert, aquellas palabras le parecieron inverosímiles.

—No te pases de listo, ni des información a la Policía –añadió Wakatel Utiw.

El adolescente, impotente, dio media vuelta y se marchó rabioso. Afuera, Nic conversaba con varias mujeres indígenas, quienes alegaban haber visto a Camila entrar a la carpa acompañada de un hombre moreno, muy elegante.

—Me acuerdo de la chavita, pues pasó sin hacer fila –explicó una de ellas.

—Como acaba de hacer ese chamaco –gruñó otra de las mujeres, apuntando hacia Albert.

—¿Y qué más vieron? –preguntó, plantándose frente a ellas,

visiblemente alterado.

–Nada más. Luego que la chava entró a la carpa, me puse a platicar aquí con mis comadres acerca de lo mal educados que están los chavos de hoy.

Al escuchar el comentario, el joven haló del brazo a su amigo y se marchó, para evitar responder de forma grosera a la mujer. Nic presintió que algo andaba mal:

–¿Qué ocurre?

–Nana tenía razón, fue ese tipo –comentó Albert, rebuscando en su mente una salida.

Al regresar al anfiteatro, los chicos vieron a Ferni sobre la tarima, micrófono en mano, notificando sobre una persona perdida. Describía a Camila, la ropa que llevaba, y pedía al público que si alguien la había visto, que se acercara con la información a la carpa de audio. Apuntó con el dedo hacia Jess y Gaby, quienes alzaron los brazos para hacerse visibles. Finalmente, Ferni agradeció a la audiencia y se retiró del escenario. La música arrancó, y un grupo folklórico de Tegucigalpa se presentó en escena.

Albert se abrió paso entre la muchedumbre para acercarse a Gaby, con la intención de pedirle un favor.

–Necesito tu carro.

La mirada de asombro del otro habló por sí misma.

–*Dude, I am sorry but…*

Albert le mostró su celular con el texto amenazador.

–¿Qué le ocurrió a Camila? ¿Fue Matusalén? –preguntó Gaby, confundido.

–¿Matusalén?

–El tipo salió bajo fianza y anda de nuevo por Opa Locka –informó Gaby.

–*Dude*, esto es peor que Matusalén –le aclaró Albert, con gravedad.

Nic, de pie junto a ellos, logró leer al vuelo el mensaje en la pantalla del celular.

–De esto, ni una palabra a la Policía –recalcó Albert.

–¿En qué lío estás metido? –preguntó Nic.

–Es la chingada caja de Nana.

–¿La caja que trajiste de México?

–Carnal, te dije que esa pinche caja era de mala suerte.

–Doña Elsy acaba de llamar a la Policía –anunció Ferni, que venía del escenario con Laura y Eileen. De inmediato, notó las caras consternadas de los chicos.

—*Dude, what the fuck is happening?*

No hubo respuesta. En el incómodo silencio, todos intercambiaron miradas de confusión.

—Voy a hablar con Nana —dijo Albert, finalmente.

Sentada en una esquina, junto a Van der Boom, Nana se mantenía callada. Sostenía su bolso, abrazándolo contra el pecho, mientras escuchaba a la señora Bencie discutir con la madre de Laura.

—¿Qué le hace pensar que esa muchacha fue raptada? Es muy probable que tenga problemas emocionales y haya marchado por su propia voluntad. Nada de esto es mi problema. Y ciertamente, no necesito escándalos ni mala publicidad para el festival.

—A mí me importa tres pepinos su festival, lo que quiero es encontrar a Camila. La Policía está por llegar. Le guste o no, voy a reportar el hecho y hacer todo lo posible por activar la alarma Amber.

—¡La alarma Amber! —exclamó la productora, molesta.

—¿Qué es esa alarma? —se inquietó Nana.

—Al desaparecer una persona menor de dieciocho años, si la Policía considera que está en grave peligro, se avisa a los medios de comunicación para difundir la información sobre el secuestro, y se anuncia en los letreros electrónicos de las autopistas —explicó el holandés.

La productora se marchó, enfurecida.

—No creo que la alarma sirva contra los poderes de un *nahual* —expuso Nana.

—Señora... ¿Cómo dijo que se llamaba? —inquirió Van der Boom.

—Josefina Ceh del Valle, viuda de Pepe.

—Señora Ceh, ¿por qué está convencida de que fue un *nahual* quien la raptó?

Nana suspiró. Iba a responder, cuando Albert irrumpió en la carpa.

—¿Has sabido algo? —le preguntó Elsy.

—No —dijo el adolescente con sequedad.

—Voy a avisar a los padres de Camila. No sé ni cómo decirles —balbuceó la mujer, agobiada.

El celular de Van der Boom sonó y él aprovechó para salir también de la carpa. Segundos más tarde, Ferni entraba para anunciar:

—*Bro, two policemen are here* y la señora Bencie está hablando con ellos.

Elsy se sobresaltó y salió apresurada, seguida por Ferni.

—¡Nana! Necesito tu bolso —dijo Albert.

—No —respondió ella, cortante.

—¡Nana!, es súper importante —insistió el adolescente.

La anciana se levantó de su silla y se acercó a él.

—Lo sé, mi'jito. Te lo avisé, pero no me creíste.

—No sé qué hacer —murmuró Albert, angustiado.

—Hazle caso a tu instinto de jaguar y déjame ayudarte.

—Nana, por favor, no hagas esto más complicado de lo que es.

—Donde va mi bolso, voy yo —dijo la anciana con firmeza.

Nic y Gaby entraron en ese instante.

—Me voy con Nana en mi troca —anunció Albert a sus dos amigos.

—¿No crees que es un mal momento para irte?

—Lo sé, Gaby, pero es una historia muy complicada y no tengo tiempo de explicar.

—Vete en mi Corvette —propuso—. No diré nada, y cuando la Policía pregunte, les daremos la descripción de tu camioneta.

—Carnal, te lo agradezco.

Con prisa, intercambiaron las llaves de los vehículos. Entonces, Albert tomó a Nana de la mano y le anunció:

—Nos vamos a casa.

De pie tras el anfiteatro, y con el celular al oído, Van der Boom hablaba al mismo tiempo que observaba de lejos a Elsy gesticular frente a dos agentes de policía. Junto a ella, Ferni, Laura y Eileen escuchaban atentamente y respondían las preguntas de los oficiales.

—Secuestrar a una adolescente en un festival en Estados Unidos conlleva riesgos grandes, ¿para qué exponerse a algo así? —le preguntó Angélica del otro lado de la línea a Van der Boom.

—César trabaja con su tío en el tráfico humano. Seguro que debe estar tras algo grande.

—Si logran introducir mujeres extranjeras al país para suplir redes de prostitución, sacar a una adolescente no debe ser muy difícil para ellos. Pero sigo sin entender, ¿por qué esa muchacha, en particular? ¿Habrá alguna relación con el altar?

—No lo sé —confesó Van der Boom—. Las esclavas sexuales que han sido rescatadas por las autoridades alegan que Leonardo Jefferson hace examinar a las más jóvenes para asegurarse de que sean vírgenes.

—¡Qué perverso! —comentó Angélica.

—Lo extraño del caso es que muchas de las chicas vírgenes no acaban en redes de prostitución.

—¿Qué hacen con ellas?

—Ese es el gran misterio. Jefferson se las lleva para su uso personal y, por el momento, las autoridades no han podido recuperar a ninguna de ellas.

—¡No han podido rescatar a ninguna!

—Ni viva, ni muerta —especificó el holandés—. Simplemente nadie las vuelve a ver —y se quedó unos segundos en línea, en silencio— ¿Hay algún aeropuerto cerca de aquí?

—Ya lo verifico, dame unos segundos.

Van der Boom consultó su reloj. Eran las cinco y cuarto. Al dirigir su mirada nuevamente hacia los agentes policíacos, vio que Eileen y Laura regresaban disgustadas a la carpa.

—Joost, el aeropuerto Witham Field está a unas veinte millas de Indiantown, no muy lejos del canal —confirmó Angélica.

—Calculo que llevan poco más de una hora navegando. Deben estar por desembarcar para subirse a un avión —especuló Van der Boom.

—Es preciso alertar a la Policía.

—A juzgar por la actitud que tienen los agentes que están aquí interrogando a la gente, probablemente piensan que la chica anda divirtiéndose con algún muchacho. Al fin y al cabo no lleva ni dos horas desaparecida.

—Sí, pero nosotros sabemos que no es así. Es nuestra obligación alertarlos.

—Hazlo, pero te apuesto que para cuando las autoridades decidan actuar, César estará muy lejos de aquí con su rehén.

—¿Tienes acceso a la lista de aviones que piden autorización para aterrizar y despegar en los aeropuertos de Estados Unidos?

—No, pero conozco a alguien que nos puede conseguir esa información, así como los planes de vuelo. De paso, ¿cómo se llama la chica que secuestraron?

—Camila Estrada. También necesito información sobre una tal Josefina Ceh del Valle.

—¿Y tú, qué piensas hacer? Cuando empiecen a investigar,

se darán cuenta de que Michael Zimmerman no existe. Vas a acabar siendo un sospechoso.

—No te preocupes por mí —se carcajeó Van der Boom—. Antes de irme, quiero platicar con la tal señora Ceh. Parece ser la única en tener idea de lo que está ocurriendo.

—Muy bien, te llamo en cuanto me llegue la información de los vuelos —aseguró Angélica antes de colgar.

Van der Boom se encaminó hacia la carpa. Estaba a punto de entrar, cuando oyó en el interior la voz acalorada de Laura. Se detuvo a escuchar. La chica ventilaba su frustración y rabia contra los policías.

—¡No lo puedo creer! Nos preguntaron todo tipo de necedades... si Camila se había peleado con sus padres. ¿Dónde estaban ellos? ¿Por qué no habían venido? Que si tiene algún historial de enfermedad mental o problemas emocionales, si tiene un récord criminal o usa drogas, si le conocemos novio, si se había citado con algún muchacho en el festival...

—Si es promiscua —añadió Eileen, igualmente alterada.

—Promi *what*? —preguntó Ferni.

—Que si se acuesta con muchos tipos —le aclaró Eileen, enfadada.

—Les explicamos que ella no es una delincuente, y que por nada en el mundo se hubiera perdido nuestra primera presentación. También les contamos que la única persona con quien ella se había citado era con el productor de música que vino a vernos.

—Los policías nos miraron como si fuéramos pájaros raros —especificó Eileen.

—*They have probably never* interrogado a cubanas con *personality* —bromeó Ferni.

—Mi mamá está muy mal —dijo Laura sin prestarle atención—. Habló con los padres de Camila. Están de camino. El papá de Camila, como es concejal de Homestead, conoce bien al jefe de Policía del pueblo. Dijo que iba a darle una llamada para asesorarse sobre cómo agilizar la búsqueda. Además habló con los oficiales y les aseguró que Camila no se iría sin decir nada.

—No se pueden imaginar lo angustiado y molesto que está —explicó Eileen.

—Mamá se fue a llorar al carro. Me dijo que necesitaba estar a solas por un momento —expuso Laura.

Hubo un incómodo silencio.

—¿Y doña Nana y Albert? —se extrañó Eileen, mirando a su

alrededor.

−Se tuvieron que ir −balbuceó Nic.

−¿Ir adónde? −interrogó Laura, atónita.

−A su casa; doña Nana no se sentía bien. Ya sabes cómo se pone ella con su enfermedad.

Al escuchar esas palabras, Van der Boom decidió que no tenía nada más que hacer allí. Minutos después de subirse al auto, recibió una llamada de Angélica, informándole que un avión privado, recién llegado de Guatemala y registrado en México bajo el nombre de María Lupita Fernández, acababa de despegar.

−María Lupita Fernández... −repitió él.

−¿La conoces?

−Es una antigua amante de Leonardo, reciclada como asistente personal.

−No tengo aún el plan de vuelo −lamentó Angélica.

−¿Qué averiguaste sobre la señora Ceh?

−Es originaria de Zinacantán, y ciudadana de Estados Unidos. Vive en Homestead. Mandé a tu correo electrónico todos los datos. ¿Qué piensas hacer?

−Ir a Homestead.

Elsy irrumpió en la carpa acompañada de los dos oficiales. Se veía menos angustiada ante el repentino cambio de actitud de los agentes, cuyo superior los había llamado para explicarles; el jefe de la Policía de Homestead les había asegurado conocer bien a Camila. La describió como una chica responsable, buena estudiante y muy madura para su edad. Por lo tanto, era urgente activar la alarma Amber, ya que las probabilidades de que la adolescente estuviese en peligro inminente eran altas.

Los ojos de Elsy inspeccionaron con rapidez el interior de la carpa. Alarmada, confirmó:

−No, no se encuentra aquí.

−¿Cómo conoció Camila al productor que vino a verlos? −preguntó a los adolescentes, con voz cortante, uno de los policías que acompañaban a Elsy.

−Por Internet −respondió Laura.

−Se puso en contacto a través de nuestra página Web − explicó Eileen.

−Queremos hablar con ese sujeto −dijo el agente.

−¿Alguien lo ha visto? −inquirió Elsy.

—Cuando estaba en la carpa de audio lo vi marcharse –comentó Gaby.

—¿Adónde? –cuestionó uno de los policías.

Los chicos se miraron entre ellos, sin tener respuesta.

—¿Y Albert? –indagó Elsy.

—También se fue, con su abuela –aclaró Laura, encogiéndose de hombros.

Los oficiales, visiblemente enojados, ordenaron a todos que se sentaran.

—Estamos esperando refuerzos para hacer una investigación más completa –explicó uno de ellos.

—En cuanto lleguen los padres de la chica, queremos ser informados de inmediato –añadió el otro–. Además, necesitaremos el número del celular, la dirección del correo electrónico y la página en Facebook de la desaparecida.

—La desaparecida tiene nombre –gruñó Eileen, desafiante.

El oficial le lanzó una mirada gélida, y continuó impartiendo órdenes.

—Nos urge saber todos los datos del joven y de la señora que se fueron, al igual que la descripción del auto que conducen.

—¿Qué planean hacer? –preguntó Elsy.

—Vamos a pedirle a la Policía de Homestead que mande una patrulla a la casa. Y de ahora en adelante, absolutamente nadie puede moverse de aquí sin nuestra autorización. ¿Está claro? –vociferó el oficial.

A Nana, el carro rojo de Gaby, con aspecto endemoniado, no le gustó nada. Le tomó cierto tiempo acostumbrase a su incómoda posición, sentada casi a ras del pavimento y viendo desfilar el asfalto de la carretera por la ventanilla. De reojo, se fijó en las manos de Albert, crispadas sobre el volante, pero no encontró palabras adecuadas para tranquilizarlo. Fue él quien rompió el silencio.

—¿Qué hay dentro de la caja?

—Papá Juan dijo que contiene tu herencia de jaguar y me hizo prometerle que la cuidaría con mi vida. Cuando me fui de Chiapas rompí la promesa. Me separé de la caja y luego me arrepentí. No voy a permitir que eso suceda de nuevo –explicó Nana.

—¿Por qué quiere ese tipo la caja, con tanto empeño?

—Los *nahuales* desean controlar Xibalbá.

Albert decidió seguirle la corriente, por más descabellada que sonara la conversación.

—¿Y cómo cree ese chingado *nahual* que se puede controlar Xibalbá?

—No lo sé, y por favor, mi'jito, no hables así —protestó Nana.

—¿Y cómo quieres que hable? Ese loco amenazó con sacrificar a Camila a los dioses.

—Todo saldrá bien —aseguró Nana—. Simplemente, déjate llevar por tus instintos de jaguar. Es tu destino, que se manifiesta frente a ti, como lo anuncia la profecía.

—No creo en profecías, ni en que nadie pueda predecir el futuro. Todo el mundo es libre de elegir su destino.

—¿De qué hablas? No has escogido que Camila fuera raptada por un *nahual*, ni ser descendiente de Pakal. Venimos a este mundo con un propósito, y tenemos la obligación de estar siempre superándonos para encarar nuestros destinos bien armados. Me tomó tiempo entender mi propósito en la vida y hoy lo tengo bien claro. Mi propósito es ayudar a mi familia, protegerte a ti y asegurarme de que la caja no caiga en manos malignas. Y pienso morir tranquila, sabiendo que cumplí con la misión que Dios me dio.

Esas palabras no reconfortaron a Albert, más bien lo impacientaron, pero optó por mantenerse callado.

—¡Me vas a decir que crees que todo esto es una simple casualidad! —exclamó Nana, con la frente arrugada.

—Profecías, destino… no se qué pensar. Francamente, prefiero dejarme llevar por la lógica y la ciencia.

—Dime, ¿qué piensa ese señor que se llama como tú?

—¿Cuál señor?

—El que dijo que el tiempo no pasa siempre a la misma velocidad.

—¿Albert Einstein?

—¿Qué piensa él sobre predecir el futuro?

El adolescente reflexionó unos segundos, intrigado por la pregunta.

—Debo admitir que Einstein no creía en coincidencias ni en probabilidades. Decía que Dios no jugaba a los dados.

—De verdad que ese señor me agrada mucho —comentó Nana, sonriendo—. ¿Qué más dice?

—Qué más dijo —corrigió Albert—, pues ya murió.

—Cuéntame. Me interesa saber.

—Einstein creía que si se conocen las fuerzas que actúan

sobre un objeto, es posible predecir cómo el objeto se va a comportar en el futuro. Por lo tanto, todas las interacciones en el universo pueden ser calculadas y anticipadas —explicó Albert, consciente de que hablar de física lo relajaba.

—¡Ves! Todo lo que ocurre en el universo está calculado. Tenemos un destino.

—Nana, él se refería al movimiento de los objetos, no a las acciones de las personas.

—¿No somos parte del universo, influenciados por las mismas fuerzas?

—Nana, la fuerza que descubrió Einstein solo actúa en el universo, a nivel cósmico.

—Bueno mi'jito, ¿y qué otro universo hay?

—El universo atómico —aclaró Albert.

—¿El qué?

—El universo de los átomos, de lo extremadamente pequeño. Y en ese universo, Nana, todo es impredecible, todo es cuestión de casualidades y probabilidades. Es más, una partícula puede estar en varios lugares a la vez.

—¿De qué me estás hablando?

—De mecánica cuántica.

— ¡Varios lugares a la vez, eso me suena a fantasía!

—Pues no lo es. La realidad es que nadie entiende bien cómo funciona, pero ha sido comprobada miles de veces por los científicos en el laboratorio.

—Bueno, ¿y qué tiene que ver eso con las personas?

—¿No dijiste que estamos influenciados por las fuerzas del universo?

—Así es.

—Entonces somos influenciados por el universo atómico, ya que estamos hechos de átomos. Y viéndolo de esa forma, se puede decir que esta es la razón por la cual el ser humano no es predecible, ni tiene destino predeterminado. ¡Las cosas pasan por pura casualidad!

—¿Qué piensa el señor Alberto de esto? —preguntó Nana, frunciendo el ceño.

—¿Einstein?... él creía que solo podía existir una fuerza universal, y no aceptó del todo la mecánica cuántica.

—Te digo que ese señor me agrada mucho.

—Einstein trató de combinar las dos fuerzas en una. Él llamaba a eso la **Teoría del Todo**. Trabajó por años tratando de conseguir la fórmula, pero no lo logró. Los físicos de la época pensaron que había perdido el genio.

–¡Pobrecito, se debió sentir muy mal! La próxima vez que venga a tomarse un café en casa, le diré que no se preocupe. Estoy segura de que en el futuro algún científico logrará demostrar que tenía razón.

–¿Un café en casa?

Nana se hizo la desentendida y prosiguió con sus explicaciones.

–Casualidad o no, la cuestión es que eres el Gran Jaguar. No importa si este hecho fue determinado por el universo cósmico, atómico, o lo que sea. Lo que importa es que, por el momento, no hay nada que puedas hacer al respecto, excepto asumir tus responsabilidades. Eso es todo –concluyó la anciana, encogiéndose de hombros.

–¿Y cómo sugieres que haga eso? –preguntó Albert, algo exasperado por el tono irrebatible de Nana.

–Debemos ir a San Cristóbal de las Casas para que abras la caja, con el *ah-men* Chahom. Él sabrá aconsejarte. Súbitamente, se removió sobre su silla y se quejó:

–Qué incómodo es este asiento tan bajito.

En ese instante sonó el celular. Albert reconoció el número de Nic y respondió.

–Carnal, ¿alguna noticia nueva?

–La Policía hizo muchas preguntas acerca de ti. Van a ir a tu casa.

Albert se pasó la mano por el pelo y tragó saliva. «Todo se complica».

28
Manhattan, Nueva York

Eran las seis y treinta de la tarde; Sylvia se sentía cansada. El maletín que cargaba al hombro le pesaba enormemente. Sus pensamientos persistían en enfocarse en lo negativo del día. De pie en el vagón, se sostenía de una barra de metal, tratando de mantener el equilibrio cada vez que el tren se detenía o arrancaba. Odiaba tomar el metro de Manhattan, sucio y abarrotado de gente, pero no había tenido otra opción: estaba lloviendo a cántaros y era prácticamente imposible conseguir un taxi.

Cuando las puertas se abrían, la arqueóloga observaba a su alrededor esperando ver un asiento desocuparse cerca de ella. Durante el trayecto, su mente divagó, repasando sus conversaciones con Richard. Cada vez le parecían más confusas las intenciones del ejecutivo. Le dolía la cabeza. Había pasado todo el día en su oficina corrigiendo disertaciones y exámenes.

Regresar del trabajo a su casa le tomaba una hora. Un tiempo muy razonable para los neoyorquinos, muchos de los cuales acostumbran a viajar, incluso hasta dos horas en tren para acudir a sus lugares de labor. Mudarse cerca del campus universitario no era una alternativa para ella. Consideraba que su apartamento en la calle de Gansewoort, en el distrito de procesamiento de carnes, era lo más adecuado para su estilo de vida y personalidad.

En los prósperos años ochenta, la compañía Down East Sea Food, Inc. había cerrado su almacén, un sólido edificio de dos pisos construido en ladrillo, para instalarse en un local más grande y moderno. El establecimiento estuvo abandonado por varios años, hasta que un joven judío compró la planta baja para montar un restaurante de charcutería llamado Aaron's Delicatessen, y Sylvia negoció la compra del piso de arriba a un precio módico, pues en esa época el vecindario era indeseable y tenía la mala fama de ser centro de prostitución de transexuales. Por muchos años, mantuvo el lugar para recibir cajas repletas de ornamentos enviadas por Leonardo. La mercancía pasaba por aduana con certificados falsos, indicando que se trataba de réplicas para el comercio, cuando en realidad algunas piezas eran originales. En varias ocasiones, Sylvia también redactó certificados de autenticidad a las piezas que no eran originales antes de ser entregadas a sus respectivos compradores.

En el presente, el barrio se había transformado en un lugar de moda. Entre los pocos almacenes de carne que aún operaban, habían surgido numerosas *boutiques* y restaurantes. Por su parte, la arqueóloga había convertido el inmenso espacio desmantelado en un amplio apartamento moderno, con vastas paredes, donde vivía junto a su colección personal de antigüedades precolombinas.

Al llegar a la estación de la avenida 8 y la calle 14, Sylvia se abrió paso, prácticamente a codazos, para bajarse a tiempo del tren, antes de que las puertas se cerraran sobre ella. Luego se dirigió hacia la salida del subterráneo y subió los escalones con agilidad. Había dejado de llover, pero el viento insolente de la calle le golpeó el rostro. El cielo gris y el aire fresco, advertían que el invierno sería duro. Anduvo tres cuadras por la acera de la calle Washington serpenteando los pocos almacenes de carne que todavía operaban. Cruzó al otro lado para apartarse de un camión refrigerado estacionado frente a un depósito, donde unos hombres vestidos con delantales blancos salpicados de sangre, se esforzaban descargando cadáveres descuartizados de reses, envueltos en plástico transparente. Uno de ellos, al darse cuenta de que se trataba de una mujer guapa, le lanzó un piropo obsceno. Sylvia le sostuvo la mirada sin pudor. Era un individuo de tez oliva, pómulos altos y pelo negro; algo en él le recordó su viaje a Guatemala. «Va a ser un invierno largo», musitó algo melancólica: los cortes presupuestarios en la universidad la habían obligado a suspender su próximo viaje de investigación, pautado para la semana siguiente. Las nuevas excavaciones en El Mirador estaban planeadas para marzo.

A nivel personal, se encontraba también en un bajón. Hacía ya cuatro meses que había roto con su último amante, Naszan Hissein, el profesor de Física Teórica que había mencionado en su cita con Richard en el restaurante. Por el momento no se animaba a corresponder a ninguno de sus admiradores. Los días fríos y oscuros que se aproximaban, y la falta de adrenalina en su vida, la desconcertaban. Pero la arqueóloga no se doblegaba con facilidad.

Entró a Aaron's Delicatesen y compró un emparedado Reuben. Luego de salir del local con la cena en una caja de poliestireno, sacó un diminuto control remoto de la cartera y pulsó un botón. Una pequeña puerta de metal contigua a la de la cafetería se abrió sin que ella tuviera que tocarla, y las luces se encendieron automáticamente. Escaló las estrechas escaleras que la llevaban a su apartamento. Empujó otra puerta y se encontró en una sala de paredes blancas y piso de madera color caramelo oscuro. En la entrada se despojó de la gabardina de cuero y de las botas de caña baja.

El lugar estaba prácticamente vacío, desprovisto de ventanas y decorado de forma minimalista. Colocó el maletín sobre el sofá. Se sirvió una copa de vino blanco, abrió la caja que contenía el emparedado y se sentó a comer. Fue con el primer bocado que percibió un gran vacío en el cuerpo, recordándole lo sola y decepcionada que se sentía. El tiempo pasa rápido. Pronto iba a cumplir cuarenta años y su vida estaba lejos de ser lo que ella aspiraba. A pesar de dedicarle todo el esfuerzo y la atención a su carrera, no había logrado notoriedad en la profesión. Dependía de su trabajo como profesora para pagar la renta. Se veía envejeciendo sola, sin gloria ni muchos recursos económicos. Suspiró y guardó la cena en la nevera; en realidad no tenía apetito.

Para animarse, decidió salir a trotar. Se vistió con ropa deportiva y zapatillas de correr. Con un gesto automático, se recogió el pelo en una cola de caballo, tomó el celular en una mano, el remoto de la puerta en la otra, y se marchó. A una cuadra de su apartamento, las avenidas 10 y 11 se fusionaban formando la West Street. No muy lejos de allí, un paso peatonal le permitía cruzar la vía de forma segura para arribar frente a los muelles de Chelsea. Tras estar encerrada todo el día en las aulas de la Universidad, en la oficina, y en el tren, era claro que el paseo que bordeaba el lado oeste de la isla de Manhattan, con la vista y la brisa del río Hudson, le vigorizaba el cuerpo. No importaba las veces que hubiera estado allí, ni la hora que fuera, el lugar la reconfortaba y la ayudaba a pensar con claridad.

Después de hacer algunos movimientos de calentamiento, se lanzó a trotar con energía a lo largo del Hudson, en dirección sur. Los latidos del corazón retronaban fuertes en su pecho. Sentía los pulmones quemarse con el frío del aire que respiraba. Con los sentidos alerta, escuchaba el batir del oleaje contra el malecón del Hudson River Park, mientras sus ojos se deleitaban ante la vista de los edificios de Jersey City, y sus piernas y brazos se abandonaban en el esfuerzo de mantener el paso.

Bajo la luz de los faroles, imágenes de Richard carcajeándose le atravesaron la mente. Se había planteado descubrir lo que se traía entre manos. El simple hecho de pensar en él, la estimulaba. Repasó mentalmente las fotos del misterioso altar. Los glifos aparecían y se desvanecían con la misma velocidad con que sus zancadas la llevaban en el anochecer. De repente, su celular vibró. Sylvia se detuvo unos segundos a leer el mensaje recibido: «Necesito tus servicios. Debes estar en Palenque mañana, sin falta. Es muy importante».

La primera reacción de Sylvia fue de sorpresa. Nunca antes Leonardo Jefferson la había convocado con tanta urgencia. Luego se sintió molesta. «¿Quién se cree que soy, su sobrino? No estoy a su disposición cuando se le antoje», rezongó. Pero antes de tener la oportunidad de devolverle un texto negándose, recibió una foto. No podía creer lo que estaba viendo: la imagen de la serpiente de ojo rojo grabada en una caja. Tras superar la inicial estupefacción, respondió: «Nos vemos mañana. Allí estaré».

29
Homestead, Florida

Albert sintió un profundo alivio al dejar atrás la autopista y estar de regreso en Homestead. Eran las diez de la noche y en las calles poco iluminadas de su vecindario no había un alma. Al llegar a la esquina de su casa, divisó el auto de Maurer aparcado frente a ella. «¡Híjole, de nuevo ese idiota!», refunfuñó molesto. Se estacionó tras el policía. De inmediato, el detective salió de su vehículo. Albert hizo lo mismo, e ignorándolo, se apresuró a abrirle la puerta a Nana para ayudarla a abandonar la incómoda posición de la cual se había estado quejado durante todo el viaje.

−Bonito auto el de tu amigo −comentó Maurer.

−¿Qué quiere ahora? −preguntó Albert, mientras retiraba del asiento el pesado bolso de Nana y la ayudaba a incorporarse.

−Vengo a hacerte una cuantas preguntas acerca de la desaparición de tu novia.

−Camila no es mi novia −corrigió Albert.

−Buenas noches, detective −dijo Nana estirando la espalda. Recuperó su bolso del hombro del adolescente−. Estoy cansada, quiero entrar a casa. ¿Me necesita?

Maurer sacudió la cabeza.

−Estoy contigo en cinco −le aseguró Albert.

−Voy a preparar algo de comer.

El adolescente notó que las sombras que rodeaban al detective habían oscurecidos desde la última vez que lo había visto. Sintió su paciencia agotarse y con voz seca preguntó:

−¿Qué está haciendo para encontrar a Camila? Aquí no está.

−Supe que te fuiste del festival sin esperar por la Policía −la expresión desdeñosa del funcionario no dejaba lugar a dudas: Albert no le agradaba.

−Nana no se sentía bien.

−Ese es el carro del señor Goish. Él personalmente me

aseguró que su hijo no se lo presta a nadie. ¿Cómo lo obtuviste?

—¿Está el auto reportado como robado?

Maurer no respondió.

—¿Entonces, qué le importa?

—¿Por qué crees que secuestraron a tu noviecita? —cuestionó Maurer, apoyándose en el capó del Corvette.

—No sé, pero estoy seguro de que usted ya lo sabe —le espetó Albert, sosteniéndole la mirada, antes de cerrar con brusquedad la puerta del vehículo.

—¡Pendejo! No te pases de listo conmigo —explotó el policía—. Estoy convencido de que la chica está en peligro, por tu culpa. Y antes de que esto llegue demasiado lejos, te aconsejo que cantes.

Las palabras «tu culpa» clavaron un aguijón en la conciencia de Albert. La verdad era que Camila se encontraba en manos criminales por su causa. Estuvo a punto de contarle la situación, pero se detuvo al pensar que lo primero que haría el detective sería llevárselo con la caja al cuartel. Recordó que el desquiciado *ah-men* le había dicho que no involucrara a la Policía. Era obvio que el patán parado frente a él no sabría manejar el caso con discreción y eficacia.

—No tengo nada que «cantar».

—Déjame adivinar —dijo el agente con voz áspera—: te quedaste con el dinero de alguna mercancía ilegal y tus suplidores están tratando de cobrárselas con tu noviecita.

Albert respondió, irritado:

—Ya le dije que no es mi novia y que no tengo nada que ver con drogas.

—No me engañas. Presiento que estás involucrado en algo. ¿Qué te traes entre manos, muchacho?

Lo cierto era que el joven no podía responder a esa pregunta. No sabía a ciencia cierta qué había en la caja. Por lo tanto, decidió que había llegado la hora de abrirla. Necesitaba comprender de qué se trataba aquella pesadilla.

—¡Te advierto que si esa chica aparece muerta, me aseguraré de que te pudras en la cárcel por obstrucción de justicia! —vociferó el detective.

Albert hizo caso omiso a la amenaza, le dio la espalda, y se dirigió hacia la puerta de su casa.

Antes de subirse nuevamente a su auto, Maurer se le quedó mirando, desdeñoso. No tenía duda alguna de que el mexicano sabía más de lo que pretendía. Se dispuso a vigilar la casa. Tras arrancar el carro, le dio la vuelta al vecindario y se aparcó en una esquina oscura, al final de la calle.

Sentada a la mesa de la cocina, Nana bebía un vaso de chocolate caliente cuando Albert entró.

—Nana, ¿dónde está la pinche caja?

—La escondí —respondió la anciana.

—¿Dónde? La necesito.

—¿Qué vas hacer con ella?

Albert la miró impaciente y preguntó:

—¿No querías que me dejara llevar por mis instintos de jaguar?

—Sí, pero...

—Entonces, contéstame, ¿dónde la pusiste? —interrumpió él.

—¿No pensarás abrirla sin un *ah-men* presente? —cuestionó Nana con una vaga sensación de horror.

—Necesito entender qué es lo que buscan los secuestradores.

A la anciana se le cortó la respiración. Era como si aquellas palabras hubieran insultado a Papá Juan.

—Ya te lo expliqué —dijo, molesta.

—Nana, por favor, te lo...

Golpearon la puerta. Albert contuvo sus palabras.

—¿Quién puede ser a esta hora? —se alarmó ella.

—El pinche detective, ¿quién más? —dedujo el adolescente, dirigiéndose hacia la entrada.

Nana le siguió los pasos. Tras mirar discretamente por una ventana lateral, Albert reconoció al productor de la disquera. Perplejo, le abrió la puerta:

—¿Qué hace aquí?

—Sé quien raptó a Camila y quiero ayudarlos.

Nana le dedicó una mirada de alivio y dictaminó:

—Alberto, déjalo entrar.

El joven sintió tensarse su mandíbula, pero acató los deseos de la anciana.

—Muchas gracias, señora —dijo el holandés, de pie en el medio de la sala.

—Ya sabemos que fue el *nahual* quien se llevó a la chica —afirmó Nana.

—Así es —confirmó Van der Boom—, pero fue ayudado por un traficante de piezas de arte llamado César Jefferson. Están interesados en la caja precolombina que Camila mostró en Inter...

—Solo el descendiente de Pakal debe abrir la caja —atajó Nana.

—Por supuesto —asintió Van der Boom, quien no deseaba contradecirla. Hizo una pausa, antes de solicitar—: ¿Sería mucho pedir que me ofreciese un cafecito? Estoy cansado y algo de cafeína en el sistema me ayudaría a pensar con mayor claridad.

—Claro que sí —dijo ella, cándidamente.

Albert la observó alejarse hacia la cocina y se volteó hacia la inesperada visita, con un rostro de piedra. Ningún tipo de sombra o luz emanaba de ese hombre. No sabía qué pensar..

—¿Qué quiere?

—Me llamo Joost Van der Boom, soy antropólogo y arqueólogo. Trabajo para Interpol —mintió.

—¡Agente! —repitió Albert burlonamente—. ¿Y qué más? Apostaría más bien a que es un criminal mentiroso y me vale lo que tenga que decir.

—Criminal fui en mi juventud —confesó Van der Boom—. Me refiero a que era traficante de obras de arte. Conozco cómo operan César y su tío Leonardo Jefferson, y puedo asegurarte que son hombres peligrosos. Además de traficar con arte, están involucrados en la trata de mujeres.

Albert sentía que aquella noche se había convertido en una especie de alucinación, en la que nada era lo que parecía ser.

—¿Trata de mujeres?

—Quiero ver a los Jefferson tras las rejas y poner a salvo a la chica.

—¿Y la caja?

—Por supuesto que, como antropólogo, quiero asegurarme de que la pieza sea devuelta a sus dueños legítimos.

—¿De qué habla?... Soy el dueño legítimo —protestó Albert—. La heredé de mi bisabuelo. Además, ¿quién me asegura que usted no es uno de los secuestradores?

—Podría serlo, pero no lo soy.

—¿Qué tiene la caja de especial?

—Es antigua y muy valiosa.

—¿Cuánto vale la pinche caja? —inquirió Albert, sorprendido.

—No estoy seguro —admitió Van der Boom.

El adolescente lo fulminó con la mirada.

—Aquí está —anunció Nana, de regreso a la sala.

Para sorpresa de todos, en las manos no traía una taza de café sino la caja. Albert se precipitó sobre ella y se la arrebató de las manos, reclamándole:

—¿Qué haces?

—Debemos consultar con un *ah-men* antes de abrirla —insistió ella.

—La señora tiene razón, un sacerdote maya debe consultar el calendario sagrado y determinar la fecha más adecuada para su apertura —opinó el holandés.

El rostro de Nana se iluminó con una sonrisa.

—¿Está bromeando? —soltó Albert.

Van der Boom deseaba ganarse por completo la confianza de la anciana. Como antropólogo, entendía el apego de los indígenas a sus costumbres y tradiciones.

—No es broma, Alberto. Es importante saturarse de energía positiva —dijo Nana—. Debemos rendir ofrendas en muestra de agradecimiento y pedir sabiduría en estos momentos difíciles.

—¿Y dónde propone que encontremos a un sacerdote maya? —preguntó Albert a Van der Boom, con tono irónico.

—Por Internet.

—¿Mande? —dijo Nana, sorprendida.

—Tengo una amiga psicóloga en Chiapas. Es originaria de Chamula y actualmente vive en San Cristóbal de las Casas. Se trata de una mujer preparada que también es sacerdotisa. Su nombre religioso es Ix-Men Nah Kin.

—Sacerdotisa Madre del Sol —murmuró la anciana, pensativa.

—Nos contactaremos con ella por Skype. Estoy seguro de que sabrá aconsejarlos.

«Abuelo no especificó que el sabio curandero debía ser un hombre», reflexionó Nana, satisfecha con la idea. A Albert no le desagradó la sugerencia, a pesar de sonar algo descabellada. En el fondo, como no deseaba herir a la abuela, aceptó cooperar momentáneamente.

—¿Tienes una *laptop* con cámara y Wi-Fi? —inquirió Van der Boom.

—En mi habitación —asintió Albert.

—¿Algún instrumento de percusión?

—Sí, un tambor, de una batería vieja.

—Trae todo al patio, incluyendo la caja.

—¿Al patio?

—Normalmente, las ceremonias mayas se hacen en centros

sagrados como cenotes, cerros o pirámides. Pero en realidad pueden celebrarse en cualquier lugar, ya que la naturaleza es considerada sagrada. Vamos a montar un pequeño altar fuera, donde haya señal de Internet. Señora, ¿tiene velas, frutas o algo en particular que quisiera ofrecerle a Dios?

–Por supuesto –dijo Nana, entusiasmada.

–Tráigalo. Mientras tanto, haré una llamada telefónica a mi amiga para explicarle la situación y solicitar sus servicios –dijo Van der Boom, seguro de su plan.

Nana y Albert obedecieron. Minutos más tarde, el adolescente regresó con los objetos requeridos. Escuchó al holandés agradecerle a Ix-Men Nah Kin, por teléfono. Luego, ambos buscaron en la huerta la señal de Internet para comunicarse con la sacerdotisa. Colocaron la computadora sobre un pequeño taburete, frente al cual amontonaron piedras. Nana trajo unas velas, mientras sostenía la caja contra su pecho, como si fuera un bebé; se acuclilló ante el improvisado altar, y allí las colocó. Van der Boom se sentó junto a ella para ayudarla a encenderlas, y aprovechó para echarle, de reojo, un vistazo a la reliquia precolombina, pero con la escasa luz nocturna no logró apreciar bien los detalles. Pese a su enorme interés, consciente de que urgía ser paciente, prefirió aguardar el momento adecuado para inspeccionarla.

–Mi'jito, trae el plato que dejé sobre la mesa de la cocina – pidió Nana a Albert.

A los pocos minutos, el adolescente regresó con una bandeja de metal repleta de frutas, mazorcas de maíz y tortillas. Depositó la ofrenda en el suelo y notó que el rostro arrugado de su abuela resplandecía de dicha.

La conexión con la red informática mundial funcionó y sobre la pantalla de la computadora apareció el rostro de una mujer madura, ataviada con un huipil colorido y un collar de madera al cuello. Luego de saludar con voz pausada, preguntó:

–¿Qué necesitan?

–Bendecir a mi nieto para que pueda enfrentar su destino y *bahlumilal bahlumilal mak-be-etik* (los seres nefastos que aparecen en el camino).

–Así se hará –aseguró Ix-Men Nah Kin, e inmediatamente comenzó a cantar–: *Yahvalel vinahel bi, yahvalel osil'un, yahvalel te'tik'ay.*

Nana dejó de respirar por unos segundos, al escuchar la voz dulce de la sacerdotisa expresarse en el idioma de su infancia.

A continuación, tradujo en voz alta para que Albert pudiera entender.

–Señor de la tierra, Señor del cielo, Señor del suelo.

–*K'u yepal cital ta yolon'avok* –continuó diciendo la mujer.

–Cuántas veces vengo ante tus pies...

–*Cahta ti ta 'alel 'une, bu naka savak' un.*

–Te busco a ti en esta petición, en un asunto que solo tú decides.

–*Bac i yolunuk ta'avokik'un.*

–Él está verdaderamente ante tus pies...

–*Ti mu me k'usi hnupankutik, ti mu me k'usihya'inkutik.*

–Ojalá nada nos suceda, ojalá nada nos dañe.

–*Kolaval'abolahik yu'un ti hnic'one.*

–Gracias por hacerle el favor a mi niño.

Ix-Men Nah Kin repitió las frases, una y otra vez. Van der Boom tomó el instrumento de percusión, y con suavidad lo golpeó con palmaditas cortas y rítmicas. Había asistido a numerosas ceremonias y siempre quiso llevar la cadencia del tambor. Nana, con los ojos cerrados, sentía un gran alivio interior al escuchar el sonido hipnotizador, y se meció cadenciosamente, de atrás hacia delante, durante los quince minutos que duro el cántico.

Luego, para bendecir la caja y atraer buena energía, la sacerdotisa prosiguió con otra monótona plegaria que Nana, sumida en su meditación, repitió entre dientes, sin traducir. Albert suspiró impaciente, ya que no entendía las palabras recitadas; su mente analítica no le permitía aceptar tales supersticiones. No solo pensaba que el rito era una pérdida de tiempo, sino que además, le pareció que duraba una eternidad. Con discreción, sacó el celular del bolsillo y verificó las llamadas recibidas. No había ningún mensaje nuevo de los secuestradores. A continuación, clavó los ojos en la luz parpadeante de las velas, buscando distraer su mente.

–¿Es hoy buen día para abrir la caja? –escuchó preguntar a Van der Boom.

–Lo es –confirmó la sacerdotisa, y profetizó–: Hoy es un día para aspirar a la conexión universal. Día de preparación para recibir a los que pasean por el cielo y descenderán sobre la tierra. El aquí y el ahora nos muestran el camino al crecimiento de la mente superior a través de nuestro pasado. El miedo lleva al fracaso. La sabiduría de nuestros abuelos es la respuesta y el camino al triunfo. Hoy es el día en que las almas gemelas se compaginan y los elementos vitales de la tierra: fuego, viento, mar, animales y plantas, se enlazan volviéndose uno contra los espíritus de la oscuridad.

Entonces Ix-Men Nah Kin se detuvo, pensativa, y relumbrando de placidez, anunció:

–Nuestra ceremonia ha llegado a su fin. ¿Hay algo más que pueda hacer por ustedes?

Nana sacudió la cabeza y dijo, agradecida:

–Sus palabras me han reconfortado.

–Las predicciones del *tzolkin* son para todos –afirmó Ix-Men Nah Kin, antes de despedirse.

La conexión se interrumpió, y la pantalla quedó oscura. Nana sintió una inmensa satisfacción acompañada de tristeza. Le tendió la caja a Albert.

–Ábrela mi'jito, llegó la hora.

El adolescente miró el cofre de madera con frialdad y un escalofrío le recorrió la espalda. Imágenes de su madre tendida en el desierto, junto a la caja, le vinieron a la mente, seguidas por los recuerdos de él, en el hospital, llorando la muerte de sus padres, con el odioso objeto colocado al pie de la cama. La serpiente de ojo rojo no solo era parte de sus pesadillas de infancia, sino que ahora se había convertido en la protagonista de un rapto infame. No podía imaginarse lo que encontraría en el interior de la caja, nada que valiese la vida de Camila. Decidió acabar de una vez por todas con el misterio, y trató de abrirla, sin éxito. La tapa estaba firmemente sellada.

–No la fuerces, podrías romperla –dijo Van der Boom–. Déjame intentarlo.

Albert aceptó la ayuda y se la entregó. El holandés se sorprendió por lo pesada que era para su tamaño. Una vez que la tomó en sus manos, dedicó unos segundos a inspeccionarla. Nunca había visto un objeto igual. La precisión y belleza de los detalles tallados en el cuerpo de la serpiente, lo impresionaron. Parecían glifos miniaturizados. El ojo del reptil era una roca cristalina, rojiza, de color intenso. La madera envejecida se encontraba en excelentes condiciones. Sin duda, se trataba de una pieza refinada con valores artísticos excepcionales, que debió haber pertenecido a un noble. A simple vista, resultaba difícil calcular la edad del objeto, aunque supuso que podría ser del periodo preclásico. No le extrañaría que tuviese unos dos mil años de antigüedad.

–En el único lugar donde he visto una serpiente remotamente

parecida a esta, es en El Mirador, en Petén, el imperio perdido de Kan –comentó Van der Boom.

–¡*Kan*! –repitió Nana con expresión de sorpresa.

–Se cree que es el origen de la civilización maya.

–*Kan*, serpiente –volvió a decir ella, pensativa–. Recuerdo a mi abuelo mencionar en una conversación el *Kan Vuh*. Debe estar relacionado.

Van der Boom conocía el significado de la palabra *vuh* (libro). De repente, le pasó por la mente la idea de que la caja contuviese un manuscrito. «Un quinto códice, posiblemente el más viejo de este hemisferio». Trató de contener su exaltación.

–¿Qué espera? –preguntó Albert.

El holandés intentó levantar la tapa. Nada. Estaba firmemente sujeta. Con cuidado, inclinó el objeto en todas direcciones, para analizarlo en detalle. Nana se exasperó y se lo quitó, alegando:

–Le corresponde al Gran Jaguar abrirla. Trata otra vez, mi'jito –y colocó de nuevo la reliquia en manos del muchacho.

El adolescente volvió a detallar la serpiente de sus pesadillas. El cristal rojizo parecía resplandecer a la luz de la Luna. Para eludir aquel ojo perturbador, apoyó la punta del dedo índice sobre él. Pensó en Camila. Se sentía estúpido e insignificante, arrodillado en el patio, intimidado por un viejo estuche, mientras ella se encontraba en peligro. «¿Cómo puedo ser el Gran Jaguar?», se dijo, cuando sintió que la tapa cedía. Con un suave movimiento de muñeca, logró abrir la caja sin dificultad. De repente, la bandeja de metal voló por los aires. El joven se sobresaltó y atinó a protegerse el rostro con los brazos antes que la bandeja se estrellara con fuerza contra la caja. Ambos objetos cayeron al suelo, adheridos el uno al otro. Las frutas, las tortillas y el maíz fueron a parar sobre las velas.

–¡La chingada! –vociferó Albert, poniéndose en pie en una fracción de segundo.

–¡Híjole!, ¿qué fue eso? –preguntó Nana, con las manos sobre su acelerado corazón.

En la penumbra, Van der Boom estiró el brazo intentando tomar la caja, pero ya Nana la había recobrado. La levantó del piso con precaución.

–¡La bandeja está pegada a la caja! –exclamó ella, al observar los objetos de cerca.

–Debe contener un imán poderoso –dijo el desconcertado Van der Boom.

Nana se apresuró en entregarle los dos objetos adheridos a Albert y encendió varias velas más. Mientras tanto el joven, sin esfurzo alguno separó los objetos y sacó el contenido de la caja. Una expresión de curiosidad se dibujó en su rostro.

—¡Es una daga! —concluyó, sorprendido.

El objeto, bellamente elaborado, tenía un mango labrado a semejanza de una serpiente entrelazada. De momento, una sucesión rápida de escenas e imágenes profusas y brillantes acapararon la mente del adolescente. Algunas eran recuerdos de su vida, y otras, sucesos de las vidas de otras personas. Sensaciones y emociones alocadas le asaltaron el cuerpo. En una fracción de segundos, todo a su alrededor se volvió confuso y se sintió mareado.

—¡Qué es esto! —exclamó, tirando el objeto y el cofre de madera al piso. Miró a Nana, boquiabierto.

La bandeja voló hacia la daga, adhiriéndose nuevamente a ella. Van der Boom sintió que la hebilla de su cinturón también quería salirse, impulsada en la misma dirección, a la par que las monedas que guardaba en el bolsillo parecían querer abrirle un hueco en el pantalón. Albert ya había perdido las llaves del Corvette, que estaban pegadas al puñal.

—¿Qué más hay en la caja? —indagó Nana.

Van der Boom se arrodilló, inspeccionó el interior del cofre de madera, y declaró:

—No hay nada más.

—¡Imposible! —dijo la anciana, incrédula—. Ahí tienen que estar las instrucciones para el Jaguar.

Albert, confundido, se acuclilló para examinar la caja vacía.

—Nana, no están las pinches instrucciones de las que hablas.

—Debe ser un puñal para sacrificios —especuló el holandés luego de voltear la bandeja para observar la daga de cerca.

—¿De qué material está hecho? —preguntó Albert, sintiéndose todavía un poco mareado.

—Me estaba preguntando lo mismo —admitió Van der Boom—. Es como si fuera un cristal magnético.

—No parece muy antiguo —comentó el muchacho.

Van der Boom recojió la caja del suelo

—Mira el interior. Está forrada con un metal aislante. Por eso pesa tanto.

—¿Qué es, hierro?

—Muy posible. Lo raro es que los antiguos mayas, aparte del oro, no trabajaron los metales.

—Entonces la caja no es auténtica —concluyó Albert.

—No, creo más bien que una posible explicación sería que los mayas preclásicos conocían algo de metalurgia, y sus conocimientos se perdieron durante la primera caída del imperio —concluyó Van der Boom—. De ser así, esta caja cambiaría la historia redactada en los libros.

—Lo que está en juego no es el pasado, sino el futuro —advirtió Nana—. ¿Dónde están las instruc...

—Nana, ¿de qué hablas? —atajó Albert, con su atención concentrada en los objetos.

—Las instrucciones para el Gran Jaguar de cómo bajar al...

—Nunca he visto objetos similares, sobre todo la daga —interrumpió Van der Boom, ensimismado, y sin prestarle atención a la anciana.

—Ya oyeron lo que anuncia el *tzolkin* —les recordó ella—. Hoy es el día de preparación para recibir a los que pasean por el cielo. Debo ir a ayudar a Teresa con los arreglos de la llegada de Papá Juan.

A pesar de que las palabras delirantes de Nana le tocaron una fibra sensible, Albert hizo ademán de no haberlas escuchado. Hasta ahora, no había perdido la compostura, pero sentía que su paciencia comenzaba a flaquear. Necesitaba concebir un plan concreto para enfrentarse a los secuestradores, y por el momento, todo era misterio y locura.

—¿Qué son esas inscripciones al costado de la caja? —inquirió el chico, con apremio.

—Hunahpú e Ixbalanqué —respondió el holandés.

—¡Los gemelos héroes que van a Xibalbá! —exclamó Nana, con súbito interés.

—Sí, los gemelos del *Popol Vuh* —confirmó Van der Boom.

Una sonrisa triunfal se dibujó en el rostro de la mujer:

—Eso significa que las instrucciones están en el *Popol Vuh*. Cuando Papá Juan regrese, le preguntaremos qué debe hacer el Jaguar.

—¿Las instrucciones para qué? —preguntó el hombre, de pronto confundido.

—Estás cansada, Nana. Ve a dormir —sugirió el joven, observando la visible fatiga de su tía abuela.

—Tienes razón. Mañana necesitaré todas mis fuerzas, pues los viajes me asustan. ¿Cuántas horas en avión son hasta Chiapas?

Albert hizo caso omiso a la pregunta y con paciencia le rogó:

—Antes de irte a la cama, ¿me podrías traer tu olla de hierro fundido?

—Por supuesto, mi'jito —respondió, sin interesarse en saber para qué la quería, y se marchó hacia el interior de la casa con paso alegre.

Van der Boom lo miró, incrédulo. En ese mismo momento, el celular del adolescente sonó, mostrando un nuevo mensaje de texto en la pantalla: «A las dos de la mañana en el estacionamiento de la taquería. Ven con la caja y solo».

—En media hora, en la taquería —dijo Albert entre dientes, tras consultar el reloj del celular. ¿Cómo supieron de la taque...

—Hay muchas formas de hacer hablar a Camila —cortó Van der Boom con dureza.

Su corazón dio un vuelco.

—¿Cree que cumplirán con el trato si les entrego lo que quieren? —le preguntó, sin poder disimular la tensión en su voz.

—Francamente, no. Los Jefferson son criminales sin honor ni compasión. Ni por un instante dudo que te maten, a ti y a Camila, en cuanto tengan lo que buscan.

Albert evaluó por unos minutos las implicaciones de la situación. Luego, tomó la caja y una de las velas del altar, y con gesto seguro, derramó cera sobre los bordes de la tapa.

—¿Qué haces?

—Voy a hacer lo que me pidieron. Les voy a entregar la caja —dijo, sellándola sin colocar dentro el puñal. Luego tomó el plato de metal y desprendió la daga. Prosiguió por accelerar su respiración intentando controlar la sucesión de eventos que surgieron en su mente. Era insoportable debido a que podía sentir las emociones y el dolor retratados en aquellas imágenes.

Van der Boom observaba con las cejas arqueadas. Nana regresó..

—Aquí está —dijo, con su habitual calidez.

Van der Boom se precipitó hacia ella y sujetó la olla que traía en las manos para evitar que saliera volando. Albert hizo un esfuerzo de concentración y enfocó la mirada en Nana. De repente, las imágenes cesaron de atormentarle. Al ver a la anciana parada allí, las trenzas despeinadas, y su dulce mirada, se sintió avergonzado por la forma seca en que le había hablado. Se acercó a ella y le dio un tímido beso en la mejilla. Ella, conmovida, le tomó el rostro entre sus manos, como si fuera un niño pequeño, y le dijo:

—No te preocupes por Camila. Voy a rezar por ella a la Virgen de Guadalupe. Ya verás, todo saldrá bien. Lo sé. Ella ha sido muy buena conmigo.

Albert asintió, con una sonrisa a medias.

—Buenas noches —dijo después, entornando los ojos hacia Van der Boom, que le correspondió con un movimiento de cabeza.

Cuando se quedaron solos, Albert le arrebató la cacerola al holandés, colocó la daga rápidamente en ella, y la tapó, no sin antes haber recobrado las llaves del Corvette. Van der Boom lo observaba intrigado. Acto seguido, el joven tomó la caja del puñal, la colocó sobre la olla, y cargando con todo, anunció:

—Me voy.

—¿Tienes un arma de fuego?

—¡Por supuesto que no!

—Pensé que un tipo como tú, estaría armado.

Albert lo miró con animosidad, pero se mantuvo callado. Sabía que discutir con el antropólogo no lo llevaría a nada. Además, disponía de poco tiempo para preparar su plan de acción.

Incómodo en su asiento, el detective Maurer luchaba contra el sueño mientras vigilaba la residencia de Albert. Hacía más de una hora que había visto entrar a un hombre alto y rubio. No le fue difícil distinguir la placa del Chevrolet azul, que aparcó detrás del Corvette. En cuestión de minutos, supo que el vehículo había sido rentado a un tal Joost Van der Boom, poseedor de una licencia internacional. También confirmó que el sujeto no tenía antecedentes criminales.

La noche había transcurrido sin ningún otro tipo de incidente. A Maurer la espera se le había hecho larga, y los párpados le pesaban. Recién acababa de bostezar de aburrimiento y cansancio, cuando observó a Albert saliendo de la casa con un hombre pisándole los talones, posiblemente el tal Van der Boom. El detective se incorporó con rapidez para observar los sucesos y percibió que algo no iba bien entre ambos.

—¡No pensará acompañarme! —dijo el chico, volteándose hacia el holandés.

—Debes informar los hechos a las autoridades. Estás lidiando con criminales peligrosos. ¿No pensarás jugártelas solo?

El joven, estoico, no respondió.

—Por lo visto, crees que eres el súper héroe de un juego

virtual –le soltó Van der Boom, intuyendo que tramaba algo.

–Me vale madre lo que diga –soltó el chico, abriendo la puerta del auto y depositando la carga en el asiento del pasajero.

El holandés le dio una palmada en la espalda, y le anunció, con tono prepotente:

–De ahora en adelante, a donde vayas con la caja, voy yo.

–¿Está loco o qué le pasa?

–Te estaré siguiendo en ese auto –le dijo, señalando el Chevy azul.

Albert cerró los puños, y Maurer vio cómo el adolescente le daba un violento puñetazo en el rostro al hombre que lo seguía, que del impacto, giró y cayó al suelo, bocabajo, medio noqueado. «Pega duro, el mexicanito». Por un instante, el detective creyó que el corpulento individuo se levantaría y le devolvería el golpe, pero no sucedió.

El muchacho se apresuró en encender el Corvette. Los latidos desmesurados de su corazón se superpusieron al ronroneo del motor. Aceleró demasiado rápido, y las gomas chillaron. En segundos, el auto desapareció en el velo de la noche. Por su lado, Maurer no sintió otra cosa que desprecio por aquel adolescente que se creía por encima de la ley. Sin encender las luces de su vehículo, se lanzó tras él, contento ante la perspectiva de estar sobre la pista de algo ilegal. «Más sabe el diablo por viejo que por diablo», se dijo, esbozando una torcida sonrisa de autocomplacencia.

30
Homestead, Florida

Nana abrió los ojos y los frotó con suavidad. Sentía como si una neblina de ensueño girara en su cabeza. Hacía meses que no dormía tan profundamente. Manifestó el bienestar de su cuerpo con un largo gemido de satisfacción. Escuchó el tamborileo de las gotas de lluvia en la ventana. Al consultar su reloj, se sorprendió:

—¡Las once! Diosito, con todo lo que tengo que hacer —se levantó agitada, se echó un chal sobre los hombros y salió precipitada hacia la cocina—. ¡Alberto! —gritó—. ¿A qué hora nos vamos a México?

No hubo respuesta. Abrió la puerta de la habitación contigua y comprobó que el adolescente no se encontraba. Al llegar a la cocina, miró a su alrededor. No encontró ninguna nota. Se asomó a la ventana y vió que las velas, el taburete y el improvisado altar seguían en la huerta, tirados, sobre el suelo fangoso, bajo la incesante lluvia. Una punzada en el estómago se apoderó de ella, pero un repentino ruido interrumpió sus pensamientos: alguien estaba tocando la puerta. Nana esperaba ver a Albert, mas no era él. Parada en el umbral, bajo un paraguas, había una mujer desconocida.

—Buenos días, señora. ¿Es esta la residencia de Albert Pek? —preguntó Sylvia.

—Sí —respondió Nana, intrigada por la presencia de aquella hermosa mujer.

—¿Tiene un momento?

—¿Ha visto a Alberto?

—No, aún no tengo el gusto de conocerlo —respondió la recién llegada, sorprendida por la pregunta—, pero es urgente que platique con él.

A pesar de la dureza que reflejaba en la voz, su rostro resultaba agradable. Nana la dejó entrar y la invitó a sentarse en el sofá de la sala. No había acabado de cerrar la puerta, cuando escuchó, proveniente de la calle, una voz familiar:

—¡Naaanaaaa!

De inmediato supo que se trataba de Nic. El adolescente flacucho irrumpió en la sala, mojado y sofocado. No estaba acostumbrado a correr largas distancias.

—Santo Dios, ¿qué pretendes... resfriarte?

—Albert la llamó en la madrugada —dijo Nic, con voz entrecortada, tratando de recuperar el aliento.

—¿Dónde está Alberto?

Con la excitación, el joven no advirtió que había otra persona.

—En la jefatura. El detective Maurer lo arrestó anoche. La taquería fue asaltada. La Policía cree que Albert está involucrado.

—¿Alberto involucrado? ¿Qué tonterías dices? ¿Y tú no estabas con él?

—Doña Nana, ayer regresamos de Indiantown pasada la medianoche.

—¿De dónde? —preguntó extrañada.

Hubo un perturbador silencio. Nic miró a la anciana con aflicción, y tratando de contener su agitación, explicó:

—Iba de camino a La Patrona, por pan dulce, cuando vi, frente a la taquería, a Paquita y a Luis hablando con la Policía y tratando de limpiar el desastre.

—¿Cuál desastre? —preguntó Nana, frunciendo el ceño.

—El local fue saqueado, doña Nana. Parece que hubo un pleito de pandillas en el estacionamiento. Se entraron a tiros y destrozaron el lugar.

—¡Un pleito de pandillas!

—Sí, doña Nana ¡Hasta hubo un muerto!

—¡Un muerto! ¡Por Dios! ¿Quién? —exclamó la anciana, con los ojos abiertos como dos platillos y poniéndose la mano sobre el pecho.

—No lo sé. Además, los pandilleros pintorrearon las paredes y rasgaron los toldos. Adentro, los vasos y los platos están rotos, las mesas volcadas. ¡Rompieron hasta la batería, esos hijos de pu...! —Nic contuvo el resto de sus palabras, y tras una pausa, ya más calmado, añadió—: Y el auto de Gaby, ¡ah! si lo viera, lo cubrieron de grafiti y le explotaron las cuatro gomas.

—Y Alberto, ¿está bien?

—Sí. Me pidió que le avisara. Pasó la noche preso y hoy lo

van a trasladar al centro de detención de Miami. Está acusado de cargos...

—¡Cargos! ¿Qué cargos? —interrumpió la anciana, angustiada.

—No lo sé, doña Nana...

—¿Cómo no me notificó la Policía?

—Albert tiene dieciocho años —le recordó Nic.

—¿Cómo Luis y Paquita no me avisaron?

—No querían asustarla. Trataron de hablar con el detective Maurer, pero él no quiso escuchar.

—Ve a la habitación de Alberto y ponte ropa seca. Vamos a ir a la jefatura.

—Está lloviendo a cántaros y estamos sin auto —le advirtió Nic, con una mueca de frustración—. Gaby aún tiene la camioneta de Luis.

—Yo los llevo —ofreció Sylvia.

Sorprendido, el joven reparó en la desconocida.

—Muchas gracias, señorita —aceptó Nana, sin titubear—. Voy por mi cartera —agregó, despreocupada de saber el nombre de la mujer, ni a qué había venido.

Un silencio pesado se apoderó de la sala. Nic, inmóvil junto al marco de la puerta, miró de reojo a la elegante desconocida. A pesar de no saber quién era, no le desagradó la idea de irse con ella. Entonces, notó el suelo mojado alrededor de él y recordó la orden de Nana. Sin decir palabra, se dirigió a la habitación de Albert.

Sylvia dejó vagar sus pensamientos. Recordó cómo a las cinco de la mañana, mientras esperaba su vuelo en el aeropuerto de Newark, en Nueva Jersey, recibió una llamada de Leonardo Jefferson cambiando los planes. La caja que debía evaluar no estaba en México; el viaje a Palenque había sido sustituido por un nuevo destino: Miami. Al principio, tuvo dudas en aceptar el cambio de itinerario, pero la curiosidad, sumada a la oferta de más dinero, la convencieron. No se fiaba del todo de Jefferson, pero intuía que no la expondría a una situación comprometedora. Al fin y al cabo, no solo resultaba valiosa para sus operaciones ilegales, sino que, por estar al tanto de muchas de sus fechorías en el tráfico de arte, a él no le convenía que ella fuese detenida.

Al llegar a Miami, a las ocho de la mañana, Sylvia había tomado un taxi para reunirse con César, quien la estaba esperando al lado de una pequeña *boutique* de antigüedades en el Design District de Midtown. Entraron al local discretamente, por una puerta trasera. A esa hora no había un alma en las calles atestadas de galerías de arte, mueblerías finas y tiendas de coleccionistas. Allí, el traficante le mostró una caja de singular belleza. Sylvia no podía creer lo que veía. Con delicadeza, y conteniendo su entusiasmo, inspeccionó el objeto con minuciosidad.

—La caja fue abierta recientemente —dedujo la arqueóloga—. Alguien usó cera para sellarla.

Las cejas pobladas de César se fruncieron.

—¿Estás segura?

—Por supuesto —dijo, mostrándole los bordes de la tapa—. Mira, la cera todavía está limpia.

—¡Hijo de puta! —soltó el hombre, con un súbito despliegue de cólera.

Sylvia se sobresaltó y le lanzó una dura mirada.

—¡Ábrela!

—A eso voy —replicó, y sin perder tiempo, extrajo de su maleta de viaje un estuche de cuero negro que contenía navajas, pinzas y frascos de diversos tamaños. Tomó una cuchilla fina, se sentó frente a una mesa y, auxiliada con una lupa, raspó la cera con delicadeza para aflojar la cubierta.

En efecto, al abrir la reliquia no encontró nada en su interior. César pegó tal puñetazo contra la mesa que asustó a la arqueóloga. «Este tipo es aún más patán que su tío», pensó. De inmediato, su atención se enfocó en el metal que recubría el interior de la caja. Sus dedos se deslizaron sobre el material. No comentó nada, aunque sabía que tenía frente a ella una pieza de extraordinario valor arqueológico. Al igual que Van der Boom, especuló que la reliquia provenía de la cuenca de El Mirador. Pero al traficante se limitó a darle solo información básica.

—A simple vista, me parece que es una pieza de la época preclásica, de las tierras altas del imperio maya.

—¿Qué crees que contenía la caja, para que mi tío insistiera en que fuera abierta por ti?

—No sabría decirte a ciencia cierta —admitió Sylvia—. ¿Dónde la obtuvieron?

Una sonrisa maquiavélica se dibujó en el rostro del hombre al explicar con orgullo:

—Se la quitamos a un mexicanito de Homestead, quien se puso algo necio.

Para Sylvia, era obvio que el sujeto que tenía frente a ella, vestido con ropas caras, estaba lejos de ser brillante.

—Me parece que Leonardo va a enfadarse cuando se entere de que te entregaron la caja vacía.

Las palabras de la arqueóloga causaron el efecto esperado. La mirada de César se endureció y volvió a golpear la mesa.

—¡Ese tipo me las va a...!

—Iré personalmente a negociar con el mexicanito para intentar recuperar el contenido de la caja —propuso Sylvia, atajándolo.

César la miró con suspicacia.

—¿No acabas de decirme que no sabes lo que había en la caja?

—Así es. Pero a mí no me engañan tratando de pasarme gato por liebre.

El hombre se retorció, molesto por el comentario, pero se contuvo.

—¿Por qué te involucrarías en esto?

—Digamos que por un simple interés académico. ¡Oh!... también para que me dupliques mis honorarios —respondió con un tono mordaz.

—Tienes dos días.

—Muy bien, pero primero necesito saber todos los detalles de cómo adquiriste la reliquia. ¡No quiero sorpresas!

Al traficante le produjo un gran placer describir con lujo de detalles el secuestro. La arqueóloga se mantuvo imperturbable al escuchar los métodos violentos que habían empleado:

—Citamos al mexicanito en la taquería donde trabaja. Un lugar en una zona industrial, poco frecuentado a esa hora. Antes de que yo llegara, mis hombres inspeccionaron el área y se aseguraron de que el hijo de puta llegara solo. Efectivamente, nos estaba esperando allí. Uno de mis guardaespaldas se bajó del auto y revisó al muchacho de arriba abajo, mientras que otros tres se apostaron en la calle para vigilar cualquier movimiento sospechoso. El mexicanito no estaba armado. Cuando finalmente nos encontramos cara a cara, entramos a la taquería. Una vez dentro, como era de esperar, exigió ver a la chava. Entonces...

—¿Dónde está ella? —interrumpió Sylvia.

—En Palenque.

—¡En Palenque! ¿Pero, para qué se la llevaron allá?

—Por alguna razón —explicó César, con una sonrisita perversa— mi tío quiso quedarse con ella. Debo admitir que es sexy la perra. Yo también me la cogería si tuviera la oportunidad.

El rostro de Sylvia no se inmutó, aunque en su interior el comentario le pareció infame.

–Entonces, el cabrón nos dijo que había ocultado la caja en la taquería, y que no nos la daría si no liberábamos a su amiga. Le hundí con fuerza mi arma en la mejilla, pero el pendejo no se movió. Parecía no importarle. Ordené que revisaran el local. En menos de dos minutos mis hombres tumbaron todo a su paso, sin encontrar nada. Y el muy cabrón siguió parado allí, como una momia, sin decir una palabra.

–¿Y cómo lograron que hablara?

–Tuvimos suerte. Uno de mis hombres trajo a punta de pistola a un viejo gringo que encontró espiándonos. El tipo estaba escondido como una rata tras el basurero.

–Un rehén –replicó Sylvia, arqueando las cejas.

–Fue un golpe de suerte. Cuando lo revisamos, descubrimos que era un policía. El muy idiota no vio a uno de mis hombres, y antes de darse vuelta, tenía una pistola hincándole la espalda.

–Amenazaste a un policía... –comentó Sylvia, pensativa.

Haciendo caso omiso al comentario, César prosiguió con el relato.

–Mandé arrodillar al gringo y lo encañoné en la sien. Por fin, la actitud del mexicanito cambió por completo. Confesó que había escondido la caja sobre el techo de la taquería. Salimos todos al parqueo y yo subí con él a buscarla. El único que quedó en la taquería fue el detective, custodiado por uno de mis hombres. De forma lenta, irritantemente lenta –recalcó César–, el cabrón escaló las rejas de la ventana para subir al techo, y sacó la caja que había escondido detrás de una antena parabólica. Me pareció que alargaba el tiempo a propósito y tuve el presentimiento de que tramaba algo. Luego, de pie sobre el techo, exhibió la caja con una sonrisita pendeja y la lanzó al aire.

–¡La lanzó! –exclamó la arqueóloga, horrorizada ante la idea de que la reliquia hubiera podido partirse en pedazos.

–Afortunadamente, uno de mis hombres logró atraparla antes de que se estrellara contra el pavimento. Entonces, le di un puñetazo a ese hijo de puta, prometiéndole que iba a recibir su merecido.

–¿Qué planeabas hacer con él? –preguntó la arqueóloga.

–Di orden de no dejar testigos –afirmó el traficante, imperturbable.

Sylvia, espantada, procuró guardar la compostura. El traficante resultó ser peor de lo que había imaginado.

—¿Los mataste?

—No hubo tiempo. Justo en ese momento me avisaron que una pandilla motorizada, de aproximadamente quince tipos, se acercaba.

—¡Una pandilla!

—¡Esos duros de pacotilla buscaban pelea! Fue entonces que el cabrón mexicano gritó desde el techo: «Matusalén, *your mama is a ho... a fat nasty ho*, una puta cualquiera». Y se formó tremenda balacera. Nos tiramos al piso mientras que el hijo de puta mexicano saltaba del techo.

—¿Y qué hicieron? —inquirió la arqueóloga.

—Defendernos a tiros. ¿Qué más podíamos hacer? Finalmente, viendo que tenían las de perder, los pandilleros se largaron. Y nosotros nos marchamos antes de que el sitio se llenara de policías.

—¿Murió alguien?

—Sí, uno de mis hombres, el que custodiaba al gringo —confirmó César. Su voz transmitía ira—. Sin embargo, a la rata no le pasó nada.

Sylvia percibió que el adolescente, además de sangre fría, había hecho gala de agudeza al manipular a los matones. La idea de estar involucrada en un secuestro, aunque fuese de forma indirecta, no le agradaba, sobre todo por la brutalidad de los métodos de César. Sospechó que la caja con la serpiente de ojo rojo estaba, de alguna forma, relacionada con el altar de Richard. Y no le cabía duda alguna de que en este misterio había mucho dinero en juego.

A pesar de estar perdida en sus pensamientos, sintió la mirada de Nic posarse discretamente sobre ella. El adolescente había regresado con vestimenta seca y de nuevo estaba parado junto a la puerta. Sus ojos negros, escondidos tras un mechón de pelo, se encontraron con los suyos.

—Soy la doctora Blanchard —dijo, tendiéndole la mano—, profesora de la Universidad de Columbia.

Él reaccionó esbozando una sonrisa tímida. Entonces le vino a la mente que Albert, como muchos alumnos a punto de graduarse, había enviado solicitudes de ingreso a varias universidades, pidiendo, además, ayuda financiera para estudiar una carrera.

—¿Es usted una de esas personas que visitan a los estudiantes brillantes para reclutarlos en sus instituciones? –inquirió, con voz tímida.

Sylvia hizo ademán de asentir con una sonrisa y preguntó:

–¿Conoces a Albert desde hace mucho?

–Desde pequeño. Doña Nana y él son como mi familia –aseguró el muchacho, disimulando la turbación que le causaba la mujer.

–¿Es la primera vez que Albert es arrestado?

–Sí, a él lo único que le interesa es la física, la música y ser el primero de la familia en estudiar en la universidad –aseguró Nic, haciendo un esfuerzo para ser locuaz.

–En tu opinión, ¿quién crees que saqueó la taquería?

–Pienso que fue una pandilla de Opa Locka, pero no estoy seguro.

–¿Qué querían, qué buscaban?

Nic encogió los hombros sin atreverse a especular. Nana regresó en ese momento, vestida como de costumbre, con una falda oscura y una colorida camisa de algodón.

–Estoy lista –anunció, con la cartera bajo el brazo.

La jefatura de Homestead, en la calle Krome y la esquina de la calle 320, se encuentra en un amplio edificio sin estilo, pintado de un naranja desteñido y decorado de forma sobria, con una enorme bandera estadounidense, ventanas polvorientas y una vieja puerta de metal. El aspecto insípido del establecimiento contrasta con los dos negocios que operan al costado: bares nocturnos que relucen por su colorida publicidad.

En cuanto Nana se identificó, le informaron que Albert no sería transferido al centro de detención. Aquella buena noticia se debía a la diligencia del jefe de policía, quien no confiaba en el buen juicio del detective Maurer. Al ser notificado del arresto, revisó el expediente y consideró que no había suficientes pruebas para formular cargos de asalto a mano armada contra el camarero que le había servido tacos en tantas ocasiones. Su decisión le otorgó al joven la libertad, libre de cargos, y a Maurer le costó una fuerte reprimenda.

–El muchacho no es un criminal, sino la víctima –había concluido el jefe–. Y para encontrar a los delincuentes responsables, lo primero que debe hacer es averiguar la identidad del fallecido.

En la estrecha sala de espera, Nana rezaba entre dientes

a la Virgen de Guadalupe, haciéndole caso omiso al peso que le oprimía el pecho. Junto a ella, Sylvia ojeaba un periódico que había encontrado por allí, mientras Nic, apoltronado en una silla, ocupaba su tiempo mandando textos por el celular. Finalmente, Albert salió en libertad y Nana, aliviada de verlo sano y salvo, fue a su encuentro.

—¿Estás bien, mi'jito? —preguntó, abrazándolo nerviosamente.

—Sí, pero algo cansado. Siento mucho lo que le ocurrió a la taquería.

—Lo importante es que estés bien.

Ambos adolescentes entrechocaron puños, contentos de verse.

—*Dude*, ¿qué pasó? Fue Matusalén, ¿verdad? —susurró Nic.

—¿Qué comes, qué adivinas? —Albert sonrió con expresión de cansancio.

—¿Pero, por qué tomaron represalias?

El otro no respondió.

—Hablando de comer, ¿tienen hambre? —preguntó Nana.

—Un poco, pero todavía no puedo irme de este antro. Tengo que esperar a que me devuelvan mis cosas.

—¿Cuáles cosas? —curioseó Nic.

—Carnal, mi celular.

—¿Dejó de llover? —inquirió Nana.

Nic entreabrió la puerta:

—Sí, escampó.

Entonces voy a buscar algo de comer en el mercadito de la esquina —dijo ella, y sin esperar respuesta, se marchó con paso determinado, olvidándose por completo de la arqueóloga.

Nic, demasiado agitado por todo lo ocurrido, no recordó tampoco la presencia de la profesora que buscaba a su amigo. Lo único que ansiaba era conocer los detalles del suceso.

—*Dude*, ¿a quién mataron?

Albert le hizo señas al guardia de la recepción para indicarle que iba a salir a fumar a la entrada del edificio. El oficial asintió con un movimiento de cabeza.

—¿Vas a fumar? —farfulló Nic, sorprendido.

—Carnal, salgamos por unos segundos de aquí. Necesito respirar aire fresco —dijo el joven, abriendo la puerta. Una vez en la calle, miró a uno y otro lado para asegurarse de que nadie podía oírlos.

—Güey, lo que pasó fue que conseguí el número del celular

de Matusalén a través de Latisha –contó Albert–. Y anoche lo llamé y le menté la madre. Luego, le dije que si tenía huevos, viniera al estacionamiento de la taquería; que lo esperaba a las dos y media de la mañana con toda su ganga, pues yo iba a traer a los míos. El muy idiota mordió el anzuelo.

–¿Te volviste loco? ¿Para qué hiciste eso?

–Por si necesitaba una distracción durante la negociación con los secuestradores. Tenía las cosas bajo control, hasta que ese detective idiota se apareció y por poco lo arruina todo.

–*Dude*, ¿viste cómo quedó la taquería?

–No mames, por supuesto que vi. La verdad es que no pensé que la pandilla iba a ser tan violenta. Después de insultar a la madre de Matusalén desde el techo del restaurante, el imbécil empezó a gritarme que saliera a pelear. Al no aparecer, empezaron a disparar y lanzar piedras, a vociferar obscenidades y todo lo demás. Los secuestradores respondieron con más disparos. Me refugié dentro de la taquería. Los pandilleros, asustados, huyeron en sus motos. Los hubieras visto, güey, parecían gallinas sin cabeza. Los secuestradores se largaron justo después. El detective alertó al comandante de turno, y enseguida llegaron varias patrullas. Luego, el pendejo de Maurer me arrestó.

–¿Quién fue el que murió y quién lo mató?

–Uno de los secuestradores murió. Los miembros de la pandilla dispararon a lo loco. Una bala rompió la ventana y le atravesó el cuello al tipo –dijo Albert, con voz quebrada–. Había sangre por todas partes.

–¿Y Camila? ¿Qué hicieron con ella? –preguntó Nic.

–No sé, no estaba con los secuestradores. Solo espero que no le hayan hecho daño.

–¿No les diste la caja?

–Sí, pero esos pendejos no cumplieron con el intercambio.

Los ojos de Albert se opacaron de frustración.

–Los padres de Camila se quedaron en Indiantown para cooperar con la investigación –le informó Nic–. Todo el mundo anda angustiado. ¿Dónde crees que esté?

–No lo sé –dijo Albert, pasándose, ansioso, la mano por el cabello.

–Tu amiga está en Palenque con un tal Leonardo Jefferson –oyó decir a sus espaldas.

Albert giró, estupefacto, y vio a una mujer en el umbral de la puerta que lo miraba con atención.

–¿Quién es usted? –inquirió con sequedad.

Nic se apresuró a aclarar:

–Es una doctora de la universidad de...

–Soy alguien que te quiere ayudar.

–He oído eso antes sin buenos resultados –le lanzó Albert, cínicamente. Notó que la sombra roja oscura que rodeaba a la mujer era muy parecida a la de Latisha.

–¿Por qué no le cuentas todo a la Policía? –preguntó Sylvia.

–Hasta ahora no han resultado ser muy eficientes. Pero no me ha contestado. ¿Quién es usted?

–Soy arqueóloga y esta mañana inspeccioné tu caja para hacerle un certificado de autenticidad. ¡Un objeto maravilloso de la época preclásica! ¿De dónde la sacaste?

–¿Quién le dio la caja?

–Me la entregó César, el que secuestró a tu amiga.

–¿Trabaja para ellos?

–En ocasiones. Aunque, en realidad, trabajo para mí misma.

Nic escuchaba atónito sin decir palabra.

–¿Qué quiere? –interrogó Albert.

–Por ahí viene Nana –avisó Nic.

Albert se volteó y la buscó con la mirada. Caminaba con agilidad, cargando en las manos dos platos de papel que contenían perros calientes; lo suficiente para que ambos adolescentes aplacaran por un par de horas «el dolorcito del hambre», como lo llamaba ella.

–Señora, aquí no podemos hablar –le expuso Albert a la arqueóloga con sequedad, antes de lanzarse al encuentro de Nana, quien, entregándole los platos de comida, exclamó con satisfacción:

–¡Barriga llena, corazón contento!

Sylvia esbozó una mueca en forma de sonrisa. Los gestos afectuosos la incomodaban. No recordaba a sus padres como personas cariñosas. Y fuera de las caricias de sus amantes durante sus cortas aventuras amorosas, le contrariaba el contacto físico.

–Comamos dentro –sugirió Albert.

Nic asintió, aunque había perdido el apetito. Sylvia los acompaño sin apartar la vista del grupo.

–Hoy te ves en forma, Nana –comentó el joven, antes de dar el primer mordisco a su perro caliente.

–El saber que vamos a San Cristóbal de la Casas me alegró el corazón, y finalmente pude dormir bien –explicó la anciana.

Faltó poco para que el muchacho se atragantara con la comida.

—Por cierto, ¿dónde está el señor que abrió la caja con nosotros anoche? —indagó, repentinamente, en voz alta.

—Bueno, ¿y qué había dentro de la caja? —interrumpió Sylvia, aprovechando el breve momento de confusión.

—Nada que le pueda interesar —la cortó Albert.

—Alberto, no seas maleducado. ¿Por qué le hablas así a esta señorita tan amable? —lo reprendió Nana, y antes de que él pudiera responder, añadió—: Había un puñal de cristal rojo, muy raro, que hizo que todo volara.

El adolescente puso los ojos en blanco mientras aparecía en su rostro una expresión de disgusto. Se estremeció al constatar cómo Nana le revelaba información a cualquiera que quisiese escucharla. Sylvia y Nic, entretanto, no estaban seguros de haberla entendido bien. Sus miradas se cruzaron fugazmente. En eso, Albert oyó que un hombre uniformado lo llamaba desde el otro lado del mostrador, e hizo ademán de dirigirse hacia él.

—No olvides tu celular —le recordó su amigo.

Tomó a Nana por el brazo para que lo acompañara, pero el oficial sacudió la cabeza de forma imperativa, indicándole que debía acercarse solo a recoger sus pertenencias. «Pinche policía», gruñó Albert, alejándose del grupo.

—¿Se van para México? —le preguntó Nic a Nana, desconcertado.

—Por unos días —aclaró ella—. Vamos a preguntarle a Papá Juan lo que el Gran Jaguar debe hacer con el puñal.

Más confundido aún, Nic se mantuvo mudo.

—¿Qué quiso decir con eso de que el puñal hizo volar las cosas? —preguntó Sylvia.

—Eso mismo, que las cosas volaron atraídas por el puñal. El señor güerito dijo que era un imán.

—¡Un imán! —exclamó Sylvia.

—¿Cuál señor güerito? —quiso saber Nic.

Pero Nana se había perdido súbitamente en sus cavilaciones.

Sin embargo, a Sylvia todo se le aclaró en un instante. «Una piedra cristalina de color rojizo con poderes magnéticos. Esto es lo que Richard está buscando». La ola de deleite que se produjo en su interior acarició cada fibra de su cuerpo.

Albert no tardó en regresar con las manos metidas en los bolsillos traseros de sus jeans.

—Vámonos —ordenó a Nana y a Nic, pasando junto a ellos

sin detenerse.

—La señorita fue quien nos trajo en su auto —le informó la anciana.

—¡Me iré a pie! —ladró Albert sin disimular su enfado.

Una vez en la calle y deseoso de no perder tiempo, se encaminó hacia la taquería. A Nana se le dificultó mantener el paso acelerado del joven. Nic eligió quedarse atrás, ofreciéndole su brazo como apoyo. En cambio, Sylvia alcanzó al malhumorado adolescente, pese a que sus zancadas eran difíciles de imitar, sobre todo con los zapatos de tacón alto que ella calzaba.

—¿Qué piensas hacer...? No es que tengas muchas opciones —apuntó la arqueóloga—. Te estás enfrentando solito con una banda del crimen organizado.

Albert no le prestó atención. Sin reducir la velocidad de la marcha, avanzó por la acera con la gravedad de los que no miran a los lados, los ojos enfocados en el horizonte. Era como si aquella mujer no existiera, como si nadie existiera. Sylvia, sin embargo, no se dio por vencida.

—Tengo una idea para salvar a tu amiga. Déjame explicarte. Con una simple llamada a una persona que conozco, todo se puede solucionar. Te prometo que yo misma te llevaré a Palenque, y juntos negociaremos el puñal magnético por la liberación de esa chica.

Albert se detuvo en seco. Le dirigió una mirada larga, repleta de desconfianza, y cuestionó:

—Una llamada a una persona... ¿A quién?

—A un inversionista.

31
Ciudad Flores, Guatemala

Era un día típico de otoño en el lago de Petén Itzá. El avión, un Gulfstream G150 de siete plazas, despegó poco después de las once de la mañana del aeropuerto internacional Mundo Maya, en Santa Elena, pueblo que se conecta con la isla de Flores por medio de un viaducto. Richard y David se sentaron, frente a frente, en los amplios asientos reclinables de cuero color crema, que hacían juego con la lujosa decoración de la aeronave. Desde la ventanilla, David observó como dejaban atrás el aeropuerto, cuya pista parecía una cicatriz en el paisaje. Luego, sacó de su maletín dos reportes y se los tendió a Richard. Los dedos del ejecutivo se cerraron sobre los documentos y un silencio pesado llenó la cabina. Estaba aún molesto con la cancelación repentina de Sylvia. Ni siquiera se había molestado en llamarle para dar una explicación. Con un simple mensaje de texto le anunció que sus planes habían cambiado y no viajaría como acordado.

–¿Desayunaste? –preguntó David intentando entablar una conversación.

–No, no tengo hambre –respondió Richard sin alzar la mirada.

–¿A dónde vamos?

–Cerca de la bahía de Amatique, en el golfo de Honduras.

David observaba a su jefe leer con avidez. El primer documento contenía los resultados de las pruebas de laboratorio sobre el potencial que representaba la piedra como semiconductor. No se molestó en leer las páginas referentes a la energía del espacio de banda, orbitales deslocalizados, polarización directa e inversa y todo lo demás. Su vista fue directamente a la conclusión. Efectivamente, los estudios confirmaban sus sospechas. La conductividad eléctrica del cristal podía alterarse de manera sustancial a niveles mucho mayores que los del silicio. El material podía resultar un sustituto viable para fabricar microchips menores de siete nanómetros, que es el límite del silicio. En los laboratorios de la Universidad de Berkley ya han creado un prototipo de transistor de solo un nanómetro. Richard estaba convencido de que crear lotes puros con el cristal rojo revolucionaría aun más la tecnología, en muchos aspectos. Un sentimiento inédito de satisfacción recorrió su cuerpo.

El segundo reporte revelaba los resultados sobre los análisis del polen, la química de sedimentos y la susceptibilidad magnética de los lagos de la cuenca de El Mirador. David Appleton los había adquirido por una razonable suma, que terminó en los bolsillos de Pietro Jiménez Cárdenas. El documento describía una serie de estudios hechos con núcleos de sedimentos provenientes de cuatro cuerpos de agua: la aguada Zacatal, los lagos Puerto Arturo y Chuntuqui, y El Gran Sibal. Las muestras presentaban registros paleolíticos de tres mil años de antigüedad, y describían el medio ambiente existente en las tierras mayas durante ese período. También indicaban que los niveles de señal magnética en Puerto Arturo eran mucho más elevados que en otros lagos de la región.

A Richard le llamó igualmente la atención que los picos en la señal magnética se nivelaban con los del registro del polen de las familias *Moraceae urticaceae*. El estudio especificaba que este polen procedía, predominantemente, de los bosques, y por lo tanto, era un claro indicador de modificaciones agrarias y asentamientos humanos. Esto también mostraba como en los períodos que registraban valores magnéticos superiores a los normales, la población abandonaba el lugar. Los resultados indicaban que la región había experimentado, en dos ocasiones, estos significativos incrementos. La primera alteración se produjo casi dos mil años atrás, y la segunda, unos mil años después. El reporte no explicaba cuál era la causa del aumento de los niveles magnéticos ni indicaba que existiera algún mineral desconocido, pero era obvio que algo había alterado de forma drástica el medio ambiente.

El ejecutivo estaba fascinado. Desplegó en la pantalla de su computadora fotos de la cuenca, tomadas por satélite. Al ampliar las imágenes del lago Puerto Arturo, observó una larga escarpa orientada de este a oeste. En el centro del cuerpo de agua existía una pequeña isla que albergaba las ruinas de antiguas estructuras mayas. Aún no se había llevado a cabo allí ninguna investigación arqueológica.

Una sonrisa de satisfacción se dibujó en su rostro.

—Richard, necesito hablar contigo sobre un asunto importante

−lo interrumpió David.

−Te escucho.

−Pietro me pidió una alta suma de dinero para un trabajo que va realizar para ti.

−Así es.

−También me avisó que habrá una delegación de su departamento para supervisar Las Tres...

−Estás bien informado −lo cortó Richard.

−Pensé que ibas a implementar algunos cambios en la petrolera...

−Ve al grano.

−Me preocupa la situación, ya que, normalmente, estarías en la petrolera supervisando a Paul Meunier y asegurándote de que...

−No necesito que me digas lo que debo hacer.

−Simplemente te recuerdo que el soborno funciona hasta cierto punto −se atrevió a decir David con un hilo de voz−. Dejar todo en manos de Meunier me parece una locura.

Era la primera vez que se permitía dar su opinión con tanta insistencia.

−¿Qué te preocupa? −le preguntó Richard, intrigado por el inusual comportamiento de su amigo.

−No entiendo tu interés en explorar un cenote, justo en estos momentos. Estas tomando riesgos innecesarios.

−Tranquilízate. No hay nada de qué preocuparse.

−¿Para qué quieres esos reportes?

Pese a que le desagradaba dar explicaciones, sabía que necesitaba el apoyo de David, su hombre de confianza. Por eso, optó por aclararle la situación:

−Sospecho que el cristal magnético analizado proviene de una cueva subterránea de Petén.

−¿De verdad crees que ese cristal tenga algún valor en el mercado?

−No lo creo, estoy seguro. Los laboratorios coinciden en que este material es superior al silicio. Además, pienso que las bacterias que lo generaron son capaces de producir energía a niveles lo suficientemente altos como para considerarlos una fuente de energía alternativa.

−¿Piensas que exista un depósito de ese cristal que pueda ser explotado como mina?

−Por supuesto. Pero lo interesante sería descubrir exactamente en qué medio ambiente se desarrolla la bacteria, y lograr su reproducción en laboratorio. Con una patente, nos aseguraríamos ingresos provenientes de la energía producida por cualquier compañía distribuidora.

—¡Ingresos basados en la producción de los demás, sin tener que invertir en infraestructuras ni explotación! ¡Eso sí que sería fabuloso! —exclamó David, súbitamente entusiasmado.

—Me alegro que comprendas el impacto de este descubrimiento.

—Y claro está, no piensas informar a Frank Chardon de nada de esto —añadió David.

—Así es —sonrió Richard—. Vamos a ser hombres muy ricos.

El microbiólogo Manuel Luis Matos les dio la bienvenida en el aeropuerto de Puerto Barrios, acompañado por Jorge Juan Álvaro, jefe de los bomberos municipales y experto en descensos en *rappel* y rescates. JJ, como se hacía llamar, poseía un atractivo poco común. Sus ojos claros y vivaces desentonaban con la gravedad de su rostro; vestía un uniforme azul, ajustado, que acentuaba su fornido cuerpo. Con voz firme, presentó a los tres subalternos del Cuerpo de Bomberos que iban a formar parte de la expedición. Por otra parte, el científico, al que sus colegas conocían como «el Profe», era un hombre bajito y redondo, de pelo negro, espeso y grasoso, y codos resecos y oscurecidos, que producía la impresión de total descuido corporal.

Richard y David saludaron y se subieron a la camioneta que los esperaba, propiedad del Instituto de Investigaciones Geológicas e Hidrológicas. El viaje duró alrededor de una hora. Tras sus gafas polarizadas, JJ manejaba con aplomo, esquivando los baches de la ondulante carretera de tierra. Richard intentó platicar con el profesor acerca de los minerales de la región, pero el ruido del viento revoltoso que penetraba por las ventanas hacía casi imposible mantener una conversación.

El cenote formaba parte de los terrenos de una hacienda privada y se encontraba en una colina. El dueño de las tierras los esperaba, a caballo, a la entrada de la propiedad. Todavía faltaba lo más arduo del camino. JJ bajó de la camioneta, irguiendo su metro ochenta y cinco centímetros de estatura, sacó del bolsillo un sobre con los permisos administrativos requeridos para acceder y explorar el cenote, y se los entregó al propietario, quien los condujo por una carretera enfangada del rústico paisaje. Después debieron desplazarse a pie a través del terreno rocoso cubierto de arbustos, hasta llegar a la entrada del pozo. Allí, en un pequeño claro, los miembros de la expedición distribuyeron los equipos. El propietario les explicó que nadie había examinado con anterioridad aquel profundo agujero, dado lo arriesgado del descenso. Como medida de precaución, lo habían rodeado con una improvisada cerca para evitar la caída de cualquier persona, o de alguna de las vacas que pastaban por los alrededores. Era difícil evitar la sensación de vértigo al inclinarse sobre el borde. Richard dejó caer una piedra, y después de un buen rato, apenas se escuchó el ruido de la roca al golpear el fondo.

JJ distribuyó a los miembros de la expedición unos cascos amarillos, resistentes a impactos y perforaciones. Richard examinó el suyo con interés. Era más pesado que los que usaban los empleados de la petrolera. Luego, prendió y apagó la linterna de alta intensidad adherida a la parte frontal del casco, y preguntó:

–¿Qué autonomía tiene el bombillo?

–Seis horas. Claro que si usa únicamente el *led* auxiliar, puede llegar a durar hasta dos días –respondió JJ, distraído con la preparación de las cuerdas de descenso.

Tras ayudar a los miembros del grupo a colocarse el arnés y ajustar los tirantes, el jefe de los bomberos recalcó:

–Al llegar abajo tenemos que mantenernos juntos en todo momento. ¿Entendido?

–Entendido –contestó el profesor con entusiasmo.

Richard asintió con un leve movimiento de cabeza mientras verificaba su correa pélvica. El primero en descender fue JJ. Bajó deslizando su cuerpo por la cuerda. Controló la velocidad por medio de la fricción contra la soga. Al apoyar los pies sobre la pared del cenote, buscando equilibrar su cuerpo, ocasionó un pequeño derrumbe.

–La inestabilidad de las piedras se debe a que se trata de rocas calizas muy porosas –explicó el profesor al resto del grupo.

Pese a que en varias ocasiones faltó poco para que le llovieran encima unos cuantos peñascos, el bombero continuó descendiendo. Ahora su cuerpo, alejado de las paredes del cenote que se ensanchaban al descender, parecía el de una araña colgando de un hilo. Le tomó alrededor de quince minutos tocar el fondo, ya que el pozo resultó ser más profundo de lo calculado, tal vez alcanzaba unos 90 metros. Tan pronto como sus pies se apoyaron en el suelo, JJ dio un grito de júbilo y avisó por radio que había llegado a salvo a un rincón del mundo que nadie había contemplado antes. La escasa iluminación que se filtraba al interior de la caverna era tan tenue que le daba un aspecto tenebroso. JJ alzó la mirada, tratando de distinguir, a contraluz, a los que se habían quedado atrás.

El próximo en bajar fue el profesor, seguido de Richard; después le tocó el turno a David, y por último bajó uno de los colegas de JJ. Los otros dos bomberos y el propietario de la hacienda se quedaron en la superficie para poder intervenir en caso de necesidad, y para después ayudar a izar a los que habían efectuado el descenso.

Una vez que estuvieron todos abajo, establecieron un pequeño campamento junto a las osamentas de varios animales que habían perecido tras caer por el agujero. Allí, JJ y su colega prepararon las lámparas e inflaron la balsa que utilizarían para explorar las zonas del cenote por donde corría el río subterráneo. Mientras tanto, Richard se acuclilló y palpó la superficie del agua, la olfateó y luego se la llevó a la boca. El profesor notó el gesto y expuso:

—Es un medio acuático meromíctico.

—¿A qué se refiere? —preguntó David, intrigado.

—Son aguas estratificadas que no se mezclan. En la superficie hay agua dulce que flota sobre la salada, que es más densa. Ocurre en los cenotes cercanos a la costa. Es evidente que, según las mareas y la morfología del pozo, el porcentaje de agua de mar que se mezcla con la dulce de la lluvia y la del río, varía —explicó el profesor mientras sacaba de su morral una pequeña botella y tomaba una muestra del líquido—. Es muy probable que contenga un bajo nivel de sodio.

Richard se mantuvo callado; observaba las paredes del cenote y las estalactitas cristalinas, gruesas, de color blanco y amarillo, que colgaban del techo. El esplendor del estrecho rayo de luz que penetraba por la abertura superior, le iluminaba el cabello. El profesor miró a su alrededor y se dirigió hacia un área de la cueva cubierta de estalagmitas; los pilares rocosos formaban figuras caprichosas de diferentes alturas y espesores. Abrió su morral, para sacar un pequeño martillo y una bolsa de plástico transparente. Escogió una estalagmita extremadamente delgada y con varios toques quebró un pedazo y lo guardó como muestra. Lo único que se escuchaba en el lugar era el incesante golpear de las gotas de agua que caían desde la punta de las estalactitas. JJ activó una barra de *Cyalume* de luz verde para marcar un punto de referencia hacia la salida. Con la ayuda de su colega, acercó la balsa inflable al agua. Los cinco miembros del grupo subieron a ella con agilidad. Los bomberos remaron haciendo que la embarcación avanzara de manera apacible.

–El nivel del agua está alto –comentó JJ.

La laguna, de unos treinta metros de diámetro, conectaba con una gruta oscura ubicada a la derecha. El profesor señaló en esa dirección y los bomberos remaron, siguiendo la trayectoria indicada. La entrada sombría de la cueva les provocó algo de aprensión, pues a este punto no llegaba la tímida luz que entraba al cenote. JJ dirigió su linterna sobre las paredes peñascosas. El interior mostraba una amplia sala con una bóveda de cinco metros de altura que albergaba unas formaciones rocosas majestuosas de matices rosados y grises. Más adelante se podía adivinar un laberíntico entramado de túneles. El profesor no lograba contener su entusiasmo. La balsa se dirigió hacia un costado de la caverna. JJ colocó otra barra de luz sobre un peñasco *que emergía del agua* y recomendó:

–Debemos avanzar con precaución.

La balsa prosiguió su curso apaciblemente, en medio del silencio de la gruta. Habían recorrido un buen trecho cuando a Richard le llamó la atención lo turbia que estaba el agua, y comentó:

–No cabe duda de que la conexión hidráulica con la zona acuífera es mínima.

–Los sedimentos de este tipo de cenote están plagados de materia orgánica –aclaró el profesor, encogiéndose de hombros.

–Permítame –dijo Richard, retirando la poderosa linterna de las manos de JJ para enfocar la luz sobre los muros de la caverna, de un ligero tono rosado con manchas verdosas–. Acerquémonos a las paredes –ordenó.

Los bomberos acataron el pedido y remaron con cautela hacia uno de los costados. Desde la balsa, Richard y el profesor hicieron un reconocimiento minucioso de la textura de la roca caliza, examinando las hendiduras y los organismos vegetales que encontraron sobre las piedras. Pasaron alrededor de veinte minutos tomando muestras y midiendo las rocas. Richard rozó con la mano la superficie rasposa de la pared y contempló los residuos de gránulos gruesos de color rosa, amarillo y gris, que le quedaban sobre las yemas de los dedos.

–Puede ser que la caliza contenga un bajo nivel de óxido de hierro –expuso el microbiólogo, tomando una muestra de una de las áreas oscuras de la pared–, pero en realidad es difícil determinarlo basándose solo en el color. La presencia de restos orgánicos en los minerales afecta también la pigmentación.

Richard reconoció que el profesor tenía razón. El hombre picaba la roca para tomar muestras, mientras discurría acerca de la formación de las cuevas y los componentes nutritivos para los organismos habitantes del cenote. Richard era todo oídos.

–Hablando de componentes nutritivos, en ocasiones he visto niños de las regiones del interior del estado, y familias de escasos recursos, comer estas piedras –comentó JJ.

–Así es, se las comen por su contenido de calcio –reiteró el profesor.

La conversación transcurría mientras recorrían la cueva, que tenía más de un kilómetro de largo. Las paredes, recubiertas de parches verdosos, rojizos y grisáceos, además de hongos de todas formas y tamaños, daban la sensación de ser parte de otra realidad u otro mundo.

–Como les he mencionado –continuó el microbiólogo–, no solo es de vital importancia seguir realizando mediciones geofísicas para delimitar la envergadura de estos ríos subterráneos, sino que también es conveniente recolectar fondos para analizar los sedimentos y estudiar el ecosistema. En estas cuevas hay especies de bacterias, plantas y animales aún no descubiertos.

–Me imagino que el ecosistema bacteriano varía según la profundidad del pozo –comentó Richard.

–Así es. En los cenotes de aguas estancadas hay concentraciones altas de sulfato de hidrógeno, por lo tanto, es de esperarse que exista un alto nivel de sulfobacterias quimioautótrofas.

–Ya veo –asintió, pensativo.

–El empleo de procesos biológicos para solucionar problemas geológicos es muy prometedor –aseguró el profesor, en tanto organizaba en su morral las muestras tomadas, y luego, dirigiéndose a JJ, prosiguió–: Un ejemplo muy concreto es la limpieza de derrames de petróleo con bacterias y microorganismos.

–Hace mil años, ¿había cenotes o ríos subterráneos en las tierras bajas de Petén? –preguntó Richard, cambiando el curso de la conversación.

—No sabemos con certeza. La densa selva dificulta las investigaciones. Solo conocemos, a través de estudios de sedimentación que reconstruyen la vegetación y el paleoambiente de la época, que los grandes cambios en el suelo coinciden con el abandono de las ciudades en el preclásico tardío, alrededor del año 150 a.C. Hoy día, el agua subterránea de Petén se encuentra a ciento cincuenta metros de profundidad.

—¿Qué tipo de estudios hicieron? —volvió a indagar el ejecutivo.

—Análisis de polen, química de sedimentos y susceptibilidad magnética.

—¿Hubo en los resultados algo relacionado con la susceptibilidad magnética? —inquirió nuevamente, con vivo interés.

—Sí, es muy curioso, se encontraron altos niveles en la señal magnética.

—¿En qué zona? —quiso precisar, aunque reteniendo su entusiasmo.

—En la cuenca del lago Puerto Arturo.

—¿Y el lago? ¿Conecta con algún río subterráneo?

—Tampoco sabemos. Como le he dicho, queda mucho por investigar en el subsuelo de este país. Solo un treinta por ciento de los ríos subterráneos han podido ser trazados —concluyó el profesor.

«¡Susceptibilidad magnética! Seguro que hay grandes depósitos de hierro en la zona», coligió Richard, entusiasmado.

JJ examinó su reloj y notificó:

—Ya va siendo hora de regresar.

—Estoy de acuerdo —asintió el científico, consultando también el suyo.

—¿En qué región se encuentran los cenotes más profundos? —le preguntó Richard, aprovechando el poco tiempo que quedaba.

—Parece ser que mientras mayor es la distancia del mar, más profundos son los cenotes. Esto se debe a la manera en que corren los ríos subterráneos que los forman —le explicó el profesor.

Llegado a este punto, el ejecutivo decidió ir directo al grano:

—Basado en sus investigaciones geológicas, ¿dónde especularía que se encuentran las siete grutas y barrancos mencionados en el *Popol Vuh*?

—¿El *Popol Vuh*?... Discúlpeme, pero la mitología no es mi

campo. No le sabría decir –balbuceó, sorprendido.

Se produjo una tensión incómoda, rota por el propio profesor:

–Los antiguos mayas consideraban que el agua de los ríos subterráneos era sagrada, debido a que no había sido corrompida por la luz ni los humanos. Le decían *zuhuy ha*, es decir, agua virgen. Por desgracia, las cosas han cambiando desde entonces. Muchos agentes químicos y fertilizantes agrícolas se han estado filtrando en las aguas subterráneas y han terminado por contaminarlas.

–En la antigüedad, ¿quién hubiera pensado que beber agua de un cenote pudiera ser peligroso? –bromeó JJ.

–Bueno, no todos los cenotes eran empleados para el consumo de agua. Tengo entendido que estaba prohibido beber de aquellos en los que se hacían ceremonias –explicó el microbiólogo.

–Sobre todo después de haber hecho sacrificios humanos en ellos –apuntó Richard, con cinismo.

Su propio comentario le dio vueltas en la mente hasta que, de repente, vio como encajaban las piezas del rompecabezas. «¡Por supuesto...! Los cadáveres alteraron el proceso de biomineralización y formación de los magnetosomas. Las bacterias mutaron». Tardó unos segundos en ordenar sus ideas y finalmente inquirió:

–Profesor, ¿qué efecto tendría lanzar setenta y cinco cadáveres en un pozo como este?

Sorprendido por la pregunta, el hombre no respondió. El resto de los integrantes del grupo, desorientados, guardaron también silencio.

JJ decidió dar su punto de vista profesional:

–Con la tenue corriente de agua, los cuerpos se depositarían en el fondo del pozo y luego, al descomponerse, se inflarían de gas y flotarían.

–¿Y las consecuencias serían...?

–Un enorme crecimiento de bacterias en el agua –respondió el profesor, encogiendo los hombros.

–¡Exacto!, y alterarían considerablemente el ecosistema del cenote –añadió Richard, con una sonrisa de satisfacción.

–¿Qué estás proponiendo? –inquirió David, presintiendo que su amigo había llegado a una conclusión importante para su investigación.

Por supuesto que el ejecutivo no tenía intención de

divulgar sus especulaciones acerca de cómo la fragmentación de las proteínas humanas había hecho mutar a las bacterias magnetotácticas, por lo que decidió desviar la conversación con otra idea que se le acababa de ocurrir.

–Lo que quiero decir es que, como consecuencia de la costumbre de arrojar los cadáveres de los sacrificios al cenote, el agua, eventualmente, se transformaba en un fertilizante, parecido a los de hoy en día, elaborados con aminoácidos de origen animal.

–¿Perdón? –dijo JJ, sorprendido.

–¿Qué, no sabía que muchos fertilizantes están elaborados con residuos industriales tales como desechos de mataderos? Sangre desecada, cuernos, pezuñas, huesos, cartílagos, además de las tripas de pescado y los lodos de depuración de las aguas, todo eso es buenísimo para fertilizar las plantas.

–¿Y? –preguntó el profesor, confundido.

–En los pozos con un alto nivel de agua, una gran parte de esta regresa a la tierra, se filtra en los poros y grietas, y penetra en las capas superficiales del suelo, lo que mejora la calidad del sustrato. Al fin y al cabo, es muy difícil producir buenas cosechas en el suelo de la jungla. Los antiguos agricultores notaron que al hacer sacrificios humanos, mejoraban las cosechas, y asumieron que los dioses apreciaban el esfuerzo. Pero, en realidad, era todo cuestión de abono. Tan sencillo como eso –concluyó Richard.

–Es una hipótesis muy interesante, señor Barry –declaró el profesor, inseguro de si se trataba de un chiste, o si el ejecutivo creía en verdad lo que contaba.

JJ se sintió molesto. Aquella explicación reducía el encanto mitológico de un pueblo y sus sacrificios sagrados, a un simple y nauseabundo abono humano.

–Los cambios que ocurrieron en el suelo en la época preclásica, ¿podrían haber sido causados por algún tipo de bacteria?

–No hemos encontrado ninguna prueba de ello –refutó el profesor, incómodo con tantas preguntas extrañas. Sin perder más tiempo, le hizo una seña a JJ para que emprendiera el regreso.

–Estaremos listos para el ascenso en unos veinte minutos. Prepárense. Cambio –informó JJ por la radio al colega que había quedado en la superficie.

La voz comprimida que respondió en la radio interrumpió

la conversación:

—Continuamos a la espera al pie del cenote. Cambio.

Richard se mantuvo silencioso durante la ascensión, dándole vueltas a su hipótesis y haciendo planes: «Necesito pedirle a Pietro los estudios de la cuenca del lago Puerto Arturo, y también los mapas de los ríos subterráneos de Petén». Al llegar arriba, su celular comenzó a sonar. Aunque no estaba contestando llamadas, al ver que se trataba de Sylvia, hizo una excepción.

—¿Qué tienes que decirme?

—Hola Richard, estoy en Homestead, Florida. Llegué esta mañana —le informó ella.

El hombre esperó por unos segundos por el resto de la frase, pero no hubo más.

—Estoy seguro de que no me llamaste para darme tu nuevo itinerario de viaje.

—No, por supuesto que no. En el poco tiempo que llevo aquí descubrí lo que buscas.

—¿Y qué busco? —preguntó él, esbozando una sonrisa.

—Una roca cristalina de color rojizo con extraordinarios poderes magnéticos que fue considerada sagrada durante el período precolombino por los mayas de Petén, y de la cual piensas hay un sedimento explotable en las cuevas sagradas descritas en el *Popol Vuh*.

A juzgar por el silencio en la línea, Sylvia tuvo la convicción de haber acertado. Richard, verdaderamente sorprendido, se alejó del grupo para conversar sin ser oído.

—¿Qué encontraste en Florida que te llevó a tal conclusión?

—Una antigua caja maya en la que está grabada una serpiente igual a la que decora el altar; en su interior había una daga elaborada con ese material misterioso.

—¿Cuánto dinero quieres por ambos artículos? —inquirió Richard, observando a los bomberos que subían a la camioneta el equipo de *rappel*.

—Por desgracia, las cosas no son tan sencillas. No eres el único interesado en estos objetos. Es precisamente por eso que te llamo.

—Te escucho —dijo el ejecutivo, súbitamente preocupado.

La arqueóloga le describió la situación, incluyendo, sin lujo de detalles, el secuestro de Camila, las demandas hechas a Albert y que, tras negociar con el jefe de los traficantes, había obtenido dos días de tregua. Richard, acostumbrado a la corrupción, no se inmutó ante el escenario descrito.

—¿Qué quieres de mí? —preguntó, imperturbable.

—Medio millón de dólares en billetes de cien —soltó Sylvia.

—¿No te parece excesivo?

—No para un material que puede revolucionar la bioingeniería y tu cuenta bancaria.

Silencio. Richard se maldijo por haberla subestimado.

—César tiene un precio. Estoy segura de que con quinientos mil dólares lograremos que nos entregue a la muchacha en México, aun en contra de la voluntad de su tío. El dinero será más fuerte que los lazos familiares.

—¿Negociar a la muchacha? Lo que queremos es el puñal —apuntó, molesto.

—Albert me aseguró que entregará el puñal al que libere a su amiga. Además, ganaremos la confianza del muchacho para averiguar su procedencia.

—En otras palabras, el puñal me está costando ya medio millón de dólares.

—No. El puñal te está costando seiscientos mil dólares.

—¡Seiscientos mil...!

—Cien mil son por mis servicios

Richard soltó una risotada y alegó:

—Ya estás siendo compensada.

—Eso no incluía actividades ilegales.

—Y yo no quiero cargar con el dolor de cabeza del rescate de la chica en Chiapas.

—De eso me ocupo yo.

—¿Sabes por qué los secuestradores se la llevaron hasta ese lugar? —inquirió el ejecutivo, pensativo.

—Aún no lo sé —admitió ella.

Richard hubiera preferido hacer una exploración geológica del lago Puerto Arturo y sus alrededores, pero se tardaría en gestionar los permisos y efectuar los sobornos necesarios. El tiempo apremiaba; no era el único tras la pista del cristal magnético.

—Estaré esta noche en Homestead con el dinero.

—¿Vendrás en un avión privado?

—Por supuesto. De qué otra forma quieres que esté allá en tan poco tiempo. Rentaré el avión que utilizo para mis viajes personales. Calculo llegar al aeropuerto de Kendall-Tamiami a eso de la medianoche.

32
Homestead, Florida

A media tarde, Nana deseó evaluar con sus propios ojos los daños infligidos al negocio. Nic y Albert la acompañaron en su trayecto a pie, pero una vez allí, no pudieron acercarse demasiado al restaurante. Cintas amarillas y cuatro patrullas de la Policía bloqueaban el paso. Nana se quedó en la acera, asimilando el impacto: los daños eran cuantiosos. Albert tuvo la horrible sensación de que se le deshacían las tripas en una profunda tristeza e intolerable rabia. Con una mirada severa observó a los curiosos que rodeaban la escena. No se le escapó que la doctora estaba aparcada frente a la panadería, observándolos. Luego divisó a Luis, asomado al umbral de la entrada. El hombre regordete reparó en Nana y se acercó con el rostro desencajado ofreciéndole palabras de apoyo. Para su asombro, ella lo abrazó con serenidad y le preguntó:

−¿Qué ha hecho la Policía?

−Estuvieron toda la mañana investigando, tomando fotos y huellas. El detective Maurer se acaba de ir. ¡Qué tipo tan pedante!

−¿Y el muerto? −inquirió Nana, persignándose.

−¡Al fin se lo llevaron! −respondió Luis con un suspiro de alivio.

−¿Quién era?

−La Policía no lo sabe aún. El propio detective cree que no se trata de un pandillero.

Albert y Nic saludaron a Luis con semblantes desencajados.

−¿Y a ti, mi chavo, cómo te trató la Policía? −preguntó el hombre, con amargura.

No hubo respuesta, excepto un ligero encogimiento de hombros. Luis, confundido ante la actitud distante del adolescente, se interesó entonces en saber quién había llevado a Nana a la jefatura:

—La señorita amable que está en ese auto —le respondió ella, señalando a Sylvia, que se encontraba en ese momento hablando por el celular.

Albert se sorprendió al constatar que su tía abuela también había notado la presencia de la mujer.

—Doña Nana, hubiera querido llevarla yo mismo a... — empezó a excusarse Luis.

—No te angusties más —lo interrumpió la anciana—. ¿Y Paquita?

—Adentro.

Nana alisó las arrugas de su falda y se introdujo en el restaurante en busca de su amiga, sin que ningún policía le impidiera el paso. Una cinta amarilla bloqueaba la entrada del comedor. Las sillas, mesas y utensilios seguían desparramados por el suelo. A un costado se podía observar todavía un charco de sangre. Al no ver a nadie, se dirigió a la cocina. Paquita se volteó al escuchar ruido a sus espaldas; sus ojos rojos atestiguaban que había llorado. Al encontrase las dos, cara a cara, se abrazaron, y Paquita rompió de nuevo en llanto.

—Creo que ha llegado el momento de remodelar el restaurante —resolvió la anciana, consolándola con palmaditas en la espalda—. Puse un dinerito de lado para eso. Ya verás, con los ahorros, y con lo que nos dé el seguro, tendremos una taquería a todo dar. ¡Le hacía falta una buena renovación!

Paquita reconoció el rasgo que más admiraba en su amiga: su tenacidad a toda prueba. Sintió suavizarse la tensión de sus hombros.

—Tienes razón —asintió, con un leve movimiento de cabeza, mientras se alejaba un tanto de Nana para mirarle la cara— ¿Y Albert?

—Afuera con Luis. Se encuentra bien, gracias a Dios.

Nana clavó sus ojos vivaces en los de Paquita y le comunicó:

—Vas a tener que empezar los trámites de remodelación sin mí. Me voy a San Cristóbal de las Casas a ayudar a Teresa con la visita de Papá Juan. Voy a celebrar el Día de los Muertos y me llevo a Alberto. ¡Ya es hora de que conozca a su familia!

Después de múltiples intentos, Sylvia logró comunicarse con César para negociar. Al traficante, la oferta de la arqueóloga le sorprendió y le gustó por partes iguales. Tras regatear por un breve instante, acabó aceptando el medio millón de dólares. Con un tono de mucha seguridad, Sylvia no solo negoció el rescate de la chica, sino también exigió la antigua caja. Sabía que al traficante no le interesaba conservar la pieza precolombina, por lo que decidió agregarla a su colección personal. Tal y como había sospechado, a César le importó poco deshacerse de la antigüedad, y aceptó. En cambio, insistió en que la liberación de la secuestrada ocurriese en México. Sylvia dedujo que él no tenía ninguna intención de vérselas con su tío, y por lo tanto, se las ingeniaría para que el asunto pareciese un error de uno de sus hombres.

—Muy bien, el intercambio se hará en México —accedió ella.

—Nos encontraremos en San Cristóbal de las Casas, en dos días. Espera mi llamada —ordenó César y colgó.

Sylvia sonrió satisfecha; había anticipado correctamente las decisiones y reacciones del traficante. Ahora venía lo que ella consideraba la parte más difícil: ganarse la confianza de Albert.

En el estacionamiento, Albert y Nic guardaban silencio, contemplando el Corvette vandalizado como si se encontraran en un funeral.

—No le quiero ver la cara a Gaby cuando...

El ruido de unos pasos a sus espaldas acalló a Nic.

—Es Eileen, Ferni y Laura —dijo Albert.

Al encontrarse todos frente al Corvette, Eileen emitió un grito ahogado.

—*Dude*, Gaby *is going to kill you* cuando vea el estado de sus *wheels* —comentó Ferni.

—Le pagaré los arreglos. ¿Qué más puedo hacer? —repuso Albert.

—¡Arruinaron la taquería! —exclamó Laura, boquiabierta.

—Destrozaron también la batería —añadió Nic.

—*No way... the drums*!, ¿Estás bromeado? —dijo Ferni, desolado.

—Primero, Camila secuestrada; luego, la taquería saqueada, el auto arruinado, la batería destruida. ¿Qué será lo próximo? —preguntó Eileen, clavando sus ojos en los de Albert.

—Tienes que ser franco con nosotros. ¿En qué lío estás metido? ¿Por qué se llevaron a Camila? —inquirió Laura.

El joven se pasó la mano por el pelo. No sabía por dónde empezar, ni qué era conveniente decir.

—Por ahí viene Paquita —anunció Nic.

—¿Quién es esa señora que está platicando con Nana? —interrumpió Paquita, dejando los saludos de lado.

Albert iba a responder cuando Laura se dirigió a ella:

—¿Cómo se encuentra doña Nana?

—Bien, gracias a Dios. Supe de la desaparición de Camila. Qué día tan nefasto el de ayer, tragedia sobre tragedia —las lágrimas volvieron a aflorar a los ojos de Paquita.

—La Policía no nos quiere decir nada —se quejó Eileen.

Albert aprovechó la distracción de sus amigos para introducirse en la taquería. Allí encontró a Nana platicando a gusto con la profesora. Al verlo, la anciana le anunció, con una sonrisa de oreja a oreja:

—Alberto, la señorita se ha ofrecido a llevarnos en un avión privado a ver a Papá Juan. ¡Nos vamos esta misma noche!

El color abandonó el rostro del muchacho. Aquella mujer de ojos verdes, fuese quien fuese, estaba manipulando a Nana de forma inescrupulosa. Resolvió ignorar la mirada de lince que lo escudriñaba y trató de razonar con la anciana.

—No conoces a esta señora, ¿y te quieres ir con ella a México?

La consternación se dibujó en el rostro de Nana.

—Iré, te guste o no.

—No te dejaré hacer semejante locura.

Sus labios se tensaron, pero aparte de eso, no dio señales de haber escuchado el comentario del joven.

—Albert, entiendo tu posición —dijo Sylvia con voz templada—. Es verdad que no me conoces, pero no haces nada quedándote aquí. Josefina me ha contado brevemente tu pasado. Sé que la caja te ha traído muchos problemas y tristezas. ¿No es así?

No respondió. Empleó toda su energía en controlar la ira.

—Estoy segura de que debe haber una razón por la cual tu abuelo y tus padres insistieron tanto en que la tuvieras —continuó Sylvia, arrastrando calmosamente las palabras—. Les debes a ellos, y a Camila, entender lo que tienes entre manos. El puñal debe ser la clave de algo extremadamente importante. De otra forma, no tendrías a los traficantes acosándote, o a Richard Barry dispuesto a entregarte medio millón de dólares para el rescate de una desconocida.

—Ni tampoco tendría a una manipuladora tratando de embarcar a una pobre anciana en un avión privado.

—¡Alberto! —protestó Nana.

—¿Por qué crees que los secuestradores llevaron a Camila a Palenque? —le preguntó Sylvia—. Lo estuve pensando, pues al principio me pareció insólito, pero ahora lo tengo claro. La sacaron del país para dificultar la investigación de las autoridades mientras negociaban el rescate. Todo proceso legal a nivel internacional es largo y tedioso. Estos son criminales profesionales y saben lo que hacen. No se trata de un simple secuestro. Desde aquí no lograremos nada. Tu única oportunidad es ir a México y negociar directamente con César –expuso la arqueóloga, usando todos sus poderes de persuasión.

Albert escuchaba atentamente. La voz de la mujer sonaba sincera y hacía que su certeza flaqueara. Pese a que Nana no entendía bien de lo que hablaban, para ella era evidente que a Albert le resultaba difícil fiarse de sus instintos de jaguar. Después de una larga duda, el adolescente tomó una decisión:

–Muy bien. ¿Cómo y cuándo nos vamos?

Nana exhaló un gemido de felicidad y las lágrimas acudieron a sus ojos.

–Como ya sabes, nos iremos esta misma noche –anunció Sylvia, satisfecha.

–Papá Juan estará tan orgulloso de ti –balbuceó la anciana, emotiva.

–No le entregaré el puñal a ese señor hasta que regrese con Camila –dijo Albert, cortante.

–Me temo que, sin el puñal, Richard no te llevará a Chiapas ni te entregará el dinero. Es el dinero por el puñal.

–Si me subo al avión con el chingado puñal, ¿qué o quién me garantiza que Nana y yo lleguemos vivos a México?

–Alberto, no hables así –lo reprendió Nana.

–Soy arqueóloga, y por ende, mi interés en estos objetos es puramente académico; descifrar el pasado es mi pasión. Por otro lado, Richard es geólogo y hombre de negocios, no un mafioso o un asesino. Te puedo asegurar que no le importa el puñal y menos la caja. A él lo que le interesa es tu familia.

–¿Mi familia? No entiendo –repuso Albert con desconfianza.

–Como geólogo, su ambición es descubrir de dónde proviene el material con el cual fue hecho el puñal. Alguien en tu familia debe conocer más detalles sobre el origen de estos objetos.

Albert se mantuvo callado. «¿Mi familia...? ¿El origen del puñal...?», repitió para sí, exhausto y desconcertado.

–No te atormentes, te necesitamos vivo –concluyó Sylvia, soltando la risa.

–¿Dónde nos vamos a encontrar? –preguntó el muchacho, observando a Nana por el rabillo del ojo. Ella no estaba prestando atención a la conversación; su mente estaba concentrada en los preparativos del viaje.

—En el aeropuerto de Kendall-Tamiami, a medianoche.

—Estaré allí con el puñal —replicó Albert, extrañado de sí mismo.

A pesar de saber que su decisión era arriesgada, sintió un repentino alivio. En ese momento vio a Nic asomado por la puerta de la cocina. Venía a advertirle que Gaby acababa de llegar con la camioneta. Albert se puso en pie casi sin darse cuenta y siguió a Nic. A medida que avanzaba analizaba cuán adecuado sería explicarle a sus amigos los detalles del secuestro y su acuerdo con Sylvia. No deseaba poner a nadie más en peligro. Al encontrarse de nuevo cara a cara con los otros miembros de Insignia, era innegable que exigirían respuestas. Igualmente, sospechó que tendría que aguantar la bronca de Gaby.

—Carnal, me apena lo de tu auto —dijo Albert en cuanto lo vio.

—Te presté mi auto y me callé en Homestead al ser interrogado por la Policía —le recordó Gaby—. En otras palabras, confié en ti. Es hora de que hagas lo mismo con nosotros. Somos tus amigos. ¿Por qué no nos explicas lo que está ocurriendo?

—No quiero meterlos en líos.

—Queremos saber —insistió Eileen.

Albert seguía dudoso. Se llevó la mano al rostro y, suspirando, se echó el pelo de la frente hacia atrás. Tenía el presentimiento de que su destino y el de Camila pendían de un hilo, y que cualquier cosa que dijera podía tener consecuencias negativas. Experimentó un nervioso aleteo en el estómago.

—*Dude, just say it* —apremió Ferni.

Albert todavía no había abierto la boca cuando escuchó a Nic:

—El lío tiene que ver con la caja que Camila usó para hacer nuestro logo. Parece que esa cosa es de gran valor y Albert no lo sabía. Los secuestradores quieren la caja a cambio de Camila.

Por un instante, las palabras parecieron flotar en el aire.

—¡Todo esto por esa caja fea! —exclamó Eileen.

—¿Te han vuelto a contactar? —preguntó Laura, con los ojos como platillos.

—Sí —admitió Albert.

—¿Y?

—Les entregué la caja anoche, pero no cumplieron con el trato.

—*What!* —exclamó Ferni.

—¿Qué es lo que quieren ahora? —cuestionó Eileen.

Albert aún titubeaba. Temió haber dicho ya demasiado.

—¿No crees que deberías contárselo a la Policía? —sugirió Laura.

—Amenazaron con matarla si la Policía se inmiscuía —explicó Albert—. Además, ellos ya no pueden hacer nada. Se llevaron a Camila a México.

—¡A México! —exclamó Nic.

La perplejidad de los chicos iba en aumento con cada palabra.

—¿Qué vamos hacer? No vamos a quedarnos con los brazos cruzados —expuso Eileen.

—Me voy a México con la arqueóloga para negociar el rescate —les explicó Albert.

—¿Negociar el rescate? —dudó Laura, angustiada—; pero si ya tienen la caja. ¿Qué más quieren?

—Ahora los secuestradores quieren dinero.

—¿Mucho? —preguntó Eileen.

—El dinero no es el problema —atajó Albert.

—¿Estás seguro de que no es mejor contárselo todo a la Policía? —insistió Gaby.

—Dame dos días, carnal. Si en ese tiempo no logramos liberar a Camila, les cuentas todo a esos inútiles.

Gaby aceptó, no muy convencido de estar haciendo lo correcto. Entonces, Laura dio dos pasos hacia él y lo abrazó, diciendo:

—Promete que serás prudente.

Los demás miembros de Insignia clavaron sus miradas en el suelo para contener la inquietud que los corroía. Albert, sin embargo, sintió un profundo alivio al saber que no estaba solo.

33
Homestead, Florida

Van der Boom se tensó al escuchar golpes en la ventanilla de su auto. Una chica morena, con los dientes dorados y unos zarcillos enormes del mismo color, vociferaba amenazante que se marchara. El holandés le indicó, por señas, que se iría, pero que le diera unos segundos. No quería despertar sospechas y tenía que moverse rápido. Aún somnoliento, sentía su cabeza a punto de estallar, y la espalda molida le recordaba que los años no pasaban en vano.

—Si no se va de aquí, llamo a la Policía —ladró Latisha antes de retirarse.

Su hermano Michael salió a la puerta a investigar lo que ocurría.

—Ese idiota me asustó, parecía estar muerto dentro del carro —vociferó ella al entrar a la casa.

Van der Boom se apresuró a encender el motor. Consultó el reloj: eran casi las cinco de la tarde. No lo podía creer. Se enojó consigo mismo por haberse quedado dormido tanto tiempo. «Tengo que dejar de beber», se reprochó, a la vez que maldecía su petaca. Enderezó el asiento, y para ocultar el aspecto de su rostro, se puso una gorra y unos espejuelos negros. Con el estómago retorciéndosele de hambre, condujo hacia la taquería. Al llegar a la calle donde se encontraba el local, redujo la velocidad y le pasó lentamente por delante, tratando de observar con discreción el entra y sale. Un pocillo de café y un trozo de pan le hubieran venido bien al cuerpo, pero debía mantenerse lo más furtivo posible. Se frotó el rostro con la mano intentando espantar el cansancio. Aún le dolía el ojo golpeado. El puñetazo que recibió de parte de Albert le había herido el ego más que otra cosa. Le mortificó pensar que sus reflejos ya no eran los de hacía unos años. El sentimiento de humillación no lo abandonaba. Hizo un esfuerzo por recordar los eventos de la noche anterior. En su última conversación con Angélica, la agente le procuró el nombre y la dirección de la taquería. También le informó que el avión de Jefferson había aterrizado en el aeropuerto de Palenque. Luego, la joven aprovechó para recordarle que debía tener cautela y no olvidar que su misión era recolectar información, sin inmiscuirse en los hechos.

Esas indicaciones fueron respetadas y, durante el saqueo, Van der Boom se había limitado a observar, camuflado en las sombras de la noche, procurando no ser detectado ni por los pandilleros ni por los policías. Tras el arresto de Albert, el holandés había decidido regresar al hogar de Nana y montar vigilancia. Se estacionó justo frente a la vivienda de Latisha. A eso de las seis de la mañana, en un fútil intento por descansar, reclinó el asiento hacia atrás y miró al techo. Como ocurría a menudo, una avalancha de recuerdos brotó de su mente. La desaparición de Camila le recordó los horrendos momentos que vivió cuando supo que su hija Tatiana había sido asesinada por unos ladrones de tumbas, enemigos de él. Sacó una petaca de metal y se la acercó a los labios. El trago de vodka le acarició placenteramente la garganta y lo ayudó a relajarse. Le sirvió de consuelo prometerse que haría lo posible para que el destino de Camila fuera diferente al de su hija. Dos horas más tarde, con su metro noventa de estatura, dormía en el reducido espacio, todo encorvado y medio embriagado.

De repente, Van der Boom tuvo que dejar de lado sus recuerdos, al ver salir a Nana de la taquería, acompañada por una atractiva mujer. Tras ellas caminaban dos chicos. Grande fue su asombro al constatar que uno de ellos era Albert. «Que rápido lo soltaron en la Jefatura», musitó, irritado. Y el otro era Nic. «¿Cuándo llegó ese de Indiantown?», se preguntó, afligido por haberse quedado dormido. A partir de ese momento arreció la vigilancia y condujo de nuevo alrededor de la cuadra. Luego, aparcó el auto frente a la panadería. No fue hasta ese momento, que reconoció a Sylvia. Y aunque hacía años que no la veía, fue fácil identificarla, ya que no había cambiado.

«¡Ajá!, mi antigua colega está involucrada», concluyó, complacido con su descubrimiento. De inmediato, mandó un texto a Angélica informándole sobre Sylvia. Presentía, de manera visceral, que la mujer tramaba algo. Enseguida su celular sonó, y al ver que era Angélica, se incorporó y respondió.

—¿Recibiste mi texto?

–Sí.

–¿No te lo dije? Esa mujer…

–Tengo malas noticias –lo interrumpió la joven–. El señor Girard no quiere que sigas en la investigación.

–¡No entiendo! Es necesario actuar cuanto antes –protestó el holandés.

–El señor Girard no quiere que continúes porque estás siendo buscado como sospechoso por la Policía de Indiantown.

–Están buscando a un hombre sin rostro y sin identidad, así que no hay problema.

–Son órdenes –recalcó Angélica, pensando que su jefe era excesivamente puntilloso, tanto como para hacer algo que no figuraba en el manual de la agencia.

–Ya veo –se limitó a decir el hombre.

De algún modo, por sórdidas que parecieran las decisiones de Girard, Van der Boom admitió su respeto hacia él. Sabía que en numerosas ocasiones había hallado la forma de manipular la política interna de la agencia para resolver los casos sin romper los códigos establecidos por esta.

–El señor Girard propone que tomes una semana de vacaciones pagadas –añadió Angélica–. Además, insiste en que vayas adonde mejor te plazca.

El extraficante sopesó la situación y luego se rió con ganas.

–Muy bien, iré a pasar unos días en Palenque –decidió, entusiasmado–. Hay una posada muy agradable cerca de las ruinas.

–¡A Palenque! –exclamó Angélica, adivinando las verdaderas intenciones del hombre.

34
Kendall, Florida

En la penumbra de la medianoche, Albert condujo la camioneta hasta el estacionamiento de la taquería. Tras cerciorarse de que estaba solo, se bajó del vehículo con una olla de hierro esmaltado en las manos y se dirigió hacia los tres tanques de gas colocados junto a la pared. Detrás de uno de ellos estaba el puñal adherido al metal, donde lo había escondido la noche anterior. Sin dejar de observar a su alrededor, colocó la olla en el suelo y deslizó el brazo por detrás del tanque. Con la mano buscó a tientas el objeto y lo jaló hacia él. El gesto lo hizo rememorar a su madre cuando era atacada por la enorme serpiente, y el recuerdo desató en él una cólera involuntaria y unos intensos deseos de venganza, no solo contra los coyotes, sino también contra la indiferencia de las autoridades, que no se habían preocupado por hacer justicia a sus padres. Se vio golpeando a Gregorio hasta sentir el tibio chorro de sangre emanar de su boca. El olor que desprendía el líquido rojo lo hizo caer en un torbellino oscuro. De repente, recordó que seguía con el puñal en la mano. Controló sus pensamientos, redujo la ira, y sintió emanar un increíble flujo de energía desde el puñal, que atravesaba su cuerpo y lo anclaba a la tierra. Poco a poco, el suelo apareció bajo sus pies.

Albert miró a su alrededor. No supo si había pasado un minuto o diez. Lo que sí sabía era que el puñal magnético hacía que cobraran vida sus temores y deseos más ocultos. Se apresuró a poner el extraño objeto en la olla y regresó a la camioneta. Con el corazón acelerado, alerta, y con los nervios a flor de piel, condujo por la autopista en dirección al aeropuerto. Afuera, el viento zarandeaba las palmeras a lo largo de la carretera. Momentos más tarde, transitó por la desolada calle que bordea el aeropuerto de Kendall-Tamiami, que a esa hora de la noche estaba desierto. El viento soplaba con más vigor a medida que la camioneta se acercaba al edificio donde los esperaba Sylvia.

Nic parecía hipnotizado mirando el horizonte oscuro, sin decir palabra alguna. Estaba sentado en el auto de sus padres, esperando la llegada de Albert. Sentía el temor diseminarse por todo su ser. Nana dormía sentada a su lado; había sido imposible convencerla de que no viniese. Lánguida, dejaba caer la cabeza hacia el frente y de rebote la volvía a levantar, siempre con los ojos cerrados. Nic notó que la Luna había desaparecido tras espesas y oscuras nubes de tormenta. Tres pistas de aterrizaje se extendían a lo largo de los almacenes, iluminadas por *luces* de borde montadas *sobre peanas*. A pesar de la presencia de unos cuantos vehículos esparcidos por las áreas de estacionamiento, en el aire flotaba una sensación de soledad.

Entonces, el adolescente sintió una creciente inquietud. Sabía que si algo nefasto le sucediera a Albert, no se perdonaría el haber colaborado con semejante locura. Si sabía dónde encontrar a su amigo, era porque Nana había hallado, antes de lo previsto, la carta que Albert le había escrito. Con palabras tiernas, se disculpaba por haberse ido sin ella. Además, le decía dónde recuperar la camioneta. En estado de pánico, Nana le había avisado a Nic. Tan pronto este llegó a la casa, ella se montó en el auto y le mostró la carta. Era evidente que no tenía intención de quedarse. Muy pronto, la anciana, tranquilizada por la presencia del adolescente y arrullada por el murmullo del motor, cerró los ojos y se quedó profundamente dormida.

Nic escudriñó las sombras hasta divisar a Sylvia y Albert. Entonces, bajó del vehículo; desde allí pudo observarlos hasta que desaparecieron tras un hangar. Una mala sensación le atenazó el pecho. Lanzó una mirada a Nana, buscando respaldo, pero la anciana seguía dormida. La incertidumbre se convirtió en dolor de estómago. Nervioso, comenzó a caminar de un lado a otro, junto a la camioneta, sin saber qué hacer, y fue en ese instante que comprendió que sería muy complicado para Albert lidiar solo con los criminales. Ya no tenía duda alguna, iba a intervenir.

De pie en la pista de aterrizaje, Albert notó la intensa oscuridad del cielo y el silencio de la noche. El fuerte viento, rozándole el rostro, parecía ser el único en hablarle, y la soledad del lugar hacía poco por calmarle los nervios. Sin embargo, mantenía el rostro imperturbable a pesar de sentir cómo se engarrotaban los músculos de sus piernas. Sylvia, escudriñaba el horizonte mientras luchaba por mantener fuera de sus ojos el pelo que el viento revolvía. Finalmente, el avión rentado por Richard aterrizó sin retraso. El aire olía a kerosén quemado y el ruido de los motores les ensordecía. Una vez detenida la nave, la puerta de la cabina se abrió. El joven miró hacia lo alto de las escaleras recién desplegadas. Allí vio aparecer a contraluz la silueta de un hombre alto y delgado: tenía un aire irreal. Richard bajó las escaleras con la agilidad de un atleta, y se dirigió directamente hacia ellos. Su mirada se posó brevemente sobre Sylvia, que lucía radiante, y se detuvo en el joven que estaba a su lado. Albert mantuvo su mirada, inseguro de lo que le esperaba.

−¿Tienes el puñal? −le preguntó sin rodeos.

−No. No voy a entregarle el puñal sin que antes haya cumplido con su parte del trato.

Richard, con un rostro de piedra, le dijo a la arqueóloga:

−No vine a perder mi tiempo, ni pienso renegociar nada.

−No me gusta regatear, señor Barry, y soy persona de palabra −aseguró el adolescente−. Una vez que suba al avión y vea el dinero, tendrá el puñal.

A Richard le agradó el aplomo del joven y supo que nada reduciría su determinación. Albert, por su parte, creyó ver un atisbo de sonrisa en el rostro del ejecutivo, y comprendió de inmediato que lo había convencido.

−Muy bien, abordemos −asintió Richard, y fijándose en Sylvia, pensó: «Está resplandeciente, ¡cómo la favorecen las actividades ilícitas!».

Nic subió de nuevo a la camioneta y cerró la puerta con frustración puesto que no sabía qué hacer. Con el ruido, Nana se despertó sobresaltada, y de inmediato paseó la mirada a su alrededor.

−Doña Nana, ¿se siente bien? −preguntó él.

−Sí, sí. ¿Dónde está Alberto?

−Doña Nana, no quiero que Albert se vaya solo a México −soltó Nic sin preámbulos, mortificado por la angustia.

−No va solo, yo estaré con él −dijo ella, bostezando−. ¿Quieres venir con nosotros? −agregó, con una sonrisa.

−Temo que le pueda pasar algo. Ya sabe cómo es él.

−Lo sé, mi'jito. Albert tiene alma de jagu… −dejó de hablar como si súbitamente hubiera recordado algo, mientras que su atención se enfocaba en la imagen maya que apareció ante sus ojos.

—Nicolás, ¿qué traes colgado al cuello?

—Mi collar con la insignia que me hizo Camila. Me lo dio el día de su secuestro. ¿No recuerda?

—Esa niña es muy inteligente. Ella sabía que eres como un hermano para Albert, el alma gemela del Jaguar, el agua que lo guiará en su viaje por Xibalbá.

Confuso, Nic no se atrevió a hablar.

—Tienes razón —aventuró Nana, decidida—. Debes venir con nosotros. ¿En qué estaba pensando? La misma sacerdotisa lo dijo: «Es tiempo para que las almas gemelas se ayuden y los elementos vitales de la Tierra se unan contra los espíritus de la oscuridad».

Nic se apresuró a mostrar una sonrisa forzada mientras su mente calculaba cómo iba a cumplir su propósito.

En la cabina de la lujosa aeronave, Albert acababa de inspeccionar el maletín repleto de dinero traído por Richard.

—Nunca has visto tanto dinero en tu vida y probablemente nunca lo volverás a ver —se mofó el hombre, aguijoneado por la actitud segura del joven.

Satisfecho, Albert cerró la valija, y tratando de no exteriorizar su tensión, expuso:

—Escondí el puñal cerca de aquí —y sin dar más explicación, desembarcó.

Transcurrieron diez minutos que a Richard le parecieron una eternidad, hasta que vio al chico regresar con una olla en las manos. Una vez en la cabina, Albert se sentó en una de las sillas de cuero y colocó la olla junto a él. El pulso de Sylvia comenzó a acelerarse al ver que el joven iba a levantar la tapa. Cuando sus intensos ojos verdes se posaron sobre el cristal, la arqueóloga quedó helada: el mineral era similar a un enorme y hermoso rubí perfectamente tallado. En una fracción de segundo, las hebillas de los cinturones de seguridad giraron en dirección a la olla, y algunos cintos quedaron suspendidos en el aire, flotando como banderas. Sylvia se estremeció. El puñal era más poderoso y hermoso de lo que había imaginado. La embargó una intensa emoción. También notó cómo se ensanchaba la sonrisa de Richard. Sin perder tiempo, este sacó de su maletín un detector de niveles magnéticos y un cofre negro de hierro. Albert traspasó sin demoras el puñal al cofre, Richard lo cerró con gesto enérgico; luego realizó una rápida lectura de los niveles magnéticos, y con agrado comprobó que podrían viajar sin incidentes.

En ese instante, el asistente de vuelo se acercó a Richard y le anunció que había dos personas en las escaleras, esperando abordar.

—¿Qué dos personas? —interrogó con aspereza.

Albert, sobresaltado con la idea de que algo estaba mal, se dirigió presto hacia la puerta del avión, seguido por Sylvia. En cambio, Richard le ordenó al asistente de vuelo que le trajera un *whisky*.

El joven confirmó sus sospechas: en la puerta, Nic y Nana aguardaban permiso para abordar. Al verlo, Nic dio dos pasos hacia el frente y le anunció sus intenciones:

—Me voy a México con ustedes.

—Carnal, ¿te volviste loco? —inquirió Albert, atónito.

—No *dude*, no estoy loco. No puedes hacer esto solo.

—¿Qué hace Nana aquí?

—Ya sabes cómo es ella. Se puso a gritar cuando traté de retenerla en la casa, y luego en la camioneta.

Albert, enojado, sacudió la cabeza vigorosamente expresando su desaprobación. Entonces, Nic, ansioso, jugó su última carta. Sabía que no era lo acordado con sus amigos, pero tenía que hacerlo:

—Si no me llevan, llamaré a la Policía y les contaré todo —amenazó, con el corazón latiéndole violentamente en la garganta—. No pienso quedarme aquí sin hacer nada, esperando saber si te han matado o no.

Nana asintió en silencio. En su mente no había duda de que ella era parte del viaje. Albert estaba perplejo; no había anticipado una reacción así de su amigo.

A sus espaldas, la voz de Richard ladró:

—¡No va a subir más nadie!

Todos miraron hacia el hombre. Nic ya se sentía incapaz de experimentar más emociones, pero los ojos imperturbables de Richard le dieron el aplomo necesario para responder:

—Dígale eso a la Policía.

—No compliques la situación —intervino Sylvia, con voz dura—. No te necesitamos. Albert regresará dentro de varios días con Camila, y en un par de semanas estarán tocando de nuevo en algún festival.

—Por supuesto que lo necesitamos —protestó Nana—. Albert, recuerda lo que dijo el Ix-Men Nah Kin; los elementos vitales de la Tierra se enlazarán. Nic debe acompañarte en tu viaje a Xibalbá. Está escrito sobre la caja.

—¿Viaje a Xibalbá…? —repitió Richard, súbitamente intrigado.

—Xibalbá está repleto de peligros. Albert no debe ir solo —insistió Nana.

—¿Y por qué debe ir a Xibalbá? ¿Qué va a buscar allá? —preguntó el ejecutivo, suavizando su tono de voz.

—Es la profecía. Debe impedir que nada, ni nadie, se apodere de la fuerza.

—¿Cuál fuerza?

—La fuerza que se encuentra en Xibalbá y que puede detener el tiempo, y cambiar el…

—Nana, soy el Gran Jaguar y te ordeno que no digas nada más —atajó Albert, con sequedad, mientras se maldecía a sí mismo por manipular las creencias de su abuela con el fin de controlarla.

La artimaña surtió efecto. Al escuchar al adolescente referirse a sí mismo como el Gran Jaguar, el corazón de Nana dio un vuelco y enmudeció de emoción. Se hizo un espeso silencio. Richard parecía ensimismado cuando el piloto se acercó a la puerta para recordarle que despegarían en veinte minutos; consultó su reloj y frunció el ceño.

Albert, preocupado, observó el semblante amenazador de Nic. Sabía que aunque no hablaba mucho, cuando decía que iba a hacer algo, sin dudas lo hacía.

—Necesitaré a Nic para mi viaje a Xibalbá —aventuró de pronto, sorprendido de haber lanzado instintivamente esas palabras sueltas, que para él no tenían ningún sentido.

A Nic seguía doliéndole el estómago, no tanto por la inquietud que le provocaban aquellos desconocidos, sino por esa palabra enigmática que todos, excepto él, parecían entender: Xibalbá.

La frase pronunciada por Albert tuvo resultados inesperados. Richard se echó a reír con el tono cínico que le caracterizaba. «Estos dos tienen más agallas que los idiotas que trabajan conmigo», pensó, antes de preguntarle a Nic:

—¿Qué edad tienes?

—Acabo de cumplir dieciocho —respondió con voz clara, a pesar del miedo que le atenazaba la garganta.

—¿Tienes licencia de conducir?

—Sí —confirmó, sacándola del bolsillo trasero de su pantalón. Albert continuaba perplejo.

—Entra. Y la señora también —ordenó Richard, dejando a todos estupefactos—. Tengo mucho que aprender sobre Xibalbá.

—Nana no tiene pasaporte —argumentó Albert.

—Por supuesto que lo traje, mi'jito. ¿Dónde crees que tengo la cabeza?

—Muy bien, tomen asiento.

—Ándale —le dijo Nana a Nic, haciéndole señas para que avanzara, pues había ingresado en la aeronave con la mirada clavada en el suelo para evitar los ojos enfurecidos de su amigo.

Sin más demoras, Richard ordenó al piloto que iniciara la secuencia de despegue.

35
Otolum, Chiapas, México
6 de noviembre de 1569

Fray Pedro Lorenzo de Nada cortó la rama de un hábil machetazo. Hacía ya dos años que se había internado en la selva con la intención de predicar el *Evangelio* en las tierras más remotas de la provincia y fue así que llegó a Otolum. Pero ahora, después de mucho reflexionar, había decidido que era hora de volver al convento.

El religioso se adentró en la maleza, acompañado por un niño de siete años y por Aaj Beh, uno de los primeros indígenas que conoció en Otolum. Avanzaban con dificultad, pues estaban rodeados de peñascos, árboles y matorrales. Durante una semana, recorrieron a pie esas tierras peligrosas, abriéndose paso con el afilado bracamarte que el religioso cuidaba tanto como a su *Biblia*. Finalmente, los tres viajeros dejaron atrás la densa vegetación y llegaron al convento de Ciudad Real. El voto de pobreza del fraile se evidenciaba en los andrajosos y descoloridos harapos que vestía. Su acompañante, Aaj Beh, llevaba un bolso de tela deshilachado. El niño, de piel oscura, ojos intensos y boca carnosa, sonreía muy poco.

Los frailes y colonos de Ciudad Real apenas pudieron creer a sus propios ojos cuando vieron a fray Pedro regresar indemne de la selva, después de tanto tiempo. Sus hermanos dominicos lo recibieron con gran entusiasmo. Lo respetaban por el afecto que profesaba a los indios, porque era capaz de hablar varias lenguas nativas y por haber convertido a los pochutlas de forma pacífica. En cambio, su superior, fray Tomás de Cárdenas, no tardó en reprenderlo por andar fuera de la obediencia de la orden. Fray Pedro escuchó pacientemente los reclamos, y luego describió con modestia sus logros evangelizadores en el norte de la provincia. Deseaba pedir a la Audiencia de Guatemala dinero de la caja real, como limosna para comprar ganado, a fin de abastecer a los recién convertidos de su nueva encomienda.

—Por lo menos hasta tener nuestras propias sementeras —aclaró el fraile.

A pesar de los éxitos pastorales del incansable evangelizador, fray Tomas de Cárdenas sabía que la petición sería negada.

—Hermano, os hemos recibido con poco contento. No perdáis más vuestro tiempo y el nuestro, con tales pretensiones. Tanto las autoridades civiles como las eclesiásticas, consideramos vuestras andanzas solitarias por la selva como insubordinación. No recibiréis ninguna ayuda monetaria. Además, se os pide, por medio de buenas palabras, que concentréis vuestras actividades en el convento.

Fray Pedro cerró los puños con fuerza y clavó la mirada en el suelo, para evitar responder. Al día siguiente, se levantó antes del amanecer, lleno de tristeza. Se fue a misa renegando para sí de las órdenes recibidas. De regreso, fue a la huerta del convento para ayudar a quien consideraba un buen amigo, un fraile regordete llamado Pedro de la Cruz. El hombre, de ojos azules y barba rubia, se afanaba en enseñar a los niños a sembrar legumbres. Junto a ellos se encontraban los dos indígenas que habían acompañado a fray Pedro desde Otolum, quienes miraban con desconfianza a los demás. De la Cruz se acercó esbozando una sonrisa amistosa, que resultó más bien una mueca. El niño dio un par de pasos hacia atrás, procurando refugiarse entre las piernas de Aaj Beh.

—Albergo la esperanza de que os encarguéis de ellos —le dijo fray Pedro Lorenzo.

—¿De qué tierras perdidas habéis traído a estos simples desventurados? —le preguntó a su vez fray De la Cruz, con el ceño fruncido.

—Del norte de la provincia.

—¿Es donde habéis estado todo este tiempo?

—Sí, con la ayuda del Padre Celestial me he esforzado en fundar una aldea, a unos siete días de camino de aquí, la cual nombré Palenque. Tras un corto período de predicación y trato amistoso, un grupo de naturales decidió seguirme; establecimos una encomienda cerca de las ruinas que llaman Otolum.

—Otolum, ¿casas fortificadas?

—Palenque —confirmó fray Pedro Lorenzo con una sonrisa—. Miro con gusto que habéis mejorado con la lengua de estas provincias.

−Bien sabéis que este reino me confunde con su lenguaje. Son tan intrincados el modo de pronunciar y los métodos de construir frases, que en trabalenguas resultan. A mi humilde inteligencia se le hace casi imposible aprender −admitió fray De la Cruz.

−No os deis por vencido, hermano.

−¿Qué ventura traéis con esos nativos? −preguntó fray De la Cruz observando a Aaj Beh y al niño, que trabajaban la tierra con torpeza−. Es obvio, a ojos de buen vidente, que ese indio es un guerrero, no un campesino.

−Necesitan de vuestra protección, especialmente la criatura. Enseñadles las doctrinas de nuestra santa fe católica.

−¿Qué decís? ¿Mi protección?

−En Palenque hemos vivido en paz, pero hace varias semanas unos naturales no convertidos intentaron tomar cautivo al niño, para sacrificarlo. Gracias a Nuestro Señor, Aaj Beh logró salvarlo.

−¿Sabéis qué indios son estos?

−Almas erradas debido a la codicia. El crío es descendiente de un legendario monarca de tiempos antiguos, y ha de ser protegido de hombres que pretenden heredar sus privilegios, ya que si muere quedará sin generación su noble linaje. A este servidor de Dios se le ha ocurrido que estará a salvo aquí. Os ruego, hermano, con grande humildad, que los aceptéis.

−Por ventura, tendrán larga vida para servir al Señor, y conocidos serán por ser buenos cristianos −afirmó fray De la Cruz.

−De otra cosa os advierto: el niño es poseedor de una caja con un manuscrito de gran valor para los naturales.

−¿Me estáis pidiendo que también proteja un manuscrito profano?

−No os ofendáis ni os preocupéis. He tenido mucho cuidado en informarme sobre el manuscrito y os aseguro que no posee contenido malévolo. Los nativos plasmaron en él las cosas ya dichas, la descripción de generaciones de linajes principales y sucesos notables que acontecieron, o habrán de acontecer, en otras épocas.

−¿Estáis diciendo que habéis aprendido a leer semejantes rompecabezas?

−Cierto. Ignoro aún mucho acerca de estas extrañas escrituras, pero lo poco que he logrado descifrar del *Kan Vuh*, me ha causado gran fascinación.

−¿A qué os referís por fascinación?

−En el *Kan Vuh* encontraréis que los indios, igual que nosotros, creen en el Juicio Final.

Sorprendido, fray De la Cruz abrió los ojos y se santiguó apresuradamente.

−No os dejéis engañar, la sabiduría de los indios es grande −prosiguió fray Pedro Lorenzo de Nada−. En Palenque me topé con un hombre harto hábil y de buena memoria, que con mucha diligencia me ayudó a entender el contenido del manuscrito. Lo que más me ha sorprendido es su profecía sobre el Juicio Final, que es parecida a la de nuestra *Biblia*.

−¿Al Apocalipsis?

−Efectivamente, sello sexto, cuando Juan describe haber visto en el futuro un formidable terremoto. El sol se tornó negro como saco de silicio; estrellas del cielo cayeron sobre la Tierra, igual que una higuera suelta sus higos verdes al ser azotada por un fuerte viento −recitó fray Pedro.

−Y el cielo se replegó como pergamino que se enrolla, y no quedó monte ni isla sin removerse de su sitio −añadió fray De la Cruz, con la voz acongojada.

−Lo más sorprendente es que el manuscrito menciona el regreso de un profeta llamado Kukulcán, un hombre de tez pálida, barba blanca, y vestido con una larga túnica, que llegó a este continente desde tierras del Oriente. El profeta caminaba sobre las aguas y curaba a los enfermos. El dios convertido en hombre fue divinizado, y...

−¿Me estáis diciendo que Nuestro Señor estuvo por estas tierras?

−Parecéis sorprendido. ¿No somos todos hijos del Señor? −le recordó fray Pedro, y agregó−: El *Kan Vuh* profetiza el regreso del Mesías para detener el día del Juicio Final.

−¿De qué habláis?

−Según el *Kan Vuh*, el Juicio Final puede ser evitado si seguimos las enseñanzas del Profeta.

−¿No son esas palabras sacrílegas?

−El Profeta vendrá a mostrarnos el poder que tenemos en nosotros para ser parte del universo celestial.

−¿Pensáis que se trata de Jesucristo, o más bien del Anticristo?

−Lo desconozco, pero ¿quiénes somos nosotros para juzgar, atajar y quemar manuscritos que apenas comprendemos? ¡Escritos con conjeturas ya dichas en la santa *Biblia*! Paréceme que no debemos hacer cosa alguna arrebatadamente. Es nuestro deber estudiar con sosiego y muy por entero las escrituras y palabras que delante de nosotros vinieren.

–No sé qué os ha movido a escogerme para tal ventura.

–Vuestro buen corazón y humanismo. Os suplico, hermano, que le deis días de vida próspera y pacífica al niño, y aceptéis mirar por el manuscrito.

–Habéis padecido trabajos e injusticias por la salvación de las almas de este Nuevo Mundo. Con vuestras enseñanzas y adoctrinamientos habéis hecho mucho bien entre los naturales. Ahora digo, ¿quién soy yo para refutar vuestra petición? –concluyó fray De la Cruz.

–No merezco tantos halagos. En tan buena hora que Dios os ha puesto en mi camino.

–Tranquilizaos; vuestros protegidos estarán a salvo aquí. ¿Los habéis bautizado?

–Sí, han recibido nombres cristianos. El niño se llama Juan y Ángel su acompañante.

–¿Tenéis con vos el *Kan Vuh*?

–Los naturales se lo confiaron nuevamente a Ángel, y a partir de hoy quedará a vuestro cargo. No os preocupéis, será nuestro secreto –confirmó fray De la Cruz con una sonrisa de satisfacción.

Una semana más tarde, fray Pedro Lorenzo de Nada regresó a Palenque acompañado por varios indios del convento y un par de vacas que una mujer bien nacida le facilitó como limosna. Fray Tomás de Cárdenas, enojado por el irreverente acto, fue a quejarse personalmente ante las autoridades civiles, denunciando que fray Pedro seguía viviendo fuera del control de su congregación. Por otro lado, fray De la Cruz, pese a presentir con tristeza que jamás volvería a ver a su amigo, mantuvo su promesa.

Años más tarde, en un húmedo y agobiador día de verano, Juan, ya mayor de edad, quiso ver el contenido de la caja. Fray De la Cruz accedió a abrirla. Ambos se sobresaltaron cuando el crucifijo que llevaba el religioso en su pecho salió propulsado hacia la caja. La cadena que lo sujetaba a su cuello lo frenó, quedando suspendido en el aire. Lo que vieron fue abrumador. El corazón de Fray De la Cruz latió de prisa, y las entrañas se le retorcieron como si fueran serpientes. Sin pensarlo, extrajo el manuscrito y cerró la caja de golpe. Miró a Juan, con aspecto aterrado.

36
San Cristóbal de las Casas, Chiapas

Sylvia había tomado la precaución de reservar cuatro habitaciones en un *hotel-boutique* situado en el centro de San Cristóbal de las Casas. Marta, la propietaria de Cielo y Sol, y contemporánea de la arqueóloga, había cursado estudios culinarios en Nueva York. Sylvia la conocía gracias a sus salidas gastronómicas. Después de trabajar diez años en la Gran Manzana, la *chef* había regresado a su ciudad natal, y con su hermano Carlos, había abierto una posada de solo doce habitaciones en la antigua casa de sus abuelos. Poco a poco, y con mucha dedicación, el alojamiento se transformó en un hotel de cuatro estrellas. Sylvia consideraba que, además de ser un lugar bien emplazado, podía contar con la discreción de su amiga. Richard, sin embargo, no estaba muy entusiasmado con la idea de ir a lo que él consideraba un hotelucho.

El grupo llegó en taxi, a las cinco de la mañana, al edificio de dos plantas. Albert cargaba la olla con el puñal en su interior, pues el cofre negro de Richard había resultado muy pesado y poco práctico. Por otro lado, Nana, desbordando entusiasmo por estar en su tierra, reclamaba que deseaba ir de inmediato a casa de su hermana, pero Albert, apelando de nuevo a su categoría de Jaguar, le ordenó mantenerse con la arqueóloga.

–Además, te necesito a mi lado –añadió luego, para suavizar el mandato.

La anciana asintió resignada, y entró con el grupo al hotel. A Richard le sorprendió que la dueña los esperara en la recepción a tan temprana hora. La mujer, bajita, de pelo y ojos negros, cejas gruesas y tez oscura, irradiaba solidez y optimismo. Al ver a Sylvia, la abrazó con entusiasmo. La arqueóloga le correspondió con una gran sonrisa.

–Te has demorado ocho años en venir a comer a mi restaurante –le reprochó Marta.

–Bueno, pero aquí estoy. Supe que recibiste un premio empresarial de restauración, y no puedo esperar a probar de nuevo tus platillos.

–¿Sigues igual de difícil de complacer?

–Peor –respondió Sylvia, con picardía.

–Entendí que iban a ser tres personas –comentó la hotelera, tendiéndole la mano a los demás.

– Hubo cambios de última hora.

–Solamente me quedan tres habitaciones disponibles, con dos camas dobles.

–No te preocupes, compartiré la mía con la señora Ceh – dijo Sylvia con una falsa sonrisa.

Se consoló pensando que tener a la anciana en su habitación le permitiría mantener cierto control sobre Albert. Presentó a Richard como un colega de la Universidad, y a los jóvenes como estudiantes, uno de ellos viajando con su abuela.

–Estamos estableciendo un proyecto de intercambio de estudiantes –le explicó a su amiga.

Richard se sonrió al notar la naturalidad con que mentía. A la *chef* le llamó la atención el objeto que cargaba Albert en las manos, y le preguntó jocosamente:

–¿Siempre viajas con una olla de cocina?

Albert respondió apenado:

–Es un regalo para mí...

–Muéstreme mi habitación –interrumpió Richard.

El tono seco del hombre le hizo olvidar la pregunta y, de inmediato, se disculpó:

–Por supuesto. ¿En qué estaba pensando? Deben estar agotados. Por favor, síganme.

Cruzaron el patio interior de la casa colonial y subieron las escaleras de piedra que conducían al segundo piso, donde se encontraban las habitaciones. El lugar, con sus mesitas rústicas de madera, rodeadas de sillas de hierro forjado y ataviadas con parasoles rojos, le pareció encantador a Nana. Si bien la noche aún sumergía el hotel en la penumbra, la iluminación de los faroles permitía apreciar la calidez de su colorido. Frondosas plantas contrastaban con los tonos rojizo y ocre, de los tiestos de barro, el piso de terracota, los balcones de hierro, las vigas de madera, y el techo de tejas. La mirada rígida de Richard se paseó sin interés sobre la decoración y una pizca de menosprecio se evidenció en su expresión.

Lo primero que hizo Sylvia al llegar a la habitación fue

lanzarse a la ducha. Nana, por su lado, se distrajo deshaciendo sus trenzas y volviéndoselas a peinar. Luego, se sentó en la cama esforzándose por controlar la impaciencia que sentía. Hacía casi diez años que no veía a su hermana. Recordó como, en su último viaje a México, Albert, de apenas ocho años de edad, no había querido participar en las reuniones familiares y se había negado a jugar con sus primos. Al regresar a Homestead, el niño admitió no haberse sentido a gusto en la casa de su abuela. Confesó que, aunque no había dicho nada, la insistencia de Teresa en hablarle continuamente de sus padres le molestaba en lo más profundo. Además, le apenaba la pobreza en la que vivía su familia, y le irritaba que lo llamaran «el gringuito». Los años pasaron, y cada verano Albert se negaba rotundamente a ir de vacaciones a México.

No habían transcurrido ni cinco minutos desde que Sylvia se encontraba bajo el chorro de la ducha, cuando escuchó sonar su celular. Salió del baño y verificó que Nana seguía sentada e inmóvil en el borde de la cama. Sostuvo con firmeza la toalla enrollada alrededor de su cuerpo mojado, mientras contestaba la llamada.

—Aló.

—¿Tienes el dinero? —preguntó César, con voz seca.

—Por supuesto.

—Eres una mujer muy eficaz.

—¿Y te enteras ahora?

—Cuanto más rápido salga de la chica, mejor será para mí.

Sylvia notó un sentido de urgencia en la voz del traficante, y se atrevió a preguntarle:

—¿La tienes contigo?

—Por supuesto. ¿Y tú, dónde estás?

—Eso no te importa.

—Te sabía picuda, pero no tanto —comentó César.

—¿No le has hecho daño, verdad?

—Si te refieres a que si me la cogí, pues no te preocupes. La tipa es un cuero, pero por el momento sigue virgencita.

—¿Virgencita?

—Mi tío está actuando de manera extraña. Mandó a un médico a verificar si la chica era virgen. No lo sabía tan quisquilloso con sus hembras, así que preferí no meterme con la cachorrita, para evitarme embrollos con él.

—¿Dónde nos encontramos? —preguntó Sylvia, perpleja.

—Te espero a las nueve de la mañana, en Francisco I,

Madero número 250. Encontrarás la dirección fácilmente, es una discoteca llamada La Pirámide.

—Muy bien, allí estaré —confirmó la arqueóloga.

Alguien tocó la puerta. Sylvia apenas tuvo tiempo de ajustarse la toalla antes de que Nana la abriera apresuradamente, sin preguntar quién era.

—Voy a desayunar —informó Richard sin notar aún que Sylvia se hallaba semidesnuda.

—Te encontraré en el comedor, en quince minutos —dijo ella sin inmutarse.

—La señorita habló con el secuestrador —anunció Nana con naturalidad.

Richard se introdujo entonces en la habitación y, sin más rodeos, adelantó:

—Muy bien, entonces nos dividiremos.

—¿Qué planes tienes? —preguntó la arqueóloga, algo sorprendida.

—No vamos a ir todos al encuentro de ese hombre. En lo que ustedes recuperan a la chica, yo pondré a salvo el puñal.

—Supongo que tienes miedo...

—No pienso involucrarme con criminales de esa índole —aclaró él, con sequedad.

—Claro, estás acostumbrado a políticos corruptos —soltó la otra mientras le lanzaba una mirada gélida.

—Mide tus palabras. Como ya dije, no estoy acostumbrado a lidiar con maleantes y no voy a empezar hoy. Tú atenderás tus negocios y yo los míos.

—¿Qué vas a hacer con el pu...

—Eso no te concierne.

—Como quieras —convino la arqueóloga, intentando fingir que no le importaba— ¿Permites que me vista?

Fue en ese momento que ambos repararon en que Nana no estaba en la habitación.

El taxista de ojitos vivaces y bigote tupido era un hombre joven y nervioso que conducía con cierta prepotencia por la calle 1º de Mayo; zigzagueó entre los autos y camiones hasta detenerse frente a un edificio de una planta. Durante el trayecto, Albert se había cuestionado si habría hecho bien separándose del puñal y dejando a Nana en manos de Richard.

—Aquí es —dijo el taxista, señalando un almacén descolorido

de paredes grisáceas, con una pirámide maya burdamente pintada en la fachada.

Sin quitar la vista del horrendo mural, Albert se bajó del auto con la maleta en mano.

—Espérenos aquí —le ordenó Sylvia al chofer.

Al comprobar que las puertas estaban cerradas, Albert se volteó, tenso e impotente, hacia la arqueóloga y ella le hizo señas para que la siguiera hacia la parte de atrás del edificio, donde encontraron una pequeña puerta negra de metal. El muchacho se aferró al mango y jaló: la portezuela se abrió sin dificultad y ambos entraron al local. Tardaron varios segundos en acostumbrase a la penumbra. Avanzaron por un largo pasillo oscuro hasta llegar a una pista de baile, alumbrada con lámparas de tungsteno. La luz amarillenta resaltaba la pintura descascarada de las paredes. Un mar de sillas y mesas de aluminio, esparcidas por el salón, contrastaban con las columnas y paredes de color negro y morado. A un costado de la pista, una barra larga, construida con bloques de vidrio, llamaba la atención por sus coloridos estantes de acrílico, abarrotados con botellas de bebidas alcohólicas.

«Qué feas son las discotecas sin los efectos de luces», pensó Albert, observando el elaborado equipo de iluminación y los altoparlantes colgados del techo.

—¿Dónde estará César? —se preguntó Sylvia, en voz alta.

Albert tenía la rara sensación de que alguien lo observaba. Su mirada recorrió el local y se detuvo en una estrecha puerta entreabierta que se encontraba detrás de la barra: siguiendo sus instintos, se dirigió hacia ella. Sylvia lo alcanzó. La puertecilla daba a una modesta y desorganizada oficina llena de archivos, cajas y carpetas. De las paredes amarillas colgaban fotos de personajes famosos, autografiadas y dedicadas a César, así como recortes de periódicos referidos a la discoteca. En una esquina, había un pequeño escritorio cubierto con montañas de papeles. Tras el desorden, Albert creyó entrever a un hombre con la cabeza apoyada sobre el buró.

—¿César...? —llamó Sylvia.

El individuo no respondió. Extrañada, la mujer se acercó al escritorio con paso resuelto, hasta que sus zapatos resbalaron. No logró ahogar del todo un grito de asombro y asco, al percatarse de que estaba sobre un charco de sangre.

Aferrando la maleta, Albert se aproximó también al escritorio y levantó la cabeza del hombre: era el mismo sujeto que había destrozado la taquería, ahora con los ojos cerrados y una ligera mueca de dolor congelada en el rostro. Con voz áspera, el muchacho anunció:

–Está muerto.

Tomó al difunto por el hombro y lo empujó hacia atrás para recostarlo al respaldo de la silla. El único vestigio de violencia que encontraron fue la marca de un balazo en el pecho.

–Parece que lo sorprendieron –comentó Sylvia–. ¿Quién pudo haber hecho esto?

–Su tío, por haberlo engañado –aventuró Albert.

–No. Conozco a Leonardo desde hace años y sé que adora a su sobrino, por desleal que sea. Está la mano de alguien más.

–El *nahual* –agregó Albert con rapidez.

La mujer paseó la mirada por la oficina, buscando la caja. Al no verla, hizo todo lo posible por disimular la decepción que esto le causaba.

–No hay rastro de Camila, y es obvio que al asesino no le interesa el dinero –concluyó Albert.

De repente, arremetió con rabia un golpe contra los papeles apilados sobre el escritorio. Las hojas volaron y al caer al piso se mancharon de sangre. Por un instante, Sylvia creyó ver en los ojos del adolescente un destello asesino.

–Vámonos, necesito recuperar el puñal –soltó el joven violento, dándose prisa para salir de la discoteca.

La exaltación de Nana al narrar sus recuerdos de infancia irritó a Richard durante todo el camino a Zinacantán. Nada de lo que la anciana hablaba se relacionaba con la caja, el puñal o Xibalbá. Las preguntas las respondía con cuentos ininteligibles. Finalmente, dejó a la insoportable mujer y al insípido adolescente en la casa de la tal Teresa, con lo que satisfizo su interés por conocer dónde vivía la familia del supuesto Gran Jaguar. Malhumorado por la pérdida de tiempo, Richard ordenó al chofer que lo llevara de regreso a San Cristóbal de las Casas. Había reservado una habitación en el hotel cinco estrellas Plaza de Begonias. El edificio, un monumento histórico del siglo XVI, era de su agrado por su decoración rebuscada y el ambiente sofisticado. Además, ofrecía servicio de caja fuerte: el puñal estaría en un lugar seguro al cual solo él tendría acceso.

37
Zinacantán, Chiapas

La vivienda de Teresa, como muchas otras ubicadas cerca de la plaza, había sido construida al estilo colonial. Un viejo portón de madera no dejaba ver el patio interior desde la calle. Allí, la familia vivía razonablemente bien, aparte de que, a un kilómetro de la casa tenían dos parcelas de ochenta metros por treinta cada una, en las que cultivaban maíz, calabaza, chile y frijoles, cuya producción alcanzaba para el consumo familiar y para vender en el mercado. Además, uno de los hijos de Teresa mantenía un pequeño rebaño de diez borregos, unas cuantas gallinas, cuatro guajolotes, tres marranas y un perro. Aparte de los huevos, las aves de corral eran sacrificadas en ocasiones especiales, y a los cerditos los engordaban para venderlos al carnicero del pueblo.

El interior de la casa estaba muy deteriorado. Nana hubiera querido que su hermana usara el dinero que le enviaba para modernizar un poco la vivienda, pero Teresa se había rehusado rotundamente. Dedicaba todos los dólares que recibía para ayudar a sus nietos a establecerse en el pueblo como mujeres y hombres instruidos, aptos para el desempeño de cargos de liderazgo.

La llegada de Nana y Nic fue todo un acontecimiento.

Nana encontró a Teresa muy envejecida. Acuclillada sobre el suelo de terracota, preparaba tortillas de maíz frente a una fogata, ajena a la presencia de los recién llegados. La luz del día se filtraba por unos huecos redondos que servían de luceras en lo alto de las paredes. Los rayos del sol hilvanaban su paso entre las barras de hierro que protegían las aberturas y se fundían con el humo que flotaba en la cocina.

Teresa volteaba una tortilla en el comal calentado por las llamas. Era un quehacer interminable, ya que en una sola comida, la numerosa familia podía tragar más de una treintena de tortillas.

De pronto, sintió la presencia de los visitantes. Sus ojos, empañados por unas gruesas cataratas, apenas si le permitieron reconocer a su hermana.

—¿Nana? —preguntó, sin mucha seguridad.

—Te vine a ayudar en el Día de los Muertos.

El rostro de Teresa se iluminó. De inmediato, se incorporó sobre sus aquejadas piernas. Vestía un huipil bordado con flores en los tonos tradicionales que identifican a los habitantes de Zinacantán, azules y morados. Esquivó los objetos que la rodeaban: la prensa de madera que usaba para aplastar las tortillas, la cubeta llena de masa de maíz, y la canasta donde colocaba las tortillas recién hechas. Se abrazaron con emoción. Los ojos de Teresa se llenaron de lágrimas.

Nic las observaba, incómodo, desde el marco de la puerta. Tenía la impresión de haber sido testigo de un momento que le correspondía presenciar a Albert. De repente, la anfitriona lo miró con una sonrisa dulce y se dirigió hacia él, que no tuvo tiempo de impedir su efusivo abrazo.

—Estás muy flaco, Alberto.

—Ese no es Alberto —le explicó Nana—. Es Nicolás, el mejor amigo de Alberto.

—Me dicen Nic —se apresuró a corregir el adolescente.

—¿Es gringo también? —preguntó Teresa, observándolo con una amplia sonrisa.

—Sí. Es como un hermano para Alberto.

—¿Y Alberto?

—Está por llegar. Antes tenía un importante recado que hacer.

—¿Por qué no me avisaste de tu llegada?

—Hacía tiempo que quería venir y anoche se presentó la oportunidad.

—Menos mal que el *ah-men* Chak Wayib me previno. Les preparé unos tamales.

—¿Quién sabía que veníamos? —preguntó Nic, extrañado.

—El *ah-men* Chak Wayib, el gran soñador —tradujo Nana, con una sonrisa.

—Sí, es el hijo del *ah-men* Chahom, y un hombre de gran sabiduría. Estuvo viviendo un tiempo con los lacandones y aprendió de ellos la interpretación de los sueños. Durante una siesta vio que vendrías, y me avisó.

Nic, atónito, hubiera querido saber más sobre aquel sueño

portador de augurios, ya que le había resultado fascinante el libro de Freud sobre este asunto. De hecho, era uno de sus temas favoritos, además de la música. Pero era obvio que aquel no era el momento adecuado para hacer preguntas sobre las manifestaciones del subconsciente a través del sueño.

—Necesito hablar con él y con Papá Juan —dijo Nana.

—El *ah-men* Chak Wayib anda por el pueblo visitando a los enfermos.

Los ojos de Nic recorrieron la modesta cocina. Ahora entendía por qué Albert, acostumbrado a las comodidades de una casa moderna, no quería pasar las vacaciones con su abuela. Las paredes despintadas estaban cubiertas de estantes abarrotados con artefactos de cocina, candeleros e incensarios. En un rincón vio una mesa adornada con papeles de colores picados, una cruz, cuatro velas, una muñeca de trapo y calaveras blancas. Al costado, sobre el calor de un anafre, descansaba una olla de barro con hierbas aromáticas que despedía una agradable fragancia.

—Es el altar para mis dos hijas difuntas —dijo Teresa al ver al muchacho parado frente a él.

—¡Flores de cempasúchil y calaveritas de azúcar! —exclamó Nana dirigiéndose hacia la mesa.

—Las flores son para Gloria, y las calaveritas y la muñeca, para Carmencita —aclaró Teresa, con voz nostálgica.

Nic miró a Nana con curiosidad.

—Carmen murió muy pequeñita. Los espíritus de los niños y de los santos nos visitan el primero de noviembre —le explicó ella—. A los niños se les ofrendan calaveritas de azúcar, dulces y juguetes. Los espíritus de los adultos vienen al día siguiente, y a ellos se les homenajea con flores y con los platillos que les gustaba comer en vida.

—¡Oh! —dijo el joven, asombrado.

—Está muy bonito tu altar, Teresa —añadió cariñosamente la anciana.

—Para el Día de los Muertos debemos amanecer en el cementerio, cuestión de poder montar altares sobre las tumbas de la familia.

—Yo me ocuparé del abuelo —decidió Nana.

Teresa sonrió con dulzura.

—Tenemos mucho trabajo. Todavía no he preparado el pan de muerto.

—Te voy a ayudar. También me encargaré de preparar los

tamales de Cambray para Papá Juan.

−Como quieras −aprobó la mujer, con un timbre de felicidad en la voz.

−¿Las flores de cempasúchil son de tu milpa?

−¡Claro que sí! −confirmó Teresa con orgullo−. Mi milpa es de muy buena tierra. Si vieras los hermosos chiles que coseché este año. Los vendí en un dos por tres en la bodega de mis nietos.

−¿No es esa la bodega que querías abrir?

−Sí, la montamos en la calle Lorenzo. Diego, el mayor de mis nietos, es el gerente. Los otros dos, Pascuala y Julio, están cursando estudios de Secundaria y trabajan con él.

−¿Y es por ahorrar y montar la bodega que no has tenido dinero para operarte los ojos? −preguntó Nana.

−No sabes lo que te agradezco que me hayas ayudado todos estos años. He podido comprar mis dos parcelas y la bodeguita, a la que le está yendo muy bien, gracias a Dios. Y en cuanto a mis ojos, desde que me estoy echando gotas de sábila, siento una gran diferencia.

−Después del Día de los Muertos le pediré a Alberto que nos lleve al hospital de San Cristóbal de las Casas a ver un médico de ojos.

−Y tú, ¿ves bien?

−Sí, por suerte soy como mamá −afirmó Nana−. No necesito lentes, mi médico dice estar muy impresionado con mi visión.

−Bueno, *pos* yo no necesito ir a ver a ningún médico − protestó Teresa−. Además, el *ah-men* Chak…

−Hablando del *ah-men* −interrumpió Nana−, debo consultarle algo.

−No te preocupes, me aseguró que pasaría a verte esta tarde.

−¿Qué fue lo que soñó? −se atrevió a preguntar Nic.

−El *ah-men* Chak Wayib nos contó haber soñado que estaba en la selva, cazando, y de repente se topó con un jaguar. Trató de matarlo con su rifle pero no pudo. El animal lo atacó − explicó Teresa.

Nic arrugó el entrecejo mostrando su confusión.

−Según me explicó el *ah-men*, el jaguar simboliza a los extranjeros que vienen de muy lejos. Puede que sean gringos o europeos. Luego le conté que Diego también había soñado con un jaguar; estaba cazando y vio en la selva las pisadas del animal. Las huellas lo condujeron precisamente hasta esta casa. El *ah-men* concluyó que el jaguar no solo representaba a un extranjero, sino que también era el *nahual* de la persona que estaba por llegar. Aunque Chak Wayib llama al *nahual* por el nombre que usan los lacandones: *onen.*

−¿Sabe el *ah-men* Chak Wayib que Alberto es el Gran Jaguar?

−Sí, su padre, el *ah-men* Chahom, le contó todo lo que aprendió de Papá Juan. Chak Wayib lo está esperando y dice que será un honor conocerlo.

−¿Qué significa que el jaguar lo haya atacado? −preguntó Nic.

−No lo sé −confesó Teresa, encogiéndose de hombros.

−Hermana, mientras esperamos por él, te ayudaré a acabar las tortillas y luego iremos juntas al mercado a buscar lo que necesito para preparar los tamales de Cambray −dijo Nana−, pero antes recemos un poco.

Ambas se acuclillaron ante el altar y Teresa recitó la plegaria.

−*Ay kahval* (ay, Dios mío), *koltabun me taleh sc'lel'un* (libera sus almas y envíanoslas), *ti hvok'ebe* (aquellas de nuestros mayores), *ti hmuk'tot* (de nuestro abuelos), *ti hyaya'e* (de nuestras abuelas) *ay tot me avalab* (ay, padre, madre, hijos), *na'o me talel ti hnatikune* (hallen sus caminos hasta nuestra casa), *ti hk'ulebtikune* (hasta el humilde lugar de nuestra riqueza).

Estuvieron así por un corto tiempo. Luego se incorporaron para ir a acuclillarse junto a la fogata. Nana alcanzó la cubeta y tomó de ella la masa de maíz necesaria para hacer una bola de regular tamaño, que luego colocó en el centro de la prensa, entre dos láminas de plástico transparente. Cerró la tapa y la presionó con fuerza.

−Ya veo que te siguen gustando las tortillas bien finas −dijo Teresa, observándola trabajar.

Nic se disculpó y fue a sentarse bajo el marco del portón para ver pasar a las personas por la calle adoquinada que se extendía frente a la entrada de la vivienda. Examinó el horizonte sin creer aún que se encontraba en México. Todo aquello le parecía irreal. No hacía ni dos días que su única preocupación era ensayar con Insignia para la presentación en Indiantown. Por un instante, recordó a sus padres. «Probablemente ni se han dado cuenta de que me he ido». Cuando fue a buscar el pasaporte, había aprovechado para dejarles una breve nota adherida a la puerta del refrigerador, en la que les decía que no se alarmaran ya que estaría de regreso en un par de días.

El joven se movió, inquieto; la espera lo mortificaba. Con un gesto automático introdujo la mano en uno de los bolsillos de sus desgastados *jeans* en busca del celular para llamar a Albert, cuando recordó que su servicio de telecomunicaciones no incluía cobertura internacional. Miró la hora en la pantalla. Era casi mediodía. Sintió de nuevo la angustia en la boca del estómago. «¿Qué habrá pasado?».

—Nicolás, ¿quieres tomar algo? —escuchó a su espalda.

—No, gracias, doña Nana.

La anciana regresó a la cocina, donde Teresa continuaba confeccionando las tortillas, y se acuclilló nuevamente junto a ella.

—¿Te acuerdas de la caja de Papá Juan —le preguntó Nana, mientras daba vuelta a la tortilla y la depositaba nuevamente sobre el comal caliente.

—Por supuesto —le respondió Teresa, concentrada en el proceso de dorar una tortilla, para luego colocarla en la canasta, junto a las otras, envueltas en una servilleta gruesa.

—Finalmente, Alberto abrió la caja —expuso Nana, tendiendo otra tortilla sobre el comal.

—¿Y?

—No estaban las instrucciones dentro de la caja, como me había dicho el abuelo. Es importante que Alberto se comunique con él.

—Entiendo —dijo Teresa, que ya estaba dorando otra tortilla.

—¡Te he extrañado tanto! —le confesó Nana.

Nic salió corriendo hacia la calle. Había visto pasar el Volkswagen con Sylvia y Albert. Les hizo señas con los brazos para que lo vieran, pero el auto no se detuvo. Sin perder un instante, se llevó dos dedos a la boca y silbó con toda la fuerza de sus pulmones. El chofer frenó de golpe, y siguiendo las órdenes de Albert, dio marcha atrás. Nic se dio cuenta que Camila no venía con ellos, y en cuanto el auto de detuvo, se lanzó sobre la puerta, la abrió impaciente, y preguntó:

—*Dude*, ¿qué pasó? ¿Dónde está Camila?

Albert salió del vehículo sujetando la maleta y tomó a Nic por el brazo para alejarlo de los oídos curiosos del chofer. En voz baja le contó lo sucedido mientras Sylvia le pedía al taxista que regresara en veinte minutos.

—¿Y dónde está el señor Barry? —preguntó Albert a su amigo, haciendo caso omiso de las instrucciones que la arqueóloga impartía al chofer.

—No lo sé. El tipo nos dejó aquí y se fue con el puñal —respondió Nic, perturbado con la noticia del secuestrador asesinado—. ¿Quién crees que mató a ese otro tipo?

—Estoy dispuesto a apostar que fue el *nahual* de Indiantown. Es obvio que a ese hijo de puta no le importa el dinero, lo que quiere es el puñal.

Sylvia se acercó a ellos.

—Acabo de recibir un mensaje de Richard. Estará aquí muy pronto.

Nana y su hermana salieron de la casa en busca de Nic. Al ver a Albert parado en la calle, Teresa se precipitó sobre él y lo abrazó aún con más entusiasmo del que había dedicado a Nic. El joven se dejó apretar y correspondió al abrazo de su abuela con un beso en la mejilla.

—¡Cómo has crecido! Déjame verte.

La mirada empañada de la mujer detalló largamente el rostro de Albert. Al notar las pupilas grisáceas de la anciana, el corazón del muchacho se encogió.

—Ya eres un hombre y eres igualito a tu padre, aunque tienes la sonrisa de tu madre —dijo la anciana, emocionada.

Nic se apartó para no importunar el reencuentro familiar. Con el rabillo del ojo notó que un hombre delgado, de mediana edad, vestido con una túnica gris y engalanado con collares de plumas, había salido de una vivienda vecina y avanzaba hacia ellos, con paso firme y calmado. Por alguna inexplicable razón, el aspecto sereno del individuo apagó la angustia que oprimía las entrañas del joven desde el secuestro de Camila.

—¿No será ese el señor que interpreta los sueños? —preguntó, tras acercarse a Nana y apuntar discretamente hacia el hombre.

Albert estaba presentándole a Sylvia a su abuela, cuando se fijó que Nic y Nana observaban algo que ocurría a sus espaldas. Intrigado, miró en esa dirección. A unos cuantos pasos, vio un individuo de pelo largo negro y ropa desaliñada que cruzaba la calle sin prisa. Al llegar, saludo a las mujeres con un leve movimiento de cabeza y enseguida se dirigió a los adolescentes:

—Bienvenidos. Necesito hablarles a los dos —decretó, con voz firme.

Sin esperar respuesta, se introdujo en la casa de Teresa. Los muchachos, extrañados, escrutaron los ojos de Nana. Ella les indicó, con señas, que lo siguieran. Albert y Nic acataron la orden sin formular preguntas. Sylvia reaccionó, e intentó unirse al grupo.

—Señorita, ¿cómo les fue con lo de Camila? —inquirió Nana, plantándosele en frente para bloquearle el paso.

Sylvia no se molestó en responder. Iba a esquivar a la anciana cuando su celular sonó. Abrió apresuradamente la cartera y su corazón dio un vuelco al comprobar que la llamada provenía del teléfono de César. Sin recatos, le dio la espalda a Nana y con unas cuantas zancadas largas se alejó.

—¿Aló?

—¿Profesora Blanchard? —la voz era grave y gruesa.

—Soy yo. ¿Quién me habla?

—Tengo que hacerle una advertencia. Si sigue interfiriendo, acabará igual que César.

—¿Qué hizo con la chica?

—Le corresponde al muchacho venir por ella a la Pirámide de las Inscripciones.

—¿Cuándo?

—A medianoche. Debe venir solo y traer el contenido de la caja.

—¿Por qué está tan seguro de que le voy a retransmitir el mensaje?

—Recuerde lo que acabo de decir —dijo la voz, antes de cortar la comunicación.

En el interior de la casa, Albert y Nic observaron al *ah-men* Chak Wayib sentarse sobre el piso de la cocina. Ambos hicieron lo mismo, pues no sabían qué decir. El hombre los observó con atención, y luego de unos minutos, se dirigió a Nic:

—Presiento que deseas hacerme una pregunta.

El adolescente negó con la cabeza y se mantuvo callado. Transcurrió otro minuto de silencio.

—¿Deseas hacerme una pregunta? —insistió el *ah-men*.

—Supe que predijo nuestra llegada a través de unos sueños —respondió esta vez el muchacho, con voz retraída.

—Te dijeron bien.

Albert miró a su amigo con renovada sorpresa, y le dijo:

—Güey, no creo que este sea el mejor momento para preguntar sobre los sueños.

—Todos los momentos son apropiados cuando se trata de aprender —aseguró Chak Wayib.

—¿Qué significa que el jaguar lo haya atacado? —preguntó entonces Nic.

La mirada serena del anciano chispeó de satisfacción.

–*U k'in.*

–¿Perdón?

–*U k'in* significa que los sueños son historias repletas de simbolismos. Hay que saber interpretarlos. *K'inyah* son las adivinaciones; es un arte con metodología.

Nic recordó las palabras que había leído en el libro de Freud. El psicoanalista describía los sueños como metáforas.

–*Ba'ik u tus*, los sueños también mienten –agregó Chak Wayib.

–¿Cómo mienten?

–En muchas ocasiones nos dicen lo opuesto de lo que va a ocurrir. Por lo tanto, el ser atacado por un jaguar es bueno, pues significa que mi relación con el visitante traerá cosas positivas.

Nic escuchó, con interés.

–*Hach u pian* –prosiguió el *ah-men*–. Esto significa que los sueños nos muestran los animales que representan el *onen*, es decir, el alma de las personas, o de las cosas que trata la premonición.

El joven consideró que la interpretación de Freud decía algo parecido: elementos representando lo contrario y símbolos que expresaban lo que nuestro subconsciente quería comunicarnos sobre ciertas personas o circunstancias. «¡Qué coincidencia!» pensó, intrigado.

–¿Quiénes son los lacandones? –indagó a continuación.

–Ya veo que también te pusieron al tanto de que viví con los *hach winick* por un tiempo y aprendí su sabiduría.

–¿*Hach winick*?

Albert escuchaba sin decir palabra.

–La gente original –tradujo el *ah-men*–. Ellos son los descendientes directos de la gente de Palenque, y de los que se aventuraron en la jungla de Petén para escapar de los colonizadores. En realidad no se llaman lacandones. Ese nombre se lo pusieron los *huntul winik*, es decir, la otra gente.

–¿Que otra gente? –preguntó Albert.

–Los mayas colonizados y cristianizados. Fueron ellos los que empezaron a llamarlos los *ah acantún*, que significa «los adoradores de la piedra». Era un nombre denigrante para referirse a ellos como paganos idólatras. Y poco a poco el nombre se deformó a lacandón. Y es de esa piedra que les quiero platicar.

Las miradas de confusión de los muchachos hablaban por

sí solas.

—Mi padre vivió toda su vida preocupado por la piedra —dijo Chak Wayib, con voz serena.

—¿Cuál piedra? —se interesó Albert.

— *Ich'ak' Tun*, la piedra de Xibalbá, que posee la fuerza necesaria para cambiar el destino de la humanidad.

—¡El destino de la humanidad! No quiero ser irrespetuoso —aclaró Albert—, pero todo esto me suena a los cuentos de Marvel.

—¿Marvel? —repitió Chak Wayib, confundido.

—Las tiras cómicas de súper héroes —aclaró Nic, apenado.

Un incómodo silencio flotó en el aire. Albert quiso explicarse:

—A lo que me refiero es...

—Sé lo que piensas —cortó el *ah-men*, con voz pausada—. Todo te parece inverosímil, poco creíble, supersticiones sin fundamento.

Albert no negó lo dicho, pues hubiera mentido.

—Yo también fui joven y al igual que tú le di la espalda a las tradiciones de mi gente, pensando que eran tonterías del pasado. Me fui a Ciudad México a vivir una vida moderna. Estudié Filosofía en la universidad. Fue muy duro, pues no tenía muchos recursos. Compartí la habitación con un estudiante de Física con quien hice y rehíce el mundo en largas pláticas filosóficas y científicas. Seguimos siendo muy buenos amigos. Entonces, el tiempo me mostró que no solo me había alejado de los míos y de mis raíces, sino también de mí mismo. Preocupado por sobrevivir, olvidé vivir. Me alejé del universo y de mi alma. Luego, regresé arrogante, pensando que mi experiencia en la gran ciudad y mi diploma universitario me colocaban por encima de los demás. Un día, mi padre, que en paz descanse, me apostó que no podría vivir ni un mes en la jungla con los *hach winick*. Porfiado como era, acepté la apuesta y gané. Estuve dos años conviviendo con ellos. Me instruí en la interpretación de los sueños y escuché las historias antiguas transmitidas por un viejo sabio, Chan K'in ti Nahá, quien posee poderes de *k'inyah*.

—¿*K'inyah*?

—Chan K'in ti Nahá puede percibir realidades que no se han manifestado aún. Es un *t'o'ohil'*, un clarividente que habla con los dioses. Hoy, es el mayor y más respetado de los ancianos lacandones. Se le considera un sabio, un verdadero portavoz de la cultura y religión de su pueblo. Con él aprendí a creer.

—Y claro, ha llegado a la conclusión de que soy el Jaguar y que debo ir al Inframundo a buscar una piedra poderosa, ¿verdad? –inquirió Albert, sin poder evitar un tono sarcástico.

—No tengo la menor duda.

—Pues yo sí tengo dudas.

—Los *hach winick* cuentan que un descendiente directo de Pakal, un niño de unos doce años, fue llevado por fray Pedro Lorenzo de Nada a San Cristóbal de las Casas, para protegerlo de los *nahuales* –explicó el *ah-men*–. Portaba una caja que, según se cree, contenía el *Kan Vuh*, el primer libro de nuestros sacerdotes. Este códice es de extrema importancia, ya que comprende las instrucciones de cómo viajar por Xibalbá para encontrar *Ich'ak' Tun*.

—Todo el mundo parece creer que la maldita caja contenía ese «kanvoo», y eso es falso. No tengo las pinches instrucciones –lanzó Albert, sin importarle que sus palabras fueran consideradas un sacrilegio.

—Lo sé –admitió el hombre– pero lo *nahuales* no están al tanto de esto.

—¿Qué *nahuales*? –preguntó Nic.

—Los *nawal winak*. Son hombres formados de maíz y sangre de animales sagrados, capaces de transformarse en poderosas bestias y dominar la fuerza de la naturaleza. Algunos de ellos son parte de una cofradía secreta que sirve al *nahual* supremo y buscan el *Kan Vuh* para apoderarse de *Ich'ak' Tun.*, y por lo tanto, de la Fuerza.

—¿Cómo supo que Albert no tenía el Kan-lo-que-sea? –preguntó Nic.

Chak Wayib mantuvo su calma ante las preguntas incrédulas, e iba a responder cuando fue interrumpido por Albert.

—Si es el «Kanvoo» lo que los *nahuales* esperan que les entregue, tendré problemas para recuperar a Camila –dedujo el adolescente en voz alta.

—¿Quién es Camila? –inquirió el *ah-men*.

—Es una amiga que fue secuestrada por un *nahual* en Florida.

—*Tin tamahchi' tech.*

—¿Mande? –preguntó Albert.

—Tengo una mala premonición –dijo Chak Wayib, traduciendo sus propias palabras.

—¿Qué mala premonición?

—Hace varios días, Teresa soñó que bajo un cielo lleno de

estrellas, un *cheh ma'ax*, un mono araña hembra, dormía sobre la rama de un árbol florecido. Estaba boca arriba, con los brazos caídos. El viento soplaba con mucha fuerza y una flor se desprendió y cayó sobre el pecho del animal. De la parte inferior de la flor surgieron unas serpientes rojas.

—¿Qué significa eso?

—Que la chica morirá.

—No entiendo —dijo Albert, irritado.

—El mono es el *onen* de tu amiga; las estrellas representan velas en un funeral; los brazos caídos significan que probablemente esté atada o prisionera; el árbol quiere decir que se encuentra en un lugar alto, como una montaña o pirámide; el viento anuncia la llegada de unos *huntul winik*; la flor es una herida mortal, y las serpientes son chorros de sangre que manan del pecho.

—¿Qué debemos hacer? —preguntó Nic, con los ojos como platillos.

—*U ch'a'ok sutal*, es decir, contárselo a todo el que quiera escuchar, pues los malos presagios se avergüenzan y no ocurren —aseguró el *ah-men*.

—¿Los *nahuales* hacen sacrificios humanos todavía? —preguntó Albert.

—Meses atrás, un periódico informó que el cadáver de un joven había sido hallado en las estructuras de Toniná. En cuanto leí los detalles de las heridas encontradas en el cuerpo de la víctima, supe que se trataba de los *nahuales*.

—¿Qué le hicieron?

—Lo sacrificaron en un ritual que tiene por finalidad la búsqueda de la fertilidad y la virilidad. Es muy probable que los miembros de la cofradía estuviesen invocando hombría, preparándose para una batalla.

La mirada escéptica de Albert provocó que Chak Wayib siguiera con su relato.

—Según los cantares 1 y 13 del libro de *Dtzitbalché*, que describe rituales ancestrales, la víctima debe ser un hombre joven y fuerte. Lo primero es pintarlo de azul y adornarlo con flores del árbol de balché, que es asociado con la sexualidad. Luego, debe ser atado a una columna de piedra y los guerreros bailan a su alrededor. Durante la ceremonia, el sacerdote lanza la primera flecha, seguida por las saetas de los guerreros. El sacrificio se hace en honor del dios Sol, quien envía sus rayos materializados en flechas para terminar con la vida de la víctima.

—¡El *nahual* habló de sacrificar a Camila! —exclamó Albert, cada vez más alarmado.

—Camila sería una excelente ofrenda para la ceremonia de purificación *Tupp-kak*.

—¿Pero cuántas pinches ceremonias hay?

El *ah-men* hizo ademán de no haber escuchado la blasfemia y explicó:

—Los dos elementos de purificación en la Tierra son el agua y el fuego. Días antes de la ceremonia, los participantes van a la selva a cazar animales. Luego, los llevan a la cima de un templo, y allí los sacrifican al dios de la lluvia, Chaac, y al dios de los dioses, Itzaman. Entonces erigen una inmensa hoguera y en ella arrojan incienso y los corazones de las bestias. Ofrendar el corazón de una mujer pura, es decir, de una virgen, es altamente valioso. Para finalizar el rito, se apaga el fuego derramando sobre él grandes cántaros de agua. Esto simboliza la unión de los dos elementos purificadores.

—¡Oh! Ya entendí —se horrorizó Nic—. En el sueño, la flor y la serpiente significan que van a arrancarle el corazón.

—¿Cuál es el propósito de la purificación? —cuestionó Albert, esforzándose en mantener la calma.

—Excelente pregunta —dijo Chak Wayib—. Verás, ir a Xibalbá implica un contacto con lo sagrado, y por lo tanto, conlleva peligro. De ahí la necesidad de tomar medidas protectoras. La purificación de los hombres que irán a enfrentarse con los Bolontiku es esencial, para no ofender a los dioses.

«¿Cómo es que en el siglo XXI hay gente que todavía cree en esas locuras?», pensó Albert, conteniendo la irritación.

—¿Qué había en la caja que te entregó el abuelo de Teresa? —se interesó el *ah-men*.

—Un puñal.

—¿Hecho con la Piedra de Xibalbá?

—Bueno… creo que sí. Es una piedra extraña, como un imán poderoso.

—Es el puñal sagrado de Kan —concluyó el *ah-men*, que quiso saber más—. Y en la caja, ¿había dos insignias, las de Hunabpu e Ixbalanke, representados en el costado?

—Sí, ¿cómo lo sabe? —indagó Nic.

—Eso me demuestra que tú y tu amigo deben proteger a *Ich'ak' Tun*..

—¿Yo? —se asombró el joven.

–El *Popol Vuh* es un libro maya-quiché que narra historias mitológicas –explicó Chak Wayib–. En él se relata la creación del cosmos a partir de la victoria de los gemelos Hunabpu e Ixbalanke sobre los regentes del Inframundo.

–¿Y qué tiene que ver eso con nosotros? –preguntó Albert.

–¿No entiendes? El tiempo es cíclico. Todo vuelve a ocurrir. La Era se inició gracias a la victoria de los gemelos sobre los dioses de Xibalbá. Esto sucedió al principio de la cuenta larga del calendario, el cero *baktun*, cero *katun*, cero *tun*, cero *uinal*, cero *kin*; es decir el 12 de agosto del año 3113 antes de Cristo. La cuenta de esa era terminó el 13 *baktun*, cero *katun*, cero *uinal*, cero *Kin*, que equivale al 21 de diciembre de 2012. Para que la Tierra se renueve, la Era de la Conciencia debe iniciarse con el regreso de Hunabpu e Ixbalanke a Xibalbá, donde deben viajar por las sietes mansiones, como lo hicieron hace más de cinco mil años. No hay otra. Deben enfrentarse a los señores del Inframundo y regresar victoriosos para que Kukulcán pueda retornar.

–Nana piensa que soy el Gran Jaguar; usted cree que Nic y yo somos Hunabpu e Ixbalanke; los *nahuales* están convencidos de que tengo el «kanvoo», y todos creen que si Kukulcán no regresa, será por mi culpa –comentó Albert, con cinismo–. ¿Qué pinche enredo es este?

–No hay ningún enredo –confirmó el *ah-men*–. Eres Alberto Pek, de linaje noble, hijo de Gloria y Porfirio, y descendiente directo de Pakal.

–Nada de esto tiene sentido –opinó el adolescente, soltando un bufido.

–Llevas colgado al cuello un amuleto con la insignia de *Bahlam* y el otro chico tiene la insignia de *Naab*.

–Eso no significa nada, fueron unos regalos –argumentó el chico.

–Nada es casual. Tienes como *onen* el jaguar y fuiste elegido para regresar a Xibalbá, junto con tu hermano, como lo hizo Hunabpu.

–Nic no es mi hermano –aclaró Albert.

–¿Y qué hace aquí, contigo? –inquirió Chak Wayib, clavándole los ojos–. Si no me equivoco, desde la infancia te ha acompañado en tus andanzas. Ayer te siguió hasta aquí preocupado por tu bienestar. ¿No es eso lo que hace un hermano?

El joven bajó la mirada y asintió con un ligero movimiento

de cabeza.

—¿Cómo sabe que nos conocemos desde...? —empezó a decir Nic.

—¿Qué sugiere que haga? —lo interrumpió Albert.

—Ve a la iglesia de Santo Domingo de Guzmán, en San Cristóbal de las Casas, y pregunta por el padre Andrés Briau; es párroco de esa iglesia y director del Archivo Diocesano de San Cristóbal de las Casas. Pídele que te deje ver los escritos de fray Pedro de la Cruz. Su primera reacción será negar la existencia de los documentos. Insistirá en que el archivo de la parroquia solo contiene legajos sobre bautizos, matrimonios, defunciones, cuentas, e inventarios. Muéstrale el puñal.

—¿Qué hay en esos papeles?

—Fray De la Cruz separó el puñal del *Kan Vuh*. El difunto padre Paz, quien conoció bien a tu tatarabuelo Juan, estaba entonces a cargo del códice. Antes de morir, le reveló la verdad a dos personas: a su sucesor, Andrés Briau, y a mi difunto padre.

—¿Cuál verdad? —preguntó Albert, impaciente.

—Fray Pedro de la Cruz estuvo muy perturbado por lo que encontró en la caja. Recordando las palabras de su amigo fray Pedro Lorenzo de Nada, se contuvo de destruir el manuscrito. Con el tiempo, logró traducir el *Kan Vuh* y consideró que no debía ser destruido, pero sí ocultado. En sus escritos explica los detalles, y recalca la importancia de mantener secreta esta información, para que no caiga en manos de los *nahuales*. Solo el dueño legítimo del puñal tendrá acceso a esos documentos, ocultos en algún lugar de los archivos históricos diocesanos. Le he avisado al padre Andrés de tu llegada. Te está esperando, pero debes identificarte con el puñal sagrado.

—¿Me está diciendo que debo lanzarme a la búsqueda del «kanvoo» y olvidarme de Camila? —preguntó Albert.

—¡*Kan Vuh*! —lo corrigió Chak Wayib con admirable paciencia—. Bajo ninguna circunstancia debes entregarle el puñal sagrado a los *nahuales* —prosiguió el hombre, sin inmutarse—. No se puede hacer el viaje a Xibalbá sin él. El regreso de Kukulcán depende de que el Gran Jaguar salga victorioso.

—¿Y qué va a pasar con Camila? —lanzó Albert, preocupado.

—Cuando el *nahual* obtenga lo que busca, la sacrificará con el puñal sagrado. Si quieres mantener viva a tu novia, cumple con tu deber de Gran Jaguar y ve a Xibalbá. El mundo necesita que regrese Kukulcán.

—¿Y dónde queda ese lugar? —inquirió Albert una vez más, molesto ante la inconcebible idea de poner el secuestro de Camila en segundo plano.

—Sospecho que en la selva lacandona —dijo el *ah-men*—. Cuando vivía con los *hach winick,* me di cuenta de que se turnaban para pasar la noche en la jungla. No logré que me dijeran adónde iban, pero deduzco que montaban guardia frente a la entrada de Xibalbá, para proteger el acceso a *Ich'ak' Tun* y evitar que alguien molestase a Kisin, el dios de la muerte. De ahí viene que los *hach winik* sean llamados «los adoradores de la piedra».

—Pensé que el dios de la muerte era Pukuh —dijo Albert.

—El señor del nivel nueve en el inframundo, es conocido como Pukuh en Chiapas, Kisin para los lacandones y Yum Kimil para los mayas de Yucatán.

Las voces de Teresa y Nana se dejaron escuchar fuera de la casa. Sylvia y Richard entraron sin prestar atención a la protesta de las ancianas, que venían pisándoles los talones.

—He recibido una llamada desde el teléfono de César. Debemos estar en Palenque esta misma noche —soltó Sylvia, sin prestarle atención al ah-men que estaba sentado frente a ellos.

Chak Wayib se levantó del suelo con agilidad y con voz cortante advirtió:

—¡No pueden llevar al Gran Jaguar a ese lugar!

La desaprobación tomó por sorpresa a Sylvia, pero Richard intervino de inmediato:

—¿Y por qué no?

El *ah-men* se dirigió a los jóvenes:

—Cuéntenle el sueño para que la premonición se avergüence.

—¿Cuál premonición? —dijo Nana, frunciendo el ceño.

—El *nahual* va a sacrificar a Camila —soltó Nic, con voz entrecortada.

Nana se persignó alarmada.

—El Templo de las Inscripciones de Otolun, por lo que representa, es el lugar perfecto para realizar la ceremonia de purificación —explicó Chak Wayib.

—El Templo de las Inscripciones es la pirámide que sirvió de tumba a los restos del rey Pakal el Grande —observó la arqueóloga, desafiante.

—Así es señorita —asintió el *ah-men*, sin impacientarse—.

Como sabrá, la estructura no es simplemente la de una tumba. El Templo de las Inscripciones está compuesto por nueve terrazas que representan los niveles de Xibalbá, y en el tope se aprecian cinco ventanas que simbolizan el mundo terrenal. Así pues, el templo es la tierra de los vivos, que se apoya sobre el Inframundo. El lugar perfecto para implorar la purificación y la protección de los dioses antes de descender al mundo de los muertos.

Albert se incorporó, alterado, harto de escuchar cuentos sin sentido.

—¿A qué distancia está Palenque de aquí? —le preguntó a Sylvia.

—Aproximadamente a doscientos veinte kilómetros, unas cuatro horas en auto.

—¡Cuatro horas!

—La carretera es de una sola vía, con numerosas curvas; por ella transitan muchos camiones y autobuses —agregó la arqueóloga.

Albert agarró el maletín que se hallaba a su lado y se acercó a Richard:

—Aquí está su dinero. Devuélvame el puñal.

—No tengo la intención de devolverte el puñal hasta saber a ciencia cierta el origen de la piedra con la cual está hecho —aseguró, impasible, el ejecutivo.

—Necesito el puñal para recuperar a Camila —clamó el joven, desesperado.

—Como te dije antes, el secuestro no es mi problema. Sylvia, llámame cuando tengas alguna información que pueda interesarme. Solo entonces volveremos a negociar.

Albert tuvo la sensación de que el tiempo se detenía y el suelo se abría a sus pies para tragarlo en una penumbra de confusión y rabia. «En menos de cuarenta y ocho horas perdí la caja y el puñal», se dijo, furioso consigo mismo. Sus puños se tensaron.

Richard ya estaba saliendo de la vivienda, cuando lo escuchó:

—Necesito el puñal para identificarme y acceder al archivo diocesano. Un tal padre Andrés Briau, en la iglesia de Santo Domingo de Guzmán, tiene información que puede ayudar.

—¿Qué tipo de información? —se interesó Richard, al tiempo que se detenía en el umbral de la vivienda.

—*El ah-men* me dijo que el padre Andrés nos dirá dónde se encuentra el códice «kanvoo» con las instrucciones de cómo llegar a la Piedra de Xibalbá.

Chak Wayib se plantó frente al adolescente y lo fulminó con una mirada de desaprobación.

–Llevaré el puñal a la iglesia –decidió Richard, convencido de que la inspección de los antiguos documentos de la diócesis podría ser de interés. Y tras pronunciar esas palabras, se marchó.

–Alberto, recuerda tu deber de Gran Jaguar –insistió el *ah-men*.

–Lo siento, pero no todos vemos el mundo de la misma manera –expuso el muchacho con voz calmada, pero firme–. El propósito de mi viaje es recobrar a Camila. Kukulcán deberá buscarse a otro para su regreso.

38
San Cristóbal de las Casas, Chiapas

Albert, de pie en la acera de adoquines y aún cargando la maleta repleta de dinero, observaba detenidamente los vehículos que pasaban por la avenida 20 de Noviembre, esperando divisar el Volkswagen que transportaba a Richard. El ejecutivo había accedido a traer el puñal al templo de Santo Domingo, pero manteniéndolo consigo en todo momento. Detrás del impaciente adolescente, la iglesia, de estilo barroco salomónico, desplegaba una fachada rica en grabados y esculturas. Nic, cautivado por la magnificencia del trabajo ornamental, se mantenía inmóvil junto a Albert. Nunca había contemplado nada igual en la Florida, ni en sus cortos viajes a República Dominicana. A unos cuantos pasos de ellos se encontraba Sylvia quien, a pesar de haber visto numerosas iglesias de toda clase de estilos, nunca se cansaba de admirar el arte sacro de México.

Finalmente, el taxi se estacionó en doble fila en la acera, frente a ellos. Sin demora, el chofer se bajó y abrió la puerta del pasajero. Sylvia contuvo una sonrisa al presenciar al ejecutivo descendiendo del modesto auto con la olla en brazos. Era obvio que no deseaba llamar la atención viajando en una limusina.

Albert se encaminó hacia la iglesia sin esperar por los demás. Al entrar, la majestuosidad de los retablos, del altar y del púlpito, pintados de color oro y recargados con motivos celestiales, lo impresionaron profundamente. Sin persignarse, avanzó con zancadas largas por un pasillo lateral, seguido de cerca por Nic, quien miraba en todas direcciones distraído por la infinidad de detalles que le saltaban a la vista. No muy lejos del confesionario, los jóvenes se toparon con un religioso de sotana. El individuo, calvo, con una barbilla recortada y lentes redondos que le hacían brillar los ojos azules, andaba entretenido, conversando en voz baja con un feligrés.

Sylvia y Richard, recién cruzando la entrada, observaron a los dos jóvenes distanciarse de ellos.

–Sentémonos –dijo él, deseando ver cómo se desenvolvían.

Sylvia se instaló en un banco de madera, y con la punta del zapato bajó el reclinatorio. Las patas de hierro resonaron en el suelo de piedra. Colocó los pies en el escaño, y su mirada se dirigió al confesionario.

En cuanto el feligrés se despidió, Albert abordó al sacerdote.

–Buenas tardes, estoy buscando al padre Andrés.

–Soy yo, pero el horario de confesión se ha acabado por hoy. Lo siento.

–No vengo a confesarme. Estoy interesado en consultar los escritos del fraile Pedro de la Cruz.

El padre Andrés examinó, impasible, el rostro de Albert, y afirmó:

–No sé de qué me está hablando. El archivo de la parroquia contiene documentos sobre bautizos, ma...

–El ah-*men* Chak Wayib le avisó que vendría –lo atajó Albert.

–¿Y este chico? –indagó el sacerdote, mirando a Nic.

–Es mi mejor amigo.

–¿Tienes una pieza de identificación?

–Traje el puñal –dijo Albert, sin rodeos.

–¡Ese objeto maldito está en mi iglesia! –se alarmó el padre Andrés, con los ojos casi fuera de las órbitas.

–Sí, en la olla que lleva ese señor en las manos –respondió el joven, señalando hacia el banco donde estaban sentados Richard y Sylvia.

–Ve por él –le ordenó el sacerdote a Nic. Su mano izquierda se posó sobre la cruz de metal que le colgaba del cuello mientras que, con la derecha, sacaba una llavecita del bolsillo. La introdujo en la cerradura de la puerta central del antiguo confesionario de madera, y se acomodó en el interior. El confesionario constaba de tres cubículos oscuros, incrustados en la pared. La idea de hincarse en la penumbra y hablar por la rejilla no le agradó a Albert pero, tras un suspiro de resignación, acató la decisión del cura.

–¿Cómo es el puñal?

–Rojo, hecho como de cristal, y tiene una serpiente esculpida en el mango.

–¿Posee algún poder?

–Es un imán impresionante. El puñal hace que todos los

objetos que contienen hierro o níquel vuelen hacia él.

—¿Eso es todo?

—Eso es todo —aseguró el adolescente, absteniéndose de hablar de las imágenes que veía y las extrañas sensaciones que sentía al sostener el objeto en sus manos.

Nic regresó con la olla, abrió la puerta del confesionario y susurró al oído de Albert:

—Dice Richard que tienes dos minutos.

—Déjame verlo.

—¿Aquí?

—Necesito confirmar que lo que me estás diciendo es verdad.

—Como quiera —accedió Albert, entreabriendo la tapa con dificultad.

De inmediato, la cruz sobre el pecho del religioso se disparó contra la rejilla, tirando con fuerza de su cuello; la llave que guardaba en el bolsillo, atraída por el puñal, pegó la sotana contra la pared de madera del confesionario. Sorprendido, el padre Andrés intentaba resistirse a la fuerza que lo atraía.

—¡Santo Cristo! —exclamó.

—¿Ya me cree? —dijo Albert, apresurándose a cerrar la olla.

—Debo ser precavido —recalcó el sacerdote, reincorporándose en su asiento.

—¿Qué sabe sobre el origen del puñal? —inquirió.

—Hasta donde conocemos, se remonta al siglo XVI, cuando fray De la Cruz abrió una antigua caja que pertenecía a un niño, hijo de algún rey maya, a quien apodó Juan. El contenido de la caja lo preocupó.

—¿Un códice y un puñal?

—Así es. Fray De la Cruz, en el poco tiempo que tenía libre, trabajó en la traducción del manuscrito e hizo anotaciones en un cuaderno aparte. Además, en su diario, confesó estar asustado, pues el códice maya hablaba de cómo controlar el poder del infierno a través de una poderosa piedra. También afirmó que mientras descifraba el documento, tenía visiones y podía «ver» las emociones de las personas reflejadas en luces que emanaban de ellas.

—¿Dónde está el códice?

—Fray De la Cruz decidió enviar el *Kan Vuh*, así lo llamaba en sus anotaciones, a Roma, donde estaría a salvo de malas intenciones.

—¡El *Kan Vuh* está en Roma! —exclamó Albert, atónito, pronunciando correctamente el nombre esta vez.

—En el archivo secreto del Vaticano —confirmó el religioso—, en la sección Congregación para la Evangelización de los Pueblos.

Albert no sabía qué decir. Existía un quinto códice maya y el Vaticano lo ocultaba.

—Fray De la Cruz, que era un hombre generoso, mandó a hacer una réplica del *Kan Vuh*, exceptuando los pasajes que mencionaban la piedra maldita. Mantuvo con él sus anotaciones y tomó la precaución de destruir muchos de sus apuntes sobre cómo controlar la fuerza del Inframundo. Antes de morir, designó a un sucesor en el convento para que velara por la documentación. A Juan le permitió mantener la caja con el puñal como prueba de su linaje.

—¿Podría ver sus anotaciones? —interrogó Albert.

—No. Los apuntes del fray De la Cruz fueron resguardados en el convento solo hasta 1712.

—¿Y qué ocurrió entonces?

—La rebelión. En un pueblo tzeltal de los Altos de Chiapas, llamado Cancuc, una muchacha indígena conocida como María Candelaria aseguró haber presenciado la aparición de la Virgen, quien le prometió protección a los indios oprimidos. La Iglesia se negó a legitimar la aparición y trató de destruir el pequeño altar improvisado donde, supuestamente, había ocurrido el hecho. Esto creó aún más resentimiento. Sebastián Gómez de la Gloria, hombre astuto, logró enardecer a los habitantes de veintiocho pueblos de la región, reunió a más de seis mil indios combatientes y encabezó una guerra de exterminio contra los españoles. Luego, alegó que san Pedro lo había autorizado a designar nuevos sacerdotes. Por lo tanto, expulsó a los religiosos blancos y los reemplazó por tzeltales, tzotiles y choles, que sabían leer y escribir. El conflicto duró cuatro meses, que fue el tiempo que tardaron en llegar las tropas españolas enviadas por las audiencias de Guatemala y de Tabasco para someter a los levantados.

—¿Y los apuntes de fray De la Cruz?

—El fraile encargado de velar por ellos los expidió con un indígena de confianza al pueblo de Chichicastenango, donde residía fray Francisco Ximénez, para asegurarse de que estuvieran en buenas manos.

—¿En buenas manos? ¿Y qué tenían de malas las manos de los tzeltales y los choles?

—Me refiero a que durante las rebeliones y conflictos bélicos se queman y desaparecen muchos documentos importantes –explicó el padre Andrés–. Francisco Ximénez, con la ayuda de varios sabios de la comunidad de Santo Tomás Chuilá, ahora conocida como Chichicastenango, organizó las notas de fray De la Cruz y las tradujo al quiché.

–Fray Francisco Ximénez… me suena el nombre –comentó Albert.

–Por supuesto, fue un historiador y fraile dominico español que tuvo el gran mérito de traducir lo que hoy conocemos como *Popol Vuh*.

–¿Me está diciendo que el *Popol Vuh* está basado en el *Kan Vuh*?

–Así es.

–¿El *Popol Vuh* se refiere a Xibalbá? –indagó Albert, recordando lo que le había dicho Nana la noche en que abrió la caja.

–Por supuesto. Los historiadores alegan desconocer la versión original del *Popol Vuh*, pues no están al tanto de la existencia de un quinto códice, el *Kan Vuh* –comentó el sacerdote con una mirada de complicidad–. Y a pesar de que el *Popol Vuh* es un libro diseñado y elaborado a partir de conceptos occidentales, su descripción del infierno es muy diferente a la de los cristianos.

–Pero, ¿qué ocurrió con la copia del *Kan Vuh* de fray De la Cruz?

–Nunca se supo. Se dice que uno de los sabios que ayudó a Francisco de Ximénez desapareció con ella. Corre el rumor de que cayó en manos de una cofradía secreta de *nahuales*.

–Entonces no tiene nada que mostrarme –concluyó Albert.

–Si deseas, te puedo enseñar el diario de fray De la Cruz, que guardamos en el Archivo Diocesano, y parte de su correspondencia. Allí hay una breve referencia al puñal. Dice que es imprescindible mantenerlo separado del *Kan Vuh*, ya que ambos objetos juntos son la clave para acceder a la piedra maldita.

Albert observó la olla, pensativo, y dedujo en voz alta:

–Entonces, no hay peligro. Los *nahuales* no pueden apoderarse de la piedra con poderes… ya que el *Kan Vuh* está oculto en Roma. ¿Por qué no le ha dicho esto a Chak Wayib?

–No subestimes a los *nahuales*. Pese a que su cofradía posee una copia incompleta del *Kan Vuh*, estos hombres bestias siguen siendo peligrosos. Debes destruir ese puñal de una vez por todas, antes de que esos seres demoníacos se apoderen de él.

Albert lo miró extrañado y lo confrontó:

—No me va a decir que cree que los *nahuales* pueden transformarse en animales.

—No, no creo que se transformen en animales, pero actúan como salvajes. Son personas sin escrúpulos cuando se refiere a matar; hijos del demonio.

Albert, estremecido, pensó de inmediato en Camila.

Sentado en uno de los bancos de la iglesia, Richard conversaba en voz baja con la arqueóloga. Mantenía una mano sobre el maletín, que tenía a su lado, y los ojos fijos en Albert.

—Ir a medianoche a Palenque es muy peligroso y francamente no creo que logres nada, excepto que te maten —le decía a Sylvia con su habitual tono brusco.

—Estaba pensando lo mismo —admitió ella, sin reservas—. Tengo la impresión de que los secuestradores están menos informados que nosotros sobre la Piedra de Xibalbá.

—¿Crees que el *ah-men* sepa algo concreto? —continuó Richard.

—No creo. El *ah-men* Chak Wayib no hubiera enviado a Albert hasta aquí si supiera a ciencia cierta dónde está la piedra o el *Kan Vuh*.

—¿Por qué en casa de las dos viejas no entraste a escuchar lo que ese loco les contaba a los chicos?

—No hubiera hablado frente a mí. Además, pensé que tendría mejor oportunidad de obtener información con las abuelitas.

—¿Y?

—Excepto que heredaron el puñal por ser descendientes directos del rey Pakal, parecen ignorar todo lo relacionado con su origen.

Visiblemente crispado, Richard observó cómo Albert se despedía del religioso y se encaminaba, cabizbajo, hacia ellos. Sostenía la olla mientras Nic caminaba a su lado.

—Estate alerta —murmuró el joven a su amigo.

Nic inclinó la cabeza y un mechón de pelo le tapó la cara. Ocultos tras el flequillo, sus ojos escrutaron el rostro de Albert, tratando de adivinar sus intenciones. Richard se levantó del banco, maletín en mano, y después de dar unos pasos, se encontró cara a cara con los adolescentes junto a una mesa de hierro forjado con numerosas velas encendidas que demostraban la devoción de los feligreses. En un nicho, la figura de Cristo, sentado en un trono, se enaltecía con el resplandor de los cirios. Los ojos de Nic se posaron en el sepulcro transparente colocado a los pies del conjunto, el cual contenía la imagen de Jesús muerto; un escalofrío le recorrió la espalda.

En eso, Sylvia se unió a ellos e, impaciente, le preguntó a Albert:

—¿Qué te dijo el cura?

—El *Kan Vuh* fue enviado a Roma y está en los archivos secretos del Vaticano.

—¡En Roma! —suspiró Sylvia, desilusionada.

—El padre Andrés insiste en que debo destruir el puñal para evitar que caiga en malas manos.

—¡Estos curas no cambian! —se mofó Richard.

—¿Qué más te dijo? —insistió Sylvia.

—Dice tener acceso al diario de fray Pedro de la Cruz, en el cual el misionero advierte que el *Kan Vuh* y el puñal no deben estar en las manos de la misma persona. Eso es todo —resumió Albert, omitiendo mencionar la explicación sobre el *Popol Vuh*, que le había parecido insustancial.

—Bueno… seguimos sin conocer la localización de la piedra, por lo que el puñal se queda conmigo, concluyó Richard.

—Supuse que me diría eso —contestó el joven, y súbitamente dejó caer la olla al suelo.

Con un gesto veloz, Nic se apoderó de la tapa en tanto Albert aferraba el puñal. Esta vez, la imagen que emergió en su mente fue la de estar siendo arrastrado por el coyote, mientras dejaba atrás a sus padres. Un miedo aterrador lo paralizó, como una camisa de fuerza, pero aun así, y a pesar del intenso dolor, continuó sujetando fuertemente el puñal. Todo su cuerpo comenzó a temblar de un modo incontrolable y tuvo que hacer un esfuerzo descomunal para sobreponerse al pánico que lo agarrotaba. Al propio tiempo, los apoya-rodillas de las banquetas cercanas cayeron al suelo con un estruendo brutal, la mesa de hierro que bordeaba el pasillo se sacudía, y las velas encendidas se desparramaban por todas partes. Los feligreses gritaban espantados.

—¡Cierra eso! —gritó Richard, enfurecido.

Abruptamente, las cadenas que limitaban el acceso al púlpito se desprendieron y volaron hacia el puñal. Nic percibió el proyectil a tiempo para agacharse y empujar a Albert. Richard, que se encontraba de espaldas, recibió la cadena como un latigazo en los riñones; al impacto, soltó el maletín y se desplomó sobre Sylvia: ambos golpearon el piso con fuerza.

Nic ayudó a Albert a incorporarse y sin perder tiempo tomó el asa del maletín. Entretanto Albert metió el puñal en la olla y la cerró. Ambos salieron corriendo del templo, dejando tras ellos un caos monumental.

Bajaron los escalones de la plaza de dos en dos y entraron al Volkswagen taxi que esperaba a Richard.

—¡Arranque! —gritó Albert.

—¿Mande? —respondió el hombre, turbado.

—¡Arranque, que estamos apurados! Queremos deshacernos de... —empezó a decir, cuando una sonrisa pícara iluminó el rostro del taxista:

—¿Qué, problemas con una mujer?

—Así es —ladró Albert.

El hombre se carcajeó y arrancó el auto con premura. Nic miró por la ventanilla trasera. No vio a nadie.

—¿Adónde quieren ir? —preguntó el chofer, observándolos por el retrovisor.

—A Palenque —contestó Albert.

—¡A Palenque! Eso está muy lejos. No podremos regresar hoy mismo.

—¿Cuánto quiere por el viaje?

—Cien dólares por persona.

Albert aceptó.

El chofer los miró extrañadísimo de que no regatearan el precio. A modo de precaución, exigió el pago por adelantado.

—Muy bien, la mitad ahora y la otra mitad cuando lleguemos —negoció el joven.

El taxista asintió con un movimiento de cabeza. Nic adivinó lo próximo: entreabrió la maleta para sacar un fajo de billetes de a cien, y le tendió un billete al hombre, que boquiabierto, se lo arrancó de la mano y anunció:

—Llegaremos después del cierre del Parque Arqueológico.

El comentario no causó ninguna reacción.

—En el camino, deténgase en una tienda donde podamos comprar un par de celulares —ordenó Albert.

El chofer asintió con evidente curiosidad, pero prefirió no hacer más comentarios ni preguntas.

En la iglesia, unos feligreses ayudaron a Sylvia a levantarse. Un joven indígena le tendió la mano a Richard y este, encrespado, la rechazó mientras soltaba palabrotas en inglés.

El padre Andrés se les acercó jadeando.

—¿Qué ocurrió? ¿Se hicieron daño? —preguntó angustiado.

El ejecutivo se puso en pie y pateó con rabia la cadena.

—¡Maldita sea! —gritó en inglés mientras se frotaba la espalda con la mano.

—¿Podríamos tener unas palabras a solas? —le preguntó la arqueóloga en español al padre, acomodándose el cabello.

El sacerdote asintió y miró despavorido a su alrededor. Los parroquianos, de pie junto a los dos extranjeros, se persignaron y comenzaron a recoger los objetos del suelo.

—¿Qué fue lo que le dijo a Albert? —indagó Sylvia.

—¿Al muchacho de la olla?

—Sí.

—Eso fue dicho bajo el Sacramento de la Reconciliación.

—Es muy importante —insistió ella.

—Mi fe no me permite discutir lo que se dice en el confesionario. No hablaré. Que Dios los bendiga —concluyó el sacerdote, cortante, antes de reunirse con los devotos.

—Apresurémonos, ¡debemos alcanzarlos! —urgió Sylvia a Richard.

—No te preocupes, llegaremos antes que ellos a Palenque.

La mujer lo miró con escepticismo.

—Iremos a Palenque en helicóptero.

—¿En cuál helicóptero?

—Iremos en un helicóptero modelo Astar, para seis pasajeros. Es una excelente aeronave. Hice los arreglos justo saliendo de Zinacantán. ¿No pensarás que iba a perder mi día en la carretera?

—Para serte franca, no pensé que nos acompañarías a Palenque.

—Mi objetivo era llegar a Santo Domingo de Palenque y aguardarlos allí. Pero ahora, si es necesario, iré al Templo de las Inscripciones. Pienso recuperar lo que me pertenece, a las buenas o a las malas.

39
Palenque, Chiapas

El hotel Chaac se encuentra aproximadamente a tres kilómetros de la zona arqueológica de Palenque, y a menos de diez minutos en auto del pueblo más cercano. A Van der Boom le agradaba su estructura arquitectónica, consistente en *bungalows* de piedra rodeados de una densa vegetación tropical y estrechos senderos cementados bordeados de flores, que permitían a los huéspedes caminar entre los jardines. Debido a que el hotel ofrecía paseos a caballo por la selva, disponía de un establo de madera y mansos animales, acostumbrados a los turistas. Tratando de imitar un estanque natural, la alberca del hotel había sido diseñada en tres niveles, con cascadas que dejaban deslizar el agua entre peñascos blancos. En un costado, una terraza de madera brindaba protección ante el clima cambiante de la región.

Van der Boom acababa de llegar a la piscina cuando se desató un aguacero que espantó a los bañistas. De repente, estaba solo en la terraza, sentado en una mecedora, disfrutando una cerveza fría. Se pasó la mano por la barbilla, y sintió la dureza de los cañones; llevaba varios días sin afeitarse y una rebelde barba blanca le hacía lucir mayor de lo que era. Sus ojos azules y perspicaces contrastaban con el rostro envejecido. El vaivén de la silla y el sonido lejano de las gotas golpeando las hojas de los árboles, lo relajaron. Cerró los ojos para disfrutar del momento, cuando la vibración del celular rompió el hechizo. Era la llamada que estaba esperando.

—Hola Félix —saludó el holandés, con solemnidad.

—Tengo la información que querías —dijo la voz de un hombre, al otro lado de la línea.

—¿Cuándo ocurrirá?

—Esta noche.

—¿Estás seguro?

—Me advirtieron que no trabajara hasta tarde hoy –informó el administrador del modesto museo del Parque Arqueológico.

Ambos se conocían desde hacía años, y a pesar de no ser amigos, existía entre ellos respeto mutuo. En 2008, Félix Rivera había sido designado director del museo Alberto Ruz Lhuillier, nombrado así en honor del arqueólogo que descubrió la tumba de Pakal. Durante ese tiempo había desarrollado un gran aprecio por el extraficante que, en varias ocasiones, lo había ayudado a recuperar piezas robadas del Parque.

—¿Quién te advirtió? –preguntó Van der Boom.

—El guardia... Es un buen hombre. Tiene unos contactos que le avisan para evitarle problemas.

—¿Has reportado las transgresiones al terreno del Parque?

—Por supuesto. Vienen ocurriendo desde hace ya dos años. Las autoridades han investigado, pero alegan no tener suficientes pistas para hacer arrestos. Incluso he recibido amenazas de muerte si sigo insistiendo. Creo que se trata de fanáticos religiosos que practican ceremonias ancestrales. Por el momento, no ha habido ningún vandalismo en el Parque. Por eso me he hecho de la vista gorda, para no meterme en líos.

—Te entiendo.

—Debes tener mucho cuidado –insistió Félix.

—No te preocupes. Te agradezco tu ayuda –dijo Van der Boom, atento a otra llamada que estaba entrando por la segunda línea del celular.

—Aló. ¿Joost? –escuchó decir.

—Hola Angélica.

—¿Estás sentado?

—Sí –respondió el holandés, colocándose la botella de cerveza en los labios y tragando un sorbo del refrescante líquido.

—La Policía encontró a César muerto, con una bala en el pecho.

Van der Boom se atragantó. No esperaba tal noticia. El sobrino de Leonardo era prácticamente intocable.

—¿De quién sospechan?

—Las autoridades del estado se limitaron a informar que el móvil está relacionado con el tráfico humano.

El extraficante carraspeó.

—La manera cómo se ha extendido la trata de mujeres en México es alarmante –comentó Angélica.

—¿Por qué lo asesinaron? –inquirió Van der Boom, quien

conocía bien la trayectoria del criminal.

—Mis compañeros piensan que fue un ajuste de cuentas entre carteles rivales. En la población, así como en las agencias policíacas, existe la certeza de que un nuevo cartel de traficantes se está disputando la zona con Las Divas.

—Ajustes entre carteles —repitió el holandés, poco convencido.

—Según me informaron mis colegas del Departamento de Tráfico Humano, César se convirtió en amo y señor de la trata de blancas en la zona. La posición geográfica del estado de Chiapas hace que sea el punto de llegada para los migrantes que cruzan la frontera. Una gran mayoría son mujeres que vienen a trabajar en fincas y ranchos, sobre todo durante la cosecha del café. César empezó a reclutar algunas para emplearlas en su antro como camareras y prostitutas. Pero esto fue solo el principio. Luego expandió su negocio y montó una red de prostitución que se extiende, además de Chiapas, en los estados de Puebla, Querétaro y Tlaxcala. También provee mujeres a redes en Estados Unidos. Las autoridades consideran que fue responsable durante los últimos cinco años, de docenas de ejecuciones, secuestros y levantones ocurridos en la zona.

—Lo sé —dijo el otro, entre dientes.

—En Chiapas están reforzando la vigilancia en cinco puestos de revisión ubicados en Palenque.

—¿A partir de cuándo?

—A partir de hoy —reveló Angélica—. Lo que me extraña es que César no solamente secuestrara a una chica americana, habiendo tantas indocumentadas en la frontera, sino que además la trajera hasta aquí.

—Sí, es extraño.

—¿Has oído de algo sospechoso en Palenque?

—Parece que esta noche habrá algún tipo de ceremonia clandestina en el Parque Arqueológico.

—¿Cómo lo sabes?

—Nunca revelo mis fuentes.

—¿Crees que la ceremonia tenga algo que ver con la chica?

—No lo sé, habría que investigar.

—¿No pensarás introducirte en el Parque de noche a espiar?

Van der Boom optó por no responder.

—Joost, eso es peligroso —gruño Angélica, preocupada.

—Tranquila, tengo mis contactos. Recuerda que trabajé en la región durante cuatro años.

—Estás metido en zona roja, debes de tener mucha precaución.

—Lo sé, lo sé. No te preocupes por mí —la tranquilizó.

40
Homestead, Florida

Eran las tres de la tarde. Ferni esperaba a Eileen y a Laura en la entrada de la escuela. Sentado en un banco con los audífonos de su teléfono inteligente en los oídos, se distraía escuchando música. Le sostenía la mirada a todo el que pasaba y se atrevía a echarle un vistazo. De vez en cuando, mostraba el dedo medio a aquellos que lo observaban con desdén. El bullicio de la salida se aplacaba según iban corriendo los minutos. Había sido un día extremadamente agitado. Toda la escuela estaba al tanto del rapto de Camila, de la desaparición de Nic y Albert, y del asesinato en la taquería. La Policía había venido a investigar. Entre los oficiales, estaba el detective Maurer, quien habló con el director y obtuvo la completa cooperación de la administración. Maestros, consejeros y estudiantes fueron interrogados sobre las actividades y amistades de los tres estudiantes desaparecidos. Los rumores se propagaron por la escuela como veneno sin antídoto.

Durante el almuerzo, Laura y Eileen se habían sentado junto a Ferni y Gaby, sin decir gran cosa. Estaban preocupadas, pues cualquier comentario de ellas podía ser malinterpretado y caer en oídos indiscretos. Laura se sentía incómoda con la atención negativa que generaba. «Ni que fuéramos criminales» había comentado, molesta. Eileen, por lo contrario, parecía disfrutar de la conmoción; su gozo se basaba en una filosofía publicitaria: «Qué importa lo que digan, mientras hablen de nosotros».

Ferni se apresuró a verificar de dónde provenía la llamada que hacía vibrar su celular. Era de un compañero de la clase de Precálculo. Optó por no responder. Durante todo el día había estando recibiendo llamadas y textos de personas con las cuales apenas se relacionaba. «*People have fucking* cojones», pensó, recordando las preguntas impertinentes que le habían hecho. Por fin, vio a las chicas.

–*What took you so long*? Llevo esperando más de *twenty minutes*, sentado aquí.

–Un detective pesado nos hizo preguntas estúpidas –explicó Laura a modo de disculpa.

–Ya sabes, del mismo estilo de las que nos hicieron en Indiantown –agregó Eileen.

–Lo mismo *happened to me* –se quejó Ferni.

Eileen echó un vistazo a su alrededor para cerciorarse de que nadie estaba escuchando, y con mirada crítica preguntó:

–¿No les dijiste nada, no?

–*No way*! –afirmó él sin titubear.

–Mi celular no ha parado de sonar –comentó Laura, exhalando un suspiro de impaciencia.

–*The same* para mí. ¿*Any news* de Albert y Nic?

–Recibí un texto de Albert pidiéndome información sobre Pakal y el magnetismo en civilizaciones antiguas.

–*Magnetism*, ¿para qué quiere saber eso?

–No tenemos idea.

–¿De verdad creen que estamos haciendo bien manteniéndonos callados? –preguntó Laura, ofuscada.

–*We promised* Albert que le daríamos *two days before we open* la boca –le recordó Ferni.

–¿Vieron nuestra página Web? Hoy recibió más de quinientas visitas –comentó Eileen.

–*No way*! –repitió Ferni.

–Pues sí –dijo Laura con voz triste–. Nunca pensé que nos daríamos a conocer en el pueblo por la desaparición de la mitad de nuestra banda.

–*Talking about Internet*, ¿encontraste algo interesante about *magnetism* y Pakal.

–No, por eso es que Eileen y yo vamos al Castillo de Coral.

–*Coral Castle*? –se extrañó el joven.

–¿Has estado en ese sitio?

–No, Eileen.

–Nosotras tampoco –confirmó Laura–. ¿Quieres venir?

–*Sure, but I don't get it*. ¿A qué...

–Ya entenderás cuando estemos allí.

–Apurémonos, si queremos llegar antes del cierre –advirtió Eileen.

–*Let's all go* en tu auto.

Quince minutos más tarde, Eileen aparcaba su BMW en el estacionamiento reservado a los visitantes del Castillo. Por ser día entre semana, había poca gente. Ferni se bajó tras las chicas y miró intrigado el imponente muro de coral que se levantaba frente a ellos. Había pasado en numerosas ocasiones por allí sin prestarle atención. El supuesto castillo se encontraba al borde de la ruta US-1, y era una de las atracciones turísticas más frecuentadas en Homestead. Pero como muchos otros residentes del área, el joven no lo había visitado, convencido de que era una artimaña para atraer visitantes.

Luego de comprar sus boletos de entrada, recibieron un panfleto informativo. Caminaron por un sendero florido hasta una estrecha puerta que los condujo al interior de los muros. Observaron con curiosidad el patio interior, donde se exhibían unas rocas esculpidas con extrañas figuras, distribuidas de manera singular.

–Esto es todo menos un castillo –dijo Eileen, esbozando una mueca.

–*What the fuck*. ¿Qué estamos haciendo aqui? –preguntó Ferni, intrigado.

–Estos muros que ven alrededor de nosotros están formados por bloques de coral fosilizado y pesan un promedio de quince toneladas. El mayor de estos bloques tiene veintinueve toneladas. ¿Ven allá? –Laura señalaba hacia una piedra tallada en forma de luna, colocada sobre el muro–. Esa roca mide veinte pies de altura y pesa veintitrés toneladas.

–*So*? –replicó Ferni.

–Todo esto lo construyó un hombre llamado Ed, que apenas medía cinco pies de estatura y pesaba unas cien libras. Nadie sabe cómo se las arregló él solo para tallar mil cien toneladas de roca y moverlo todo sin equipos especiales.

–¿*What do you mean*, sin equipos especiales?

–Sin grúas, ni camiones. Nadie sabe cómo movió todas estas rocas de coral –explicó Laura, encogiéndose de hombros.

–*That's* imposible!

–¿Qué? No tenía nada más en qué entretenerse –comentó Eileen con cinismo.

Ferni sonrió. Le encantaba la insolente personalidad de esta chica. Sin esperar a que le preguntaran, Laura continuó explicando:

–Parece que Ed era un romántico.

–Otro *fool* –comentó el joven, sin advertir la mirada divertida de Eileen.

Laura se reservó su opinión, pero reconoció una expresión

de interés en el rostro de sus amigos, por lo que decidió leer en voz alta un párrafo del panfleto que llevaba en las manos.

–«Ed Leedskalnin nació en 1887 en el seno de una familia de campesinos en una aldea en las afueras de Riga, la capital de Letonia. En 1912, cuando tenía veintiséis años, se iba a casar con una joven de dieciséis, llamada Agnes. El día de la boda, la joven rompió súbitamente el compromiso, argumentando que era muy viejo y pobre para ella. Con el dolor de ser rechazado por su amada, Ed se marchó de Letonia, deambuló por Europa y luego llegó a Estados Unidos. Trabajó como leñador en el estado de Washington donde contrajo tuberculosis y tuvo que partir en busca de un clima cálido más favorable para su salud. En 1918, a los treinta y un años, compró por doce dólares un acre de terreno en el sur de la Florida y empezó la construcción de un castillo para Agnes».

–*Twelve dollars!*

–¿Esto lo construyó para su amada? –se admiró Eileen.

–Si miras alrededor tuyo, verás que las rocas tienen forma de muebles –agregó Laura, antes de encaminarse hacia un grupo de piedras–. ¿Ves? Son dos camas de coral. También está la cuna para el bebé y una camita infantil.

–*Very confortable!* –comentó Ferni.

–¡Qué romántico pasar la noche de bodas sobre eso! –opinó Eileen, sarcástica.

Ferni y Laura rieron al unísono.

–¿*And what's up* con esas sillas *over there*? –preguntó el joven, apuntando hacia otro conjunto de piedras.

–Son tres enormes tronos que pesan un total de cincuenta mil libras. El del centro lo talló para él, el otro para Agnes y el de atrás para su suegra –explicó Laura, resumiendo lo que había leído en el panfleto.

–¿Se fijaron? Además de la Luna, decoró los muros con rocas talladas en forma de planetas –comentó Eileen.

–Estaba fascinado con el universo y el movimiento de los planetas –continuó Laura–. Hasta construyó un telescopio perfectamente orientado hacia la estrella Polar, que utilizó para estudiar la trayectoria de la Tierra alrededor del Sol.

–*What a weirdo!*

–Mira esto. Es una mesa en forma de corazón –se burló Eileen, señalando otra roca.

–*Dude, the guy* estaba bien loco –concluyó Ferni, dibujando círculos en el aire con el dedo índice, cerca de su sien.

—Según el folleto, Ed vivía aquí como un ermitaño y lo curioso del caso es que trabajaba de noche para que nadie pudiese ver lo que hacía. Laboraba sin ayuda, y siempre pendiente de que los curiosos vecinos no lo espiaran.

—Ya me imagino la cara que habrá puesto la tal Agnes al ver todo esto —dijo Eileen.

—Ninguna, ya que nunca vino —aclaró Laura, luego de consultar el folleto.

—¡De la que se salvó! —replicó la adolescente.

—Quiero ver las herramientas que utilizó —anunció Laura, encaminándose hacia la única torre de la extraña edificación.

La estructura de dos plantas, construida completamente de coral, albergaba un modesto taller en la planta baja. Al entrar, vieron en una esquina unas rudimentarias poleas. De la pared colgaban unas cuantas cadenas y sogas, que no soportarían nunca el peso de los bloques. Sobre unas rocas había varias barras de acero y una caja negra.

—*That's it*?

—Según el folleto, después de su muerte, esto fue todo lo que encontraron en el taller.

—¿Qué es esa caja negra?

—Es un pequeño generador casero —aclaró la joven, consultando nuevamente el folleto—. Este dispositivo creaba suficiente corriente para encender unas bombillas, ya que el castillo no tenía electricidad.

—¿*So*, para qué querías venir aquí, *to begin with*? —cuestionó Ferni, confundido.

Laura esbozó un gesto de satisfacción y respondió:

—Cuando buscaba información sobre Pakal, leí que el rey maya había sido enterrado en el Templo de las Inscripciones. El descubrimiento del sarcófago del monarca fue todo un acontecimiento, pues los expertos afirmaban que las pirámides mayas eran estructuras religiosas y no sepulturas, como las pirámides egipcias. Por lo...

—*Wait*! No entiendo —la interrumpió Ferni, buscando apoyo con la mirada en los ojos de Eileen. Ella, a su vez, se encogió de hombros sin decir nada—. ¿Qué tiene que ver *Pakal's tomb with Coral Castle* y las pirámides egipcias?

—¡Su pirámide también fue construida para servir de tumba, como las pirámides egipcias! —exclamó Laura.

—Admito que tampoco entiendo —dijo la otra chica, incrédula.

−¿Se fijaron en la publicidad de este lugar?

−No −admitió Eileen.

Laura le tendió el panfleto.

−«El hombre que descubrió los secretos de la construcción de las pirámides egipcias» −leyó Eileen en voz alta.

−Reflexioné sobre el hecho de que Albert me pidiera información sobre el magnetismo. ¿Qué tenía que ver eso con los mayas?

−*And*?

−Pakal, al igual que los faraones egipcios, fue enterrado en una pirámide. Al leer sobre el magnetismo, recordé los cartelones publicitarios de este sitio y lo que se dice sobre el secreto de los egipcios.

−¿El secreto de los egipcios? −inquirió Eileen, abriendo el folleto.

−Las personas que lograron espiar de noche a Ed, dijeron que habían visto esos pesados bloques flotando como globos de hidrógeno. Se cree que usó el magnetismo para hacer levitar las rocas y colocarlas en su sitio −explicó Laura.

−¡Levitar! −repitieron Eileen y Ferni al unísono.

−Escucha esto −dijo Laura, absorta en la lectura−. «Ed afirmaba enigmáticamente que dominaba las leyes de la gravedad y del equilibrio, y aseguraba que los secretos de la construcción de las pirámides egipcias no le eran ajenos. Tras realizar experimentos con las fuerzas magnéticas, escribió un panfleto acerca del magnetismo y llegó a la conclusión de que la base de la vida está en los polos magnéticos que llamaba Norte y Sur y que se encuentran presentes en toda forma mineral, vegetal y animal, incluyendo la humana.

Al ver que sus amigos la escuchaban con genuino interés, Laura continuó leyendo:

−«En 1952, Ed cayó enfermo y colocó un letrero en la puerta del castillo que decía "De camino al hospital". Murió tres días más tarde de un cáncer en el estómago, en el hospital Jackson, llevándose con él sus secretos. Al examinar sus pertenencias, encontraron sus anotaciones y tres mil quinientos dólares escondidos bajo su cama».

−*Dude, that's a lot of money*, ¡sobre todo en aquella época!

−¡Cama! ¿Cuál cama?... ¿La de coral?

Los adolescentes salieron del taller. A continuación, ascendieron al piso superior por una estrecha escalera, también de coral, que se apoyaba sobre la fachada de la torre.

—Ed vivía en la segunda planta —les aclaró Laura.

La escalera los llevó a una angosta habitación que aún contenía las posesiones del misterioso hombre. Del techo colgaba una plancha de madera atada a unas cadenas. La vieja tabla, recubierta de paja, hacía las veces de cama.

—Aquí dormía Ed —continuó la muchacha con su labor de cicerone.

En el momento en que las miradas atónitas de Eileen y Ferni recorrían la pieza, el celular de Laura sonó. Ella extrajo el aparato de su cartera y echó un breve vistazo a la pantalla. Pese a no identificar el número, se animó a responder, esperando que no fuese otro chismoso de la escuela, con preguntas importunas.

—Aló.

—¿Laura? —su corazón dio un vuelco al reconocer la voz.

—¡Albert! ¿Estás bien?

Ferni y Eileen se miraron sorprendidos.

—Nic y yo estamos bien. Quería llamar antes, pero no teníamos señal.

—¿Y Camila?

—No puedo hablar mucho. Estoy con Nic, de camino a Palenque; vamos a buscarla. Tenemos cita en el Templo de las Inscripciones —explicó Albert, fijándose que el chofer no estuviese prestando atención a la conversación. Consultó el reloj, ya llevaban dos horas de viaje. El aire acondicionado del Volkswagen había cesado de funcionar, y el aire que entraba por las ventanillas era caluroso y húmedo, característico de las tierras bajas. Con el ruido del viento, apenas si podía escuchar a Laura.

—¿Dónde están las personas que los llevaron a México? —preguntó Laura, aprensiva.

—Es una historia muy larga. No puedo explicarte ahora —le respondió Albert, intentando cerrar la ventanilla del auto, que estaba trabada, en un esfuerzo por oír mejor.

—¿Me estás diciendo que Nic y tú van solos hacia una pirámide, a rescatar a Camila?

Albert no respondió. Contrariada por la noticia, Laura sintió una angustiosa opresión en la garganta, y por unos segundos no logró pronunciar palabra alguna. Ferni se acercó, y vociferó por encima del hombro de la chica:

—*Bro*, ya veo que tienes *a new cell*.

Albert lo escuchó y sonrió; solo Ferni podía hacer un

comentario tan frívolo en semejantes circunstancias.

–Es un celular prepago –respondió siguiéndole la broma y aprovechó para pedirle a Nic que texteara a sus amigos un mensaje con los números telefónicos de ambos–. ¿Cómo les ha ido con la info que les pedí?

–Estamos en el Castillo de Coral –respondió Laura con voz entrecortada, tras recuperar un poco su compostura.

–¿Y qué hacen allí?

–Buscando información sobre el magnetismo. Algunas personas piensan que las pirámides fueron construidas haciendo levitar las piedras con ayuda del magnetismo. Según el panfleto de este lugar, la persona que edificó el castillo logró ingeniárselas para crear un dispositivo antigravedad con imanes.

–¡Con imanes…! ¿Levitar piedras con imanes?

–Además, según el constructor, toda la materia, esté en la tierra o en el aire, incluso los animales, las plantas, y hasta las personas, poseen magnetismo individual.

–¿Cómo es eso?

–Según averigüé, la mente y, sobre todo, el corazón, generan una energía magnética que se proyecta alrededor de nuestro cuerpo.

Aquello no le pareció muy interesante a Albert, acostumbrado a ver sombras y auras alrededor de la gente. Además, sus pensamientos estaban enfocados en el encuentro con el *nahual*. Tratando de mantener el aplomo, preguntó:

–¿Qué sabes del Templo de las Inscripciones?

–Se le llama así por los grandes tableros con inscripciones jeroglíficas que se hallan en el corredor de la entrada.

–¿Y qué dicen los glifos?

–Cuentan la historia del rey Pakal y su parentesco con los dioses. Pero lo interesante del templo es la cripta.

–¿Cuál cripta?

–Hace años, un arqueólogo que trabajaba en la pirámide removió una piedra y encontró bajo ella unos escalones que descienden a las profundidades de la pirámide. La escalera estaba tapada por escombros y tomó varios años despejarla… ¿Me oyes? –se interrumpió Laura, súbitamente preocupada.

–Sí, sí –afirmó Albert–. ¿Y qué más?

–El arqueólogo descubrió un corto corredor que conducía a una bóveda. Al entrar, encontró seis esqueletos. Eran los restos de unos jóvenes que habían sido sacrificados. Luego, removieron más rocas que dejaron expuesta la entrada de una cripta. Allí descubrieron una gigantesca y espectacular lápida que recubría el sarcófago donde yacía el rey Pakal.

—*I hate History*! —comentó Ferni.

—¿Sabes de alguna relación entre ese sitio y el Inframundo? —preguntó Albert, caviloso.

—Según leí, la escena tallada sobre la lápida representa el instante de la muerte de Pakal y su caída a Xibalbá.

Hubo un breve silencio

—¿Eso es todo?

—Ahora mismo no recuerdo nada más.

—Necesito más información sobre Xibalbá —le urgió Albert, lamentando no tener más conocimientos para enfrentar al *nahual*.

—¿Cuál es tu interés en el Inframundo? —le preguntó Eileen.

—El loco de Indiantown mencionó que Xibalbá me esperaba —le contestó Albert entre dientes, procurando que no lo escuchara el chofer.

—Eso suena a amenaza.

—Para rematar, Nana insiste en que debo viajar por el Inframundo.

—Te oigo muy mal. ¿Tienes acceso a Internet en tu celular?

—Tenemos muy poca señal, Laura, apenas para el GPS y para mandar textos. Ya Nic les envió nuestros números de teléfono. ¿Los recibieron?

—Sí, aquí los tengo. Dame unos minutos y te llamo con información sobre el Inframundo —le aseguró Laura antes de colgar.

Sin perder tiempo, los tres chicos de Homestead se sentaron sobre los tronos de coral y se conectaron a la red cibernética.

41
Palenque, Chiapas

A Albert, el viaje le estaba resultando insoportable. Sentía rodar las gotas de sudor a lo largo de su espalda. Aunque iba concentrado, repasando los posibles escenarios que podían encontrar en la pirámide, observó cómo el paisaje había cambiado de bosques de montaña a densa vegetación selvática.

Nic, por su parte, continuaba pulsando los botones de su celular en tanto el chofer intentaba inútilmente sintonizar su estación de radio favorita. Albert lo observó ajustar los controles para tratar de mejorar la recepción. El locutor de deportes se dejaba oír intermitentemente: «...ganando a sus coterráneos, la selec... Chiapas A, de la liga ....rita de San Cristób..., venció tres goles a uno al represen... de la liga Ya... de Yajalón, ...pas B».

—Creo que podemos conectar los GPS de nuestros celulares al de Richard —dijo Nic, con los ojos clavados en la pantalla de su teléfono.

Albert no reaccionó. Su mirada seguía perdida en la vegetación que bordeaba la carretera.

—Podremos ver dónde se encuentran ellos.

Esta vez la señal de la estación de radio se cruzó con otra, intercalando los comentarios del locutor con la música de un corrido. «Tras derrotar anoche, a la selección de mor... (música) *ando solo sin escolta...* chiapanecas llegaron a la gran final... (música) *para que sirven mis balas...* los dos goles a cero, mientras que Chiapas eliminó al anfitrión con marcador final de... (música) *moriré quemando casquillos...* destacando dos anotaciones de... (música) *el que no me respete tiene un problema...*».

—Disculpe, pero ¿podría apagar la radio? —preguntó Albert, con voz pastosa por el agotamiento.

—Permítame un minuto, apagaré en cuanto se acabe la

información del fútbol.

—Pero si no se entiende nada.

—Soy fanático —reveló el hombre con súbito entusiasmo—. En mi tiempo libre juego con el equipo de mi barrio. ¡Somos campeones del distrito!

Albert no prestó atención al palabreo del chofer.

—Soy un excelente jugador, un verdadero atleta —agregó el conductor con orgullo, haciendo caso omiso al visible desinterés de sus pasajeros.

«Con anotación de Ja... (música) *dinero por sangre, dinero por*... de Chiapas se fue al frente del marcador... (música) *para que sirven mis balas*... cronómetro marcará el primer minuto del par... (música) *si Perlita no me ama*...».

—¿Son también fanáticos del fut? —preguntó el chofer.

—No —soltó Albert.

—¿De dónde son?

—De Florida —respondió Nic, sin energía, mientras movía sus rodillas de arriba abajo, tratando de dispersar el nerviosismo.

—¿No juegan fútbol, allá en su país?

—Yo no —admitió Nic—, pero Albert es bueno. Jugó con el equipo de la escuela por muchos años, hasta hace poco.

Albert miró a su amigo, asombrado por su repentina disposición a conversar con el chofer.

—¿Y por qué lo dejaste? —cuestionó el hombre, observándolos por el retrovisor.

—Tengo cosas más importantes que hacer —atajó Albert, con la mirada nuevamente perdida a través de la ventanilla. De pronto, sonó el celular: era Laura:

—Tenemos más información sobre la tumba de Pakal y el Inframundo.

—Dime.

—La imagen tallada sobre la lápida representa al rey sentado en el mundo de los humanos. La parte de abajo muestra las mandíbulas de dos serpientes descarnadas que forman unas fauces en forma de U. Esto simboliza la entrada al mundo de los muertos.

Albert hizo un gran esfuerzo para prestar atención, pero los ruidos no le permitían escuchar con claridad: «El uno a cero lo hizo Gon... un titubeo de la defensiva... (música) *en el infierno, rindiéndole cuentas*...».

—Por favor, apague la radio. No oigo nada.

El chofer accedió de mala gana.

−¿Qué decías de la serpiente?

−Su boca es la entrada a Xibalbá −repitió Laura−. La lápida de Pakal está recubierta de una simbología complicada. Parece que el rey debe encontrar su camino en el Inframundo si quiere renacer.

−¿Y cómo se encuentra el camino en el Inframundo?

−A través del Árbol de la Vida.

−No entiendo −admitió Albert.

−La cruz sobre la tumba de Pakal representa a la ceiba, que para los mayas es el Árbol de la Vida; tiene sus raíces en el Inframundo y se abre a lo celestial −explicó Laura. Su voz se había vuelto pausada−. Al igual que para los cristianos, la cruz simboliza la muerte que se transforma en vida, o sea, la resurrección. Para los mayas, la cruz es el renacimiento.

Albert no veía cómo to do aquello podía ayudarlo frente al *nahual*.

−Cada extremo de la cruz representa uno de los cuatro puntos cardinales del universo −prosiguió la chica− y en tres de ellos hay una serpiente de nariz cuadrada con recipientes que contienen sangre de sacrificios. Sobre la copa del árbol tallaron la figura del pájaro celestial, símbolo del reino celeste.

−¿No hay una referencia más concreta sobre dónde podría estar la entrada a Xibalbá? −preguntó Albert, perdida la esperanza de escuchar algo útil.

−No, Albert. Hasta ahora no he encontrado nada que diga dónde o cómo entrar…

−*Dude, you get in* en una nave espacial −soltó Ferni, quien, de pie junto a Laura, aguzaba el oído para escuchar la conversación.

−No creo que sea un buen momento para chistes −le reprochó Laura.

−*Guys*, no estoy bromeando −aseguró Ferni−. *There is a group of people*, los investigadores de misterios, que dicen *that the scene on the sarcophagus* representa a un astronauta al mando de una nave espacial.

−Acabo de leer acerca de eso ahora mismo. Parece una idea absurda, pero los argumentos no son tan irracionales − intervino Eileen.

−¿Cuáles argumentos? −preguntó Albert, atento a la conversación de sus amigos.

−Eileen, busca la página Web donde lo viste −le pidió Laura.

Ferni también buscó la información en su celular.

—Aquí está —confirmó Eileen.

Laura le pasó el celular a su amiga para que le leyera a Albert lo que había encontrado.

—Dice... «Pakal está sentado como si estuviera pilotando una nave espacial, con las manos manejando los controles. La cabeza del soberano descansa sobre un soporte, como le correspondería a alguien que se va a enfrentar a grandes aceleraciones. Su rostro está orientado a lo que sería la proa de la nave; incluso, al lado de su nariz se puede apreciar un objeto que se asemeja a un micrófono. Delante del piloto se ven detalles de objetos que parecen enigmáticos tubos y piezas mecánicas. La proa de la nave está decorada con el ave solar, símbolo de lo celestial, y en la parte posterior se observa un chorro de llamas como si fuera un cohete».

—¿No se los dije? *Pretty weird!* —comentó Ferni.

Albert se mantuvo callado.

—Es verdad que suena extraño —admitió Laura, tras recobrar el celular—, pero te recuerdo que nada es imposible para los que creen.

Aquellas palabras resonaron de forma punzante en los oídos de Albert y le hicieron reflexionar. «Tiene razón. Para buscar respuestas a lo que parece insólito debo aceptar las creencias del *nahual* y tratar de pensar como él».

—Laura, en el *Popol Vuh*, ¿cómo bajaron los gemelos al Inframundo? —Albert le hacía esta pregunta a su amiga cuando advirtió que una camioneta de la Policía sectorial les instaba a que se detuvieran a un costado de la carretera—. Tengo que colgar. Llámenme cuando tengan la información. No se tarden —agregó.

Sin perder tiempo, tomó la olla que estaba sobre el asiento junto a él y la colocó bajo sus pies. Nic hizo lo mismo con el maletín. Un policía uniformado se acercó a la ventanilla del chofer.

—¿Adónde van? —interrogó con brusquedad.

—Llevo a estos turistas a Palenque —respondió el taxista manteniendo las manos sobre el volante.

—¿De dónde son? —preguntó el policía, mirando a los jóvenes.

—Americanos —respondió Albert.

—Muéstrenme sus identificaciones.

Nic sacó el pasaporte del bolsillo de su pantalón y se lo entregó al oficial sin decir nada. Tenía la boca demasiado seca para hablar. Albert hizo lo mismo.

−¿Cuánto tiempo van a estar?

−En Palenque, un par de días −aclaró Albert, procurando mantener el rostro impasible y la voz serena. Advirtió el celular vibrando en el bolsillo de su pantalón, pero ignoró la llamada.

El policía examinó detalladamente los pasaportes, los devolvió y luego los dejó seguir. En cuanto el auto se puso en marcha, el joven le susurró a Nic:

−Güey, qué susto me ha dado ese pendejo. Pensé que iba a revisar el auto.

Nic miró la pantalla de su celular y le comentó:

−Tenemos tres horas.

Las palabras fueron recibidas con un silencio sepulcral. Albert no había logrado idear nada ingenioso para afrontar al *nahual*, y se preguntó con profunda inquietud si estaba haciendo lo correcto.

42
Palenque, Chiapas

Eran las diez de la noche. En su *bungalow*, Van der Boom, vestido con unos calzoncillos estilo boxeador, se roció el torso, las piernas y los brazos desnudos con un repelente de insectos que luego empacó en su mochila. Junto al rociador, añadió un par de sogas, baterías, sus binoculares infrarrojos, una linterna y un par de botellas de agua. Se vistió con *blue jeans*, una camisa caqui de mangas largas y botas todoterreno. Después de asegurarse de que su celular estuviera en vibración, lo guardó en un bolsillo del pantalón. Alargó el brazo para tomar la caneca de metal que estaba sobre la mesa de noche y la sacudió levemente. Aún quedaba algo de vodka. Iba a colocarla en su mochila, pero se detuvo y la volvió a poner sobre la mesita. Luego de acomodarse el bolso en el hombro, tomó una brújula, un puñado de barritas luminosas y una pistola, y las deslizó en un cinturón porta herramientas. Por último, empuñó un machete y salió sigiloso. Afuera comprobó con satisfacción que en el cielo despejado brillaba un impresionante número de estrellas. Respiró con fruición el aire húmedo y se encaminó por el sendero que conducía al establo.

Albert cruzó el umbral de la puerta del bar, miró en todas direcciones y se sentó a una mesa con Nic y el chofer. El lugar estaba pobremente decorado. Dos mujeres, engalanadas como prostitutas baratas, reían a carcajadas en la barra. Pese al ruido, Albert escuchó rugir el estómago de su amigo. Se habían detenido en el pueblo de Santo Domingo de Palenque, a seis kilómetros del Parque Arqueológico, para recobrar fuerzas con un apetecible caldo de pollo. El plato lo había recomendado el conductor del Volkswagen como uno de los manjares más suculentos de Palenque. «El bar de Jimena es humilde, pero su sopa revive un muerto», había asegurado el hombre. La música en el local, a un volumen ensordecedor, obligaba a alzar la voz para hacerse escuchar. Una camarera de ojos vivaces trajo los tazones humeantes, acompañados de un plato de tortillas envueltas en una servilleta. Albert no tenía apetito. Consultaba la pantalla de su celular constantemente. En cambio Nic, hambriento, se lanzó sobre la comida sin verificar cuán picante estaba. Después de engullir velozmente dos cucharadas de sopa, le subieron lágrimas a los ojos. Se quejó del intenso ardor que le quemaba los labios y le encendía la garganta. El chofer, divertido, se burló con voz resonante:

—Manito, se me había olvidado que esta sopa no es para gringos escuálidos.

El comentario provocó carcajadas entre los clientes del bar. A Albert no le causó ninguna gracia. Le tomó un gran esfuerzo controlar las ganas que tenía de descargar sus frustraciones en una buena pelea.

—¿Sabían que los chiles son como la gente? —añadió el chofer, advirtiendo que el chiste había caído mal.

Nic negó, sacudiendo la cabeza, mientras tragaba desesperadamente grandes buches de agua que esperaba le aliviaran la desagradable sensación.

—Cómete una tortilla, te ayudará a aplacar el ardor —le aconsejó Albert.

—Si la planta de chile pasa por penurias como la sequía o los calores fuertes, sus frutos tienden a ser más picantes que los que se cultivan en condiciones más favorables. Los chiles que se forman en la parte inferior de la planta tienen fama de ser más fuertes que los de arriba. ¿De qué parte de la planta vienen ustedes, hijitos de mami? —cuestionó el taxista, con una sonrisa socarrona.

—¡Vete a la chingada! —lo insultó Albert con un susurro retador.

La sonrisa tonta del chofer se borró de su rostro y con un gesto vago de la cabeza dio a entender que iba a dejar las bromas a un lado. Tomó una cucharada de sopa y, con la boca llena de pollo, le aseguró a Nic:

—Después de dos o tres sorbos, el paladar se acostumbra.

—Voy a llamar a Laura, te estaré esperando en el coche —le anunció Albert a su amigo, antes de levantarse de la mesa y salir del ruidoso bar. Tenía la impresión de que todo a su alrededor se movía en cámara lenta y lo único que oía era su propia respiración. Una vez afuera, pulsó las teclas del celular.

—Aló —escuchó decir al otro lado de la línea.

—¿Laura?

—No, soy yo, Eileen. Me quedé en casa de Laura a dormir y estamos leyendo el *Popol Vuh*.

—¿Y...?

—El que escribió esto estaba fumando de la buena —soltó Eileen.

—¿Qué menciona sobre Xibalbá?

—Laura te lo va a explicar. Ella parece entender el tema mejor que yo. Aquí la tienes.

—¿Estás bien? —dijo Laura, a modo de saludo.

—Sí, sí —confirmó Albert—. ¿Qué encontraron?

—Bueno, el *Popol Vuh* no da explicaciones de cómo bajar a Xibalbá. Solo narra que dos gemelos, Hunahpú e Ixbalanqué, entraron al Inframundo invitados por los dioses Bolontiku para participar en un juego de pelota.

—¿Un juego de pelota?

—Según lo que leí, en esa época el juego no era un simple deporte. Lo consideraban como un simulacro simbólico del enfrentamiento entre los seres luminosos celestiales y los seres del Inframundo. Es decir, la vida contra la muerte. El juego conllevaba sacrificios, establecía comunicación con el Inframundo y reforzaba el poderío de los gobernantes y sacerdotes.

—¿A qué te refieres con que incluía sacrificios?

—Parece que el cabecilla del equipo perdedor era sacrificado a los dioses, cuando no todo el equipo. Es por eso que las autoridades eclesiásticas de los conquistadores prohibieron el juego, considerándolo salvaje y diabólico.

Albert escuchaba con atención.

—¿Cómo se juega eso?

—El juego de pelota consistía en pegarle con las caderas a una pelota de hule sólido. Si la bola llegaba a tocar otra parte del cuerpo era un punto perdido. Los jugadores debían tratar de pasar la pelota por un aro de piedra, algo que es muy difícil de hacer. Eso simbolizaba la salida del Inframundo y el equipo que lo lograba, ganaba.

—Me imagino que eso ya no se juega.

—Bueno, hoy día el deporte más parecido es el juego del Ulama, que requiere de cuatro a cinco integrantes por equipo. Se juega con las caderas, pero también se pueden usar la cabeza y los antebrazos, nunca los pies ni las manos. La tradición se está perdiendo y actualmente se practica en unas pocas áreas de México.

–Si entendí bien, la cancha representa a Xibalbá, y el juego consiste en tratar de salirse del mundo de los muertos –resumió Albert.

–Exacto. Por eso es que las canchas se encuentran en las bases de los templos. Esto significa que los jugadores debían bajar a enfrentarse en el Inframundo.

–¿Y qué pasó con los gemelos invitados a jugar en Xibalbá?

–Fueron a la Mansión Tenebrosa. Allí negociaron la pelota que iban a usar en un partido contra los dioses.

Albert comenzaba a elucubrar una situación en la cual el *nahual* no podría rehusarse a liberar a Camila.

–Laurita, ¡eres genial…!

–Lo sé –bromeó ella, a pesar de no comprender el súbito entusiasmo de su amigo.

–Te dejo. Volveré a llamar en cuanto pueda –le aseguró el joven, antes de colgar.

De regreso al bar, encontró a Nic solo, tragando pequeños sorbos de sopa picante. El taxista, instalado en la barra, saboreaba una cerveza a la par que platicaba a gusto con la camarera. Albert se dirigió hacia él, evitando manifestar la impaciencia que lo consumía. Al verlo, la dependienta se alejó, discretamente.

–Le tengo una propuesta de negocios. Quiero jugar Ulama, en Palenque, esta noche.

–¿Disculpe? –preguntó el chofer, pensando que había escuchado mal por el ruido de la música.

–Si ganamos, hay un premio de cinco mil dólares para cada jugador.

Una mueca de incredulidad se dibujó en el rostro del hombre.

–Escuchó bien. Usted y tres más.

–¿Ulama, en Palenque? –preguntó el taxista sin salir de su asombro.

–En la cancha de Palenque –confirmó Albert.

–Nunca he jugado eso.

–¿No es el Ulama un juego parecido al fútbol? –le lanzó Albert, con aspereza.

–¿Cómo que parecido? ¡Si no se puede patear!

–Se usan la cabeza, el pecho y las caderas.

−¿No dijo que era un verdadero atleta?

El taxista se pasó la mano por la barbilla, y poniendo cara de incredulidad, alegó:

−Soy un hombre honesto y es obvio que su propuesta es algo más que un simple partido. ¿Qué más hay envuelto?

La música del bar azotaba los oídos de ambos.

−Un desafío −aventuró Albert, cortante.

El hombre lo miró como si fuera un criminal, y gruñó:

−¿Un desafío de vida o muerte?

−Sí, pero solo para mí −aclaró el muchacho.

−¿Y para los demás jugadores?

−No.

−¿Estás seguro? No le temo a la muerte, pero tampoco estoy muy ansioso por encontrarla.

−La cosa es conmigo −insistió Albert.

−¿Contra quién jugaremos?

−No pregunte tanto. ¿Qué decide?

−Diez mil dólares por jugador y quince si ganamos. Le aseguro que por quince mil, el otro equipo se va a arrepentir de haberlo desafiado −afirmó con decisión el chofer, mostrando sus dientes amarillos en una sonrisa socarrona.

−¿Quince mil? Está bien, acepto.

43
Palenque, Chiapas

Van der Boom se adentró en la selva a caballo. Quería mantenerse lejos de la carretera y así evitar que lo vieran. El animal que había tomado del establo era una yegua mansa de color canela, a la cual, por desconocer su nombre, nombró Estrella. Envuelto en un manto de vegetación, esquivó, como un boxeador, los manojos de plantas que entorpecían su paso. Avanzó con prudencia, rodeando enormes troncos y cortinas de lianas. Más de una vez tuvo que bajarse del animal para machetear el ramaje que le impedía continuar. Debido a los chillidos que provenían de los árboles, en más de una ocasión tuvo que darle a Estrella unas tranquilizadoras palmaditas en el cuello. Al apuntar la linterna hacia las ramas, pudo distinguir unos animales de pelaje rojizo y largas colas rayadas con franjas negras.

–Shuu... calma, Estrella, no pasa nada. Es una banda de coatíes.

En realidad, se hablaba a sí mismo, para mantenerse sereno. El recorrido duró cerca de una hora. Finalmente, el laberinto de ramas se despejó y reveló una estructura de piedra. Van der Boom reconoció el complejo de edificios interconectados que colindaba con la selva, y sonrió, satisfecho de haber podido recordar todavía cómo usar el camuflaje de la vegetación, y la noche, para llegar a las ruinas, sin ser visto. Se hallaba junto al palacio de Palenque, construido a finales del siglo VII, donde residieron los nobles de la ciudad. «Perfecto», se dijo, satisfecho.

El holandés sabía que el interior del complejo arquitectónico era una intrincada trama de edificios plagada de recovecos, galerías subterráneas, cámaras abovedadas, pasillos angostos, drenajes, baños de vapor, escaleras y patios. El lugar perfecto para ocultarse. Amarró la yegua a un árbol alejado, para evitar que fuera descubierta. Dejó el machete en la silla de montar, empuñó la pistola y reanudó la marcha hacia el palacio. Empleando sus binoculares de visión nocturna, comprobó que estaba solo. Ascendió sigilosamente por unas escalinatas estrechas que daban al flanco este, y arribó al Gran Patio, bordeado por escalones de piedra. Sin respirar apenas, sondeó los alrededores y comprobó que no había un alma. Pasó por delante de los estucos esculpidos y cruzó el gran cuadrilátero hueco hasta llegar a un corredor, y luego a una la galería abovedada y dintelada que rodeaba otro jardín interior. El aspecto de aquel lugar le recordó un claustro medieval.

A un costado del patio se elevaba una torre cuadrada de unos quince metros de altura, que dominaba totalmente la acrópolis maya. Los expertos habían concluido que se trataba de un observatorio, debido a las amplias ventanas que tenía al costado de cada uno de los últimos tres pisos. Al acercarse, Van der Boom oyó pasos en la angosta escalera interior. Enseguida retrocedió y se escondió a la entrada de unos pasadizos oscuros, localizados cerca de la base de la torre. A través de una de las ventanas del cuarto piso pudo ver unas sombras moviéndose.

«Esos rufianes pueden observar todo el Parque desde lo alto de la torre», razonó. Como conocía bien los pasadizos subterráneos de desagüe, decidió adentrarse por ellos, con cautela. Avanzó ligeramente encorvado, para no golpearse la cabeza contra el techo.

«Es increíble que el palacio tuviese agua corriente», murmuró, pues como antropólogo, aquello no dejaba de asombrarlo.

Minutos más tarde, llegó a una bifurcación. Confundido, tomó el corredor de la izquierda, con la esperanza de salir a la fachada. Sin embargo, la desembocadura del desagüe lo llevó hacia el otro lado, por frente al Templo de las Inscripciones.

«Maldición», soltó, frustrado, ya que su intención era vigilar la entrada del Parque.

De momento, no dio crédito a lo que veía: una luz resplandecía en la última terraza del Templo de las Inscripciones. Satisfecho, se deslizó tras unas piedras, para no ser descubierto, y ajustó los binoculares a su máximo acercamiento, enfocándolos hacia el tope de la pirámide.

«¡Bingo!», exclamó entre dientes, al detectar a una chica, de pie, junto a una fogata, con el torso descubierto y sus firmes senos expuestos al resplandor de las llamas. Sus únicos atuendos eran un blanco lienzo enroscado alrededor de las caderas, y el collar de Insignia.

Con las manos amarradas al frente y la piel totalmente recubierta con una capa de pintura azul, Camila sollozaba aterrada. A su lado se agitaba un hombre engalanado con una túnica blanca y un tocado de plumas propio de reyes, que sujetaba un bastón de madera tallado con una figura indistinguible.

«Debe ser el *nahual*».

El misterioso sacerdote hablaba con un hombre que se encontraba de espaldas, y a quien, de momento, no pudo identificar. El cofrade también vestía una túnica clara pero no lucía ningún tipo de accesorio sobre la cabeza.

El holandés sintió latir su corazón impetuosamente al imaginar el destino que le esperaba a Camila. Enfocó los binoculares en la base de la pirámide para contar el número de hombres que participaban en el acto:

«Diez», dijo, con un hilo de voz.

Cauteloso, empuñó la pistola y aguardó, ansioso, a que se desencadenaran los acontecimientos. La espera no fue larga.

Con aire resuelto, Albert atravesó el Parque Arqueológico y se dirigió hacia la pirámide de nueve plataformas. Había algo provocativo en su manera de avanzar con la olla en los brazos. Junto a él, Nic se desplazaba, más indeciso, cargando la maleta; al percibir la luz que resplandecía en la cima de la pirámide y los hombres que aguardaban al pie de la estructura, murmuró, nervioso, para sí: «Estamos locos».

Albert sintió un nudo en la boca del estómago al advertir, al borde de la escalinata, la figura semidesnuda de Camila, desmarañada y recubierta de pintura. Se imaginó lo asustada que debía estar. Un hombre de raza negra muy parecido a César, pero de más edad, la custodiaba. El *ah-men* descendió los escalones con un aire prepotente. Aunque estaba oscuro, Albert distinguía sombras difusas oscilando alrededor de los cofrades. Un inmenso odio le quemaba las entrañas cuando vociferó, desafiante:

−¡Aquí estoy!

Las palabras se fundieron con los sonidos de la noche. No había un hilo de viento y el cielo era de un negro profundo. Wakatel Utiw alzó su bastón al cielo e hizo un gesto brusco. Dos hombres se acercaron a los adolescentes, quienes comprendieron que iban a ser cacheados en busca de armas.

Albert colocó la olla en el piso, puso un pie sobre ella y levantó los brazos. Nic imitó a su amigo, con el maletín. Ambos fueron revisados de arriba abajo.

Acto seguido, el *nahual* se acercó a ellos. Albert le sostuvo la mirada con todos los sentidos en tensión e intentando controlar el miedo. A su lado, Nic se mantenía inmóvil, con el corazón en la garganta. Wakatel Utiw le indicó con la mano a Albert que abriera la olla.

—Primero quiero ver a Camila de cerca.

El *ah-men* lanzó una carcajada sardónica e hizo señas a uno de los cofrades que se encontraba en lo alto de la escalera, el cual tomó a Camila del brazo y apuntándola con una pistola la hizo bajar los empinados escalones. La joven estaba tan aturdida que no se daba cuenta de lo que sucedía a su alrededor. Se tambaleaba de un lado a otro, sin hacer resistencia.

«La drogaron», murmuró Albert, alarmado.

Detrás de ella iba el cofrade vestido de blanco con la caja original del puñal. El muchacho intuyó que era Leonardo Jefferson, pues el hombre era una copia casi exacta de César, pero con más edad. Camila no reconoció a sus amigos hasta que estuvo frente a ellos. Sus ojos, estupefactos, iban de Albert a Nic.

—¿*Qué hacen aq...?*

—Cállate —la interrumpió el guardia, tirándole violentamente del pelo.

—*¡Déjala!* —amenazó Albert.

—¿Trajiste lo que pedí? —ladró Wakatel Utiw.

El joven decidió tomar las riendas de la situación y se dirigió a Leonardo:

—Tengo el dinero que reclamó su sobrino.

—Ese dinero está maldito —gritó el cofrade, súbitamente enfurecido.

—Esas no fueron mis instrucciones. Muéstrame lo que traes en la olla —gruñó Wakatel Utiw.

—Es el puñal que estaba en la pinche caja. Debe ser muy valioso para que por él asesinara a su propio sobrino.

El hombre lo fulminó con sus ojos amargos. Era obvio que aquello le dolía.

—César nos traicionó —replicó Wakatel Utiw con voz grave.

—Ya veo que en su cuartel la traición se paga con la vida.

—No somos un cuartel —corrigió el *nahual*, bruscamente—. Somos la cofradía de Kan y, efectivamente, para nosotros la traición se paga con sangre.

–Asumo entonces que, si me da su palabra de *nahual*, no me traicionará –puntualizó el chico en voz alta, asegurándose de que todos lo escucharan.

Wakatel Utiw contempló al joven de hito en hito, mosqueado por sus aclaraciones y su actitud desafiante.

–¡Ábrela! –voceó, impaciente.

Albert se acuclilló. Levantó la tapa con rudeza y tomó el puñal con la mano izquierda. En fracciones de segundos, una sucesión interrumpida de imágenes desfiló ante sí: se vio, de niño, en la cama de un hospital, sentado, con los ojos enrojecidos de llorar y un vacío de muerte en su pecho. No fue hasta que vio entrar a Nana que recuperó sus menguadas ansias de vivir. La calurosa presencia de la mujer llenó la atmósfera de esperanzas… Al recordar aquella sensación de seguridad, El joven luchó por aferrarse a ella. Eso le proporcionó las fuerzas necesarias para incorporarse súbitamente con el puñal en alto.

La pistola se escapó de entre los dedos del cofrade y salió despedida hacia el poderoso objeto. Albert se mantuvo firme sobre sus piernas y alzó el objeto magnético al cielo. El arma se adhirió al puñal con una velocidad increíble. Entonces, el adolescente empuñó la pistola con la mano derecha y apuntó, amenazador, hacia el *nahual*.

–¡Suelte a Camila! ¡Yo cumplí con el trato! –vociferó Albert.

Los cofrades todavía no se habían recuperado de la experiencia vivida, cuando escucharon a Wakatel Utiw:

–No es tan sencillo. Hoy los dioses esperan un sacrificio de valor. Debemos derramar sangre como agradecimiento por tener de nuevo con nosotros la caja de Kan y su contenido.

–Me lo temía. Usted es un asqueroso traidor. Nunca tuvo la intención de dejar libre a Camila.

Los cofrades se miraron unos a otros.

–¡Lo que dices es falso! –gritó el *nahual*. Se produjo un corto silencio, después del cual, con la voz más moderada, explicó–: Te dije que la vida de Camila estaba en tus manos y debo admitir que eres un buen guerrero, pero se debe realizar un sacrificio.

–¡Suelte a Camila! –volvió a gritar Albert.

Wakatel Utiw se aproximó a ella y le pasó suavemente la mano entre los senos. A través del puñal, Albert pudo sentir el latir desenfrenado del corazón de la chica. Aquel gesto le hirvió la sangre. Respiró lenta y profundamente. La voz de su madre resonó en su mente, "estoy tan orgullosa de ti». La frase pronunicada con bondad lo ayudaron a controlar el impulso de apretar el gatillo.

—En tu opinión, hijo de la chingada ¿qué vale más para Kisin, una virgen o un guerrero que se juega la vida y el honor en un juego de pelota?

—¿Me está retando? —preguntó Albert sin rodeos.

—¿No eres el supuesto Gran Jaguar? —se burló Wakatel Utiw.

El adolescente lo miró con desprecio.

—Para salvar a Camila, debes jugar —expuso el *nahual* con aire de suficiencia—, y para salvarte a ti debes...

—...ganar —completó Albert.

—Así es.

—Acepto el reto con la condición de que deje ir ahora mismo a Camila y a Nic.

Wakatel Utiw hizo un leve movimiento de cabeza y el cofrade empujó a la prisionera hacia ellos. Tenía el cuerpo tembloroso y el rostro desencajado. Albert la contempló un instante, sin dejar de apuntar la pistola hacia Wakatel Utiw. La dura realidad lo golpeó al fijarse en los ojos de la chica; sus grandes pupilas, antes dos focos chispeantes de optimismo, parecían recubiertas por una bruma. Hubiera querido abrazarla con ardor y reconfortarla, pero no era el momento. Antes de que ella pudiera decir palabra, Albert le voceó al *nahual*:

—Aquí, frente a todos estos cofrades, deme su palabra de que los dejará ir y, después del juego, solo el líder del equipo perdedor será sacrificado, y no el equipo completo.

A pesar de su juventud, el joven inspiraba respeto y emanaba dignidad. Se impuso un tenso silencio. Wakatel Utiw, que no entendía las razones de esa demanda, concluyó pensando que eran exigencias propias de un joven inconsciente.

—Deme su palabra —insistió Albert, tajante.

—Tienes mi palabra —respondió el hombre con desdén.

Albert le entregó el arma a Nic y le susurró:

—Ocúpate de Camila. Llévatela lo más rápido posible.

El adolescente, titubeante, iba a protestar, cuando la voz firme de su amigo lo apremió:

—¿Qué esperas? ¡Cuento contigo!

Para no defraudarlo, Nic tomó a Camila por un brazo y la arrastró lejos de allí. Ella avanzaba poniendo resistencia, con la cabeza entornada hacia Albert, mientras las lágrimas se deslizaban por sus mejillas. La angustia creció hasta tal grado dentro de su pecho, que creyó no poder soportarlo.

Albert se encaró al *nahual* con un rostro de piedra. Sabía que corría un gran riesgo. En realidad, había aceptado el pacto con pocas esperanzas de obtener la victoria. Pensó que, con toda seguridad, moriría, pero se propuso luchar hasta el final.

−Escoge los jugadores para tu equipo −ladró Wakatel Utiw.

El adolescente se llevó dos dedos a la boca y emitió un silbido tan agudo que hasta los coatíes en los árboles cercanos se asustaron. Cuatro hombres salieron raudos de entre la maleza y se aproximaron a la pirámide. Entre ellos estaba el corpulento chofer del Volkswagen, acompañado por los tres hijos de Jimena, quienes tenían reputación de ser excelentes jugadores y de no temerle a nada ni a nadie. El *nahual* notó que uno de ellos traía un balón de fútbol bajo el brazo.

−¿Qué pensaba?... ¿Qué iba aceptar a sus hombres en mi equipo?

El *nahual* se rió entre dientes y expuso:

−Como quieras, pero mis cofrades juegan por el honor de ganar y te hubieran favorecido. Ahora, si prefieres a esos mugrientos, es tu decisión.

−Me dio su palabra de que nada les pasaría a ellos −le recordó Albert.

Wakatel Utiw hizo una mueca de asentimiento y con un gesto brusco se aferró a la olla. Acto seguido, todos se encaminaron hacia la cancha de pelota, midiéndose unos a otros con la mirada.

−Hay que hacer algo. Lo van a matar −dijo Camila a Nic, en tono suplicante.

El chico deseaba regresar con Albert, pero al mismo tiempo no quería fallarle. Siguió arrastrando a Camila por un sendero oscuro. Iba nervioso, caminando sin rumbo. Respiraba como un corredor al final de una competencia. Cuando consideró estar lo suficientemente lejos de los cofrades, deslizó el arma tras el cinto de su pantalón y procedió con manos temblorosas a desatar la soga que sujetaba las muñecas de Camila. No sabía qué más hacer. Verla en aquel estado deplorable lo angustiaba profundamente. Optó por quitarse la camiseta y entregársela. Ella no reaccionó. Nic intentó cubrirla, pero ella se negó rotundamente y rompió en llanto.

El joven dio un largo vistazo a su alrededor y concluyó que estaban perdidos. Camila pesaba demasiado para cargarla.

Tomó su celular para llamar a las autoridades, pero fue inútil, no había conexión. Desalentado, conservó los ojos clavados en la pantalla del teléfono mientras pensaba, desesperadamente, en una posible solución.

—No hay señal —escuchó decir a alguien.

Espantada, Camila levantó la cabeza y se encontró con los ojos de un hombre. Antes de que pudiera gritar, él se lanzó sobre ella y le tapó la boca.

—Los secuestradores tienen un dispositivo en la torre del palacio que bloquea toda comunicación que no sea una señal con codificación especial —les informó Van der Boom.

—¡Usted aquí! —exclamó Nic.

—Los ayudaré a salir de este lugar.

El muchacho se mantuvo callado pero visiblemente receloso. El holandés se puso en pie, y explicó, con tono convincente:

—Lo mejor es ir a través de la selva por un sendero que conozco.

—¿Cómo nos... —empezó a decir Nic.

—Apurémonos —atajó Van der Boom, retirándole la mano de la boca a Camila.

—Van a matar a Albert —gimoteó ella.

—El juego de pelota y la ceremonia de purificación que antecede al sacrificio, toman su tiempo. Debemos tratar de alejarnos lo antes posible del dispositivo que bloquea la señal; así podremos pedir ayuda a la Policía Especializada de Chiapas. El subdirector, comandante Paco Juárez, es un hombre con escrúpulos y muy eficiente. Él sabrá qué hacer para ayudar a Albert.

Aquellas palabras parecieron sinceras a Camila, quien miró a su amigo con gesto aprobatorio.

—Tengo un caballo escondido en unos matorrales, no muy lejos de aquí —agregó Van der Boom, agarrándola del brazo. Ella se lo sacudió de encima con un movimiento brusco, y secándose las lágrimas de los ojos, alegó:

—Puedo caminar sola.

—Síganme —ordenó el holandés, adentrándose en la espesura.

Wakatel Utiw sabía que la cancha de pelota de Palenque, situada al pie de la fachada norte del palacio, era pequeña comparada con otras del mundo maya. Consistía en dos muros paralelos de piedra caliza, no muy altos. El área de juego, estrecha y larga, había sido construida transversalmente entre montículos recubiertos de verdor. «Una cancha fácil para mis jugadores», pensó el *nahual* antes de plantarse en el medio de la explanada. Con voz sonora, explicó las reglas del juego. Recalcó que la pelota debía ser golpeada solo con los codos, las caderas y las rodillas.

Albert tomó el maletín, y arrimándose a un costado de la cancha, pagó los primeros diez mil dólares a cada uno de sus jugadores. Luego se dirigió hacia el *nahual* e insistió en usar la pelota de fútbol traída por los hijos de Jimena, en vez de la pelota tradicional de hule con cinco libras de peso. Wakatel Utiw aceptó sin titubear: «un triunfo seguro». Ya se sentía victorioso.

El líder del equipo adversario, un hombre robusto de rasgos toscos y piel color cacao, luego de declarar que ya se había esperado demasiado, informó a los jugadores que el partido concluiría en media hora, o en cuanto uno de los equipos encestara el primer gol, es decir, en el momento en que la pelota pasara a través de uno de los aros de piedra empotrados en los muros al extremo de la cancha. Como encestar la pelota constituye una hazaña excepcional –aclaró–, cuando no ocurre, la victoria se alcanza por puntos: vence el equipo con menos puntos. Recalcó entonces que el objetivo del juego es obtener la menor puntuación posible. Los puntos se adjudican cuando la pelota toca una parte prohibida del cuerpo, como los pies, las manos o la cabeza, así como si se la deja caer.

Los jugadores se ajustaron sobre las caderas el *Tz´um*, un cinturón ancho hecho de cuero de jaguar y madera, que habían traído los hombres de Wakatel Utiw. Los integrantes del equipo del *nahual* intercambiaron miradas burlonas y codazos al observar la torpeza con que sus contrincantes se colocaban la indumentaria. Después de una breve oración, comenzó la competencia. Durante los primeros cinco minutos, los compañeros de Albert fueron penalizados con tres puntos por patear la pelota. Era evidente que los hábitos del fútbol iban a ser difíciles de dominar. Además, era obvio que los contrarios habían recibido un entrenamiento riguroso. Los miembros del grupo de Albert tardaron un poco en adaptarse a las reglas, pero eran veloces desplazándose, de rápidos reflejos y golpeaban el balón con fuerza y precisión, de manera que luego del primer cuarto de hora tenían solamente dos puntos de desventaja.

Nic caminó a través la maleza, pisándole los talones a Van der Boom, pero sin quitarle los ojos a la pantalla del celular.

Avanzaban con grandes zancadas y en silencio. A pesar de las barritas luminosas, apenas si podían divisar el camino abierto por el holandés en la espesura no hacía ni un par de horas. Nic empezó a dudar de su decisión de confiar en aquel hombre cuando, súbitamente, reparó en que su teléfono recobraba la señal.

—¡Ya podemos llamar! —gritó, emocionado.

Van der Boom hurgó en el bolsillo de su pantalón, sacó su celular y marcó un número con prontitud. Camila y Nic lo escucharon preguntar por el comandante Paco Juárez.

—Soy un buen amigo y es urgente que hable directamente con él.

Tras unos pocos segundos, y ya con el subdirector en línea, fue directo al grano y explicó la urgencia de la situación. Atentos, los adolescentes lo observaron asentir a las instrucciones recibidas con leves movimientos de cabeza y varios sonidos guturales.

—Uhumm... uhumm... uhumm... Hotel Chaac. Me parece bien. Así lo haré.

—¿Qué dijo? —le preguntó Camila, impaciente, una vez finalizada la conversación.

Luego de volver a poner su celular en el bolsillo, Van der Boom explicó:

—Van a enviar patrullas de inmediato al Parque Arqueológico. También recomiendan, para nuestra seguridad, que esperemos en el hotel a los agentes policíacos que nos escoltarán hasta el cuartel.

—¿Cuánto tiempo demorarán? —inquirió la muchacha.

Van der Boom no prestó atención a la pregunta y emprendió la caminata diciendo:

—La yegua debe estar a unos metros de aquí.

—¿Cuál es su verdadero nombre? —le preguntó Nic, con voz queda.

—Joost Van der Boom.

—¿Por qué nos está ayudando? —quiso saber Camila.

—Me interesa recuperar el puñal, pero no soy un criminal. No deseo ver morir a nadie por causa de ese objeto —respondió el hombre, sinceramente.

Se oyó un ruido cercano que preocupó a todos. Van der Boom escrutó en la penumbra hasta localizar la yegua:

—¡Allí está Estrella!

Camila necesitó un fuerte empujón de Nic para subirse al

animal, ya que todavía tenía el cuerpo aletargado.

—Ya nos vamos, Estrella. No te preocupes, todo saldrá bien —murmuró el holandés, acariciando el cuello de la yegua. De nuevo, se hablaba a sí mismo.

—Sin mí, irán más rápido —alegó Nic.

—No digas estupideces —gruñó el hombre.

—Súbase con Camila sobre la yegua. Yo regresaré al Parque.

—¿Qué piensas hacer?

—No sé, pero no puedo dejar solo a Albert.

—Esto no es un juego virtual, muchacho, esos hombres son criminales de verdad.

Nic dedujo que no valía la pena discutir. Se acercó a Camila y con voz serena le susurró:

—Estarás bien.

—¡Adolescentes…! Creen saberlo todo —refunfuñó el extraficante montándose en la yegua, delante de Camila.

Nic aprovechó el momento de distracción para deslizar con discreción su celular en las manos de la chica. Ella lo tomó en silencio, pero sus ojos volvieron a llenarse de lágrimas.

—Cuando te canses de hacer el héroe, nos alcanzas siguiendo las huellas de la yegua, o te escondes hasta que llegue la Policía —gruñó el holandés. Luego extrajo de su cinturón las barritas luminosas y se las lanzó al adolescente, que las agarró al vuelo a la par que retomaba con prisa el oscuro sendero que conducía a la pirámide, temeroso de llegar demasiado tarde.

El equipo de Albert tenía la jugada bajo control, cuando uno de los hijos de Jimena se ubicó cerca del aro y con un codazo trató de colar la pelota, pero falló, lo que les costó otro punto. El joven tenía claro que anotar un gol iba a ser prácticamente imposible para ellos. Quedaban solo diez minutos de juego, por lo tanto, la estrategia evidente era hacer que los jugadores del bando contrario dejaran caer la pelota. El adolescente lo logró en varias ocasiones, realizando fintas que cambiaban sorpresivamente la trayectoria de la pelota. Por otro lado, el chofer resultó bueno golpeando el balón con las rodillas, y entorpeciéndoles su control a los adversarios.

Cinco minutos antes de llegar al tiempo fijado, el marcador estaba empatado. Wakatel Utiw y Leonardo se miraban intranquilos. El balón se encontraba en el centro de la cancha y le tocaba al equipo de Albert golpear la pelota, cuando se escuchó en el cielo un sonido retumbante. Los jugadores alzaron la mirada y vieron aparecer un helicóptero por encima de las copas de los árboles. El vistazo hacia el cielo, aunque duró poco, tuvo consecuencias nefastas: Albert bajo los ojos instintivamente hacia sus adversarios justo a tiempo para observar al líder golpear la pelota con la cadera.

—¡Nooooo...! —gritó el adolescente, al ver como el balón entraba al aro.

—¡Gooooooolllll! —vociferaron, triunfantes, los hombres de Wakatel Utiw.

Albert cayó de rodillas, mientras el helicóptero daba una vuelta en U y sobrevolaba la cancha. Los cuatro jugadores del equipo de Albert salieron corriendo, atemorizados por la aeronave, en tanto los hombres del *nahual* se lanzaban sobre el muchacho y lo empujaban hacia las gradas. Leonardo lo miró con odio y aulló:

—¡Has perdido!

El joven sabía que aquello era una sentencia de muerte. Sus ojos buscaron en el cielo al helicóptero causante de su mala fortuna, pero ya había desaparecido tras la frondosa línea arbórea.

—¡Rápido, llévenlo a la pirámide! —ordenó Wakatel Utiw.

—¿Qué era ese helicóptero? —preguntó Leonardo, preocupado.

—No sé, parecía una aeronave privada —replicó el *nahual* con aire prepotente, y a continuación ordenó—: Apurémonos con el sacrificio.

El templo ocupaba la cúspide de la pirámide, e incluía una galería en forma de pórtico y cinco entradas con pilares ornamentados con estuco. Detrás de una de estas columnas, Nic permanecía escondido. Había subido durante el juego, aprovechando la negrura de la noche. Con la pistola en mano, temblaba de pies a cabeza, como una hoja, a la espera de que subieran a Albert a la cima de la pirámide. Intentaba razonar con lógica, pero los latidos de su corazón retumbaban con tanta fuerza que no lo dejaban. Oyó pisadas acercándose y su respiración se detuvo para poder escuchar.

Wakatel Utiw, Leonardo y cuatro hombres corpulentos, subían la escalinata del templo. Iban empujando a Albert hacia la cumbre. Desafiante, su amigo avanzaba lentamente: el cuerpo erguido, el ceño fruncido y la mirada rabiosa. Desde su escondite, Nic observó al *nahual* cuando abría la caja tallada con la serpiente de ojo rojo, y sintió una fuerza atroz que quería arrancarle la pistola de las manos. Aterrado, se aferró al arma con tenacidad y no permitió que se le escapara. Entonces, vio con horror cómo los hombres forzaban a Albert a tenderse sobre una piedra en forma de altar, después de lo cual le desgarraban la camisa. Albert se debatía con vigor, pero los cofrades lo sujetaban fuertemente por las muñecas y los tobillos. Asustado y encolerizado, el adolescente gritaba insultos, malas palabras y obscenidades.

–¿No van a drogarlo? –preguntó Leonardo.

–No, no hay tiempo. ¡El helicóptero puede regresar! –respondió Wakatel Utiw.

Leonardo comprendió que iban a acelerar la ceremonia. Wakatel Utiw levantó el puñal rojo hacia el cielo y murmuró una oración. Albert miraba con horror el artefacto filoso que el *nahual* agitaba sobre su pecho. Con el pulso enloquecido, se negaba a creer que iba a morir. «No puede ser, esto es una pesadilla. ¡Despiértate!», se repetía, presa del pánico. La imagen de Nana diciéndole que él era el Gran Jaguar pasó como un relámpago por su mente.

En eso, horrorizado y sin pensarlo, Nic salió de su guarida.

–¡Suéltenlo! –vociferó, apuntando la pistola hacia ellos, aunque el arma vibraba con tal violencia en sus manos, que apenas si lograba mantenerla con firmeza.

Sorprendidos, los hombres se inmovilizaron, pero no soltaron a Albert.

–¡Suéltenlo! –volvió a tronar Nic, al tiempo que su dedo apretaba el gatillo.

Al estruendo del balazo, siguió un aullido de Leonardo: el proyectil le había impactado en un brazo. El hombre dejó caer la caja al suelo. De inmediato, los otros cuatro liberaron las muñecas y tobillos de Albert, que se incorporó de un salto. Dominado por la ira, le arrebató el puñal a Wakatel Utiw, y se lo hubiera clavado con gusto, pero instintivamente corrió hacia Nic.

–No hay escapatoria. Tienen que salir por las escaleras –indicó Wakatel Utiw con expresión siniestra.

Albert volvió a sentir la energía del puñal, que lo conectaba con una fuerza superior. Esta vez, la imagen que cruzó su mente fue la de Nana y él saliendo triunfantes de la corte que dio el visto bueno al proceso de adopción. Recordó la gratitud que inundaba su pecho cuando la generosa mujer le ofreció su cariño, su hogar y su protección. Entonces notó que los jugadores del *nahual* subían apresuradamente los escalones de la pirámide.

—Suelta el arma y te dejaré ir —le propuso Wakatel Utiw a Nic.

El adolescente, nervioso, rechazó la oferta y se mantuvo firme en su posición. Albert se plantó a su lado. Juntos, retrocedieron cautelosamente varios pasos. La sonrisa insolente del *nahual* se transformó en una mueca de exasperación.

Albert echó un rápido vistazo al lugar, en busca de un corredor, o una salida. No encontró nada, ¡estaban arrinconados! La pistola comenzó otra vez a vibrar con violencia en las manos de Nic.

—No soy yo —balbuceó el joven, esforzándose en retener el arma con ambas manos.

Albert se concentró nuevamente en la gratitud; esta vez, en la que sentía hacia su amigo, por estar allí, jugándose la vida con él. Una fuerza extraña emergió entonces del puñal. A cierta distancia, frente a ellos, comenzó a temblar, con creciente vigor, una losa de piedra que formaba parte del suelo. Los muchachos se mantuvieron inmóviles, con el corazón en la garganta, sin entender lo que ocurría.

—Es la piedra que cubre la entrada de la cripta de Pakal —murmuró Leonardo con los ojos desorbitados, olvidándose súbitamente del dolor.

En ese momento, los jugadores llegaban al último escalón. Allí los detuvo un imponente crujido. La pesada losa de media tonelada de peso finalmente se desprendió del suelo; se levantó por sí sola, como por arte de magia. Wakatel Utiw y Leonardo observaban la escena, boquiabiertos. La piedra parecía poseer la ligereza de una pluma.

—*¡Está suspendida en el aire!* —balbuceó, incrédulo, uno de los cofrades.

Albert se percató entonces de que, bajo la losa, había un agujero angosto, con escalones que se sumergían en la oscuridad. Aquel hoyo negro le provocó una angustia insoportable. Dio un paso atrás y la piedra flotante se desplazó levemente hacia él, mientras el puñal vibraba con ímpetu entre sus manos. Dio un paso hacia un lado, y la piedra se movió en esa dirección. Nic continuaba apuntando con la pistola a

Wakatel Utiw, por lo que no notó los leves movimientos de la losa. Los pensamientos de Albert fluían incontrolables, hasta que recordó la conversación sostenida con Laura acerca del magnetismo y la levitación. *«¡El puñal controla la piedra!»*, concluyó.

En ese momento, comprendió que el único lugar por donde podían escabullirse y ponerse a salvo del *nahual*, era esa abertura oscura. Una sensación de angustia lo invadió al visualizarse atrapado en aquel agujero. «Lo más lógico sería esperar allí dentro, que llegara ayuda». Sabía que tenía que dominar su claustrofobia si quería seguir viviendo. De repente, volvió a escucharse el retumbante ruido acercándose a la pirámide.

–*¡El helicóptero!* –notificó Leonardo.

Con un casi imperceptible movimiento de cabeza, Albert le señaló el hueco a su amigo. Nic comprendió el mensaje y disparó un tiro al aire. El *nahual* se sobresaltó y los otros hombres se tiraron al piso. En la corta confusión, ambos jóvenes corrieron en dirección a la lápida, que se desplazó hacia atrás, golpeando a Wakatel Utiw. Nic se introdujo primero en el hoyo oscuro; Albert titubeó por una fracción de segundo, pero enseguida se lanzó tras él. Cayeron rodando escalera abajo. ¡El acceso quedó cerrado!

Minutos más tarde, tendido en el piso y todo golpeado, Albert oyó lo que parecían ser aporreos, seguidos por chillidos que sonaban como los de un animal herido. Entreabrió con esfuerzo los ojos, y al verse envuelto en una oscuridad absoluta, los volvió a cerrar, para sumergirse en la tranquilidad de la inconsciencia.

44
Palenque, Chiapas

El helicóptero aterrizó a ocho kilómetros de la antigua metrópolis, en una planicie cercana al pueblo de Palenque. Richard bajó disgustado. A sus espaldas, Sylvia y el piloto caminaban casi pisándole los talones.

–Señor Barry, ya le expliqué que se produjeron fallas en los equipos electrónicos cuando sobrevolamos el Parque –alegó el capitán de la nave, agitado.

–¿Qué le ocurre? ¿No sabe volar sin instrumentos? –gruñó Richard. El piloto iba a responder–. No hay excusa. En una noche despejada como esta, la visibilidad es excelente.

Sylvia se mantuvo al margen de la conversación.

–Volar sin instrumentos es peligroso –protestó el hombre–. Usted sabe que traté en repetidas ocasiones de acercarme a la zona que le interesaba sobrevolar, pero, por alguna inexplicable razón, los equipos no respondían. Nunca había visto algo igual. Pienso que sobrevolamos algún campo magn...

–No le pago para que piense –lo cortó el ejecutivo– sino para pilotear, y ese es el servicio que esperaba recibir, en vez de excusas estúpidas.¡Considérese despedido!

–¿Quién se cree que es? –discutió el piloto–. Mi jefe estará de acuerdo en que la seguridad de los pasajeros y la mía son prioridad. Además, ¿no vio que allí había unos...?

– Si llego a saber de su ineptitud hubiera pilotado yo mismo. Deme la llave del helicóptero.

–¡Está loco! –se mofó el piloto, negándosela.

–Veremos –dijo Richard, sacando su celular del bolsillo.

Tras pulsar un botón, se escuchó la voz de David Appleton.

–¿Cómo te va Richard?

–David, acabo de despedir al incompetente que me mandaste. Pero se rehúsa a entregarme las llaves del helicóptero. Habla con él, ya que mi paciencia es limitada cuanto se trata de lidiar con idiotas.

Sin añadir nada más, cortó la comunicación y tan seguro de sí como siempre, dio media vuelta y se sentó en el asiento de mando.

—No toque ningún instrumento —voceó el aviador, lanzándole chispas asesinas con los ojos.

Pasados unos segundos, sonó el celular del piloto. Era su jefe.

—Señor Appleton, el señor Ba ...

—Entréguele las llaves —ordenó David.

—Pero...

—El helicóptero es de él.

Hubo una pausa.

—Los equipos están fallando —argumentó, estupefacto—. Es peligroso pilotar en esas condiciones.

—He visto a Richard volar en las peores condiciones. Apostaría que puede volar con los ojos vendados. Por lo tanto delé la llave y considerese despedido.

—Pero, pero... ¿cómo regreso yo a mi casa?

—Francamente, ese no es mi problema. Le sugiero que camine hasta el pueblo más cercano y se las arregle como pueda —soltó David, con una voz dura.

Sobre la superficie áspera en que yacía, Albert permanecía inmóvil, atento al ritmo de su respiración. Poco a poco, otro sonido comenzó a sacarlo de la inconsciencia.

—Albert... Albert —repetía Nic, mientras sacudía el cuerpo de su amigo, tendido al pie de las escaleras de la cripta.

Aun aturdido, el joven se obligó a abrir los ojos. Sentía los párpados pesados y tenía un fuerte dolor de cabeza; a pesar de ello, consiguió distinguir a Nic acuclillado en medio de una neblina verdosa. Era una luz tenue, pero brillante, que flotaba en el aire. La atmósfera era rancia y cálida, con fuerte olor a humedad. Observó que la luminiscencia provenía de una barrita que Nic sostenía. Miró hacia los lados y comprobó que se encontraban inmersos en la oscuridad. Una fuerte presión atenazó su pecho y, sintiéndose incapaz de hablar, tosió para disimular el pánico que lo invadía.

—¿Estás bien? —le preguntó su amigo.

Sacudió la cabeza afirmativamente y trató de erguirse sobre los codos. Nic le tomó de la mano y lo ayudó a sentarse. El adolescente necesitó recurrir a toda su fuerza de voluntad para dominar sus temores: estaba sudando frío y sentía que le faltaba el aire.

–¿Estás bien? –repitió Nic.

–Gracias por regresar –balbuceó Albert, forzando la mirada a través del halo de luz verde.

–*Dude*, ni lo menciones –respondió, aliviado de que su compañero no pudiera ver con claridad la angustia que dominaba su rostro.

–¿Dónde está Camila?

–La dejé en buenas manos.

El adolescente, confuso, no respondió.

–Ten –dijo Nic, colocándole una barrita luminosa en las manos.

Albert se aferró a ella como un náufrago lo haría a un salvavidas, y suspiró aliviado al distinguir todo con mayor detalle.

–Estuve buscando el puñal pero no lo veo por ningún lado –dijo Nic.

–¿De dónde la sacaste la barrita de luz?

–Van der Boom.

–¡No me digas que ese tipo estaba en el Parque! ¿Cómo es eso de que dejaste a Camila en buenas manos?

Nic no respondió. Se impuso un incómodo silencio.

–¡Dejaste a Camila con ese tipo!

–Sí –confirmó Nic, sin entender la contrariedad de su amigo, y antes de que continuara preguntando, le explicó los sucesos y la llamada a la Policía local.

Tenso, Albert se inclinó y se aprisionó la cara con las manos. Clavó las yemas de los dedos en sus adoloridas sienes. Tratando de mantener la calma, expuso:

–Hay que salir de aquí lo más rápido posible. Busquemos el puñal.

A continuación, examinó los alrededores. Notó que se encontraban en una estrecha cámara de piedra de techo abovedado, frente a unas escaleras angostas de más de diez metros de altura. El corazón le palpitó con furia y se puso en pie para evitar la hiperventilación.

–¿Tú ves el puñal?, porque yo no lo veo –dijo Nic.

–¡No, pero no vayas a dar ni un paso hacia atrás! Estás parado al borde de otro tramo de escaleras que bajan. Probablemente, el puñal cayó por ahí. Nic se volteó con cautela e inspeccionó los escalones que desaparecían en la oscuridad.

—¿Qué quieres hacer? —inquirió.

—Seguir descendiendo —dijo Albert, resuelto a vencer su claustrofobia.

Bajaron otros quince metros de empinada escalera. Para controlar sus propias emociones, Nic comenzó a canturrear una canción.

—Me gusta —comentó Albert, con la mirada clavada en los escalones.

—Es nueva. Quiero hacerle un arreglo mezclando *rock* con *reggae*.

—Siempre me ha interesado la fusión de ritmos —admitió Albert. Hablar de música lo ayudó a controlar su aversión a la oscuridad. La hazaña de bajar al corazón de la pirámide le pareció interminable.

Finalmente, llegaron a la siguiente plataforma. Ambos recorrieron con la mirada la pequeña sala de techo bajo. Las paredes de piedra, desprovistas de grabados y pinturas, no les resultaron interesantes. Lo único que les llamó la atención fue una rejilla moderna, similar a las usadas para enjaular aves, ubicada a un costado; parecía una puerta de barrotes endebles que impedía el acceso hacia un área de la recámara. Notaron que, en el centro del enrejado, los finos barrotes de metal estaban rotos y doblados, como si un proyectil los hubiera atravesado a su paso. Con cautela, se acercaron a inspeccionar lo que había detrás de la rejilla. Con la luz de la barrita, consiguieron divisar otra recámara cuyo techo inclinado formaba un falso arco que coronaba una lápida.

—¡Es una cámara mortuoria! —exclamó Nic, un tanto asustado.

—¿Recuerdas lo que dijo Laura? —replicó Albert—. Es el sarcófago de Pakal. Seguro que la puerta enrejada la colocaron después de ser descubierta, para cerrar su acceso al público.

—Allí está el puñal, ¡levitando! —se asombró Nic, apuntando hacia el centro de la cripta.

El objeto no solo levitaba, sino que giraba como un DVD en un reproductor.

—Güey, ¡qué extraño! —comentó Albert, caviloso.

Acto seguido, deslizó el brazo por el hueco del enrejado y logró abrir la cerradura de la puerta. Entraron a la cripta, que tenía siete metros de largo y casi cuatro de ancho. Pudieron observar en los muros las figuras en relieve de unos personajes ricamente ataviados. «Son los nueve señores del Inframundo», dedujo Albert, rememorando las lecturas compartidas con Camila en la biblioteca. Meditabundo, centró su atención en la lápida. Examinó detenidamente la piedra que recubría el sarcófago, de unas cinco toneladas de peso y ricamente esculpida. Recordó que la escena tallada representaba el instante de la muerte de Pakal y su partida al Inframundo; entonces, se percató de que el puñal giraba exactamente encima de la intercesión de los brazos de la cruz. «Justo en el centro del Árbol de la Vida», murmuró, intrigado, y en alta voz, comentó:

—Es como si una fuerza magnética mantuviera el puñal en su sitio, mientras otra lo hiciera girar.

Nic escuchó con interés y quedó pensativo, en tanto Albert se deslizó sobre la lápida.

—¿Qué haces? —le preguntó Nic.

—Trato de entender.

—¿Recuerdas cuando Ferni dijo que la piedra tallada mostraba al rey manejando una nave espacial?

Albert asintió con un casi imperceptible movimiento de cabeza. Sus ojos recorrieron nuevamente la lápida. La obra era espectacular y no pudo menos que admirar su belleza. Observó el detalle del tallado que ilustraba a Pakal sentado con las rodillas dobladas y las manos ocupadas. Concluyó que la descripción de Ferni era acertada. El soberano parecía estar pilotando una nave. Se sentó sobre la imagen de Pakal, como tomando su lugar, e inspeccionó cada figura que se revelaba frente a él. Los jeroglíficos parecían instrumentos de mando. Enfocó los ojos en la misma dirección que el soberano maya. Su mirada se topó primero con el puñal que giraba, y luego con el muro del fondo, que no ostentaba decoración alguna; lo único notable en él era un nicho en forma de rectángulo.

Albert quiso experimentar por sí mismo las fuerzas a las cuales estaba sometido el puñal. Tendió el brazo y trató de empuñarlo. Pese a su esfuerzo, le fue imposible retirarlo del área de intercesión de la cruz. Una vibración le recorrió los brazos, sacudiendo ligeramente todo su cuerpo. Fue invadido por un sentimiento de aceptación. Se dio cuenta de que, durante su corta vida, le había resultado muy difícil aceptar sin entender, y esa había sido la causa de muchas de sus frustraciones. Debía dejar atrás sus ideas preconcebidas sobre la realidad y vaciar su mente de las preocupaciones fundamentales relacionadas con el instinto de supervivencia. Sorpresivamente, logró detener las rotaciones del puñal. La pared frente a él se estremeció, como sacudida por un temblor de tierra, al tiempo que un crujido ensordecedor y terrorífico inundaba la cripta.

—¡El muro se está moviendo! —gritó Nic, asustado.

El ruido y las tremendas vibraciones cesaron una vez que la pared dejó de moverse. Un bloque del muro se había deslizado ligeramente hacia atrás.

Su tendencia a la lógica regresó y Albert intentó analizar racionalmente la situación.

—La piedra debe contener niveles de magnetita que reaccionaron de manera diferente ante la fuerza magnética del puñal.

—El constructor del Castillo de Coral no estaba tan chiflado, después de todo —comentó Nic.

—Como cualquier imán, el puñal posee doble polaridad, la positiva y la negativa, pero lo raro del caso es que parece que funciona con mis pensamientos. No puedo darle a esto una explicación científica.

A duras penas, Nic pudo dar crédito a lo que escuchaba, y con un tono seco, poco usual en él, dijo:

—¡Tú y tu lógica pragmática!

—No porque te desagraden las matemáticas o la ciencia, debemos descartarlas —se defendió Albert.

—Y no porque no entiendas las profecías mayas, debes asumir que son cuentos de ignorantes —refutó Nic.

Albert sabía perfectamente a lo que se refería su amigo. Al igual que él, percibía un plan maestro del cual no entendían ni el origen ni su propósito. Finalmente, llegó a la conclusión de que no le quedaba más remedio que dejar atrás la lógica y sumergirse en la aceptación de los misterios que lo rodeaban. Intentó regresar a sus pensamientos anteriores, pero el estado de conformidad le resultó extremadamente difícil de alcanzar. Con un gran esfuerzo de concentración, logró mover la piedra unos pocos centímetros, lo suficiente como para poder escurrirse por la hendidura.

—¡La entrada de Xibalbá! —exclamó Nic, impresionado.

Albert decidió bajarse de la lápida, no si antes intentar apoderarse del puñal. Lo haló hacia él con todas sus fuerzas, pero no logró separarlo de su eje de levitación. ¡El objeto no podía ser desplazado!

—¿Qué ocurre? —indagó Nic, al observar una sombra de preocupación en el rostro de su amigo.

—No logro recuperar el puñal —confesó el adolescente con una mezcla de disgusto y espanto.

—¿Y?

—Sin el puñal no podremos salir por el mismo lugar por donde entramos.

—Tendremos que buscar otra salida si no queremos acabar momificados como tu supuesto ancestro.

Un mutismo angustioso se apoderó de ellos.

—Debes aceptar la profecía —aventuró Nic.

Las palabras de su amigo le abrían a Albert un mundo de aterradoras posibilidades.

—¿De verdad crees que somos los gemelos escogidos para bajar a Xibalbá? —le preguntó, confundido.

—¿Qué importa lo que crea? No podemos quedarnos aquí.

—Ok. Empecemos por ver que hay detrás de esa piedra — sugirió Albert. Y como para darse ánimo, bromeó—: Güey, de paso... el sarcófago está vacío. Los restos de Pakal se encuentran en el Museo de Antropología de la Ciudad de México.

Nic se obligó a sonreír mientras pensaba en lo impensable.

45
Palenque, Chiapas

Nic activó otra de las barritas luminosas antes de cruzar al otro lado del muro. Entraron a una caverna de unos tres metros de altura. Estalactitas y estalagmitas grises abundaban en aquel lugar como fantasmagóricos centinelas. La estrechez de la caverna le causó a Albert una nueva sensación de ansiedad. Avanzaban cautelosamente, notando con aprensión que la cueva se achicaba, hasta que no les quedó más remedio que detenerse a considerar si seguirían adentrándose en el angosto túnel. Durante un momento, Albert miró a su amigo con estupor. No le fue difícil comprender que el sentimiento era mutuo. A fin de recuperar el dominio de su cuerpo y poder continuar hacia las entrañas de la tierra, el joven recordó la risa de Camila.

Después de recorrer algunas vueltas y recovecos que les parecieron interminables, llegaron a una cámara circular, de unos cincuenta metros de diámetro. La impresionante altura de la bóveda, con una inmensa estalactita que colgaba desde el centro del techo y penetraba en un espejo de agua, le daba un aire majestuoso. Albert sintió que volvía a respirar a plenitud.

Tras pasear la mirada por el lugar, divisaron en el suelo algunos fragmentos de piezas de cerámica. Por la cantidad de polvo que se acumulaba sobre ellas, se podía asumir que el lugar no había sido perturbado en cientos de años. Nic aguzó el oído, ya que había creído escuchar un lejano eco. El ruido parecía provenir de detrás de unas piedras. Sonaba como un chorro de agua. Le hizo señas a su amigo, indicándole que lo siguiera. Avanzaron unos pasos más y casi se caen del susto al tropezar con pedazos de huesos y calaveras diseminados en el piso.

—¡Más sacrificios! —exclamó Nic.

—Son probablemente los nobles escogidos para vigilar la

entrada de este lado de la tumba y luego acompañar a Pakal en su viaje por Xibalbá.

—¿Nobles?

—¿Recuerdas lo que dijo Laura? Cuando descubrieron la cripta fúnebre en la recámara de la pirámide, donde ya estuvimos, encontraron los restos de seis adolescentes, sacrificados para que acompañaran a Pakal. Me imagino que estos restos son de otros jóvenes nobles.

—Viéndolos, es difícil saber si pertenecían o no a personas nobles —comentó Nic, convencido de que en la muerte todos somos iguales.

—No es difícil comprobarlo, pues los nobles tenían el cráneo deformado y los dientes con incrustaciones de piedras de jade.

—¿Cómo que cráneos deformados?

—¿No sabías?... Los mayas encontraban bonito que la frente siguiera la línea angular de la nariz. Por lo tanto, desarrollaron una técnica para deformar intencionalmente el cráneo. Lo hacían mediante tablas de madera que apretaban sobre la cabeza de los niños.

Nic volvió a observar las calaveras. Efectivamente, en algunas de ellas se podía distinguir la inclinación del hueso frontal. También se dio cuenta de que a muy pocas les quedaban restos de dientes, que acostumbraban a afilar artificialmente. Cerró los ojos, en un vano intento por hacer desaparecer el amargo sabor a bilis que se le había formado en la garganta. Cerca de las osamentas se elevaba una pared, a manera de chimenea, que tenía más de ocho metros de altura en ciertas áreas. Las piedras, colocadas unas encima de las otras, rodeaban un altar de roca, tallado por los cuatro costados.

—¿Qué es esa torre?

—Güey, no tengo la menor idea —admitió Albert, antes de acuclillarse para inspeccionar de cerca los motivos esculpidos.

La imagen frontal representaba un esqueleto que, con una mano, sostenía la cabeza decapitada de un hombre y, con la otra, una serpiente. Utilizando la punta de los dedos, Albert le quitó el polvo de cientos de años acumulado sobre la cabeza del reptil.

—Es una serpiente de ojo rojo —comentó, con voz grave.

Nic no prestó atención al comentario. Seguía concentrado en localizar el origen de aquel sonido casi imperceptible. Tras unas piedras calizas, halló una pendiente abrupta que bajaba unos cinco metros. Al pie de la rampa había un pequeño manantial que corría a lo largo de una galería de aproximadamente dos metros de altura, y que luego se introducía entre las rocas, en un pozo de dos metros de diámetro. El hilo de agua estaba bordeado de piedras cuadradas, claramente trabajadas por manos humanas.

—Encontré un camino —anunció Nic, con entusiasmo, antes de proceder a deslizarse por la fangosa rampa.

—Dude, ¿adónde vas?

—Quiero ver lo que hay en ese túnel.

Sosteniendo en alto su barra de luz, Albert le siguió los pasos a través de un pasillo. Después de caminar unos doscientos metros entre fantásticas formaciones de carbonato, el riachuelo se ensanchó hasta formar una apacible laguna. Las piedras que indicaban el camino se volvieron escasas. Parecían haber llegado al final de la galería. Notaron que el agua que alimentaba el estanque se deslizaba lentamente entre las grietas de una pared de bloques de piedra caliza.

—Creo que hubo un derrumbe —opinó Albert, sentándose un instante sobre una roca.

El cansancio y la sed se hacían crecientes. Nic escaló el caótico montón de piedras para beber del agua que fluía. Movió de un lado a otro la barrita luminosa; como un niño juguetón, observó fascinado las sombras formadas entre las rocas al vaivén de la luz que zarandeaba. El aire tenía un ligero aroma a vegetación y tierra húmeda.

—¿Cuántas barritas luminosas nos quedan? —inquirió Albert.

—Una más.

Inesperadamente, una piedra que se desprendió bajo los pies de Nic, le hizo perder el equilibrio y caer al agua.

—¡Nic! —gritó Albert, poniéndose en pie de un salto.

El adolescente emergió del agua, sacudiendo la cabeza. Con expresión molesta, se pasó la mano por el rostro para sacarse el pelo mojado de los ojos.

—Estoy bien, pero perdí la barrita luminosa.

Albert se acercó a la orilla para ayudar a su amigo. Sostenía con fuerza su barra, por miedo a perderla también y quedarse inmerso en la más completa oscuridad. La vibración del agua atrajo unos peces de unos diez centímetros de longitud, incoloros, sin ojos, de boca ancha y antenas largas. Nic se asustó al verse rodeado por esos animalitos tan raros.

—¡No te alarmes, que no son tiburones! ¡Vamos, dame la

mano!

El adolescente alargó el brazo y con un fuerte tirón de su amigo, logró salir del agua. Tenía un feo rasponazo en un muslo.

—Me di duro —afirmó, incorporándose, pero al comenzar a caminar sintió un dolor agudo en el tobillo izquierdo–. Creo que me lastimé.

—Apóyate en mí.

Nic seguía las indicaciones de Albert cuando, de pronto, vieron una cascada que brotaba del lugar donde se había desprendido la roca. Debido a la presión del agua, las demás piedras comenzaron a deslizarse a una velocidad alarmante.

—¡Muévete! —gritó Albert, arrastrando a su amigo hacia un lado para evitar otra caída–. ¡Tenemos que apurarnos! –vociferó, viendo que el chorro de agua inundaba la cueva–. ¡La montaña se va desplomar y el túnel se va a inundar!

De improviso, imágenes de su accidente en el canal de Homestead lo sorprendieron y un escalofrío le recorrió la espalda. Presa del pánico, Albert le entregó la barra luminosa a Nic, que brincaba en un pie intentando regresar a la pirámide, y con voz atronadora, le suplicó:

—¡Por tu madre, pase lo que pase, no la dejes caer!

Acto seguido, Albert pasó el brazo de Nic sobre su hombro y lo arrastró sin miramientos a lo largo del túnel, lo más rápido que pudo. El muchacho saltaba con vigor sobre su pierna sana, tratando de mantener la marcha apresurada de Albert.

El riachuelo se convirtió rápidamente en un torrente caudaloso. Los pies de Albert resbalaban. De repente, se escuchó un fuerte rugido seguido de un estruendo aterrador: una avalancha de rocas se desplomó, dando paso a un torrente impetuoso. En un instante, el nivel del agua subió hasta las rodillas de los jóvenes y la corriente se hizo tan fuerte que les era difícil mantenerse en pie. Poco a poco, se desvaneció el dolor de Nic, sustituido por el pánico. Se soltó de Albert y ambos corrieron desenfrenadamente. Cuando llegaron a medio camino de la cámara donde se encontraba el altar, el nivel del agua les llegaba a la cadera. Al comprobar que no podían resistir más el ímpetu del agua, se agarraron fuertemente el uno al otro y se dejaron arrastrar por el torrente. El agua continuó subiendo, hasta que ya no sintieron el fondo. Nic estuvo varias veces a punto de perder la barrita luminosa.

—¡La corriente es muy fuerte! —gritó Albert, con la voz

entrecortada por el agua que se le metía en la boca.

Llegó un momento en que Nic intentó nadar. Finalmente, consiguieron aproximarse a la bóveda por donde habían entrado y se esforzaron por acercarse hacia la pared de rocas con la esperanza de escapar de la corriente o, al menos, frenar la marcha. Albert logró sujetarse de unos peñascos, pero el otro chico, que aún aguantaba firmemente la barra luminosa, no conseguía asirse de la pared. El joven vio con desesperación cómo se alejaba con la luz en la mano.

–¡Niiiiic…! –gritó, presa del pánico.

Segundos más tarde, la luz se desvaneció. El silencio y la oscuridad invadieron la cueva.

–¡Noooooo…! –gritó Albert, con todas sus fuerzas.

El alarido, acompañado de en un eco pavoroso, resonó en la cueva como el aullido de un animal mortalmente herido. Jadeando, el adolescente se aferró a la roca, temblando de pies a cabeza.

–¡Niiiiic …! –volvió a bramar, en un estallido de furia y dolor.

El grito resonó en la cueva y Albert sintió que un vacío punzante se apoderaba de él. No podía creer que ese fuese el final de todo. Se mantenía agarrado a la roca, pero ya no sentía los brazos, y las sienes le latían estrepitosamente.

Transcurrieron cinco interminables minutos. Albert se culpaba por lo sucedido. Entonces, como un milagro, vio surgir una luz al otro lado del río. Su corazón dio un vuelco al distinguir a Nic abrazado a una estalagmita. Comprendió que su amigo había soltado la barra luminosa para poder aferrarse a la columna de roca y recobrar fuerzas. Después de conseguirlo, había activado la última barra de luz que llevaba en el bolsillo.

–¡Albert…!

–Estoy aquí –vociferó el joven, sintiéndose revivir.

El propio terror prestó fuerzas sobrenaturales a Albert, de tal manera que consiguió avanzar por una cornisa y llegar hasta la rampa de piedras por donde Nic y él habían arribado.

–¡No te muevas! –le ordenó a Nic, observando un potente remolino de agua a unos diez metros de él.

Luego comenzó a subir por la empinada cuesta, y aunque resbaló en varias ocasiones, logró llegar a la cima. Oyó un quejido que le heló el corazón. Su amigo, adolorido, luchaba desesperadamente contra el cansancio, tratando de sostenerse y resistir la corriente. El agua continuaba subiendo a una velocidad vertiginosa. A ese paso, dentro de poco la estalagmita que había salvado la vida de Nic estaría sumergida, y el muchacho no tendría escapatoria. Albert desvió la mirada en un esfuerzo por reprimir el miedo y organizar sus pensamientos.

—¡Nic, no te muevas! —repitió. Estaba maquinando una idea—. Oye, ¿tienes fuerzas para lanzarme la barra luminosa?

Él asintió con un movimiento de cabeza. Pero no sabía en qué dirección lanzarla, ya que no veía a Albert.

—¿Adónde la tiro? —preguntó, angustiado.

—En la misma dirección en que estás mirando —le dijo Albert para orientarlo—. ¡Lánzala con todas tus fuerzas!

Con un brazo, Nic se sujetó fuertemente de lo que quedaba de estalagmita, y con el otro arrojó el preciado objeto, que fue a dar por encima de la cabeza de Albert. De inmediato, se volvió a aferrar a la piedra, ahora con los dos brazos, y ejecutó múltiples inhalaciones, fuertes y entrecortadas, para generar energía. Albert recogió la barra de luz y corrió hasta la entrada de la caverna como si estuviese huyendo del diablo, dejando a Nic en la más completa oscuridad. Entró a la cámara mortuoria de Pakal y saltó sobre la lápida. Contempló otra vez el puñal en levitación constante, se aferró a él con todas sus fuerzas y, cautelosamente, dirigió la punta del objeto hacia la enorme piedra que se había desprendido de la pared, a la vez que se concentraba en imaginar que estaba en la nave descrita por Laura. Al igual que en las ocasiones anteriores, una potente energía fluyó hacia él, seguida por un gran estruendo: las paredes de la cripta se estremecieron. En cuestión de segundos, la maciza roca, que estaba frente a él, voló hacia atrás, y la lápida de Pakal quedó suspendida en el aire.

—¡Albeeeeert! —se escuchó en la lejanía.

Nic no sabía cuánto tiempo más iba a aguantar en aquella negrura y golpeado por el agua. Aterrorizado, quiso volver a gritar, pero no pudo. Sentía sus brazos cada vez más débiles. Estaba a punto de rendirse cuando vio una diminuta luz que se acercaba, y escuchó la voz de Albert. La luz crecía a medida que se aproximaba a la orilla del río. Por fin, divisó una figura, y a pesar del agotamiento que lo embargaba, una amplia sonrisa iluminó su rostro: Albert se acercaba ¡levitando! sobre la lápida. Parecía un niño conduciendo un carrito eléctrico.

—¡Me tomó algo de tiempo entender cómo maniobrarla con el puñal! —explicó a gritos—. Voy a tratar de moverla hacia ti. ¿Tienes fuerzas para subirte?

Nic asintió en la penumbra y después emitió un débil «sí». El agua ya le llegaba a los hombros y la rampa fangosa estaba sumergida a medias. Albert se le acercó lo más posible, pero, a pesar de eso, la piedra flotante se encontraba demasiado alta y lejos de su amigo como para que pudiera este llegar a ella. Nic se veía cada vez más cansado. Tenso, Albert se esforzaba por encontrar una solución. No quería aceptar lo peor. Súbitamente, Nic gritó, con sangre fría:

–Voy a lanzarme.

Con un impulso, saltó fuera del agua y extendió los brazos hacia delante, de modo que logró agarrar la mano de Albert, pero el peso inclinó la lápida, y ambos estuvieron a punto de caer. La mitad del cuerpo de Nic continuaba sumergida en el agua. Albert maniobró el puñal con la mano libre, para dar marcha atrás a la piedra. Se movía lentamente, a fin de evitar que su amigo cayera debido a un movimiento brusco. Cada centímetro que retrocedían los acercaba a la pendiente, pero la fricción de la corriente en las piernas de Nic dificultaba el avance.

–¡No te sueltes, no te sueltes! ¡Aguanta un poco más! –le imploró Albert, renovando su esfuerzo por sostenerlo. El puñal vibraba y él apenas si podía respirar.

Finalmente, llegaron a la pendiente. Nic, agotado, saltó y cayó de bruces. Albert se lanzó detrás de él:

–¿Estás bien? –le preguntó.

El muchacho, en el límite de sus fuerzas, se tendió de espaldas y recorrió las estalactitas con la mirada, muy lentamente. Saboreó la grata sensación de estar en tierra firme, al lado de su amigo, y con una tenue sonrisa y voz temblorosa, le respondió:

–Dude, gracias. Veo que estas empezando a creer.

46
Palenque, Chiapas

Nic suspiró, tratando de encontrar fuerzas para subir el último escalón. Llevaba la barrita de luz en alto para ver con mayor claridad la empinada escalinata. El tobillo le latió de nuevo con un dolor insoportable. Albert lo sostenía firmemente con un brazo, y con el otro cargaba la odiosa caja de Kan, que había encontrado tirada en una esquina en la primera plataforma, y ahora volvía a guardar el puñal. De cierta forma, le agradaba que los dos objetos volvieran a estar juntos. Jadeantes, golpeados, hambrientos y exhaustos, los jóvenes llegaron frente a la losa de piedra que los había resguardado del *nahual*.

—Doscientos cuarenta —dijo Nic, con el rostro pálido.

—¿Mande?

—Esta pirámide tiene doscientos cuarenta escalones en su interior. Los conté mientras subíamos.

Haciendo caso omiso de sus músculos, completamente extenuados, Albert juntó lo que le quedaba de energía y volvió a sacar el puñal, para apuntarlo hacia la losa. Un sentimiento de libertad invadió todo su cuerpo. Rememoró el momento en que abrieron las puertas de aquel camión pestilente donde por poco pierde la vida a los cinco años. La piedra que sellaba la entrada a la cripta de Pakal se desplazó levitando, de la misma forma que lo había hecho dos horas antes. Una ráfaga de aire fresco les golpeó el rostro. El silencio de la noche animó a Albert a abandonar sigilosamente las entrañas de la pirámide; por precaución, dejó a Nic, el puñal, y la barra luminosa, a salvo, dentro de la antigua estructura.

—Cualquier problema, te vuelves a encerrar —le ordenó, con voz resuelta.

En la semioscuridad, y con cautela, salió a la cima del templo. El aire húmedo y caluroso olía a copal y a antorchas quemadas. De cualquier modo, respiró aliviado, agradecido por encontrarse al fin en un espacio abierto. Manteniendo los sentidos alerta, aguzó el oído, pero, excepto la cacofonía nocturna de la jungla, no escuchaba nada. «¿Dónde estarán los policías?», se preguntó extrañado. Luego de deslizarse con sigilo detrás de una columna, escuchó un extraño y carrasposo sonido, como cuando un perro muerde un hueso. Se acercó, con prudencia, al lugar, hasta sentir que sus pies pisaban un líquido viscoso. A pesar la oscuridad, logró distinguir, en un rincón, el cuerpo de un hombre tendido sobre el suelo. El sonido que había escuchado provenía de un jaguar que estaba mordisqueando el brazo del cadáver. El joven sintió que su corazón daba un brinco, ¡quedó petrificado!. El animal volteó sus feroces ojos amarillos hacia él y rugió, mostrándole los colmillos ensangrentados. Aterrado, Albert retrocedió, muy lentamente, mientras el jaguar lo observaba por unos segundos que parecieron eternos, hasta que pareció calmarse.

–Sigue comiendo –le dijo entre dientes.

De repente, el animal se incorporó. De un violento tirón arrancó el brazo del cuerpo y se lo llevó entre las mandíbulas, alejándose por las escaleras de la pirámide. En medio de la oscuridad, Albert apenas si logró verlo desaparecer en la maleza. A continuación, se fijó en el cadáver. Era el líder del equipo del *nahual*; su pecho había sido sesgado y abierto con un cuchillo de obsidiana que aún yacía junto al cuerpo. La sangre coagulada a su alrededor evidenciaba la violencia de esa muerte. «Esos hijos de la chingada hicieron su sacrificio, después de todo», concluyó para sí, conteniendo las ganas de vomitar.

A medida que su malestar disminuía, desde lo alto del templo paseó la mirada sobre la planicie del Parque y sus alrededores. La cancha de juego estaba vacía, no había rastros de los cofrades. Estaba casi seguro de que el *nahual* se encontraba lejos de los restos del infame acto. Tampoco vio a ningún agente policíaco investigando la zona, como había esperado. Sospechó que se encontraban solos en aquel lugar aislado.

Albert prefirió no mencionarle a Nic una palabra sobre el jaguar, y sosteniéndolo con las pocas fuerzas que le quedaban, emprendieron el lento descenso por las escaleras exteriores de la pirámide. A mitad de camino escucharon el ruido sordo del rotor de una aeronave. El cuerpo del helicóptero no tardó en emerger por encima de la tupida selva. Era el mismo que había impulsado la victoria del equipo oponente. El aparato sobrevoló el templo a baja altura, luego maniobró entre los monumentos y se aproximó a la cancha de pelota. Allí se mantuvo estático en el aire por un par de minutos.

—¿Ves algo?

—Los jugadores se marcharon. No parece haber nadie – confirmó Sylvia, inspeccionando el lugar con binoculares de visión nocturna. De repente, se sobresaltó–. ¡Ahí están! ¡Mira, mira! –exclamó, señalando las escaleras de la pirámide.

En la distancia, Richard divisó la casi indistinguible luz que emitía la barrita de *Cyalume*. Con renovada energía, pulsó la palanca que controlaba la dirección del helicóptero y lo dirigió hacia la pirámide. El movimiento brusco tomó tan desprevenida a la arqueóloga, que si no hubiese sido por el cinturón de seguridad, hubiera caído sobre las rodillas de Richard.

—Son ellos —dijo, satisfecho.

Sin perder un segundo, prosiguió en descender la nave casi hasta el suelo. Sylvia se desabrochó el cinturón, saltó a tierra y sin demora, corrió hacia los adolescentes. Estos se tapaban el rostro con las manos para protegerse los ojos del aire arenoso que levantaban las hélices.

—¡Albert... Nic...! —les gritó Sylvia, subiendo los escalones.

Albert nunca pensó que le complacería tanto ver de nuevo a aquella mujer corrupta.

Al llegar juntó a ellos, la arqueóloga se fijó en las piernas y el pecho raspados de Nic, y en la ropa mojada y los rostros desencajados de ambos:

—¡Son un par de idiotas! —exclamó, enojada.

No hubo respuesta. Richard no tardó en bajar de la nave y acercase a ellos. Esbozó una mueca cínica al verlos en tan deplorables condiciones y sin ninguna cortesía, preguntó:

—¿Dónde está el puñal?

—En la caja —respondió Albert con sequedad, mostrando el objeto que sostenía en la mano.

—¿Y la maleta? —cuestionó la arqueóloga.

—¡La maleta! —repitió Nic, estupefacto, cayendo en cuenta de que no la tenían consigo.

De repente, Albert se echó a reír, encogiéndose de hombros. En ningún momento se había acordado de la maldita maleta repleta de dinero. Ni siquiera recordaba en qué momento la habían perdido. La risa de Nic se unió a la de él, en tanto Sylvia

411

los miraba furiosa.

−¡Se volvieron locos!

−No se dirija en ese tono al Gran Jaguar −protestó Nic, muy serio, y luego soltó otra carcajada.

−¿Quién tiene el dinero? −demandó la arqueóloga.

Ambos estallaron en una incontrolable risa al ver la cara de mortificación de la mujer; lo que no comprendieron fue que, en el fondo, se reían de saberse vivos. El momento de hilaridad fue sesgado bruscamente por una pregunta de Sylvia:

−*¿Y la chica?*

−Está a salvo −afirmó Nic, aunque sin mucha convicción−. En el hotel Chaac −agregó, al recordar, de repente, la llamada al comandante de la Policía.

−Para allí se la llevó Van der Boom −aclaró Albert.

−¡Van der Boom! −se sorprendió Sylvia.

−¿Lo conoces? −le preguntó Richard.

−Es un antropólogo, antiguo colega mío. Pensé que se había retirado después del asesinato de su hija. Debe estar tras la pista de la caja.

−Ya los secuestradores se fueron y con ellos el dispositivo en la torre del palacio que bloquea toda comunicación. Camila tiene mi celular, tratemos de llamarla −sugirió Nic.

−¿Qué celular? −preguntó la arqueóloga.

−Uno que compramos en el camino −respondió el joven.

−Sylvia, présteme su teléfono −le pidió Albert.

−¿Y el tuyo?

A modo de respuesta, Albert sacó el aparato del bolsillo y se lo mostró.

−¿Cómo se mojó?

−Bah, es una larga historia. Quiero hablar con Camila − insistió, tendiendo la mano.

−Dáselo, para podernos ir de aquí −ordenó Richard.

Sylvia lo fulminó con la mirada y le entregó el aparato. Albert, nervioso, marcó el numero.

−Aló.

−¿Camila?

−¡Albert! ¿Estás bien, Albert? ¿Dónde estás?

La voz de la chica convirtió esas palabras en música para los oídos de Albert. Emocionado, dio media vuelta y se alejó del grupo para poder hablar en privado. Nic sonrió y se encaminó, cojeando, al helicóptero. No soportaba estar de pie, el dolor del tobillo lo estaba torturando. Minutos después,

Albert abordaba también el helicóptero, donde ya los demás lo esperaban impacientes. Se acomodó en el asiento y abrochó su cinturón de seguridad. Era la primera vez que se subía a un artefacto de aquellos. Sus ojos negros se pasearon sobre los controles. Percibió que Richard inspeccionaba con curiosidad la caja de Kan. Al joven no le importó saber qué iba a ser de su «herencia». En ese momento, lo único que deseaba era reunirse con Camila.

—¿Qué te dijo? —le preguntó Nic.

—Está a salvo con Van der Boom, esperando que la Policía la escolte hasta el cuartel.

—No entiendo por qué la Policía se ha tardado tanto en ir por ellos —expuso Nic, en un hilo de voz.

—Deben ser unos ineptos —comentó Richard, mientras guardaba la caja en un bolso.

—¿Ya podemos contarle todo a las autoridades?

—¡Ni pensarlo! —atajó Richard.

—¿Por qué no? —inquirió Albert, extrañado.

—Porque no está en mis planes tener a la Policía haciendo preguntas e investigándome.

Luego de inhalar profundamente, el joven decidió no hacer comentario alguno. Estaba agotado y sospechó que discutir no lo llevaría a nada. Mañana, ya vería qué contarle a las autoridades. Inesperadamente, el celular vibró en su mano. Era un texto de Camila: «Te amo».

47
Palenque, Chiapas

Satisfecho, Van der Boom empezó a silbar una canción bajo el chorro de agua caliente que recorría su cuerpo desnudo. Una ducha le había parecido excelente recompensa después de recorrer la selva por hora y media sobre una yegua, con una adolescente amedrentada prendida a sus espaldas. «Debo apurarme, los oficiales no tardarán en llegar. A esta hora, ya deben haber arrestado a esos hijos de puta. La noche promete ser larga en el cuartel», pensó, complacido. De repente, dejó de silbar y se pasó la mano sobre el mentón. Con agrado, consideró la posibilidad de conservar por unos días más su barba rubio- blancuzca.

Camila dirigió una mirada fugaz hacia la puerta del baño, y con la misma rapidez volvió a enfocar su atención en la pantalla del celular que había sido de Nic. Sentada en el borde de la cama y envuelta en una sábana, esperaba con paciencia la llegada de la Policía. Todo a su alrededor le parecía irreal, pero las heridas en su piel desmentían esa impresión. Se sentía a salvo en el *bungalow* con aquel hombre de voz afable y mirada compasiva. Los únicos vestigios de su llanto eran las pestañas húmedas y los ojos enrojecidos. Mental y físicamente exhausta, se concentró en leer los textos que le llegaban de Albert, con el rostro iluminado por una de sus más hermosas sonrisas; estaba convencida de que la pesadilla había terminado. Tocó instintivamente con la mano la insignia que le colgaba del cuello, con la esperanza de que pronto regresaría a casa.

Van der Boom había insistido en que comiera algo para recuperar fuerzas, pero ella había estado demasiado ocupada enviándole mensajes de texto a Albert. Ahora su estómago se retorcía, recordándole que estaba famélica y débil. Escuchó unos leves golpes en la puerta. Los músculos de su cuerpo se tensaron y se mantuvo callada.

—Policía —oyó decir.

De inmediato, mandó otro texto a Albert: «Llegó la policía. Te contaré».

—Policía —repitió la voz.

Con un gesto, Camila se despojó de la sábana y abrió la puerta. Un súbito empujón la tomó por sorpresa, y la presión de una mano sobre su boca le impidió gritar. En cuestión de segundos, tres individuos armados entraron a la habitación y la sujetaron firmemente. Uno de ellos se dirigió al baño, empuñando una pistola. Camila se debatió lo mejor que pudo pero no logró impedir que la amordazaran, le cubrieran la cabeza con una capucha y la arrastraran fuera de la habitación. Justo al salir escuchó los silbidos de Van der Boom silenciarse por dos disparos atenuados con silenciador; después, oyó el ruido de la puerta de la ducha que se quebraba, al tiempo que algo caía con estrépito al piso.

—Le volé la cabeza a ese pendejo gringo —escuchó decir, con tono satisfecho, a uno de los hombres—. Fui compasivo: le di una muerte limpia y rápida.

Los tres hombres rieron entre dientes. En ese momento, el celular sonó sobre la cama con otro mensaje de Albert.

Uno de los secuestradores agarró el aparato, se lo écho al bolsillo y con voz tajante dijo:

—Apurémonos, Wakatel Utiw nos está esperando.

48
San Cristóbal de las Casas, Chiapas

Qué rápido viniste por mí! –dijo Camila, vestida con un traje negro ceñido al cuerpo. Albert no respondió y sin timidez se acercó a ella para acariciarle el pelo. Luego de inclinarse sobre su radiante rostro, inhaló con gusto su aliento. Clavó sus ojos en los de ella, la tomó por la cintura y sus manos recorrieron las curvas sensuales de sus caderas para luego volver a subir por la espalda de la joven. Entonces, la estrechó con avidez, rozando los hipnotizadores labios rosados con los suyos. Estaba a punto de besarla, cuando sintió un líquido viscoso deslizarse entre sus dedos. Bajó la mirada, y entre los senos de la chica divisó una enorme herida de la que brotaba un torrente de sangre.

–¡Qué rápido viniste por mí! –repitió Camila, como una autómata.

El rostro de la joven palideció y miles de moscas se posaron sobre ella.

–¡Noooo! –gritó Albert, dando palmadas en el aire, tratando de espantar los insectos.

Al volver a mirar a la joven, se sobresaltó al notar que sus ojos radiantes habían desaparecido dejando en su lugar a miles de larvas blancas.

–¡Qué rápido viniste por mi! –balbuceó Camila. Su voz parecía provenir de muy lejos.

–¡Noooo! –volvió a vociferar Albert, abriendo los ojos, aterrado.

Con la mirada fija en el techo, y extremadamente alterado, escuchó la voz de Nic:

–*Dude*... tuviste una pesadilla.

Jadeando, Albert hizo un esfuerzo para sentarse. El cadáver de Camila había desaparecido en la oscuridad de su mente y no había podido salvarla. Irritado, tomó la almohada y le metió un puñetazo, para descargar, de algún modo, la ira y la frustración que lo ahogaban. En ese instante, se escucharon golpes en la puerta.

—¿Quién es? —preguntó Nic.

—Soy yo —dijo una voz de hombre.

Nic reconoció la voz. Ataviado solo con un calzoncillo, se levantó de la cama, y cojeó todo lo rápido que pudo hasta la puerta y la abrió de un tirón. Parado frente a él, se hallaba Chak Wayib. El adolescente dio dos saltos hacia atrás para dejarlo pasar.

—Buenos días. Vengo a ofrecer mi ayuda —dijo el *ah-men*, entrando a la habitación del hotel Cielo y Sol—. Voy a darle un vistazo a tu tobillo.

—¿Cómo supo? —preguntó el joven, pasmado.

—Carnal, te acaba de ver cojear —dijo Albert, pasándose la mano por el pelo.

—¡Oh! —soltó Nic, sintiéndose como un tonto.

—¿Qué hora es? —indagó Albert, antes de dar un gran bostezo.

—Las siete y media —respondió el *ah-men*, ignorando los malos modales del adolescente.

Nic se sentó en el borde de la cama. Con sus piernas y torso rasguñados, daba la impresión de haber sido atacado por gatos salvajes.

—Estás muy lastimado; déjame chequearte —volvió a ofrecer el *ah-men* acercándose a él. Luego de palparle el tobillo, concluyó—: Tienes una fractura. Por el momento, te sentirás mejor con el vendaje que te voy a colocar y las hierbas antiinflamatorias que vas a tomar. Pero te aconsejo que no demores en ir al hospital.

—¿Adónde? —preguntó Nic, sabiendo que había oído perfectamente.

—¿No lo puede curar? —le preguntó Albert, con un ligero tono de cinismo.

—Por supuesto. Pero, eventualmente, Nicolás regresará a su país, y allí, se le hará difícil recibir un seguimiento médico si llega con un tratamiento que no parezca muy... ortodoxo —explicó el *ah-men*, jactándose de su propio chiste.

—¡Claro, claro! —dijo Nic sin convicción, a modo de disculpa por el tono irrespetuoso de su amigo.

Hubo un incómodo silencio en la habitación, como si nadie quisiera hablar en voz alta. Albert percibió una luz perlada y etérea alrededor del hombre, similar a un fantasma.

—¿Desean contarme lo que les ocurrió anoche? —indagó el *ah-men*, dedicándoles una larga mirada.

—Encontramos un altar tallado con la imagen de una serpiente igual a la que usamos para el logo de nuestra banda —reveló Nic, sin titubeos.

Albert se sorprendió al escuchar aquella explicación. Con todos los eventos ocurridos y los sufrimientos padecidos, aquel detalle era la última cosa de la cual él hubiera hablado.

—El regreso de Kukulcán —aclaró el *ah-men*—. Una creencia que lleva siglos y siglos en la mente de nuestra gente.

—¿El regreso de un dios serpiente? Eso suena satánico —exclamó Nic.

—Por supuesto que no —corrigió el *ah-men*—. Kukulcán representa el regreso de una sabiduría ancestral, la cual busca entender los diferentes niveles del universo y respeta a nuestra madre tierra.

—¿Y los secuestros y sacrificios? ¿Qué tienen que ver con la sabiduría y el respeto? —preguntó Albert, retándolo con los ojos.

—No confundas las cosas, Gran Jaguar —dijo Chak Wayib con un tono tan cálido que cualquiera hubiera pensado que conocía al joven de toda la vida—. Los hombres con los que te enfrentaste anoche son los seguidores del *Nahual* Supremo.

Albert frunció el entrecejo; la imagen de una serpiente envolviendo a Camila se había colado en su mente y lo angustiaba. Hubiera dado cualquier cosa por estar con ella en ese momento.

—El *Nahual* Supremo es un ser cruel y traidor que desea controlar los poderosos campos magnéticos de *Ich'ak' Tun* para abrir un portal a otras dimensiones.

—¿Otras dimensiones? —preguntó Nic, sorprendido.

—Gran Jaguar, estoy al tanto que te interesa las ciencias, y en particular la física —continuó el *ah-men*—. Sabes bien que los grandes físicos de hoy han logrado probar con ecuaciones complejas la existencia de otros universos o dimensiones.

—He leído sobre las teorías de cuerdas y supercuerdas, pero son tan solo teorías, nada más —refutó Albert.

—Tus ancestros sabían que el universo está compuesto de multiples niveles, dimensiones o universos. No importa como los llames, la cuestión es que existen tres en el plano terrestre, trece a nivel celestial y nueve en Xibalbá. El gran Árbol Cósmico es el eje del universo, que alza su copa abarcando los cielos y hunde sus raíces en lo más profundo del inframundo. El "árbol de la vida" es la vía que comunica los universos y permite tránsitar del uno al otro.

–No le veo el lado científico a lo que dice. Suena a pura fantasia o ciencia ficción, no importa como lo llame –dijo Albert con sarcasmo.

–La serpiente de ojo rojo es el símbolo de una energía cósmica que emerge de los hoyos negros. Esta energía crea o proyecta la realidad de cada universo. Los antiguos mayas intuían lo que ciertos científicos de teoría cuántica están descubriendo. El mismísimo discípulo de Einstein, Dr. David Bohm, concluyó que el universo es un holograma. Y ahora, otros físicos están postulando que este holograma proviene del los hoyos negros.

–No entiendo nada– dijo Nic.

–El universo en el que vivimos no es real, es solo información proyectada por los hoyos negros.

–Nada de lo que dice ha sido comprobado fuera de las ecuaciones matemáticas– le aseguró Albert a Nic.

–Nuestros ancestros sabían que el centro de nuestra galaxia hay una via a otras dimensiones. Debes viajar en ella –insistió el *ah-men*–.

–¿Y cómo excursionamos en el hoyo negro de la Via Lactia?– preguntó Albert en un tono irrespetuoso.

–Entras por el plano terrestre a Xibalbá –dijo el *ah-men* sin ofenderce–. Se llega a las dimensiones celestiales una vez superadas las pruebas de las dimensiones del inframundo. De ahí viene que nuestros ancestros rendían culto a los cenotes pues estas son las entradas a dimensiones por donde los muertos viajan y la vida se regenera.

Nic sintió un escalofrío recorrerle la espalda y preguntó:

–¿Qué hace exactamene la piedra esa?

– *Ich'ak' Tun tiene el poder de cambiar* nuestra realidad o más bien el mundo holográfico en el que vivimos.

Xibalbá es donde la energía se convierte en materia. Toda materia existe en virtud a una fuerza que hace vibrar las partículas subatómicas y las mantiene unidas. *Ich'ak' Tun* permite alterar y manipular las fuerzas fundamentales que crean nuestro universo. Todo se basa en leyes cuánticas de probabilidades y la conciencia del observador. Un tema muy complicado del cual podríamos estar hablando por mucho tiempo.

—¿El *nahual* hijo de puta que secuestró a Camila, qué pretende hacer con esa piedra maldita? —preguntó Albert en un tono seco.

—El *Nahual* Supremo desea usar los poderes de *Ich'ak' Tun* para provocar caos y manipular a su antojo nuestra dimension. Se tornaría en un dictador con un inmenso poder. Al Gran Jaguar le corresponde evitar que esto ocurra.Necesito que creas en la sabiduría de tu pueblo. Recuerda los sacrificios que hizo tu familia para protegerte a ti y por ende a *Ich'ak' Tun* y a todos nosotros.

Un pesado silencio invadió la habitación. Albert no hizo ningún esfuerzo por saber más. Lo único que le interesaba era alistarse para ir a ver a Camila.

—Está escrito en los textos de la primera rueda profética de los *Chilam Balam* —agregó Chak Wayib, y con voz monótona recitó—: «Será el perseguirse como bestias de cuatro patas los hombres. De lascivia y locura será su palabra y su andar. Principiará la destrucción de los ámbitos del mundo. De nueve grados será su...».

—No creo en nada de eso —atajó Albert, levantándose de la cama.

—Las nueve manciones de Xibalbá es el camino a recorrer para poder ascender energéticamente a estados de conciencia superiores y llegar a la piedra.

—Estuvimos en la primera mansión y no paso nada extraordinario con nuestra conciencia, en cambio Nic por poco muere —argumentó Albert mientras buscaba sus zapatos perdidos debajo de la cama.

—¿Y lo de la nave de Pakal? —le recordó Nic, contrariado.

—Como *Ich'ak' Tun* .... *Creer en las mansiones...tenebrosa creíste y lograste vencer.*

Estuvimos —quiso saber Nic, atemorizado.

—No me importa un carajo la pinche nave —refutó Albert, negándose a pensar en ese suceso.

—Es muy importante que creas —insistió el *ah-men*, manteniendo la compostura.

—Siento mucho no poder resultarle de mayor ayuda —se apresuró a decir Albert, molesto con si mismo por no controlar su temperamento. Queriendo cambiar el curso de la conversación, agregó–: Voy a buscar a Sylvia para pedirle su celular y llamar a Camila, a ver si ya arrestaron al futuro dictador de la conciencia universal –fue más fuerte que él, las últimas palabras las pronunció de forma burlona.

–No hay necesidad de pedirle a Sylvia. Les tengo un par de celulares nuevos –dijó el *ah-men*, ignorando otra vez los comentarios cínicos del adolescente.

–¿Cómo supo? –preguntó Nic, nuevamente pasmado.

–Me los dio el señor Barry al verme subir a su habitación. Me pidió... bueno, más bien me ordenó que se los entregara.

Sin perder una fracción de segundo, Albert tomó uno de ellos y pulsó el número que había aprendido de memoria la noche pasada. Transcurrieron varios segundos, antes de escuchar la voz de la adolescente. Su corazón se volcó de exaltación.

–Camila, ¿dónde estás? –preguntó, impaciente por ir a su encuentro.

–No lo sé –respondió ella con voz tensa.

–¿Te encuentras bien? –Albert presentía que algo andaba mal.

–Asesinaron a Van der Boom y ahora quieren...

La frase fue truncada con brusquedad.

–Camila... –llamó Albert.

–Tu novia está viva por el momento. Pero me estoy cansando de tus jueguitos –dijo un hombre con voz mecánica.

Albert reconoció el tono gélido del *nahual*. Su asombro se convirtió en furia.

–Vas a acabar lo que empezaste –sentenció Wakatel Utiw.

–¿Qué quiere ahora? –dijo Albert, con fiereza.

–Que finalices tu recorrido por Xibalbá.

–Entonces ya no le importa el puñal –intervino el muchacho, confundido.

–Así es. Profanaste la Mansión Tenebrosa. Los dioses te están esperando para la revancha. No hay marcha atrás; vas a continuar tu viaje.

–¿De qué hablas pendejo?

–Debes ir a la Mansión de Obsidiana, del Frío, de los Jaguares, del Fuego, de los Murciélagos, y finalmente encontrarás la Mansión de *Ich'ak' Tun*. Volverás a ver a Camila viva solo si *Ich'ak' Tun* lo permite.

–¡*Ich'ak' Tun*!

–Si eres el Gran Jaguar, una semana será suficiente para que logres recorrer las seis mansiones que te faltan. De otra manera, Camila morirá –concluyó Wakatel Utiw, antes de colgar.

Nic miró preocupado a su amigo:

–¿Qué pasa?

Pálido, Albert, se derrumbó sobre la cama. Le tomó un tiempo ordenar sus pensamientos:

–Es ese hijo de puta. ¡Tiene de nuevo a Camila y mató a Van der Boom!

Un silencio espeso ocupó la habitación.

–¡No lo puedo creer! –se lamentó Albert, pasándose la mano por el pelo.

–Entrégale la caja con el puñal –sugirió Nic.

–Ya no la quiere.

–¿Entonces, qué quiere?

–No sé, no sé… Lo peor es que ni siquiera entiendo lo que debo hacer –admitió el joven, tratando de recordar las palabras exactas del *nahual*–. Habló algo sobre mansiones.

–La Mansión Tenebrosa, de Obsidiana, del Frío, de los Jaguares, del Fuego, de los Murciélagos y, finalmente, la Gran Mansión de *Ich'ak' Tun*, la Piedra Sagrada –dijo Chak Wayib, sin alterar su voz pastosa.

–¿Dónde quedan esas pinche mansiones? –preguntó Albert, desesperado, intentando comprender.

–En Xibalbá.

–¿Cómo es eso? –indagó Nic.

–Según el *Popol Vuh*, estas son las siete mansiones que se hallan en el recorrido por el Inframundo.

–Sigo sin saber lo que debo hacer –expuso Albert.

–Nadie, ni siquiera el mismísimo *Nahual* Supremo, sabe lo que debes hacer –afirmó el *ah-men*.

En aquel momento, el adolescente hubiera dado cualquier cosa por que lo dejaran solo para confrontar sus emociones y ordenar sus ideas.

–Albert, el mundo ha entrado a una era muy peligrosa. Estamos a punto de hacer descubrimientos que nos harán olvidar lo que es la esencia de la vida y… de la muerte. La humanidad debe decidir cuál es su destino.

–¿Qué tiene que ver eso con Camila y conmigo? –gruñó Albert.

Nic notó cómo se oscurecía la mirada de su amigo.

–Ahora más que nunca confío plenamente en tus habilidades, Gran Jaguar –afirmó Chak Wayib.

—Soy Alberto Pek, una persona común y corriente —protestó, aunque apenas si podía hablar debido a la rabia y la frustración que lo embargaban.

—Tengo la seguridad de que todo saldrá bien. Está escrito en el libro de los *Chilam Balam*.

—¿Qué dice ese libro? —preguntó Nic.

—Predice el retorno de la sabiduría maya. Chichén Itzá será su asiento. Llegarán del Este y del Oeste, volverán los plumajes y los quetzales. Regresará Kukulcán, y con él, la palabra sabia de los itzáes.

—Ya le dije que no creo en profecías —berreó Albert.

—Los grandes cambios los originan hombres simples —dijo el *ah-men*—. Nadie puede decir con certeza qué verdades eternas hay en las palabras de tus ancestros, en las religiones en las que creemos, o en las ecuaciones de los científicos.

Albert razonó que quizá todo aquello lo desesperaba porque no entendía y se negaba a creer a ciegas. Entonces recordó lo libre que se había sentido al ver la lápida de Pakal flotar. Era como si, alrededor de él, una barrera invisible se hubiese desmoronado. En realidad, siempre se había sentido diferente a los demás, lo que le provocaba una extraña sensación de soledad.

Sin embargo, sentado allí, al borde de la cama, abrumado por la terrible noticia del nuevo secuestro, se dio cuenta de que no sentía temor.

—Lo único que te puedo asegurar es que debemos aceptar nuestro destino y hacer con él lo que nos dicte nuestra conciencia —agregó el *ah-men*.

De repente, esas palabras le brindaron a Albert cierto consuelo. Una breve reflexión le bastó para entender que su conciencia le dictaba no tener temor de cambiar. Hubo una larga pausa.

—Muy bien. ¿Qué dice el *Popol Vuh* acerca de mi viaje? —preguntó Albert.

—Solo el retorno triunfante de tu viaje por Xibalbá garantizará el esclarecimiento de los hombres del Sexto Sol y el regreso de Kukulcán. El *nahual* Supremo hará todo lo posible para sabotear esto. Será peligroso, pero pase lo que pase, recuerda siempre las palabras sabias de tus ancestros.

FIN DE LA PRIMERA PARTE

NO TE PIERDAS LA CONTINUACIÓN

Luego de las amenazas del malévolo nagual, Albert Pek se lanza en una intensa cacería a través de templos, cenotes y cuevas dispersas en la selva mesoamericana con el afán de descubrir las siete mansiones de Xilalbá así como la misteriosa ubicación de Ich'Ak' Tun, la Roca Sagrada del Popol Vuh.

A esto se le mezclan, la avidez desmesurada de una arqueóloga, los intereses inescrupulosos de un consorcio petrolero y la tenacidad de un agente de INTERPOL. Sumido en un torbellino de eventos, además de librar una peligrosa lucha contra el mal, Albert tendrá sobre sus hombros la responsabilidad de conducir la Era de la Consciencia por un camino de esperanza para todas las personas de nuestro tiempo.

Autores

Ricardo Arámbarri y Nathalie Morales

Ricardo Arambarri comenzó su carrera periodística en Univision hace más de 30 años. Como corresponsal ha cubierto numerosos eventos de trascendencia histórica lo cual le ha llevado a obtener varios Emmys, incluyendo uno a nivel nacional.

Nathalie Morales, después de un largo trayecto como productora de televisión en Telemundo y Univision, está completando ahora un doctorado en Servicios Humanos y trabaja para el Nicklaus Children's Health System.

Ambos se conocieron en Boston como estudiantes universitarios de Emerson College. Llevan juntos más de tres décadas y son los orgullosos padres de dos jóvenes maravillosos: Lorea y Jon.